나의
투쟁

# MIN KAMP 2

# 나의
# 투쟁

## 3

칼 오베 크나우스고르 지음

손화수 옮김

한길사

일러두기

- 이 책은 노르웨이에서 발간된 Karl Ove Knausgård의 *Min Kamp* 2(Oslo: Forlaget Oktober, 2009)를
  옮긴 것으로 저자와 협의하여 제2권과 제3권으로 나누어 출판한다.
- 독자의 이해를 돕기 위해 옮긴이가 각주를 넣었다.

2003년 마지막 날, 게이르가 식탁 의자에 앉아 쉴 새 없이 말을 하는 동안 나는 조리대 앞에 서서 음식을 준비했다. 그즈음 베르겐에서 보낸 지난날의 삶의 흔적은 내게서 완전히 사라져버렸다. 새롭게 다가와 내 삶의 큰 부분을 차지해버린 사람들은 과거에 잘 알지도 못했던 두 사람뿐이다. 린다와는 현재의 삶을 함께 나누고 있다. 게이르는 의도적이든 아니든 나 스스로 그의 영향을 받아들였다. 그가 내게 적지 않은 영향을 미쳤다는 사실은 어떻게 생각하면 꽤 불쾌하게 여겨진다. 내가 그렇게도 타인의 영향을 쉽게 받는 사람이었던가. 내 눈빛이 그렇게도 쉽게 타인의 색깔을 반사해낼 수 있었던가. 어린 시절 같았으면 대부분의 아이는 부모님에게서 게이르 같은 친구는 사귀지 말라는 말을 들었을 것이다. 가끔, 게이르를 떠올리면 그런 생각이 든다. 칼 오베, 저 아이와는 가깝게 지내지 마. 네게 몹시 나쁜 영향을 줄 거야.

나는 마지막 랍스터를 접시에 담고, 칼을 내려놓은 후, 이마에 흐르는 땀을 닦았다.

"이제 다 됐어. 남은 건 장식뿐이야."

"사람들이 이런 네 모습을 봐야 하는데…"

게이르가 말했다.

"무슨 뜻이야?"

"흔히 작가들은 아주 흥미진진하고 매력적인 삶을 산다고 믿잖아. 그런데 너는 청소와 요리로 대부분의 시간을 보내고 있으니 하는 말이야."

"맞아, 하지만 그렇게 하니까 얼마나 좋아. 한번 둘러봐. 깨끗하고 좋잖아."

나는 레몬을 네 등분해서 랍스터 사이에 끼워놓고 파슬리를 뜯어 그 옆에 뿌렸다.

"사람들은 스캔들을 많이 일으키는 작가를 좋아해. 그건 너도 잘 알잖아. 솔직히 너는 국립극장 카페에서 젊고 예쁜 여자들에게 둘러싸여 앉아 있는 모습이 더 어울려. 사람들이 원하는 건 바로 그런 모습이야. 그런데 너는 대걸레와 빌어먹을 양동이에 묻혀 살고 있으니… 노르웨이 문학계에서 가장 큰 실망감을 안겨주었던 사람은 토르 울벤일 거야. 그는 대문 밖에 한 발짝도 나가지 않았잖아! 하하하!"

그의 웃음소리에 전염이 된 듯, 나도 소리 내어 웃었다.

"그것도 모자라 스스로 목숨을 끊기까지 했으니… 하하하!"

"하하하!"

"하하하! 입센도 실망감을 안겨주는 작가 그룹에 속한다고 할 수 있어. 중절모자 속에 손거울을 숨겨 다녔던 것만 제외하고 말이야. 그 행동은 존중할 만하지. 아, 책상 위에 살아 있는 전갈을 얹어 두었던 것도 특이하지 않아? 비외른손은 실망감을 주는 작가와는 거리가 멀어. 함순도 거리가 멀고. 이런 식으로 노르웨이 작가들을 분류하자면 끝도 없을 거야. 너는 그렇게 따지면 실망감을 주는 작가로 분류될 게 뻔해."

"그럴 것 같군. 하지만 난 적어도 말끔하게 해놓고 살잖아. 그건 그렇고, 이제 빵만 썰면 돼."

"헤우게 시인에 대해 에세이를 쓰고 싶다고 했던 거 기억나? 입버릇처럼 말한 적이 있었잖아. 그걸 써보지, 그래?"

"하당어의 그 심술궂은 노인?"

나는 갈색 종이봉투에서 흰 빵을 꺼냈다.

"응, 맞아."

"언젠가는 쓸 거야."

나는 빵칼에 더운물을 흘려보낸 후 부엌 수건으로 닦고 빵을 썰기 시작했다.

"요즘도 가끔 그 생각을 해. 시인이 거실의 가구를 모두 부수어버린 후에 벌거벗은 몸으로 지하 석탄 창고에 누워 있었던 일, 동네 아이들이 시인에게 돌팔매질을 했던 일. 그런 시기가 몇 년이나 지속되었던 것으로 알고 있어. 그런 것들에 대해 쓰고 싶다는 생각을 하지."

"또는 히틀러를 위대한 인물이라고 썼다가 전쟁이 나자 그 부분을 일기에서 삭제했던 일도 좋은 이야깃거리가 될 거야."

게이르가 덧붙였다.

"맞아. 시인의 『일기』 중에서 시선을 끄는 부분은 그가 병을 얻었던 바로 그 시기의 글이야. 모든 것이 점점 속력을 내서 빨라지기 시작했지. 그와 동시에 자제력은 사라져버렸고. 그러다 갑자기 주변인들에 대한 생각들, 그들이 쓴 글에 대한 시인의 솔직한 의견이 글 속에 나타나기 시작했어. 평상시엔 주변인들에게 너무나 예의 바르고 호의적이었는데 말이야. 주변인들이 모두 평안하게 지낼 수 있도록 깊이 배려해주었던 점도 빼놓을 수 없어. 반면 모든 것이 무너져 내렸던 시기도 있었지. 이 시기의 시인에 대해 아무도 글을 쓰지 않았다는 점이 이상하지 않니? 예를 들어 볼*에 대한 평가를 재빠르게 바꾸어 버린 시인의 속내에 대해서도 언급했던 사람이 없잖아."

"모두 용기가 없어서 그런 거야. 도대체 어느 누가 시인의 암울했던 시기를 건드릴 만한 용기를 낼 수 있을까."

"다른 이유도 있을 거야."

나는 썰어놓은 빵을 광주리에 담고 새 빵을 꺼냈다.

"다른 이유?"

"사회적 예절과 배려."

"아, 지루해지기 시작하는군. 차라리 자장가를 읊어라."

"아니, 진짜. 심각하게 말해서…"

"알아, 알아. 네가 심각한 건 안다고. 하지만 내 말을 좀 들어봐. 그건 모두 시인의 『일기』에 적혀 있는 거잖아, 그렇지?"

"응."

"헤우게 시인의 그런 면을 이해하지 않고서 시인을 전적으로 이해한다고 말할 수 있을까?"

"아니…"

"너는 헤우게 시인이 대가 중의 대가라고 생각한댔지?"

"응."

"그렇다면 한 번 결론을 내려봐. 사회적 예절과 배려를 이유로 시인의 『일기』에 포함된 아주 중요한 부분을 간과할 수 있다고 생각하니? 단지 불편하다는 이유만으로?"

"헤우게 시인이 스스로 외계인의 레이저를 맞았다고 생각한다 해도 난 상관없다고 생각해. 그걸 그의 시와 연관 지어 생각할 필요는

* 노르웨이 시인 얀 에릭 볼이라고 추정된다.

없다는 말이지. 더욱이 본능적이고 직접적인 태도와 예절과 배려, 심사숙고하는 태도는 상대적이야. 주체와 객체의 관계에 따라 그 정도가 달라질 수 있거든. 어쨌든 시인의 광기 어린 암울한 시기 때문에 하당어의 현자라는 이미지가 퇴색된다고 믿기는 어려워. 솔직히 시인의 현명함, 아니 현명함이라고 한마디로 표현할 수 없는 깊음은 그의 암울했던 시기를 모르고선 이해할 수 없는 것이기도 해."

"아니 땐 굴뚝에 연기가 날 리 없지. 중국 속담이었나? 그건 그렇고, 토르 울벤 이야기를 하면서 웃었던 게 후회돼. 죄책감이 느껴지는 것 같아서 말이야."

"하하하! 정말? 네가 그렇게 조심스럽고 예민한 사람인 줄은 몰랐어. 이미 세상을 떠난 사람이야. 남들 앞에 나서기를 싫어했던 사람이었던 건 사실이잖아. 그런데 그가 기중기를 몰았다고 했던가? 그게 사실이야? 하하하!"

나는 빵을 썰다 말고 게이르와 함께 웃음을 터뜨렸다. 이번에도 찜찜한 기분이 가시지 않았다.

"이제 그만하자."

나는 빵을 광주리에 담았다.

"빵이 든 광주리랑 버터, 마요네즈를 거실로 좀 가져다줄래?"

"오, 너무 먹음직스러워 보여요!"

식탁에 접시를 내려놓으니 헬레나가 감탄을 했다.

"참 보기 좋게 잘했네요, 칼 오베!"

린다도 나를 추어올렸다.

"자, 어서 드세요."

나는 샴페인을 잔에 따르고 화이트와인병을 열었다. 자리에 앉은 나는 랍스터 한 조각을 내 접시 위로 옮겨와 기구를 이용해 커다란

11

집게 부분을 잘랐다. 랍스터 기구는 언젠가 군나르 삼촌과 토베 숙모에게서 선물로 받은 것이다. 연골인지 뭔지 모를 납작하고 작은 하얀 것들 주변엔 두꺼운 살이 붙어 있었고, 살과 껍데기 사이의 빈 공간에는 말간 액체가 고여 있었다. 바닷물 밑바닥에서 천천히 돌아다니는 기분은 어떨까?

"좋은 시간 보내시기 바랍니다. 위하여!"

나는 잔을 들어올리며 소리쳤다.

게이르가 미소를 지었다. 다른 사람들은 내 어눌한 스웨덴 말을 알아들었는지 못 알아들었는지 나를 따라 잔을 들어올렸다.

"위하여! 초대해줘서 고마워요!"

안더스가 말했다.

손님들이 오면 음식 준비를 하는 일은 항상 내 몫이다. 내가 요리를 좋아해서가 아니라, 어딘가에 숨어 있고 싶어서다. 손님들이 초인종을 누르면 잠시 나가 인사를 하고 부엌으로 들어와 음식을 만든다. 요리가 끝나 식탁에 내놓을 때면 싫으나 좋으나 다시 손님들과 대면을 해야 한다. 그때도 나는 손님들의 물잔이 비어 있으면 물을 가져오겠다는 핑계로 자주 부엌에 몸을 숨긴다. 전채 요리를 담은 접시가 비면 나는 빈 접시를 내가고 다음 요리를 가져온다는 이유로 다시 부엌으로 몸을 숨긴다.

그날 저녁도 예외는 아니었다. 나는 항상 편안하고 기분 좋게 대화를 이끌어가는 안더스에게 매력을 느꼈지만 그와 터놓고 이야기를 나눌 수는 없었다. 나는 헬레나도 좋아했지만 그녀와도 대화를 나눌 수 없었다. 린다와는 대화를 나누는 것이 가능했지만, 손님들을 보살펴야 하는 주인으로서 그들에게 등을 돌리고 린다와 대화를 나눌 수는 없었다. 게이르와도 대화를 나눌 수 있었지만, 그가 다른 이들과 함께 있을 때는 내가 알고 있는 게이르가 아닌 전혀 다른 사람이 되어버리기 때문에 대화를 나누기가 불편했다. 안더스는 알고 지내던 범법자에 대해 이야기를 늘어놓았다. 사람들은 그의 이야기를 들으며 웃음을 터뜨렸다. 헬레나는 그의 이야기에 귀를 기울이며 가끔은 진심으로 놀라는 모습을 보이기도 했고 가끔은 크게 웃음을 터뜨리기도 했다.

떠들썩한 분위기 속에 또 다른 분위기도 자리하고 있었다. 그것은 팽팽한 긴장감 같은 것이었다. 린다와 게이르는 마치 같은 극을 지닌 자석처럼 사사건건 의견이 달라 부딪쳤다. 헬레나는 집 밖에 있을 때면 안더스에 대해 그리 만족하지 못했다. 안더스가 자주 멍청한 말을 하거나 그녀의 의견과는 정반대되는 말을 생각 없이 늘어놓을 때가 많았기 때문이다. 그런 불편함을 모두 알아챌 수 있었던 나는 가시방석에 앉아 있는 것만 같았다. 크리스티나는 아주 오랫동안 침묵을 지킬 때가 많았다. 그 또한 불편하기 그지없었다. 궁금했다. 어디가 아픈 것일까? 우리 부부 때문일까? 게이르 또는 그녀 자신 때문일까?

그곳에 모인 사람들 사이엔 그 어떤 공통점도 찾아볼 수 없었다. 표면을 흐르는 웃음소리 밑에는 교감과 반감이 쉴 새 없이 돌고 돌았다. 수많은 말이 뱉어졌고 수많은 행위가 있었다. 그런데도 아니 어쩌면 바로 그 때문에 그날 저녁이 기억에 남을 만한 시간이 될 수 있었는지도 모른다. 그건 우리가, 아무도 더 잃을 것이 없는 바로 그 지점에 도달했기에 평소에는 혼자만 간직하고 있던 은밀한 이야기까지 내놓기 시작했기 때문이다.

이야기는 머뭇머뭇 주춤거리며 시작되었다. 서로를 속속들이 알고 있다고 생각하지만 사실은 그렇지 않은 사람들 사이에 오가는 대화가 그렇듯.

나는 랍스터 껍데기에 붙어 있는 매끈하고 두꺼운 살을 발라내 이등분을 한 다음 포크를 찔러넣어 마요네즈 속에 한 번 휘저은 다음 입으로 가져갔다.

창밖에서 귀를 찢을 것 같은 굉음이 들렸다. 마치 무언가가 폭발하는 듯한 소리에 창문이 심하게 흔들렸다.

"저건 불법이야!"

안더스가 아는 체했다.

"그렇군. 넌 그 분야에 관해선 전문가지?"

게이르가 놀렸다.

"우린 풍등을 가져왔어요."

헬레나가 말을 이었다.

"불을 붙이면 더운 공기가 생겨 풍선이 하늘로 떠오르는 거죠. 아주 높이, 끝없이 올라가요. 소리도 나지 않아요. 아주 조용히 하늘로 올라가는 풍등을 보면 굉장히 멋있어요."

"도심에서도 풍등을 띄울 수 있나요? 혹시 지붕 위에 떨어져서 불이 나면 어떡하죠?"

린다가 물었다.

"한 해의 마지막 날 밤에는 뭘 해도 괜찮아요."

안더스가 말했다.

정적이 흘렀다. 나는 언젠가 친구와 함께 연말 파티에서 사용했던 불꽃놀이용 로켓을 모아놓고, 그 속에서 타다 남은 화약을 모아 작은 실린더에 넣고 불을 붙여본 적이 있다는 이야기를 할까 말까 망설였다. 그때의 기억은 너무도 선명하게 머릿속에 남아 있다. 게이르 호쿤이 칠흑처럼 까맣게 변해버린 얼굴로 나를 돌아보는 순간,

아버지가 폭발 소리를 들었을지 모른다는 생각과 함께 말할 수 없는 두려움이 나를 덮쳤던 기억. 얼굴을 뒤덮은 까만 얼룩도 쉽게 지울 수 없을 것이라는 생각도 들었다. 하지만 그런 이야기를 한들 무슨 소용이 있을까. 나는 마음을 고쳐먹고 자리에서 엉거주춤 일어나 와인을 잔에 따랐다. 미소 짓는 헬레나와 눈을 마주친 다음 자리에 앉은 나는 게이르 쪽으로 고개를 돌렸다. 그는 스웨덴과 노르웨이의 차이점에 대해서 신나게 이야기하고 있었다. 게이르는 대화가 진전되지 않아 분위기가 가라앉을 때면 항상 여기에 대해 이야기를 하곤 했다. 그건 누구나 한마디씩은 할 수 있는 일반적인 주제였으니까.

"그런데 왜 하필이면 스웨덴과 노르웨이지?"

안더스가 말문을 열었다.

"이 두 나라에선 재미있는 일이라곤 아무것도 일어나지 않잖아. 빌어먹을 날씨도 날씨지만."

"안더스는 스페인으로 되돌아가고 싶어 해요."

헬레나가 끼어들었다.

"맞아, 맞아. 진작 스페인으로 이사를 갔어야 했는데. 모두 같이 말이야. 도대체 무엇 때문에 우리가 여기 이렇게 주저앉아 있어야 하는 거지? 생각해봤어? 아무것도 없잖아!"

"왜 스페인으로 가고 싶어 하는 거죠?"

린다가 물었다.

그는 양팔을 활짝 벌리며 대답했다.

"하고 싶은 일을 자유롭게 할 수 있으니까요. 거기선 아무도 남의 일에 신경 쓰지 않아요. 날씨도 따뜻하고. 도시들은 또 얼마나 멋진지 알아요? 세비야. 발렌시아. 바르셀로나. 마드리드."

그가 내게 시선을 돌렸다.

"축구도 여기와는 수준이 달라. 우리 둘이 언제 스페인으로 함께 가보는 건 어때? 엘 클라시코 관람도 할 겸 말이야. 하룻밤 자고 와도 좋잖아. 비행기표는 내가 알아볼게. 문제없어. 어때?"

"재미있을 것 같아."

"그렇지? 그럼 주저할 필요도 없잖아. 말이 난 김에 바로 떠나는 건 어때?"

린다가 나를 바라보며 미소를 지었다. 그녀의 눈빛은 마치 이렇게 말하는 것만 같았다. '가고 싶으면 가세요.' 하지만 그녀의 눈빛 속에는 언젠가는 고개를 들 또 다른 의미도 담겨 있었다. '나 혼자 집에 앉아 있도록 내버려두고 당신은 스페인까지 가서 신나게 즐기고 올 생각인가요? 당신은 정말 자기 생각밖에 할 줄 모르는 이기적인 사람이군요. 만약 어딘가에 갈 생각이라면 정말 함께 데려가야 할 사람은 바로 나라고요.' 그녀의 눈빛 속에는 이 모든 의미가 담겨 있었다. 끝없는 사랑과 끝없는 불안감. 그녀의 사랑과 불안감은 서로 앞다투어 가며 시도 때도 없이 고개를 쳐들고 있었다.

지난 몇 달 동안 그녀의 눈빛과 태도에는 무언가 새로운 것이 자리를 잡기 시작했다. 곧 태어날 아기 때문일까. 그것은 그녀의 기분과 말투에 보일 듯 말 듯 낯선 색깔을 더하고 있었다. 불안감은 섬세하고 미묘했으며, 공기처럼 가벼워졌다. 그것은 마치 겨울 하늘의 북극광이나 여름 하늘의 번개처럼 그녀의 의식 속을 떠다니고 있었다. 그뿐만 아니라 그 불안감을 인도해오는 어둠조차도 가볍기 그지없다.

따지고 보면 어둠이란 것은 빛의 부재를 말하는 것이다. 부재에는 무게감이 없다. 그런데 지금 린다를 채우고 있는 것은 그것과는 조금 다르다. 나는 그것이 대지와 관련이 있다고 생각했다. 발을 붙이

16

고 설 수 있는 흙 같은 것. 아, 내 머릿속을 떠도는 것은 어리석음과 미련함이다. 근거 없는 신화 같은 것.

그런데도 나는 린다의 태도와 기분이 대지와 관련이 있다는 생각을 떨칠 수가 없었다.

"엘 클라시코 시리즈는 언제 시작하지?"

나는 식탁 위로 허리를 굽혀 안더스의 잔을 채워주었다.

"그건 나도 몰라. 솔직히 꼭 엘 클라시코를 봐야만 할 이유도 없잖아. 축구 경기라면 어떤 것도 괜찮아. 나는 바르셀로나를 보고 싶을 뿐이야."

나는 내 잔을 채우고 나서 랍스터 다리 가장 안쪽에 붙어 있는 살점을 떼어냈다.

"좋아. 그런데 린다가 아이를 낳은 후 적어도 일주일은 지나야 갈 수 있을 것 같아. 우린 50년대 남자가 아니잖아."

"나는 50년대 남잔데?"

"나도! 아니, 적어도 구식과 신식의 경계선쯤에 서 있는 남자라고 할 수 있어. 나도 할 수만 있었다면 출산 때 병원 복도에 내내 서 있었을 거야."

"그런데 왜 그렇게 못했어?"

대화에 끼어든 게이르의 말에 안더스가 얼떨떨한 표정으로 그를 바라보았다. 두 사람은 동시에 웃음을 터뜨렸다.

"이제 빈 접시들을 가져가도 될까요?"

그들은 고개를 끄덕이면서 저마다 잘 먹었다며 입을 모았다. 빈 접시를 모아 부엌으로 가져가니, 크리스티나가 큰 접시 두 개를 들고 내 뒤를 따랐다.

"도와드릴까요?"

17

고개를 젓던 나는 그녀와 눈이 마주치는 바람에 시선을 살짝 아래로 떨구었다.

"아니에요, 괜찮습니다. 고마워요."

그녀는 다시 거실로 되돌아갔다. 나는 커다란 냄비에 물을 붓고 전기레인지 위에 올려놓았다. 밖에서는 불꽃놀이를 하는지 간간이 굉음이 들려왔다. 형형색색의 불꽃은 어두운 하늘을 밝히고는 땅으로 떨어져 내렸다. 사그라진 빛 뒤로는 다시 어둠이 따랐다. 거실에선 웃음소리가 들려왔다.

나는 검은색 쇠냄비 두 개를 전기레인지 위에 올려놓고 불을 끝까지 올렸다. 창문을 여니 길 가던 행인들의 목소리와 발소리가 집 안으로 넘어 들어왔다. 나는 거실로 가서 카디건의 음반을 틀었다. 배경음악으로는 꽤 좋은 음악이었다.

"도와줄까라는 말도 못 했네."

안더스가 소리쳤다.

"그렇게 물어보는 것도 한 방법이지."

헬레나가 내게로 돌아보며 물었다.

"그런데 정말 안 도와드려도 돼요?"

"그럼요, 괜찮습니다."

나는 린다의 등 뒤로 가서 그녀의 어깨에 손을 얹었다.

"참 아름다운 아늑한 저녁이죠?"

거실 안이 고요해졌다. 나는 일행이 다시 대화를 시작할 때까지 그 자리에 서 있어야 할 것 같아 잠시 기다렸다.

"성탄절 직전에 필름 하우스에서 친구들과 점심을 먹은 적이 있었어요."

일행 가운데 가장 먼저 말문을 연 사람은 린다였다.

"그중 한 명은 알비노 구렁이를 본 적이 있다고 했어요. 나는 그게 비단뱀이나 보아 구렁이라고 생각했죠. 하긴 뭐, 상관없는 일이긴 하지만… 어쨌든 친구가 본 건 하얀 몸에 황금색 무늬가 있는 뱀이었어요. 그 친구의 말이 끝나자마자 다른 친구가 자기는 보아 구렁이를 애완동물처럼 집에서 키운 적이 있다고 말했어요. 그건 말 그대로 진짜 집채만큼 큰 구렁이였죠. 그런데 어느 날 아침 눈을 떠보니 그 구렁이가 침대 위에 올라와 자기 바로 옆에 누워 있어서 깜짝 놀랐다고 했어요. 내 친구는 그때까지만 해도 구렁이가 항상 똬리를 틀고 웅크린 모습만 보았는데, 그날은 온몸을 일직선으로 쭉 펴고 자기 옆에 바짝 붙어 누워 있기에 너무나 두렵고 무서워서 스칸센 동물원에 전화해 뱀을 담당하는 사육사에게 물어보았대요. 갑자기 이게 무슨 일인가 싶어서요. 그랬더니 그 사육사가 뭐라고 했는지 아세요? 조금만 더 늦었다면 큰일 날 뻔했대요. 뱀들은 희생물의 크기를 재어보기 위해 그 옆에서 자기 몸을 쭉 뻗어본다는군요. 한입에 삼킬 수 있을지 알아보기 위해서 말이죠."

"오, 맙소사! 세상에나…!"

내가 소리를 지르자 일행이 큰 소리로 웃음을 터뜨렸다.

"칼 오베는 뱀을 무서워해요."

린다가 말했다.

"그 이야기는 내가 들어본 이야기 중에서 제일 혐오스러운 이야기야. 오, 빌어먹을!"

린다가 내게로 얼굴을 돌렸다.

"칼 오베는 가끔 구렁이 꿈을 꾸기도 해요. 그 이야기를 해줄까요? 밤에 자다가 벌떡 일어나서 이불을 바닥에 내동댕이치고 두 발로 마구 짓밟은 적도 있어요. 한밤중에 말이에요. 어느 날 함께 침대에 누워 있는데, 갑자기 이 사람이 벌떡 일어나 침대 밖으로 껑충 뛰어내리지 뭐예요. 마치 최면에라도 걸린 듯 꼼짝도 하지 않고 바닥을 노려보기에, 당신은 지금 꿈을 꾸고 있는 거라고 말해주었어요. 얼른 다시 자리에 와서 누우라고 했죠. 그러자 이 사람이 바닥에 뱀이 있다고 말하더군요. 거긴 '오름' 같은 건 없으니 얼른 다시 자라고 말했더니, 이 사람이 나를 아주 기분 나쁘다는 듯이 쩨려보면서 '당신이 오름이라고 하니까 하나도 안 무섭잖아!'라고 말하지 뭐예요!"

사람들은 크게 웃음을 터뜨렸다. 게이르는 안더스와 헬레나에게 스웨덴어로 '오름'은 뱀을 가리키지만 노르웨이어로 '오름'은 지렁이를 의미한다고 설명해주었다. 나는 그들이 이제 뱀꿈에 대한 프로이트적 해석을 할 것이 분명하니 그 이야기를 듣지 않으려면 자리를 피하는 수밖에 없다고 말하면서 부엌으로 갔다.

물이 끓고 있었다. 나는 끓는 물에 탈리아텔레*를 넣었다. 뜨겁게 달구어진 쇠냄비 속에선 기름 튀는 소리가 들렸다. 나는 쪼갠 마늘과 대접에 담겨 있던 홍합을 쇠냄비 속에 넣고 뚜껑을 덮었다. 곧 냄비 속에서 홍합 껍데기가 서로 부딪치는 소리가 우당탕 들리기 시작했다. 나는 냄비 속에 화이트 와인을 부어넣고 파슬리를 썰어넣은 후 불을 끄고 몇 분을 기다렸다. 곧 탈리아텔레를 건져올려 물기를 뺀 다음 페스토 소스를 가져왔다. 식사 준비는 마무리되었다.

"오, 참 먹음직스럽게 보여요"

접시를 들고 거실로 들어가니 헬레나가 감탄을 했다.

"손이 많이 가는 음식도 아니에요. 제이미 올리버의 요리책에서

---

• 이탈리아의 파스타 일종으로 면발이 길고 넓적하다.

보고 그대로 따라 했거든요. 맛은 좋을 것 같아요."

"냄새도 참 좋네요."

크리스티나가 말했다.

"도대체 네가 못 하는 게 뭐니?"

안더스가 내게 물었다.

나는 시선을 떨구며 물컹한 홍합살을 포크로 찍어 올렸다. 주황색 가장자리 속에 자리한 짙은 갈색의 살점. 그것을 씹으니 이빨 사이에 모래알 같은 것이 씹혔다.

"우리가 성탄절 저녁에 노르웨이 전통 음식을 먹었던 이야기를 해준 적이 있니? 일명 막대 고기라고 불리는 음식 말이야."

나는 안더스를 쳐다보면서 말했다.

"막대 고기? 그게 뭐야?"

"노르웨이에서 성탄절에 먹는 전통 음식이야."

"양이나 염소의 갈비뼈에 붙은 고기지. 그걸 소금에 절여 건조한 곳에 걸어두고 몇 달 동안 바짝 말린 후에 먹어. 우리 어머니가 그걸 우편으로 보내줬는데…"

"양고기를 우편으로 보냈다고? 그것도 노르웨이 전통이니?"

"아니, 여기선 구할 수가 없으니까. 어쨌든 그건 우리 어머니가 직접 소금에 절여 다락에서 말린 고기였어. 굉장히 맛있어. 어머니는 그걸 성탄절에 보내주겠다고 약속했거든. 우리가 여기서 성탄절 이브에 먹을 수 있도록 말이야. 린다에게도 그 맛을 보여줄 생각이었어. 내 경우 양고기 없는 성탄절은 생각할 수조차 없을 정도야. 그런데 어머니가 소포로 부친 고기는 성탄절에서 사흘이나 지난 뒤에 도착했어. 난 소포가 도착한 날 성탄절 기분을 한 번 더 내기로 하고 고기를 찌기 시작했지. 하얀 식탁보로 식탁을 덮고 양초에 불을 켜고 아쿠아비트 술도 내오는 등 성탄절 기분을 다시 내보려고 갖은 노력을 했는데, 고기가 익질 않는 거야. 고기를 찌기에 적당한 솥이 없었거든. 결국 온 집 안에 양고기 냄새만 풍기게 되었어. 그렇다고 설익은 고기를 먹을 순 없잖아. 린다는 기다리다 못해 자러 가버렸어."

"그리고 당신은 새벽 1시에 나를 깨웠죠."

린다가 말을 이었다.

"우린 한밤중에 일어나 노르웨이 전통 성탄 음식을 먹었어요."

"분위기는 그럴싸했어. 그렇지 않아?"

"맞아요."

린다가 미소를 지으며 맞장구를 쳐주었다.

"정말 그렇게 맛있어?"

헬레나가 물었다.

"응, 보기는 별론데 맛은 있어."

"난 네가 재주가 없어 못 하는 일을 이야기해줄 줄 알았는데, 끝까지 듣고 보니 완벽한 이상에 가까운 이야기잖아?"

"가만히 놔둬."

게이르가 말참견을 했다.

"칼 오베는 자기가 얼마나 불행한 패배자인지를 글로 써내는 새로운 커리어를 시작했잖아. 슬프고 비참한 이야기들을 줄줄이 엮어내면서 자신을 수치심과 후회로 포장하고 있는 남자란 말이야. 지금은 파티를 할 시간이라고! 그러니 칼 오베가 자기 자랑 좀 하도록 놔두는 것도 좋을 거야."

"진정한 실패가 어떤 건지 당신이 한 번 이야기해봐요, 안더스."

헬레나가 그를 부추겼다.

"오, 사람을 제대로 골랐군. 당신이 고른 사람은 언젠가 온 세상이 부럽지 않을 정도로 부자였던 사람이었어. 난 자동차 두 대에다 외스테르말름에 집도 가지고 있었어. 통장에는 돈이 넘칠 정도였지. 세계여행도 언제 어디든 마음만 먹으면 할 수 있었어. 심지어는 말도 가지고 있었다고! 그런데 지금은 어떻게 살고 있는지 알아? 달라르네에 있는 베이컨 과자 공장을 돌리고 있을 뿐이야. 하지만 난 당신들처럼 넋 놓고 앉아서 불평하는 일은 절대 하지 않는다고!"

"당신들이라뇨?"

헬레나가 물었다.

"누구긴 누구야, 당신과 린다지. 예를 들자면 그렇다는 이야기야. 내가 집에 돌아오면, 당신들은 찻잔을 손에 들고 소파에 앉아서 이 세상의 온갖 것들에 대해 불평을 하잖아. 하루 종일 스치는 이런저런 온갖 감정은 물론이고 말이야. 산다는 건 그렇게 어려운 게 아니라고. 좋을 때도 있고 나쁠 때도 있어. 나쁠 때도 순전히 나쁘다고 볼수만은 없지. 왜냐하면 그건 언젠가는 좋은 날이 다가올 것이라는 걸 의미하니까."

"당신의 문제점이라면, 당신은 자기 자신의 자리가 어디인지 단한 번도 제대로 고찰해본 적이 없다는 거예요."

헬레나가 말했다.

"그렇다고 해서 당신이 자기인식력이 부족하다는 말은 아니에요. 단지 당신은 당신 자신을 제대로 인식해보려 노력하지 않는다는 거죠. 가끔은 그런 당신이 부러울 때도 있어요. 정말이에요. 나는 내가 누구인지, 왜 이런 일이 내게 일어나는지 진정으로 알고 싶을 때가 많거든요."

"당신 이야기도 안더스의 이야기와 그리 다르지 않지요? 그런가요?"

게이르가 물었다.

"무슨 뜻이죠?"

"당신은 모든 것을 다 가지고 있었잖아요. 드라마텐 왕립극장에서 일했고, 유명한 연극 무대에서 주연 배우도 맡아보았고, 영화배우로도 이름을 날린 적이 있어요. 그런데 어느 날 갑자기 모든 것을 포기하고 사라져버렸어요. 물론 그것도 어떤 면에서 보면 꽤 낙관적이라고 할 수 있죠. 제 눈에는 그렇게 보여요. 미국인 기업가와 결혼해서 하와이로 갔었나요?"

"글쎄요, 성공한 커리어였다고는 할 수 없어요. 하지만 당신 말이 틀리진 않아요. 저는 제 가슴이 원하는 대로 따라갔을 뿐이에요. 지금도 그 일을 후회하진 않아요."

헬레나는 미소를 띠며 일행을 둘러보았다.

"크리스티나 이야기도 비슷해."

게이르가 말했다.

"당신 이야기는 어떤 이야긴가요?"

안더스가 크리스티나를 바라보며 물었다.

그녀는 미소를 띠며 고개를 들고 입속의 음식을 삼키고 나서 말하기 시작했다.

"나는 커리어를 시작하기도 전에 최정상에 올랐어요. 내 이름을 상표로 사용한 옷 브랜드도 있었고, 최우수 신인 디자이너로 뽑히기도 했죠. 런던의 패션쇼에 스웨덴을 대표하는 디자이너로 참석하기도 했고, 파리의 패션쇼에도 참가한 적이 있어요."

"텔레비전 방송국에서 우리 집에 찾아오기도 했어."

게이르가 끼어들었다.

"거리에 나가면 크리스티나의 얼굴이 그려진 대형 깃발이 펄럭이기도 했지. 아니, 문화회관 앞에 있던 그건 깃발이라기보다 대형 선박의 돛만큼이나 컸지. 일간지에 크리스티나를 다룬 특집 기사가 여섯 면이나 난 적도 있어. 우린 엘프 차림을 한 여자들이 서빙을 하는 리셉션에도 초대를 받은 적이 있어. 파티장엔 샴페인이 넘쳐흘러서 헤엄을 쳐도 될 정도였지. 우린 그때 정말 아무것도 모르고 행복에 겨워했었어."

"그런데 무슨 일이 생겼나요?"

린다가 물었다.

크리스티나는 어깨를 으쓱 추어올렸다.

"돈이 들어오지 않았어. 일이 잘 되는 것처럼 보였지만 사실은 튼튼한 기반 없이 시작한 일이라 그랬던 거지. 그러다 결국은 부도를 내고 말았어."

"부도조차도 화려하게 냈어."

"맞아요."

"크리스티나는 거대한 이벤트용 천막을 빌려서 예르데에 설치했어. 그 천막은 시드니의 오페라 하우스를 본뜬 것이었지. 마네킹을 등에 태운 말들이 평원을 넘어 그곳에 오기로 되어 있었어. 크리스티나는 사전에 스베아 근위병과 기마경찰에게서 말을 빌려놓고 만반의 준비를 해놓았지. 모든 것이 거대하고 화려하기 그지없었어. 물론 돈도 엄청 들어갔지. 정말 돈 생각은 하나도 않고 행사를 개최했거든. 수영장처럼 커다란 펀치 그릇 위에는 연기가 모락모락 나는 얼음이 떠 있었고, 스웨덴의 주요 텔레비전 방송국과 신문사에선 경쟁하듯 기자들을 보내 취재를 했지. 한마디로 그 행사장은 영화 세트를 방불케 했어. 그런데 비가 내린 거야. 정말 갑자기 폭포수처럼 엄청 비가 내리더군."

크리스티나는 웃음을 터뜨리며 손을 입으로 가져갔다.

"그 마네킹을 당신들도 봤어야 했는데!"

게이르가 말을 이었다.

"비에 젖어 축 늘어진 머리카락은 얼굴에 다닥다닥 붙어버렸고, 옷은 세탁기 안에 넣어둔 것처럼 젖어 쭈글쭈글해졌지 뭐야. 말 그대로 재앙이었어. 하지만 그 상황도 나름 시적인 분위기를 자아내더군. 꽤 아름답다는 생각도 했으니까. 어쨌든 크리스티나처럼 거창하게 한 방에 실패를 경험한 사람도 드물 거야."

모두 웃음을 터뜨렸다.

"아, 그래서 크리스티나가 슬리퍼를 그리고 있었구나. 너희 집에 내가 처음 갔을 때 말이야."

나는 게이르를 바라보며 말했다.

"그건 슬리퍼가 아니에요."

크리스티나가 반박했다.

"그게 그거지 뭐."

게이르가 말을 이었다.

"크리스티나가 런던 패션쇼에서 옛날 구두 가운데 하나를 신었는데, 그 바람에 그 구두가 갑자기 유행이 된 거야. 물론 크리스티나에게 돌아오는 건 아무것도 없었어. 하지만 상처에 작은 반창고를 붙인다는 셈 치고 크리스티나가 일을 맡은 거야. 다시 꿈을 이루어보자는 심정으로 작은 것부터 하기 시작했어."

"나는 정상에 있었다고는 할 수 없었어요."

린다가 말을 시작했다.

"하지만 제 이야기도 여러분의 이야기와 그리 다르진 않아요."

"내리막길로 떨어져봤다는 이야긴가요?"

안더스가 물었다.

"네, 내리막길… 작가로 데뷔를 했죠. 그 자체만으로도 제겐 과분한 일이었어요. 물론 다른 사람들에겐 별것 아닐 수도 있겠지만 제겐 아주 크고 영광스러운 일이었죠. 게다가 일본에서 문학상을 받기도 했어요. 저는 항상 일본을 동경해왔거든요. 직접 일본으로 가서 그 상을 받고 싶다는 생각에 초급 일본어책까지 구입해놓았는데 갑자기 아팠어요. 아무 일도 못 할 정도로… 아니, 적어도 일본에 갈 수 있을 만한 상태는 아니었어요. 결국 일본에 가는 건 포기해버렸죠. 그 후에 시집을 하나 더 썼고, 출판사에서 출간을 하겠다고 했어요. 그 말에 너무나 기뻐서 그날 바로 시내에서 파티를 열었는데, 며칠 후에 출간을 포기하겠다고 출판사에서 연락이 온 거예요. 나는 그 시집을 들고 다른 출판사를 찾아갔어요. 거기서도 똑같은 일이 생겼어요. 처음엔 출간을 하겠다고 하더니 며칠 후에 또 말을 바꾸지 뭐예요. 나는 벌써 친구들이랑 가족들에게 자랑까지 다 해놓았는데 말이죠."

"듣고 보니 참 슬픈 이야기네요."

안더스가 말했다.

"아니에요, 그런 일도 있을 수 있죠, 뭐. 돌이켜보니 오히려 잘 되었다는 생각도 들어요."

"당신은 어때요, 게이르?"

헬레나가 말문을 열었다.

"흠… 나도 아름다운 패배자냐고 묻고 있는 거죠?"

"맞아요."

"그렇다고 할 수 있겠죠? 저는 학계의 신동이었으니까요."

"오, 그런 말을 직접 할 수 있다니, 너도 참 대단해!"

나는 게이르를 향해 한마디 던졌다.

"아무도 나에게 학계의 신동이라는 말을 안 해주니까 나라도 해야 될 거 아니냐. 아니, 진짜라니까. 스웨덴에서의 필드 리서치를 바탕으로 해서 노르웨이어로 책을 썼는데 이렇다 할 반응이 없었어. 스웨덴 출판사는 물론이고 노르웨이 출판사에서도 관심을 보이지 않았거든. 권투선수들의 삶을 면면히 들여다보며 그들이 왜 가난한지, 왜 사회의 아웃사이더가 되었는지, 왜 그들이 범죄자로 전락하고 말았는지에 대한 이유와 사회적 배경에 대해 썼던 글도 마찬가지였어. 나는 그들의 문화가 나름대로 매우 타당하며 자연스러운 것이라 했지. 이 사회의 여성화된 중산층 학자문화권에 속한 사람들의 삶보다는 훨씬 이해하기 쉬운 것이라 주장했어. 하지만 그것도 도움이 되진 않았어. 어떤 결론을 내리더라도 노르웨이와 스웨덴의 출판사에선 조금의 관심도 보이지 않았으니까. 결국 책을 내긴 냈어. 자비로 출간을 했지. 홍보는 아예 꿈도 못 꿨어. 나중에 한 출판사의 편집자와 이야기를 한 적이 있어. 그녀는 매일 출퇴근 시간에 네소덴 페리에 앉아 내 책을 읽으면서 누군가가 이 책의 표지를 보면 책에 호기심을 가질 수도 있을 것 같다고 생각했다는군."

그는 큰 소리로 웃음을 터뜨렸다.

"이젠 강의도 하지 않아. 학술지에 글을 싣지도 않고, 세미나에 참석하는 일도 없어. 하는 일이라곤 집에 틀어박혀서 글을 쓰는 일밖에 없어. 적어도 5년은 걸릴 거라고 생각해. 물론 5년 후에 글을 완성한다 해도 출간이 된다는 보장은 없지만…"

"진작 내게 이야기를 하지 그랬어."

안더스가 끼어들었다.

"적어도 텔레비전에는 한 꼭지 출연시켜 줄 수 있었을 텐데. 그러면 직접 책에 대해서 이야기할 기회를 얻을 수도 있을 테고…"

"정말 그렇게 할 수 있었다면 좋았을 텐데,"

헬레나가 말했다.

"거절할 수 없는 제안이잖아요. 어떻게 생각하세요?"

"솔직히 당신은 그렇게 발이 넓은 편이 아니잖아? 어쨌든 제안은 고맙게 받아들이겠어."

"이젠 당신만 남았군."

안더스가 나를 바라보았다.

"칼 오베?"

게이르가 뜬금없다는 듯 되물었다.

"칼 오베는 리무진에 앉아서 찔끔찔끔 우는 남자야. 칼 오베가 스톡홀름에 처음 온 날도 내가 그렇게 말해주었지."

"그 말에는 동의할 수 없어. 내가 데뷔한 지는 벌써 5년이 넘었어. 지금도 가끔 신문 기자들이 전화를 하긴 해. 하지만 그들이 어떤 질문을 던지는지 알아? 크나우스고르 씨, 저는 지금 슬럼프에 빠진 작가들을 취재하고 있는 중인데요, 제 질문에 답을 해주실 수 있나요? 거기까지는 괜찮아. 이런 사람도 있어. 작가 중에서 책을 한 권만 낸 사람들을 취재하는 중입니다. 당신도 아시다시피 그런 사람은 꽤 많잖아요. 말이 나왔으니 얘기인데, 당신도 그중의 하나 아닙니까. 그래서 여기에 대해 좀 이야기를 나누어볼까 해서요. 어떤 기분인지 좀 허심탄회하게 말씀해주실 수 있습니까? 요즘도 글을 쓰시나요?"

"지금 듣고 있지?"

게이르가 내 말을 가로막았다.

"내가 말했잖아. 칼 오베는 리무진에 앉아서 우는 남자라고."

"하지만 내게 남아 있는 건 아무것도 없는걸. 나는 4년 동안이나 글을 썼어. 하지만 지금은 아무것도 없어. 정말 아무것도 없다고!"

"내 친구들은 하나같이 모두 패배자의 길로 들어섰어."

게이르가 말했다.

"흔히 말하는 정상적인 과정을 밟은 패배자가 아니라 거기엔 아예 발도 들여놓지 못한 특별하고 예외적인 패배자들뿐이야. 어떤 친구는 확 트인 숲에 앉아 모닥불을 지피며 바비큐를 하는 것을 좋아한다고 말해. 인터넷에 데이트 상대나 단순히 말벗을 찾는 광고를 가끔 내기도 하는데, 그건 레스토랑이나 카페에 갈 돈이 없기 때문이지. 그 친구는 진짜 수중에 동전 한 푼도 없는 가난뱅이거든. 또 다른 친구는 대학에서 강의를 하는 동료인데 창녀에게 빠져서 가지고 있던 돈을 모두 그 여자에게 써버렸어. 거의 20만 크로네 이상을 날려 버렸지. 심지어는 그 여자가 유방 확대 수술을 하는 데도 돈을 보태줬어. 왜냐하면 자기가 가슴이 큰 여자를 좋아하거든. 또 다른 친구는 다른 곳도 아닌 스웨덴의 움살라에 와인 농장을 차리기도 했어. 움살라! 말이나 된다고 생각해? 어떤 친구는 무려 14년 동안이나 논문 하나를 붙들고 마무리를 하지 못해 안달하고 있지. 논문을 거의 마쳤다고 생각하면 그때 관련된 주제에 관해 새로운 이론이 나타나거나 미처 읽지 못했던 중요한 참고 서적이 있다는 걸 발견해서 다시 처음으로 돌아가곤 해. 머리가 그리 좋은 편은 아닌데 엄청 노력파야. 지금도 밤낮으로 논문에만 매달리고 있어. 내가 아는 또 다른 친구는 아렌달에 살고 있는데 13세짜리 미성년자와 연애를 하기도 했어."

그는 나를 바라보며 웃음을 터뜨렸다.

"진정해, 칼 오베. 네 이야기가 아니니까. 적어도 내가 알기엔 그렇다는 말이야. 또 다른 친구는 화가인데 아주 재능이 뛰어난 사람이야. 그런데 그 친구가 그리는 그림은 바이킹 선박과 대검, 뭐 이런 것들밖에 없어. 게다가 정치적으로는 극우파에 속해 있지. 내가 보기엔 그가 그 흐름에서 빠져나올 수 있는 길은 없어. 그러니까 바이킹 선박 그림은 문화계에 발을 들일 수 있는 입장권이 될 수 없다는 말이야."

"거기에 나를 끼워 넣지 않았으면 좋겠어."

안더스가 말했다.

"아니야, 여기 앉아 있는 우리는 내가 말한 사회 비주류적 패배자의 모임과는 상관없는 사람들이야. 적어도 아직은 아니지. 우린 지금 흐르는 물 위에서 표류하고 있을 뿐이야. 구멍 난 조각배에 앉아서 말이지. 어떻게 생각하면 그것도 좋아. 내 느낌을 말하자면, 우리는 지금 따스한 강물 위에서 표류하고 있어. 머리 위의 캄캄한 하늘엔 무수한 별이 반짝이고 있지."

"참으로 시적이고 아름다워요. 하지만 내 느낌은 당신의 느낌과는 거리가 멀어요."

린다는 두 손을 부른 배 위에 얹고 앉아 말했다. 나는 그녀와 눈을 마주쳤다. 린다의 눈은 '나는 행복해요'라고 말하고 있었다. 나는 그녀에게 미소를 건넸다.

오, 문득 보름만 있으면 아이가 태어날 것이라는 생각이 스쳤다.

내가 아빠가 된다니!

거실에는 정적이 감돌았다. 저마다의 이야기를 끝낸 일행은 소파에 등을 푹 파묻고 앉아 있었다. 안더스는 손에 와인잔을 들고 있었다. 나는 몸을 일으켜 와인병을 들고 일행의 잔을 차례차례 채워주었다.

"가만히 생각해보니 우린 오늘 서로에게 마음을 열어보였던 것 같아요. 요즘 같은 세상엔 그렇게 하기가 참으로 어려운데 말이죠."

"그건 스포츠예요."

나는 와인병을 내려놓으며 병의 주둥이에서 흘러내리는 와인 방울을 엄지손가락으로 훔쳤다.

"누가 가장 비참한지를 가려내는 스포츠죠. 승자는 바로 나예요!"

"아냐, 나야!"

게이르가 소리쳤다.

"제 부모님 같으면 친구들과 함께 앉아 이런 이야기를 나눈다는 건 생각지도 못했을 거예요."

헬레나가 말문을 열었다.

"하긴 제 부모님은 우리와는 다르니까요."

"어떤 면에서?"

크리스티나가 물었다.

"우리 아버진 외레브로에서 가발 공장을 운영하고 있어. 내 어머니는 아버지의 첫째 부인이었는데 알코올 중독자였지. 어머니는 성격이 너무 고약해서 자주 만나지 않아. 한번 큰마음 먹고 어머니를 찾아갔다 오면 완전히 진이 빠져버려. 만나고 오면 내가 너무 힘들어서 그 후엔 몇 주 동안이나 정상적으로 생활하기가 힘들 정도야. 아버진 재혼을 했는데 둘째 부인도 알코올 중독자였어.

그런데 둘째 부인은 겉으로 보기엔 아버지의 아내 노릇을 완벽하게 해냈지. 난 그들의 아이가 세례를 받을 때 가서 그 여자를 한 번 봤어. 그 여자는 굉장히 엄하면서도 동시에 굉장히 산만하고 행실이 경망한 듯 보였어. 안더스는 그 여자 이야기를 할 때마다 웃지 않을 수 없대.

내가 어렸을 땐 주사기로 아이들이 먹는 과일 주스 용기에 술을 넣어서 다른 사람들의 눈을 속이기도 했어. 하하하. 한 번은 어머니랑 단둘이서 여행을 간 적이 있었어. 저녁이 되자 어머니는 내게 수면제를 먹이고 방문을 밖에서 잠근 후에 시내로 가서 술을 마시기도 했어."

모두 웃음을 터뜨렸다.

"그런데 지금은 상황이 더 나빠졌어. 어머닌 인간이 아니라 괴물이라는 생각이 들 정도니까. 우리가 가면 잡아먹지 못해 안달하는 것 같아. 다른 사람들은 안중에도 없고 자기만 생각하는 것 같아. 술은 밤낮을 가리지 않고 입에 달고 다니지."

그녀가 나를 바라보면서 말을 이었다.

"당신 아버지도 술을 많이 마셨던 것으로 아는데, 맞죠?"

"네, 맞아요. 그런데 제가 어렸을 땐 술을 마시지 않았어요. 제가 열여섯 살이 되던 해 술을 마시기 시작했던 것으로 기억해요. 그리고 제가 서른이 되던 해에 세상을 떠나셨고요. 그러니까 무려 14년 동안 술을 마셨던 셈이죠. 아버진 정말 말 그대로 술에 절어 살았어요. 제 생각엔 그게 바로 아버지가 원했던 게 아닌가 싶어요."

"아버지와 관련된 재미있는 이야기는 없어?"

안더스가 물었다.

"칼 오베는 우리처럼 자신의 불행 속에서 무언가 즐길 만한 것을 찾을 수 있는 사람은 아닌 것 같은데요."

헬레나가 끼어들었다.

"아뇨, 지금은 괜찮아요. 다 지나간 일이니까요. 하지만 재미있는 이야기는 지금 언뜻 떠오르는 게 없어요. 아버진 말년에 할머니의 집에 살았어요. 물론 거기서도 밤낮으로 술을 마셨죠. 어느 날 2층에서 거실로 내려오는 계단에서 발을 잘못 디뎌 떨어졌어요. 저는 그때 아버지 다리가 부러졌다고 생각해요. 어쩌면 아주 심하게 발을 삐었는지도 모르죠. 어쨌든 그 때문에 아버진 꼼짝도 못 했어요. 거실에 누워서 몇 날 며칠을 보냈거든요. 할머니가 구급차를 부르려 해도 아버지는 부르지 못하게 하고 거실 바닥에 누워서 할머니가 가져다주는 음식을 받아먹으며 지냈어요. 할머니는 누워 있는 아버지에게 음식과 술을 가져다주었고요. 저는 할머니와 아버지가 얼마나 오랫동안 그 일을 지속했는지 몰라요. 아마 적어도 며칠은 계속되었을 거라고 생각해요. 결국엔 삼촌이 그렇게 누워 지내는 아버지를 보게 되었죠. 아버진 삼촌이 올 때까지도 거실 바닥에 누워 있었어요."

모두 웃음을 터뜨렸다. 나도 웃어버렸다.

"술을 마시지 않았을 때는 어떤 분이셨어?"

안더스가 물었다.

"그러니까 당신이 열여섯 살이 되기 전에 말이야."

"한마디로 악마였어. 난 아버지 앞에선 두려워서 숨도 제대로 쉴 수가 없었거든. 정말이야. 아버지 앞에 서 있으면 너무나 겁이 나서 오줌을 지릴 정도였으니까. 한 번은… 아, 맞다. 내가 아주 어렸을 때의 일이야. 겨울이었지. 난 그때 일주일에 한 번씩 수영장에 갔는데, 한 번은 수영장에서 양말 한 짝을 잃어버렸어. 아무리 찾아도 없더군. 그건 진짜 악몽이었어."

"그건 왜죠?"

헬레나가 물었다.

"아버지가 알게 되면 말 그대로 지옥을 경험하게 될 테니까요."

"양말 한 짝을 잃어버렸다는 것 때문에요?"

"맞아요. 솔직히 아버지가 알아차릴 확률은 아주 낮았어요. 아버지 몰래 살짝 집에 들어가서 서랍장에 있는 새 양말을 신고 다시 나오면 되니까요. 그렇긴 하지만 집으로 돌아가는 길 내내 나는 두려워서 식은땀이 날 정도였어요. 마침내 집에 도착해서 대문을 열어보니 아무도 없더군요. 그래서 얼른 신발을 벗기 시작했죠. 그런데 바로 그 순간에 누가 나타났는지 알아요? 어쩜 그렇게도 딱 맞추어 나타났는지… 맞아요, 아버지가 현관으로 나오더군요. 그뿐만이 아니라 현관에 서서 내가 외투와 신발 벗는 모습을 뚫어지게 지켜보기까지 했다니까요."

"그래서 어떻게 되었나요?"

헬레나가 다시 물었다.

"아버진 내게서 다시는 수영장에 가지 않겠다는 다짐을 받아냈어요."

나는 미소를 지으며 말했다.

"하하하!"

게이르가 큰 소리로 웃음을 터뜨렸다.

"난 네 아버지가 정말 마음에 들어. 끝까지 한길을 고집하는 일관성 있는 분이잖아."

"당신 아버지는 가끔 손찌검을 했나요?"

헬레나가 물었다.

게이르는 잠시 주저하더니 말문을 열었다.

"노르웨이의 구세대적 자녀교육 방식에는 전통적인 불문율이 있어요. 당신들도 알다시피 무릎과 허리 사이라는 말도 있잖아요. 우리 아버진 손찌검을 하더라도 절대 얼굴은 때리지 않았어요. 칼 오베의 아버지가 했듯이 사전 경고 없이 갑자기 때리는 일도 없었어요. 한마디로 간단한 처벌이라고나 할까. 나는 아버지에게서 벌을 받으면서도 아주 당연하다고 생각했어요. 하지만 아버진 아들에게 손찌검하는 것을 좋아하지 않았죠. 내 생각엔 아버지가 아들에게 벌을 주는 것이 부모의 의무라고 여겼던 것 같아요. 우리 아버진 매우 선한 사람이었어요. 아주 좋은 사람이었죠. 나는 아버지에게 그 어떤 나쁜 감정도 없어요. 하긴 우리가 자랐던 사회는 지금의 사회와는 많이 다르잖아요."

"난 우리 아버지에 대해서 그리 좋은 말을 할 수가 없어."

안더스가 말을 이었다.

"난 어린 시절을 되돌아보고 싶지도 않아. 심리 상담이니 뭐니 그런 말은 이제 진절머리가 날 정도니까. 이미 말했듯이 난 어린 시절을 아주 부유하게 보냈어. 마치 비서처럼 아버지를 따라다니면서 최상류층 생활을 했지. 그러다 갑자기 나락으로 떨어진 거야. 알고 보니 아버지가 사기를 꽤 많이 쳤더군. 난 그때 세상모르고 아버지가 내게 물려준 재산에 모두 서명을 해버렸어. 그래서 내 앞으로 돌아올 돈은 모두 나라에서 환수해갔지. 덕분에 감옥행은 피할 수 있었지만, 앞으로도 아버지 대신 갚아나가야 할 빚이 너무나 많아서 평생 뼈 빠지게 일을 해도 모자랄 정도야. 게다가 내 재산은 모두 가압류 처분이 되어 있거든. 내가 남들처럼 합법적으로 일할 수 없는 이유가 바로 그 때문이야. 돈을 버는 족족 나라에서 가져가버리니까."

"아버지는 어떻게 되었니?"

나는 조심스레 안더스에게 물어보았다.

"도망가 버렸어. 그 이후로는 아버지를 본 적이 없어. 지금도 아버지가 어디 있는지 몰라. 외국 어딘가에 있을 거라고 짐작할 뿐이야. 솔직히 아버지를 보고 싶은 마음도 없어."

"하지만 당신 어머니는 여기 계시잖아요."

린다가 말했다.

"맞아요. 빈손으로 남겨져 배신감에 치를 떨고 있죠."

그는 쓸쓸한 미소를 지었다.

"언젠가 어머니를 한 번 뵈었던 기억이 나."

나는 안더스를 향해 말했다.

"아냐, 두 번 정도 뵈었던 것 같아. 유머 감각이 풍부한 분이라고 생각했어. 거실 구석에 있는 소파에 앉아서 함께 있던 사람들은 물론 세상을 향해 온갖 풍자와 날카로운 비판을 유머러스한 말로 포장해서 쏟아내시던 모습이 아직도 기억에 생생해."

"유머?"

안더스는 자기 어머니를 흉내 내듯, 나이 많은 노부인의 목소리로 자신의 이름을 부르면서 어머니가 아들을 간섭하고 꾸짖는 시늉을 했다.

"우리 어머닌 항상 불안감에 시달리셨어."

게이르가 말을 이었다.

"가끔은 조그마한 일 때문에 다른 일은 하나도 못 할 때가 있었지. 어머니는 주변의 모든 사람에게 지나치게 집착했어. 그런 어머니 밑에서 자라다가 성인이 되어 독립하니 얼마나 홀가분했는지 몰라. 어머니는 내게 집착 증세를 보였고 나를 항상 곁에 두기 위해 내게 일종의 죄책감을 심어주었어. 난 그걸 대놓고 거부했고, 결국은 어머니에게서 도망치고 말았어. 그 때문에 지금도 우리는 거의 얼굴을 마주하지 않아. 꽤 큰 대가를 치른 셈이지만 가치는 있다고 생각해."

"불안감이라고?"

안더스가 물었다.

"어떤 방식으로 나타났는지 궁금한 거야?"

게이르가 되묻자 안더스가 고개를 끄덕였다.

"어머니는 사람들을 대할 때는 전혀 불안해하지 않았어. 오히려 허심탄회하고 단도직입적이었지. 어머니를 공황 상태에 빠지게 했던 건 바로 공간적인 것이었어. 예를 들어 어머니는 차를 타고 어딜 여행할 때면 꼭 베개나 방석을 가져가야만 했어. 차 안에 앉아 있을 때면 항상 그걸 무릎 위에 놓아두었어. 터널을 지나칠 때면 거기다 얼굴을 묻으려고 말이야."

"그게 정말인가요?"

헬레나가 소리쳤다.

"정말이에요. 단 한 번의 예외도 없었다니까요. 그래서 우린 여행하다가 터널이 나오면 미리 말을 해주어야만 했어요. 시간이 지날수록 어머니의 상태는 더욱 악화되어 2차선 이상의 도로를 지나는 것도 힘들어했어요. 우리 차 옆으로 지나가는 다른 차들을 보면 불안해서 어쩔 줄 몰라했으니까요. 강이나 호수 옆길을 달릴 때도 두려워했어요. 그러니 페리를 탄다는 건 생각조차 할 수 없었죠. 난 자동차 여행을 하기 전이면 도로 지도 속에 머리를 파묻고 몇 시간이나 심사숙고하던 아버지의 모습을 아직도 기억해요. 우리가 지나갈 길에 터널이 있으면 안 되고, 그 길옆에 강이나 호수가 있어도 안 되니 말이죠. 고속도로를 달린다는 건 상상조차 못 할 일이었어요."

"우리 어머니와는 정반대군요."

린다가 말을 이었다.

"우리 어머닌 그 어떤 일도 두려워하는 법이 없었어요. 어머닌 제가 아는 사람 중에서 가장 용감한 사람이었어요. 어머니와 함께 자전거를 타고 시내의 극장에 갔던 일이 기억나요. 어머닌 아주 빠른 속도로 자전거의 페달을 밟았어요. 사람들이 모여 있는 인도와 차도를 번갈아가며 쌩쌩 달렸죠. 한 번은 경찰에게 제지를 당했어요. 다른 사람들 같으면 정중하게 사과하고 다시는 그런 일이 일어나지 않도록 조심하겠다는 말로 상황을 마무리했을 텐데, 어머니는 달랐어요. 어디서 자전거를 타든 경찰이 상관할 일이 아니라고 소리쳤죠. 저는 그런 어머니 밑에서 어린 시절을 보냈어요. 누군가가 저에 대해 싫은 소리를 하거나 불평을 하면 어머닌 가만있지 않았어요. 어머닌 항상 내 편을 들어주었어요. 내가 여섯 살 때, 어머니는 나를 그리스에 혼자 보내기도 했어요."

"혼자? 정말 너 혼자?"

크리스티나가 깜짝 놀라 되물었다.

"아니야, 내 친구 가족들에 끼어서 갔어. 문제는 그때 내가 여섯 살밖에 안 되었다는 거야. 여섯 살짜리 아이가 부모님과 떨어져서 다른 집 가족들과 함께 낯선 나라를 보름 동안이나 여행을 했다는 건 좀 이상하지 않아?"

"그때는 70년대였잖아요."

게이르가 끼어들어 말을 이었다.

"70년대엔 뭘 해도 다 괜찮았어요."

"난 어머니 땜에 민망해했던 적이 한두 번이 아니었어요. 어머니는 부끄러움이라곤 전혀 모르는 사람 같았으니까요. 들도 보도 못한 이상한 일도 자주 했고, 특히 나를 위해서라면 물불을 가리지 않았어요. 물론 나를 위해서였겠지만 그 당사자인 나는 너무나 민망하고 부끄러워서 쥐구멍에라도 숨고 싶었던 적이 많았어요."

"아버지는 어땠어요?"

게이르가 물었다.

"어머니와는 참 많이 다른 사람이었어요. 예측이 불가능한 사람

이었죠. 아버지가 아주 아팠을 땐 더 그랬어요. 우리는 정말 최악의
상황이 오기만을 고대했던 적도 있었어요. 그래야 경찰이 와서 아버
지를 잡아갈 것으로 생각했거든요. 가끔은 아버지를 피해서 도망을
친 적도 있어요."

"도대체 아버지가 무슨 일을 했는데?"

나는 린다를 바라보며 물었다. 린다는 전에도 아버지에 대해 이야
기를 해준 적이 있었지만 항상 대충 두루뭉술하게 넘겨버리곤 했기
에 자세한 이야기는 들어본 적이 없었다.

"온갖 일들… 예를 들면 지붕 위로 올라가기도 하고, 창밖으로 뛰
어내리기도 하고… 가끔은 폭력적으로 변하기도 했어요. 집 안엔 핏
자국과 깨진 유리조각들로 발 디딜 틈이 없었던 적도 있었어요. 다
행히도 경찰이 오면 그 후엔 모든 일이 정상적으로 돌아가는 것 같
기도 했어요. 그런데도 나는 아버지가 집에 있으면 항상 최악의 상
황이 발생할 것 같은 불안감에 안절부절못했어요. 예상했던 최악의
상황이 닥치면 이상하게도 마음이 편해졌죠. 드디어 올 것이 왔다는
생각에 온몸을 조여오던 긴장감과 불안감이 녹아내리는 듯한 기분
이었어요. 막상 그 상황이 닥치면 이겨낼 수 있을 것이라는 자신감
도 생겼어요. 제가 견딜 수 없었던 것은 최악의 상황이 닥치기를 기
다리는 그 시간이었죠."

잠시 침묵이 흘렀다.

"재미있는 이야기가 하나 떠올랐어요!"

린다가 소리쳤다.

"아버지를 피해 외할머니가 계시는 노를란으로 도망을 친 적이
있었거든요. 그때 저는 다섯 살이었고, 오빠는 일곱 살이었어요. 외
할머니 댁에서 며칠 지내다가 다시 스톡홀름으로 되돌아오니 집 안

에 가스가 가득 차 있었어요. 아버지가 가스 밸브를 며칠 동안 계속 열어놓았던 거죠. 어머니가 대문을 여는 순간, 집 안에 가득 차 있던 가스의 압력으로 문밖에 있던 우리가 튕겨 나갈 정도였어요. 어머니는 마티아스 오빠에게 저를 데리고 계단 밑으로 내려가 있으라고 소리 질렀어요. 어머니는 우리가 건물 밖으로 나갈 때까지 기다렸다가 집 안으로 들어가서 가스 밸브를 잠갔어요. 그때 건물 밖에 있던 오빠가 제게 했던 말이 아직도 선명하게 기억나요. '어머니가 지금 죽을 수도 있다는 걸 너도 알고 있지?' 나는 잘 알고 있다며 고개를 끄덕였어요. 그날 오후 어머니가 아버지와 통화하는 걸 엿들었어요. '당신, 우리를 죽일 생각이었어? 정말 그럴 생각이 조금이라도 있었냐고? 정말 우리를 죽이고 싶었던 거야?'"

린다는 미소를 지었다.

"당신 이야기를 듣고 나니 우리 이야긴 아무것도 아닌 것 같아요. 정말이에요."

안더스가 혼잣말처럼 중얼거리며 크리스티나를 돌아보았다.

"이제 당신만 남았군요. 당신 부모님은 어땠나요? 아직 살아계시죠?"

"네. 연세가 많으세요! 지금 웁살라에 살고 계시죠. 오순절파, 그러니까 순복음 계파에 미쳐서 아무것도 눈에 보이는 게 없어요. 나는 어렸을 때 조그만 일 하나까지도 모두 내 책임이라는 죄의식에 시달리며 살았어요. 하지만 부모님에 대해 부정적인 말은 하고 싶지 않아요. 우리 부모님은 아주 선량했거든요. 선하게 산다는 건 부모님의 궁극적인 삶의 목표이기도 해요. 봄이 되어 눈이 녹고, 아스팔트 위에 겨울 동안 제설용으로 뿌려놓은 모래만 남게 되면 그분들이 뭘 하는지 아세요?"

그녀가 나를 바라보며 말을 했기에 나는 대답을 해야 할 것만 같았다.

"글쎄요?"

"길 위에 보이는 모래를 모두 쓸어 담아서 시청 도로과에 되돌려 주었어요."

"그게 정말인가요? 하하하!"

안더스가 되물으며 큰 소리로 웃음을 터뜨렸다.

"부모님은 술이라면 한 방울도 입에 대지 않았어요. 우리 아버진 커피도 안 마시는걸요. 휴일 아침 식사 시간에 모두 모여 앉아 화기애애하게 대화를 나눌 때면 아버지는 다른 사람들처럼 커피를 마시지 않고 뜨거운 물을 마셨어요."

"정말이에요? 믿을 수가 없어요."

안더스가 소리쳤다.

"크리스티나 말이 맞아. 그건 정말이야."

게이르가 크리스티나의 편을 들었다.

"정말 아침엔 뜨거운 물을 마시고, 봄이 되면 거리에 쌓인 모래를 쓸어 담아 시청 도로과에 전해주었다고. 크리스티나의 부모님은 너무나 선량한 사람들이라서 한자리에 앉아 있기가 거북할 정도야. 난 아직도 그분들이 나를 사위로 맞아들였다는 사실을 믿을 수가 없어. 가끔 난 크리스티나의 부모님들이 나를 악마가 보낸 시험용이라고 생각하는 게 틀림없다는 생각을 하기도 하지."

"그런 환경에서 자라는 건 어땠나요?"

헬레나가 물었다.

"나는 온 세상이 우리 집 같은 줄로만 알았어요. 솔직히 내 친구들과 그들의 부모님도 모두 순복음교회를 다니고 있었으니까 그럴 만도 하죠. 내게 그 테두리 밖의 세상은 존재하지 않았던 것이나 마찬가지였어요. 그 테두리를 박차고 나왔을 때, 저는 과거의 삶과 친구들을 한꺼번에 잃어버렸어요."

"그때 당신은 몇 살이었나요?"

"열두 살…"

"열두 살?"

헬레나가 깜짝 놀라며 되물었다.

"정말 그 어린 나이에 그런 용기를 낼 수 있었단 말이야? 어떻게 그 나이에 바깥세상을 볼 수 있었던 거지?"

"글쎄, 그건 나도 잘 모르겠어. 그냥 무턱대고 마음이 가는 대로 해버렸던 것 같아. 물론 아주 힘들었어. 그건 인정해. 가깝게 지내던 친구들을 모두 한꺼번에 잃어버렸으니까."

"정말 그때 열두 살이었어?"

린다가 되물었다.

크리스티나는 고개를 끄덕이며 미소를 지었다.

"지금은 어때요? 아침에 커피를 마시나요?"

안더스가 농담처럼 물었다.

"네. 하지만 부모님과 함께 있을 때는 커피를 마시지 않아요."

우리는 함께 웃음을 터뜨렸다. 나는 자리에서 일어나 빈 접시들을 모았다. 게이르도 몸을 일으켜 자신의 접시를 들고 나를 따라 부엌으로 왔다.

"팀을 바꾼 거야, 게이르?"

안더스가 게이르의 등 뒤에 대고 소리쳤다.

나는 홍합의 빈 껍데기를 쓰레기통에 버리고, 접시들을 물에 헹군 다음 식기 세척기에 차곡차곡 넣었다. 게이르는 손에 들고 있던 접시를 내게 건넨 후 몇 발짝 뒤로 물러서서 냉장고에 기대어 섰다.

"참 재밌어."

"뭐가?"

나는 게이르가 무엇을 두고 재미있다고 말하는지 궁금해졌다.

"우리가 나눈 대화 말이야. 아니, 우리가 이렇게 대화를 나눌 수 있었다는 사실 말이지. 여기에 딱 들어맞는 말이 하나 있어. 페터 한트케*가 야화(夜話)라고 정의했던 거… 확실하게 기억할 수는 없지만 말이야. 분위기가 잡히면 모두 자기 이야기를 털어놓게 된다는 것이지."

"그래."

나는 그를 향해 돌아서며 물었다.

"같이 갈래? 밖에 나가서 담배 한 대 피웠으면 해서 말이야."

"그러지, 뭐."

외투를 입고 있자니 안더스가 따라 나왔다.

"담배 피우려고? 나도 같이 갈게."

정확히 2분 뒤, 우리는 아파트 마당 한가운데 자리를 잡고 섰다. 나는 타들어가는 담배 한 개비를 손가락 사이에 끼우고 서 있었고, 그들은 양손을 코트 주머니에 찔러넣고 서 있었다. 날씨는 차갑기 그지없었고 바람은 살을 에는 듯했다. 여기저기서 형형색색의 불꽃이 피어오르고 있었다.

"조금 전 거실에 있을 때 입속에서 뱅뱅 돌던 이야기가 하나 있었는데, 차마 입 밖에 내놓진 못했어."

안더스가 손가락으로 머리를 빗어 넘기며 말했다.

---

* 오스트리아의 작가·번역가로 우리나라에는 『관객모독』이라는 작품으로 유명하다.

"수중에 있던 것을 잃어버린다는 거 말이야. 저 위에서 할 이야기
는 아닌 것 같다는 생각이 들었어. 하지만 지금 너희 앞에선 할 수 있
을 것 같아. 스페인에서의 일이지. 난 한 친구와 바를 함께 경영했어.
그땐 정말 삶이 환상적이라고 느꼈어. 술과 코카인으로 밤을 새우고
다음 날은 따뜻한 햇볕 아래서 세월아 네월아 푹 쉬면서 시간을 보
냈지. 그러다 저녁 7, 8시쯤 되면 다시 시작했어. 난 그 시기가 내 인
생에서 가장 황금기였다고 생각해. 난 너무나 자유로웠어. 내가 하
고 싶은 일은 무엇이든 다 할 수 있었으니까."

"그런데?"

게이르가 다음 말을 재촉했다.

"어쩌면 내가 하고 싶었던 일을 앞뒤 가리지 않고 너무 많이 했던
것 같기도 해. 우리 사무실은 바 위층에 있었어. 난 거기서 동업하던
친구의 아내와 관계를 맺었어. 욕망을 참을 수가 없었다고. 물론 현
장에서 친구에게 들켜버렸지. 그 후에 동업 관계는 깨져버렸어. 하
지만 난 다시 그때로 되돌아가고 싶어. 헬레나를 데려가고 싶은데
헬레나가 동의해줄지 확신할 수가 없어."

"어쩌면 헬레나는 그런 삶을 원하지 않을지도 몰라."

내 말에 안더스는 어깨를 으쓱 추어올렸다.

"하지만 스페인에서 여름 별장을 잠시 빌리는 건 가능할 것 같아.
한 달도 좋고, 6개월도 좋고… 그라나다 쪽에 말이야. 너희 생각은
어때?"

"그럴듯한걸."

"난 휴가를 낼 수가 없어."

게이르가 말했다.

"무슨 말이야? 내년에 아주 바쁘니?"

"아니, 평생 가도 휴가를 낼 수가 없어. 난 1년 365일, 토요일과 일요일을 가리지 않고 매일 아침부터 저녁까지 일해야 해. 성탄절 전후 며칠만 제외하고 말이야."

"왜?"

안더스가 물었다.

게이르는 웃음을 터뜨렸다.

나는 담배꽁초를 던지고 구둣발로 몇 번 밟아 불을 껐다.

"이제 올라가볼까?"

내가 안더스를 처음 만난 것은, 그가 살트쇼바덴 기차역에 도착한 린다와 나를 마중 나왔을 때였다. 그 동네의 작은 아파트에 살고 있던 안더스는 우리가 그곳에 머무는 동안 돈과 부(富)에 대한 혐오감을 아낌없이 털어놓았다. 그곳에 살고 있는 사람들이 얼마나 사회적 지위에 연연하는지 설명하던 그는, 돈과 권력이 지배하는 삶은 가치가 없는 것이라며 혀를 찼다. 물론 그는 린다와 내가 이른바 '문화계' 사람들이라는 것을 잘 알고 있었기에 입에서 나오는 대로 지껄였던 것이 틀림없다. 그는 우리가 그런 말을 듣고 싶어 한다고 믿었으리라. 하지만 나는 그의 속내를 꿰뚫어볼 수 있을 것 같았다. 아니나 다를까 그로부터 몇 달도 채 지나지 않아, 그의 진심은 그때 그가 했던 말과는 정반대라는 것을 알아차릴 수 있었다.

그가 진정으로 관심이 있던 것은 돈뿐이었고, 그가 원했던 것은 흥청망청 돈을 쓸 수 있는 삶뿐이었다. 그는 다시 부유해지는 데 거의 편집증적인 집착 증세를 보였다. 다시 큰돈을 벌기 위해 무슨 일이든지 할 수 있다는 생각을 하고 있었다. 하지만 나라에서는 그가 벌어들이는 돈을 모두 압수하기 때문에 그는 어쩔 수 없이 암시장에서 불법으로 움직일 수밖에 없었다.

헬레나는 그와 사귀기 시작하면서 그가 처해 있던 상황이 두렵게 느껴졌지만 사랑의 힘으로 이겨냈고, 조금씩 그를 변화시키기 위해 온갖 노력을 했다. 헬레나는 그의 아이를 낳은 후 그에게 암시장에서 나와 합법적으로 돈을 벌지 않으면 그를 떠나겠다고 최후 통보를 했다. 그 때문인지 안더스도 조금씩 변화를 보이기 시작했다. 물론 여전히 암시장에서 불법으로 돈을 벌긴 했지만 어느 정도 합법적으로 번 돈을 집으로 가져오기 시작했던 것이다.

나는 그가 정확히 무슨 일을 하는지 아직도 모르고 있다. 단지 그가 과거의 영향력을 바탕으로 알아두었던 사회 각계의 내로라하는 이름들을 이용해 돈을 번다는 것밖에 모른다. 그는 이들을 등에 업고 끊임없이 새로운 프로젝트에 도전했다. 그의 사업 프로젝트라는 것은 몇 달간만 지속되었다가 새로운 프로젝트로 바뀌곤 했다. 그는 시도 때도 없이 전화번호를 바꾸었기에 그에게 전화를 건다는 것은 거의 불가능한 일이었다. 그는 전화뿐만 아니라 회사 이름으로 등록된 업무용 차량도 정기적으로 바꾸었다. 그를 방문하면 거실에 거대한 평면 텔레비전이나 책상 위에 최신형 노트북이 보이기도 했다. 하지만 다음 날 저녁이면 이것들은 온데간데없이 사라져버리는 일이 한두 번이 아니었다.

그가 소유하고 있는 것들과 그가 사용할 수 있는 물건들은 굉장히 유동적이었다. 따지고 보면 그가 하는 일과 그가 쓸 수 있는 돈의 액수도 유동적이긴 마찬가지였다. 그가 벌어오는 돈은 결코 적은 액수가 아니었다. 하지만 그는 이 돈을 도박이나 투자에 모두 써버렸다. 그는 세상의 움직이는 모든 것을 대상으로 도박을 하고 투자를 했다.

그의 말재주는 천부적이라 돈을 빌리는 데 어려움을 겪는 일도 없었다. 대부분의 경우, 그는 자신이 하는 일에 홀로 책임을 졌다. 지인들에게 자신이 무슨 일을 하는지 말하지도 않았고, 감언이설로 주변인들을 끌어들여 책임을 떠넘기는 일도 없었다. 하지만 가끔은 뜻하지 않게 그의 비밀스러운 프로젝트가 수면 위로 떠오르는 경우도 없지 않았다.

어느 날 헬레나는 안더스가 한 회사의 재계약 건을 자문해주러 갔다가 그 회사의 돈을 몽땅 빼돌렸다는 소식을 접했다. 헬레나에게 전화를 건 당사자는 안더스에게 사기를 당한 회사 책임자였으며, 안더스를 경찰에 신고할 예정이라고 전해주었다.

헬레나는 그날 저녁 집에 돌아온 안더스에게 따졌다. 하지만 안더스는 눈썹 하나 까딱하지 않았다. 그의 말에 따르면, 그 회사의 재정 상태는 이미 구제가 불가능한 상태였고, 회사에서 그를 끌어들였던 것은 모든 책임을 그에게 뒤집어씌우기 위해서였다고 했다. 그러니 그가 회삿돈을 모두 빼돌렸다 해도, 그 돈은 이미 회사에서 불법으로 마련해둔 지하자금에 불과하고, 경찰 조사가 시작되면 이 사실이 모두 드러나기 때문에 회사 측에서도 무턱대고 안더스를 신고할 수는 없다고 말했다.

이렇듯 그는 사기꾼을 상대로 사기를 치곤 했지만, 그것이 항상 안전하다고는 할 수 없었다. 언젠가 헬레나가 린다에게 털어놓은 이야기로는 안더스와 헬레나가 잠시 산책하러 다녀올 동안 그들의 집에 낯선 사람들이 다녀간 흔적을 남겨놓았다고 했다. 그들은 마음만 먹으면 안더스의 집에 소리 소문 없이 침입할 수 있다는 것을 보여주기 위해 그런 일을 했다고 한다.

안더스는 대규모 레스토랑 사업에도 동업자로 참여한 적이 있었다. 물론 그 일도 몇 달 가지 않았다. 그러다 갑자기 건축 사업에 발을 들여놓기도 했고, 부유한 특권층이 살고 있는 동네에 미장원 자리를 따내기 위해 로비를 하기도 했으며, 부도 직전에 있는 베이컨 공장을 인수해 경영하기도 했다.

문제는, 아니 꼭 문제라고 할 수 있을지는 모르겠지만, 그 누구도 안더스를 싫어할 수 없다는 것이다. 그는 서로 다른 온갖 사람과도 자연스럽게 대화를 나눌 수 있었다. 그건 보기 드문 재능임이 틀림없다. 게다가 그는 관대하기까지 하다. 그와 마주한 사람들은 첫눈에 그가 관대하고 친절한 사람이라는 것을 깨닫게 된다. 그뿐만 아니라 그는 항상 기분 좋게 상대방을 대한다. 모임에 가면 자리에서 일어나 주인에게 음식을 잘 먹었다는 인사말이나 행운을 빈다는 말 또는 상황에 적절하게 필요한 말을 가장 먼저 하는 사람도 안더스다.

한마디로 안더스는 모든 상황과 모든 사람에게 필요하고 적절한 말을 다 알고 있는 사람이라 할 수 있다. 비록 그들이 서로 다른 계층이나 직업군에 속해 있는 사람이라 할지라도 안더스는 그들이 언제나 만족하고 기뻐할 수 있는 말을 해줄 수 있는 사람이다. 그러면서도 안더스의 말에서는 꾸밈이나 가식을 찾아볼 수 없다. 미리 계산한 듯한 냄새도 나지 않는다. 어쩌면 내가 안더스를 좋아하는 이유도 바로 그런 점 때문인지 모른다. 비록 그가 항상 거짓말로 일관하는 생활을 할지라도 말이다.

솔직히 거짓말을 하는 사람은 내가 받아들일 수 없는 얼마 안 되는 사람들이지만, 나는 그를 싫어할 수가 없다. 물론 그는 나 같은 사람에게 전혀 신경을 쓰지 않는다. 우리가 만날 때, 그는 내 관심을 끌기 위해 노력하는 일이 없다. 반면 내가 만나는 몇몇 사람 중에는 상

대방을 칭찬하고 거짓으로라도 기분을 띄워주는 것이 마치 그들의
책임인 양 행동하는 이들이 없지 않다. 하지만 그런 사람들의 생각
과 행동 사이에 드러나는 틈은 상대방의 눈에 금방 띄기 마련이다.

자신의 생각과 행동이 서로 다를 경우 그 사이의 틈을 통제할 수
있는 사람은 거의 없다. 예를 들어 상대방이 말을 하는 도중에 시선
을 상대방의 등 너머로 잠깐 옮긴다든지 하는 행동은 그 자체로는
의미를 찾아볼 수 없을 정도로 중요하지 않다. 하지만 상대방에게
관심을 표하는 도중, 그 잠깐 동안 무의미한 행동을 한 뒤에 '주춤'
하는 몸짓을 보인 경우 그 무의미하게 여겨졌던 행위에는 의미가 부
여되고 가시적으로 변하게 된다. 바로 그 행위 때문에 상대방에게
쏟아부었던 관심은 표면적인 것일 뿐이며 일종의 연극에 불과했다
는 결론이 도출되는 것이다. 이것은 상대방의 신뢰를 얻어야만 하는
사람들 또는 그 신뢰를 바탕으로 살아가는 사람들에겐 운명적으로
작용하기도 한다.

안더스는 이런 '연극'을 하는 일이 없었다. 그것이 바로 그의 대인
관계의 비밀이다. 그렇다고 해서 그가 진실된 사람이라는 말은 아니
다. 그의 말은 그가 의미하는 것과 항상 일치하지 않는다. 그의 행위
가 그가 원하는 바와 일치하지 않는 것과 같은 이치다. 하지만 솔직
히 따져보면 그렇지 않은 사람이 어디에 있을까. 물론 이 세상에는
자신이 속한 상황은 전혀 고려하지 않고 가슴에 있는 말을 곧이곧대
로 털어놓는 사람들도 있다.

그런 사람들은 많지 않다. 나는 지금까지 그런 사람들을 한두 명
밖에 만나지 못했다. 이상하게도 그런 사람들은 자신이 어떤 상황에
놓이게 되면 금방이라도 폭발할 것만 같은 긴장감을 감돌게 한다.
그건 다른 사람들이 그들의 의견에 동의하지 않아 열띤 토론이 시작

되기 때문만은 아니다. 그건 바로 그들의 말이 지니고 있는 목적이나 취지가 다른 사람들을 배제하기 때문이다.

이 독재적이고 전체주의적인 요소는 자동적으로 자신을 향해 되돌아오기 마련이다. 결국 이들은 무리 속에서 편협하고 비타협적이며 사회성이라곤 전혀 없는 고집 센 사람이라는 말을 듣게 된다. 당연한 일이다. 하지만 이들이 과연 편협한 사고를 지닌 고집 센 사람이라 단정할 수 있을까. 이들 가운데 천성적으로 타인에게 호의적이고 너그러운 사람도 없지 않다. 내가 사회적으로 느끼는 불편함은 이와는 정반대의 경우다.

나는 항상 내가 속한 상황에 모든 것을 맡기는 편이다. 아예 내 의견을 말하지 않을 때도 있고 주류의 의견에 파묻혀 슬그머니 넘어갈 때도 있다. 내 생각과는 달리 다른 이들이 듣고 싶어 하는 말만 하는 것도 일종의 거짓말이다. 그 때문에 안더스와 나와의 사회적 행위에는 거의 다른 점이 없다고도 할 수 있다. 그는 타인의 신뢰를 얻으려는 목적으로, 나는 타인과의 화합을 유지하려는 목적으로 거짓된 말과 행위를 하지만, 그 결과는 따지고 보면 그리 다르지 않다. 거짓은 우리의 영혼을 서서히 좀먹고 구멍을 내버린다.

삶의 정신적 면을 추구하고, 항상 자기 자신이 누구인지 이해하려 노력하는 헬레나가 돈밖에 모르고 가진 것이라곤 입가의 미소밖에 없는 안더스와 함께 산다는 것은 매우 아이러니한 일이긴 하지만, 그렇다고 이해하지 못할 일은 아니다. 왜냐하면 두 사람은 삶에서 가장 중요한 것, 즉 밝음과 즐거움을 함께 나누고 있으니까. 두 사람은 어느 면으로 봐도 잘 어울리는 커플이 틀림없다. 짙은 머리, 커다랗고 따스한 눈동자, 뚜렷한 얼굴 윤곽을 지닌 헬레나는 대단한 미인이다. 게다가 어디를 가든 좌중을 사로잡는 매력적인 태도를 지니

고 있다. 항상 주변인들에게 호의적이다. 그녀는 또 재능 있는 배우
이기도 하다.

　나는 텔레비전에서 그녀가 출연하는 드라마 시리즈를 두 편 정도
보았다. 그 하나는 범죄물이었는데, 헬레나는 거기서 과부 역을 맡
았다. 화면 속의 그녀가 뿜어내는 어둡고 쓸쓸한 분위기에 나는 그
녀가 너무나 낯설다고 느꼈다. 마치 다른 사람이 헬레나의 얼굴 표
정 속에 자리 잡고 있는 것만 같았다. 그녀가 출연한 또 다른 시리즈
는 코미디였다. 화면 속에서 심술궂고 이기적인 아내 역을 맡은 그
녀를 보고 있자니 역시 같은 느낌이 스쳤다. 마치 그녀의 얼굴을 빌
려 낯선 사람이 나타난 것만 같았다.

　안더스도 외모로 따지자면 흠잡을 데가 없었다. 어떻게 보면 아직
철이 덜 든 소년처럼 보이기도 했다. 어쩌면 그건 그의 반짝이는 눈
동자와 호리호리한 몸매 또는 헤어스타일 때문인지도 모른다. 그의
헤어스타일은 50년대 같았으면 '사자갈기' 스타일이라 불렸을 것
이다. 하지만 그것이 진정한 그의 모습이라 할 수 있을까.

　나는 언젠가 시내에 있는 플라탄 앞에서 그와 마주친 적이 있다.
그는 벽에 겨우 몸을 지탱하고 힘없이 서 있었다. 너무나 피곤해서
금방이라도 쓰러질 것만 같았다. 나는 한 번도 보지 못했던 안더스
의 낯선 모습에 그를 못 알아보고 그냥 지나칠 뻔했다. 하지만 그는
나를 알아보았다. 나와 눈이 마주치는 순간, 그의 몸은 열정으로 가
득 찬 젊은이처럼 생기를 되찾았고 얼굴에도 기쁜 표정이 넘쳐흘렀
다. 불과 눈 깜짝할 사이에 내가 아는 안더스로 되돌아왔다.


　다시 집으로 돌아오니 헬레나, 크리스티나, 린다는 탁자 위를 말
끔히 치우고 소파에 앉아 대화를 나누고 있었다. 나는 부엌으로 가

서 커피를 끓였다. 커피머신을 켜놓고 부엌 옆방에 있는 빈방으로 들어가 보았다. 정적이 감도는 방 안에는 헬레나와 안더스 아이의 숨소리밖에 들리지 않았다. 아이는 옷을 입은 채로 작은 담요를 덮고서 우리 침대에 누워 있었다. 어두컴컴한 방 안에 있는 빈 어린아이 침대, 어린아이 옷이 들어 있는 서랍장을 보고 있으니 왠지 등골이 서늘해졌다.

우리는 태어날 아이를 위해 만반의 준비를 해놓았다. 심지어는 기저귀 한 박스도 미리 사놓았다. 그것은 기저귀를 가는 체인징 테이블 아래 놓아둔 크기가 서로 다른 면수건 옆에 차곡차곡 정돈되어 있었다. 체인징 테이블 위에는 작은 비행기 모형의 모빌 장식이 창 틈으로 새어 들어오는 바람을 머금고 떨리듯 살짝 움직이고 있었다. 내가 등골이 서늘해진 이유는 그곳에 있어야 할 어린아이를 찾을 수 없다는 것 때문이었다. 그 어두운 방 안에는 과거에 있었을지도 모르는 것과 앞으로 생겨날 것 사이의 경계가 아주 흐릿하게 자리 잡고 있었다.

거실에서는 웃음소리가 들려왔다. 나는 방문을 닫고 부엌으로 들어가 쟁반 위에 코냑병과 코냑잔, 커피잔을 올려놓았다. 커피를 보온병에 담아서, 나는 그것을 쟁반과 함께 거실로 가져갔다. 무릎 위에 곰 인형을 안고 있는 크리스티나는 무척이나 행복해 보였다. 그녀의 얼굴은 여느 때보다 훨씬 밝고 평온해 보였다. 반면 그녀 옆에 앉아 있는 린다는 쏟아지는 잠을 이기지 못해 눈을 뜨고 있는 것조차 힘들어 보였다. 평소 저녁 9시면 잠자리에 들었던 린다가 자정까지 견뎠으니 놀랄 일은 아니었다.

헬레나는 벽장에서 CD를 찾고 있었고, 안더스와 게이르는 얼굴을 맞대고 앉아 둘이 공통으로 알고 있는 범죄자들에 대해 이야기를 나누고 있었다. 보아하니 그가 권투 클럽에서 살다시피 하던 그 시기에 한 무리의 범죄자들이 그곳을 찾은 모양이었다. 나는 탁자 위에 쟁반을 내려놓고 그들 옆에 앉았다.

"칼 오베, 너도 오스만을 만난 적이 있지? 그렇지?"

게이르의 말에 나는 고개를 끄덕였다.

게이르는 내게 권투선수 두 명을 소개해준다면서 나를 모세박케로 데려간 적이 있었다. 그 하나는 세계 챔피언 타이틀전에 출전한 적도 있는 파올로 로베르토였다. 그는 지금 스웨덴의 유명인사로 텔레비전에 하루가 멀다 하고 얼굴을 내보이는 사람이 되어 있었다. 그는 일종의 컴백을 꿈꾸며 다음 타이틀전을 준비하고 있다고 했다. 다른 하나는 파올로 로베르토와 비슷한 수준의 권투선수였지만 그리 명성을 떨치지 못했던 오스만이었다. 그들은 자기들이 훈련을 받던 영국인 코치에게 '권투 박사'라는 이름으로 게이르를 소개해주었다. 게이르는 나를 그곳으로 데려가 권투선수들을 소개해주었다. 나는 그들과 악수를 나누긴 했지만 말은 그리 많이 주고받지 않았다. 나는 그저 무척 낯설게 보이는 그곳의 광경을 말없이 시선으로 따랐을 뿐이었다.

그들은 매우 자연스럽고 편안하게 행동했기에 긴장감이라곤 전혀 느낄 수가 없었다. 마치 태어날 때부터 그런 환경에서 살아온 사람들처럼 보였다. 그들은 팬케이크를 먹고 커피를 마셨으며 거리를 지나가는 사람들을 바라보았다. 여전히 여름의 따스함을 머금고 하늘에 나직이 떠 있는 가을 햇살에 눈살을 약간 찌푸리며, 그들은 게이르와 함께 지난 시절에 대해 이야기를 나누었다. 게이르도 그들과 마찬가지로 편안하게 보였지만 그들보다는 한결 밝은 에너지로 가득 차 있었다. 그의 밝은 에너지는 긴장감과도 비슷한 것이었는데,

그의 눈빛에서 특히 강하게 찾아볼 수 있었다.

그것은 솔직하게 열린 공간을 찾아 헤매는 듯한 눈빛이기도 했다. 그의 말투는 과장되고 거창했으며 독창적인 동시에 꽤 계산적이었고 빈틈이 없었다. 내가 그렇게 느꼈던 것은, 그곳에 있던 권투선수들은 평소 하던 대로 자연스럽게 말을 했던 반면 안더스는 평소와는 달리 그들이 쓰는 단어와 말투를 흉내 내며 무리 속에 끼려 무던히 노력을 했기 때문일지도 모른다.

소매 없는 상의를 입고 있던 오스만의 근육질 팔뚝은 내 팔보다 다섯 배는 더 굵은 것 같았다. 그런데도 전혀 뚱뚱하거나 둔한 느낌은 들지 않았다. 신체의 다른 부분도 마찬가지였다. 오히려 그는 전체적으로 봤을 때 호리호리한 사람이라는 느낌이 더 강했다. 그에게선 재바른 느낌과 편안한 느낌을 동시에 느낄 수 있었다. 그에게 시선을 던질 때마다, 나는 그가 금방이라도 나를 때려눕힐 수 있을 것 같다는 생각을 했다. 내가 미처 방어하기도 전에 말이다.

고백하건대 내 머릿속을 채웠던 그 생각은 여성적이라 하지 않을 수 없다. 모욕적이고 굴욕스러웠다. 하지만 그 모욕감은 나만이 느낄 수 있는 것으로, 타인의 눈으로는 볼 수도 없었고 느낄 수도 없었다. 그런데도 나는 내 속에서 고개를 드는 모욕감과 수치심에 시달리며 어찌할 줄을 몰랐다.

"응, 잠시 얼굴만 마주친 정도야. 작년에 모세바켄에서였던가? 네가 내게 소개해줬잖아. 마치 동물원의 원숭이를 소개해주듯 말이야."

"그렇게 따진다면 동물원의 원숭이는 그들이 아니라 바로 우리였던 것 같아. 그건 그렇고, 오스만 말이야. 그 녀석은 파르스타에서 한 친구와 절도를 한 적이 있었어. 공교롭게도 그곳은 경찰서 본부에

55

서 50미터밖에 떨어지지 않은 곳이었거든. 일을 시작하면서 우왕좌왕하는 바람에 시간을 허비했지. 그 때문에 경비원들이 비상경보기를 울릴 수 있었고, 몇 초 후에 경찰들이 들이닥쳤어. 오스만 일행은 빈손으로 허둥지둥 나와서 차에 몸을 실었는데, 불과 몇 미터도 못 가서 경찰에게 붙잡히고 말았어. 차에 기름이 하나도 없었거든. 하하하!"

"그게 정말이에요? 꼭 만화책에 나오는 악당들 같아요."

"맞아요. 하하하!"

"오스만은 그 후에 어떻게 되었나요? 비록 성공하진 못했지만 경찰로서는 어떻게든 손을 썼을 것 같은데요?"

"그리 나쁘진 않았어요. 겨우 2년형을 받았거든요. 하지만 그의 친구는 이전에 저지른 죄가 너무 커서 훨씬 더 많은 형을 받았어요."

"언제 있었던 일인가요? 얼마 전에?"

"아니에요. 벌써 몇 년 전에 있었던 일인걸요. 오스만이 권투선수로 데뷔하기 전의 일이에요."

"아, 그렇군. 코냑 마실 사람?"

게이르와 안더스가 고개를 끄덕였다. 나는 세 개의 잔에 코냑을 따랐다.

"그쪽엔 코냑 마실 사람 없나요?"

소파를 향해 소리치니 여자들이 고개를 저었다.

"조금만 줘보세요."

잠시 후 헬레나가 마음을 바꾼 듯 우리 쪽으로 걸어오며 말했다. 그녀의 등 뒤에 있는 코딱지만 한 스피커에서 음악이 흘러나왔다. 데이먼 알반의 「말리 뮤직」. 일행이 찾아왔을 때 틀어놓았더니 헬레나가 듣자마자 푹 빠졌다고 말한 바로 그 음악이었다.

"여기 있어요."

나는 잔의 바닥만 겨우 깔릴 정도로 코냑을 따른 후 그녀에게 건네주었다. 탁자 위 천장에 매달린 램프의 불빛을 받고 갈색의 액체가 활활 타듯 빛을 내뿜었다.

"제가 만족하는 게 한 가지 있어요."

소파에 앉아 있던 크리스티나가 말했다.

"나이를 먹고 성인이 된다는 거죠. 스물두 살에 비한다면 서른두 살은 얼마나 좋은지 몰라요."

"그렇게 말하는 당신 무릎 위에 있는 건 뭐죠? 곰 인형 아닌가요?"

나는 그녀를 향해 농담을 건넸다.

"이런 걸 두고 바로 자기 눈을 자기가 찌른다고 하던가요?"

크리스티나는 웃음을 터뜨렸다. 그녀가 웃는 모습을 보니 기분이 좋아졌다. 평소 그녀에게선 어딘지 모르지만 자신을 완고하게 억제하려는 듯한 분위기를 느낄 수 있었다. 그건 어둠과는 거리가 멀었다. 오히려 자신을 통제하고 객관성을 잃지 않기 위해 온 힘을 다하는 듯한 느낌에 더 가까웠다. 그녀는 키가 크고 호리호리했으며, 항상 그녀만의 독특한 방법으로 옷을 차려입었다. 그런데도 그녀의 옷차림은 매우 자연스러워보였다.

그녀는 창백한 피부에 주근깨도 있었지만 꽤 아름답다고 할 수 있었다. 시간이 흐르면서 그녀에게서 받은 첫인상이 흐려질 때쯤 되면, 세상에 자신을 드러내 보이고 싶지 않아 하는 그녀만의 특별한 분위기를 서서히 느낄 수 있다. 적어도 내게는 그랬다. 동시에 그녀에게선 천진난만함도 느낄 수 있다. 특히 그녀가 웃음을 터뜨릴 때나 무언가에 열중할 때면 그녀의 천진난만함과 순수함은 고스란히 빛을 발했다. 그녀의 순수함은 성숙하지 않은 어린아이의 미숙함을

57

닮았다기보다 오히려 천진난만한 어린아이의 장난기와 활발함을 닮았다.

내 어머니에게서도 이런 점을 발견할 수 있다. 자주 있는 일은 아니었지만, 어머니가 자기 통제력을 잃어버리거나 스스로 그러한 상태에 몸을 맡길 때면 어린아이의 순수함을 엿볼 수 있었다. 그 순수함은 상처받기 쉬운 연약함과 그리 다르지 않았다.

린다와 나는 언젠가 한 번 저녁 식사 초대를 받고 게이르와 크리스티나의 집에 간 적이 있다. 크리스티나는 언제나 그랬던 것처럼 식사 준비에 온 정성을 다해 열중하고 있었고, 나는 혼자 어두컴컴한 거실 책장 앞에 서 있었다. 그때 크리스티나가 무언가를 가지러 거실로 들어왔다. 그녀는 내가 거실에 있는 줄 모르고 있었다. 나는 부엌에서 흘러나오는 말소리와 환풍기 소리를 등 뒤로 하고 홀로 미소 짓는 그녀를 보았다. 그녀의 눈동자는 기쁨에 넘쳐 반짝이고 있었다. 그 모습을 본 나는 얼마나 기뻤던가. 그러면서도 가슴이 아련해졌다. 우리가 거기 있다는 사실이 그녀에겐 얼마나 큰 의미를 지니고 있는지 알 것 같았기 때문이었고, 누가 보아선 안 될 그녀만의 감정 표현을 내가 보아버렸기 때문이라는 생각이 들었기 때문이다.

그들의 집에서 살 때였다. 크리스티나는 아침에 일어나 부엌에서 전날 저녁에 남긴 설거지를 하고 있었고, 나는 식탁에 앉아 커피를 마시고 있었다. 갑자기 그녀는 찬장 속에 차곡차곡 쌓여 있는 접시들을 가리켰다.

"우리가 이 집에 처음 이사 와서 이 접시들을 샀어요. 모두 열여덟 개나 되는 세트예요. 이 집에서 큰 파티를 할 생각이었거든요. 근사한 음식을 만들어서 친구들과 함께 즐길 생각이었는데, 지금까지 이 접시들을 한 번도 사용한 적이 없어요. 단 한 번도!"

침실에 있던 게이르가 그 말을 듣고 껄껄 소리 내어 웃었다. 그 소리에 크리스티나는 미소를 지었다.

그렇다. 그게 그들이 사는 모습이었다.

"맞아요. 저도 그렇게 생각해요."

나는 그녀의 말에 맞장구를 쳤다.

"20대는 지옥이나 다름없어요. 20대보다 더 암울하고 나쁜 게 있다면 바로 10대죠. 하지만 30대는 그럭저럭 살 만해요."

"그렇게 생각하는 이유는 뭐죠? 뭐가 바뀌었나요?"

헬레나가 물었다.

"스무 살 때 내가 가지고 있던 건… 그러니까 나를 이루고 있던 건 아주 보잘 것이 없었어요. 그 당시엔 몰랐죠. 그땐 그게 전부였으니까. 그런데 서른다섯 살이 되고 보니 나라는 사람을 만들어내는 요소가 더 많아졌다는 것을 깨닫게 되었어요. 스무 살 때 내가 가지고 있던 건 여전히 그 자리에 있는데 세월이 지나면서 그 위에 무언가 더 쌓였다는 말이겠죠. 지금은 수도 없이 많아요. 말하자면 그렇다는 거죠."

"굉장히 낙관적인 태도군요."

헬레나가 말했다.

"나이를 먹으면 먹을수록 더 나아진다?"

"정말 그러니?"

게이르가 물었다.

"가진 것이 적으면 적을수록 사는 게 더 편하다는 말도 있잖아?"

"글쎄, 난 그렇게 생각하지 않아. 적어도 내 생각은 그래. 사실, 지금은 물질적인 것들에 그다지 큰 의미를 부여하지 않아. 전에는 그랬는데 지금은 달라. 옛날에는 조그마하고 보잘것없는 것들에 얼마나 아등바등 목을 매었는지 몰라. 마치 그걸 잃어버리면 세상이 무너질 것처럼 말이야."

"맞아, 맞아."

게이르가 말을 이었다.

"그런데 그건 낙관적인 것과는 거리가 멀지 않아? 나 같으면 그걸 숙명적이라고 할 것 같은데."

"물 흐르는 대로 따라 살면 돼. 지금은 이 순간을 즐기면 되는 거고. 자, 위하여!"

"위하여!"

"자정까진 7분밖에 안 남았어요."

린다가 말했다.

"텔레비전을 켜볼까요? 얀 말름쇼가 카운트다운 하는 걸 보는 건 어때요?"

"그건 뭐야?"

나는 린다에게 가서 손을 내밀며 물어보았다. 린다는 내 손을 잡고 몸을 일으켰다.

"자정을 앞두고 카운트다운을 하는 동안 그가 시를 읽어요. 스웨덴의 전통이죠."

"그럼 텔레비전을 켜봐요."

린다가 텔레비전을 켜는 동안 나는 창가로 가서 창문을 열었다. 자정에 가까워질수록 폭죽 소리는 점점 잦아졌고 그 소리는 더 커졌다. 마치 지붕 위에 소리로 이루어진 벽이 생겨난 것만 같았다. 거리로 나오는 사람의 수도 점점 더 많아졌다. 샴페인병과 슈팅스타를 손에 든 사람들, 화려한 옷 위에 걸친 두꺼운 코트와 외투들. 아이들의 모습은 찾아볼 수 없었다. 오직 술에 취한 즐거운 표정의 어른들밖에 보이지 않았다.

린다는 마지막 샴페인병을 가져와 뚜껑을 열고 거품이 넘치도록 잔을 채웠다. 우리는 잔을 들고 창가에 섰다. 모두 즐거운 표정으로 신나게 대화를 나누었다. 가끔 창밖을 가리키며 손짓을 하기도 했고 잔을 부딪치기도 했다.

거리에서 사이렌 소리가 들려왔다.

"저 소리는 지금 전쟁이 났거나 2004년이 시작될 것이라고 알리거나, 둘 중의 하나야."

게이르가 말했다.

나는 린다를 감싸 안고 내게로 끌어당겼다. 우리는 서로의 눈을 그윽하게 바라보았다.

"새해 복 많이 받아요."

나는 그녀에게 키스했다.

"당신도 새해 복 많이 받으세요, 내 사랑하는 왕자님. 다가올 해는 우리의 해가 될 거예요."

"나도 그렇게 믿어."

창밖의 사람들이 서로 포옹을 하고 덕담을 나눈 후 하나둘 사라지자, 안더스와 헬레나가 풍등을 가지고 왔다. 우리는 외투를 입고 아파트 뒷마당으로 내려갔다. 안더스가 심지에 불을 붙이자 풍등은 더운 공기를 머금고 천천히 허공으로 뜨기 시작했다. 그가 손을 놓아버리니 풍등은 환한 빛을 발하며 소리 없이 하늘로 올라갔다. 우리는 풍등이 외스테르말름의 다닥다닥 붙은 지붕들 위로 사라지는 모습을 끝까지 지켜보았다.

다시 집으로 올라온 우리는 탁자를 가운데 놓고 둘러앉았다. 특별한 주제 없이 편하게 대화를 나누던 일행들은 린다가 말문을 열자 그녀에게 집중했다. 린다는 고등학교에 다닐 때 같은 반 친구였던 부잣집 아이의 생일 파티에 초대를 받아 간 적이 있었다. 거대한 빌라에 살고 있던 그 아이의 집에는 정원에 커다란 수영장이 있었다. 그날 저녁 생일 파티를 마친 아이들은 하나둘씩 수영장으로 뛰어들었다. 린다도 예외는 아니었다. 수영장으로 풀쩍 뛰어들던 그녀는 하필이면 수영장 뒤에 있는 거대한 유리벽을 발로 툭 차버렸다. 순간 유리벽이 와장창 깨져 산산조각이 나버렸다.

"그 소리는 아직까지 잊을 수가 없어요."

안더스는 알프스 산에서 오프 피스트*를 하다가 느닷없이 빙하의 균열된 틈이 눈앞에 나타나는 바람에 스키를 신은 채로 무려 6미터 아래로 굴러떨어진 적이 있다고 말했다. 정신을 잃은 그는 구급 헬리콥터로 병원에 이송되었다. 그때 그는 척추를 심하게 다쳐 전신 마비가 될지도 모른다는 진단을 받고서 장시간 수술을 받았다. 수술 후에도 몇 주 동안이나 의식을 회복하지 못했던 그는 병실에서 거의 식물인간처럼 지냈다고 했다. 의식을 되찾은 후에도 몽롱하게 지낼 때가 많았는데, 가끔 눈을 떠보면 술 냄새를 풍기며 침대 옆에 앉아 병실을 지키던 아버지를 볼 수 있었다고 말했다. 그는 지금도 그때 생각을 하면 꿈인지 생시인지 분간할 수가 없다고 했다.

안더스는 자리에서 벌떡 일어나 셔츠를 걷어 올리고 등에 난 수술 흔적을 우리에게 보여주었다. 정말 그의 등에는 기다란 흉터가 남아 있었다.

나는 일행에게 열일곱 살 때 겪었던 일을 이야기해주었다. 텔레마크의 한 시골길에서 시속 100킬로미터 이상으로 달리던 차에 전신

---

* 스키장의 다져진 눈이 아니라 산중의 자연설 위에서 타는 스키.

줄이 걸리는 바람에 차가 옆 차선을 넘어 도랑에 처박혀버린 적이 있었다. 차에 타고 있던 우리는 기적처럼 아무런 상처도 입지 않았지만 차는 휴지조각처럼 구겨져버렸다. 그런데 큰 사고가 났다는 사실보다 더 견딜 수 없었던 것은 살을 에는 듯한 추위였다. 영하 20도의 한밤중, 임페리에 콘서트를 보고 돌아가던 운동화 차림의 우리는, 티셔츠 위에 양복 재킷 하나를 걸친 게 전부였다. 우리는 그날 밤 히치하이크를 하려고 몇 시간 동안이나 길가에 서 있어야만 했다.

나는 안더스와 게이르의 잔에 코냑을 채워주고 내 잔에도 코냑을 따랐다. 린다는 하품을 했고, 헬레나는 로스엔젤레스에서 살 때의 이야기를 하고 있었다. 순간 경보음이 울렸다.

"이건 뭐야?"

안더스가 소리쳤다.

"불이 난 걸까?"

"한 해의 마지막 날인데…"

게이르가 말했다.

"밖으로 나가야 하는 거 아니에요?"

소파에 앉아 있던 린다가 몸을 일으키며 걱정스럽게 말했다.

"내가 먼저 확인해볼게."

"나도 같이 갈게."

게이르가 내 뒤를 따라 대문을 나섰다.

복도에는 연기라곤 보이지 않았다. 경보음의 발원지가 1층이라는 것을 확인한 우리는 아래층으로 내려가 보았다. 승강기에서 불이 반짝였다. 승강기 문에 달린 창으로 안을 들여다보았더니, 누군가 바닥에 쓰러져 있었다. 나는 얼른 문을 열었다. 바닥에 누워 있는 사람은 러시아 여자였다. 그녀는 다리 하나를 벽에 걸친 채 천장을 보고 누워 있었다. 가슴에 장식이 달린 검은색 파티 드레스, 살색 스타킹, 굽 높은 구두. 그녀는 누운 채로 우리를 올려다보았다. 내 눈은 반사적으로 그녀의 허벅지 사이로 향했다. 검은색 속옷. 나는 얼른 눈길을 돌려 그녀의 얼굴을 바라보았다.

"일어날 수가 없어요!"

"저희가 도와드릴게요."

나는 한쪽 팔을 잡아당겨 그녀를 앉혔다. 게이르는 다른 쪽 팔을 잡아끌었다. 겨우 그녀를 일으켜 세울 수 있었다. 그녀는 쉴 새 없이 웃음을 터뜨렸다. 비좁은 승강기 안에는 그녀의 진한 향수 냄새로 숨을 쉴 수가 없을 정도였다.

"감사합니다. 정말, 정말 감사합니다."

그녀는 내 손을 잡고 허리를 굽혀 입을 맞추었다. 오른손 그리고 왼손까지. 입을 맞춘 그녀는 나를 쳐다보았다.

"오, 아름다운 남자! 당신은 정말 아름다운 사람이에요."

"이제 집으로 모셔다드릴게요."

나는 층 번호를 누르고 승강기 문을 닫았다. 게이르는 러시아 여자와 나를 번갈아 쳐다보며 터져 나오는 웃음을 억누르느라 애를 쓰고 있었다. 승강기가 움직이기 시작하자 그녀는 내게로 무겁게 몸을 기대왔다.

"자, 다 왔어요. 집 열쇠는 가지고 있나요?"

그녀는 한쪽 어깨에 걸치고 있던 작은 핸드백 안을 들여다보았다. 바람에 흔들리는 나무처럼 쓰러질 듯 비틀거리던 그녀는 핸드백 안을 손가락으로 휘저었다.

"여기!"

그녀는 자랑스럽게 외치며 열쇠를 끄집어냈다.

게이르는 자물쇠에 열쇠를 꽂는 그녀가 앞으로 넘어지지 않도록 그녀의 어깨를 잡고 부축해주었다.

"한 발짝 더 앞으로 내밀어보세요. 그러면 열쇠 구멍을 찾을 수 있을 거예요."

그녀는 게이르가 시키는 대로 했다. 잠시 후 열쇠를 들고 더듬거리던 그녀는 마침내 열쇠를 제자리에 꽂을 수 있었다.

"감사합니다. 당신들은 오늘 저녁 나를 찾아온 천사들이에요."

"별말씀을요. 그럼, 행운을 빌겠습니다."

게이르가 미소를 띠며 대답했다.

집으로 올라가는 계단에서 게이르가 궁금한 듯 나직한 목소리로 내게 물었다.

"저 여자가 네가 말한 그 이상한 이웃집 여자야?"

나는 고개만 끄덕였다.

"업소에 나가는 여자지? 그렇지?"

나는 고개를 저었다.

"글쎄, 거기까지는 모르겠어."

"틀림없어. 첫눈에 딱 감이 오는데 뭘. 업소에 나가서 몸을 팔지 않는다면 무슨 재주로 이 동네에 집을 마련할 수 있었을까. 그리고 여자가 풍기는 분위기도… 그건 그렇고, 아주 멍청해보이진 않던데?"

"그만해."

나는 대문을 열며 말했다.

"내가 보기엔 그냥 평범한 여자일 뿐이야. 러시아에서 온 아주 불행한 알코올 중독자. 자기 통제력이 부족해 일시적 충동을 억제할 수 없는 여자일 뿐이라고."

"그렇게 볼 수도 있겠군."

게이르는 웃음을 터뜨렸다.

"도대체 무슨 일인가요?"

거실에서 헬레나의 목소리가 들렸다.

"아래층에 사는 러시아 여자였어요."

나는 거실로 들어가며 말했다.

"승강기 안에서 넘어져 일어나질 못하고 있더군요. 술에 취해서 몸을 가누지도 못할 정도였어요. 그래서 게이르와 함께 집까지 갈 수 있도록 부축해주었죠."

"그 여자가 칼 오베의 손에 입을 맞추었어요."

게이르가 말했다.

"그뿐만이 아니라 '오, 아름다운 남자여!'라고 말을 걸어오기도 했다고요."

모두 게이르의 말에 웃음을 터뜨렸다.

"내게 몇 번이나 욕을 하고 모욕을 주고서도 어떻게 그런 말을 할 수 있는지 몰라요. 그 여자 때문에 우리가 얼마나 힘들었는지…"

"맞아요, 그 여자는 악몽 그 자체였어요."

린다가 말을 이었다.

"자기 통제력이라곤 조금도 없는 여자예요. 그 여자 집 앞의 계단을 내려갈 때면, 갑자기 칼을 들고 뛰쳐나와 내게 해코지를 할까봐 가슴이 조마조마할 때가 한두 번이 아니에요. 가끔 마주치기라도 하면 그 여자 눈엔 적개심밖에 보이지 않아요. 아주 깊은 적개심."

"그 여자는 세월이 흐르고 자기가 늙어간다는 사실을 견디지 못했던 것 같아."

게이르가 말했다.

"그런 데다 행복한 신혼부부가 한 건물 내로 이사를 오니까 더욱 힘들었겠지. 게다가 린다는 배까지 부른 상태니 말이야."

"정말 그럴까?"

"물론이에요!"

린다가 게이르의 말에 동조했다.

"처음 이곳으로 이사 왔을 때 조금만 더 중립적으로 행동했더라면 좋았을 텐데… 하지만 우린 그 여자를 향해 마음을 열어줬잖아요. 그런데 그 여자는 우리를 못 잡아먹어서 안달이에요."

"흠… 그런가? 참, 디저트를 먹어야지. 디저트 생각 있는 사람? 오늘의 디저트는 그 유명한 린다의 티라미수예요."

"오!"

헬레나가 눈을 반짝이며 소리쳤다.

"그게 유명하다면, 그건 바로 내가 만들 줄 아는 디저트가 그것밖에 없기 때문이에요."

린다가 말했다.

나는 디저트와 커피를 내왔고, 우리는 다시 탁자 앞에 둘러앉았다. 미처 자리를 잡기도 전에 아래층에서 귀가 찢어질 듯 음악 소리가 들려왔다.

"우린 이렇게 살고 있어요."

나는 일행을 향해 어깨를 으쓱 추어올리며 말했다.

"그 여자를 쫓아낼 수는 없어?"

안더스가 말했다.

"원한다면 내가 손을 봐줄 수도 있어."

"어떻게요?"

헬레나가 물었다.

"다 방법이 있어요."

"그래요?"

"경찰에 신고해."

게이르가 말했다.

"그렇다면 그 여자도 심각하게 받아들일 거야."

"진심으로 하는 말이니?"

"응. 극단적인 방법을 찾지 못하면 너희 부부는 앞으로도 계속 악몽 속에서 살게 될 거야."

그 순간, 음악 소리가 멈췄다. 잠시 후 아래층 대문이 쾅 닫히는 소리가 들렸고, 계단을 오르는 하이힐 소리가 뒤를 따랐다.

"우리 집에 오는 건 아닐까?"

나는 걱정스럽게 말했다.

모두 가만히 앉아 귀를 기울였다. 발소리는 우리 집 대문을 지나 위층으로 향하는 계단을 오르고 있었다. 잠시 후, 발소리가 다시 들리더니 아래층으로 사라졌다. 나는 창가로 다가가 아래쪽을 내려다보았다. 외투도 걸치지 않고 드레스만 입은 러시아 여자가 비틀거리며 걷고 있었다. 한쪽 구두는 어디로 갔는지 보이지도 않았다. 그녀는 손을 들어 지나가는 택시를 세운 후, 엉금엉금 기다시피 택시 안으로 몸을 집어넣었다.

"그 여자가 택시를 탔어. 구두는 한 짝만 신고. 마음만 먹으면 물불 가리지 않는 저 추진력은 알아줘야 돼!"

나는 자리에 앉았다. 대화는 가볍고 조용하게 이어졌다. 새벽 2시쯤 되자 안더스와 헬레나가 자리에서 일어났다. 그들은 두꺼운 외투를 입고 우리에게 포옹을 건넨 다음 어둠 속으로 사라졌다. 안더스는 잠에 빠진 딸아이를 안고 걸었다. 게이르와 크리스티나는 그로부터 30분쯤 후에 대문을 나섰다. 잠시 후, 게이르가 굽 높은 구두 한 짝을 들고 되돌아왔다.

"이걸 계단에서 발견했어. 신데렐라도 아니고… 이걸 어쩌지?"

"그 여자 집 대문 앞에 놓아둬. 그리고 어서 나가. 우리도 이제 자야 되니까."

거실을 대충 정리하고 식기 세척기의 스위치를 누른 후 침실로 들어가니 린다는 벌써 잠에 빠져 있었다. 옷을 벗고 있는데 린다가 잠에 취한 눈을 무겁게 뜨고 살짝 미소를 지었다.

"오늘 저녁, 분위기가 꽤 좋았던 것 같아. 당신은 어떻게 생각해?"

"맞아요, 분위기가 참 좋았어요."

"그들도 잘 있다가 갔을 거라고 생각해?"

나는 린다 옆에 몸을 눕히며 말했다.

"그럴 거라고 믿어요. 당신은 그렇게 생각하지 않아요?"

"맞아, 나도 그렇게 생각해. 오늘 아주 기분이 좋아."

거리의 가로등 불빛이 창으로 스며들어와 바닥을 적셨다. 우리 집은 칠흑처럼 캄캄한 때가 없다. 쥐죽은 듯 조용한 때도 없다. 저 멀리서 불꽃놀이를 하는 소리가 간간이 들려왔다. 거리를 채우고 있던 사람들의 목소리는 파도처럼 높아졌다 낮아지기를 반복하고 있었다. 파티를 마치고 제각기 집으로 돌아가는 사람이 많은지 몇 시간 전에 비해 지나가는 자동차가 부쩍 많아진 것 같았다.

"그런데 러시아 여자 때문에 이젠 슬슬 걱정이 되기 시작해요."

린다가 말했다.

"한 건물에 산다는 것 자체가 마음에 들지 않아요."

"이해해. 하지만 우리가 할 수 있는 일은 없잖아."

"맞아요."

"게이르는 그 여자가 업소에서 몸을 파는 여자라고 하던데…"

"당연하죠! 에스코트 회사에서 일하는 게 틀림없어요."

"당신이 어떻게 알아?"

"딱 보면 알아요."

"난 모르겠던데… 아마 수천만 년이 지나도 그런 생각은 못 할 것 같아."

"그건 당신이 너무나 순수하기 때문이에요."

"그럴지도 모르지."

"맞아요. 그렇다니까요."

린다는 미소를 지으며 내게 입을 맞추었다.

"잘 자요."

"당신도 잘 자요."


침대 위에 누워 있는 사람이 세 명이라는 생각을 하니 현실감을 느낄 수가 없었다. 하지만 그건 사실이었다. 린다의 배 속에 있는 아이는 사람의 형체를 갖추고 있었으며, 아이와 우리를 가로막고 있는 것은 살점과 피부로 이루어진 단 1센티미터 정도의 벽밖에 없으니 말이다. 아이가 언제라도 세상에 나올 수 있다는 사실 때문에 린다는 안절부절못했다. 린다는 이제 무언가를 새로 시작하지도 않았고, 밖에 나가는 일도 좀체 없었다. 항상 집 안에 앉아 조용하게 지냈다. 더운물에 오랫동안 몸을 담그거나 누워서 영화를 보거나 낮잠을 자는 일이 전부였다.

그녀는 마치 동면 상태에 빠져든 것만 같았다. 하지만 그녀를 감싸고 있는 불안감은 여전히 제자리를 지키고 있었다. 그녀가 불안해하는 것은 나 때문이었다. 출산 준비 강좌를 받을 때, 산모와 조산원의 관계는 그 무엇보다도 중요하다고 배웠다. 만약 둘의 관계가 껄끄러워지거나 분위기가 서먹해지면 가능한 한 빨리 병원 측에 이를 알려서 새로운 조산원으로 교체해달라고 하는 것이 좋다고 했다. 출산할 때 산모를 가장 잘 알고 있는 사람은 남편이기 때문에 남편이 산모의 대변인 노릇을 해야 한다고도 했다. 산고 중인 산모는 모든 일에 일일이 참견할 수 없다. 그러니 남편이 산모의 뜻을 잘 이해하고 병원 측이나 조산원에게 이를 전달해야 한다는 것이다.

내 자리는 바로 거기였다. 그런데 나는 노르웨이어로 말을 하니, 조산원이나 간호원이 내 말을 잘 알아들을 수 있을까? 더구나 나는 조그마한 갈등도 견뎌내지 못해 가능한 한 이를 피하려 하는 사람인데, 만약 마음에 들지 않는 조산원이 배정되었다고 해서 새로운 사람으로 바꾸어달라고 감히 내가 입 밖에 내어 말할 수 있을까? 걱정이 되어 견딜 수가 없었다. 내가 하는 말과 행위로 상처받을 사람이 생길지도 모르는데?

"괜찮아, 괜찮아. 다 잘 될 거야. 일어나지 않은 일을 미리 걱정한다고 도움이 되진 않아."

하지만 린다는 내 말에도 안심을 못 했다. 하긴 나 스스로도 불안하고 걱정이 되는데 린다가 마음을 놓을 수 있겠는가. 가만히 생각하니 린다가 진통을 시작하면 난 밖에 나가 택시도 못 잡을 것 같았다.

린다의 불안과 걱정은 내게 조금도 도움이 되지 않았다. 조금의 갈등이라도 생기면 나는 아무 일도 못 해내는 사람이다. 주변의 모든 사람이 만족하기를 바라기 때문이다. 가끔 내가 직접 나서서 어떤 선택을 해야 하거나 상황을 수습해야 할 때도 있다. 그건 내가 가장 불편해하는 일이다. 그런 상황이 눈앞에 닥치면 나는 견딜 수가 없어 구토를 할 것처럼 속이 메슥거린다.

나는 얼마 안 되는 지난 기간에 이런 상황을 수없이 경험했다. 예를 들면 화장실에 갇힌 린다를 구하기 위해 잠긴 문 앞에서 안절부절못했던 일, 보트를 타다가 우유부단한 내 모습을 들켰던 일 그리고 내 어머니와 린다 사이에서 어쩔 줄 몰라 했던 일. 이 모든 것을 벌충하고 보상하기 위해 나는 어느 날 아침 전철역에서 싸움을 벌이고 있는 남자들 사이에 끼어든 적도 있다. 하지만 그건 내게 전혀 도움이 되지 않았다. 그때 나의 행위는 어떤 판단에서 드러난 것인가? 더 중요한 사실은, 내겐 전철역에서 싸움에 말려들어 칼에 찔리는 것보다 조산원을 내보내고 다른 사람으로 바꾸어달라고 말하는 것이 더 어렵게 느껴진다는 것이다.

그러던 어느 날, 나는 느지막한 오후에 장을 보고 집으로 돌아가기 위해 지하 쇼핑센터에서 말름실나즈가탄으로 올라가는 승강기 앞에 섰다. 버튼을 누르려고 노트북 가방과 찬거리가 들어 있는 비닐봉투를 내려놓은 나는, 우연히 휴대폰을 들여다보다가 린다가 무려 여덟 번이나 전화를 했다는 사실을 알았다. 거기서 엎어지면 코 닿을 곳에 집이 있는지라 나는 굳이 전화를 하지 않았다. 지상에 있던 승강기는 세월아 네월아 여유를 부리며 천천히 지하로 내려왔다. 문득 시선을 돌리니 벽에 바짝 붙여둔 침낭 위에 앉아 구걸하는 노숙자가 눈에 들어왔다. 빼빼 마른 몸과 거친 피부. 그의 눈동자에는 호기심이라곤 전혀 찾아볼 수 없었지만 그렇다고 해서 흐리멍덩한 눈빛과는 거리가 멀었다. 나는 얼른 고개를 돌렸다. 린다가 왜 전화를 했는지 점점 불안해졌다. 승강기에 오른 나는 지상으로 올라가는 동안 꼼짝도 하지 않고 가만히 서 있었다. 승강기가 멈추자마자 나는 문을 열고 인도로 뛰쳐나갔다. 그리고 다빗바가레스가타를 지나 아파트 안으로 들어가 계단을 뛰어올라갔다.

"린다?"

나는 대문을 열자마자 소리를 지르며 린다를 찾았다.

"무슨 일이 있었어?"

아무런 대답도 들리지 않았다.

린다가 혼자 병원에 갔을까?

"린다? 린다?"

나는 장화를 벗고 부엌으로 들어가 보았다. 침실 문도 열어보았다. 아무도 보이지 않았다. 무거운 비닐봉투를 걸어둔 손목이 아프기 시작했다. 감각이 사라진 것 같았다. 나는 부엌 조리대 위에 봉투를 내려놓고 침실로 들어간 후 거실로 향하는 문을 열었다.

린다는 거실 한복판에 우두커니 서서 나를 바라보고 있었다.

"무슨 일이야? 무슨 일이라도 있었어?"

그녀는 대답하지 않았다. 나는 그녀에게 다가갔다.

"린다, 무슨 일이 있었냐니까?"

그녀의 눈동자는 분노로 이글이글 타오르는 듯했다.

"하루 종일 아무 움직임도 느낄 수가 없었어요. 뭐가 잘못된 게 틀림없다고요. 배 속에 있는 아이가 하루 종일 꼼짝도 하지 않았어요."

나는 린다의 어깨를 감싸 안았다. 그녀는 몸을 비틀어 내 팔에서 빠져나갔다.

"괜찮아. 괜찮을 거야. 확신해."

"괜찮을 거라고요? 젠장! 정말 당신은 아무 생각도 없나요? 도대체 무슨 일이 벌어지고 있는지 정말 모르고 있는 거예요?"

나는 다시 린다를 감싸 안으려 했지만, 그녀는 몸을 비틀어 반항

했다.

린다가 울기 시작했다.

"린다, 린다…"

"정말 아무 생각이 없는 건가요? 당신이란 사람은…?"

"다 잘 될 거야. 걱정 안 해도 돼. 확신해. 확신한다고."

나는 다시 린다가 고함을 지를 거라고 생각했다. 하지만 그녀는 양팔을 축 늘어뜨리고 젖은 눈동자로 나를 바라보았다.

"무슨 이유로 그렇게 자신 있게 말할 수 있나요?"

나는 대답을 할 수가 없었다. 나를 떠나지 않는 그녀의 시선을 받아내려니, 마치 고문을 당하는 것만 같았다.

"우리가 뭘 어떻게 했으면 좋겠어?"

"당장 병원으로 가요."

"병원으로? 그럴 필요가 있을까? 모든 건 정상일 텐데. 출산일이 다가오면 아이의 움직임도 줄어든다고 하지 않았어? 괜찮을 거야. 다 잘 될 거라니까. 이건 그냥…"

다시 나를 째려보는 그녀의 눈을 보는 순간, 나는 아차 싶었다. 그녀는 진정으로 상황이 심각하다고 여겼던 것이다.

"그렇다면 옷을 입어. 당장 택시를 부를게."

"먼저 병원에 전화해서 우리가 간다고 전해요."

나는 창가에 있는 전화를 향해 걸어가며 고개를 절레절레 저었다.

"병원에 알리지 않아도 돼. 바로 가면 된다고."

나는 수화기를 들고 택시 회사에 전화를 걸었다.

"우리가 가면 바로 도와줄 거야."

신호음을 들으며 대답을 기다리는 동안, 나는 눈으로 린다를 따랐다. 천천히 움직이고 있는 그녀를 보노라니 마치 의식과 신체가 따로따로 노는 사람처럼 보였다. 외투를 입고, 목에 스카프를 두르고 신발 끈을 하나씩 차례차례 매는 모습. 어두컴컴한 거실에서 보니 환한 현관에서 움직이는 그녀의 윤곽이 더욱 선명하게 눈에 들어왔다. 그녀의 얼굴에선 아직도 눈물이 흘러내리고 있었다.

신호음은 끝없이 이어졌다.

린다가 내게로 시선을 돌렸다.

"전화를 안 받는군."

마침내 누군가가 전화를 받았다.

"스톡홀름 택시입니다."

여자 목소리였다.

"네, 여보세요. 레예링스가탄 81번지로 택시 한 대 보내주세요."

"네… 목적지는요?"

"단데뤼드 병원입니다."

"네, 알겠습니다."

"얼마나 걸리죠?"

"15분 정도 걸릴 거예요."

"더 빨리 보내주실 수는 없습니까? 출산이 임박해서요. 지금 당장 택시를 보내주시면 고맙겠습니다."

"무슨 일 때문이라고 하셨나요?"

"출산이오."

문득, 그녀가 출산이라는 단어를 못 알아들은 게 틀림없다는 생각이 스쳤다. 나는 스웨덴어로 출산이 무엇인지 몇 초 동안 머릿속을 뒤져야만 했다.

"푀를로스닝!"

겨우 출산을 뜻하는 스웨덴어를 떠올렸다.

"지금 당장 택시를 보내주세요."

"제가 할 수 있는 데까지는 해보겠습니다만, 약속은 드릴 수가 없군요."

"그럼, 기다리겠습니다."

나는 전화를 끊고 외투 안주머니에 은행 카드가 들어 있는지 확인한 다음, 대문을 잠그고 린다와 함께 건물을 나섰다. 그동안 린다는 단 한 번도 나와 눈을 마주치지 않았다.

밖에는 여전히 눈이 내리고 있었다.

"지금 온대요?"

린다가 인도에 서서 내게 물었다.

나는 고개를 끄덕였다.

"가능한 한 빨리 보내주겠다고 했어."

지나치는 차들은 꽤 많았지만, 나는 저 멀리서 오고 있는 택시를 한눈에 볼 수 있었다. 택시는 빠른 속도로 우리를 향해 달려오고 있었다. 나는 손을 흔들었다. 곧, 택시는 우리 앞에 멈춰 섰다. 나는 문을 열고 린다를 먼저 택시 안으로 들여보낸 다음 린다 옆에 앉았다.

운전기사가 고개를 돌렸다.

"급한 일인가요?"

"보기보다 급한 일은 아니에요. 어쨌든 단데뤼드 병원으로 가주세요."

그는 모퉁이를 돌아 비르게르 야를스가탄으로 차를 몰았다. 뒷좌석에 앉은 린다와 나는 침묵을 지켰다. 그녀의 손을 잡으려 손을 뻗어보았다. 다행히도 린다는 내 손을 거부하지 않았다. 가로등 불빛은 달리는 차 위로 흘러내렸다. 라디오에서는 「I won't let the sun go down on you」라는 노래가 흘러나오고 있었다.

"두려워하지 마. 다 잘 될 테니까."

린다는 대답하지 않았다. 택시는 오르막길을 달리기 시작했다. 가로수 사이로 빌라들이 보였다. 지붕 위에는 하얀 눈이 쌓여 있었고, 길 위에는 누런 가로등 불빛이 비치고 있었다. 주황색 썰매, 짙은 색 고급 자동차. 오른쪽으로 방향을 트니, 방금 지나온 고가도로의 아래쪽 도로가 나왔다. 병원으로 향하는 진입로였다. 커다란 병원 건물의 수없이 많은 창에서는 밝은 불빛이 새어나오고 있었다. 마치 구멍이 숭숭 뚫린 종이 상자 같다는 느낌이 들었다. 건물 주변에는 치워놓은 눈을 쌓아둔 눈 무더기가 군데군데 자리하고 있었다.

"어디로 가면 되는지 아십니까? 산과 병동 말입니다."

운전기사는 고개를 끄덕이며 직진을 한 다음 왼쪽으로 방향을 틀면서 앞쪽에 보이는 'BB 스톡홀름'이라는 팻말을 가리켰다.

"저기로 들어가시면 됩니다."

산과 병동 앞에는 시동을 켠 채로 대기 중인 택시 한 대가 서 있었다. 운전기사는 그 택시 뒤에 차를 멈추었다. 나는 그에게 비자카드를 건네준 뒤 차에서 내리는 린다를 부축해주었다. 그때, 한 쌍의 남녀가 우리 옆을 지나 건물 안으로 들어갔다. 남자는 유아용 자동차 시트와 커다란 가방을 들고 있었다.

나는 서명을 하고 영수증과 카드를 받아 안주머니에 집어넣은 다음 린다와 함께 건물 안으로 들어갔다.

방금 본 커플이 승강기 앞에 서 있었다. 우리는 그들 뒤 몇 미터 떨어진 곳에 멈추어 섰다. 린다의 등을 쓰다듬어주자 린다가 흐느껴 울기 시작했다.

"이러려고 했던 건 아니었어요."

"괜찮아. 다 잘 될 거라고 내가 말했잖아."

승강기가 내려와 멈추었다. 우리는 앞에 서 있는 커플의 뒤를 따라 승강기에 올라탔다. 문득 여자가 배를 움켜쥐고 주저앉았다. 그녀는 통증을 이겨내려 거울 밑에 있는 손잡이를 힘껏 잡았다. 두 손 가득 짐을 들고 있던 남자는 우두커니 서서 바닥만 내려다보았다.

위층에 도착하니 벨 소리가 났다. 곧 간호사 한 명이 나와 앞선 커플과 몇 마디를 주고받더니 우리에겐 다른 간호사가 와서 도와줄 테니 잠시만 기다리라고 하고선, 그들을 복도 안쪽으로 데려갔다.

린다는 의자에 앉았다. 나는 우두커니 서서 복도 끝 쪽만을 바라보았다. 조명은 어두컴컴했다. 각각의 병실 문 위에는 자그마한 팻말 같은 것이 달려 있었다. 어떤 것들은 붉은빛을 발하고 있었다. 가만히 보니 그것들이 붉은빛을 발할 때마다 신호음이 울려 퍼졌다. 신호음은 곧 사라졌지만 나는 그곳이 정신병원 같다는 생각을 떨칠 수가 없었다. 가끔 간호사들이 복도에 나오긴 했지만, 그들은 우리에게 오지 않고 제각기 다른 병실로 발길을 돌렸다. 저쪽 끝에서 한 남자가 양손에 무언가를 소중하게 들고 조심스레 흔들고 있었다. 자세히 보니 그는 나직이 노래를 부르는 것 같기도 했다.

"왜 급한 일이 아니라고 했나요?"

린다가 내게 따져 물었다.

"더는 여기 앉아서 기다릴 수가 없어요!"

나는 아무 대답도 하지 않았다.

아무 생각도 할 수 없었다.

린다가 자리에서 벌떡 일어났다.

"직접 들어가 봐야겠어요."

"조금만 더 기다려봐. 간호사들도 우리가 여기 있다는 걸 알고 있잖아."

린다를 말려보려 했지만 소용이 없었다. 그녀는 벌써 복도 안쪽으로 걸어 들어가고 있는 중이었다. 나는 체념하고 그녀의 뒤를 따랐다.

사무실에서 간호사 한 명이 나오더니 우리를 멈춰 세웠다.

"무슨 일인가요? 아직 도움을 못 받으셨나요?"

"네. 누가 오기로 했는데 아무리 기다려도 오질 않는군요."

간호사는 안경 너머로 린다를 바라보았다.

"오늘 하루 종일 아무런 움직임도 느끼지 못했어요. 아무것도!"

"그래서 걱정을 하신 거로군요."

린다는 고개를 끄덕였다.

간호사는 몸을 돌려 복도를 걷기 시작했다.

"저기 저 방에 들어가서 기다리세요. 곧 간호사를 보내드리겠습니다."

너무나 낯선 방 안에서 눈에 띄는 것이라곤 우리 둘밖에 없었다. 그래서인지 린다의 조그만 움직임조차도 내 가슴에 생채기를 낼 것만 같았다.

린다는 외투를 벗어 의자 등받이에 걸어두고, 옆에 있는 소파에 앉았다. 나는 창가로 다가가 아래쪽의 도로 위를 달리는 차들의 행렬을 바라보았다. 하늘에서 내리고 있는 눈송이는 너무나 작아서 주차장의 가로등 불빛 속에 들어온 후에야 눈에 띌 정도였다.

산부인과 검진용 의자가 벽 쪽에 자리하고 있었다. 그 옆에는 이름도 모를 갖가지 낯선 의료 기기들을 담은 용기가 차곡차곡 쌓여 있었다. 맞은편 벽에 있는 책장에는 CD 플레이어가 놓여 있었다.

"들려요?"

린다가 물었다.

옆방에서 기계가 돌아가는 듯 윙윙거리는 소리가 나직하게 들려왔다.

나는 몸을 돌려 린다를 바라보았다.

"울지 말아요, 칼 오베."

"이것 외에는 뭘 해야 할지 알 수가 없어서 그래."

"다 잘 될 거예요."

"이젠 당신이 나를 위로하고 있군."

린다가 미소를 지었다.

다시 정적이 감돌았다.

잠시 후 누군가가 노크를 했다. 문을 열고 들어온 간호사는 린다에게 누우라고 한 다음 배 위에 청진기를 가져갔다. 간호사의 입가에 미소가 번졌다.

"모든 게 정상이에요. 걱정하실 일은 하나도 없습니다. 하지만 확실하게 하기 위해 초음파 검사도 해보죠."

그로부터 30분 후, 병원을 나서는 린다의 발걸음은 가볍기만 했다. 반면 나는 온몸에 힘이 쭉 빠져 손가락 하나도 까딱할 수 없을 정도였다. 부끄럽고 민망하기도 했다. 아무것도 아닌 일로 병원 직원들에게 일을 더 만들어주었으니 말이다. 병원 문을 드나드는 사람들의 수로 보아 그들은 눈코 뜰 새 없이 바쁠 게 틀림없었다.

왜 우리는 항상 우리에게만 최악의 일이 일어날 것으로 생각하는 걸까. 아니, 꼭 그렇게 생각할 일만은 아닐지도 모른다. 침대 위, 린다 옆에 누워 그녀의 배 위에 손을 얹고, 이젠 더 움직일 공간도 없이 자라버린 배 속의 아이를 떠올리니, 실제로 한 생명이 배 속에서 사라져버리는 일이 일어날 수도 있다는 생각이 스쳤다. 그런 일이 가끔 일어나긴 하니까. 그렇다면 그 작은 생명을 귀하게 여기고 존중하며 심각하게 받아들여야 옳은 일이 아닐까. 따지고 보면 매사에 조심하는 일은 절대 부끄럽고 민망해할 일이 아니다. 오히려 도움이 될 일이 아니었던가. 오히려 타인에게 아무 관심도 가지지 않고 되는대로 내버려두는 것이 더 부끄럽고 민망해할 일인 것이다.

다음 날 나는 작업실로 가서 에스겔에 대한 글을 계속해서 썼다. 이번에는 투레 에릭의 조언대로 천사 이야기에 좀 더 서사적인 요소를 가미하기 위해 고치고 또 고쳤다. 에스겔의 예시는 거대하고 신비로웠다. 그를 향해 신이 내린 계시는 바로 신의 말씀이 적힌 책을 씹어 먹으라는 것이었다. 그렇게 함으로써 말이 피와 살로 변하게 될 것이라는 신의 말씀은 에스겔의 처지에선 거역할 수 없을 정도로 매혹적이었다. 이와 동시에 에스겔은 책에 적힌 글귀들을 두 눈으로 똑똑히 볼 수 있었다. 에스겔은 세상의 종말을 이야기하는 미친 예언자들의 모습, 가난한 삶 속에서 필연적으로 느낄 수밖에 없는 의심과 환멸 그리고 신의 계시 사이에서 갈등을 겪지 않을 수 없었다. 마침내 신의 계시를 받아든 에스겔은 예루살렘이 될 성벽 앞에 서서 하늘나라의 군대와 성벽을 그리기 시작했다. 그의 집 바로 앞에서, 그곳에 살고 있던 수많은 사람의 눈앞에서… 나는 책 속에서 부활을 의미하는 계시를 구체적으로 표현하기 위해 이렇게 썼다.

'오, 메마른 뼈들이여, 신의 말씀을 들어라!'

그러자 어디선가 신의 목소리가 들려왔다.

'내가 너희에게 생명을 불어넣어주겠다. 너희에게 근육과 살을 주고 그 위를 피부로 덮어주겠노라.'

신의 말씀은 그대로 이루어졌다. 그들은 몸을 일으켰고 하늘나라의 군대가 되었다.

사자(死者)의 군대.

이것이 바로 내가 작업실에서 했던 일이다. 하지만 그럴듯한 글을 써보려 아무리 노력해도 마음처럼 잘 되지 않았다. 내가 글 속에서 사용할 수 있는 소품도 그리 많지 않았다. 샌들과 낙타, 모래뿐. 가끔 황야 속에 덤불들을 집어넣어 보기도 했지만 그쪽 문화에 대해 내가 알고 있는 것은 거의 아무것도 없었다.

린다는 집에 홀로 남아 앞으로 일어날 일에 대해 마음을 졸이고 있었다. 출산 예정일은 이미 지났지만 아무 일도 일어나지 않았다. 새로운 것은 아무것도 없었다. 우리의 대화는 출산에 대한 이야기뿐이었다.

1월 말, 출산 예정일에서 일주일이 지난 날이었다. 텔레비전을 보고 있는데 린다의 양수가 터졌다. 나는 항상 양수가 터진다고 하면 폭포수처럼 물이 철철 넘쳐흐를 줄로만 알았다. 하지만 현실은 달랐다. 더욱이 린다의 경우엔 너무나 양이 적어서 정말 양수가 터졌는지 의심이 들 정도였다. 린다는 병원에 전화를 했다. 담당자들은 회의적이었다. 양수가 터지면 산모들은 그 양이 적고 많고 간에 본능적으로 알아차린다는 것이었다. 결국, 그들은 우리에게 병원에 와보라고 했다.

우리는 미리 싸놓은 짐을 들고 택시를 탔다. 불빛이 환한 병원 건물 주변에서는 지난번과 마찬가지로 여기저기 커다란 눈 무더기를 볼 수 있었다. 린다가 산부인과 진료를 받는 동안 나는 창밖을 내다보았다. 주황색 하늘 아래 고속도로에는 자동차가 줄지어 달리고 있었다. 린다의 비명에 얼른 고개를 돌렸다. 나머지 양수가 빠져나왔다.

그 후에도 새로운 일은 일어나지 않았다. 진통도 없었다. 병원 관계자들은 우리를 다시 집으로 돌려보냈다. 그들은 최대한 이틀 안에는 출산의 기미가 보일 것이라고 했다. 우리는 적어도 구체적인 날짜를 알 수 있었기에 그나마 마음을 놓을 수 있었다. 집으로 돌아온 후, 린다는 너무나 들떠서 잠을 자지 못했다. 반면 나는 세상모르고 깊은 잠을 잤다. 다음 날 우리는 집에서 영화 두 편을 보고 홈블레고르덴 공원으로 산책을 나갔다. 나는 카메라를 든 손을 쭉 뻗어서 우리의 얼굴을 함께 사진에 담았다. 하얗게 눈이 쌓인 공원을 배경으로 환한 표정을 짓고 있는 우리 둘의 모습.

우리는 린다의 어머니가 출산 전후를 대비해 미리 만들어놓은 음식을 냉장고에서 꺼내 데워 먹었다. 식사를 한 후 커피를 끓이고 있으려니 거실에서 긴 신음이 들려왔다. 서둘러 거실로 가보니, 린다가 두 손으로 배를 움켜쥐고 구부정하게 서 있었다. 오! 그녀는 신음을 하고 있었지만 얼굴은 환하기 그지없었다. 그녀는 고개를 들어 내게 미소를 지었다.

린다가 천천히 허리를 폈다.

"이제 시작되었어요. 지금 시각을 적어놓으세요. 그래야 진통 사이의 시간 간격을 알 수 있으니까요."

"많이 아파?"

"조금… 하지만 참을 만해요."

나는 수첩과 펜을 가져왔다. 시계를 보니 5시에서 몇 분이 지나 있었다. 다음 진통은 정확히 23분 후에 찾아왔다. 뒤를 이은 진통은 30분쯤 후에 시작되었다. 그렇게 저녁 내내 진통의 주기는 그리 크게 변하지 않았지만, 통증은 시간이 지날수록 더 심해지는 것 같았다. 우리는 밤 11시쯤 잠자리에 들었다. 린다는 가끔 아픔을 이기지 못해 침대에 누워 비명을 지르기도 했다. 옆에 누워 있던 나는 어떤 식으로든 도와주고 싶었지만 무엇을 어떻게 해야 할지 알 수가 없었다.

린다는 조산원에게서 TENS 기구를 받아왔었다. 그것은 통증이 느껴지는 부위에 연결해 약한 전기를 흐르게 함으로써 고통을 줄여주는 장치였다. 전기의 양은 조절이 가능했다. 나는 뭐가 뭔지 모를 전선과 버튼들을 이리 연결해보고 저리 연결해보느라 한참 뜸을 들이고 나서야 겨우 성공할 수 있었다. 하지만 린다는 내가 버튼을 누르니 강한 전기 충격에 몸을 비틀며 고통스러운 비명을 질렀다. 젠장, 얼른 꺼요! 당장 끄란 말이에요! 어, 알았어. 알았다고. 나는 강도를 낮추고 나서 다시 시도해보았다. 이젠 제대로 작동될 거야. 아, 빌어먹을! 그녀가 소리를 질렀다. 감전되었단 말이야! 이 병신아! 얼른 치워! 나는 린다의 욕설에 얼른 기구를 분리하고 대신 마사지를 해주려고 마음먹었다. 이럴 때를 대비해 구입해둔 마사지 오일을 손에 바른 후 마사지를 해주었지만 이것도 린다의 마음에 들지 않긴 마찬가지였다. 린다는 내가 마사지를 너무 강하게 한다거나 너무 약하게 한다거나 또는 자리가 잘못되었다거나 투덜거리며 쉴 새 없이 불평을 늘어놓았다.

린다는 출산이 다가오면 커다란 욕조에 들어가 진통을 견디겠다고 말해왔다. 뜨거운 물에 몸을 담그고 있으면 초기의 약한 진통은 견디기가 쉽다는 말을 들었기 때문이다. 하지만 이미 양수가 터진 후라 욕조에 몸을 담글 수는 없었다. 린다는 샤워실 안에 들어가 뜨거운 물을 받으며 진통이 찾아올 때마다 몸을 비틀면서 신음 소리를 냈다. 욕실의 환한 불빛 아래 피곤한 모습으로 서 있던 나는, 그런 그녀를 바라볼 수밖에 없었다. 내가 할 수 있는 일은 아무것도 없었으니까. 그녀에게 다가갈 틈도 보이지 않았다.

우리는 동이 틀 무렵에야 겨우 잠을 잘 수 있었다. 두 시간쯤 눈을 붙인 우리는 병원에 가기로 결심했다. 비록 병원에서 오라고 한 시간보다 여섯 시간이나 이른 때이긴 했지만 말이다. 그들은 진통 간격이 3~4분 정도 되면 병원에 오라고 했다. 린다의 진통 간격은 15분이었다. 하지만 아픔을 견딜 수 없어 숨이 넘어갈 듯 비명을 질러대는 그녀를 보고 있자니 더 기다릴 수가 없었다. 물론, 린다에게 몇 시간 더 기다렸다가 병원에 가자는 말을 해봤자 그녀의 귀엔 들리지도 않았을 것이다. 우리는 구름 낀 오전, 다시 택시를 타고 병원으로 향했다.

린다를 진료한 간호사는 자궁구가 3센티미터밖에 열리지 않았다고 했다. 나는 놀라지 않을 수 없었다. 린다가 그간 겪은 고통으로 미루어 본다면 벌써 아이를 낳고도 남았을 것으로 생각했기 때문이다. 하지만 사실은 정반대였다. 간호사는 우리에게 다시 집에 돌아가서 더 기다렸다가 오라고 해야 하지만, 마침 빈 병실이 하나 있는 데다 우리가 너무나 피곤해 보이기 때문에 그냥 병원에서 기다려도 좋다고 말했다. 여기서 눈 좀 붙이세요. 그녀는 빈 병실을 안내해준 다음 조용히 문을 닫고 나갔다.

"결국 여기까지 오게 되었군."

나는 짐을 바닥에 내려놓으며 말했다.

"배고파?"

린다는 고개를 저었다.

"샤워 하고 싶어요. 같이할래요?"

나는 고개를 끄덕였다.

샤워실 안에 들어가 서로 부둥켜안고 있자니, 다시 진통이 찾아왔다. 린다는 벽에 달린 손잡이를 움켜쥐고 비명을 질렀다. 전날 저녁, 난생처음으로 들어본 소리, 마치 낯선 짐승이 울부짖는 것 같은 소리였다.

나는 린다의 등을 쓰다듬어주었다. 하지만 린다에겐 아무 도움도 되지 않는 것 같았다. 문득, 린다의 등을 쓰다듬는 내 손길이 위로의 행위가 아니라 그녀를 놀리고 있는 행위 같다는 생각이 스쳤다. 진통이 지나가자 린다가 허리를 폈다. 나는 거울 속에서 그녀와 눈을 마주쳤다. 우리의 얼굴은 기가 다 빠져나간 사람들처럼 텅 비어 있었다. 이 상황을 헤쳐 나갈 사람은 우리뿐, 아무도 도와주지 못한다는 생각이 들었다.

우리는 샤워를 마치고 욕실에서 나왔다. 나는 소파에 앉아 린다가 병원 가운을 입는 모습을 보았다. 다음 순간, 나는 깊은 잠에 빠지고 말았다.


몇 시간 후, 간호사와 조산원이 병실로 들어왔다. 이젠 정말 출산이 눈앞에 다가왔다는 느낌이 들었다. 린다는 진통제를 사용하지 않겠다고 했기 때문에 간호사는 그녀에게 식염수를 투여했다. 정수한 물을 피부 아래쪽에 투입하면 통증을 가라앉힐 수 있다고 했다. 내 손을 잡고 서 있는 린다에게 간호사 두 명이 그것을 투입했다. 그녀가 비명을 지르며 본능적으로 몸을 비틀었다. 있는 힘을 다해 간호사의 손에서 벗어나려는 것 같기도 했다. 하지만 간호사들은 린다를 꼭 잡고 주삿바늘을 찔렀다. 너무나 아파하는 린다를 보고 있으니 저절로 눈물이 나왔다. 그때 그 순간의 고통은 아무것도 아니라는 생각이 들었다. 출산이 임박할수록 그 고통은 더해질 텐데 정말 린다가 견뎌낼 수 있을까.

간호사들은 하얀 병원 가운을 입고 침대에 누운 린다에게 링거를 연결했다. 금속 옷걸이 같은 것에 매달려 있는 투명한 봉지 속의 액체가 가느다란 호스와 주삿바늘을 통해 린다의 몸속으로 흘러들어 갔다. 자궁 속 태아의 머리에는 조그마한 탐측기가 연결되었고, 린다의 몸속으로 흘러들어간 액체는 태아의 움직임을 보여주는 기능을 한다고 했다. 그들은 린다와 침대 옆 선반 위에 있는 낯선 의료 기구들 그리고 커다란 화면을 갖가지 전선으로 연결했다. 곧 화면에 숫자가 나타나 반짝이기 시작했다. 그것은 자궁 속 태아의 맥박이었다. 린다의 몸에 연결된 또 다른 줄에는 린다의 상태를 확인할 수 있는 감측기가 달려 있었고, 그것은 또 다른 화면에 연결되어 있었다. 곧 그 화면에서도 숫자와 함께 파도처럼 구불구불한 선이 나타났다. 린다의 진통이 시작되자 화면 속의 선은 거의 수직선을 그릴 정도로 급격히 치솟았다. 기계에 연결된 일종의 프린터에서는 화면의 그래프가 실시간으로 인쇄되어 나왔다.

갖가지 복잡하고 낯선 기계들로 둘러싸인 린다의 모습을 보니, 마치 달나라로 떠나는 우주선 조종사 같았다.

감측기가 자궁 속 태아의 머리에 닿자 린다가 비명을 질렀다. 조산원은 린다의 뺨을 상냥하게 쓰다듬어주었다. 왜 그들은 린다를 어린아이처럼 대할까. 나는 병실 안에 우두커니 서서 내 주변에서 일어나고 있는 일들을 말없이 바라보기만 했다. 혹, 병원에 보관되어 있는 린다의 편지 때문일까. 임산부들을 대상으로 병원에서 한 설문조사지에 린다는 출산일을 고대하고 있으며, 출산 과정과 고통을 잘 이겨낼 만큼 강인하지만 주변인들의 응원이 필요하다고 썼다.

린다는 바쁘게 움직이는 간호사들의 손길 사이로 내게 눈길을 보내며 미소를 지었다. 나는 그녀에게 미소를 되돌려주었다. 머리색이 짙은 단호하고 엄격한 표정의 조산원이 내게 화면 읽는 법을 가르쳐주었다. 그녀는 특히 태아의 심장 박동 수가 중요하다며, 그래프가 갑자기 상승하거나 하강하게 되면 얼른 비상 버튼을 눌러 간호사를 호출하라고 말했다. 하지만 그래프가 0에 멈춰 움직이지 않더라도 크게 걱정할 일은 아니라고 했다. 대부분의 경우엔 감측기의 연결 부분이 분리되어 나타나는 현상이라고 덧붙였다. 나는 이 모든 것을 혼자서 감당해야 하느냐고 묻고 싶었지만 차마 입을 떼지 못했다. 앞으로 얼마나 더 기다려야 아이를 볼 수 있는지도 물어보고 싶었지만 꿀 먹은 벙어리처럼 고개만 끄덕였다. 그녀는 가끔 들르겠다고 말하면서 병실을 나가버렸다.

린다의 진통 간격은 더욱 짧아졌다. 시간이 지날수록 고통도 더 심해지는 것 같았다. 그녀는 비명을 지르며 조금 전과는 다른 방식으로 몸을 비틀었다. 무언가를 찾으려는 듯한 움직임이었다. 린다는 진통이 찾아올 때마다 불안한 듯 몸을 이리저리 비틀며 비명을 질렀다. 나는 그녀가 고통에서 빠져나갈 수 있는 길을 찾으려 한다고 생각했다. 짐승의 움직임을 연상시키는 본능적인 움직임이었다.

진통이 사라지자 린다는 몸을 눕혔다.

"칼 오베, 난 견뎌내지 못할 것 같아요."

"아니야, 당신은 잘 견뎌낼 수 있어. 위험한 일도 아니야. 단지 많이 아플 뿐 절대 위험하진 않아."

"하지만 너무너무 아프단 말이에요! 빌어먹을! 진짜 견딜 수 없을 정도로 아프단 말이에요!"

"알아, 나도 알아."

"마사지 좀 해줄래요?"

"응."

린다는 몸을 일으켜 침대 옆 난간을 잡아 쥐었다.

"여기?"

"조금 더 아래."

화면에서 그래프가 상승하기 시작했다.

"이제 곧 진통이 올 거야."

"오! 젠장!"

그래프는 파도처럼 솟구쳤다. 린다는 비명을 질렀다. 더 아래! 린다는 자세를 바꾸고 신음을 하며 다시 자세를 바꾸기를 반복했다. 두 손으로는 침대 난간을 부서질 만큼 힘껏 잡았다. 그래프가 하강 곡선을 그리자 린다의 진통도 사라졌다. 하지만 화면에 나타난 태아의 맥박은 격렬하게 상승 곡선을 그리며 좀체 떨어지지 않았다.

린다가 푹 주저앉았다.

"마사지가 도움이 돼?"

"전혀!"

나는 린다의 통증이 사라졌는데도 상승한 태아의 맥박이 떨어지지 않는다고 간호사에게 말해야겠다고 마음먹었다.

"못 견디겠어요. 자신이 없어요."

린다가 울먹였다.

"아냐, 당신은 할 수 있어. 지금까지도 잘 견뎌냈잖아."

"내 이마를 짚어봐요."

나는 린다의 이마에 손을 가져갔다.

"그래프가 상승하기 시작하는 걸 보니 곧 진통이 올 거야. 준비해, 린다."

린다는 몸을 일으키며 신음을 했다. 비명을 지르며 다시 푹 쓰러졌다. 나는 비상 버튼을 눌렀다. 문 위에 있는 붉은 팻말에서 불이 반짝었다.

"맥박 수가 굉장히 높아요. 좀체 떨어지질 않네요."

나는 병실로 찾아온 조산원에게 말했다.

"흠… 양을 좀 줄여야겠군요. 필요 이상으로 많이 주입된 것 같아요."

그녀는 린다에게 다가갔다.

"좀 어때요?"

"너무너무 아파요. 아직도 멀었나요?"

그녀는 린다의 질문에 고개를 끄덕이며 대답했다.

"네, 아직 한참 멀었어요."

"도움이 필요해요. 이대로는 도저히 견딜 수 없어요. 흡입식 진통제를 사용하게 해주세요. 분만할 때 진통을 완화해준다고 들었어요."

"아직 흡입식 진통제를 사용하기엔 일러요. 지금부터 사용하면 효능이 떨어져서 정작 필요할 땐 아무런 효과를 볼 수가 없어요. 조금 더 기다렸다가 사용하는 게 좋아요."

"하지만 더는 견딜 수가 없어요."

린다가 소리를 질렀다.

"지금 당장 주세요. 이대로는 견딜 수가 없다고요!"

"조금만, 아주 조금만 더 기다려요. 오케이?"

린다가 체념한 듯 고개를 끄덕이자, 조산원은 병실에서 나갔다.

다시 같은 일이 반복되었다. 린다는 통증을 이겨낼 방법을 찾았지만 마음처럼 잘 되지 않았다. 통증이 덮치면 린다는 통증을 피하려 안간힘을 다해 몸부림을 쳤다. 그 모습을 보고 있으니 가슴이 아팠다. 내가 해줄 수 있는 일은 아무것도 없었다. 고작 그녀의 이마에 손을 얹고 흐르는 땀을 닦아주는 일, 가끔 건성으로 그녀의 등을 마사지해주는 일이 전부였다. 그러느라 창밖에 어둠이 다가온 것도 모르고 있었다. 눈이 내리기 시작했다. 시각은 오후 4시. 린다가 진통을 시작한 것은 한 시간 반 전이었다. 한 시간 반은 아무것도 아니라는 것을 나는 잘 알고 있었다. 카리 안네가 윌바를 낳을 때는 무려 스무 시간이나 진통을 겪었다고 하지 않았던가.

노크 소리가 들리더니 머리색이 짙은 엄격한 표정의 조산원이 들어왔다.

"좀 어때요?"

잔뜩 웅크리고 앉아 있던 린다가 조산원을 향해 고개를 돌렸다.

"흡입식 진통제를 사용하게 해주세요!"

조산원은 잠시 생각에 잠기더니 고개를 끄덕인 후 병실을 나섰다. 잠시 후, 그녀는 아산화질소가 들어 있는 용기 두 개와 받침대를 가져와 침대 옆에 놓아두었다. 몇 분 후, 린다는 마스크를 쥘 수 있었다.

"저도 무언가 도움을 줄 수 있었으면 좋겠어요. 예를 들면 마사지 같은 거… 어디를 주물러주면 가장 효과적인지 가르쳐주시겠습니까?"

그 순간, 린다의 진통이 시작되었다. 고통에 하체를 꼬며 몸부림치던 린다는 마스크를 얼굴에 가져가 크게 숨을 들이쉬었다. 조산원은 내 손을 린다의 꽁무니뼈 아랫부분에 얹어주었다.

"여기쯤 마사지를 해보세요, 오케이?"

"네, 알았습니다."

나는 오일을 손에 묻혀 비볐다. 조산원은 문을 닫고 나갔다. 나는 한 손을 린다의 꽁무니뼈 아랫부분에 얹고, 다른 한 손을 그 위에 얹어 힘껏 눌렀다.

"오! 바로 거기예요!"

린다의 목소리는 마스크 속에서 휑하니 맴돌았다.

"맞아, 거기! 거기!"

진통이 사라지자 린다가 나를 돌아보았다.

"흡입식 진통제는 정말 환상적이에요."

"잘 됐어."

다음 진통이 찾아오자 린다의 태도가 달라졌다. 그녀는 이제 고통을 피하려 몸부림을 치지 않았다. 보기만 해도 가슴 아플 정도로 고통에 몸부림치던 그녀는 이제 고통을 정면으로 받아들이기 시작했다. 진통이 시작되면 거의 호기심까지 보이며 고통 속으로 파고들어갔고, 고통이 격렬해지면 두려움에 빠져 긴장하는 짐승처럼 몸을 벌떡 일으켜 두 손으로 침대 난간을 꽉 붙잡고 온몸을 비틀며 마스크속에 신음과 비명을 토해냈다.

진통이 찾아올 때마다 같은 일이 반복되었다. 진통이 사라지면 힘없이 마스크를 쥐고 침대에 누웠다. 그것도 잠시, 진통은 다시 찾아왔다. 나는 화면의 그래프를 보고 진통이 올 때쯤 되면 항상 린다보다 조금 먼저 알고 그녀의 꽁무니뼈 아랫부분을 있는 힘을 다해 주물러주었다. 그녀는 몸을 일으켜 앞뒤로 몸을 흔들며 비명을 질렀다. 진통이 사라지면 그녀는 다시 침대에 풀썩 드러누웠다. 이젠 그녀와 소통을 할 수도 없는 상태가 되었다.

그녀는 자신만의 세상에 빠져 주위에서 무슨 일이 일어나는지도 알아채지 못했다. 그녀는 오직 고통 속으로 들어갔다 나오기를 반복하며 고통을 받아냈다. 진통이 사라지면 힘없이 드러누워 휴식을 취했다. 린다의 상태를 확인하기 위해 가끔 조산원이 들어오기도 했다. 하지만 조산원은 마치 린다가 그곳에 없는 듯 내게만 말을 건넸다. 솔직히 어떤 면에서 보면 린다는 그곳에 없다고 해도 틀린 말은 아니었다. 그녀는 자신만의 세계에서 고통과 맞서 싸우고 있었으니까. 하지만 가끔 린다는 갑자기 나를 향해 소리를 치기도 했다. 병실이 떠나갈 정도로. 물! 수건! 원하는 것을 받아 쥐면 린다는 다시 소리를 질렀다. 고마워요!

　참으로 기이한 저녁이었다. 창밖에는 하늘에서 내리는 눈송이들이 촘촘하게 어둠을 채우고 있었다. 병실 안은 진통이 찾아올 때마다 마스크를 통해 아산화질소를 흡입하는 린다의 거친 숨소리와 의료기구들의 기계음으로 채워졌다. 나는 태어날 아이나 린다에 대한 생각을 할 수 없었다. 내 머릿속에는 오직 마사지 생각뿐이었다. 린다가 누워 있을 때면 가볍게 마사지를 하고, 화면의 그래프가 올라가면 힘을 주어 마사지를 했다. 린다는 진통이 시작되면 몸을 일으켰다. 그러면 나는 있는 힘을 다해 린다의 등을 주물렀다. 그 와중에도 나는 화면의 그래프에서 눈을 떼지 않았다. 숫자와 그래프, 오일과 꽁무니뼈, 신음과 비명. 그것이 전부였다. 그것은 초, 분, 시간의 간격을 두고 쉬지 않고 계속되었다.

　나는 다른 생각은 아무것도 할 수 없었다. 시간이 가는 줄도 몰랐다. 가끔 다른 일이 생기면 나는 마치 딴 세상에 있다 온 사람처럼 정신을 차리곤 했다.

　조산원이 들어와 상태가 어떠냐고 물었다. 어느새 시간은 오후 5시 30분이 되었다. 또 다른 조산원이 들어왔다. 식사를 하겠느냐고 물었다. 시계는 오후 6시 35분을 가리키고 있었다.

　"식사요?"

　나는 생전 처음 들어보는 말처럼 되물었다.

"네, 채식주의자를 위한 라자니아와 보통 라자니아가 있어요."

"그러고 보니 배가 고픈 것 같기도 해요. 보통 라자니아가 좋겠어요. 고맙습니다."

린다는 조산원이 들어온 것조차도 모르고 있는 것 같았다. 다시 진통이 시작되었다. 조산원은 병실을 나갔고, 나는 있는 힘을 다해 린다의 꽁무니뼈 부분을 누르면서 눈으로는 화면의 그래프를 확인했다. 진통이 사라져도 린다는 마스크를 내려놓지 않았다.

나는 조심스레 린다의 손에서 마스크를 빼내었다. 린다는 힘없이 축 늘어져 아무런 반응도 보이지 않았다. 린다의 이마에선 땀이 흘러내렸다. 그녀는 초점 없는 눈동자로 멍하니 허공만 바라보았다. 진통이 찾아오자 린다는 얼굴에 밀착된 마스크 속으로 비명을 쏟아넣었다.

병실 문이 열렸다. 조산원이 쟁반에 음식을 얹어 왔다. 시계는 7시를 가리켰다. 나는 린다에게 식사를 해도 되겠느냐고 물었다. 그녀는 고개만 끄덕였다. 내가 음식에 손을 가져가는 순간, 린다의 진통이 시작되었다. 아, 안 돼! 지금 먹지 마욧! 나는 못 들은 척 음식을 먹으며 벽에 있는 비상 버튼을 눌렀다. 바로 들어온 조산원에게 나 대신 린다에게 마사지를 해달라고 부탁했다. 그녀는 선선히 응하며 린다에게 마사지를 해주었다. 안 돼! 당신 말고! 하는 것 같지도 않잖아요! 칼 오베! 칼 오베가 해줘요! 나는 재빨리 음식을 입속으로 밀어 넣었다. 제대로 씹어 넘길 수도 없었다. 2분 후, 나는 다시 린다를 마사지해줄 수 있었고, 린다는 다시 자신만의 리듬을 되찾았다.

진통, 마스크, 마사지, 휴식, 진통, 마사지, 마스크, 휴식. 그 외에는 아무것도 없었다. 다시 조산원이 들어와 린다를 눕히고 자궁 입구가 얼마나 열렸는지 확인했다. 린다가 비명을 질렀다. 그것은 이전의 비명과는 달랐다. 고통을 이겨내기 위해 직접 대면하며 지르는 비명이 아니라 고통을 피하기 위해 지르는 비명이었다.

린다가 다시 몸을 일으켰다. 자신만의 리듬 속으로 사라져버린 그녀는 주변 세상이 존재하는지도 모르고 있는 것 같았다. 시간은 자꾸만 흘렀다.

갑자기 린다가 큰 소리를 지르며 내게 말을 걸었다.

"지금 여기 우리만 있어요?"

"응."

"칼 오베! 사랑해요!"

그것은 린다의 가슴속 깊은 곳에서 흘러나오는 소리였다. 그녀가 단 한 번도 다다르지 못했던 곳, 지금까지 그런 곳이 있는지도 몰랐던 깊숙한 곳에서 솟아오르는 말이었다. 나는 눈물을 감출 수 없었다.

"나도 당신을 사랑해."

린다는 내 말을 듣지 못했다. 그 순간, 다시 진통이 찾아왔기 때문이다.

8시, 9시, 10시. 시간은 자꾸만 흘렀다. 나는 아무 생각도 할 수 없었다. 린다를 마사지하고 화면의 그래프를 확인할 뿐. 갑자기 우리가 거기 있는 것이 곧 태어날 아이를 맞이하기 위한 것이라는 생각이 들었다. 우리의 아이. 몇 시간 지나지 않으면 우리의 아이가 세상에 태어날 예정이었다.

그 생각은 곧 사라져버렸다. 나는 다시 그래프와 숫자, 손과 꽁무니뼈, 반복되는 행위와 비명 속으로 돌아왔다.

병실 문이 열렸다. 나이가 좀 들어 보이는 새로운 조산원이 들어왔다. 그녀의 뒤에는 젊은 인턴이 따라 들어왔다. 조산원은 린다에

게 얼굴을 바짝 붙여 자신을 소개했다. 둘의 얼굴은 1센티미터 정도
밖에 떨어지지 않았다. 그녀는 린다가 아주 잘해내고 있다고 칭찬을
하며 힘을 북돋아준 후, 인턴을 한 명 데려왔다고 말했다. 인턴이 참
관해도 괜찮을까요? 린다는 고개를 돌려 인턴을 한 번 바라본 후 고
개를 끄덕였다. 조산원은 출산이 얼마 남지 않았으니 힘을 내라고
말한 뒤, 자궁구를 다시 확인해봐도 되겠느냐고 물어보았다.

린다는 고개를 끄덕이며 조산원이 마치 어머니라도 되는 듯 어린
아이 같은 눈동자로 바라보았다.

"힘내요. 지금까지 해온 것처럼만 하면 돼요. 아주 잘하고 있
어요."

린다는 이번엔 비명을 지르지 않았다. 커다랗고 짙은 색의 눈동
자로 허공을 멍하니 바라볼 뿐이었다. 나는 린다의 이마를 쓰다듬어
주었지만, 린다는 아무런 반응도 보이지 않았다. 조산원이 자궁구로
손을 가져가자 린다가 소리쳤다.

"아직 많이 기다려야 하나요?"

"조금만 더 기다리면 돼요."

린다는 몸을 일으켜 참을성 있게 다음 진통이 시작되기를 기다
렸다.

"한 시간 정도만 더 기다리면 될 것 같아요."

조산원이 나를 향해 말했다.

시계를 보니 11시였다.

린다는 여덟 시간 동안 진통을 겪은 셈이었다.

"이젠 이것들을 치워줄게요."

조산원은 기계와 연결된 전선과 호스 등을 린다의 몸에서 떼어주
었다. 갑자기 린다는 기계에서 떨어져 자유로운 몸이 되어버렸다.

그녀가 지금까지 싸워온 통증과 고통은 이제 화면에 숫자로는 나타나지 않았다. 그것은 린다의 몸속에서만 존재하는 것이 되어버렸다.

조금 전만 해도 깨닫지 못했던 사실이었다. 고통은 그녀의 몸속에서만 존재하는 것이고 홀로 맞부딪치고 이겨내야 하는 것이라는 사실 말이다. 그녀는 기계와 떨어져 완전히 자유로운 몸이 되었지만, 완전히 홀로 남은 셈이기도 했다. 일어나는 모든 일은 그녀 안에서만 존재하는 것이 되었다.

"아, 다시 진통이 시작되었어요."

나는 그녀의 등 아랫부분을 힘껏 눌러가며 마사지를 해주었다. 병원 건물, 화면, 책, 출산 준비 강좌, 카세트, 우리의 생각들이 거쳐 간 병원의 복도들. 이젠 이런 것들은 아무 상관도 없어져버렸다. 오직 그녀와 그녀 안에서 고개를 치켜드는 고통뿐이었다.

린다의 몸은 땀으로 번질번질했다. 젖은 머리카락은 이마 위로 축축하게 흘러내렸고, 하얀 병원 가운은 그녀의 몸을 어지럽게 감싸고 있었다. 조산원은 금방 돌아오겠다고 말하면서 병실을 나섰다. 인턴은 병실에 남아 린다의 이마 위로 흐른 땀을 닦아주고 물과 초콜릿을 가져다주었다. 린다는 인턴이 가져다주는 음식을 게걸스럽게 먹었다. 그것은 얼마 가지 않았다. 이젠 진통 간의 간격이 눈에 띄게 짧아졌다. 린다는 진통이 곧 시작되리라는 것을 알고 있었기에 그 짧은 휴식마저도 안절부절못하며 보냈다.

다시 돌아온 조산원은 병실의 불빛을 약하게 조절했다.

"이제 누워서 좀 쉬어요."

린다는 조산원이 시키는 대로 했다. 그녀는 린다의 뺨을 쓰다듬어주었다. 나는 창가로 갔다. 도로에는 차가 한 대도 보이지 않았다. 촘촘하게 내리고 있는 눈송이들이 가로등 불빛 속을 채우고 있었다.

쥐죽은 듯 고요했다. 몸을 돌려보니 린다는 잠에 빠진 것 같았다.

조산원이 내게 미소를 지어보였다.

린다가 신음 소리를 냈다. 조산원은 린다의 팔을 움켜쥐고 몸을 일으킬 수 있도록 도와주었다. 린다의 깊은 눈동자는 어두운 숲속을 연상시켰다.

"힘을 줘봐요."

조산원이 린다에게 말했다.

무언가 새롭고 낯선 분위기가 감돌기 시작했다. 나는 그것이 무엇인지 알 길이 없었지만, 지금까지 하던 대로 린다의 등 뒤에 서서 힘껏 마사지를 해주었다. 진통은 지루할 정도로 길게 이어졌다. 린다는 마스크를 얼굴로 가져가 아산화질소를 힘껏 들이마셨지만 도움이 되는 것 같지는 않았다. 몸을 찢는 듯한 고통스러운 비명이 길게 이어졌다.

진통이 사라진 듯했다. 린다는 침대 위에 힘없이 풀썩 드러누웠다. 조산원은 린다의 이마에 흐르는 땀을 닦아주면서 잘 견뎠다며 칭찬을 해주었다.

"아이를 만져볼래요?"

린다는 조산원을 바라보며 천천히 고개를 끄덕였다. 무릎을 바닥에 대고 몸을 쭉 펴자 조산원은 린다의 손을 두 다리 사이로 가져갔다.

"뭐가 만져지죠? 그게 바로 아이의 머리예요."

"오!"

"손을 떼지 말고 계속 힘을 줘봐요. 할 수 있죠?"

"네!"

"이리로 오세요."

조산원은 린다를 침대 밖으로 인도해 병실 바닥에 세웠다.

"여기 서봐요."

인턴은 병실 구석에 있는 의자를 가져왔다.

린다는 무릎을 대고 앉았다. 나는 이젠 마사지를 해도 소용이 없을 것이라고 생각하면서도, 린다의 등 뒤에 자리를 잡고 섰다.

그녀는 폐가 터질 정도로 고통스러운 비명을 지르며 온몸을 앞뒤로 흔들었다. 그 와중에도 그녀는 아이의 머리에 대고 있던 손을 움직이지 않았다.

"이제 아이의 머리가 나왔어요."

조산원이 말했다.

"자, 한 번만 더 힘을 줘봐요."

"머리가 나왔다고요? 그게 정말이에요?"

"네. 이제 힘을 주세요."

린다가 자지러질 듯 비명을 질렀다.

"아이를 받으시겠어요?"

조산원이 나를 돌아보며 물었다.

"네."

"그럼, 이리로 와서 여기 서 계세요."

나는 의자를 돌아 린다의 앞쪽에 섰다. 린다의 눈은 나를 향하고 있었지만 나를 보는 것 같진 않았다.

"자, 한 번만 더! 잘하고 있어요! 한 번만 더 힘을 줘요!"

내 눈엔 눈물이 맺히기 시작했다.

미끈미끈한 바다표범처럼 아이가 쑥 빠져나와 내 손에 떨어졌다.

"오! 오… 오!"

아이의 작은 몸은 미끌미끌하고 따끈따끈했다. 내 손에서 미끄러져 거의 떨어질 뻔했지만 곁에 있던 인턴이 도와 아이를 내게 다시 안겨주었다.

"아이가 나왔나요? 아이가 나왔어요?"

린다가 물었다. 나는 그렇다고 하면서 아이의 작은 몸을 들어 린다에게 보여주었다. 린다는 아이를 가슴에 꼭 껴안았다. 나는 기쁨에 겨워 소리 내어 울어버렸다. 몇 시간 만에 처음으로 린다와 눈이 마주쳤다. 린다가 미소를 지었다.

"남자아이야, 여자아이야?"

"여자아이에요, 칼 오베. 여자아이!"

아이의 길고 검은 머리카락은 두피에 붙어 있었다. 피부는 잿빛에 가까웠고 왁스를 칠해놓은 것처럼 미끌거렸다. 아이가 소리를 내며 울기 시작했다. 한 번도 들어보지 못한 소리였다. 그것은 바로 내 딸이 우는 소리였다. 나는 세상의 한가운데 서 있었다. 내 주변의 모든 것은 정적으로 휩싸였고, 어둠 속에 가라앉아버렸다. 하지만 우리는 바로 그 자리에 있었다. 조산원, 인턴, 린다, 나 그리고 우리의 작은 아기. 빛은 거기에 모여 있었다.

그들은 아이를 침대에 눕혔다. 천장을 보고 누운 아이의 피부에 차차 핏기가 돌기 시작했다. 아이는 고개를 돌려 우리를 바라보았다.

두 눈은 두 개의 커다란 검은 구슬 같았다.

"안녕… 이 세상에 태어난 걸 환영해…"

린다가 아이에게 나직이 말을 걸었다.

아이는 한쪽 팔을 들었다가 내려놓았다. 그 움직임은 악어나 이구아나 같은 파충류를 떠오르게 했다. 아이는 다른 쪽 팔을 들었다가 옆으로 조금 뻗는 듯하더니 다시 내려놓았다.

아이의 검은 눈동자가 린다에게 향했다.

"응… 내가 네 엄마야. 저기 아빠가 있어. 보이니?"

갑자기 우리에게 다가온 아이에게 정신이 팔려 있는 동안, 조산원과 인턴은 병실 안을 정리하기 시작했다. 린다의 배와 다리에는 피가 묻어 있었다. 아이의 몸에도 피가 묻어 있었다. 그들의 몸에서 풍기는 금속성 피 냄새는 숨을 들이쉴 때마다 낯설게 다가왔다.

린다는 아이를 가슴 위에 눕혀 놓았지만, 아이는 가만히 누워 있기보다는 오히려 고개를 돌려 우리를 바라보는 데 더 관심을 보였다. 조산원은 스웨덴 깃발이 꽂힌 쟁반 위에 먹을 것과 사과 주스 한 컵을 가져왔다. 우리가 음식을 먹고 있는 동안, 그들은 아이의 몸무게와 키를 쟀다. 소리를 지르며 울던 아이는 다시 린다가 안아 가슴 위에 눕히자 조용해졌다. 린다가 아이를 향해 자신을 열어가는 모습, 성숙한 사랑과 배려가 담긴 몸동작은 지금까지 내가 한 번도 보지 못했던 낯선 것이었다.

"그럼 이제 이 아이는 바니아가 되는 거야?"

나는 린다에게 물어보았다.

린다가 나를 바라보았다.

"그럼요! 당신도 직접 보고 있잖아요?"

"안녕, 바니아!"

나는 린다에게 고개를 돌려 말을 이었다.

"마치 숲속에서 찾아낸 야생 소녀 같아."

린다가 고개를 끄덕였다.

"작고 사랑스러운 숲속의 요정이에요."

조산원이 침대 옆으로 다가왔다.

"자, 이제 회복실로 가시죠. 가기 전에 아이에게 옷을 입히는 게 좋겠군요."

린다가 나를 바라보았다.

"당신이 할래요?"

나는 고개를 끄덕이며 조그마한 아이를 침대 발치에 눕혔다. 집에서 가져온 가방에서 잠옷을 꺼내 매우 조심스럽게 아이에게 입혔다. 아이는 작고 이상한 목소리로 소리를 꽥꽥 질렀다.

"잘 견뎌냈어요. 축하해요. 아이를 낳는 데 재능이 있는 것 같아요."

조산원이 린다에게 미소를 띠며 농담처럼 말을 건넸다.

"그러니 앞으로 몇 명 더 낳으셔도 될 것 같군요."

"고마워요. 제가 들어본 칭찬 중에 가장 마음에 드는걸요."

"아이의 첫 순간을 항상 잊지 마세요. 아이는 평생 이 순간을 의식적으로나 무의식적으로나 간직하며 살아가게 될 테니까요."

"정말 그런가요?"

"그럼요. 아주 의미 있는 순간이죠. 그건 그렇고, 이젠 눈 좀 붙이세요. 내일 아침에 시간이 되면 찾아볼게요. 장담할 수는 없지만…"

"감사합니다. 아주 큰 도움을 주셨어요. 정말 고맙습니다."

몇 분 후, 린다는 어정쩡하게 걸어 회복실로 향했다. 나는 바니아를 가슴에 꼭 붙이고 안은 채로 린다 옆에서 걸었다. 아이는 두 눈을 동그랗게 뜨고 천장을 바라보았다. 회복실로 들어온 우리는 불을 끄고 침대에 누워 도란도란 이야기를 나누었다. 린다는 가끔 아이를 가슴께로 끌어올려 안았지만, 아이는 별 관심이 없는 것 같았다.

"이젠 어떤 일이 닥쳐도 두려워하지 않을 자신이 생겼지?"

"음… 정말 그런 생각이 들어요."

엄마와 아이는 곧 잠에 빠졌지만 나는 잠을 이룰 수가 없었다. 무언가를 해야 할 것만 같은 느낌에 엎치락뒤치락하던 나는, 그날 하루 종일 거의 몸을 움직이지 않았다는 생각을 했다. 잠이 오지 않았던 것은 그 때문인지도 모른다. 나는 승강기를 타고 내려가 건물 밖으로 나갔다. 담배를 피워 물고 어머니에게 전화를 걸었다.

"여보세요? 어머니, 칼 오베예요."

"어찌 되었니?"

어머니는 기다렸다는 듯이 재빨리 되물었다.

"너희 병원에 있지?"

"네, 딸을 낳았어요."

말을 하는 순간, 내 목소리가 갈라졌다.

"오, 딸이구나! 린다는 건강하니?"

"네, 산모도 아이도 모두 건강해요."

"축하한다, 칼 오베. 정말 좋은 소식이야. 고맙구나."

"네… 딸을 낳았다고 알려드리려고 전화했어요. 더 자세한 이야기는 내일 다시 전화해서 전해드릴게요. 저는… 네… 저는… 지금 아무 말도 못 하겠어요."

"알아, 이해해. 린다에게 축하한다고 전해주렴."

"네."

전화를 끊은 나는 린다의 어머니에게 전화를 했다. 딸을 낳았다고 하니 장모님은 울음을 터뜨렸다. 나는 새 담배를 꺼내 불을 붙이고 내 어머니에게 했던 말을 그대로 되풀이한 후 전화를 끊었다. 이번에는 윙베 형에게 전화를 걸었다. 다시 담배에 불을 붙였다. 윙베 형에겐 좀 더 가벼운 마음으로 말을 할 수 있었다. 나는 전화기를 귀에 댄 채 주차장을 밝히고 있는 가로등 아래를 돌며 형과 대화를 나누었다. 영하 10도 정도의 날씨에 셔츠 하나만 입고 있는데도 전혀 춥지 않았다. 전화를 끊은 나는 허공을 뚫어지게 바라보았다. 그렇게 하면 내 속에 있는 질문에 대한 답을 얻을 수 있기라도 하듯. 하지만 나는 아무런 대답도 얻을 수 없었다.

다시 걷기 시작했다. 온 길을 되돌아 걷고 또 걸었다. 다시 담배에 불을 붙인 나는 두 모금만 빨아 연기를 넘긴 다음 담배를 버리고 병원 출입문을 향해 달렸다. 불현듯 린다와 아이가 저 건물 안에 있다는 생각이 스쳤기 때문이었다. 바로 지금! 아내와 아이가 저기 있다고!

린다는 아이와 함께 자고 있었다. 나는 그들을 바라보았다. 수첩을 꺼내고 램프의 불을 밝혔다. 의자에 앉아 그날 있었던 일을 적어보려 했지만 단 한 글자도 쓸 수가 없었다. 이 무슨 멍청한 짓인가 하는 생각에 나는 자리를 박차고 일어나 텔레비전이 있는 휴게실로 내려갔다. 문득, 휴게실의 커다란 달력에 그날 태어난 아이들을 위해 핀을 꽂아놓는 전통이 있다는 사실이 떠올랐다. 남자아이가 태어나면 푸른색 핀, 여자아이가 태어나면 분홍색 핀. 나는 바니아를 위해 분홍색 핀을 하나 꽂아놓았다. 다시 복도를 몇 번이나 왔다 갔다 한 나는 결국 승강기를 타고 내려가 다시 담배를 피웠다. 두 개비를 연달아 피운 다음 회복실에 돌아와 자리에 누웠다.

여전히 잠이 오지 않았다. 무언가 내 속에 있던 것이 활짝 열린 것 같은 느낌이 들었다. 갑자기 이 세상을 모두 받아들일 수 있을 것만 같았다. 내가 세상의 중심이 된 것 같기도 했다. 그 세상은 의미로 가득 차 있었다. 이런 상태에서 어떻게 잠을 잘 수 있단 말인가.

아, 결국 나는 잠에 빠지고 말았다.

모든 것이 너무나 조심스럽고 낯설었다. 심지어는 아이에게 옷을 입히는 것조차 거대한 프로젝트처럼 느껴졌다. 집으로 돌아가는 날, 헬레나가 차를 가지고 와서 우리를 기다렸다. 우리는 바니아에게 옷을 입히고 밖으로 나갈 준비를 하는 데만 30분이 걸렸다. 하지만 승강기에서 내려 헬레나와 마주치는 순간, 우리는 헬레나의 웃음거리가 되고 말았다. 설마 이 추위에 아이에게 그런 옷을 입혀 밖에 나가려 했던 건 아니겠죠?

우린 아이에게 옷을 입히면서 바깥 날씨에 대해선 조금도 생각해보지 않았다.

헬레나는 입고 있던 두꺼운 파카 점퍼를 벗어 아이를 감쌌다. 나는 바니아를 담은 유아용 자동차 시트를 한 손으로 들고 주차장까지 뛰었다. 집에 돌아온 린다는 바니아를 안고 흐느끼기 시작했다. 지난 삶 속에 녹아 있던 희로애락이 한꺼번에 눈물과 함께 솟구치는 듯했다. 나는 병원에서와 마찬가지로 무언가를 해야 할 것만 같아 안절부절못했다. 가만히 앉아 있을 수가 없었던 나는 음식을 만들고, 설거지를 하고, 가게에 가서 장을 보았다. 몸을 움직일 수 있는 일이라면 무엇이든 다 했다. 반면 린다는 아이를 가슴에 안고 가만히 있고 싶어 했다.

빛은 우리를 떠나지 않았다. 정적도 우리를 떠나지 않고 맴돌았다. 마치 평온함의 막이 우리를 에워싼 것만 같았다.

환상적이었다.

평온함과 함께 무엇이라도 해야 할 것만 같은 조바심 속에서 열흘을 지내고 나니 일을 해야만 할 때가 다가왔다. 그동안 있었던 모든 일과 지금 집 안에서 일어나는 일들을 모두 뒤로하고 에스젤에 대한 글을 계속 써야만 했다. 일을 하고 오후에 집에 돌아와 대문을 열면, 나의 작은 가족이 기다리고 있었다. 이들이 나의 작은 가족이라는 생각이 스치면 나는 행복에 겨워 어쩔 줄 몰랐다.

갓 태어난 아이가 요구하는 나날의 새로운 일상은 흐르는 물처럼 자연스럽게 우리 몸에 배어들었다. 린다는 아이와 단둘이 있는 것을 그리 좋아하지 않았다. 하지만 나는 일을 해야만 했다. 소설은 가을에 출간해야만 했고, 나는 돈이 필요했다.

내 소설은 샌들과 낙타로만 채워져 있을 뿐 아무런 진전이 없었다.

이전에 '노르웨이에서 펼쳐진 성경 이야기' '세테스달스헤이에네의 아브라함'이라는 제목으로 수첩에 글을 끄적인 적이 있다. 바보 같은 짓이었다. 그 이야기들은 한 편의 소설이 되기 위해선 규모가 너무 작으면서도 너무 큰 것이기 때문이었다. 이제 다시 그 이야기로 되돌아온 이상, 나는 이전과는 다른 방법으로 접근해야만 했다. 젠장. 나는 일단 글을 쓰기로 마음먹었다. 써가면서 어떻게 진행될지 살펴볼 수밖에 없었다.

스칸디나비아의 자연경관을 배경으로, 석양 속에서 커다란 망치로 바위를 쪼는 카인. 나는 린다에게 내가 쓴 글을 읽어줄까 물어보았다. 물론이죠, 얼른 읽어보세요. 그런데 굉장히 이상한 이야기야. 바보 같다는 느낌이 들 수도 있어. 바로 그런 글들이 백이면 백 좋은 글들로 느껴진다는 거죠. 당신의 장점은 바로 그거예요. 그럴지도 몰라. 하지만 이번 경우는 아냐. 얼른 읽어보기나 하세요! 린다가 거실 맞은편 의자에 앉아 소리쳤다.

나는 써놓은 글을 읽기 시작했다. 더 읽어봐요. 아주 환상적이에요. 진심이에요. 계속 읽어보세요. 나는 린다가 시키는 대로 했다. 그리고 바니아가 유아 세례식을 치르는 날까지 밤낮을 가리지 않고 글을 썼다. 바니아의 유아 세례식은 5월에 어머니가 사는 윌스테르에서 치렀다. 그곳에서 돌아온 우리는 스웨덴의 베스테르빅 외곽에 자리한 한 농장으로 갔다. 잉그리와 그녀의 남편이 여름 별장을 빌려놓은 곳이었다. 린다와 잉그리가 바니아와 함께 지내는 동안, 나는 홀로 앉아 글을 썼다. 6월이었다. 소설은 정확히 6주 후에 끝을 내야만 했다. 비록 카인과 아벨의 이야기를 마무리하긴 했지만 여전히 한 권의 소설로 내보이기에는 분량이나 내용 면에서 너무나 빈약했다.

나는 편집자에게 난생처음으로 거짓말을 했다. 소설을 완성했고 지금은 교정을 보고 있는 중이라고. 하지만 정작 소설의 중심적인 이야기는 아직 시작도 하지 않았던 것이다.

나는 미친 사람처럼 글쓰기에 몰두했다. 세상일에는 전혀 관심을 두지 않았다. 그곳에 함께 있던 사람들과 점심·저녁을 먹고, 저녁에는 린다와 함께 텔레비전 앞에 앉아 축구 유럽챔피언전을 시청하는 시간을 제외하고선 다락방에 홀로 앉아 자판기를 두드렸다. 집으로 돌아온 나는 이제 정말 이게 아니면 저것이라는 결단을 내려야만 했다.

나는 린다에게 작업실로 옮겨가겠다고 말했다. 밤낮으로 글을 쓰지 않으면 소설을 마무리할 수 없다고 덧붙였다. 그렇게는 안 돼요! 당신에겐 가족이 있잖아요. 그걸 잊었나요? 지금은 여름휴가 기간이에요. 설마 잊고 있었던 건 아니겠죠? 정말 당신의 딸을 제가 혼자 돌보기를 원하는 건 아니겠죠? 맞아. 그렇게 하지 않으면 안 돼. 안 돼요! 그건 절대로 안 돼요! 오케이. 하지만 난 무슨 일이 있어도 글을 써야만 해. 그리고 나는 그 일을 실행에 옮겼다.

미친 사람처럼 정신없이 글을 썼다. 잠은 하루에 두세 시간밖에 자지 않았다. 당시 내게 의미가 있었던 것은 내가 쓰고 있는 소설뿐이었다. 장모님 집에서 머물던 린다는 하루에도 몇 번씩이나 내게 전화를 했다. 불같이 화를 내던 린다는 전화기에 대고 소리를 지르고 질렀다. 나는 수화기를 귓전에서 밀쳐놓고 계속 글을 썼다. 그녀는 나를 떠나겠다고 협박했다. 알았어. 그럼 떠나. 상관하지 않겠어. 난 글을 써야 하니까. 그건 진심이었다. 그게 린다가 원하는 것이라면 어쩔 수 없는 일이 아닌가. 알았어요. 그렇게 하겠어요. 당신은 평생 우리를 못 볼 거예요. 알았어. 나는 하루에 스무 장씩 글을 썼다. 글자와 문장, 형식 따위는 눈에 들어오지도 않았다. 내 눈에 보이는 것은 자연 풍경과 인물뿐이었다.

린다는 전화를 걸어 소리를 질렀다. 나더러 슈거 대디, 양아치, 철면피 같은 괴물이라고 욕을 퍼부었다. 세상에서 가장 악랄한 사람이며 나를 만난 것조차 후회한다고 소리쳤다. 알았어. 그럼 하고 싶은 대로 해. 상관하지 않겠어. 내가 한 말은 진심이었다. 어느 누구도 내 앞길을 방해하는 걸 원하지 않았기 때문이다.

린다는 전화를 끊었다. 하지만 2분도 채 되지 않아 다시 전화를 걸어 내게 욕을 퍼부었다. 나는 혼자 있단 말이에요. 정말 제가 혼자 바니아를 키우기를 원하나요? 린다는 눈물을 흘렸고, 내게 욕을 퍼부었다. 애원을 하기도 했다. 혼자 있도록 내버려두는 것은 자신에게 할 수 있는 가장 악랄한 행위라고 협박했다. 하지만 나는 개의치 않고 밤낮으로 글을 썼다. 그러던 어느 날 린다가 갑자기 전화를 해서 내일 아침 집으로 돌아오겠다고 했다. 기차역으로 마중을 나와 주겠어요?

웅, 그러지.

기차역으로 나가니 린다가 잠에 빠진 바니아를 유모차에 태워 나를 향해 걸어왔다. 하는 둥 마는 둥 인사를 건넨 린다는 소설 작업은 어떠냐고 물었다. 그럭저럭. 그녀는 미안하다고 사과했다. 그로부터 2주 후, 나는 편집자에게 전화를 해서 소설을 마무리했다고 전했다. 그날은 기적처럼 출판사에서 제시한 마감일과 맞아떨어졌다.

8월 1일. 집으로 돌아오니, 린다가 프레세코*로 채운 유리잔을 들고 현관에서 나를 맞았다. 거실에서는 내가 가장 좋아하는 음악이 흐르고 있었고, 식탁 위에는 내가 가장 좋아하는 음식이 차려져 있었다. 나는 마침내 소설을 마무리했다. 하지만 글을 쓰는 동안 경험했던 그 느낌과 그 시간에선 여전히 벗어날 수가 없었다.

우리는 오슬로로 갔고, 나는 기자회견에 참석했다. 그날 저녁 코가 비뚤어지도록 술을 마신 나는 다음 날 아침 호텔 방에서 오전 내내 구토를 했다. 겨우 정신을 차리고 공항으로 가니 우리가 탈 비행기가 몇 시간이나 지연되었다는 안내 방송이 들렸다. 린다는 항공사 직원에게 소리를 지르며 불만을 표했다. 나는 절망에 빠져 양손으로 머리를 감쌌다. 다시 예전의 상태로 되돌아가는 것일까? 브링에란즈오센에 도착해 비행기에서 내리니 어머니가 우리를 기다리고 있었다.

우리는 그곳에서 아름다운 산길을 매일 산책했다. 모든 것은 다시 정상으로 되돌아왔다. 불평할 일은 하나도 없었다. 그런데도 나는 성에 차지 않았다. 나는 홀로 앉아 밤낮으로 글을 쓰던 그 시간으로 되돌아가고 싶었다. 그 동경은 너무나 강해 온몸이 아플 정도였다. 내가 동경했던 것은 그 광적인 상태, 그 외로운 상태, 그 행복한 상태였다.

다시 집으로 돌아온 후, 린다는 드라마 학교에 복학했고 나는 집

---

* 이탈리아산 백포도주로 톡 쏘는 맛이 있어 샴페인 대용으로 마신다.

에 남아 바니아를 돌보았다. 아침이 되면 린다의 가슴은 젖이 불어 터질 것만 같았다. 나는 점심시간이 되면 학교로 찾아가 린다와 함께 점심을 먹었다. 린다는 점심을 먹고 나서 다시 젖을 짜냈다. 오후가 되면 린다는 수업이 끝나자마자 자전거를 타고 집으로 왔다. 불평할 일은 아무것도 없었다. 모든 일은 그보다 더 나을 수가 없을 정도로 물 흐르듯 자연스럽게 흘러갔다. 비평가들과 독자들은 내 책을 호평했고, 외국 출판사에서는 번역 저작권을 줄지어 구입했다. 그런 일들이 진행되는 동안, 나는 바니아를 유모차에 태워 스톡홀름의 아름다운 거리를 산책했다. 이 세상에서 가장 사랑하는 내 딸과 함께. 게다가 나의 아름다운 아내는 학교에 앉아 내가 있는 집으로 돌아오기만을 고대하고 있지 않은가.

가을이 지나고 겨울이 왔다. 우리의 삶은 이유식과 유아복, 아이의 울음소리와 아이가 토해내는 오물로 채워졌다. 오전의 무기력함과 오후의 공허함이 슬슬 지겨워지기 시작했다. 하지만 나는 불평할 수가 없었다. 아무 말도 할 수 없었다. 그러니 묵묵히 내가 할 일만을 해야 할 뿐.

아파트 내에선 끝난 줄로만 알았던 이웃과의 사소한 충돌이 다시 고개를 들었다. 연말에 있었던 에피소드 때문에 나는 러시아 여자와의 충돌은 이제 없을 줄로만 알았다. 하지만 그건 잘못된 생각이었다. 내가 순진했던 것일까. 시간이 지나자 그녀와의 충돌은 더욱 잦아졌다. 아침에 침실의 라디오를 켜거나, 바닥에 책을 떨어뜨리거나, 벽에 못을 박으려 망치질을 하면 으레 아래층 천장에서 우리 집 벽으로 이어지는 배수관이 쿵쿵 울렸다. 한 번은 지하 세탁실에서 빨래를 하고 나서 그것들을 담아둔 커다란 이케아 쇼핑백을 깜박 잊고 올라온 적이 있었다. 다음 날 세탁실로 내려가 보니, 쇼핑백에 있던 깨끗한 옷들이 세탁기 아래 하수관 옆에 버려져 있는 게 아닌가. 그 옷들은 이미 세탁기에서 배출된 더러운 물로 얼룩이 져 있었다.

늦은 겨울 어느 날 오전, 린다가 전화를 받았다. 아파트 건물을 소유하고 있는 회사에서 온 전화였다. 우리를 향한 불만 신고가 접수되었다고 했다. 심각한 불만 사항이 몇 가지 접수되었으니 우리의 상황을 설명해달라는 내용이었다. 적절치 않은 시간대에 음악을 크게 튼 적이 있는지, 대문 앞 복도에 쓰레기봉투를 내놓은 적이 있는지, 복도에 유모차를 내놓은 적이 있는지, 아파트 뒷마당에 담배꽁초를 버린 적이 있는지, 지하 세탁실에서 빨래한 옷을 깜빡 잊고 가져가지 않은 적이 있는지, 우리에게 배정된 세탁 시간이 아닌 시간에 빨래를 한 적이 있는지 등등이었다.

여기에 대해 우리가 뭐라고 할 수 있을까. 이웃이 우리를 곤경에 빠뜨리기 위해 지어낸 것이라 말할 수는 없는 일이었다. 그렇게 말한다면 러시아 여자와의 전쟁도 감수해야 할 것은 뻔했다. 더욱이 불만 사항 신고서에 서명을 한 사람은 러시아 여자뿐만 아니라 위층에 살고 있는 그녀의 친구도 있었다.

솔직히 접수된 사항은 따지고 보면 모두 맞는 말이었다. 그곳에 살고 있는 사람들은 모두 저녁이 되면 쓰레기봉투를 대문 앞에 내놓고 다음 날 아침 출근할 때 그것을 가져가곤 했다. 우리도 예외는 아니었다. 그러니 무턱대고 그런 일이 없다고 딱 잡아뗄 수도 없었다. 게다가 러시아 여자와 그녀의 친구는 우리 집 대문 앞에 놓여 있는 쓰레기봉투를 사진까지 찍어 증명해놓았으니 아니라고 무조건 부정할 수는 없었다.

대문 앞에 유모차를 세워놓았던 것도 사실이었다. 솔직히 필요할 때마다 지하에 세워둔 유모차를 가지러 발걸음을 하게 된다면 도대체 하루에도 몇 번이나 지하실에 왔다 갔다 해야 한단 말인가. 매일 그렇게 할 수는 없는 일이었다. 우리가 세탁 시간을 잊어버린 적도 없지 않았다. 하지만 매번 자기들에게 배정된 세탁 시간을 칼같이 지켜내는 사람이 몇 명이나 있을까.

우리는 할 수 없이 불만 사항을 모두 받아들이고 앞으로 조심하겠다고 말하는 수밖에 없었다. 그들은 이번에는 그냥 넘어가겠지만 다시 불만 사항이 접수되면 그때는 계약을 재고할 수밖에 없다고 엄포를 놓았다. 스웨덴에선 주거 계약을 한 번 하면 평생 유효한 계약이 된다. 그러니 주거 계약을 따내기도 하늘의 별 따기처럼 어렵다. 더욱이 우리처럼 시내 한가운데 있는 집에서 살려면 주거 계약을 따내기 위해 몇십 년을 투자해야 하거나, 암시장에서 수억 원을 주고 뒷거래를 하는 수밖에 없었다.

린다는 이 집을 어머니에게서 물려받았다. 주거 계약을 잃는다는 것은 우리가 소유하고 있는 단 하나의 가치 있는 것을 잃는다는 말과도 같았다. 그 때문에 우리가 할 수 있는 일은 매사에 조심하는 일뿐이었다.

매사에 원리원칙을 따른다는 것은 스웨덴 사람들의 피 속에 흐르는 본능 같은 것이다. 그들은 고지서가 날아오면 정해진 날짜에 돈을 낸다. 아무리 적은 액수라 해도 정해진 날짜에서 며칠이라도 늦으면 신용불량으로 간주되어 은행 융자는 생각도 할 수 없고, 휴대폰 가입도 할 수 없으며, 렌터카를 빌릴 수도 없다.

나는 이런 일에 그다지 신경을 쓰지 않는 사람이다. 공과금 납부를 연체해서 1년에 한두 번 정도는 독촉장을 받기도 한다. 그런데 스웨덴에서는 이런 일이 있어서는 안 되는 것이다. 그것이 심각한 일이라는 것을 알게 된 것은 몇 년이나 지나서였다. 갑자기 큰돈이 필요해서 은행에 돈을 빌리러 갔다가 그 자리에서 거절을 당했다. 융자라고요? 있을 수 없는 일이었다. 하지만 스웨덴 사람들은 법과 규칙에 스스로 자신의 삶을 맡기고, 그렇게 하지 않는 사람들이 있으면 경멸의 대상으로 여긴다.

오, 나는 이 작고 잘난 나라를 얼마나 혐오하는가! 이들은 자기들이 세상에서 제일 잘난 줄 알고 있다. 그들의 규칙에서 조금만 벗어나도 비정상으로 여기는 나라. 그들은 다른 문화권의 사람들이나 소수 이민자에게도 같은 눈길을 보낸다. 스웨덴의 아파트 지하실에서 세탁을 하고 있는 에티오피아인 또는 가나인들은 그저 불쌍한 사람들일 뿐이다. 보름이나 앞서 세탁 시간을 예약했건만, 탈수기 속에 양말 한 짝이라도 잊고 남겨두게 되면 사람들의 입방아에 오른다. 얼마나 자주 이들의 집 대문 앞에 정 많은 스웨덴 이웃이 빨랫감이 가득 들어 있는 이케아 쇼핑백을 들고 '혹시 이걸 잊으신 건 아닌지요?'라며 서 있는가.

스웨덴은 1600년대 이후 단 한 번도 전쟁을 경험하지 않았다. 나는 자주 낯선 외국, 예를 들면 칠레나 볼리비아 같은 나라가 스웨덴을 침략해 건물을 폭파하고 국민에게 총질을 하고 여자들을 폭행했으면 좋겠다고 바랐다. 스웨덴 국민을 대도시 외곽의 게토 지역에 모아놓고 조국을 사랑한다고 말하라며 강요한다면, 이들은 무엇이라 말할까. 나는 처지가 바뀐 스웨덴 사람들이 어떤 태도를 보일지 진정으로 궁금하다.

더 견딜 수 없는 것은 노르웨이 사람들이 스웨덴을 거의 숭배하다시피 한다는 것이다. 하긴 나도 노르웨이에 살 때는 그랬다. 그때만해도 난 아무것도 몰랐으니까. 하지만 이제 무언가를 좀 알게 되고, 내가 깨달은 것들을 노르웨이 사람들에게 알려주려고 시도해보니,

내 말을 이해하는 사람들은 아무도 찾을 수 없었다. 스웨덴이 정확히 얼마나 살기 좋은 나라인지 설명하는 것은 불가능하다. 어떤 나라가 살기 좋다고 한다면, 살기 좋다는 개념은 그 나라 밖에서만 깨달을 수 있기 때문이다. 스웨덴에서는 사회를 지배하는 공식적인 입장과 개념 외에 다른 것은 존재하지 않는다. 이런 것들을 경험하고 깨닫게 되기까지는 오랜 시간이 걸린다.

2005년 2월의 어느 날 저녁, 양손에 각각 도스토옙스키의 책과 NK 쇼핑센터의 쇼핑백을 들고 계단을 올라가다 러시아 여자와 마주쳤을 때도 상황은 달라지지 않았다. 그녀가 내 눈을 피하는 것은 그리 이상한 일이 아니었다. 오후에 자전거를 세워두는 지하실에 유모차를 가져다놓으면, 그다음 날 우리 유모차는 벽에 바싹 붙여진 채 덮개마저 비뚤어져 제자리에서 벗어나 있는가 하면, 가끔 유모차 속에 있던 아이의 담요가 바닥에 널브러져 있는 경우도 있었다. 누군가가 화가 나서 담요를 내팽개친 흔적이 역력했다. 아이가 좀 자란 후, 우리는 중고 스포츠 유모차를 구입했다. 그것을 누군가가 자주 '폐품' 팻말 아래 가져다놓는 바람에, 폐품 차량이 가져가버릴 뻔한 위기에 처한 적도 많았다. 누가 그런 짓을 했는지 짐작하는 것은 어렵지 않았다. 하지만 확신할 수는 없었다. 당시 다른 이웃들이 우리를 보는 눈길도 그리 호의적이진 않았으니까.

나는 대문을 열고 들어가 허리를 굽혀 장화 끈을 풀었다.

"린다?"

"이제 왔어요?"

린다의 목소리가 거실에서 들려왔다.

그녀의 목소리에서 불만이나 짜증은 찾아볼 수 없었다.

"좀 늦었어. 미안해."

나는 허리를 펴고 목도리를 풀고 코트를 벗어 현관의 옷장 안에 걸었다.

"시간 가는 줄도 모르고 책을 읽다 보니 그렇게 됐어."

"괜찮아요. 바니아를 목욕시키고 방금 재웠어요."

"잘했어."

나는 거실로 들어갔다. 린다는 털실로 짠 나의 짙은 녹색 스웨터를 입고 소파에 앉아 텔레비전을 보고 있었다.

"내 스웨터를 입고 있었어?"

린다는 텔레비전을 끄고 자리에서 일어났다.

"당신이 보고 싶어서 그랬죠."

"난 여기서 당신과 함께 살잖아. 매일 날 보는데 또 보고 싶었어?"

"당신도 내가 무슨 말을 하는지 잘 알잖아요."

린다는 내게 입을 맞추었다. 우리는 서로를 부둥켜안은 채 한참을 서 있었다.

"언젠가 에스펜의 어머니가 에스펜의 집에 가서 에스펜의 스웨터를 입고 다녔다는 이야기를 그 여자친구가 해준 적이 있어. 그녀는 에스펜의 어머니가 자식의 소유권을 주장하기 위해 일부러 자기 눈 앞에서 그랬다는 거야. 자못 심술궂은 저의가 보였다고 하더군."

"그 상황에 있다면 누구라도 그렇게 느꼈을 거예요. 하지만 지금 여기엔 당신과 나밖에 없잖아요. 그리고 우리에겐 서로를 향한 적개심이 있을 수 없어요. 그렇죠?"

"맞아. 이제 뭐 좀 먹을까? 내가 저녁을 할게. 기다리는 동안 와인 한 잔 줄까?"

린다가 나를 빤히 쳐다보았다.

"오, 맞아 맞아! 깜박했어. 이렇게 바보 같긴… 당신은 수유 중이었지. 하지만 와인 한 잔 정도는 괜찮지 않을까?"

"괜찮을 거예요. 하지만 기다렸다가 당신과 함께 마시고 싶어요."

"먼저 바니아부터 살펴볼게. 지금 자고 있지?"

린다는 고개를 끄덕였다. 나는 침실로 들어갔다. 아이는 우리 부부의 더블 침대 옆에 놓인 작은 유아용 침대에서 엉덩이를 번쩍 치켜들고 엎드린 채 양팔을 옆으로 쭉 뻗고 자고 있었다.

나는 미소를 지었다.

뒤따라 들어온 린다가 아이에게 담요를 덮어주었다. 나는 현관으로 가서 장을 본 봉투를 부엌으로 가져왔다. 나는 오븐을 가열해놓고 감자를 씻은 후 포크로 감자를 하나하나 찔렀다. 그리고 미리 기름칠을 해둔 오븐판 위에 감자를 늘어놓고 오븐 속에 집어넣었다. 브로콜리를 데치기 위해 냄비에 물을 채우고 있는데, 린다가 부엌에 와서 식탁 의자에 앉았다.

"인터뷰 녹음 자료를 오늘 정리했어요. 식사 후에 한 번 들어볼래요? 내 생각엔 더 손질을 하지 않아도 될 것 같은데… 잘 모르겠어요."

"물론이야. 식사 후에 들어볼게."

린다는 최근 아버지를 인터뷰하며 녹음 작업을 해왔다. 정리된 자료는 수요일에 보낼 예정이었다. 몇 주 동안 아버지를 인터뷰하며 린다는 지난 수년 동안 잊고 있었던 아버지의 삶에 더 가까이 다가갈 수 있었다. 린다의 아버지는 우리 집에서 50미터쯤밖에 떨어지지 않은 곳에 살고 있었지만 두 사람은 거의 내왕을 하지 않았다.

나는 쇠고기를 널찍한 나무 도마 위에 올려놓고 키친타월을 고기 위에 덮어 수분을 빨아냈다.

"먹음직스러워 보여요."

"응, 보기만큼 맛도 좋았으면 좋겠어. 킬로당 가격이 얼마인지는 차마 입 밖에 내기가 두려울 정도거든."

감자는 너무나 작아서 오븐에서 10분쯤 익히니 다 익어버렸다. 나는 프라이팬을 꺼내 불 위에 올리고, 냄비 안에서 끓고 있는 물에 브로콜리를 집어넣었다.

"제가 접시를 내갈게요. 거실에서 먹을 거죠?"

"응, 그러지."

린다는 녹색 접시 두 개와 와인잔 두 개를 꺼내 거실로 가져갔다. 나는 와인병과 생수를 들고 그녀의 뒤를 따랐다. 거실로 들어가니 린다가 양초를 식탁에 올려두었다.

"라이터 있어요?"

나는 고개를 끄덕이며 주머니에서 라이터를 꺼내 린다에게 건넸다.

"분위기 좋죠?"

린다가 미소를 지으며 말했다.

"응."

나는 와인병 뚜껑을 열어 잔을 채웠다.

"당신이 와인을 마실 수 없어 유감인걸."

"한 모금 정도는 괜찮아요. 맛만 보는데 뭐 어떻겠어요. 하지만 음식이 나올 때까지 기다리는 게 좋을 것 같아요."

"알았어."

나는 부엌으로 가는 길에 침실에 들러 바니아의 침대 앞에서 걸음을 멈추었다. 아이는 자세를 바꾸어 천장을 보고 누워 있었다. 양팔을 옆으로 쭉 뻗고 누워 있는 모습을 보니 누군가가 높은 곳에서 아이를 털썩 떨어뜨린 것 같다는 생각이 들었다. 아이의 얼굴은 풍선처럼 퉁퉁했고, 짤막한 몸통은 보기 좋게 지방질이 붙어 있었다. 신생아 검진을 받으러 병원에 갔더니 의사는 아이의 살을 빼는 게 좋겠다고 권했다. 아이가 울거나 소리를 지를 때마다 젖을 주는 건 피해야 한다고 했던가.

나는 이 나라가 이상하다는 생각을 하지 않을 수 없었다.

침대 난간에 몸을 기대고 아이를 향해 몸을 굽혔다. 아이는 입을 벌린 채 새근새근 숨소리를 내며 자고 있었다. 가끔 나는 아이의 얼굴에서 윙베 형의 얼굴을 볼 수 있었다. 하지만 그렇다고 생각하는 순간, 윙베 형을 연상하게 하는 아이의 표정은 사라져버려 잡을 수가 없었다. 그럴 때를 제외하고선 아이의 얼굴에선 내 피를 이어받았다는 점을 찾아보기가 힘들 정도였다.

"참 예쁘죠?"

부엌으로 가던 린다가 내 어깨를 쓰다듬으며 말을 걸었다.

"응. 하지만 어디다 써먹을지는 모르겠군."

린다는 출산 직후, 아이를 살펴보던 의사에게도 아이가 예쁘다는 동의를 얻어내고야 말았다. 그냥 예쁘다는 말 한마디가 아니라 '매우' 예쁘다는 말을 말이다. 물론 예의상 무덤덤한 의사의 말투엔 전혀 신경 쓰지 않았다. 나는 그때 어이없다는 눈초리로 린다를 바라보았던 것을 기억한다. 아이를 향한 모성애는 그런 것인가. 아이와 관련된 일이 아니면 모든 것이 무의미하게 느껴지는 것이 엄마의 마음인가.

참으로 낯선 시간이었다. 갓난아기와 함께 사는 삶에 익숙하지 못했던 우리는 조그만 일에도 걱정과 기쁨에 휩싸이기 마련이었다.

이젠 어느 정도 익숙해진 것 같다.

부엌의 프라이팬에서는 버터가 갈색으로 녹아내리며 연기를 내뿜었다. 프라이팬 옆에 있는 냄비에서도 연기가 솟아올랐다. 뚜껑이 흔들렸다. 나는 고깃덩어리 두 개를 프라이팬 위에 올렸다. 오븐에서 감자를 꺼내 오목한 접시에 담고, 브로콜리가 들어 있는 냄비에서 물을 따라낸 다음 잠시 식혔다. 프라이팬 위의 고기를 뒤집던 나는 양송이버섯을 잊었다는 생각에 얼른 버섯을 꺼내고, 새 프라이팬을 올려놓은 후 토마토를 반으로 잘라 버섯과 함께 센 불에 굽기 시작했다. 창문을 열자 부엌에 차 있던 연기가 빠져나갔다. 구운 고기를 하얀 접시 위에 브로콜리와 함께 올려둔 후, 버섯이 다 구워질 동안 창밖에 머리를 내밀고 거리를 바라보았다.

찬바람이 얼굴을 때렸다. 길 건너편에 있는 사무실 건물은 불이 꺼진 채 텅 비어 있었다. 하지만 길 위에는 두꺼운 겨울옷을 입은 사람들이 입을 다물고 묵묵히 줄을 지어 걷고 있었다. 건너편 레스토랑 안에는 한 무리의 사람들이 모여 앉아 있었다. 그들의 눈에는 주방에서 일하는 요리사들이 보이지 않을 테지만, 내 눈에는 조리대와 조리대 사이, 오븐과 오븐 사이를 재바르게 움직이고 있는 요리사들이 훤히 보였다. 그들의 움직임에는 단 한순간의 주저함도 찾아볼수 없었다. 날렌 입구에는 사람들이 길게 줄을 서 있었다.

모자를 쓴 한 남자가 대형 버스에서 내려 건물 안으로 들어가고 있었다. 그는 신분증명서처럼 보이는 카드를 목걸이처럼 목에 걸고 있었다. 나는 몸을 돌려 양송이버섯을 얹어놓은 프라이팬을 흔들어 버섯을 뒤집었다. 내가 사는 거리에는 일반 주택이 거의 없다. 대부분 사무실 건물이거나 쇼핑센터이기 때문에 오후가 되어 건물이 문을 닫으면 거리는 생기를 잃어버린다. 하지만 저녁이 되면 주점이나 디스코텍을 향하는 사람들로 거리는 다시 채워진다. 이런 곳에서 아이를 키운다는 것은 생각할 수조차 없는 일이다. 아이를 위한 것이

119

라곤 하나도 찾아볼 수 없는 동네이니까.

작고 하얀 양송이버섯이 갈색으로 변하기 시작했다. 나는 불을 끄고 버섯을 접시에 옮겨 담았다. 푸른색 선과 황금색 선으로 장식된 하얀 접시. 그리 예쁘다고는 할 수 없는 접시다. 나는 아버지가 돌아가신 후 아버지 집에 있는 얼마 안 되는 물건들을 윙베 형과 나누어 가졌다. 그 접시는 그렇게 해서 우리 집으로 오게 되었다.

아버지는 어머니와 이혼하면서 둘이 함께 살던 집을 어머니에게 주었다. 그 대신 어머니는 집값의 반을 아버지에게 주어야만 했다. 아버지는 그 돈으로 필요한 물건들을 한꺼번에 장만했던 것 같다. 그러니까 아버지가 소유하고 있던 물건들은 모두 같은 시기에 그 뿌리를 두고 있다 해도 과언이 아니다. 그 때문에 아버지가 남긴 물건들에선 어떤 의미나 기억들도 찾아볼 수 없다. 시기에 따라 다르게 자리한 삶의 뿌리도 찾아볼 수 없긴 마찬가지였다. 하지만 그렇지 않은 것들도 있다. 비록 몇몇 부엌 식기와 망원경, 고무장화 한 켤레뿐이긴 했지만 아버지의 물건들은 내게 아버지의 기억을 심어주는 데 큰 도움이 되었다. 강렬하고 선명한 기억이라곤 할 수 없지만, 이런 물건들을 보게 되면 아버지는 잊을 만하면 다시 내 삶을 비집고 들어왔다.

어머니 집에 있는 물건들은 또 다른 의미를 지니고 있다. 예를 들어 60년대 어느 날 학생 신분이던 두 사람이 함께 구입했던 플라스틱 양동이는 70년대 어느 날 정원에서 피우던 모닥불 옆에 가까이 있었던 탓에 옆부분에 녹아내린 자국이 생겼다. 나는 어렸을 때 그 자국을 보며 그것이 사람의 얼굴 같다고 생각한 적이 있었다. 두 눈과 휘어진 콧잔등, 비뚤어진 입. 하지만 그것은 여전히 양동이에 불과했다. 어머니가 청소를 할 때 사용했던 양동이였지만, 내가 그것을 꺼내들고 그 불쌍한 사람의 머릿속에 뜨거운 물을 들이붓고 비누를 풀어넣을 때면 그것은 양동이가 아니었다. 어머니가 죽을 저을 때 사용했던 국자는 내가 기억하는 한, 단 한 번도 바뀐 적이 없었다. 내가 어머니 집에 갈 때마다 아침 식사 때 사용했던 갈색 접시들은 내가 70년대 튀바켄의 집에서 의자에 앉아 짧은 다리를 대롱대롱 흔들며 아침을 먹을 때 사용했던 그 갈색 접시 그대로였다.

세월이 흐르면서 어머니가 하나둘씩 새로 장만했던 것들은 어머니의 오랜 물건들과 섞여 내 기억 속에 자리하고 있다. 그것들은 단한 번에 확 바꾸거나 한꺼번에 구입했던 아버지의 물건들과는 전혀다른 의미를 지니고 있다. 아버지의 장례식 때 교회 목사님은 바로여기에 대해 언급한 적이 있다. 그는 우리 인간이 세상 속에 시선을고정해놓고 자신만의 자리를 찾아 뿌리를 내릴 수 있어야 한다고 했다. 물론 그 말속에 들어 있는 의미는 아버지가 그러지 못했다는 것이었다. 그의 말에는 틀림이 없었다. 하지만 세월이 흐르면서, 나는이 세상에 뿌리를 내리고 부여잡지 않아도 될 이유를 여기저기서 찾아볼 수 있다는 것을 깨닫게 되었다. 떠나보낼 것은 떠나보내고, 놓아줄 것은 놓아주며, 억지로 어딘가에 매달려 있을 필요는 없다는 것. 그러다 추락하게 되면 심연의 끝까지 추락해서 부서져 볼 필요도 있다는 것을 깨닫게 된 것이다.

이런 것을 두고 허무주의라 했던가. 이런 식으로 내 생각들을 빨아들이는 것은 도대체 무엇이란 말인가.

침실에서 바니아가 소리를 지르며 울기 시작했다. 고개를 들이밀어 보니, 아이는 침대에서 일어나 키 큰 난간을 잡고 짜증을 내며 발을 동동 구르고 있었다. 린다가 뛰다시피 침실로 들어왔다.

"음식이 다 되었어."

121

"얘는 꼭 이럴 때만 운다니까요!"

린다는 바니아를 번쩍 안아 올려 침대에 함께 누웠다. 스웨터 한쪽을 걷어 올리고 브래지어의 한쪽 컵을 들어올린 린다는 아이에게 젖을 물렸다. 바니아는 순식간에 조용해졌다.

"조금만 있으면 다시 잠들 거예요."

"기다릴게."

나는 다시 부엌으로 갔다. 창문을 닫고 환풍기를 튼 다음, 음식을 담은 접시를 들고 침실에 있는 아이와 엄마를 방해하지 않기 위해 복도를 거쳐 거실로 갔다. 컵에 따른 생수를 선 채로 비운 나는 우두커니 서서 거실을 둘러보았다. 음악이 있으면 좋겠다는 생각이 스쳤다. 나는 CD를 꽂아둔 선반 앞으로 다가가 에밀루 해리스의 앤솔러지를 집어 들었다. 지난 몇 주 동안 린다와 함께 꽤 자주 들었던 음반이다. 그녀의 음악은 미리 마음의 준비를 하고 듣거나, 배경 음악으로 사용할 경우엔 자연스럽게 흘려보낼 수 있는 멜로디로 이루어져 있다. 간결하고 정제되지 않은 듯하면서도 꽤 센티멘털한 음악이었다. 하지만 지금처럼 아무 생각 없이 갑자기 그녀의 음악을 틀고 진지하게 귀를 기울여 들을 경우엔 온몸을 덮치는 강렬함이 귓전을 후려치곤 한다. 내 속에 있는지도 몰랐던 온갖 감정이 불현듯 고개를 쳐들면서 눈물을 자아내는 것이다. 순간, 나는 평소 얼마나 무심하고 무덤덤하게 살아왔는가 하는 생각이 스쳤다.

내가 열여덟 살 때는 온갖 감정에 둘러싸여 살았고, 세상을 지금보다 훨씬 강렬하고 선명하게 받아들였다. 바로 그 때문에 나는 글을 쓰려고 마음먹었다. 당시 글을 쓰려 했던 이유는 그것뿐이었다. 음악으로 움직일 수 있는 세상을 나는 글로 움직여 보고 싶어 했다. 나는 인간의 목소리 속에 담겨 있는 슬픔과 불만, 만족감과 기쁨, 우

리를 채우고 있는 모든 것을 건드려보고 싶어 했고, 깨워보고 싶어
했다.

어떻게 그것을 잊을 수 있는가.

나는 음반 커버를 내려놓고 창가로 다가갔다. 릴케가 썼던 것은
무엇인가. 음악이 그를 들어올려 제자리를 벗어난 곳에 놓아두었다
고 했던가. 그렇다. 그는 음악으로 인해 원래 있던 자리보다 더 깊은
곳, 미완성으로 남아 있는 미지의 세계에 닿을 수 있다고 했다.

그가 말했던 음악은 컨트리 음악과는 거리가 멀었을 거야…

혼자 미소를 짓고 있으려니 린다가 거실로 나왔다.

"방금 잠들었어요."

린다가 의자를 꺼내 앉으며 나직이 속삭였다.

"참 먹음직스러워 보이네요!"

"많이 식었을 거야."

나는 린다의 맞은편에 앉으며 말했다.

"상관없어요. 먼저 시작해도 되죠? 배고파 죽을 뻔했어요."

"그렇게 해요."

린다가 고기와 채소를 허겁지겁 먹고 있는 동안, 나는 와인을 따
르고 감자를 내 접시에 올려놓았다.

린다는 같은 과 학생들의 프로젝트에 대해 이야기하기 시작했다.
린다와 같은 과에 다니는 학생은 불과 여섯 명밖에 되지 않았지만,
나는 그들의 이름도 모르고 있었다. 린다가 입학한 첫해에는 달랐
다. 나는 필름하우스, 시내 여기저기에 있는 레스토랑 등에서 자주
린다의 학교 친구들과 만났다. 학생들의 평균 연령은 꽤 높았다. 모
두 20대 후반이었고 어느 정도 경제적 기반을 마련한 사람이 대부
분이었다. 그중 하나, 안더스라는 학생은 '닥터 코스모스'라는 밴드

에서 연주를 했고, 외즈라는 학생은 스탠드업 코미디언이었다. 린다는 바니아를 임신했을 때 1년간 휴학을 했다. 그녀가 복학한 후, 나는 그녀의 학교 친구들과 더는 어울리고 싶은 마음이 없었기에 거리를 두기 시작했다.

고기는 버터처럼 부드러웠고, 와인은 흙과 나무 맛이 났다. 린다의 눈동자는 양초의 불빛을 받아 반짝반짝 빛나고 있었다. 나는 포크와 나이프를 접시 위에 내려놓았다. 시계를 보니 8시를 조금 넘은 시간이었다.

"지금 인터뷰한 걸 들어봐도 돼?"

"지금 당장 들어보지 않아도 돼요. 피곤하면 내일 들어도 되는 걸요."

"아니야, 궁금해서 그래. 그리 긴 인터뷰도 아니잖아? 그렇지?"

린다는 고개를 끄덕이며 몸을 일으켰다.

"기계를 가져올게요. 어디 앉아서 듣고 싶어요?"

나는 어깨를 으쓱 추어올렸다.

"저기가 어떨까?"

나는 책장 앞 안락의자를 가리켰다. 린다는 DAT 플레이어를 가져왔고, 나는 펜과 종이를 가져온 다음 헤드셋을 끼고 의자에 앉았다. 린다가 궁금하다는 표정으로 나를 바라보았다. 내가 고개를 끄덕이자 그녀는 플레이 버튼을 눌렀다.

린다가 거실 탁자 위를 치우는 동안 나는 홀로 앉아 녹음된 인터뷰를 들었다. 린다의 아버지 이야기는 전에도 들은 적이 있다. 하지만 같은 이야기라 해도 그의 입으로 직접 들으니 생소하게 들렸다. 그의 이름은 롤란이었고 1941년, 노를란의 한 작은 동네에서 태어났으며 두 동생과 함께 홀어머니 밑에서 자랐다. 그의 어머니는 그가 열다섯 살 때 세상을 떠났다. 가끔 그들이 사는 집을 찾아 청소를 해주고 음식을 만들어주는 여인이 있긴 했지만, 그는 두 동생을 돌보며 홀로 살았다. 그는 4년제 전문대학을 나와 고등 기술자가 되어 돈을 벌었다. 여가 시간에는 동네 축구팀에서 키퍼를 맡아 활동했다. 그의 말에 따르면 당시 꽤 만족스러운 삶을 살았던 게 틀림없다.

어느 날 그는 동네 축제에서 춤을 추다가 잉그리를 만났다. 그와 동갑인 잉그리는 가정과를 졸업하고 탄광 채굴 회사에서 비서로 일하고 있었다. 빼어나게 아름다웠던 잉그리에게 첫눈에 반한 그는 동거를 시작했고 곧 결혼을 했다. 잉그리는 배우가 될 꿈을 꾸고 있었다. 그녀가 스톡홀름의 배우학교에 입학하자 롤란은 평생을 몸담고 살았던 삶의 터전을 떠나 스톡홀름으로 이사했다.

왕립극장 전속배우가 된 잉그리와 함께 사는 삶은 그가 기대했던 삶과는 너무나 거리가 멀었다. 한 나라의 가장 중요한 무대 위에서 연기를 펼치는 아름다운 배우의 남편이 된 그는, 노를란의 조그마한 동네에서 축구팀 키퍼로 활약하며 기술자로 일했던 과거와 현재의 삶이 만들어내는 괴리를 견뎌내지 못했다. 두 사람은 아이 둘을 거의 연달아 낳았다. 자식을 낳긴 했지만 두 사람 사이는 더 벌어지기만 했다. 결국 둘은 이혼을 했고 그는 난생처음으로 우울증이라는 병을 경험했다. 무자비한 고통을 견뎌내지 못한 그는 조증과 울증을 왔다 갔다 하면서 병원을 제집처럼 드나들었다. 그의 병은 세월이 흘러도 그를 놓아주지 않았다.

내가 처음으로 그를 만난 때는 2004년 봄이었다. 그는 70년대 중반부터 그때까지 무직으로 지냈다. 린다도 아버지인 그를 수년 동안 만나지 않았다고 말했다. 나는 사진으로는 그를 여러 번 본 적이 있지만, 어느 날 느닷없이 우리 집 대문 앞에 서 있는 그를 보니 생소하게만 여겨졌다. 그의 얼굴은 너무나 솔직해 보였고 세상을 향해 숨김 없이 활짝 열려 있었다. 마치 그와 세상 사이에는 아무런 벽도 찾아볼 수 없는 것만 같았다. 세상의 위험에서 그를 보호해줄 수 있는 것은 아무것도 없는 것 같기도 했다. 그런 그를 보고 있으니 내 영혼 깊숙한 곳을 찔린 것 같은 고통을 느꼈다.

"자네가 칼 오베인가?"

나는 고개를 끄덕이며 그에게 손을 내밀었다.

"롤란 보스트룀이라고 하네. 린다의 아버지지."

"말씀 많이 들었습니다. 어서 들어오십시오!"

내 뒤에는 바니아를 안은 린다가 서 있었다.

"안녕하세요, 아버지. 이 아이가 바니아예요."

그는 우두커니 서서 멀뚱멀뚱 그를 쳐다보는 바니아를 지그시 바라보았다.

"오!"

그의 눈에 눈물이 맺혔다.

"제가 코트를 걸어드리겠습니다. 어서 안으로 들어가셔서 커피 한잔 하시죠."

그의 얼굴은 구김 없이 솔직하게 활짝 열려 있었지만, 그의 몸짓은 뻣뻣해서 마치 기계를 보는 듯했다.

"벽에 페인트칠을 했나?"

거실로 들어온 그가 물었다.

"네."

그는 벽에 바짝 다가가 뚫어지게 바라보았다.

"자네가 페인트칠을 했나, 칼 오베?"

"네."

"참 솜씨가 좋군! 페인트칠을 할 때는 이렇게 정교하게 해야 돼. 아주 잘했어. 나도 우리 집에 페인트칠을 직접 하고 있거든. 침실에는 옥색으로, 거실에는 베이지색으로 칠할 예정이야. 지금은 침실 안쪽 벽면 하나만 완성한 상태고…"

"그래요? 집이 환해질 것 같군요."

린다가 말했다.

"응, 다 칠하고 나면 보기 좋을 거야. 장담해."

나는 린다에게서 전에는 보지 못한 새로운 면을 보았다고 생각했다. 아버지에게 다가가는 그녀의 태도는, 모든 관심을 아버지에게로 향하고 친밀함을 보이며 자신을 아버지 아래 두는 여느 자식의 태도와 다르지 않았다. 동시에 그녀에게선 스스로를 아버지 위에 두고 왠지 아버지를 업신여기는 듯한 태도도 볼 수 있었다. 린다도 그것을 잘 알고 있었다. 그 때문에 솟구쳐오르는 민망함을 숨기려 애썼지만 그것을 감추는 데는 성공하지 못해 더욱 수치스러워하는 것 같았다.

린다의 아버지는 소파에 자리를 잡고 앉았다. 나는 그의 잔에 커피를 따르고 부엌에 가서 그날 아침에 미리 사온 계피빵을 내왔다. 그는 말없이 계피빵을 먹었다. 린다는 바니아를 무릎에 앉히고 내 옆에 앉았다. 그녀는 아버지에게 아이를 자랑스레 보여주었다. 아이가 린다에게 큰 의미를 지니고 있다는 것은 진작 알고 있었지만 그토록 자랑스러워할 줄은 꿈에도 짐작하지 못했다.

"아주 맛있어. 커피도 향이 좋군. 칼 오베, 자네가 커피를 끓였나?"

"네."

"집에 커피머신이 있나?"

"네."

"그렇군."

침묵.

"나는 자네와 내 딸이 평생 행복하게 잘 지냈으면 좋겠어. 린다는 내게 하나밖에 없는 딸이야. 자네들이 함께 사는 집에 이렇게 초대해줘서 고마워."

"아버지, 앨범을 보여드릴까요? 바니아가 태어났을 때부터 아이의 사진을 찍어두었어요."

그가 고개를 끄덕였다.

"잠시만 바니아를 안고 있어요."

나는 린다에게서 작고 따스한 아이의 몸을 건네받았다. 내게 안긴 바니아는 잠이 오는지 스르르 눈을 감았다. 린다는 책장에서 앨범을 가지고 왔다.

"음…"

그는 사진 한 장 한 장을 넘길 때마다 만족한 듯 소리를 냈다.

앨범 속의 사진을 모두 본 그는 손을 뻗어 탁자 위에 있는 커피잔을 들어올려 천천히 입으로 가져갔다. 미리 머릿속으로 치밀하게 계산한 듯한 움직임이었다. 그는 커피 두 모금을 마신 후 잔을 내려놓았다.

"칼 오베, 나도 노르웨이에 한 번 가본 적이 있어. 나르빅이라는 곳이었지. 그곳에서 노르웨이 팀과 축구 경기를 할 때 골문을 지켰어."

"오, 그러시군요."

"그랬어."

그가 고개를 끄덕이며 말했다.

"칼 오베도 축구를 했어요."

린다가 끼어들었다.

"아주 오래전이에요. 그리고 아주 수준 낮은 팀에서 축구를 했죠."

"자네도 키퍼였나?"

"아니요."

"그렇군."

침묵.

그는 다시 미리 계산한 듯 치밀하고 정교한 움직임으로 커피잔을 들어 한 모금 마셨다.

"커피 잘 마셨네."

그는 잔을 탁자 위에 내려놓으며 말했다.

"이제 돌아갈 시간이 된 것 같아."

그가 몸을 일으켰다.

"벌써 가시려고요?"

린다가 소리쳤다.

"이만하면 꽤 오래 있었어. 자네들을 성가시게 하려고 온 건 아니니까. 이렇게 대접을 받았으니 나도 대접을 해야 할 텐데… 언제 한번 우리 집에 저녁을 먹으러 오게나. 화요일은 어떤가?"

나는 린다에게 시선을 돌렸다. 린다가 결정해야 할 일이라는 생각이 들어서였다.

"좋아요."

"그럼, 그때 보는 걸로 하지. 화요일 오후 다섯 시."

현관으로 가던 그는 열린 침실 문 안을 들여다보며 걸음을 멈추었다.

"저 안도 자네가 페인트칠을 했나?"

"네."

"내가 한 번 자세히 봐도 될까?"

"그럼요."

우리는 그의 뒤를 따라 침실로 들어갔다. 그는 거대한 벽난로 뒤쪽의 벽면을 바라보며 고개를 끄덕였다.

"여기는 페인트칠하기가 쉽지 않았을 텐데 아주 잘했군!"

나의 한쪽 팔에 안겨 있던 바니아가 작은 소리를 냈지만, 나는 아이의 얼굴을 볼 수가 없었다. 아이를 침대에 눕히니 미소를 지었다. 그는 침대 가장자리에 앉아 한 손으로 아이의 발을 쓰다듬었다.

"아이를 안아보시겠어요?"

린다가 물었다.

"안아보셔도 돼요."

"아니야. 이제 아이도 봤으니 집에 가봐야지."

그는 몸을 일으켜 현관으로 나가 옷을 입었다. 문을 열고 나서려던 그가 몸을 돌리더니 내게 포옹을 했다. 그의 턱수염이 내 얼굴에 닿아 따끔거렸다.

"만나서 반가웠네, 칼 오베."

그는 린다와도 포옹을 하고 나서 린다가 안고 있는 바니아의 발을 다시 한 번 쓰다듬었다. 곧 그는 긴 코트를 끌며 계단 아래로 사라졌다.

내게 아이를 건네주던 린다는 애써 내 눈길을 피했다. 거실로 들어간 린다는 탁자 위를 정리하기 시작했다.

"아버지에 대해서 어떻게 생각하세요?"

린다가 허공을 바라보며 내게 말을 건넸다.

"참 좋으신 분 같아. 하지만 세상의 위험에서 자신을 보호할 수 있는 여과 장치가 없는 사람 같아. 굉장히 상처받기 쉬운 사람… 그토록 세상에 취약한 사람을 본 적이 없을 정도야."

"아버진 어린아이나 다름없어요. 그렇죠?"

"응. 그렇다고 할 수도 있을 것 같군."

린다는 커피잔 세 개를 차곡차곡 쌓아 한 손에 들고, 다른 한 손으로는 계피빵이 담긴 광주리를 들고 부엌으로 갔다.

"그러고 보니 바니아의 양쪽 할아버지, 할머니들은 아주 특별한 사람이라는 생각이 드는군."

"그렇죠?"

그녀의 목소리에서는 아이러니라곤 조금도 찾아볼 수 없었다. 그것은 가슴 깊숙한 곳에 자리한 어둠 속에서 솟구쳐 오른 솔직하고 직접적인 질문에 불과했다.

"잘 될 거야. 확신해."

"하지만 나는 아버지를 우리 삶에 끌어들이고 싶은 생각은 없어요."

린다는 커피잔을 식기 세척기에 집어넣으며 말했다.

"앞으로도 이렇게만 지낸다면 문제 될 건 없어."

나는 린다를 위로했다.

"가끔 만나 커피나 식사를 하는 게 나쁠 건 없잖아. 어쨌든 그분은 당신 아버지니까."

린다는 식기 세척기를 닫고, 서랍에서 투명한 비닐봉지를 꺼내 남아 있는 계피빵 세 개를 담은 후, 냉동고에 집어넣었다.

"하지만 아버진 그것만으로 만족하지 않을걸요? 장담해요. 일단한 번 왕래를 하게 되면 아버진 시도 때도 없이 전화를 해올 거예요. 문제는 아버지가 조울증에 빠져들 때만 전화를 한다는 거죠. 아버지에겐 통제력이 없어요. 당신도 이젠 그걸 알아야 할 때가 왔어요."

린다는 거실에 가서 남아 있는 접시를 모두 가져왔다.

"적어도 노력은 해보자고. 그다음에 일어나는 일은 그때 가서 해결하도록 하고."

"오케이."

그 순간, 초인종이 울렸다.

도대체 누굴까? 러시아 여자가 찾아온 건 아닐까?

초인종을 누른 사람은 린다의 아버지였다. 그의 눈빛은 절망감에 빠져 우왕좌왕하고 있었다.

"건물 밖으로 나갈 수가 없어. 잠긴 문을 열 버튼을 찾을 수가 없더군. 한참 동안 찾았는데 눈에 띄질 않아. 자네가 날 좀 도와주게."

"그럼요! 린다에게 바니아를 맡기고 올 테니 잠시만 기다리세요."

잠시 후 나는 신발을 신고 그를 따라 출입문까지 내려갔다. 계단 손잡이 옆 오른쪽 벽에 붙어 있는 버튼을 그에게 보여주었다.

"다음에 올 때는 꼭 기억하겠네. 다음에 말이야. 첫 번째 문 옆에 있는 오른쪽 벽…"

사흘 후, 우리는 그의 집에서 저녁 식사를 함께했다. 그는 손수 페인트칠을 한 벽을 우리에게 보여주었다. 칠이 잘 되었다고 칭찬을 하니 그의 얼굴이 만족감으로 환하게 빛을 발했다. 그의 집에 도착했을 때 그는 식사 준비를 하기도 전이었다. 바니아는 복도에 세워둔 유모차에서 잠을 자고 있었고, 린다와 나는 그가 부엌에서 음식을 장만하는 동안 거실에 앉아 대화를 나누었다. 벽에는 린다와 그녀의 오빠가 어렸을 때 찍은 사진이 걸려 있었다. 그 옆에는 그들이 작가로 데뷔했을 때 인터뷰 기사가 난 신문이 스크랩되어 자리하고 있었다. 린다의 오빠는 1996년에 책을 출간했고, 린다와 마찬가지로 그 이후엔 책을 내지 않았다.

"아버지가 당신을 참으로 자랑스러워하는 게 다 보여."

린다는 내 말에 시선을 떨구었다.

"베란다로 나갈래요? 당신, 담배도 피울 겸?"

그곳에는 베란다가 없었다. 그 대신 두 건물이 연결되어 있는 테라스 복도에 지붕을 얹은 공간이 있었다. 거기서는 외스테르말름 시내에 자리한 다른 건물의 지붕을 볼 수 있었다. 스투레플란이 한눈에 보이는 공간, 지붕이 딸린 테라스. 집값이 어마어마할 것이라는 생각이 스쳤다. 물론 집 안은 어두컴컴했고 담배 연기로 찌들어 있었지만, 마음만 먹으면 얼마든지 손볼 수 있는 일이 아닌가.

"당신 아버지가 이 집을 소유하고 있는 거야?"

나는 한 손으로 바람을 막으며 담배에 라이터 불을 붙였다.

린다는 고개를 끄덕였다.

그간 내가 살았던 곳 중에서 어떤 집, 어떤 주소지에서 사느냐가 스톡홀름에서만큼 큰 의미가 있었던 곳은 한 군데도 없었다. 어떤 면에서 보면 스톡홀름에선 모든 것이 한 곳에 밀집되어 있다고 할 수 있다. 중심지에서 벗어나 사는 사람들은 사회에서나 직장에서 큰 존재감을 줄 수가 없다. 베르겐에 살 때와 비교해, 스톡홀름에서는 주소지가 어디냐 하는 것이 꽤 큰 의미가 있다는 것을 알게 되었다.

나는 가장자리로 다가가 아래를 내려다보았다. 길 위에 남아 있는 작은 눈 무더기와 얼음 덩어리들은 날씨가 푸근해지자 먼지와 자동차 매연을 덮어쓰고 잿빛을 띠고 있었다. 머리 위의 하늘도 잿빛이었다. 무거운 구름이 머금은 차가운 빗방울은 간헐적으로 도시를 씻어 내렸다. 3월의 잿빛 하늘은 한겨울의 잿빛 하늘과는 다른 빛깔을 품고 있었다. 이른 봄의 햇살은 한겨울의 햇살보다 훨씬 선명하고 강해서 하늘을 뒤덮은 어두침침한 구름 사이를 비집고 나오는 데 아무런 힘도 들이지 않는 것 같았다. 건물 벽과 아스팔트길은 햇살을 반사시키고 있었고, 주차된 차들은 저마다 다른 색을 자랑하고 있었다. 빨간색, 파란색, 짙은 회색, 흰색.

"안아줘요."

나는 담배꽁초를 내던지고 양팔로 린다를 감싸 안았다.

다시 집 안으로 들어왔지만 거실은 여전히 비어 있었다. 우리는 부엌에 있는 린다의 아버지에게 가보았다. 그는 전기레인지 앞에 서서 헤르메틱 깡통 속에 들어 있는 양송이버섯을 프라이팬 위에 들이부었다. 달궈진 팬 위에 떨어진 깡통 속의 물이 지글지글 소리를 내며 끓어올랐다. 그는 미리 썰어둔 호박을 그 위에 집어넣었다. 프라이팬 옆에는 스파게티를 담은 냄비의 물이 보글보글 끓고 있었다.

"맛있게 보이네요."

"응, 맛있을 거야."

조리대 위에는 껍질을 깐 새우가 담긴 깡통이 놓여 있었고, 그 옆에는 사워크림 한 통이 보였다.

"난 평소 '비킹엔'에서 저녁 식사를 해. 하지만 금요일, 토요일, 일요일엔 집에서 식사를 하지. 베릿과 함께 식사할 때가 많은데, 그땐 항상 내가 요리를 해."

베릿은 그의 애인이었다.

"뭘 좀 도와드릴까요?"

린다가 물었다.

"아니야. 가서 앉아 있어. 음식이 다 되면 내갈게."

그가 만든 음식은, 베르겐에서 학교에 다니던 첫해 압살론 베이어 거리에 있는 자취방에서 혼자 만들어 먹었던 음식과 맛이 비슷했다. 린다의 아버지는 노를란에서 축구팀 키퍼로 활약했던 이야기, 여러 창고 건물을 설계하고 설비작업을 했던 이야기를 늘어놓았다. 예전에 소유했던 말 이야기도 했다. 경주에 나가서 일등으로 달리고 있다가 결승선 바로 앞에서 상처를 입는 바람에 상을 타지 못했다는 일화도 덧붙였다. 그는 이야기를 할 때 느릿느릿 자세하게 모든 것을 설명해주었다. 마치 세세한 디테일이 가장 중요하다는 듯 말이다. 이런저런 이야기를 늘어놓던 그는 뜬금없이 종이와 펜을 가져와 그가 살날이 얼마나 남았는지 계산해보았다며 그 과정을 종이에 써서 우리에게 보여주기도 했다. 나는 린다와 시선을 마주쳐보려 했지만, 그녀는 내 눈을 의식적으로 피했다. 우리는 그의 집에 가기 전에 오래 앉아 있지 않기로 이미 약속을 해둔 터였다. 그가 디저트라며 내온 것은 2리터짜리 플라스틱 통 안에 들어 있는 아이스크림이었다.

디저트를 먹은 우리는 바니아 평계를 대며 그만 집에 돌아가야겠다고 말하면서 자리에서 일어났다. 그는 내심 안도하는 눈치였다. 그도 우리가 꽤 오래 앉아 있었다고 생각했던 모양이었다. 나는 린다가 아버지와 단둘이 이야기를 나눌 수 있도록 먼저 현관으로 나가 외투를 입었다. 그는 린다에게 하나밖에 없는 딸이 이제 다 컸다고 말했다. 여기 와서 내 무릎에 앉아봐. 나는 신발 끈을 매고 허리를 편 후, 거실 안을 살짝 들여다보았다. 그는 무릎 위에 앉아 있는 린다의 허리에 양손을 두르고 있었다. 그는 린다에게 무슨 말인가를 했지만, 나는 그가 무슨 말을 하는지 들을 수가 없었다.

성인이 된 딸과 나이 많은 아버지가 그렇게 앉아 있는 모습을 보고 있으니 기분이 이상해졌다. 서른두 살의 린다가 마치 어린 소녀처럼 아버지의 무릎 위에 앉아 있는 모습은 어딘지 부자연스럽고 어울리지 않았다. 린다도 그것을 알고 있었다. 그녀의 비뚤어진 입술에는 싫은 기미가 역력하게 드러났고, 비비 꼬는 그녀의 몸은 얼른 그 자리를 벗어났으면 좋겠다고 비명을 지르고 있는 것 같았다. 그녀는 아버지를 뿌리치고 싶었지만, 차마 그렇게 할 수가 없었다. 아버지가 상처를 받을 것 같아서였다. 그래서 그녀는 아버지 무릎 위에 앉아 있을 수밖에 없었다. 자리에서 일어나도 아버지가 상처를 받지 않을 만한 시간이 흐르자, 린다는 벌떡 몸을 일으켰다.

나는 얼른 몇 발짝 뒤로 물러났다. 내가 그들을 보고 있었다는 것을 린다가 알아채는 것을 원하지 않기 때문이었다. 그녀가 현관으로 나올 때, 나는 뒷짐을 지고 서서 벽에 걸린 사진들을 보고 있었다. 린다가 외투를 입자, 아버지가 따라 나와 작별 인사를 건넸다. 그는 내게 포옹을 한 후 유모차에서 자고 있는 바니아를 들여다보았다. 마지막으로 린다를 포옹하고 나서 그는 우리가 승강기를 탈 때까지 대문 앞에 서 있다가 문을 닫았다. 동시에 우리가 탄 승강기는 문을 닫고 건물 아래층을 향해 미끄러져 내려가기 시작했다.

나는 그날 내가 본 것을 린다에게 단 한마디도 말하지 않았다. 그녀가 스스로 아버지의 어린 딸이라는 것을 자처하는 듯한 모습, 내가 본 것은 마치 열 살짜리 소녀처럼 아버지의 무릎 위에 앉아 있긴 하지만 그것이 싫어 견딜 수 없어 했던 성인 여성의 모습이었다. 어떤 면에서 보면 린다는 그 순간 어린 소녀로 되돌아갔다고도 할 수 있었다. 비록 속내는 그렇지 않다 해도 말이다. 진정한 성인이라면 그런 상황 속에 스스로 걸어 들어갈 일도 만들어내지 않았을 것이 아닌가. 린다의 아버지는 그런 생각은 전혀 하지 않았던 것 같았다. 그에게 린다는 나이와는 상관없이 오직 딸이라는 존재였을 뿐이니까.

린다가 예상했듯, 그때부터 그는 시도 때도 없이 전화를 하기 시작했다. 밤낮을 가리지 않고 전화를 했던 것은 물론이고, 기분이 좋을 때나 나쁠 때도 가리지 않고 우리에게 전화를 했다. 결국 견디다 못한 린다는 아버지에게 일주일에 한 번 정해놓은 날, 약속한 시각에 전화를 하라고 말해버렸다. 그는 린다의 말에 오히려 기뻐하는 것 같았다. 하지만 우리로서는 그 약속에 따른 책임도 만만치 않았다. 만약 한 번이라도 전화를 받지 않으면, 그는 심한 상처를 받았으며 약속이 파기되었다고 생각하고 다시 시도 때도 없이 전화를 하거나 어떤 때는 아예 전화를 하지 않기도 했다.

나도 그와 여러 차례 통화를 했다. 언젠가는 전화에 대고 자기가 직접 만든 노래를 부를 테니 들어달라고 했다. 스톡홀름의 유명한 무대 위에서 부른 적도 있고 라디오에 방송된 적도 있는 노래라고 덧붙였다. 나는 그의 말을 믿어야 할지 말아야 할지 갈피를 잡을 수가 없었다. 하지만 그의 노래는 얼마든지 들어줄 수 있었다. 그의 목소리는 우렁차기 그지없었다. 비록 음을 정확히 짚어내지 못한 부분이 더러 있었지만 감탄할 만했다. 무려 4절이나 되는 그 노래는 노를란에서 도로 건설 작업에 참여했던 한 노동자에 대한 이야기를 담고 있었다. 그가 노래를 마치자 나는 참 좋은 노래라는 말 외엔 할 말이 없었다. 그는 내가 무슨 말인가를 더 해주기를 바라는 듯 잠시 침묵을 지켰다.

"칼 오베, 자네가 책을 쓴다는 것을 알고 있네. 아직 자네 책을 읽어보진 못했지만, 주변 사람들에게 듣기로는 평이 아주 좋다고 하더군. 자네가 자랑스러워. 그것만큼은 자네도 알고 있었으면 좋겠어. 칼 오베… 그래… 내가 자네를 얼마나 자랑스러워하는지…"

"아버님 말씀을 들으니 저도 기분이 좋아집니다. 감사합니다."

"린다와는 잘 지내는가?"

"네, 그럼요."

"린다에게 잘해주나?"

"네."

"그럼 됐어. 무슨 일이 있어도 린다를 떠나면 안 되네. 절대! 내 말을 알아들었지?"

"네."

"린다를 잘 보살펴주게나. 항상 린다에게 친절하게 잘 대해줘야 되네, 칼 오베."

그가 울먹이기 시작했다.

"아버님, 우린 잘 지내고 있습니다. 걱정하실 일은 하나도 없어요."

"자네도 알다시피, 난 나이 많은 노인일 뿐이네. 하지만 난 많은 일을 경험했어. 그 어떤 사람들보다도 훨씬 많은 일을 경험했지. 이제 내 삶은 얼마 남지 않았어. 난 앞으로 얼마나 더 살지 계산도 해두었다네. 알고 있었나?"

"네, 지난번에 아버님을 찾아뵀었을 때 직접 계산하신 것을 우리에게 보여주시지 않았습니까?"

"맞아, 맞아, 그랬지. 그런데 자네, 아직 베릿을 만나보진 못했지?"

"네."

"베릿은 내게 참 친절하게 잘해줘."

"그럴 거라 짐작하고 있었습니다."

그의 말투가 갑자기 경계심을 띠고 조심스럽게 변했다.

"그래? 어떻게?"

"린다에게서 이야기를 많이 들었습니다. 그리고 잉그리… 장모님… 아버님도 아시다시피…"

"아, 그렇군. 그렇군. 칼 오베, 이제는 자네를 귀찮게 하지 않겠네. 자네도 할 일이 많을 테니까."

"아닙니다. 괜찮습니다. 아버님이 귀찮다고 생각한 적은 단 한 번도 없습니다."

"린다에게 내가 전화했다고만 전해주게나. 또 전화하지."

그는 내가 작별 인사를 건네기도 전에 전화를 끊어버렸다. 전화기의 액정 화면을 보니 그와 대화를 나눈 시간은 8분밖에 되지 않았다. 린다에게 그 이야기를 했더니 린다는 코웃음을 쳤다.

"아버지 말은 한 귀로 듣고 한 귀로 흘려도 돼요. 다음에 또 전화하면 받지 말아요."

"어떻게 그럴 수가 있어? 그래도 아버님인데… 그리고 난 전혀 귀찮다고 생각한 적이 없어. 그건 정말이야."

"하지만 난 귀찮단 말이에요!"


린다가 작성한 인터뷰 문서에는 이런 이야기가 단 하나도 들어 있지 않았다. 그녀는 아버지의 목소리 외에 다른 것들은 모두 지워버렸다. 그런데도 이 모든 것은 아버지의 목소리 속에서 고스란히 느낄 수 있었다. 그는 자신의 삶에 대해 이야기를 했다. 세상을 떠난 어머니 이야기를 할 때 그의 목소리는 슬픔에 젖어 있었고, 성인이 되어 사회생활을 시작했던 시기의 이야기를 할 때 그의 목소리는 기쁨에 들떠 있었으며, 스톡홀름으로 이사했을 때의 이야기를 하는 그의 목소리는 체념의 빛을 띠고 있었다. 그는 전화에 대해 정신적 장애를 가지고 있다고 고백하기도 했다. 전화가 발명된 그 자체가 자신에게 내려진 저주 같다고 하는가 하면, 몇 년 동안 전화기를 옷장 안에 처박아두고 사용하지 않은 때도 있었다고 했다. 그는 가벼운 일상과 미래에 대한 꿈에 대해 이야기를 풀어놓았다. 그는 한때 종마 사육장을 경영하는 것이 꿈이었다고 말하기도 했다. 그의 이야기를 듣고 있으니 내가 마치 최면에 걸린 것만 같았다. 누구라도 그의 첫마디를 듣는 순간 그의 세계에 빠져들지 않을 수 없을 것이라는 생각이 스쳤다.

나는 그의 이야기를 들으며 린다를 떠올렸다. 그녀가 만든 인터뷰 녹음을 듣고, 그녀가 쓴 글을 읽다 보니 그녀에게 한결 더 가까이 다가간 듯한 느낌이 들었다. 그녀 속에서 보이지 않게 자리를 잡고 있던 그녀만의 특별한 점이 이제야 형태를 드러내면서 내 눈앞에 나타난 것만 같은 생각도 들었다. 그간 남들과 비슷한 일상을 겪으면서 나는 린다의 특별한 점을 간과해왔다. 적어도 나의 일상 속에서는 내가 사랑했던 린다의 모습을 찾아볼 수가 없었던 것이 사실이다. 내가 사랑하는 린다의 모습을 잊지 않았다 해도, 일상에 지쳐 있던 나는 내가 사랑하는 사람이 누구인지, 또 그녀의 어떤 부분을 왜 그토록 사랑했는지 생각조차 하지 않았다고 고백할 수밖에 없다.

어떻게 이런 일이 가능할 수 있었던 말인가.

나는 린다를 바라보았다. 그녀는 기대를 애써 감추느라 내 눈길을 피했다. 그 대신 그녀는 탁자 위에 있는 기계와 산더미처럼 쌓인 전선들로 시선을 돌렸다.

"이대로 제출해도 좋을 것 같아. 고칠 건 하나도 없어."

"정말 그래도 될까요?"

"물론이야! 아주 훌륭해."

나는 헤드셋을 벗어 기계 위에 올려놓고 기지개를 켰다.

"아주 감동했어."

"뭐 때문에요?"

"아버님의 삶은 어떤 면에서 보면 재앙 그 자체라고도 할 수 있어. 하지만 아버님이 당신의 삶을 이야기할 때, 그 목소리에는 삶으로 가득 차 있었어. 이것을 들은 사람이라면 이 인터뷰가 삶 그 자체라는 것을 깨닫게 될 거야. 따지고 보면 산다는 것은 아주 당연하고 자연스러운 일이잖아. 하지만 그것을 안다는 것과 느낀다는 것은 별개의 문제지. 나는 아버님의 인터뷰를 들으면서 삶을 느낄 수 있었어."

"당신이 그렇게 말해주니 참 기뻐요. 그렇다면 이젠 오디오 상태만 조절하면 되겠군요. 그 일은 월요일에 할 예정이에요. 그런데 정말 더 손을 대지 않아도 될까요?"

"응. 확신해."

나는 몸을 일으키며 말을 이었다.

"밖에 나가서 담배 한 대 피우고 올게."

아파트 뒷마당으로 내려가니 찬바람이 몸을 파고들었다. 같은 건물에 살고 있는 두 아이가 나직한 아파트 울타리를 사이에 두고 공을 주거니 받거니 발로 차고 있었다. 우리 아파트 건물에 살고 있는 유일한 아이들이었다. 9, 10세쯤 되어 보이는 소년과 11, 12세쯤 되어 보이는 소녀는 남매다.

돌담 너머 자리한 글렌 밀러 카페에서는 강렬한 음악이 흘러나오고 있었다. 아이들은 아파트 꼭대기 층에서 항상 피곤해 보이는 홀어머니와 함께 살고 있었다. 꼭대기 층 열린 창문으로 새어 나오는 소리로 미루어 보아, 아이들의 어머니는 설거지를 하고 있는 것 같았다. 살이 통통하게 찐 남자아이는 삐죽삐죽 날카롭게 자른 짧은 머리를 하고 있었다. 그렇게 하면 비만한 몸에 쏟아지는 눈길을 머리로 옮겨갈 수 있다고 생각했던 걸까. 아이의 눈 밑에는 항상 푸르뎅뎅한 그림자가 어려 있었다. 누나가 친구들을 집으로 데려오는 날이면, 소년은 항상 혼자 밖에 나와 공차기를 하거나, 보란 듯이 혼자 놀이기구를 오르락내리락했다. 친구가 없어 할 일을 찾지 못하는 오늘 같은 저녁이면 소녀는 남동생과 함께 뒷마당으로 나왔다. 그러면 소년은 다른 날과는 달리 신이 나서 재바르게 움직였다.

가끔 아파트 꼭대기 층에선 큰 목소리가 새어 나오기도 했다. 세 사람의 소리가 함께 들릴 때도 있었지만, 대개는 어머니가 아들을 꾸짖는 소리였다. 나는 아이들을 찾아온 아버지를 두 번 정도 본 적이 있다. 자그마하고 호리호리한 몸집에 콧수염을 기른 남자는 한눈에 봐도 알코올 중독자라는 것을 짐작할 수 있었다.

소녀가 울타리 옆에 자리를 잡고 앉아 주머니에서 휴대폰을 꺼냈다. 이미 어둑해진 후였기에 휴대폰의 화면이 내뿜는 푸른 불빛이 소녀의 얼굴을 환하게 밝히는 것을 볼 수 있었다. 소년은 돌담에 대고 공을 차기 시작했다. 퉁. 퉁. 퉁.

아이들의 어머니가 창문 밖으로 머리를 내밀었다.

"당장 그만둬. 시끄러워 죽겠네."

소년은 말없이 축구공을 옆구리에 끼고 누나 옆에 앉았다. 소녀는 휴대폰에서 눈을 떼지 않은 채 상체를 옆으로 비스듬히 가져가 동생에게 자리를 내주었다.

나는 불이 환하게 밝혀진 두 개의 탑을 바라보았다. 갑자기 가슴 속에서 아련한 통증이 느껴졌다.

오, 린다, 린다.

그 순간, 벽 하나를 사이에 둔 이웃집 여자가 아파트 마당에 들어섰다. 나는 울타리 문을 닫느라 용을 쓰는 그녀를 시선으로 따랐다. 50대 중반의 여인. 그 나이 또래의 여인은 내 또래의 사람들과 닮은 점이 많다. 아직 풀이 죽지 않은 청년기의 발랄함이 부자연스러운 모습으로 남아 있다고나 할까. 그녀는 숱이 많은 머리카락을 환한 금발로 염색을 하고, 털 코트를 입고, 길 위에 있는 온갖 것에 관심을 보이는 작은 강아지를 목줄에 매어 함께 걷고 있었다.

그녀는 언젠가 내게 자신을 예술가라고 소개한 적이 있다. 나는 그녀가 정확히 무슨 일을 하는지 알 수 없었다. 뭉크 같은 예술가 타입이 아닌 것만은 확실했다. 그녀는 가끔 나와 마주치면 엄청나게 수다를 떨곤 했다. 여름이 되면 프로방스에 간다고 했던 적도 있었고, 뉴욕이나 런던으로 주말여행을 떠날 거라고 말한 적도 있었다. 하지만 가끔은 나와 마주쳐도 인사말을 건네지 않고 획 지나가버리기도 했다. 그녀에겐 10대 후반의 딸이 하나 있었다. 그 딸은 우리와 거의 비슷한 시기에 아기를 낳았다.

"아직도 담배를 안 끊었어요?"

그녀는 내 앞을 종종걸음으로 지나치며 말을 건넸다.

"아직 자정이 되려면 멀었잖아요."

"하하. 오늘 밤에는 눈이 내릴 거예요. 딱 보면 알아요."

그녀는 집 안으로 들어가 대문을 잠갔다. 나는 좀 더 기다렸다가 거꾸로 세워둔 화분 속에 담배꽁초를 집어넣었다. 그것은 재떨이 대용으로 사용하기 위해 누군가 가져다둔 것이었다. 한기 때문에 손마디가 빨갛게 변했다. 나는 계단을 뛰어 올라가 대문을 열고 외투를 옷걸이에 걸었다. 린다는 소파에 앉아 텔레비전을 보고 있었다. 나는 허리를 굽혀 그녀에게 입을 맞추었다.

"뭘 보고 있어?"

"아무것도… 오늘 저녁엔 영화나 함께 볼까요?"

"좋아."

나는 DVD 필름을 꽂아둔 책장으로 다가갔다.

"당신은 뭘 보고 싶어?"

"잘 모르겠어요. 당신이 알아서 찾아보세요."

나는 제목을 따라 시선을 옮겼다. 나는 영화 필름을 구입할 때 무언가 보고 느끼고 얻을 수 있는 영화를 찾으려 노력한다. 시각적으로 특별한 요소가 숨어 있는 영화, 내가 생각도 하지 못했던 낯선 장소로 나를 데려갈 수 있는 영화 또는 생소한 시대와 문화를 경험할 수 있는 영화들이 바로 그것이다. 한마디로 말해서 나는 별별 엉뚱한 이유를 들어가며 온갖 영화 필름을 구입한다는 것이다. 하지만 막상 저녁이 되어 린다와 함께 영화를 보려고 나란히 앉게 되면, 60년대의 흑백 일본 영화나 고대 로마 제국의 이국적인 배경을 뒤에 두고 그림에서나 볼 수 있을 것 같은 아름다운 남녀들이 애틋한 조우를 하는 등, 근본적으로 동시대와 거리가 먼 낯선 영화를 두 시간이나 보고 싶은 마음이 사라져버리기가 일쑤다. 저녁이 되어 영화를 보려 앉으면, 우리는 항상 무언가 가볍고 재미있는 것을 보고 싶어 한다. 보면서 실컷 웃고 나서는 잊어버릴 수 있는 영화들 말이다.

솔직히 나는 최근에 책도 거의 읽지 않았다. 눈앞에 신문이 보이면 차라리 그걸 집어 들고 읽는다. 그러다 보니 책장을 넘기기 위해 넘어야 하는 문턱도 점점 높아지기만 했다. 이 얼마나 무의미한 일인가. 그런 삶에선 아무것도 얻어낼 수가 없다. 단지 시간을 보내기 위해 사는 것과 다를 것이 없지 않은가.

좋은 영화를 보면, 그것은 우리 가슴속에 있던 그 무언가를 움직여 놓는다. 세상은 항상 똑같다. 변한 것은 세상을 보는 우리의 시각이 아니었던가. 무거운 발길에 머리를 짓눌리듯 일상이 수렁에 빠진다 해도, 조금만 마음을 달리 먹으면 우리는 기쁨에 넘쳐 다시 머리를 들 수 있다. 모든 것은 보는 눈에 따라 달라질 수 있다는 말이다.

예를 들어, 세상을 일종의 동물 사육장으로 표현한 타르콥스키의 영화에서처럼, 모든 것이 물 흐르듯 움직이고, 등장인물들이 사라져버린 화면에서 거의 위협적으로 느껴지는 짙은 초록을 배경으로 탁자 위에 단 몇 개의 커피잔만 남아 떨어지는 빗방울을 담아내는 장면을 보면서 우리는 일상에 숨겨져 있는 야생적이고 존재적인 심원이 서서히 문을 여는 것을 느낄 수 있다. 살과 피, 근육과 뼈로 이루어진 우리 주변에는 꽃과 나무가 자라고, 날벌레들과 새들이 날아다니고, 구름이 흐르며 비가 내린다. 세상에 의미를 부여하는 우리의 눈은 삶 속에 자리한 가능성을 거의 대부분 간과해버리고 만다.

"「스토커」를 볼까?"

나는 린다를 향해 돌아보며 물었다.

"저는 아무거나 다 좋아요. 틀어보세요."

나는 DVD 기계를 켜고 거실의 불을 끈 다음, 와인을 한 잔 가져와 린다 옆에 자리를 잡고 앉았다. 리모컨을 들어 자막 언어를 선택하고 나니, 린다가 내게 바짝 몸을 붙이며 안겨왔다.

"영화를 보다가 여기서 자도 되겠죠?"

"물론이지."

나는 팔을 둘러 린다를 감싸 안았다.

나는, 한 남자가 축축하고 어두운 방에서 잠을 깨는 도입 부분을 세 번이나 보았다. 탁자 위에 있는 작은 물건들은 기차가 지나가자 심하게 흔들렸다. 거울 앞에서 면도를 하는 남자, 그를 떠나보내지 않으려 안간힘을 쓰지만 결국 포기하고 마는 여자. 나는 그 이후의 장면을 한 번도 본 적이 없다.

린다가 내 가슴에 손을 얹고 나를 쳐다보았다. 입을 맞추자 그녀가 눈을 스르르 감았다. 나는 그녀의 등을 어루만졌고, 그녀는 내게 더욱 몸을 붙여왔다. 나는 그녀를 소파 위에 눕히고 목과 뺨과 입술에 키스를 퍼부었다. 가슴 위에 머리를 얹으니 그녀의 심장 뛰는 소리를 들을 수 있었다. 나는 그녀의 부드러운 트레이닝 바지를 벗겨 내리고 입을 맞추었다. 그녀와 배와 허벅지… 린다와 눈이 마주쳤다. 그녀의 아름다운 눈은 내가 그녀의 몸속으로 들어가니 스르르 감겨 내렸다. 당신이 피임 기구를 가져올래요? 아냐. 싫어. 나는 그녀의 몸속에서 절정을 느꼈다. 그것이 내가 원하는 유일한 것이기도 했다.

사랑을 나눈 후, 우리는 소파에 나란히 누워 한동안 아무 말도 하지 않았다.

"이제 아이가 한 명 더 생길 것 같군. 자신 있어?"

"네. 그럼요! 자신 있어요."


다음 날 아침, 바니아는 새벽 5시에 잠을 깼다. 린다는 아이를 우리 침대로 데려와 젖을 먹이고 몇 시간을 함께 더 잤다. 나는 자리에서 일어나 랩톱 컴퓨터를 켜고 얼마 전에 맡은 번역서 감수를 시작했다. 끝나지 않을 것 같은 지루한 일이었다. 나는 140쪽 분량의 수필집에 대해 이미 30쪽이나 내 의견을 적어냈다. 그 일에 나는 만족했다. 홀로 앉아 어떤 식으로든 글을 쓸 수 있다는 사실만으로도 나는 행복했다. 더 바랄 게 없었다.

나는 습관 같은 조그만 일들로 아침을 시작했다. 커피머신을 켜고, 커피머신에서 떨어져 내리는 물소리를 들으며 신선하고 은은한 커피향을 음미한 후, 그 누구의 발길도 닿지 않은 이른 새벽의 뒷마당으로 내려가 커피를 마시며 그날의 첫 번째 담배를 피웠다. 다시 집으로 올라가 하나둘 건물 창문에서 불빛이 새어 나오고 거리가 부산해지는 것을 보면서 나는 하던 일을 계속했다.

그날 아침의 햇살은 여느 다른 날의 빛과는 달랐다. 그 때문에 집 안의 분위기도 여느 때와는 달랐다. 아마 밤새 내려 거리와 지붕을 덮고 있는 눈 때문이리라.

8시, 나는 컴퓨터를 끄고 가방에 넣은 다음 집에서 100미터쯤 떨어진 조그만 제과점으로 갔다. 줄지어 나란히 서 있는 건물 앞에는 방수포가 바람에 휘날리고 있었다. 차도에 내린 눈은 이미 녹아버렸지만, 인도 위에 쌓인 눈에는 밤새 시내를 거닐었던 사람들의 발자국이 남아 있었다.

거리는 텅 비어 있었다. 나는 내 또래의 두 여자가 운영하는 조그만 제과점 문을 열고 들어갔다. 그곳에 발을 들이는 것은, 거리의 상점에서 일을 하거나 건물에서 청소를 하거나 간에, 등장하는 여자들이라면 모두 하나같이 그림처럼 아름다운 40년대 느와르 영화 속으로 빠져들어 가는 것과 비슷했다. 제과점에서 일하는 두 여자 가운데 한 명은 빨간 머리와 주근깨가 듬성듬성 보이는 새하얀 피부, 뚜렷한 얼굴 윤곽과 녹색 눈동자를 지니고 있었다. 다른 한 명은 길고 짙은 머리에 각진 얼굴, 호의적이고 짙푸른 눈동자를 지니고 있었다. 두 여자 모두 키가 크고 날씬했으며 이마나 뺨, 손이나 앞치마 등 항상 어딘가에 밀가루를 묻힌 모습으로 손님을 맞았다. 벽에는 그들에 대한 기사를 실은 신문이 액자에 걸려 있었다. 신문에는 다른 직업을 가지고 있던 두 여인은 항상 제과점을 운영하고 싶다는 꿈을 가지고 있다가 서로를 만나 의기투합하게 되었고, 결국 함께 제과점을 차렸다는 이야기가 실려 있었다.

문에 달린 벨이 딸랑딸랑 소리를 내자 계산대 뒤에 서 있던 빨간 머리 여자가 나를 맞았다. 나는 효모와 유산균이 들어간 사워 반죽으로 만든 커다란 빵 하나, 통밀로 만든 작은 롤빵 여섯 개, 계피빵 두 개를 손가락으로 가리켰다. 스톡홀름에서 노르웨이어를 하며 지내다 보면 항상 '바?'(vad, 뭐라고요?)라는 말이 뒤따르기 마련이었기에 차라리 손가락으로 가리키는 게 나았다.

여인은 내가 가리킨 빵들을 봉지에 넣고 계산기를 두드렸다. 나는 하얀 빵 봉투를 들고 서둘러 집을 향해 걸었다. 복도 입구에 놓여 있는 깔개에 신발을 문질러 눈을 털어내고 대문을 여니, 린다와 아이의 소리가 부엌에서 들려왔다.

바니아는 작은 숟가락을 허공에 휘젓고 있었다. 나를 발견한 아이는 입가에 미소를 만들어냈다. 아이의 얼굴은 이유식으로 범벅이 되어 있었다. 아이는 이미 오래전에 혼자 음식을 먹기 시작했다. 나는 아이가 음식을 흘리거나, 얼굴에 음식을 묻히는 것을 보면 본능적으로 반발했다. 유전이라는 생각이 스쳤다. 린다는 아예 처음부터 아이가 음식을 먹는 방식에 대해선 어떤 규칙이나 제한을 두어선 안 된다고 잘라 말했다. 아이에게 음식은 너무나 민감한 사항이기 때문에 아이가 하고 싶은 대로 놔두어야 한다는 게 이유였다.

린다의 말이 옳을지도 모른다. 나는 린다를 이해할 수 있었다. 아이가 식탁 앞에 앉아 음식을 던지고 흘린다 해도, 이론적으로 본다면 아이가 아무거나 잘 먹고 건강하게만 자라주면 되는 것이 아닌가. 하지만 실제로는 그렇지 않았다. 나는 아이가 음식을 가지고 장난을 치거나 바닥에 흘릴 때마다 그것을 바로잡아주고 싶은 마음이 굴뚝같다. 내 속에 있는 아버지의 모습 때문일 것이다. 아버지는 내가 접시 밖에 작은 빵조각 하나를 흘려도 참지 못하고 야단을 쳤다. 나는 그런 아버지 밑에서 자랐고, 내 몸의 세포 하나하나에는 아버지를 향한 증오심이 숨어 있다. 그런데도 나는 왜 내 속에 있는 아버지를 끄집어내 아이에게 전해주려 하는가.

나는 빵을 몇 조각 썰어 광주리에 담았다. 물 끓이는 기계에 물을 가득 채우고 의자에 앉아 함께 식사를 하기 시작했다. 단단한 버터를 억지로 빵 위에 바르려다가 빵을 찢어버렸다. 바니아는 나를 뚫어지게 바라보았다. 나는 얼굴을 확 들어 아이와 눈을 마주쳤다. 아이는 깜짝 놀라 의자에서 떨어질 뻔했다. 다행히도 아이는 깔깔 웃음을 터뜨렸다. 나는 다시 같은 일을 반복했다. 식탁 위를 오랫동안 내려다보다가, 무언가 일어날 것이라 들뜬 마음으로 기다리는 아이의 기대감이 사라질 무렵, 나는 번개처럼 재빨리 고개를 들어 아이와 눈을 마주쳤다. 아이는 눈을 휘둥그레 뜨고 의자 위에서 몸을 들썩이더니 자지러지게 웃기 시작했다. 린다와 나도 웃음을 터뜨렸다.

"바니아가 참 귀엽죠? 잘 웃어서 좋아요. 오, 네가 얼마나 귀여운 아이인지 아니, 바니아? 너를 보면 웃음이 절로 나온단다, 내 귀여운 천사!"

린다는 몸을 굽혀 아이와 코를 마주하고 서로 비볐다. 나는 린다 앞에 펼쳐져 있는 일간지 중에서 문화면을 내 앞으로 가져와 헤드라인을 훑어보았다. 등 뒤의 조리대에선 물이 다 끓어 기계의 스위치가 절로 꺼지는 소리가 났다. 나는 자리에서 일어나 찻잔에 티백을 넣고 김이 모락모락 나는 물을 부었다. 냉장고에 가서 우유를 꺼내 온 나는 다시 식탁 의자에 앉아 티백을 들었다 놓았다 하며 찻물을 우려냈다. 찻잔 속의 투명한 액체는 서서히 갈색으로 바뀌기 시작했다. 나는 찻물에 우유를 조금 붓고 신문을 뒤적였다.

"신문에 난 아르네 이야기 봤어?"

나는 린다를 쳐다보며 물었다.

그녀는 고개를 끄덕이며 입가에 살짝 미소를 띠었다. 그 미소는 나를 향한 것이 아니라 바니아를 향한 것이었다.

"출판사에서 책을 모두 회수했다는군. 아르네 쪽에서 본다면 아주 절망적인 상황일 거야."

"그럴 거예요. 불쌍하기도 하지. 하지만 자초한 일이니 어쩌겠어요."

"당신도 정말 아르네가 없는 말을 지어냈다고 생각해?"

"아니에요. 그럴 리가 없다고 확신해요. 내 생각엔 아르네가 정말 그렇다고 믿는 것 같아요."

"참 안됐어."

나는 차를 한 모금 마시며 말했다.

아르네는 린다의 어머니 이웃으로 그네스타에 살고 있는 남자다. 그는 아스트리드 린드그렌*이 세상을 떠나기 직전, 그녀와 주고받은 이야기를 바탕으로 책을 써서 지난가을에 출간했다. 아르네는 무척 신실한 사람이었다. 하지만 그의 믿음은 전통적 종교관과 대치되는 것이었다. 그는 린드그렌이 자신과 믿음을 같이했다고 책에 썼다. 책을 읽은 사람들은 그 사실에 모두 깜짝 놀랐다. 신문에서는 그의 책에 적힌 내용을 바탕으로 조사를 하기 시작했고, 마침내 린드그렌과 아르네가 대화를 주고받을 당시를 증명해줄 사람이 하나도 없다는 것을 밝혀냈다.

그렇다고 해서 아르네가 거짓 내용을 책에 썼다고 확인할 수는 없는 일이었다. 하지만 아르네와 린드그렌의 교류 내용 중에는 시간적으로 잘못된 것이 꽤 많이 있었다. 예를 들어, 그가 『미오, 나의 미오』라는 린드그렌의 책을 읽었다고 주장한 시점은, 린드그렌이 책을 출

---

• 『말괄량이 삐삐』를 쓴 스웨덴의 작가.

간하기도 전이라는 사실이 드러난 것이다. 이외에도 잘못된 주장은 수도 없이 많았다. 린드그렌이 정신적으로 황폐한 말년을 보냈다고 주장한 아르네의 말도 근거가 없는 것이었다. 린드그렌의 가까운 친지들은 전혀 그러한 낌새를 알아채지 못했다고 입을 모아 반박한 상태라, 아르네의 책은 여러모로 신뢰할 수 없는 책이 되어버리고 말았다.

신문사에서는 아르네가 사람들의 주목을 받고 싶어 없는 말을 지어내는 거짓말쟁이라고 몰아붙였다. 이런 일이 계속되자, 출판사에서는 결국 아르네의 책을 모두 회수해버렸다. 병에 시달리고 있던 아르네는 책이 출간되었다며 얼마나 기뻐하고 자랑스러워했는지 모른다. 그런데 출판사에서 이런 결정을 내리니 절망에 빠져버리는 것은 당연한 일이었다. 하지만 린다의 말은 틀림이 없었다. 모든 것은 그가 자초한 일이었다.

나는 새 빵을 가져와 버터를 발랐다. 바니아는 양손을 허공으로 번쩍 들어올렸다. 린다는 아이를 안고 욕실로 갔다. 물 흐르는 소리와 바니아가 짜증을 내며 반항하는 소리가 들려왔다.

거실에서 전화벨 소리가 들렸다. 온몸이 뻣뻣하게 굳어졌다. 전화를 건 사람은 린다의 어머니, 잉그리가 틀림없었다. 이 시간에 전화할 사람은 그녀밖에 없었으니까. 잉그리의 전화라는 것을 알면서도 내 심장 고동은 점점 빨라지기만 했다.

나는 전화벨이 울리는 동안 꼼짝도 하지 않고 가만히 앉아 있었다. 곧 전화벨 소리가 멈추었다.

"누구예요?"

바니아를 안고 욕실에서 나오던 린다가 물었다.

"몰라. 전화를 받지 않았어. 하지만 장모님일 거라고 짐작해."

"당장 어머니에게 전화를 해볼게요. 어차피 전화를 하려고 생각하고 있었으니까. 그동안 바니아를 안고 있으세요."

린다는 마치 온 집 안에서 아이를 내려놓을 데가 내 무릎 위밖에 없다는 듯, 내게 아이를 내밀었다.

"바닥에 내려놔."

"그럼, 아이가 소리를 지르고 울 텐데요."

"괜찮아. 울도록 내버려둬. 위험한 일은 아니니까."

"오케에에이…"

그녀의 말투로 미루어보아 속내는 정반대라는 것을 알 수 있었다. 그건 '오케이'가 아니라, 지금은 당신 말대로 하겠지만 두고 보면 내 말이 맞는다는 것을 알게 될 거라는 것, 그 결과는 당신이 책임져야 한다는 것을 의미하고 있었다.

린다가 아이를 바닥에 내려놓자마자 아이는 소리 내어 울기 시작했다. 두 손을 들어올려 린다를 향하려다 바닥에 고꾸라졌지만, 린다는 뒤도 돌아보지 않았다. 내게 책임을 지라는 것이었다. 나는 의자에 앉은 채로 조리대 아래 서랍장을 열어 거품을 만들어내는 동그란 기구를 꺼내 아이의 눈앞에서 흔들었다. 하지만 아이는 아무런 관심도 보이지 않았다. 나는 바나나를 찾아 아이의 눈앞으로 가져갔다. 아이는 고개를 저으면서 눈물까지 뚝뚝 흘리며 울기 시작했다. 결국 나는 아이를 안아 올려 침실 창가로 데려갔다. 창틀에 아이를 세우고 밖을 내다보게 하니 기분이 좋아진 듯했다. 나는 창밖에 보이는 것들의 이름을 하나하나 말해주었다. 아이는 그것들을 뚫어지게 바라보더니 손가락을 들어 지나가는 차를 가리켰다.

린다가 가슴에 전화기를 꼭 붙인 채 침실 안으로 고개를 빼꼼 들이밀었다.

"어머니가 내일 저녁에 식사하러 같이 오라는데, 갈래요?"

"응, 그러지 뭐."

"그럼 그렇게 한다고 대답할게요."

"좋아."

나는 바니아를 조심스럽게 바닥에 내려놓았다. 아이는 혼자 설 수는 있지만 걷지는 못했기에 곧 바닥에 엎드려 린다를 향해 엉금엉금 기어가기 시작했다.

아이는 원하는 것을 얻지 못하면 1초도 참지 못하고 불만을 표시했다. 아이가 태어난 첫해는 밤에 두 시간마다 한 번씩 잠을 깼기 때문에, 린다는 항상 피곤해 죽을 지경이라는 불평을 입에 달고 다녔다. 그런데도 린다는 아이를 혼자 재우지 않았다. 혼자 재우면 밤새 소리를 지르고 울기 때문이라고 했다. 나는 좀 무자비하게 느껴질지는 모르겠지만, 밤새 울더라도 아이를 하루쯤 혼자 재워보자고 제안했다. 그러면 다음 날, 아이는 아무리 울어도 엄마나 아빠가 오지 않을 것이라 깨닫고 체념을 하든지 아니면 지쳐 잠에 빠질 것이라고 말했다. 린다는 마치 내가 아이를 조용해질 때까지 머리를 때리자는 말이라도 한 듯 어이없다는 표정으로 나를 바라보았다. 결국 나는 유아 심리학자인 잉군 이모에게 전화를 했다.

이모는 이 분야에서 전문가라고도 할 수 있었다. 이모는 아이에게 시간을 주면서 서서히 혼자 자는 훈련을 시키라고 조언을 해주었다. 한밤중에 일어나 젖을 먹으려 한다거나 깨어 있으려 고집을 부리면, 아이가 원하는 대로 해주는 대신 아이가 다시 잠에 빠질 때까지 조용조용 말을 걸며 쓰다듬어주라고 했다. 우리는 이모가 시키는 대로 하면서 밤에 젖을 먹이는 시간을 매일 조금씩 늦추었다. 나는 매일 밤 수첩을 들고 아이의 침대 앞에 서서 정확한 시간을 기록하면서 소리를 지르고 울어대는 아이를 쓰다듬어주었다. 아이가 밤새 한 번도 깨지 않고 잠을 자기까지는 그로부터 열흘이나 걸렸다. 내 방식대로 했다면 단 하루면 충분했을 텐데. 아이가 좀 운다 해도 해가 될 일은 없지 않은가.

놀이터에서도 마찬가지였다. 나는 아이가 혼자 놀기를 바랐다. 그 시간에 벤치에 앉아 책을 읽고 싶었으니까. 하지만 아이는 단 1초도 나를 가만두지 않았다. 내가 아이에게서 한 발짝이라도 멀어지면, 아이는 안아달라며 양손을 허공에 치켜들고 애원하는 눈길로 나를 바라보았다.

린다는 전화를 끊고 바니아를 안아 올렸다.

"산책이나 할까요?"

"따로 할 일도 없으니, 그렇게 하지 뭐."

"무슨 뜻이에요?"

린다가 경계심을 담아 조심스럽게 말했다.

"특별한 뜻은 없어. 어디로 산책하러 갈까?"

"스켑스홀멘은 어때요?"

"좋아."

지난주에 바니아를 돌본 사람은 나였기 때문에, 이번 주에는 린다가 아이를 돌볼 차례였다. 린다는 무릎 위에 앉아 있는 아이에게, 욍베 형의 아이들에게서 물려받은 빨간 스웨터, 갈색 코듀로이 바지, 린다의 어머니가 사준 빨간 우주복을 입혔다. 아이는 턱밑까지 내려오는 하얀 줄이 달린 빨간 모자를 쓰고 하얀 털장갑을 꼈다. 불과 한 달 전만 해도 바니아는 우리가 옷을 입힐 때 가만히 있었다. 그런데 몇 주 전부터는 옷을 입힐 때마다 우리의 손에서 벗어나려 발버둥을 치고 몸을 비틀었다. 특히 기저귀를 갈 때는 더욱 힘들었다. 아이의 똥이 여기저기 날아다니기가 일쑤였으니까. 그럴 때면 나는 아이에게 소리를 버럭 질렀다. 가만히 있어! 젠장! 가만히 있으라니까! 가끔은 필요 이상으로 아이의 몸을 힘껏 잡아쥐기도 했다.

아이는 내가 화를 내면 낼수록 더 재미있다는 듯 깔깔 웃음을 터뜨렸다. 아이는 나의 짜증스러운 목소리가 무엇을 뜻하는지 전혀 몰랐던 것이다. 아이는 내가 야단을 치면 전혀 관심 없다는 듯 개의치 않을 때도 있었고, 가끔은 궁금하다는 눈빛으로 나를 빤히 바라보기도 했다. 도대체 아빠는 왜 저럴까? 가끔 아이는 소리를 내서 울 때도 있었다. 아랫입술이 위로 살짝 올라감과 동시에 바르르 떨리면, 눈에선 닭똥 같은 눈물이 뚝뚝 떨어졌다. 그 모습을 보는 순간, 내가 지금 무엇을 하고 있는가 하는 생각이 스쳤다. 내가 지금 미쳐가고 있는 걸까? 아이는 이제 겨우 한 살. 천진난만하기로 따지면 그보다 더 천진난만할 수 없는 갓난아이에게, 내가 화를 내며 소리를 지르고 있다니!

다행히도 바니아를 위로하는 것은 어렵지 않았다. 아이는 잘 웃었고, 지난 일을 빨리 잊는 편이었다. 하지만 어떤 면에서 보면 그런 아이의 모습은 내게 죄책감만 더해줄 뿐이었다.

린다는 나보다 훨씬 참을성이 많았다. 5분 후, 옷을 다 입은 바니아는 기대감에 넘치는 미소를 지었다. 승강기에선 숫자가 찍힌 버튼을 눌러보려 했다. 린다는 아래층으로 가는 버튼을 가리키며 아이의 손을 버튼 위로 가져갔다. 버튼에 불이 켜지자 승강기는 아래층으로 미끄러져 내려갔다. 린다가 자전거 주차실에 세워둔 유모차를 가지러 가는 동안, 나는 밖에 서서 담배를 피워 물었다. 바람은 여전히 세차게 불고 있었고, 잿빛 하늘은 머리 위에 무겁게 내려앉아 있었다. 기온은 0도 전후였다.

우리는 레예링스가탄으로 내려가 쿵스트레드고르덴을 거쳐 국립 박물관 앞을 지난 다음 왼쪽으로 방향을 꺾어 보트들이 정박되어 있는 스켑스홀멘으로 향했다. 그곳에 정박된 몇몇 배는 100년도 더 된 것으로 도시와 도시 사이를 운항하던 정기선 역할을 했다. 창고처럼 보이는 건물 안에 배를 제조할 때 사용하는 용골과 늑재 등이 쌓여 있는 것으로 보아, 그곳은 작은 나무배를 만드는 공장 같았다.

우리가 그 앞을 지나가니 턱수염이 더부룩한 남자가 고개를 쑥 내밀었다. 그 외에는 사람의 그림자라곤 찾아볼 수가 없었다. 거기에서 얼마 떨어지지 않은 작은 언덕 위에는 현대 박물관이 자리하고 있었다. 우리는 바니아를 데리고 꽤 자주 그곳을 찾았다. 그곳은 입장료를 받지 않는 데다가 박물관 안에는 아이들이 이용하기에 좋은 레스토랑도 있었고 놀이터도 있었다. 더욱이 예술 작품도 감상할 수 있으니 아이와 함께 찾기에 알맞았다.

해변의 바닷물은 검푸른 색을 띠고 있었고, 하늘에는 먹구름이 잔뜩 끼어 있었다. 땅 위를 얇게 덮고 있는 하얀 눈 때문에 눈앞의 정경은 벌거벗은 듯 딱딱하게만 보였다. 하얀 눈이 형형색색의 자연경관을 가리고 있기 때문은 아닐까. 스톡홀름에 있는 대부분의 박물관 건물은 한때 군사용으로 사용되기도 했다. 그 때문에 어떤 건물들은 교통량이 적은 길옆에 나직하고 은밀하게 자리 잡고 있기도 하고, 또 다른 건물들은 훈련장으로 사용된 것 같은 널찍한 광장 한쪽 끝에 자리 잡고 있기도 했다.

"어젠 꿈처럼 황홀했어요."

린다가 내 허리에 팔을 두르며 말했다.

"응, 나도 그랬어. 그런데 당신, 정말 아이를 하나 더 낳고 싶은 거야?"

"네, 아이를 더 낳고 싶어요. 하지만 확률은 높지 않을 거라고 봐요."

"난 당신이 임신했다고 확신하는데…"

"바니아가 남자아이라고 장담했을 때처럼요?"

"하하."

"행복해요. 정말 바니아의 동생이 태어난다면 얼마나 좋을까요."

"응… 바니아, 너는 어떻게 생각하니? 동생이 있으면 좋겠니?"

바니아는 우리를 잠시 쳐다보다가 고개를 돌려, 양 날개를 몸에 바짝 붙이고 넘실거리는 파도 위에 몸을 맡기고 있는 갈매기 세 마리를 바라보았다.

"더기!"

"맞아, 저기! 갈매기 세 마리!"

아이를 하나만 낳는다는 것은 생각할 수도 없는 일이었다. 적어도 내겐 그랬다. 둘은 좀 적다는 느낌이 들고, 셋 정도라면 완벽하다는 생각을 해왔다. 아이가 셋이면 부모보다 수적으로 많아 안정감이 들고, 아이들 간의 남녀 조합 가능성도 여러 가지로 나올 수 있으니 꽤 매력적이라고 생각했다. 아이가 셋 정도 되면 그제야 '가족'이라는 이름을 붙이기에 부끄럽지 않을 것 같다는 생각도 들었다. 정확히 언제 아이를 몇이나 낳는 것이 좋을지 앞날을 계획하는 일은 그다지 마음에 들지 않았다. 가족은 기업이 아니지 않은가. 나는 차라리 우연의 가능성에 모든 것을 맡기고, 어떤 일이 생기면 그때 가서 그 일을 해결하고 거기에 따르는 결과를 받아들이는 것이 좋다고 생각한다.

삶은 바로 그런 것이지 않은가. 바니아와 함께 산책을 하고, 아이에게 음식을 먹이고 보살피는 일을 계속하다 보면 내 가슴은 또 다른 삶을 동경한다. 하지만 그것은 삶에서 내가 내린 선택에 대한 결과일 뿐이다. 그것을 피할 길은 없다. 그렇다면 옛말에도 있듯 삶을 참고 견디는 수밖에 없지 않은가. 그 때문에 내 삶이 어둠에 빠진다 해도 그것은 내가 한 선택에 따른 또 다른 결과라는 것을 인정하고 참아내야 한다. 린다가 지금 임신을 하지 않는다 해도 우리는 언젠가 둘째를 보게 될 것이다. 조금 더 시간이 지나면 셋째를 보게 될지도 모른다. 그 또한 피할 수 없는 일이다. 그런 날이 온다면 아이들에 대한 책임감과 동시에 내 가슴속의 동경도 더 커질 것인가? 내가 손을 쓸 수 없을 정도로? 정말 그렇다면 나는 무엇을 어떻게 해야 하는가?

그때도 내 자리를 굳건히 지키고 서서, 내가 해야 할 일을 묵묵히 해내는 수밖에 없을 것이다. 내 삶에서 자신을 지탱하기 위해 내가 부여잡을 수 있는 것은 바로 이것밖에 없다. 참고 견디는 것. 나는 커다란 바위를 정으로 쪼듯 하루하루를 참고 견디며 살아가고 있다.

아니, 정말 그런가?

몇 주 전, 옙페가 스톡홀름에 왔다며 내게 전화를 했다. 맥주 한잔할까? 나는 그를 우러러보다시피 하기에 그와 만나면 자연스럽게 말을 하기가 쉽지 않았다. 그날도 마찬가지였다. 하지만 맥주 몇 잔을 부어넣으니 입을 떼기가 쉬워졌다. 나는 현재의 내 삶에 대해 털어놓았다. 그는 나를 바라보더니 그만의 독특하고 권위 있는 말투로 내게 소리쳤다.

글을 써, 칼 오베!

그의 말은 목구멍을 찌르는 날카로운 칼날처럼 느껴졌다.

하지만 왜?

아이들은 삶이다. 그 삶에서 등을 돌릴 수 있는 사람은 도대체 몇이나 있을까?

여기에 비하면 글을 쓰는 것은 죽음이 아닌가. 문자들. 그것은 교회 묘지에 서 있는 비석에 불과하다.

듀르고르 페리가 선착장으로 들어오고 있었다. 그 맞은편에 보이는 거대한 놀이동산 그뢰나 룬드는 텅 비어 있었다. 아예 방수포로 덮어놓은 놀이기구도 보였다. 거기서 200미터쯤 떨어진 곳에는 바이킹 선박을 전시해둔 바사 박물관이 있다.

"페리를 타고 건너편으로 가볼까요?"

린다가 제안했다.

"블로 포르텐에서 점심을 먹으면 되잖아요."

"방금 아침을 먹었잖아?"

"그럼 거기서 커피를 마셔요."

"알았어. 현금 가진 거 있어?"

린다는 고개를 끄덕였다. 우리는 선착장에 서서 페리가 들어오기를 기다렸다. 몇 초 후, 바니아가 짜증을 내며 소리를 질렀다. 린다는 가방에서 바나나를 꺼내 아이에게 건넸다. 바니아는 만족스러운 표정을 지었다. 유모차에 앉아 바나나를 먹으며 바다를 바라보았다.

문득 바니아와 함께 첫 산책을 했던 기억이 떠올랐다. 그때도 이곳을 걸었다. 바니아가 태어난 지 일주일밖에 안 되었던 날, 나는 유모차를 앞세우고 거의 뛰다시피 하며 섬을 돌았다. 아이가 갑자기 숨을 쉬지 않으면 어떻게 할지, 잠에서 깨어나지 않으면 어떻게 할지 걱정이 되어서 견딜 수가 없었기 때문이었다. 집에서 일어나는 일들은 거의 모두 통제가 가능한 일이다. 아이에게 젖을 먹이고, 잠을 재우고, 잠에 취한 채 아이의 기저귀를 가는 등 눈앞에 닥친 일들을 조용한 환희 속에서 체계적으로 다루고 해결할 수 있다. 하지만 집 밖에 나오면 아이와 관련된 일에서 체계라는 것은 찾을 수가 없었다.

아이가 태어난 후 사흘째 되던 날, 우리는 아이의 건강 검진을 받기 위해 병원으로 가야만 했다. 그날, 우리는 마치 폭발물을 수송하는 것 같은 기분으로 움직였다. 첫째 장애물은 아이에게 옷을 입히는 일이었다. 바깥 기온은 영하 15도였기 때문에 웬만한 옷차림으로는 신생아를 데리고 한 발짝도 움직일 수 없었다. 둘째 장애물은 유아용 자동차 시트를 택시에 고정하는 일이었다. 셋째 장애물은 병원 대기실에서 우리를 바라보는 낯선 사람들의 눈길이었다. 하지만 생각보다 쉽게 문제를 해결할 수 있었다. 비록 우왕좌왕 헤매기도 했지만 몇 분 후 의사의 검진을 받으면서 양다리를 천천히 기분 좋게 뻗는 아이를 보니 우리가 걱정하고 고생했던 건 순식간에 사라지는 것 같았다.

의사는 바니아가 매우 건강하다고 말했다. 옆에 있던 간호사가 아이를 향해 몸을 굽히자 아이가 미소를 지었다. 아이가 벌써 미소를 짓네요. 이 나이엔 배가 아파서 입을 실룩거리는 경우가 있는데, 방금 제가 본 건 미소였어요. 이렇게 일찍 미소를 짓는 아이는 드물어요!

린다와 나는 간호사의 말에 하늘을 날아오를 듯 기뻐했다. 간호사의 칭찬은 아이를 두고 한 말일 뿐만이 아니라 아이의 부모에게도 해당되는 것이니까. 하지만 몇 달이 지난 후 곰곰이 생각해보니, 그 간호사는 검진을 받으러 오는 거의 모든 신생아에게 같은 말을 했을 것 같다는 생각이 스쳤다. 하늘에 나직이 떠 있는 1월의 햇살이 수줍은 듯 창으로 들어와 검진대 위에 누워 있는 우리 딸을 어루만졌다. 아직도 그 아이가 우리 딸이라는 것을 생각할 때마다 가슴이 벅차올랐다.

바깥 날씨는 여전히 살을 에는 듯 차가웠다. 아이를 바라보는 린다의 표정은 구김 없고 솔직하며 편안하기까지 했다. 가끔 그녀의 표정 속에서 볼 수 있는 이중적 의미는 조금도 찾아볼 수 없었다. 하지만 그 기분 좋고 편안한 상태는 검진을 마치고 병원 복도로 나갈 때까지만 계속되었다.

복도에 발을 내딛자마자 바니아는 소리를 지르며 울기 시작했다. 어떻게 하지? 아이를 안아볼까? 응, 그렇게 하는 게 좋을 것 같아. 린다가 젖을 먹여야 하는 건 아닐까? 그렇다면 어떻게? 린다는 옷을 너무나 많이 껴입어 부풀어 오른 풍선 같았다. 너무 더워서 그런 건 아닐까? 아이의 옷도 벗겨야 할까? 아이가 울고 있는 동안? 아이에게 방금 옷을 입혔는데 또 벗기란 말이야? 과연 도움이 될까? 그런데 정말 아이의 옷을 벗긴다고 울음을 그칠까?

린다는 아이에게 젖을 먹이기 위해 긴장된 표정으로 주저하며 외투를 걷어 올리기 시작했다. 바니아는 그 와중에도 발버둥을 치며 울고 있었다.

"내가 어떻게 해볼게."

내 눈과 마주친 린다의 눈동자에서 불꽃이 번쩍 스쳤다고 생각했다.

린다가 젖을 물리자 바니아는 잠시 조용해졌다. 하지만 몇 초 후, 아이는 고개를 뒤로 젖히며 조금 전보다 더 큰 소리로 울기 시작했다.

"배가 고픈 건 아닌 건 같고… 도대체 뭣 때문에 아이가 이토록 자지러지게 울까요? 혹시 아픈 건 아닐까요?"

"그건 아닐 거야. 방금 검진을 받았잖아. 의사가 아주 건강하다고 했던 걸 벌써 잊었어?"

바니아는 병원이 떠나가도록 소리를 지르며 울었다. 상기된 아이의 얼굴은 눈물로 뒤범벅되어 있었다.

"이제 어떡하죠?"

린다가 절망한 표정으로 말했다.

"잠시 꼭 안고 있어봐."

우리 다음 차례로 신생아 검진을 받았던 부부가 유아용 시트에 아이를 눕혀 병실 밖으로 나왔다. 그들은 아주 조심스럽게 우리를 쳐다보며 걸음을 옮겼다.

"계속 여기 서 있을 수는 없어. 얼른 집에 가는 게 좋을 것 같아. 서둘러. 아이는 잠시 울게 내버려둘 수밖에 없어."

"택시를 불렀나요?"

"아니."

"그럼 어서 택시를 불러요!"

린다는 바니아를 내려다보며 꼭 안아보았지만 도움이 되지 않았다. 그녀의 풍선 같은 파카 점퍼와 아이의 두꺼운 우주복이 두 사람의 접촉과 교감을 방해하고 있는 것만 같았다. 나는 휴대폰을 꺼내 택시 회사에 전화를 하면서, 유아용 시트를 들고 복도 끝에 있는 계단을 향해 걷기 시작했다.

"잠깐만 기다려 봐요. 바니아에게 모자를 씌워야 돼요."

우리가 택시를 기다리는 동안에도 바니아는 발버둥을 치며 계속 소리 내어 울었다. 다행히도 몇 분 지나지 않아 택시가 왔다. 나는 뒷문을 열고 유아용 시트를 안전띠로 고정하려 해보았지만 마음처럼 잘 되지 않았다. 갑자기 뭐가 잘못된 걸까. 시트를 고정하는 건 불가능하게 느껴졌다. 나는 안전띠를 빌어먹을 시트 상하좌우로 각각 돌려보며 온갖 방법을 동원해봤지만 좀체 시트를 제대로 고정할 수가 없었다. 바니아는 계속 소리를 지르며 울었고, 린다는 화난 눈길로 나를 째려보고 있었다. 결국 운전기사가 나와 도와주겠다며 손을 내밀었다. 나는 자존심이 상해 한 발짝도 움직이지 않고 고집스럽게 그 자리를 지켰다. 이 정도는 나도 거뜬히 해결할 수 있다는 걸 보여주고 싶었다. 하지만 1분을 채 넘기지 못하고 나는 포기해버리고 말았다. 콧수염을 기른 운전기사는 이라크 출신으로 보였다. 그는 내게서 시트를 건네받은 지 2초도 채 되지 않아 뒷좌석에 고정해놓았다.

햇살이 내리쬐는 눈 쌓인 스톡홀름 거리를 달리는 동안 바니아는 계속 소리를 지르고 울어댔다. 마침내 집에 돌아와 외투를 벗고 린다와 함께 침대에 눕자, 바니아는 그제야 울음을 그쳤다.

우리는 온몸이 땀으로 뒤범벅되어 있었다.

"정말 정신없는 하루였어요."

린다는 잠에 빠진 바니아를 두고 침대에서 몸을 일으키며 말했다.

"응. 적어도 아이가 건강하다는 건 확인했으니 안심이야."

그날 오후, 린다는 어머니에게 전화를 해 바니아가 신생아 검진을 받은 이야기를 해주었다. 하지만 아이가 울고불고 소리를 질렀으며, 그 때문에 우리가 거의 공황 상태에 빠졌다는 이야기는 단 한마디도 하지 않았다. 린다의 입에서 나온 말은 바니아가 검진을 받는 동안 미소를 지었다는 것뿐이었다. 린다의 목소리에는 기쁨과 자랑스러움이 한껏 배어 있었다. 바니아가 미소를 지었다는 것, 건강하다는 것… 창밖의 나직한 햇빛은 눈 덮인 거리를 밝게 비추고, 집 안에까지 스며들어 은은한 빛으로 우리를 감싸 안았다. 바니아는 벌거벗은 몸으로 사지를 버둥거리며 담요 위에 누워 있었다.

검진 이후에 일어났던 일들은 침묵 속에 묻혀버렸다.

차디찬 바람을 맞으며 페리를 기다리고 있던 때는 그로부터 정확히 1년 후였다. 그때 일을 돌이켜보니 기분이 이상해졌다. 부모가 되어 어쩜 그렇게 멍청하게 우왕좌왕할 수 있을까. 하지만 일어났던 일을 부인할 수는 없는 법. 나는 지금도 그때 나를 덮쳤던 느낌을 선명히 기억하고 있다. 너무나 섬세하고 예민한 나날 속에서 햇살처럼 번지는 기쁨의 느낌들. 나는 바니아를 안아보기 전까지만 해도 나와 신생아는 별개의 세상에 사는 존재인 줄로만 알았다. 신생아를 본 적도 별로 없었다.

린다도 나와 마찬가지였다. 성인이 되고 나서 신생아를 안아본 적은 단 한 번도 없었다. 그러니 우리에겐 모든 것이 새로웠고, 실제로 겪어가며 배우는 수밖에 없었다. 물론 실수와 실패도 겪어야만 했다. 얼마 지나지 않아, 신생아의 부모라면 일상의 모든 일을 마치 경쟁이라도 하듯 전쟁처럼 치러내야 한다는 것을 배웠다. 그러면서도 해낼 수 있는 일이 더 많으면 많을수록 좋았다. 집에 혼자 남아 바니아를 보살피던 나는 새로운 순간이란 전혀 찾을 수 없다는 것도 배웠다. 내가 해야만 했던 조그맣고 세세한 일들은 지겹도록 반복되는 습관 같은 일뿐이었다.

페리는 후미 엔진을 작동하며 속력을 줄였고 곧 천천히 선착장 안으로 들어왔다. 검표원이 문을 열자, 우리는 유모차를 페리 위로 밀었다. 손님은 우리밖에 없었다. 잿빛을 띤 녹색 바닷물이 프로펠러 주위에서 거품을 만들어냈다. 린다는 푸른 재킷 안주머니에서 지갑을 꺼내 돈을 지불했다. 나는 페리 난간을 잡고 멀어져가는 도시를 바라보았다. 저 멀리 보이는 하얀 건물은 왕립극장이었고, 스베아베겐과 비르게르 얄스가탄을 가르는 작은 언덕 위에는 우리 집이 있었다.

눈을 돌리는 곳마다 건물들이 빽빽하게 들어차 있었다. 집과 도로가 무엇인지 모르는 존재의 눈에는 도시가 어떤 모습으로 보일까. 예를 들어 도시 위를 나는 비둘기의 눈에는 모든 것이 낯설게 보일 것이다. 거대한 미로. 열린 공간과 닫힌 공간. 전철이 지나가는 지하 터널들은 그들의 눈에 지렁이처럼 구불구불한 선으로밖에 보이지 않을 것이다.

이 도시에서는 100만 명이 넘는 사람들이 각자의 삶을 살고 있다.

"어머니가 월요일에 바니아를 봐준댔어요. 월요일 하루만큼은 당신이 하고 싶은 일을 할 수 있도록 말이죠. 그러길 원해요?"

"당연하지!"

"뭐가 당연해요?"

나는 어이가 없어 린다에게 들키지 않게 눈동자를 굴렸다.

"그러면 그 전날 어머니 집에서 자고 월요일 아침에 집으로 돌아오면 될 거예요. 어머니는 바니아를 데리고 있다가 월요일 오후에 우리 집에 데려다줄 거고…"

"그러면 되겠군."

우리는 페리에서 내려 놀이동산 옆으로 난 길을 걷기 시작했다. 그곳은 여름이면 사람들로 발 디딜 틈이 없을 정도로 복잡한 거리였다. 입장권을 사려는 사람들, 길가의 구멍가게에서 핫도그나 햄버거 등을 사먹으려는 사람들, 산책하러 나온 사람들로 가득했다. 그뿐만 아니라 아스팔트 위에는 광고지와 입장권, 아이스크림 봉지와 핫도그 포장지, 냅킨과 빨대, 콜라병과 주스캔, 그 외에도 사람들이 버리고 간 온갖 것으로 넘쳐났다. 하지만 지금 우리 눈앞에 펼쳐진 거리는 텅 비어 있었고 깨끗하기까지 했다. 사람들도 찾아볼 수 없었다.

레스토랑은 물론 맞은편 놀이동산도 텅 비어 있었다.

건너편에 있는 작은 언덕 위에는 콘서트 홀 '시르쿠스'가 자리하고 있었다. 나는 그곳에 있는 레스토랑에 언젠가 안더스와 함께 들른 적이 있었다. 프리미어 리그 축구 경기를 보기 위해 텔레비전이 있는 레스토랑을 찾다가 거기로 들어가니, 그곳에 앉아 있는 손님은 단 한 명뿐이었다. 실내조명은 어두침침했고, 사방 벽도 어두운 색이었지만, 그 손님은 선글라스를 끼고 앉아 있었다. 알고 보니 그는 바로 토미 쾨르베리*였다. 공교롭게도 그날 스웨덴의 모든 일간지 일면에는 그가 음주 운전을 하다가 적발되었다는 기사와 함께 커다란 사진도 실어놓았다. 그 때문에 스톡홀름 사람들은 시내에서 1미터만 발걸음을 옮겨도 그 사실을 전해들을 수가 있었다. 그는 사람들의 관심을 피해 그곳에 숨어 있는 듯했다. 어두침침한 레스토랑 안에 그를 제외한 손님이라곤 우리밖에 없었고, 우리는 그를 향해 눈길 한 번 돌리지 않았지만, 잠시 후 그는 도망치듯 레스토랑을 빠져나갔다.

그가 경험했어야만 했던 일들을 떠올리니, 나의 음주 경험과 불안감은 아무것도 아니라는 생각이 들었다.

주머니 속에 있던 휴대폰이 소리를 냈다. 전화를 꺼내 화면을 살펴보니 윙베 형이었다.

"여보세요?"

"여보세요, 나야. 어떻게 지내?"

"잘 지내고 있어, 형은?"

"나도 잘 지내고 있어."

---

* 스웨덴의 유명한 가수이자 배우.

"다행이군. 그런데 형… 지금 어디로 가고 있는 중이거든. 나중에 내가 다시 전화해도 될까? 오후쯤에? 혹시 특별한 일이라도 생긴 건 아니겠지?"

"아니야, 별다른 일은 없어. 시간 나면 전화해."

"알았어. 끊어."

"응, 잘 있어."

나는 휴대폰을 주머니 안에 다시 집어넣었다.

"윙베 형이야."

"잘 지내고 있대요?"

린다가 물었다.

나는 어깨를 으쓱 추어올렸다.

"잘 모르겠어. 나중에 내가 다시 전화한다고 했어."

형은 마흔 살 생일을 맞고 보름이 지난 후에 카리 안네와 별거에 들어갔다. 그 일은 예상과는 달리 속전속결로 이루어졌다. 형은 지난번에 우리 집에 와서 앞으로의 계획을 내게 이야기해주었다. 윙베 형은 그런 일에 대해선 좀체 입을 열지 않는다. 내가 직접 물어보면 또 이야기는 다르지만 말이다. 하지만 그런 이야기를 나누기에 적절한 때를 찾는 것은 결코 쉽지 않았다.

형이 너무나 오랫동안 원치 않는 삶을 살았다는 것은 나도 이미 느낌으로 알고 있었다. 그 때문에 형이 마침내 카리 안네와 헤어졌다는 이야기를 들으니, 나는 올 것이 왔다는 생각에 안도감마저 느꼈다. 그러면서 마흔 살 생일을 맞기 몇 주 전에 어머니와 헤어졌던 아버지를 떠올리지 않을 수 없었다. 아버지와 형의 경우, 불과 몇 주밖에 차이나지 않는 이 시간적 우연은 두 사람이 가족이기 때문도 아니고 유전적인 이유 때문도 아니다. 그렇다면 40대에 접어든 사람들이 흔히 겪는다는 중년의 위기인가.

사실 내 주변에도 이 중년의 위기를 겪고 그 무참한 결과를 견디지 못해 허덕이는 사람들이 많이 있다. 어떤 이들은 절망에 빠져 본래의 모습을 잃어버리기도 했다. 그들이 찾는 것은 무엇인가? 삶? 40대에 들어서면 사람들은 지금까지 잠정적인 것이라고만 생각했던 삶이 삶 그 자체로 굳어져버릴 것이라는 불안감을 느끼게 된다. 모든 꿈은 실현할 수 없는 허상이 되어버리고, 삶은 이런 것이라 머릿속으로 그려왔던 기대감은 점차 사라져버린다. 도달해보려 안간힘을 쓰고 노력해온 이상의 세계는 내가 지금 살고 있는 이 삶이 아니라 어딘가 저 먼 곳에 있는 삶이라는 생각도 하게 된다.

마흔 살이 되면 사람들은, 눈앞에서 펼쳐지는 이 작고 세세한 일상 속에서 각자의 삶이 서서히 형태를 갖추어 나가 결국에는 평생 벗어나지 못할 구체적인 올가미가 되어 자신을 죄어온다고 믿게 된다. 그러기에 마지막으로 무언가를 해보려 발버둥을 치게 되는 것이다.

윙베 형은 더 나은 삶을 살기 위해 이혼을 했다. 아버지는 무언가 급진적으로 다른 삶을 원했기에 이혼을 했다. 그 때문에 나는 윙베 형에 대해선 걱정이 되지 않는다. 솔직히 형에 대해선 단 한 번도 걱정을 해본 적이 없다. 형은 항상 혼자서도 잘 헤쳐 나갈 수 있다고 믿기 때문이다.

바니아는 유모차 안에서 자고 있었다. 린다는 의자를 조절해 아이를 눕힌 다음 블로 프로텐 앞, 인도에 세워져 있는 '오늘의 메뉴'를 눈으로 훑었다.

"난 배가 고픈데, 당신은 배 안 고파요?"

"원한다면 여기서 점심을 먹지 뭐. 이 레스토랑에선 양고기 요리가 아주 맛있어."

레스토랑의 위치는 좋았다. 한가운데 열린 광장처럼 확 트인 곳에는 분수대와 온갖 식물이 있었다. 여름이면 이곳은 발 디딜 틈도 없이 복잡했다. 겨울이 되면 사람들은 그곳을 원형으로 둘러싼 건물의 유리벽 안으로 모여든다. 어느 모로 봐도 훌륭한 레스토랑이었지만 단점도 없지 않았다. 그곳에 모여드는 손님들은 스스로 문화계의 엘리트라 자처하는 5, 60대 여인이 대부분이었다.

나는 린다를 위해 문을 열어주었다. 린다가 유모차를 밀고 들어오자, 나는 바퀴 사이의 지지대를 들어올려 계단을 내려갈 수 있도록 도와주었다. 레스토랑 안은 반쯤 비어 있었다. 우리는 바니아가 잠에서 깰 경우를 대비해 구석진 곳에 자리를 잡았다. 주문을 하려고 데스크를 향해 가던 우리는 창가 테이블에 앉아 있는 코라를 발견했다. 그녀도 우리를 발견하고 벌떡 일어나 미소를 지었다.

"안녕! 여기서 이렇게 보다니, 반가워!"

코라는 린다와 나에게 차례차례 포옹을 했다.

"어떻게 지내? 잘 지내고 있니?"

"응, 잘 지내고 있어. 너는?"

"덕분에. 난 보다시피 어머니와 함께 왔어."

나는 코라의 어머니에게 가볍게 눈인사를 건넸다. 나는 코라의 파티에서 그녀의 어머니를 한 번 본 적이 있다. 그녀도 내게 가볍게 인사를 되돌려주었다.

"둘이서만 왔어?"

코라가 물었다.

"아냐, 저기 바니아가 자고 있어."

"아, 그렇군. 여기 오래 있을 생각이니?"

"글쎄…"

린다가 주저했다.

"조금 있다 너희 테이블로 가볼게. 바니아도 볼 겸. 그래도 괜찮겠지?"

"물론이야."

린다와 나는 데스크 앞으로 가서 줄을 섰다.

나는 린다의 친구 중에서 코라를 가장 먼저 만났다. 그녀는 노르웨이와 노르웨이에 대한 것이라면 모두 다 좋아했다. 노르웨이에서 몇 년 산 적도 있는 그녀는 술에 취하면 노르웨이어로 말을 하기도 했다. 그녀는 내가 만난 스웨덴 사람 중에서 유일하게 두 나라의 차이점을 이해하는 사람이었다. 머리로만 이해하는 것이 아니라 몸으로 이해하는 사람이었기에 그녀와는 말이 잘 통했다. 예를 들어 노르웨이의 거리나 상점, 대중교통 수단 안에선 시도 때도 없이 사람들이 서로 부딪친다는 사실, 가게 점원이나 버스 정류소, 택시 안에서 항상 예의로라도 가볍게 대화를 나눈다는 사실 등. 그녀는 노르웨이 신문의 토론란을 읽다가 상대방에게 심한 말도 주저하지 않고 하기에 깜짝 놀랐다며 신이 나서 말했다.

노르웨이 사람들은 자신의 모든 것을 걸 만큼 굉장히 열정적으로 토론을 하더군요! 노르웨이 사람들은 겁이 없어요! 노르웨이 사람들은 마음에 있는 말을 꾸밈없이 솔직하게 하죠. 스웨덴 사람들 같으면 평생 입 밖에도 내지 못할 말을 노르웨이 사람들은 주저 없이 해요! 때론 고함을 지르기도 하고 주먹을 휘두르기도 하며 토론을 하는 노르웨이 사람들을 보니 얼마나 속이 후련하던지요!

코라가 어떤 생각을 하고 있는지 알고 나니, 항상 고상하고 예절 바르게 사회적으로 문제가 없는 올바른 말만 하는 린다의 다른 친구들과는 다르게 보였다. 그녀와 대화를 나누기도 훨씬 쉬워졌다. 솔직히 린다의 친구들만 그런 것은 아니었다. 나와 작업실 건물을 함께 쓰는 사람들도 모두 그랬다. 그들은 모두 친절하고 호의적이며, 자주 점심 식사에 나를 초대하기도 했다. 물론 나는 거의 매번 그들의 호의적인 초대를 거절하곤 했다. 그들과 식사를 두 번 정도 같이 한 적도 있었지만, 그때는 입을 꾹 다물고 다른 이들의 말만 들었을 뿐이었다.

한 번은 그들이 이라크 침범, 이스라엘과 팔레스타인의 고질적인 정치적 갈등 양상에 대해 토론을 한 적이 있었다. 솔직히 그것은 토론이라 할 수도 없었다. 내가 듣기엔 그날의 날씨에 대해 서로 가볍게 주고받는 일상적인 대화에 지나지 않았다. 다음 날 나는 코라를 만났다. 코라는 나와 같은 건물에서 작업실을 세내어 쓰던 한 친구가 홧김에 계약을 깨고 나가버렸다고 했다. 그 친구의 말에 따르면, 건물에 작업실을 세내어 사용하던 프리랜서들이 팔레스타인과 이스라엘의 관계에 대해 열띤 논쟁을 벌였는데 도저히 그들과 의견을 같이할 수 없어 일을 함께할 수가 없었다고 했다. 정말 다음 날 작업실에 오니 그녀의 자리가 깨끗이 정리되어 있었다. 하지만 나는 그들이 토론을 하던 날 바로 그 자리에 있었다. 그런데도 아무것도 눈치채지 못했다. 언짢은 분위기도, 적개심도 전혀 느낄 수가 없었다. 아무것도!

내가 보고 들었던 것은 그들이 호의적인 분위기에서 예의 바르게 나누었던 대화뿐이었다. 비록 팔꿈치로 상대방을 찔러가며 각자의 불쾌함을 표시했다 해도, 내가 보기엔 그들의 팔꿈치는 병아리의 날갯죽지처럼 부드러운 것에 불과했다. 이것이 바로 스웨덴의 모습이며, 스웨덴 사람들이 사는 방식이다.

171

하지만 그날 코라가 언짢아했던 것은 다른 이유 때문이었다. 나는 게이르가 전쟁에 대한 책을 쓰기 위해 보름 전에 이라크로 갔다고 전해주었다. 그녀는 게이르가 자기만 아는 이기주의 머저리라고 말했다. 나는 그녀가 정치에는 관심이 없는 사람이라는 것을 잘 알고 있었다. 그 때문에 그녀가 왜 그토록 강한 반응을 보였는지 궁금해졌다. 그녀는 심지어 눈물을 글썽이기까지 했다. 어쩌면 필요 이상으로 강한 감정이입을 경험했던 건 아닐까.

코라의 아버지는 60년대에 종군 기자로 콩고에서 생활한 적이 있었다. 그녀의 아버지가 삶을 망쳤던 것은 바로 그 때문이었다. 전장에서 신체적 상해를 입은 것도 아니고, 전쟁터에서 겪은 일 때문에 정신적인 상처를 입은 것도 아니었다. 오히려 그 반대였다. 그는 다시 콩고로 되돌아가고 싶어 했다. 그는 항상 죽음 직전에 서 있는 듯한 스릴에 중독된 것이나 마찬가지였다. 스웨덴에서의 삶은 그의 욕구를 채워주지 못했던 것이다.

코라는 자신의 아버지가 서커스에서 '죽음의 모터사이클'이라 불리는 것을 탔던 이야기도 해주었다. 그녀의 아버지는 서서히 알코올 중독자로 변해갔다. 폐쇄적이고 자기 파괴적인 삶을 살던 그녀의 아버지는 코라가 아주 어렸을 때 스스로 목숨을 끊었다. 내가 게이르 이야기를 했을 때 코라가 눈물을 흘렸던 이유는 바로 그 때문이었다.

그렇다면 그녀의 어머니가 강인하고 권위적이고 엄격하다는 것은 불행 중 다행이라고 해야 할까.

글쎄… 내가 보기엔 그녀의 어머니는 딸의 삶을 꽤 불만스럽게 바라보는 것 같았다. 코라의 어머니는 회계사였다. 그녀는 자신의 기대에 미치지 못하는 삶을 사는 딸을 탐탁지 않게 여겼고, 딸이 허울만 좋은 문화계 주변에서 맴도는 것도 싫어했다. 코라는 서로 다른 여성 잡지에 글을 기고해 생계를 유지하고 있었다. 그렇다고 해서 자신의 직업에 대해 부끄럽다는 생각은 하지 않았다. 그녀가 쓴 것은 시였고, 시는 그녀에게 삶의 전부였기 때문이다.

코라는 린다가 다녔던 비스콥스 아르뇌 작가학교를 졸업했다. 내가 보기엔 그녀의 시는 아주 훌륭했다. 언젠가 그녀의 시 낭독회에 갔다가 깜짝 놀란 적이 있다. 그녀의 시에서는 당시 스웨덴의 젊은 시인들이 많이 쓰는 현란한 언어를 찾아볼 수 없었고, 감성적이거나 부드러운 시어도 찾아볼 수 없었다. 그녀의 시는 거칠고 야생적이고 도전적이었으며 동시에 대단한 확장력을 지니고 있기에, 시를 들으며 코라를 연상하기는 쉽지 않았다. 하지만 그녀가 정식으로 시집을 낸 적은 없었다.

스웨덴의 출판사는 노르웨이 출판사보다 훨씬 상업성을 중시하고 매우 신중하게 출간 작업을 한다. 따라서 출판사에서 요구하는 사항을 충족하지 못하면 스웨덴에서 책을 내고 작가로 데뷔하는 일은 하늘의 별 따기만큼이나 어렵다. 만약 코라가 참을성을 가지고 끝까지 노력을 기울인다면 언젠가는 자신의 시집을 출간할 수도 있으리라 믿는다. 왜냐하면 그녀에겐 재능이 있으니까. 하지만 코라는 참을성과는 거리가 먼 사람이라는 것을 누가 봐도 첫눈에 알아차릴 수 있다.

린다는 자기연민이 강하다. 말을 할 때는 나직한 목소리로 자주 절망적인 것들에 대해 이야기를 한다. 하지만 때로는 금방 기분을 바꾸어 밝고 생기 있는 태도로 주변인들에게 관심을 보이기도 한다. 그녀는 린다의 친구 중에서, 술을 마시면 자주 문제를 일으키는 단하나의 친구이기도 하다. 어쩌면 바로 그런 점들 때문에 내가 코라에게 연민을 느끼는 건 아닐까.

그녀는 긴 머리를 얼굴 양옆에 늘어뜨리고 다닌다. 조그만 안경 너머 보이는 눈동자는 천진한 강아지의 애처로움을 담고 있는 것만 같다. 그녀는 술을 마실 때마다 얼마나 린다를 우러러보는지, 얼마나 린다를 닮고 싶어 하는지 털어놓곤 한다. 린다는 그런 그녀를 어떻게 대해야 할지 모르겠다며 불편하다고 말한 적이 있다.

나는 린다의 등에 손을 가져갔다. 데스크 옆 선반 위에는 서로 크기가 다른 형형색색의 케이크가 줄지어 진열되어 있었다. 짙은 갈색 초콜릿, 베이지색 바닐라, 녹색 빛이 감도는 마지팬, 흰색과 분홍색 머랭. 각각의 접시에는 케이크의 이름이 적힌 조그마한 장식 리본이 달려 있었다.

"뭘 먹고 싶어?"

"잘 모르겠어요. 치킨 샐러드…? 당신은요?"

"양고기 요리. 그거라면 전에 먹어본 적이 있어서 안심하고 주문할 수 있어. 당신 것도 함께 주문할 테니까 당신은 자리에 가서 앉아 있어."

린다는 테이블로 돌아갔다. 나는 주문을 하고 돈을 지불한 다음, 유리컵 두 개에 물을 따르고, 케이크가 진열되어 있는 거대한 선반 끝에 놓여 있는 빵을 몇 개 썰어 쟁반에 얹었다. 작은 버터 용기와 냅킨, 포크와 나이프를 가져온 나는 쟁반을 들고 계산대 옆에 서서 주문한 음식을 기다렸다. 거기에 서 있으니 계산대 뒤에 있는 회전문 위쪽으로 주방을 훤히 볼 수 있었다. 레스토랑 밖, 고대 로마 저택의 안뜰을 생각나게 하는 곳에는 탁자와 의자가 줄지어 놓여 있었고, 그 사이에는 회색 콘크리트 바닥과 회색 하늘 때문에 더욱 아름답게 보이는 녹색 식물들이 빽빽하게 들어서 있었다. 문득 회색과 녹색이 만들어내는 미묘한 조화에 눈이 빨려 들어갈 것만 같았다. 그러한 색의 조합을 브라크˙만큼 잘 표현한 화가도 없다. 토니에와 함께 바르셀로나에 갔을 때, 끝없는 하늘을 배경으로 해변에 서 있는 배 몇 척을 표현한 그의 그림을 보고 숨이 멎을 듯한 아름다움에 감탄한 적이 있다. 하지만 그의 그림은 수천 크로네를 호가했기에 너무 비싸다며 바로 발길을 돌렸다. 다음 날, 그림을 구입하지 않은 게 후회가 되어 다시 화랑을 찾았지만 이미 때는 늦었다. 토요일이라 문을 열지 않은 데다 그날은 바르셀로나에서 보내는 마지막 날이었기에 결국 나는 빈손으로 되돌아올 수밖에 없었다.

회색과 녹색.

회색과 노란색도 마찬가지다. 쟁반 위의 레몬을 그린 호크니˙˙처럼, 물체에서 고유하고 객관적인 색상을 자유롭게 분리하는 것은 모더니즘의 가장 중요한 영역이라 해도 과언이 아니다. 그 이전에는 브라크와 호크니류의 그림들은 생각할 수조차 없었다. 문제는 가치의 유무였다. 당시 사람들은 진정한 예술로 이끄는 요소에 가치를 부여하지 않았던 것이다.

우리가 찾은 레스토랑은 릴리에발크 예술의 전당에 포함된 건물이었다. 예술의 전당 뒤편의 네 번째 벽이자 마지막 벽은 바로 이 레스토랑의 야외 식당과 마주 닿아 있었고, 두 건물은 계단과 둥근 기둥으로 지붕을 받친 복도로 이어져 있었다. 내가 그곳에서 가장 마지막으로 본 것은 앤디 워홀의 전시회였다. 그 전시회는 내가 떠올릴 수 있는 모든 가능한 관점과 시각을 동원해도 작품의 질을 가늠

---

˙ 신고전주의적 필치로 실내화와 정물화를 그린 프랑스의 화가.

˙˙ 영국의 화가, 무대 설치가, 사진가로서 60년대 팝 아트 풍조에 지대한 공헌을 했으며, 20세기 가장 영향력이 큰 영국 예술가 중의 한 사람으로 꼽힌다.

할 수 없었던 전시회 중의 하나였다. 앤디 워홀의 작품에 거부 반응을 하다 보니, 나는 어느새 보수주의자가 되어버린 것 같았다. 물론 나는 예술계의 보수주의 쪽으로는 관심도 없고 더 자세히 알고 싶지도 않았다. 하지만 내가 발버둥친다고 내 맘대로 되는 일도 아니지 않는가.

투레 에릭은 자주 "과거는 다만 수많은 미래 중의 하나일 뿐"이라고 말했다. 우리가 벗어나고 눈을 돌려야 하는 것은 과거가 아니라 과거의 경직성이다. 현재도 마찬가지다. 역동성을 배양해내야 하는 예술이 경직되어 있다면, 우리는 그 예술에서 벗어나야 한다. 그것이 동시대를 표현하는 이른바 현대 예술이기 때문이 아니라, 그 속에서 움직임을 찾아볼 수 없기 때문이다. 역동성을 느끼지 못하는 예술은 죽은 예술이다.

"양고기 요리와 치킨 샐러드 주문하신 분?"

나는 소리 나는 쪽으로 고개를 돌렸다. 여드름이 난 젊은 청년이 앞치마를 두르고 요리사 모자를 쓴 채 양손에 접시를 하나씩 들고 레스토랑 안을 휘휘 둘러보고 있었다.

"여기요!"

나는 그에게서 접시를 받아 쟁반에 얹어 우리 테이블로 갔다. 바니아는 린다의 무릎 위에 앉아 있었다.

"바니아가 잠을 깬 모양이군."

린다가 고개를 끄덕였다.

"아이를 내게 줘. 당신이 식사하는 동안 내가 바니아를 볼게."

"고마워요."

그렇게 제안한 것은 아내를 위해 헌신한다기보다는 나 자신을 위해서였다. 린다는 자주 저혈당 증세를 보였는데, 그 기간이 길어질

176

수록 짜증을 내는 정도도 더 심해졌다. 그녀와 3년 정도 함께 살다 보니, 이젠 그녀보다도 내가 먼저 알아차릴 수 있을 정도가 되었다. 언뜻 눈에 띄진 않지만 아주 작은 일로 그녀의 기분을 감지할 수 있게 된 것이다. 예를 들면 이유 없이 갑작스럽게 움직인다든지, 분을 참지 못하듯 눈빛이 짙어진다든지, 대답을 아주 짤막하게 할 때면 나는 얼른 그녀 앞에 음식을 대령해준다. 그러면 그녀는 다시 기분이 좋아지곤 했다.

스웨덴에 오기 전까지만 해도, 난 저혈당 증세에 대해 단 한 번도 들어보지 못했다. 그런 것이 있는지도 몰랐다. 그 때문에 린다가 저혈당 증세를 보였을 때, 난 아무것도 이해할 수 없었다. 왜 갑자기 웨이터에게 화가 난 듯 말을 하는 걸까. 왜 내 질문에 고개만 까딱하고 다른 곳으로 눈을 돌려버리는 걸까.

게이르는 저혈당 증세를 보이는 사람이 꽤 많을 뿐 아니라 최근 사회적 이슈로도 대두되어 모르는 사람이 거의 없다고 했다. 그의 말에 따르면 스웨덴의 유아원에서 아이들에게 간식을 자주 먹이는 것도 바로 그 때문이라고 했다. 나는 그때까지만 해도 누가 화를 내거나 시무룩해지면, 분명 기분이 나빠질 일을 경험했기 때문이라고만 믿었다. 물론, 어린아이들 같으면 단순히 배가 고파도 짜증을 내는 경우가 없지 않겠지만, 성인이라면 구체적인 이유 없이 화를 내고 짜증을 낼 리가 없다고 생각했다. 게이르의 말을 듣고 보니, 나는 아직도 인간의 기분과 기질에 대해 배울 게 많다는 생각이 들었다. 아니, 그것은 단지 스웨덴인의 기분과 기질이었던가. 여자의 기분? 아니, 문화계 중산층의 기질?

나는 바니아를 안고 출입문 옆에 있는 유아용 의자를 가지러 갔다. 한 손으로는 아이를 안고, 다른 한 손으로는 유아용 의자를 들고

177

테이블로 되돌아온 나는, 아이의 모자와 우주복, 신발을 벗기고 의자에 앉혔다. 바니아의 머리는 헝클어져 있었고, 얼굴은 잠에서 덜 깬 듯 부스스했다. 하지만 초롱초롱 반짝이는 두 눈은 30분쯤 조용하게 보내고 싶은 내 희망에 도전장을 던지고 있었다.

나는 나이프로 고기를 조그맣게 썰어 바니아 앞에 얹어 놓았다. 아이는 그것을 홱 밀쳤다. 다행히도 유아용 식탁의 플라스틱 가장자리는 고기가 바닥으로 떨어지는 것을 막아주었다. 나는 아이가 그것을 다시 집어 홱 던지기 전에, 얼른 선수를 쳐서 고기 조각들을 내 접시 위에 다시 담아두었다. 그러고는 몇 분 만이라도 아이의 관심을 끌 만한 물건이 있는지 유모차 가방 안을 살펴보았다.

양철 도시락은 어떨까.

나는 도시락 안에 들어 있는 비스킷을 꺼내고 빈 도시락을 바니아 앞에 놓아둔 후, 주머니에서 열쇠 꾸러미를 꺼내 도시락 안에 던져 넣었다.

달그락 달그락 소리를 내는 동시에 직접 손으로 넣었다 뺐다 할 수 있는 물건이라면 아이가 가지고 놀기에 알맞을 것이라는 생각에서였다. 그렇게 좋은 아이디어를 떠올렸다는 데 자못 만족한 나는, 내 앞에 놓인 음식을 먹기 시작했다.

레스토랑 안은 사람들의 목소리, 나이프와 포크가 접시에 부딪히며 만들어내는 소리, 나직한 웃음소리로 가득 차 있었다. 우리가 들어올 때만 해도 레스토랑은 반밖에 차지 않았는데 어느새 빈자리가 없을 정도로 꽉 차버렸다. 듀르고르덴은 이렇듯 주말이면 사람들로 북적거렸다. 모르긴 몰라도 지난 100년 동안은 항상 그랬을 것이라는 생각이 스쳤다.

근처에는 크고 아늑한 공원들과 울창한 숲이 있었고 박물관도 꽤 많았다. 니체가 세상을 떠나기 직전 그의 얼굴을 본떠 만든 석고 마스크와 뭉크의 그림, 스트린드베리와 힐의 작품이 전시되어 있는 티엘스카 갤러리, 예술에 관심이 많았던 스웨덴의 왕자 에우겐 나폴레온 니콜라우스가 살았던 성, 노르디스카 박물관, 생물학 박물관은 물론 스칸디나비아의 동물을 한자리에 모아놓은 동물원과 자연사 박물관이 함께 자리한 스칸센도 그중의 하나다.

스칸센에서는 시민정신과 낭만적 국가주의, 건강한 삶에 열광하는 동시에 문화적 쇠퇴기를 경험했던 스웨덴의 1800년대 말과 1900년대 초의 모습을 한눈에 볼 수 있다. 그 시기를 뒤흔들었던 사조 중에 다시 되돌아온 것이 있다면 건강과 웰빙에 열광하는 물결뿐이다. 다른 것들, 특히 낭만적 국가주의는 다시 돌아올 자리를 찾지 못했다.

현대의 이상은 독특한 인간성이나 독특한 문화가 아니라 다문화주의를 지향하고 있다. 그 때문에 동시대의 박물관들은 실질적으로 박물관을 담아놓은 박물관이라 해도 과언이 아니다. 특히 지난 한 세기 동안 브루노 릴리에포르스의 동물과 조류 그림을 배경으로 박제 동물을 전시해놓은 생물학 박물관은 더욱 그렇다. 그 당시만 해도 이 세상에는 인간의 손이 닿지 않은 곳이 수없이 많았다. 따라서 자연을 인간의 손으로 재창조한다는 것은 필수불가결한 요소라곤 할 수 없었다. 단지 우리에게 자연에 대한 더 풍부한 지식을 제공하고, 인간 문명을 되돌아보는 기회를 부여한다는 이유뿐이었다.

자연을 인간의 삶에 인위적으로 끌어넣은 것은 필요해서 한 일이 아니라 인간이 닿을 수 있는 세상을 더욱 넓히기 위한 지식에 대한 동경과 갈망 때문이었다. 하지만 그렇게 함으로써 자연에 대한 인간의 지식은 점점 축소되었다는 것은 한 번쯤 생각해볼 만한 일이다.

이런 생각을 하고 있으면 나는 눈물이 나올 것만 같다. 주말이면 운하와 자갈길, 숲속의 오솔길을 채우는 인간의 물결이 지난 세기말의 인간의 모습과 다르지 않다는 것을 생각하면 더욱 그렇다. 우리는 그들과 같은 인간이다. 다른 점이 있다면 우리는 그들보다 더 큰 상실감으로 허덕이는 인간이라는 것이다.

내 또래의 한 남자가 우리 테이블 앞에서 걸음을 멈추었다. 어디선가 본 듯한 낯익은 얼굴이었지만, 도대체 어디서 보았는지 알 수가 없었다. 내가 아는 사람인가. 뚜렷한 얼굴 윤곽, 툭 튀어나온 턱, 머리가 빠지기 시작하는 중년의 나이를 숨겨보고자 아예 머리를 다 밀어버린 모습. 귓불은 통통했고, 얼굴에는 보일 듯 말 듯 연한 분홍빛이 어려 있었다.

"빈자리입니까?"

"네."

그는 빈 의자를 조심스레 들어올려 두 60대 여인과 남자, 30대 초반의 여인과 젊은 여인의 자식으로 보이는 두 아이가 앉아 있는 옆 테이블로 옮겨갔다. 양가의 조부모와 함께 외식을 하는 가족의 모습이었다.

바니아가 소리를 지르기 시작했다. 몇 주 전부터 아이는 찢어질 듯, 짜증 담긴 소리를 허파가 부서지도록 질러댔다. 나는 신경 시스템을 파고들어와 괴로울 정도로 나를 찔러대는 그 소리를 들을 때마다 견딜 수가 없었다. 아이에게 고개를 돌렸다. 양철 도시락과 열쇠 꾸러미가 바닥에 떨어져 있었다. 나는 얼른 그것들을 주워 올려 아이 앞에 놓아주었다. 바니아는 그것들을 집어 다시 바닥에 내동댕이쳤다. 아이가 그것을 놀이로 생각했다면 그토록 소리를 지를 리가 없었다.

"조용히 해, 바니아. 제발…"

나는 하얀 접시 위에 누런색을 띠고 있는 마지막 감자 조각에 포크를 찔러넣어 입으로 가져갔다. 감자를 씹으면서 나는 접시 위에 남아 있는 고기 조각들과 구운 양파를 나이프로 한 곳에 끌어모아 입에 넣었다. 의자를 가져간 남자가 같은 테이블에 앉아 있던 60대 남자와 함께 계산대로 걸어갔다. 두 사람의 외모에서 닮은 곳을 찾을 수 없었기에 나는 나이 많은 남자가 그의 장인이라고 짐작했다.

도대체 어디서 저 남자를 봤을까.

바니아가 다시 소리를 질렀다.

나는 솟구쳐 오르는 짜증을 억지로 누르며, 아이가 심심해서 그렇다고 생각했다.

나는 나이프와 포크를 접시 위에 내려놓고 자리에서 일어나면서 린다를 바라보았다. 그녀도 거의 접시를 비워가고 있었다.

"바니아와 함께 좀 나갔다 올게. 멀리 가진 않을 거야. 커피는 어디서 마시고 싶어? 여기? 아니면 다른 곳으로 가서 마실까?"

"다른 곳에 가서 마셨으면 해요. 아니, 여기서 마셔도 되고…"

나는 눈동자를 희번덕거리며 바니아를 안아 올렸다.

"왜 그런 눈짓을 하는 거죠? 제가 뭘 잘못했나요?"

"당신에게 아주 간단한 질문만 던졌을 뿐이야. 그렇다, 아니다 중에서 한 가지만 결정하면 되는 아주 간단한 질문이었어. 당신이 원하느냐, 아니냐만 대답하면 되는데도 우물쭈물하며 결단을 내리지 못하니 답답해서 그래."

나는 린다의 대답을 기다리지도 않고, 바니아를 바닥에 내려놓은 다음 아이의 손을 잡고 출입문을 향해 걸어갔다.

"도대체 당신이 원하는 건 뭐죠?"

린다가 등 뒤에서 소리를 질렀다. 나는 바니아에게 정신이 팔려 그녀의 말을 못 들은 척했다. 내 손을 잡은 아이는 한 발, 한 발 앞으로 움직여 천천히 계단 앞까지 걸어갔다. 나는 계단 앞에서 조심스레 아이의 손을 놓았다. 아이는 두 발로 서서 잠시 비틀거리더니 곧 무릎을 바닥에 대고 계단을 올라가기 시작했다. 출입문까지 계단 네 개를 엉금엉금 기어 올라가는 아이의 모습을 보니 마치 작은 강아지 같다는 생각이 들었다.

"아이가 참 활발하고 밝게 보이네요."

지나가던 여인이 말을 걸었다.

나는 예의 바른 미소를 지으며 바니아를 안고 밖으로 나갔다. 아이는 야외 탁자 아래 떨어진 빵조각을 쪼아 먹고 있는 비둘기들을 손으로 가리키더니, 곧 머리 위에서 바람에 몸을 싣고 움직이는 갈매기들을 쳐다보았다.

"새. 저길 좀 봐, 바니아. 유리창 너머 앉아 있는 사람들이 보이니?"

바니아는 나를 쳐다보더니 유리창 쪽을 바라보았다. 아이의 눈빛에는 생기가 어려 있었다. 내성적인 분위기와 외향적인 분위기가 묘하게 어우러진 눈빛이었다. 나는 그 눈빛을 마주할 때마다 이 세상에서 바니아라는 아이는 단 하나밖에 없다는 생각에 가슴이 터질 것만 같다.

"날씨가 너무 추운걸. 다시 안으로 들어갈까?"

계단에 이르니, 린다 옆에 서 있는 코라가 보였다. 자리를 잡고 앉아 있진 않았기에 나는 다행이라고 생각했다. 그녀는 주머니에 양손을 찔러 넣고 미소를 지으며 우리를 바라보았다.

"그새 참 많이 컸네요!"

"네. 바니아, 얼마나 자랐는지 한 번 보여줄래?"

평소 내가 이렇게 물으면, 바니아는 대답이라도 하듯 양팔을 머리 위로 번쩍 들어올리곤 했다. 하지만 그날은 내 어깨에 얼굴을 파묻을 뿐이었다.

"집으로 가려던 참이었어요. 그렇지?"

나는 린다를 바라보며 말했다.

"여기서 커피를 마시려면 30분은 더 기다려야 될 거야."

린다는 고개를 끄덕였다.

"우리도 곧 나가려던 참이었어요."

코라가 말했다.

"참, 방금 린다와 얘기를 나누었어요. 며칠 후에 찾아뵐게요. 그때 뵙죠."

"네, 기다리고 있을게요."

나는 바니아를 무릎 위에 앉히고 아래위가 붙은 두꺼운 우주복을 입혔다. 코라를 무시하려는 마음이 없다는 것을 보이기 위해 가끔 그녀에게 예의 바른 미소를 보내는 것도 잊지 않았다.

"집에서 아이를 돌보니 어때요?"

"아주 진절머리가 나요. 하지만 잘 견디고 있어요."

코라는 내 말에 미소를 지었다.

"정말이에요."

"이해해요."

"칼 오베는 모든 일을 참고 견디는 데 선수야."

린다가 말했다.

"그게 이 남자가 살아가는 법이지."

"적어도 난 솔직한 마음을 얘기했을 뿐이야. 당신은 내가 거짓말을 했으면 좋겠어?"

"아니에요. 다만 당신이 혼자 집에서 아이를 보는 일을 너무 싫어한다는 것만 생각하면 슬퍼져서 그래요."

"너무 싫어하는 건 아니야."

"어머니가 저기서 나를 기다리고 있어."

코라가 말을 이었다.

"만나서 반가웠어요."

"네, 만나서 반가웠어요. 안녕히 가세요."

코라가 자리를 떠난 후, 나는 린다와 눈을 마주쳤다.

"기분 나빠할 일은 아니지?"

나는 바니아를 유모차에 앉히고 안전띠를 맨 다음 유모차를 고정하고 있는 디딤대를 발로 차서 걸어 올렸다.

"아니에요."

린다가 시무룩하고 짤막하게 대답한 것으로 미루어보아, 나는 그녀가 의미하는 것이 정반대라고 짐작했다. 계단 앞에 이르자 린다는 말없이 허리를 굽혀 유모차를 들어올렸다. 그녀는 시내에 이를 때까지 단 한마디도 하지 않았다. 마치 차가운 바람이 그녀의 뼛속까지 파고든 듯했다.

길에는 사람들로 북적북적했다. 버스 정류장에는 짙은 색의 두꺼운 옷으로 몸을 꽁꽁 감싼 사람들이 한기 때문에 발을 동동 구르며 서 있었다. 그들의 눈빛은 남극에 줄지어 앉아 저 먼 곳을 초점 없이 바라보는 새들의 눈빛과 다르지 않았다.

"어젯밤은 정말 낭만적이었어요."

린다는 생물학 박물관을 지날 무렵, 나뭇가지들 사이 저 멀리 보이는 검푸른 운하를 바라보며 내게 말을 건넸다.

"그런데 오늘은 어제의 느낌이 하나도 남아 있지 않아요."

"난 낭만적인 사람과는 거리가 멀어. 그건 당신도 잘 알잖아."

"글쎄요. 도대체 당신은 어떤 사람인가요?"

린다는 나와 눈을 마주치지 않으려 조심하며 말했다.

"관둬. 다시 말다툼을 시작하고 싶진 않으니까."

나는 바니아와 눈을 마주치며 미소를 지었다. 아이는 우리의 감정과 기분, 우리의 움직임과 목소리와 밀접하게 이어져 있는 자신만의 세계에서 살고 있다. 내가 지금 하고 있는 것처럼, 짜증을 내면서 린다와 말다툼을 하다가 거의 동시에 아이를 바라보면서 밝은 미소를 짓다 보니, 서로 다른 두 세계를 왔다 갔다 하는 것 같아 기분이 이상해졌다. 바니아의 세계는 단 하나뿐이다. 하지만 그 세계는 시간이 흐르면 린다와 내가 살고 있는 이 순간의 세계로 비집고 들어올 것이다.

운하 위의 다리에 이르자, 바니아의 눈길은 행인들 사이로 바쁘게 움직였다. 아이는 강아지나 모터사이클이 지나갈 때마다 손을 들어 가리켰다.

"우리에게 둘째가 생길 거라고 생각하니 너무너무 행복해요. 어제도 그랬고 오늘도 마찬가지예요. 난 그 생각에서 벗어날 수가 없어요. 행복해서 온몸이 간질간질할 정도라고요. 하지만 당신은 그렇지 않은가 봐요? 그렇다면 난 정말 슬퍼질 것 같아요."

"뭔가 잘못 생각하고 있는 거 아냐? 나도 행복해."

"하지만 지금은 전혀 행복해 보이지 않는걸요."

"아냐. 하지만 그럴 만도 하잖아? 난 요즘 그리 기분이 좋지 않아."

"바니아와 단둘이 집에만 있어서 그런가요?"

"그것도 그렇고…"

"글을 쓰기 시작하면 기분이 나아질 것 같아요?"

"응."

"그러면 바니아를 유아원에 보내도록 해요."

"진심으로 하는 얘기야? 바니아는 아직 너무 어려."

러시아워였다. 린다는 내가 밀고 가는 유모차 손잡이에 손을 얹었다. 난 린다가 그렇게 할 때마다 짜증이 솟구쳤지만 아무 말도 하지 않았다. 속 좁은 남자처럼 보이고 싶지 않아서였다. 특히 지금, 어젯밤의 이야기를 하고 있을 때는 더욱 그랬다.

"맞아요, 바니아는 아직 많이 어려요. 하지만 유아원에 입학 신청을 하면 적어도 3개월은 기다려야 유아원에 다닐 수 있어요. 그때쯤이면 바니아가 16개월이 될 거예요. 16개월이라 해도 많이 어리긴 하지만…"

다리를 건넌 우리는 왼쪽으로 방향을 튼 뒤 부두를 따라 걸었다.

"그러니까 도대체 무슨 말을 하고 싶은 거야? 바니아를 유아원에 보내자고 했다가, 바니아가 너무 어려서 안 된다고 했다가…"

"내 말은 바니아가 많이 어리긴 하지만, 당신이 꼭 일을 해야겠다면 아이를 유아원에 보내는 수밖에 없다는 거예요. 내가 지금 휴학을 하고 아이를 돌볼 순 없으니까."

"솔직히 문제를 제기한 사람은 바로 당신이야. 난 여름이 올 때까지 바니아를 돌보겠다고 이미 말했어. 그리고 바니아는 가을이 되면 유아원에 다니게 될 거고. 바뀐 건 아무것도 없어."

"하지만 당신은 집에서 혼자 아이를 돌보는 걸 싫어하잖아요."

"맞아. 하지만 어쩔 수 없잖아? 난 적어도 아이를 너무 일찍 유아원에 보내기 싫어하는 선한 여자의 눈에 자기 자신만 아는 나쁜 남자로 보이긴 싫어."

린다가 나를 빤히 바라보았다.

"만약 꼭 선택을 해야 한다면 당신은 어떻게 하고 싶어요?"

"만약 나더러 선택을 하라고 한다면, 난 당장 월요일부터 바니아를 유아원에 보내고 싶어."

"비록 바니아가 유아원에 가기엔 너무 어리다는 데 동의하면서도 그런 선택을 하고 싶은 거예요?"

"응. 하지만 내가 그런 선택을 한다 해도 내 뜻대로 될 리는 없잖아?"

"맞아요. 하지만 정 당신 뜻이 그렇다면, 월요일에 유아원에 전화해서 대기 리스트에 바니아의 이름을 올려둘게요."

우리는 다시 침묵 속에서 걷기 시작했다. 우리 오른쪽에는 스톡홀름에서 가장 비싼 고급 주택들이 줄지어 있었다. 스톡홀름 시내에서 그 동네보다 더 비싸고 고급스러운 주소지는 찾아볼 수 없다. 솔직히 그곳에 있는 집들은 오랜 성을 닮아 거의 비슷비슷했기에 겉으로는 특별한 점을 발견할 수 없다. 하지만 안에 들어가면 방만 10~12개 정도 된다는 말을 들은 적이 있다. 귀족적인 분위기의 샹들리에와 엄청난 돈. 내가 상상도 할 수 없는 삶.

왼쪽에는 부두가 보였다. 검푸른 바다와 하얀 파도. 묵직하고 어두침침한 하늘. 맞은편 건물들이 쏟아내는 불빛은 거대한 회색의 세상 속을 파고들어가고 있었다.

바니아가 짜증을 내면서 유모차 안에서 몸을 비트는 바람에 한쪽 아래로 미끄러져 내렸다. 아이는 더욱 짜증을 부렸다. 린다가 아이의 몸을 바로잡아주려고 허리를 굽히자, 아이는 린다가 자기를 유모차에서 꺼내주려는 줄 알고 두 팔을 번쩍 치켜들며 좋아했다. 다음 순간, 자신의 짐작이 틀렸다는 것을 깨달은 아이는 소리 내어 울기 시작했다.

"잠깐만요. 가방 안에 사과가 있는지 볼게요."

린다가 사과를 꺼내 아이에게 건네주자, 아이는 언제 짜증을 내며 울었냐는 듯 만족스러운 표정을 지으며 사과를 베어 물었다.

3개월 후면 5월이다. 내가 얻은 것은 고작 2개월밖에 없다. 하지만 그것만으로도 충분히 만족할 수 있었다.

"어쩌면 어머니가 일주일에 한 번 정도는 바니아를 돌봐줄 수 있을지도 몰라요."

"그럴 수만 있다면 금상첨화라고 생각해."

"내일 어머니에게 전화해서 물어볼게요."

"내 생각엔 장모님이 두 팔 벌려 반기실 것 같아."

나는 미소를 지으며 말했다.

린다의 어머니는 자식들이 도움을 청하면 하던 일마저 내팽개치고 달려오는 사람이었다. 가끔 아주 드물게 조건을 제시하고 한계를 보인 적도 있었지만, 손녀가 태어나고 나니 그녀에게선 아무런 조건과 한계를 찾아볼 수 없었다. 그녀는 바니아를 위해서라면 무엇이든지 다 해주었다.

"이제 좀 기분이 나아졌나요?"

린다가 내 등을 쓰다듬으며 물었다.

"응."

"시간이 흐르면 바니아도 자랄 거예요. 16개월이면 갓난아이라곤 할 수 없잖아요."

"토리에는 10개월째 되던 날부터 유아원에 다녔어. 유아원에서 다친 적도 없었어. 적어도 겉으로 보기엔 그랬어."

"만약 내가 지금 임신을 했다면 10월에 아이를 낳게 될 거예요.

그때쯤이면 어쨌거나 바니아를 유아원에 보내야 할지도 몰라요."

"난 당신이 임신했을 거라고 생각해."

"나도 그렇게 생각해요. 아니, 확실하게 장담해요. 어제부터 그런 확신이 들었어요."

왕립극장 앞 광장에 이른 우리는 길을 건너기 위해 신호등에 파란 불이 켜질 때까지 기다렸다. 눈이 내리기 시작했다. 모퉁이를 돈 바람 한 줄기가 지붕 위로 솟아오르며 벌거벗은 나뭇가지를 흔들어놓았다. 날개를 펴고 날던 작은 새들은 세찬 바람에 실려 떠밀리듯 우리 머리 위를 날아갔다. 우리는 길을 건너 비블리오텍 거리 끝 쪽에 자리한 광장으로 향했다. 그곳은 70년대에 전 국민을 경악하게 하며 스톡홀름 신드롬이라는 신조어를 만들어낸 납치 사건이 벌어졌던 곳이기도 하다. 우리는 NK 쇼핑센터 뒷길을 걸었다. 그곳에서 저녁 장을 볼 생각이었다.

"원한다면 당신 먼저 아이를 데리고 집에 가. 장은 내가 볼 테니까."

나는 린다가 상점과 쇼핑센터를 얼마나 싫어하는지 잘 알고 있었다.

"아니에요, 당신과 함께 장을 보고 싶어요."

우리는 승강기를 타고 지하에 있는 슈퍼로 내려갔다. 이탈리아 토스카나 소시지, 토마토, 양파, 파슬리, 리가토니 파스타 두 통, 아이스크림과 냉동 블랙베리 한 통을 구입한 후 승강기를 탔다. 위층에 내린 나는 토마토 소스를 만드는 데 사용할 작은 화이트 와인과 커다란 카통에 들어 있는 레드 와인과 작은 코냑 한 병을 샀다. 집으로 돌아가는 길에는 방금 들어온 노르웨이 신문을 보이는 대로 모두 샀다. 『아프텐포스텐』 『다그블라데』 『다겐스』 『네링스리브』 『VG』. 영

189

자 일간지인 『가디언』과 『타임스』도 함께 샀다. 주말에 한 시간쯤 혼자 있을 수 있는 시간을 얻게 된다면 읽을 생각이었지만, 정말 신문을 읽을 시간을 낼 수 있을지는 확신할 수 없었다.

집에 돌아오니 시각은 오후 1시를 조금 넘어 있었다. 그동안 미루어둔 집안일을 하려니 눈앞이 캄캄했다. 정리를 하고 쓸고 닦는 일은 두 시간 정도면 마칠 수 있을 것 같았다. 그다음엔 산더미처럼 쌓여 있는 빨래를 해야 했다. 하지만 시간은 충분했다. 프레드릭과 카린은 6시나 되어야 올 테니까.

린다는 바니아를 의자에 앉혀두고 전자레인지에 이유식을 데우고 있었다. 나는 집 안 여기저기에 쌓여 있는 쓰레기들을 모았다. 욕실에는 쓰레기통 뚜껑을 닫을 수 없을 정도로 냄새나는 기저귀가 가득했고, 바닥에도 기저귀가 무더기로 쌓여 있었다. 나는 그것들을 모두 모아들고 1층에 있는 공동 쓰레기장을 향해 내려갔다. 주말이라 그런지 사각형의 커다란 공용 쓰레기통도 빈틈이 없었다. 나는 서로 다른 쓰레기통 네 개의 뚜껑을 모두 열어놓고 가져온 쓰레기들을 분리해서 던져 넣기 시작했다. 종이, 색유리, 투명한 유리, 플라스틱, 금속, 음식 쓰레기 등 그 외의 것들. 사람들이 버린 쓰레기들을 보니 매일 술만 마시는 게 아닌가 하는 생각이 들 정도로 종이 와인 박스, 와인병, 양주병이 많았다. 잡지와 주간지도 자주 눈에 띄는 쓰레기 중의 하나다. 싸구려 주간지와 일간지부터 시작해 부피가 꽤 나가는 반짝반짝한 표지의 고급 매거진까지 그 종류도 가지가지였다. 특히 패션과 인테리어, 휴양지 등을 다룬 잡지가 많았다.

구석에 있는 비좁은 벽에 뚫려 있는 구멍은 임시방편으로 막아놓았다. 그 구멍은 언젠가 벽을 사이에 두고 있는 미장원에 침입하려던 도둑이 뚫어놓은 것이다. 어느 날 새벽, 여느 때와 마찬가지로

5시에 일어난 나는 커피잔을 손에 들고 내려갔다. 미장원에서 울리는 경보음을 들으면서 귀에 전화기를 대고 서 있는 경비 회사 직원이 보였다. 통화를 마친 그녀는 나를 보자 여기 사는 주민이냐고 물었다. 나는 고개를 끄덕였다. 그녀는 누군가가 미장원에 침입했다면서 곧 경찰이 올 것이라고 말했다. 나는 그녀와 함께 자전거 주차실로 들어가 보았다. 아니나 다를까, 그곳의 문은 부서져 있었고, 안쪽 벽에는 지름이 50센티미터나 되는 커다란 구멍이 뚫려 있었다. 나는 언젠가 들은 멍청한 도둑 이야기를 그녀에게 해주려다 말았다. 그녀는 스웨덴 사람이었으니, 내 말을 잘 알아듣지 못할 것이 분명했다. 설사 내가 하는 말을 알아듣는다 해도 그 속에 담긴 유머를 이해한다는 건 쉽지 않을 것이었다. 스웨덴에 살면 바로 그런 것들을 감수해야 한다는 생각이 스쳤다.

나는 쓰레기통 뚜껑을 닫고 밖으로 나와 담배를 피웠다. 그러고 보니 스웨덴에 살기 시작한 이후엔 말수가 확연히 줄어든 것 같았다. 상점이나 카페, 기차 검표원 등 길에서 우연히 만나는 사람들과 나누는 가벼운 인사말조차도 하지 않은 지 오래되었다. 만약 노르웨이에 다시 살게 된다면 낯선 사람들과 기분 좋게 가벼운 인사말을 나눌 수 있어 좋을 것 같다는 생각과 함께, 내가 서 있는 이곳은 스웨덴이라는 생각이 떠오르자 저절로 어깨에 힘이 쑥 빠졌다.

노르웨이의 가르데르모엔 공항에 내리면, 나는 바로 그 순간 같은 나라 사람들만이 나눌 수 있고 이해할 수 있는 지혜가 서서히 내 몸을 채워오는 것을 느끼곤 했다. 저 남자는 베르겐에서 왔고, 저 여자는 트론헤임에서 왔군. 아, 저 사람은 아렌달 사람이군. 저 여자는 비르켈란에서 오지 않았을까. 사회적 배경과 관련된 뉘앙스도 마찬가지다. 그들이 어떤 직업을 가지고 있는지, 어떤 삶을 살았는지 한눈에 알아볼 수 있다. 하지만 스웨덴에서는 그런 것들을 전혀 느낄 수 없다. 그 때문에 스웨덴에 살기 시작한 후부터는 세상의 한 면을 잃어버린 것 같은 느낌이 나를 지배해왔다. 옆 나라인 스웨덴도 그런데 하물며 아프리카의 낯선 나라에 살면 어떤 느낌이 들까. 또는 일본에 산다면?

바람이 부딪쳐왔다. 하늘에서 내리는 눈은 아스팔트 위를 덮어가고 있었다. 한 치 앞도 볼 수 없을 정도로 촘촘하게 내리는 눈송이 사이에 서 있자니, 그곳은 외스테르쇼엔의 한 아파트 뒷마당이 아니라 높은 산꼭대기 위에 서 있는 것 같은 느낌이 들었다. 나는 출입문 앞 처마 밑에서 걸음을 멈추었다. 건물 한쪽 구석에는 집비둘기가 내겐 관심을 보이지 않으며 꼼짝도 하지 않고 앉아 있었다. 맞은편 카페는 사람들로 발 디딜 틈이 없었다. 대부분의 손님은 젊은 청년이었다. 거리를 지나는 행인들은 세찬 바람에 몸을 구부리고 걷고 있었다. 모두 내게로 한 번씩 고개를 돌려 쳐다보았다.

내가 거의 목격할 뻔했던 침입 사건은 그뿐만이 아니었다. 우리 아파트는 시내 중심이라고도 할 수 있는 '시티' 한가운데 자리 잡고 있기 때문에 근처에서 노숙자들도 가끔 볼 수 있다. 어느 날 아침, 지하 세탁실로 내려갔더니 한 노숙자가 구석에서 자고 있었다. 세탁기 옆에 쭈그리고 누워 있는 것으로 보아 그는 길 잃은 고양이처럼 온기를 찾아 그곳까지 온 것 같았다. 나는 얼른 문을 닫고 그곳을 나와 위층으로 올라간 다음 잠시 기다렸다. 몇 분 후, 세탁실로 되돌아가니 그는 사라지고 없었다.

창고가 있는 지하실에서도 노숙자를 본 적이 있다. 밤 10시쯤 되었을까, 창고에 무엇을 가지러 내려간 나는 벽에 등을 기대고 앉아 있는 노숙자를 보았다. 긴 수염과 강렬한 눈동자. 그와 눈이 마주쳤다. 나는 가볍게 고개를 끄덕여 보이고는 창고에서 물건을 꺼낸 다음 다시 위층으로 올라갔다. 그런 상황에서라면 경찰에 신고를 해야 한다. 특히 화재 위험이 있는 경우엔 곧바로 신고를 해야 하지만, 나는 모른 척해버렸다. 그가 나를 해코지하려 그곳에 앉아 있었던 것은 아니니까 말이다.

나는 벽에 담배를 비벼 불을 끄고, 정말 담배를 끊어야 하나 심각하게 생각하면서 불 꺼진 담배꽁초를 커다란 재떨이에까지 들고 갔다. 근래 폐가 좋지 않다는 것을 느끼고 있던 차였다. 아침마다 가래가 목에 가득한 상태로 눈을 뜬 날도 셀 수 없이 많았다. 하지만 항상 오늘 당장 금연을 시작하겠다는 결심은 단 한 번도 해본 적이 없다. 죽어도 오늘은 아니었다. 나는 여느 때와 마찬가지로 '오늘만 피우고'라고 혼잣말을 하고는 집 안으로 들어갔다.

나는 청소를 하면서 린다와 바니아의 소리를 들었다. 린다는 아이에게 책을 읽어주고, 장난감을 가져다주었다. 아이는 장난감을 손에 들고 바닥에 쿵쿵 내리쳤다. 나는 몇 번이나 하던 일을 멈추고 벌떡 일어나 아이에게 달려가 장난감을 빼앗고 싶었다. 하지만 러시아 여자가 외출 중인 것 같아 그냥 내버려두었다. 린다는 아이에게 노래를 불러주고, 아이와 함께 간식을 먹었다. 가끔 린다는 아이를 안고 청소하는 나를 보러오기도 했고, 아이 혼자 놀게 내버려두고 자기는 신문을 읽기도 했다. 하지만 그 시간은 오래가지 못했다. 바니아는 쉴 새 없이 린다의 관심을 요구했다. 린다는 단 한 번도 아이의 요구를 거절하지 않았다. 마음에 들지 않았지만, 그렇다고 린다와 아이 사이에 끼어들 수는 없었다. 린다는 내 말을 불만과 비판으로 받아들일 게 틀림없으니까. 하지만 아이를 하나 더 낳으면 이처럼 경직된 생활에도 변화가 올 것 같았다. 또 하나 더 낳으면 분명 변화가 찾아오리라.

청소를 끝낸 나는 소파에 앉아 쌓아둔 일간지들을 뒤적였다. 남아 있는 일은 식탁보를 다림질하고, 상을 차리고, 음식을 만드는 일뿐이었다. 조리 시간이 30분밖에 안 되는 간단한 음식을 만들 예정이었기에 시간은 충분히 있었다. 창밖에는 어둠이 내리기 시작했다. 위층에서는 기타 연주 소리가 들렸다. 턱수염이 긴 40대 남자가 블루스 음악을 연습하고 있는 중이었다.

린다가 문께에 서서 말을 걸었다.

"당신이 이제 바니아를 좀 보세요. 나도 쉬고 싶으니까."

"난 방금 자리에 앉았어. 당신도 알겠지만 지금까지 이 빌어먹을 집구석을 구석구석 쓸고 닦았다고!"

"난 계속 바니아를 봤어요. 정말 아이를 보는 일이 더 쉽다고 생각하는 건 아니겠죠?"

응, 솔직히 더 쉽다고 생각해. 나는 혼자 바니아를 보면서 동시에 집 청소도 할 수 있어. 아이가 울긴 하겠지만 그 정도는 괜찮아. 하지만 나는 속에 있는 말을 단 한마디도 내뱉을 수 없었다. 그렇게 하면 우리는 또 부부싸움을 하게 될 테니 말이다.

"아니야, 그렇게 생각하진 않아. 하지만 난 지난주 내내 바니아를 봤잖아."

"그건 나도 마찬가지예요. 오전과 오후에…"

"린다! 지난주에 바니아를 본 사람은 바로 나였어. 혼자 집에 남아서 말이야."

"내가 집에서 바니아를 볼 때 당신은 뭘 했나요? 나처럼 오전과 오후에 한 번씩 아이를 돌아보기라도 했나요? 그렇다고 내가 당신

194

처럼 상대방이 집에 돌아오자마자 부리나케 카페로 달려 나가기라도 했나요?"

"알았어, 알았다고. 내가 아이를 볼 테니 당신은 쉬어."

"당신이 그렇게 나온다면 아이는 차라리 내가 보는 게 낫겠어요."

"내가 어떤 태도를 취하는지는 상관없잖아? 내가 아이를 볼 테니 당신은 어서 가서 쉬어. 그러면 다 해결될 일을 가지고…"

"당신은 시도 때도 없이 밖에 나가서 담배를 피우기도 하잖아요. 나는 그러지 않아요. 거기에 대해선 생각해봤나요?"

"그럼, 당신도 담배를 피우면 되잖아."

"정말 그러면 되겠군요. 흥!"

나는 눈을 마주치지 않고 린다의 앞을 휙 지나쳐 바닥에서 피리를 불고 있는 바니아에게 다가갔다. 아이는 한 손으로는 피리를 잡고, 다른 한 손은 허공을 아래위로 휘젓고 있었다. 나는 창가에 서서 팔짱을 꼈다. 아무리 떼를 쓴다 해도 아이가 원하는 대로 다 해줄 수는 없다고 마음을 단단히 먹었다. 그렇게 내버려두면 바니아도 다른 아이들처럼 무난하게 혼자서 놀 수 있지 않을까.

거실에서 린다가 신문을 뒤적이는 소리가 들렸다.

린다에게 식탁보를 다림질하고 상을 차리고 음식을 만들라고 말해볼까? 아니, 린다가 바니아를 보러 되돌아오면 아주 자연스럽게 그 일은 린다가 해야 할 일이라고 말해버릴까? 어차피 우린 이미 역할을 바꾼 것이나 마찬가지니 말이다.

무언가 썩는 듯한 퀴퀴한 냄새가 방 안에 퍼졌다. 바니아는 피리 불던 것을 멈추고 꼼짝도 하지 않고 앞만 뚫어지게 바라보며 앉아 있었다. 나는 몸을 돌려 창밖을 내다보았다. 하늘에서 내리는 눈송이들은 가로등 불빛을 받고서야 그 모습을 드러냈다. 미처 불빛을 머금지 못한 눈송이들은 창틀에 소리 없이 내려앉은 후에야 조심스레 그 모습을 드러냈다. US 비디오 가게의 문은 열렸다 닫히기를 끊임없이 반복했고, 달리는 자동차들의 행렬은 내가 있는 곳에서는 보이지 않는 신호등의 불빛에 따라 늘어났다 줄어들었다를 반복했다. 길 건너편에 멀찍이 떨어져 있는 건물들의 창은 그 안에서 움직이는 사람들의 그림자만을 토해냈다.

나는 아이에게 몸을 돌렸다.

"일을 다 봤어?"

바니아와 눈을 맞추며 물어보았더니, 아이가 미소를 지었다. 나는 바니아를 팔 아래에 끼고 침대에 데려가 눕혔다. 아이는 깔깔 웃기 시작했다.

"이제 깨끗한 기저귀로 갈아줄게. 움직이지 말고 얌전히 누워 있어야 돼. 알았지?"

바니아는 숨이 멎을 정도로 웃고 있었다. 아이의 바지를 내리자 아이는 몸을 비틀며 엉금엉금 침대 안쪽으로 기어가려 몸부림쳤다. 나는 아이의 발목을 꾹 잡고 끌어당겼다.

"가만히 있으라니까!"

한순간 아이가 내 말을 알아듣는 것처럼 꼼짝도 하지 않고 누워서 동그란 눈으로 나를 바라보았다. 나는 한 손으로 아이의 두 다리를 번쩍 추어올리고, 다른 손으로는 기저귀를 끌렀다. 아이가 다시 몸을 비틀어 거의 자리에서 일어났다. 하지만 나는 여전히 아이를 꽉 잡고 있었기 때문에, 아이의 몸은 활처럼 구부정해져버렸다.

"안 돼! 안 돼! 가만히 있으라고 했지?"

나는 아이를 제자리에 눕혔다. 아이는 다시 웃음을 터뜨렸다. 나는 재빨리 물수건을 꺼냈다. 아이는 그새를 참지 못하고 다시 몸을 비틀기 시작했다. 나는 아이의 몸을 꾹 누르고 입으로만 숨을 쉬면서 아이의 엉덩이를 닦아주었다. 불쑥 솟구치는 짜증을 억누르기가 쉽지 않았다. 옆으로 밀쳐두는 걸 깜박했던 똥 기저귀에 아이가 발을 푹 집어넣었다. 나는 얼른 기저귀를 옆으로 치우고 대충 아이의 발을 닦아주었다. 어차피 물수건으로는 어림도 없다는 것을 알고 있기 때문이었다. 나는 아이를 안아 올려 욕실로 데려갔다. 한 팔로는 버둥거리는 아이를 안고, 다른 팔로는 샤워기의 더운물을 틀고 잠시 기다렸다가 손등으로 온도를 확인했다. 아이의 두 다리에 조심스레 물을 흘려보낸 후, 도망가려고 버둥거리는 아이를 억지로 잡아당겨 수건으로 몸을 닦아주고 새 기저귀를 채웠다. 똥 기저귀는 잘 여며서 플라스틱 봉지 안에 넣고 주둥이를 꼭 묶어 대문 앞에 내놓았다.

린다는 여전히 신문을 뒤적이고 있었다. 바니아는 태어난 지 1년이 되던 날 윌레고르에게서 선물로 받은 레고 블록으로 바닥을 쿵쿵 쳤다. 나는 양팔을 머리 뒤에 괴고 침대에 벌렁 누웠다. 그 순간, 아래층에서 배수관을 쾅쾅 치는 소리가 들렸다.

"신경 쓰지 마세요."

린다가 거실에서 소리쳤다.

"바니아가 하고 싶은 대로 할 수 있도록 내버려두세요."

하지만 난 린다의 말대로 할 수가 없었다. 몸을 일으킨 나는 바니아에게 가서 블록을 빼앗아버리고 그 대신 아기 양 인형을 쥐어주었다. 아이는 인형을 홱 집어 던졌다. 나는 혀 짧은 소리로 어린아이의 목소리를 흉내 내며 아기 양 인형을 이리저리 움직여보았지만 바니아는 본 척도 하지 않았다. 바니아가 원하는 것은 레고 블록뿐이었다. 바닥에 쿵쿵 부딪히며 내는 소리에만 관심을 보일 뿐이었다. 나는 체념하고 아이가 하고 싶은 대로 하도록 내버려두기로 마음먹었다. 아이는 상자에 있는 블록을 집어 들고 바닥을 쿵쿵 치기 시작했다. 몇 초 후 다시 배수관이 쾅쾅 울렸다. 러시아 여자는 우리 집에서 무슨 소리가 들리기만을 기다리고 있었던 걸까. 나는 직접 블록을 하나 집어 들고 있는 힘을 다해 바닥에 내리쳤다. 바니아는 그런 나를 보며 자지러지게 웃음을 터뜨렸다. 다음 순간, 아랫집 대문이 쾅 닫히는 소리가 들렸다. 나는 현관에 나가 기다렸다.

아니나 다를까 초인종이 울렸다. 나는 대문을 확 열었다. 러시아 여자가 화난 눈동자로 나를 쩨려보았다. 나는 한 발짝 그녀 앞으로 다가갔다. 내 얼굴과 그녀의 얼굴은 불과 몇 센티미터 간격만 두고 서로 마주하게 되었다.

"아, 젠장! 도대체 뭘 원하는 거요?"

나는 그녀를 향해 소리를 버럭 질렀다.

"도대체 여기까지 올라온 이유가 뭐요? 얼른 돌아가요. 꼴도 보기 싫으니 얼른 돌아가란 말이오! 알아들었어요?"

그녀는 내가 이렇게 나올 줄은 꿈에도 생각지 못했던 듯, 멈칫하며 한 발짝 뒤로 물러났다. 그녀가 무슨 말을 하려고 입을 떼는 순간, 나는 다시 소리를 질렀다.

"꼴도 보기 싫으니 당장 꺼지란 말이에요! 다시 우리 집에 찾아오면 경찰에 신고할 테니 그리 알아요!"

바로 그 순간, 위층에 사는 50대 여인이 계단을 내려왔다. 그녀는 우리 앞을 지나칠 때 시선을 떨구었다. 그렇긴 했지만, 증인이 생겼다는 생각에 불쾌해졌다. 그 여인 때문이었을까, 러시아 여자는 용기를 되찾은 듯 꿋꿋하게 제자리에 서 있었다.

"내 말이 안 들려요? 빌어먹을! 귀머거리요? 머저리 같으니! 당장 돌아가요! 얼른 가란 말이오! 가! 가란 말이야!"

나는 소리를 지르며 다시 한 발짝 앞으로 더 내밀었다. 그제야 몸을 돌려 계단을 내려가던 러시아 여자는 다시 걸음을 멈추고 나를 돌아보았다.

"오늘 일은 잊지 않겠어요. 꼭 그 대가를 치르게 될 겁니다!"

"그러든지 말든지! 당신이 아무리 떠들어대도 당신 말을 믿어줄 사람은 아무도 없어요! 알코올 중독자에 혼자 사는 러시아 여자 말과 번듯하게 가정을 이루고 자식까지 있는 부부 말 중에서 누구 말이 더 그럴듯하게 들릴 거라고 생각하나요?"

대문을 닫고 들어오니, 린다가 거실 문께에 서서 나를 바라보고 있었다. 나는 그녀와 눈을 마주치지 않으려 조심하며 그녀 앞을 지나쳤다.

"현명하게 대응한 건 아니지만, 기분은 좋아."

"이해해요."

나는 침실로 들어가 바니아의 손에서 레고 블록을 빼앗아 모두 상자에 넣은 후, 상자는 바니아의 손이 닿지 않는 서랍장 위에 올려두었다. 어리둥절해하는 바니아의 기분을 돌리기 위해, 나는 아이를 안아 창틀에 세워주었다. 우리는 함께 창밖에 지나가는 자동차들을 보았다. 하지만 마음을 진정하는 데 실패한 나는 가만히 서 있는 것도 힘들었다. 그래서 아이를 바닥에 내려놓고 욕실로 가 손을 씻었다. 겨울에는 온수를 틀어도 찬물이 나온다. 손을 닦은 나는 제자리에 서서 거울 속의 내 모습을 바라보았다. 거울 속의 나는 내 속에서 움직이는 감정이나 생각들을 단 하나도 내비치지 않는다.

나는 어렸을 때 높은 목소리와 적대감을 두려워했다. 갈등과 폭력은 내가 알고 있는 것 중에서 가장 견디기 힘든 것이었다. 성인이 된 후에도 나는 가능한 한 이런 것들에 연루되지 않으려 조심하며 살았다. 내가 맺었던 인간관계 속에서는 소리를 높여 말다툼하는 모습을 찾아볼 수 없었다. 설사 갈등이 생긴다 해도 나는 아이러니, 풍자와 비꼼, 무관심, 침묵 등 나만의 방식으로 갈등을 해결했다. 그것은 린다가 내 삶에 들어온 후 변하기 시작했다. 오, 나는 얼마나 두려워했던가. 내가 느낀 두려움은 이성적인 것과는 거리가 멀었다. 힘으로 따지자면 린다보다도 내가 훨씬 유리했지만, 나는 린다가 화를 내면 겁이 나서 어쩔 줄을 몰랐다. 그럴 때면 다시 어렸을 때로 되돌아간 것처럼 겁에 질려 공황 상태에 빠지곤 했다. 물론 그건 어디 가서 자랑스럽게 내보일 만한 일이 아니다. 그렇다고 해서 도움이 될 만한 일도 아니다.

나는 불같이 화를 내는 린다 앞에 있으면 제대로 생각을 할 수도 없었고 의지력도 잃어버린다. 무언가 내가 통제할 수 없는 것이 내 속에서 고개를 드는 것 같은 느낌이 든다. 어쩌면 그것은 내 깊은 곳에서 내 인성을 결정짓는 데 중요한 역할을 하는 것인지도 모른다. 하지만 린다는 이런 내 속을 들여다볼 수 없다. 겉으로만 봐선 내가 두려워한다는 걸 아무도 알지 못한다. 반발이라도 하려 하면, 내 목소리는 울음이 섞인 듯 갈라지고, 눈물이 가슴까지 차오르곤 한다. 린다는 이런 내 모습을 보며 더 화를 낼 때가 많다. 아니, 어쩌면 린다는 이런 나를 알아봤는지도 모른다. 단지 내가 얼마나 두려워하고 힘들어하는지 정확하게 꿰뚫어보지 못할 뿐.

내가 배운 것도 없지 않다. 방금 러시아 여자에게 소리를 지르고 화를 내는 일은 1년 전만 해도 생각조차 못 했던 일이었다. 어쨌든 러시아 여자와는 시간이 지나도 화해할 수 있을 것 같진 않다. 그렇다면 앞으로도 계속 싸우는 수밖에.

그래서 어쨌다고?

빨래하는 것을 잊어버리고 있었다는 생각이 스쳤다. 나는 얼른 신발을 신고 빨랫감이 들어 있는 푸른색 커다란 이케아 봉투를 양손에 나누어 들었다. 지하 세탁실에 다녀오겠다고 큰 소리로 외치니 린다가 현관까지 나왔다.

"지금 빨래를 하려고요? 얼마 안 있으면 손님들이 들이닥칠 텐데? 아직 음식 준비도 안 했는데…"

"이제 겨우 3시 30분밖에 안 되었잖아. 오늘 빨래를 미루면 목요일까지 기다려야 돼."

"알았어요. 그건 그렇고… 이제 우리 화해한 건가요?"

"응, 물론이지."

거실에 있던 바니아가 엉금엉금 기어 나왔다. 아이는 린다의 바짓가랑이를 잡고 일어섰다.

"바니아도 아빠랑 함께 가려고 나왔어?"

아이를 번쩍 안아 올리니, 아이는 린다와 나 사이에 얼굴을 들이밀었다. 린다가 웃음을 터뜨렸다.

"좋아. 얼른 내려가서 세탁기를 돌리고 올게."

양손에 나누어 든 커다란 봉투 때문에 나는 비틀거리며 계단을 내려갔다. 러시아 여자가 앞으로 무슨 일을 할지 전혀 예상할 수 없다는 생각과 그녀가 나 때문에 깊은 상처를 받았을지도 모른다는 생각은 억지로 떨쳐버렸다. 설령 최악의 상황이 벌어진다 해도 그녀가 단검을 들고 복도로 뛰쳐나오기까지야 할까. 숨어서 복수를 하는 스타일. 그게 바로 그녀이니까.

계단도, 복도도, 지하 세탁실도 텅 비어 있었다. 나는 불을 켜고 빨랫감을 네 종류로 분류했다. 색깔 있는 옷 40도, 색깔 있는 옷 60도, 흰색 옷 40도, 흰색 옷 60도. 먼저 빨랫감 두 뭉치를 거대한 세탁기

201

속에 집어넣고 가루비누를 푼 다음 뚜껑을 닫고 세탁기의 스위치를 켰다.

다시 집으로 올라오니 린다가 틀어놓은 음악이 흘러나왔다. 톰 웨이츠의 음반이었다. 그것은 내가 톰 웨이츠에게 관심이 없어진 다음에 나온 음반이었다. 요즘은 톰 웨이츠의 음악을 들어도 톰 웨이츠 음악과 비슷하다는 생각만 들지 아무런 감흥을 느낄 수가 없다. 린다는 언젠가 스톡홀름에서 있었던 페스티벌에서 톰 웨이츠의 가사를 번역해 발표한 적이 있다. 그녀는 지금까지 한 일 중에서 가장 재미있고 만족스럽게 했던 일이라며 아직도 톰 웨이츠에게 깊은 관심을 보이고 있다.

린다는 유리잔과 접시, 포크와 나이프를 식탁 위에 놓아두었다. 식탁보도 접힌 채로 놓여 있었고, 꼬깃꼬깃한 무명 냅킨도 한 무더기 식탁 위에 쌓여 있었다.

"다림질을 해야 하지 않을까요?"

"꼭 식탁보를 사용해야 할 것 같으면 다림질을 해야 되겠지. 내가 음식을 만들 동안 당신이 다림질을 하면 안 될까?"

"그럴게요."

린다는 다리미 받침대를 가지러 창고로 갔고, 나는 부엌에 서서 음식 재료들을 꺼내놓았다. 쇠냄비를 전기레인지 위에 올리고 불을 켠 후 오일을 조금 부었다. 마늘을 까고 있으려니 린다가 조리대 아래의 장 문을 열고 스프레이를 꺼냈다. 그녀는 스프레이 통을 흔들어 그 안에 물이 있는지 확인했다.

"조리법을 보지도 않고 음식을 만들 생각이에요?"

"자주 만들다 보니 이젠 눈어림으로도 만들 수 있어. 그간 이 음식을 질릴 정도로 만들었으니까. 도대체 몇 번이나 될까… 스무 번?"

"하지만 오늘 올 손님들에겐 이 음식이 처음이잖아요."

"맞아."

나는 도마를 냄비 위에 기울여 총총 다져놓은 마늘을 쏟아 부었다. 린다는 다시 거실로 나갔다.

창밖에는 여전히 눈이 내리고 있었다. 이틀 후엔 다시 작업실에서 글을 쓸 수 있다고 생각하니 기쁨에 온몸이 감전된 듯 짜릿했다. 어쩌면 장모님은 일주일에 하루가 아니라 이틀간 바니아를 봐줄 수도 있지 않을까. 혼자 조용히 앉아 글을 쓸 수만 있다면 나는 더 바랄 게 없다.


프레드릭은 린다의 친구 중에서 내가 가장 오랫동안 보아온 사람이다. 린다와 프레드릭은 열여섯 살 때 왕립극장의 배우 대기실에서 의상 담당 아르바이트를 하며 알았던 사이로 최근까지도 계속 연락을 하며 지냈다. 그는 영화감독으로 자신이 원하는 영화를 만들 수 있을 때까지 광고 영화를 찍으며 돈을 벌 것이라고 했다. 그에게 광고를 맡기는 업주가 꽤 많고, 그가 만든 광고가 텔레비전에 자주 나오는 것으로 보아 그는 꽤 실력 있는 영화감독임이 분명했다. 덕분에 돈도 많이 번 것으로 알고 있다.

그는 린다의 각본을 바탕으로 단편 영화 세 편과 중편 영화 한 편을 제작하기도 했다. 좁은 미간, 푸른 눈동자와 금발 머리, 몸에 비해 어울리지 않게 큼직한 머리와 몸이 호리호리한 그는 항상 알 듯 모를 듯한 표정을 짓고 있어서 그의 속내를 알아차리기가 쉽지 않다. 그는 소리를 내어 웃기보다는 코웃음을 치듯 나직하게 웃고, 크게 화를 내거나 깊이 슬퍼하는 일도 없다. 그 때문에 그를 오해하는 사람도 적지 않다. 가벼워 보이는 듯한 그의 외양이 그의 깊고 묵직한 내면을 숨기고 있다고 믿는 사람들도 있지만 내가 보기엔 꼭 그렇지 만은 않은 것 같다. 물론 나도 프레드릭이 어떤 사람인지는 확실히 모른다. 하지만 그가 어딘지 모르게 주변인들과 다르다는 것은 분명 느낄 수 있다.

나는 그가 언젠가는 사람들의 입에 오르내릴 멋진 영화를 만들어 낼지도 모른다는 생각에 그를 흥미롭게 지켜보고 있다. 그는 현명하 고 겁이 없는 사람이다. 수년 전, 그는 더 잃을 것이 없다는 생각에서 영화에 손을 댔다고 들은 적이 있다. 그를 보다 보니 모르긴 하지만 얼마든지 그럴 수 있다는 생각도 들었다.

린다는 그가 모든 배우를 존중하고 예의 바르게 대하는 훌륭한 감 독이라고 했다. 바로 그 점이 그를 훌륭한 감독으로 만들었는지도 모른다. 그는 배우들에게 뭐가 부족한지 정확하게 가르쳐주고 배우 들의 역량을 최대한으로 이끌어낼 수 있는 사람이라는 말도 했다. 그를 보니 린다가 무슨 뜻으로 그런 말을 했는지 알 것 같았다. 그는 누구에게나 미소를 지으며 호의적으로 대했다. 바로 그 때문에 상대 방은 쉽게 자신감을 얻게 된다. 그는 그런 상대방에게서 자신이 원 하는 것을 끌어낼 수 있는 능력도 갖추고 있다.

배우들은 자기가 맡은 역할에 대해 감독과 대화를 나누고 토론을 거쳐 세심하게 분석한다. 이렇게 배우들은 각자의 연기에 완벽을 기 할 수 있지만, 영화 전체가 내포하는 의미와 분위기를 이해하고 살 려내는 것은 결국 감독이 해야 하는 일이다. 그는 바로 이 감독의 역 할을 완벽하게 해낼 수 있는 사람이다.

나는 그를 참 좋아했지만 어쩐 일인지 그와 대화를 나누기가 쉽지 않았기 때문에, 그와 단둘이 있는 자리는 가능한 한 피하려고 노력 했다. 내 느낌으로는 그도 나와 같은 이유로 둘만의 자리를 좋아하지 않는 것 같았다.

그의 애인 카린은 잘 알지 못한다. 그녀는 린다와 같은 학교에 다니고 영상 시나리오를 전공했다. 나도 글을 쓰는 사람이기에 그녀와 대화가 통해야 할 것 같지만, 따지고 보면 그녀가 하는 일과 내가 하는 일은 꽤 다르다. 솔직히 나는 영상 시나리오라는 장르가 낯설게만 여겨진다. 기승전결의 적절한 배합, 등장인물들의 성격, 전체 줄거리 속에 부수적으로 존재하는 세부적 이야기, 전개와 전환점 등 소설 집필과는 또 다른 세계이기 때문에 나는 그녀와 대화를 나눌 때면 대부분 예의상으로 관심을 보일 뿐 깊은 이야기를 나누지 않는다. 검은 머리, 가느다란 갈색 눈, 갸름한 얼굴에 피부가 새하얀 그녀는 말을 할 때나 행동을 할 때나 항상 객관성과 이성을 잃지 않았다. 그래서인지 조금 유치해 보이고 때로는 경박하게 보이기까지 하는 프레드릭과 조화를 잘 이루는 것 같았다. 두 사람 사이에는 어린 아들이 하나 있고, 이제 둘째를 기다리는 중이라고 했다.

그들은 우리 부부와는 달리 모든 일을 침착하고 확실하게 했으며, 집도 항상 정리정돈을 깨끗하게 해놓고 살았다. 아이와 함께하는 삶도 우리와는 달리 그리 힘들어 보이지 않았다. 그들 부부와 만나는 날이면, 린다와 나는 왜 그들이 하는 일은 모두 쉬워 보이는지에 대한 이야기로 시간을 보냈다. 한마디로 그들의 삶은 매사에 우왕좌왕하는 우리 부부와는 차원이 달랐다.

그들과 우리가 부부로서 친분을 유지하는 것은 그리 어렵지 않았다. 나이도 비슷했고, 하는 일도 비슷했으며, 같은 문화권에 속해 있는 것은 물론 아이도 있었으니까. 하지만 그들과 비교해 우리에겐 항상 뭔가 모자라는 것 같은 느낌을 지울 수가 없었다. 그 때문에 그들과 대화를 나누는 일도 항상 자연스럽지만은 않았다. 가끔 대화가 자연스럽게 진행될 때면 우리는 모두 즐거워했고 만족해했다. 대화가 삐걱거리고 분위기가 어색한 이유는 대부분 나 때문이었다. 나는 거의 대부분 침묵을 지켰고, 가끔 말을 내뱉는다 해도 분위기에 맞지 않아 어색해지기 일쑤였다.

그날도 마찬가지였다. 프레드릭과 카린은 6시 조금 전에 도착했다. 우리는 예의 바른 인사말을 주고받았고, 프레드릭과 나는 진 토닉을 한 잔씩 마셨다. 식탁에 둘러앉아 식사를 할 때는, 서로의 일상에 대해 이야기를 주고받았다. 역시 그들의 삶은 우리의 삶보다 훨씬 역동적이었고 질서가 잡혀 있다는 생각을 지울 수가 없었다. 하지만 나도 대화의 한 자리를 차지하고 있는 만큼 무슨 말인가를 해야만 했다. 그러나 그들과는 아무 상관도 없는 내 경험과 생각을 뜬금없이 주절주절 내뱉을 수는 없는 일이었다. 그러니 결국은 침묵을 지킬 수밖에.

린다도 그들과 있을 때는 자신에 대한 이야기를 거의 하지 않는 편이었다. 린다의 대화 전략은 그들의 이야기에 귀 기울이고, 그 이야기에 적절한 질문을 하면서 대화를 이어가는 것이었다. 린다를 제외한 나머지 사람들은 대화를 하면서 은근히 잘난 척한다거나 머리를 굴려 게임을 할 생각이 없기에, 린다가 자신을 낮추고 그들 위주로 대화를 이어나갈 때면 매번 무난한 분위기를 유지할 수 있었다.

그들은 음식이 매우 맛있다고 입에 침이 마르도록 칭찬했다. 나는 상을 치우고 커피머신의 스위치를 올린 다음 디저트를 내왔다. 카린과 프레드릭의 아이는 바니아가 잠들어 있는 유아용 침대 옆에서 자고 있었다.

그들은 자고 있는 아들을 살펴본 후 다시 식탁으로 돌아와 아이스크림 위에 뜨겁게 데친 블랙베리를 디저트로 먹었다.

206

"그나저나 당신 집이 성탄절 직전, 노르웨이 텔레비전에 나왔어요."

내가 말한 그의 집이란 바로 내 작업실을 가리키는 말이었다. 나는 욕실과 작은 부엌이 딸린 원룸을 프레드릭에게서 세내어 작업실로 사용하고 있었다.

"그래요?"

"노르웨이 국영방송의 6시 뉴스, 그러니까 스웨덴의 「악튜엘트」와 비슷한 뉴스 프로그램이에요. 기자들은 처음엔 우리 집에서 인터뷰를 하자고 제안해왔어요. 나는 물론 안 된다고 했죠. 그들은 내가 요즘 집에서 아이를 본다는 소문을 어디서 듣고 와선 바니아와 함께 있는 모습을 찍으면 안 되겠느냐고 묻더군요. 난 그것도 안 된다고 했어요. 하지만 그들은 포기하지 않았죠. 끝내는 아이의 유모차를 밀고 가는 장면만 화면에 담겠다고 하더군요. 예를 들어 유모차를 끌고 시내로 가서 린다에게 아이를 건네주는 장면을 먼저 찍고, 그다음에 인터뷰를 하면 어떻겠느냐고 했어요. 그렇게 묻는데 내가 뭐라고 할 수 있겠어요?"

"음… 또 안 된다고 했나요?"

프레드릭이 끼어들었다.

"인터뷰를 하러 왔으니 나도 그들에게 뭔가를 줘야 하잖아요. 그들은 죽어도 카페나 식당 같은 데선 인터뷰를 하지 않겠다고 고집을 피우더군요. 결국 작업실로 가게 되었어요. 그들은 내가 바니아에게 줄 선물을 찾기 위해 감믈라 스탄을 둘러보는 모습도 찍었어요. 난 그때 정말 울고 싶었어요. 하지만 어쩔 수 없었어요. 그들도 스웨덴까지 왔으니 뭔가를 가져가야 하지 않겠어요?"

"그래도 인터뷰는 잘했잖아요."

린다가 말했다.

"아냐, 그렇지 않아. 하지만 솔직히 그 상황에서 더 나은 인터뷰를 하긴 어려웠을 거야. 인정해."

"그러니까 당신은 노르웨이에서 아주 유명 인사군요."

프레드릭이 의미심장한 눈길로 나를 바라보았다.

"아니에요. 그건 아니에요. 기자들이 찾아온 건 내가 어떤 문학상에 노미네이트 되었기 때문이에요. 그 이하도 그 이상도 아니었죠."

"아하!"

프레드릭이 웃음을 터뜨렸다.

"농담을 했을 뿐이에요. 나도 얼마 전에 스웨덴 잡지에서 당신의 소설을 발췌한 부분을 읽은 적이 있거든요. 흡입력이 대단하더군요."

나는 그에게 미소를 지었다.

대화를 이어가보려고 사소한 이야기를 하다 보니 결국은 내 자랑이 된 것 같아 나는 서둘러 자리에서 일어났다.

"오늘 코냑 한 병을 사두었는데, 원하시는 분?"

나는 그가 미처 대답을 하기도 전에 부엌으로 들어갔다. 잠시 후 되돌아오니, 대화의 주제는 술과 수유에 대한 내용으로 바뀌어 있었다. 린다의 주치의는 양을 적절히 조절할 수만 있다면 수유 기간에 술을 조금 마시는 건 괜찮다고 했다. 하지만 린다는 가능한 한 술을 입에 대지 않으려 노력했다. 그도 그럴 것이 스웨덴 보건부에선 여성들이 수유를 하는 동안 술을 마시면 안 된다고 못 박았기 때문이었다. 하지만 임신 중에 술을 마시는 것과 수유 기간 중에 술을 마시는 건 별개의 일이 아니었던가. 임신 중에는 태아가 산모의 피와 직접적으로 접촉하지만 수유 기간에는 그렇지 않다.

임신에 대한 이야기를 나누다 보면 출산으로 대화가 이어지기 마련이다. 나는 가끔 맞장구를 치기도 하고, 이러저러한 말을 짤막하게 하기도 했지만, 대부분 침묵을 지키고 그들의 이야기를 듣기만 했다. 출산이라는 것은 여자들에게 상당히 개인적이고 민감한 주제라 할 수 있다. 그 때문에 이성 앞에서 함부로 입 밖으로 말할 수 없는 요소가 상당히 많이 있다. 그럴 때면 남자들은 아는 척 나서지 않는 것이 좋다. 물론 프레드릭과 나는 계속 침묵을 지키고 있었다. 하지만 제왕절개 수술에 대한 이야기가 나오자 나는 더 참을 수가 없어 마침내 한마디 해버리고 말았다.

"출산의 한 방법으로 제왕절개 수술을 한다는 건 굉장히 이상하다고 생각해요. 의학적으로 꼭 필요한 경우엔 어쩔 수 없겠죠. 그건 나도 이해해요. 하지만 의학적 이유도 없고, 산모가 건강한데도 제왕절개 수술을 해서 아이를 낳는다는 건 이해할 수가 없어요. 아니, 아무런 이유도 없는데 산모의 배를 가르고 거기서 아이를 끄집어내는 게 말이나 된다고 생각하세요? 언젠가 텔레비전에서 제왕절개 수술 장면을 본 적이 있어요. 오, 세상에! 정말 무자비하더군요. 산모의 배 속에 있던 태아가 몇 분 후에 병실의 환한 불빛 아래 있더군요. 출산이라는 것은 일종의 과정입니다. 산모와 태아에게 분만의 순간을 맞이하게 서서히 준비해주는 과정이라는 말이죠. 출산이 그런 식으로 진행되는 것은 자연의 법칙입니다. 그럴 만한 이유가 있으니 산모가 진통을 하고 오랜 시간을 거쳐 서서히 태아가 세상 밖으로 나오게 된다는 겁니다. 그런데 그 과정을 툭 잘라 모두 생략해버리고, 산모의 배를 갈라 그렇게 금방 아이를 끄집어내는 일은 자연의 법칙에 어긋난다고 할 수 있지 않겠어요? 뭐가 잘못되어도 크게 잘못되었다고 생각해요."

내 말이 끝나자 어색한 정적이 감돌았다. 린다는 민망해서 어쩔 줄 몰라 했다. 나는 내가 뭘 잘못했는지는 정확히 모르지만, 어떤 경계선을 넘었다는 것은 확실히 알 수 있었다. 얼른 상황을 수습하고 싶었다. 하지만 뭘 잘못했는지도 모르는 내가 다시 그 상황을 수습하기 위해 나선다면 일이 더 꼬일 것만 같았다. 결국 프레드릭이 말문을 열었다.

"당신은 진정한 보수주의자군요! 노르웨이의 진정한 보수주의자!"

그가 미소를 지으며 말을 이었다.

"게다가 글을 쓰는 작가! 이제부터 당신을 함순*이라고 불러야겠어요."

나는 어리둥절한 표정으로 그를 바라보았다. 그는 내게 눈을 찡긋해 보이며 미소를 지었다. 그날 저녁 내내, 프레드릭은 나를 함순이라고 불렀다. 함순, 커피가 아직 남아 있나요? 그러니까, 함순, 당신은 이 문제에 대해 어떻게 생각하세요? 함순, 우리가 도시 외곽의 전원주택으로 이사를 가야 한다고 생각하나요, 아니면 시내에서 계속 살아야 한다고 생각하나요?

그 문제는 우리도 최근 들어 부쩍 자주 입에 올렸던 주제이기도 했다. 린다와 나는 스톡홀름을 벗어나 외곽으로 이사할 생각을 했을 뿐 아니라, 스웨덴 남쪽의 섬 지방 또는 노르웨이의 동쪽 해변으로 가서 살 생각도 했다. 프레드릭과 카린도 도시를 벗어나 조용한 산촌에서 농사를 지으며 살 생각을 자주 했다. 그들은 심지어 적당한 곳을 찾았다면서 인터넷에서 발견한 사진을 우리에게 보여주기

---

* 노벨문학상을 수상한 20세기 초의 노르웨이 작가.

도 했다. 그런데 갑자기 나를 함순이라 부르는 바람에 그가 우리의 동기를 전혀 다른 것으로 해석한 게 아니었나 하는 생각이 스쳤다. 제왕절개 수술이 출산 방법으로 적절치 않다고 한 그 한마디 때문에 나를 함순이라 부르기 시작했던 것도 영 마음에 들지 않았다.

그들은 기분 좋은 저녁을 보낼 수 있어 고마웠다고 몇 번이나 되풀이해서 말했다. 다시 만나자는 말과 함께 내게 포옹과 작별 인사를 건네고 그들은 집으로 되돌아갔다. 나는 린다와 바니아가 자는 동안 상을 치우고 식기 세척기를 돌렸다.

날이 갈수록 술을 마시는 것도 옛날 같지 않다는 생각이 스쳤다. 저녁에 마신 코냑이 아직도 이글거리는 불꽃으로 남아 내 머릿속의 생각들 위로 얇은 연기의 장막을 던지는 것만 같았다. 그렇다고 술에 취한 것은 아니었다. 30분쯤 소파에 멍하니 앉아 있던 나는 부엌으로 가서 찬물을 들이켜고 나서 사과를 베어 물면서 컴퓨터 앞에 앉았다.

화면에 불이 켜지자 나는 구글 어스에서 지구본을 천천히 돌려보았다. 남아메리카의 한 곳에서 마우스를 멈춘 나는 거기서부터 천천히 위쪽으로 올라갔다. 대륙에 삐죽이 고개를 들이민 피오르를 발견한 나는 그곳을 확대해보았다. 작은 강을 사이에 두고 한쪽 편에는 깎아지른 듯한 산이 솟아 있고, 다른 쪽 편에는 진흙으로 덮인 듯한 황야가 보였다. 거기서 조금 움직여 피오르 끝으로 가보니 작은 도시가 있었다. 리오가예고스. 블록과 블록 사이에는 구불구불한 길이 나 있었고, 지나가는 자동차들의 크기로 미루어보아 길 양옆에 있는 집들은 나지막한 것 같았다. 대부분의 지붕은 평평했다. 널찍한 길, 나지막한 집, 평평한 지붕. 전형적인 시골 풍경이었다.

해변으로 갈수록 건물은 점점 줄어들었고, 바닷가에는 몇몇 항만 시설을 제외하고선 사람들의 발길이 닿지 않은 듯 황폐해보였다. 나는 그곳을 더욱 확대해보았다. 육지와 가까운 곳의 물은 녹색 빛을 띠었고 더 멀리 나아갈수록 검푸른 빛을 띠었다. 해변을 따라 마우스를 움직여 더욱 위쪽으로 올라가보니 거친 황야가 나타났다. 파타고니아. 나는 푸에르토데세아도에서 마우스를 멈추었다. 그리 넓지 않은 지역이 사막을 떠오르게 하는 누런 모래로 덮여 있었다. 도시 한가운데 솟아오른 산, 사람이 거의 살지 않는 듯 텅 빈 도시, 거의 메말라 바닥을 드러낸 두 강줄기. 바닷가에는 정유공장과 거대한 선박이 정박해 있는 부두가 보였다. 벌거벗은 산이 사람이 거의 살지 않는 듯한 도시를 높이 에워싸고 있었다. 구불구불하고 비좁은 길, 강과 계곡, 숲과 집.

　나는 그곳에서 빠져나와 부에노스아이레스 근처로 옮겨갔다. 맞은편 만에는 몬테비데오가 보였다. 다시 해변으로 빠져나가 조금 아래로 내려오니 공항이 나타났다. 터미널 옆의 비행기들은 줄지어 늘어서 있는 하얀 새들을 연상시켰다. 공항 근처의 길을 따라 마우스를 움직이니 세 개의 거대한 수영장처럼 보이는 시설이 공원 한가운데 자리 잡고 있었다. 도대체 저게 뭘까? 나는 그것을 더 크게 확대해보았다. 아하! 워터파크! 나는 맞은편 길을 따라 거기서 조금만 더 가면 안토니오 리베르티 기념 경기장이 있다는 것을 알고 있었다.

　경기장은 말 그대로 엄청나게 넓었다. 나란히 자리한 이중 트랙 때문에 관중석과 잔디밭 사이의 간격이 여느 경기장보다 훨씬 더 커 보였다. 나는 1978년 네덜란드와 아르헨티나가 그곳에서 월드컵 결승전 경기를 치르는 장면을 텔레비전으로 보았다. 수없이 많은 하얀 색종이, 경기장을 빽빽하게 채운 관중들, 아르헨티나 팀의 하늘색과 하얀색 유니폼, 초록색 잔디 위 오렌지색 유니폼을 입고 있던 네딜

란드 팀.

그곳을 벗어나 조금 위쪽에 있는 강줄기를 따라 다시 아래로 내려왔더니 양옆에 중공업 지구가 자리 잡고 있었다. 기중기와 커다란 배가 들어찬 항만 시설은 철로와 다리로 이어져 있었다. 거기에서도 크고 작은 축구 경기장들을 볼 수 있었다. 시내 쪽으로 접어드니 개인 소형 선박들이 그 수를 더해가기 시작했다. 형형색색의 나무배가 늘어서 있는 보카.

남쪽으로 조금 내려오니 거룻배가 줄지어 서 있는 해변을 따라 8차선 도로가 도심을 향하고 있었다. 공원과 탑과 온갖 형태의 건물이 자리한 곳에서, 나는 국립 세르반테스 극장이 있다고 생각되는 지점을 확대해보았다. 사진은 그리 선명하지 않았다. 나는 컴퓨터를 끄고 물컵에 남아 있는 물을 마저 들이켠 다음 침실로 가서 린다 옆에 누웠다.

다음 날 아침, 우리는 중앙역으로 가서 린다의 어머니가 살고 있는 그네스타로 향하는 기차를 탔다. 길과 지붕 위에는 5센티미터 정도의 눈이 쌓여 있었다. 회색 납덩이처럼 머리 위에 무겁게 펼쳐진 하늘에선 여기저기 가느다란 햇빛이 비쳤다. 일요일 아침이라 그런지 거리는 평소보다 한산했다. 밤새 파티를 하다 집에 돌아가는 사람들, 강아지를 데리고 산책을 하는 노인들, 기차역에 가까워질수록 슈트케이스를 끌며 걷는 사람들이 하나둘 늘어났다. 플랫폼에선 한 젊은 청년이 가슴에 턱을 묻고 졸고 있었다. 그의 옆에는 까마귀 한 마리가 부리로 쓰레기통을 쪼고 있었다. 기차가 멈춰 서지도 않고 역을 지나쳤다. 머리 위의 전광판은 고장 나 있었다.

린다는 플랫폼을 왔다 갔다 하고 있었다. 그녀는 서른 살 생일날 내가 런던에서 사준 하얀 반코트를 입고, 하얀 털모자를 쓰고 있었다. 그녀가 목에 두른 분홍색 자수 장식의 하얀 양모 목도리는 내가 지난 성탄절에 사준 것이다. 린다에게 잘 어울리는 목도리였지만 그녀는 별로 좋아하지 않았다. 린다는 색이 들어간 옷, 무늬가 있는 옷도 잘 어울리지만, 흰색 옷을 입으면 더욱 사랑스럽게 보인다. 한기때문에 그녀의 눈은 젖어 있었고, 양 볼은 발갛게 물들어 있었다. 그녀는 두 손을 비비며 발을 동동 굴렀다.

양손에 슈트케이스를 하나씩 든 50대 여인이 에스컬레이터를 타고 올라왔다. 그녀 뒤에는 열여섯 살쯤 되어 보이는 소녀가 따라오고 있었다. 검은 옷, 검은 눈화장, 검은 장갑, 검은 모자 그리고 길고 검은 머리. 플랫폼에 도착한 그들은 나란히 섰다. 외모가 무척이나 닮은 것으로 미루어보아 두 사람은 모녀지간 같았다.

"후후!"

바니아가 종종걸음으로 뛰어 다가오는 비둘기 두 마리를 향해 소리쳤다. 나는 언젠가 바니아에게 그림책 속의 부엉이를 보여준 적이 있다. 그때부터 아이는 날개 달린 새만 보면 부엉이처럼 '후후' 소리를 냈다.

아이의 얼굴선이 참으로 조그맣고 아기자기하다는 생각이 스쳤다. 작은 눈, 작은 코, 작은 입. 나는 아이가 커도 아기자기한 얼굴선은 그대로 남아 있으리라 짐작했다. 특히 린다와 함께 있을 때면 그런 생각은 더욱 짙어졌다. 솔직히 두 사람은 그리 많이 닮지 않았지만 같은 피가 흐른다는 것은 짐작할 수 있을 정도로 비슷했다. 린다도 눈, 코, 입이 모두 조그마하다. 아이의 얼굴에선 눈 위쪽이 아몬드 모양으로 곡선을 그리고 있다는 것만 제외하고는 나를 닮은 구석을 찾아볼 수 없다. 가끔 아이의 얼굴에선 내가 어렸을 때 본 윙베 형의 표정이 언뜻 나타났다 사라지기도 한다.

"저건 비둘기야. 비둘기 두 마리."

나는 바니아 옆에 몸을 구부리고 앉으며 말했다. 아이는 기대감에 가득 찬 표정으로 나를 바라보았다. 나는 아이의 모자 안으로 손을 넣어 귓불을 어루만져주었다. 아이가 웃음을 터뜨렸다. 그 순간 고장 났던 전광판에 불이 들어왔다. 그네스타. 2번 철로. 3분 후 도착 예정.

"바니아가 잠을 잘 것 같진 않은데 어떡하지?"

"글쎄 말이에요. 낮잠을 자기엔 이른 시간이잖아요."

바니아는 움직이는 유모차에 앉아 있을 때를 제외하고선 가만히 앉아 있는 것을 제일 싫어했다. 그네스타까지 한 시간이나 기차 안에서 아이와 함께 앉아 있을 생각을 하니 슬슬 걱정이 되기 시작했다. 우리는 아이가 쉴 새 없이 무엇을 할 수 있도록 손을 써야만 했다. 책이나 장난감, 건포도가 든 작은 종이 봉지 등으로 아이와 놀아준다 해도 최대 30분을 넘기기는 힘들다. 아이가 떼를 쓰고 울기 시작하면 우리는 아이를 안고 기차 통로를 왔다 갔다 하거나, 유리창 쪽으로 아이를 안아 올려 창밖을 보여주어야만 한다. 기차 안에 사람이 많지 않으면 그리 문제 될 것은 없다. 하지만 전날 사놓은 온갖 종류의 일간지를 기차 안에서 읽으려던 내 계획은 포기할 수밖에 없겠다는 생각이 들었다. 만약 러시아워라 기차 안에 사람이 많으면, 한 시간 내내 떼를 쓰고 큰 소리로 울어 젖히는 아이를 달래려고 기차 통로를 왔다 갔다 하는 건 생각도 할 수 없는 일이다.

우리는 그네스타행 기차를 꽤 자주 타는 편이다. 린다의 어머니에게 바니아를 맡기고 잠시 우리만의 시간을 보낼 수 있다는 점 때문만은 아니다. 우리는, 아니 적어도 나는, 그곳에서 시간을 보내는 것

215

을 좋아했다. 드넓은 농장, 풀을 뜯는 가축들, 커다란 숲과 조그만 자갈길, 맑은 강과 깨끗한 공기. 밤이 되어 어둠이 내리면 밤하늘의 별을 보면서 쥐죽은 듯 고요한 세상을 혼자 즐기는 듯한 기분도 꽤 매혹적이다.

기차는 천천히 플랫폼을 향해 들어왔다. 우리는 유모차를 세울 수 있는 문 앞의 널찍한 자리에 앉았다. 나는 바니아를 안아 올려 의자에 세웠다. 아이는 창문에 양손을 대고 터널 밖의 풍경, 슬루센 다리 위의 풍경을 창 너머로 바라보았다. 하얀 눈으로 덮인 얼어붙은 강은 길가의 하얗고 노랗고 빨간 집들과 눈이 다 녹아버린 마리아베르게 언덕 기슭을 향해 햇빛을 반사시켰다. 동쪽 하늘의 구름은 황금빛을 머금고 있었다. 쇠데르 터널을 빠져나온 기차는 강 건너편으로 향하는 높다란 다리로 들어섰다. 빽빽하던 숲은 어느새 사라지고, 조그마한 위성도시의 주거 개발 지역과 빌라 지역이 나타났다. 마치 주거 밀집 지역이 거대한 숲과 강 속에서 슬며시 고개를 드는 것만 같았다.

우리가 지나쳐온 자연 풍경 속에선 흰색, 회색, 검은색, 짙은 녹색을 볼 수 있었다. 작년 여름, 나는 이곳을 매일 지나다녔다. 우리는 6월 중순부터 말까지 2주 동안 잉그리와 비다르의 집에서 지냈고, 나는 스톡홀름의 작업실까지 매일 출퇴근을 했다. 더없이 만족스러운 시간이었다. 나는 아침 6시에 일어나 빵으로 아침을 때우고, 집 앞 계단에 앉아 커피를 마시며 담배를 피웠다. 이미 더워지기 시작한 햇살을 받으며, 저 멀리의 강과 숲을 바라보고 나서 장모님이 싸준 도시락을 배낭에 넣고 자전거로 역까지 갔다. 기차에선 책을 읽었고, 작업실에선 글을 썼다.

오후 6시가 되면 석양에 반짝이는 숲을 바라보면서 다시 자전거를 타고 숲속의 작은 집으로 돌아왔다. 장모님이 준비해둔 저녁을 먹고 나서 린다와 함께 집 앞 강에 뛰어들어가 헤엄을 치기도 했고, 정원에 앉아 책을 읽기도 했다. 그리고 다음 날을 위해 일찍 잠자리에 들었다.

어느 날 철로 옆에 있는 숲에 불이 났다. 그 광경은 상당히 매혹적이었다. 기차에서 몇 미터밖에 떨어지지 않은 숲이 화염에 싸여 있었다. 불꽃은 혀가 되어 나무둥치를 하나하나 핥았고, 그 옆에는 온몸이 불길에 싸인 키 큰 나무들이 서 있었다. 오렌지색 혀는 미친 듯 숲속을 쓸었고, 여기저기 덤불 속에서 갑자기 치솟기도 했다. 그 모든 것은 강렬한 여름 태양과 엷은 푸른 하늘 아래서 투명하게 보이기만 했다.

오, 그 순간 내 가슴은 터질 듯 벅차올랐다. 세상이 나를 향해 문을 열어주는 것만 같았다.

그네스타 역에 도착하니 주차장에 있던 비다르가 차에서 내렸다. 우리를 본 그는 입가에 미소를 머금었다. 그는 하얀 턱수염과 백발, 등이 구부정한 일흔 노인이다. 그런데도 그에게선 젊은 사람 못지않게 생기가 넘쳐흘렀다. 햇빛에 그을린 갈색 피부와 초롱초롱한 푸른색 눈빛은 건강함과 지혜로움을 드러내면서 수줍음도 담고 있었다. 그의 과거에 대해선 린다가 해준 짤막한 몇몇 에피소드 말고는 거의 아는 게 없다. 그는 세상의 온갖 것에 대해 이야기할 수 있는 사람이지만, 자기 자신에 대해선 거의 아무 말도 하지 않았다.

그는 핀란드에서 태어나 자랐지만, 스웨덴어를 현지인처럼 유창하게 했다. 그에게선 권위가 보이지만, 타인을 제압하는 부정적인 면은 찾아볼 수 없다. 그는 사람들과 대화를 나누는 것을 좋아했고 책이나 신문을 자주 읽었다. 특히 매일 받아보는 일간지는 첫 장부터 마지막 장까지 빠짐없이 읽었고 문학에도 관심이 많아 나와 말이 잘 통했다. 그가 나이 많은 노인이라는 느낌이 드는 것은 오랜 세월을 뒤로하고 뻣뻣하게 굳어버린 사지 때문이긴 하지만, 솔직히 그것은 맘대로 움직이지 않는 신체의 주인으로선 상당히 큰 제약으로 작용하기 마련이다.

나는 전혀 개의치 않았다. 반면 린다와 잉그리 그리고 잉그리의 남동생은 꽤 불편해하는 것이 역력해보였다. 나는 그의 이야기를 항상 관심 있게 들었다. 그건 예의상으로가 아니라 진심으로 그의 이야기가 흥미로웠기 때문이다. 어쩌면 난 그들에게 손님이거나 새로운 가족 구성원에 지나지 않기에 그의 모든 이야기가 흥미롭게 들렸는지도 모른다. 그와 이야기를 나눌 때면 일방적으로 대화가 흘렀다. 내가 대화에 참여할 수 있는 방법은 주제와 관련된 갖가지 질문들과 '네' '오, 그래요?' '그렇군요' '흠' '맙소사' '참 흥미롭군요' 등 끝없이 이어지는 감탄사와 추임새뿐이었다. 그런데도 나는 우리의 대화가 균형을 이루고 있다고 생각했다. 왜냐하면 우리는 어느 모로 보더라도 동등하다고 할 수는 없었으니까. 그는 나보다 나이가 두 배나 더 많았고, 나보다 훨씬 오랜 삶을 살았다.

린다는 바로 이 점을 이해하지 못했다. 그녀는 자주 내가 지루해하지만 예의상 어쩔 수 없이 비다르의 말을 듣고 있다고 지레짐작해버리고는 이야기를 나누고 있는 나를 큰 소리로 불러내곤 했다. 물론 그럴 때도 없지 않았다. 하지만 대부분의 경우엔 그와의 대화가 흥미진진하기 짝이 없었던 건 사실이다.

"안녕하세요!"

린다가 유모차를 차 뒤편으로 가져가며 의붓아버지에게 인사를 건넸다.

"잘 있었니? 반갑구나!"

린다는 바니아를 안아 올렸고, 나는 유모차를 접어 비다르가 열어준 트렁크에 실었다.

"차 시트를 연결해야지."

나는 바니아의 유아용 시트를 뒷좌석에 밀어 넣고, 바니아를 그위에 앉힌 다음 안전띠를 채웠다.

비다르는 그 나이 또래의 노인들처럼 운전을 했다. 고개를 앞으로 내밀면 몇 센티미터라도 시야를 더 확보할 수 있을 것처럼, 상체를 구부정하게 만들어 운전대에 바싹 가져간 채 운전을 했다. 환한 낮엔 그도 남 못지않게 운전을 잘했다. 지난봄에는 우리를 태우고 네 시간 동안 한 번도 쉬지 않고 이되까지 운전을 한 적도 있다. 하지만 길 위에 어둠이 내려앉으면 그는 불안해했다. 바로 몇 주 전만 해도 그는 찻길 옆 자갈길을 걷고 있던 이웃을 칠 뻔했다. 나는 멀리서부터 그를 보았기에 비다르도 분명 알고 있으리라 짐작했다. 그런데 모퉁이를 돌기 전까지도 비다르는 지나가는 사람이 있다는 걸 모르는 것 같았다. 만약 그 순간 내가 소리를 지르지 않았다면, 지나가던 이웃이 덤불 속으로 몸을 날리지 않았다면 큰 사고가 날 뻔했다.

우리는 기차역을 빠져나와 그네스타에 단 하나밖에 없는 대로를 달렸다.

"다들 잘 지냈어?"

비다르가 물었다.

"네, 그럭저럭."

"어젯밤엔 날씨가 안 좋았어. 바람이 어찌나 부는지 쓰러진 나무도 꽤 많았어. 전기도 끊어졌고. 오전 중에 전기가 다시 들어올 거라고 하던데 어찌 될지 모르겠군. 시내는 어땠어?"

"시내에도 바람이 불긴 불었는데 여기처럼 심하진 않았어요."

왼쪽으로 방향을 틀어 작은 다리를 건너고 나서 길옆에 건초 더미를 쌓아둔 곳을 지나쳤다. 1킬로미터쯤 달리니 차는 낙엽 쌓인 숲속의 자갈길로 들어섰다. 자갈길 양옆에는 각각 작은 강과 벌거벗은 언덕이 있었다. 거기서 100여 미터를 더 가서 잔디가 무성한 샛길로 들어서면 비다르와 잉그리가 사는 집이 나온다. 샛길로 들어서지 않고 큰길에서 2킬로미터쯤 더 가면 언덕 앞에서 길이 끊어지기 때문에 발길을 돌려야만 한다.

잉그리는 집 앞에 서서 우리를 기다리고 있었다. 차가 멈추자 그녀는 종종걸음으로 다가와 바니아가 앉아 있는 쪽의 차문을 열었다.

"오, 우리 공주님!"

잉그리는 한 손을 가슴에 얹으며 말했다.

"이 할머니가 우리 공주님을 얼마나 보고 싶어 했는지 아니?"

"안고 들어가세요, 어머니."

린다는 뒷좌석의 다른 쪽 차문을 열며 말했다. 잉그리는 바니아를 안고 함박 미소를 머금으며 아이의 얼굴을 들여다보았다. 그녀가 아이를 꼭 껴안고 집으로 향하는 모습을 보면서 나는 트렁크에서 유모차를 꺼내 현관 앞으로 밀고 갔다.

"배고프지? 점심을 차려놨어."

잉그리가 말했다.

그들은 작고 오래된 집에서 살고 있었다. 집 앞에는 작은 강이 흐르고 있었고, 거기를 제외한 삼면은 숲으로 둘러싸여 있었다. 숲속의 사슴들은 저녁이 되면 강으로 물을 마시러 나왔고, 동이 트면 숲속에서 뛰어놀았다. 나는 거기서 여우와 산토끼를 본 적도 있다. 그 집은 원래 독신자 혼자 살던 집이었다. 그래서 대가족이 모여 살기엔 적당치 않았다. 부엌과 욕실을 따로 지어 붙이긴 했지만 비좁기는 마찬가지였다. 빛이 잘 들어오지 않아 어두컴컴한 거실에는 온갖 잡다한 것으로 발 디딜 틈이 없었고, 침실에는 벽에 평상을 붙여 만든 침대 두 개와 책장이 공간을 모두 차지해버렸다.

집 뒤편에는 땅 위로 살짝 올라온 지하 창고와 차고를 개조해서 만든 작은 원룸 건물이 하나 있었다. 그 건물 아래층에는 침대 두 개와 텔레비전 하나가 마련되어 있었고, 사다리를 타고 위층으로 올라가면 장작과 연장을 보관해두는 작은 공간이 있었다. 우리가 그곳에 묵을 때면, 비다르와 잉그리는 우리에게 본채를 내주고 자신들은 집 뒤편에 있는 원룸에서 생활했다.

나는 그곳에 머무르는 것을 참 좋아했다. 오래되고 거친 나무 벽에 붙여놓은 평상에 누워, 창 너머 어둠과 정적으로 둘러싸인 밤하늘의 별을 바라보는 것보다 더 매력적인 일은 없었다. 지난번에 왔을 때는 거기에 누워 칼비노*의『나무 위의 남작』을 읽었고, 그 전에 왔을 때는 비크마르크**의『트랄레』를 읽었다. 두 권 모두 환상적이라고 생각한 것은 책을 읽을 당시의 주변 공간과 분위기가 바로 그러했기 때문이며 나를 채워온 그 분위기를 책 속에서 찾아볼 수 있었기 때문일 것이다. 아니, 어쩌면 그 침실 분위기는 책이 만들어낸 것인지도 모른다. 나는 책이 자아내는 기묘한 울림 속에서 나 자신을 발견했기 때문인지도 모른다. 비크마르크 전에는 베른하르트***를 읽었다. 하지만 그의 책을 읽을 때는 나를 채워오는 것을 아무것도 찾을 수 없었다. 비록 베른하르트의『소멸』은 내가 읽은 책 가운

* 이탈리아의 언론인이자 소설가.
** 스웨덴의 소설가이자 번역가.
*** 오스트리아의 소설가이자 희곡 작가.

데 가장 등골이 서늘할 만큼 감동적인 책 중의 하나였지만, 칼비노와 비크마르크가 준 그 울림과 반향은 느낄 수가 없었다.

모든 것은 나의 닫힌 사고 속에서 보일 듯 말 듯한 움직임만을 자아냈을 뿐이다. 나는 『소멸』을 읽으며 베른하르트가 열어준 길을 보고 싶지도 않았고, 그 길을 가고 싶지도 않다고 생각했다. 아니, 빌어먹을. 나는 그토록 폐쇄적이고 강압적인 것들에게서 가능한 한 멀리 도망가고 싶다는 생각까지 해보았다. 횔덜린은 언젠가 이런 문장을 쓴 적이 있다. 벗이여, 나오라. 열린 공간으로! 하지만 어떻게? 도대체 어떻게 하면 된단 말인가?

나는 창가의 의자에 앉았다. 식탁 위에 고기 수프가 담긴 커다란 냄비에서는 김이 모락모락 피어오르고 있었다. 집에서 직접 구운 따스한 빵이 담긴 광주리, 생수병 하나와 폴크욀* 세 캔. 린다는 바니아를 유아용 식탁 의자에 앉히고, 빵조각을 아이의 손에 쥐어주고 나서 전자레인지에 이유식을 데웠다. 잉그리가 나서서 그 일은 자기가 하겠다고 말하자, 린다는 내 옆에 자리를 잡고 앉았다. 비다르는 엄지와 검지로 턱수염을 쓰다듬으면서 우리에게 미소를 보냈다.

"자, 어서 먹어!"

잉그리가 주방에서 소리쳤다.

"식기 전에 얼른 먹어!"

린다는 내 팔을 살짝 쓰다듬었다. 비다르는 린다에게 고개를 끄덕여보였다. 린다는 국자로 수프를 접시에 옮겨 담았다. 연두색 파, 주황색 당근, 노란색 무, 회색 고깃점. 근육이 붙어 있는 부분에는 은은한 분홍빛이 어려 있었고, 가죽이 붙어 있는 부분에는 푸른색이 반

---

* 스웨덴산 저알코올 맥주.

짝이기까지 했다. 커다란 뼛조각은 매끈하게 잘 다듬은 돌조각처럼 보이는 부분도 있었고, 거칠고 울퉁불퉁한 부분도 있었다. 이 모든 것이 뜨거운 물속에서 한데 엉겨 저마다의 고유한 맛을 우려내고 있었다. 기름 덩이들은 조그맣고 투명한 진주알처럼 육수 속에 떠다니고 있지만, 얼마 지나지 않아 수프의 온기가 달아날 무렵이면 딱딱하게 굳어질 운명이었다.

"장모님 음식은 언제 먹어도 맛있어요."

나는 바니아 옆에 앉아 이유식을 후후 불어주고 있는 잉그리에게 말했다.

"고마워."

잉그리는 나와 눈을 마주칠 거를도 없이 작은 플라스틱 숟가락으로 플라스틱 접시 안에 있는 음식을 바니아의 입으로 가져갔다. 아이는 마치 작은 새처럼 입을 짝짝 벌려가며 잘도 음식을 받아먹었다. 우리가 들어서면 잉그리는 아이를 돌보는 일이라면 모두 본능적으로 떠맡았다. 그녀는 음식, 기저귀, 옷, 수면, 산책. 이 모든 일을 아이를 위해서 직접 하려고 나섰다. 심지어는 유아용 의자와 유아용 접시, 숟가락과 포크, 우유병, 장난감을 한 벌씩 더 사놓았고, 그것도 모자라 유모차도 한 대 장만해 항상 대기해놓았다. 찬장을 열어보면 유리병에 든 이유식이 종류별로 차곡차곡 쌓여 있었다. 린다가 사과를 찾거나, 바니아가 열이 나 불안해하면 잉그리는 자전거를 타고 3킬로미터나 떨어진 상점이나 약국에 쏜살같이 다녀오곤 했다. 집으로 돌아오는 그녀의 자전거 광주리에는 체온계나 해열제가 들어 있었다.

그녀는 우리가 온다는 소식을 들으면 끼니를 준비하기 위해 미리 큰 장을 봐두곤 했다. 대개 점심에는 주식과 디저트를 준비했고, 저

223

녁에는 전채요리까지 준비해 식탁에 차려놓았다. 그녀는 아침 6시, 바니아가 일어나는 시간에 함께 일어나 빵을 굽고 아이와 함께 산책하러 갔다. 산책에서 돌아오면 슬슬 점심 준비를 하기 시작했다. 우리가 9시쯤 일어나면, 식탁에는 이미 아침상이 차려져 있었다. 갓 구운 빵과 삶은 달걀, 커피와 주스. 내가 오믈렛을 좋아한다는 것을 알고 나서부턴 아침상에 매번 오믈렛을 올리기도 했다.

내가 자리에 앉으면 그녀는 그날 신문을 내 앞으로 내밀었다. 그녀는 말할 수 없을 정도로 긍정적이고 이해심이 깊은 사람이었다. 그녀는 안된다는 말을 한 적이 없고, 우리가 도움을 청하면 거절하는 법도 없었다. 커다란 냉동고에는 셀 수 없이 많은 사각 아이스크림 상자가 있었고, 그 속에는 그녀가 직접 만들어놓은 저녁거리들이 들어 있었다. 볼로네제 소스, 안초비 파이, 감자 그라탱, 미트볼, 치즈로 속을 채운 피망, 팬케이크, 완두콩 수프, 양고기와 감자, 고기 스튜, 연어 푸딩, 파전… 그녀는 바니아와 산책을 하다가 날이 차다고 생각하면 당장 근처 신발 가게에 가서 장화를 사 아이에게 신겨주기도 했다.

"사부인은 요즘 어떻게 지내셔? 잘 계시는지 궁금하네."

"네, 잘 지내시는 것 같아요. 얼마 전에 논문을 마무리했다고 들었어요."

나는 턱에 흘러내린 수프를 냅킨으로 훔쳤다.

"그런데 제겐 죽어도 논문을 보여주지 않으시더라고요."

나는 미소를 지었다.

"참 대단하신 분이야."

비다르가 말을 이었다.

"60대인데도 대학에서 다시 공부를 시작할 만큼 호기심과 열정을 지닌 사람은 그리 많지 않아."

"어머닌 항상 공부를 더 하고 싶어 하셨어요. 그런데 직장에서 은퇴할 나이가 되어서야 공부를 시작하게 되니 좋기도 하고 싫기도 하고… 그랬던 것 같아요."

"어쨌거나 아주 힘든 일을 해내셨어."

잉그리가 말했다.

"사부인은 정말 대단하신 분이야!"

나는 다시 미소를 지었다. 노르웨이인과 스웨덴인의 차이점은 그들이 생각하는 것보다 훨씬 크다. 나는 스웨덴인의 눈으로 내 어머니를 볼 수 있을 것만 같았다.

"네, 그럴지도 몰라요."

"사부인께 안부 전해주게나."

비다르가 말을 이었다.

"다른 가족 분들께도 함께 안부 전해주고. 난 아직도 자주 그분들을 떠올리곤 해."

"비다르는 바니아의 유아 세례식에 다녀오고 나서부터 틈만 나면 자네 가족 이야기를 해."

잉그리가 말했다.

"모두 참 좋은 분이셨어. 개성도 강하고."

비다르가 말을 이었다.

"샤르탄, 시인! 아주 특별하고 흥미로운 사람이었어. 그리고 올레순에서 온 분들, 이름이 뭐더라… 아동 심리학자 말이야."

"잉군과 모르 말씀하시는 건가요?"

"맞아, 맞아. 얼마나 호의적인 분들이었는지! 그리고 마그네도 마찬가지야. 이름이… 마그네 맞지? 자네 삼촌 욘 올라브의 아들 말이

225

야. 큰 기업의 개발 부서장이라고 했던가?"

"네."

"기풍이 느껴지는 분이었어."

"네."

"그리고 자네 삼촌. 트론헤임에서 교사 일을 하신다는 분 말이야. 아주 좋은 분 같았어. 그분이 자네 아버지와 많이 닮았나?"

"아니에요. 형제 중에서 아버지와 가장 닮지 않은 분이에요. 항상 형제들과 거리를 두는 편인데, 제가 보기엔 현명한 판단이라고 생각해요."

침묵이 이어졌다. 수프를 먹는 소리. 바니아가 컵으로 식탁을 내리치는 소리. 깔깔대는 아이의 웃음소리.

"그분들도 장모님과 장인어른 이야기를 자주 하세요."

나는 잉그리를 바라보며 말했다.

"장모님 음식 솜씨에 감탄을 하시더군요."

"노르웨이는 스웨덴과 참 많이 달라요."

린다가 끼어들어 말을 이었다.

"정말 전혀 딴판이라고요. 특히 5·17 헌법제정 기념일은 눈여겨볼 만했어요. 사람들이 전통 의상을 입고 가슴에 메달 같은 은장식을 달고 다니더군요."

린다가 소리 내어 웃었다.

"처음엔 풍자적인 분위기를 만들기 위해 그런다고 생각했어요. 하지만 두고 보니 제 생각이 틀렸다는 걸 깨달았죠. 가슴에 단 은장식은 개인의 존재 가치를 의미하는 거래요. 자신을 자랑스레 내보인다는 말인데, 스웨덴 사람들 같으면 생각도 못 할 일이죠."

"노르웨이 사람들이 자부심을 느끼고 있다고 생각했어?"

"맞아요, 바로 그거예요. 스웨덴 사람들은 자부심을 느껴도 스스로 입 밖에 내는 일이 없잖아요. 혼잣말로도 중얼거리는 사람이 없을 것 같아요."

나는 수프 접시를 기울여 바닥에 얼마 남지 않은 수프를 숟가락으로 떠올렸다. 무심코 창밖으로 눈길을 돌리니 회색 하늘 아래 하얀 눈을 덮은 널찍한 밭이 보였다. 숲 언저리에는 커다란 낙엽수들. 연두색 싹을 뾰족이 내밀고 있는 전나무들. 마른 나뭇잎으로 뒤덮인 거뭇거뭇한 흙이 보였다.

"헨리크 입센은 훈장에 말할 수 없이 집착했어요. 훈장이나 상을 받을 수 있는 자리라면 염치 불구하고 굽실거리기를 마다하지 않았죠. 유럽에 있는 왕과 귀족들에게 훈장을 달라고 빠짐없이 편지를 보냈다는 소리도 있어요. 그렇게 훈장을 받고 나선 어쨌는지 알아요? 혼자 집에 있을 때도 가슴에 훈장들을 치렁치렁 달고 다녔다고 해요. 하하하. 게다가 중절모 안에 작은 거울까지 달고 다녔다고 하더군요. 카페에 앉아 있을 때 남들 몰래 거울을 보려고 말이죠."

"정말 입센이 그랬어?"

잉그리가 물었다.

"네. 명예에 대단히 집착했던 사람이었어요. 그런 면에서 보면 스트린드베리는 비교할 수도 없어요. 스트린드베리를 떠올리면 연금술, 광기, 압생트, 여성혐오 같은 말이 생각나요. 하지만 그건 오히려 예술가적 신화성 같은 거예요. 반면, 입센의 명예욕엔 끝이 없었어요. 그는 스트린드베리보다 훨씬 심한 정신병자라고 해도 될 거예요."

"그건 그렇고, 아르네 이야기는 들어봤어? 출판사에서 책을 모두 회수해버렸다고 하더군."

비다르가 말했다.

"네, 출판사에서도 그럴 수밖에 없었을 거예요. 진실과 거리가 먼 이야기가 한두 가지가 아니었으니 말이죠."

"그럴 거야. 하지만 출판사에서 아르네를 좀 도와주었다면 좋았을 텐데… 그는 건강하지 않잖아. 아마 머릿속에서 상상했던 일과 현실을 정확히 구분하는 데 큰 어려움을 겪었던 것 같아."

"그러니까 아버님 말씀은 아르네가 책에 쓴 거짓 이야기들을 진실이라 믿고 있다는 겁니까?"

"응, 확실해. 아르네는 아주 좋은 사람이야. 하지만 선의의 거짓말을 할 때도 없지 않아. 자기가 써놓은 상상의 세계가 시간이 지나면서 현실로 느껴졌던 것 같아."

"그 일이 있은 후엔 어떻게 지내나요?"

"나도 잘 몰라. 아르네를 봐도 그 이야기를 꺼내 물어보기가 쉽지 않아."

"이해할 수 있어요."

나는 미소를 지으면서 얼마 남지 않은 폴크욀을 한 모금에 들이켜 캔을 비웠다. 스웨덴인들이 식사에 곁들여 마시는 저알코올 맥주를 마시고 빵도 다 먹어치운 나는 의자에 등을 기댔다. 잉그리의 집에 오면 식사 후에 설거지를 하거나 상을 치우는 데 도움이 필요하냐고 물어보지도 못한다. 조그만 것이라도 도와주겠다고 나서면 잉그리가 두 팔을 걷어붙이며 완강히 반대하기 때문이다. 그런 일을 한두 번 겪은 것이 아닌지라 나는 도와주겠다는 말을 아예 입 밖에 내지도 않았다.

"밖에 나가서 좀 걷는 게 어때요?"

린다가 나를 돌아보며 물었다.

"산책을 하면 바니아를 잘 재울 수 있을 것 같아요."

"그러지 뭐."

"아이는 두고 가. 내가 바니아를 볼게."

잉그리가 말을 이었다.

"둘이서 오붓한 시간을 보내고 싶다면 말이야."

"아니에요. 바니아를 데리고 갔다 올게요."

린다가 아이를 안고 싱크대로 가서 입과 손을 닦아주는 사이 나는 외투를 입고 유모차를 밖에 대기해놓았다.

우리는 자갈길을 따라 강가로 향했다. 찬바람이 쌩쌩 불고 있었다. 까마귀인지 까치인지 모를 새가 깡충깡충 뛰어 길 건너편으로 사라졌다. 나뭇가지 사이로는 꼼짝하지 않고 서서 뚫어지게 앞만 바라보는 소들이 보였다. 몇몇 떡갈나무는 수십 년, 아니 수백 년도 더 된 것 같았다. 언뜻 보기만 해도 얼추 300년은 묵은 나무 같았다. 아니, 그보다 더 나이를 먹었는지도 모른다. 뒤편의 철길을 따라 걷다 보면 작고 아름다운 벽돌집이 하나 나온다. 거기엔 나이 많은 성직자가 살고 있었는데, 좌파 정치인의 우두머리격인 라르스 올리의 아버지라고 알려져 있다. 소문에 따르면 그는 나치주의자라고 한다. 그게 정말인지는 나도 모른다. 원래 유명한 사람들 주변에는 거짓이든 진실이든 소문이 무성한 법이다. 가끔 그는 구부정한 몸으로 느릿느릿 그 근처를 산책하기도 한다.

언젠가 베네치아에서 턱이 가슴에 붙은 노인을 본 적이 있다. 그의 목은 어깨와 90도의 각을 이루고 아래쪽을 향해 있어 뒤에서 보면 머리가 없는 사람 같기도 했다. 나는 아르세날라의 한 카페에 앉아 근처 성당에서 울려 퍼지는 성가대의 노래를 들으면서 담배를 피우고 있었다. 내 앞으로 그가 지나치는 순간부터 나는 그에게서 눈을 뗄 수가 없었다. 12월 초의 저녁 무렵이었다. 그곳에는 그와 나, 카페 출입문 앞에서 두 손을 가슴에 모으고 손님을 기다리고 있는 직원 셋을 제외하고선 사람의 그림자를 볼 수 없을 정도로 한적했다. 지붕 위에는 안개가 내려앉았고, 길 위와 벽돌담은 습기를 머금고 가로등 불빛을 반사해냈다.

그는 문 앞에서 걸음을 멈추고 열쇠를 꺼냈다. 열쇠를 손에 든 그는 뒷걸음질을 치기 시작했다. 자물쇠가 대충 어디쯤 있는지 알아보기 위해서였다. 그는 손으로 더듬어 열쇠 구멍을 찾아냈다. 기괴한 신체적 장애 때문에 그의 움직임은 그의 것이 아닌 것만 같았다. 더 정확히 말하면, 그의 모든 주의력과 관심은 꼼짝도 하지 않고 바닥만 향하고 있는 그의 머리에 집중되어 있는 것 같았다. 인간의 머리는 사고와 행위의 중심일 뿐 아니라 신체의 한 부분이기도 하다. 그러면서 머리는 신체의 각 부분과는 상관없이 개별적이고 독자적인 결정을 내리고, 몸의 모든 움직임은 머리가 결정한다.

그는 문을 열고 안으로 들어갔다. 뒤에서 보니 머리가 없는 것만 같았다. 문을 연 그는 예상치도 않았고 불가능하게만 생각되었던 재빠른 움직임으로 등 뒤의 문을 닫았다.

오싹했다. 기괴하고 불쾌해서 두렵기까지 했다.

100여 미터쯤 앞에서 작고 빨간 화물차가 우리를 향해 달려왔다. 바퀴가 지나간 자리에는 눈바람이 휘몰아쳤다. 우리는 갓길로 비켜섰다. 차가 우리 옆을 지나갈 때 차 안을 슬쩍 들여다보았더니 뒷좌석을 떼어낸 자리에 하얀 개 두 마리가 앉아 마구 짖어대고 있었다.

"당신도 봤어? 허스키 같아. 그런데 정말 허스키일까?"

린다가 어깨를 으쓱 추어올렸다.

"모르겠어요. 모퉁이 안쪽에 사는 사람 같아요. 그 집에선 항상 개 짖는 소리가 들려오거든요."

"산책하면서 몇 번 그 집 앞을 지나간 적이 있는데, 개 짖는 소리는 아직 한 번도 못 들었어. 그건 그렇고 언젠가 당신이 한 말 기억나. 그 집 앞을 지나는 게 싫다고 했던 것 같아. 그 집 사람들이 무섭다고 했던가…?"

"내가 그런 말을 했어요? 오, 그럴지도 모르겠군요. 어쨌든 그 집 앞을 지날 때면 기분이 그리 좋진 않아요. 개들이 마구 달려 나올 것 같아서…"

린다는 심한 우울증에 시달렸던 시기에 자기 한 몸도 간수할 수 없을 정도로 증세가 안 좋았다. 그 때문에 어머니와 함께 그네스타에서 산 적이 있다. 린다는 어머니의 집 뒷마당에 있는 원룸에 누워 하루 종일 텔레비전을 보면서 시간을 보냈다. 어머니와 의붓아버지인 비다르와도 거의 대화를 나누지 않았고, 아무것도 하기 싫어 했으며, 아무것도 할 수가 없었다. 얼마나 오랫동안 그렇게 지냈는지 나는 정확히 모른다. 린다는 그 시기의 삶에 대해선 거의 아무 말도 해주지 않았다. 하지만 나는 그네스타의 작은 마을을 산책할 때면 린다를 바라보는 동네 사람들의 눈에 동정과 연민이 담겨 있다는 것을 느낄 수 있었다.

우리는 골짜기에 있는 가장 큰 농가를 지나쳤다. 동네에서 가장 큰 농가이긴 하지만 그리 큰 편은 아니었고, 건물은 나이 많은 주인을 닮아 오랜 세월을 머금고 금방이라도 스러질 듯했다. 창으로는 불빛이 새어 나왔지만, 집 안에는 아무도 보이지 않았다. 외양간과 본채 사이에는 낡은 자동차 세 대가 눈을 이고 서 있었다.

훈훈한 8월의 어느 여름날 저녁, 바로 그곳에서 간이 수영장을 옆에 두고 긴 야외용 식탁 앞에 앉아 바닷가재를 먹었던 적이 있었다고 생각하니 믿기지가 않았다. 어둠 속에서 불을 밝혔던 종이등, 즐거운 목소리, 식탁 양 끝에 산더미처럼 쌓여 있던 빨간 바닷가재들. 맥주캔과 아쿠아비트병, 웃음소리와 노랫소리. 저 멀리 지나가는 자동차 소리와 풀숲의 여치 소리.

그날 저녁, 린다 때문에 놀랐던 기억이 떠올랐다. 린다는 유리잔을 두드리며 사람들의 이목을 끈 다음 자리에서 일어나 노래를 불렀다. 한 번도 아니고 두 번이나 그랬다. 린다는 항상 그랬다며 이젠 습관처럼 되어버린 일이라고 말했다. 어른들은 모임이 있을 때마다 어린 린다에게 항상 노래를 시켰다. 그도 그럴 것이, 린다는 이미 초등학교에 다닐 때부터 스톡홀름의 무대 위에서 1년여 동안이나 「사운드 오브 뮤직」 공연에 참여한 적이 있었다. 물론 집에서도 파티가 열리면 어른들의 손에 등을 떠밀려 으레 노래를 부르곤 했으리라. 내가 어렸을 때는, 남들 앞에 나서고 싶은 마음과 이를 숨기고 싶은 마음이 동시에 내 속에서 싸우곤 했다.

잉그리도 노래를 했던가. 그녀는 어디를 가든 사람들의 이목을 끌었다. 이웃의 파티에 초대를 받으면, 들어서는 순간 거기 모인 사람들과 모두 포옹을 하고 직접 만들어온 음식을 자랑스레 보여주고, 이야기를 나누고 큰 소리로 웃음을 터뜨린다. 사람들은 모두 잉그리와 이야기를 나누고 싶어 했다. 마을에 행사가 있으면, 잉그리는 항상 빵을 굽거나 음식을 만들어 자신만의 방식으로 도움을 주었고, 마을에 아픈 사람이 있거나 도움이 필요한 사람이 생기면 자전거를 타고 가서 그녀가 할 수 있는 일은 모두 해주었다.

그곳에 모인 사람들은 근처 바다에서 잡아 올린 가재들을 저마다의 접시에 올려놓고 먹기 시작했다. 고개를 숙이고 음식에만 집중하던 사람들은 껍질을 버릴 때만 잠시 고개를 들었다. 음식을 먹은 사람들은 곧 파티 분위기에 젖어들었다. 얼마 지나지 않아 외양간 쪽에서 고함이 들렸다. 여자를 욕하며 나무라는 남자의 목소리에 식탁을 둘러싸고 있던 사람들은 말소리를 죽였다. 어떤 이들은 고함이 나는 쪽으로 고개를 돌리기도 했고, 어떤 이들은 일부러 그쪽을 보지 않으려 반대편으로 고개를 돌렸지만, 그것이 누구의 고함인지 잘 알고 있었다.

농장 주인의 아들은 폭력적인 성격으로 유명했다. 그가 10대에 불과한 딸이 담배를 피웠다며 야단을 치고 있었다. 그 순간, 잉그리가 벌떡 일어나 단호하고 재빠른 걸음으로 소리 나는 쪽을 향했다. 그녀의 온몸은 솟구치는 분노를 억누르느라 심하게 떨리고 있었다. 그녀는 농장 주인의 아들 앞에 멈춰 섰다. 그는 서른다섯 살쯤 된 남자로 몸집이 상당히 컸지만, 잉그리 앞에선 꼼짝도 못 했다. 잉그리가 말을 끝내자 그는 차를 타고 어디론가 사라졌다. 잉그리는 곁에 서서 울고 있는 소녀의 어깨에 손을 올리고 사람들이 모여 있는 야외용 식탁으로 데려왔다. 잉그리가 자리에 앉는 순간, 분위기는 다시 이전처럼 되돌아왔다. 그녀는 아무 일도 없었다는 듯 사람들과 대화를 나누고 웃음을 터뜨렸으며 분위기를 휘어잡았다.

그 기억이 남아 있는 농가가 이젠 하얀 눈으로 덮여 정적 속에 서 있다.

농가 아래쪽의 길을 따라 올라가면 별장 구역이 나온다. 그 길엔 제설차가 다녀가지 않았는지 눈이 많이 쌓여 있었다. 하긴 겨울철엔 별장을 찾는 사람들도 거의 없다.

『이 세상 모든 것에는 저마다의 시간이 있다』를 집필할 시기, 나는 잉그리를 떠올리며 노악의 동생인 안나의 캐릭터를 만들어냈다. 그녀는 그 어느 누구보다도 강인한 여성으로 홍수가 났을 때 온 가족을 이끌고 산꼭대기로 향했던 여인이다. 산꼭대기까지 물이 차올 때도 희망을 버리지 않았던 여인, 끝까지 포기하지 않은 여인, 자식과 손자 손녀들을 위해서라면 자신의 모든 것을 희생할 수 있는 여인이 바로 잉그리였다.

그녀는 참으로 특별한 여인이었다. 가는 곳마다 사람들의 이목을 끌었지만 항상 겸손함을 잃지 않았다. 가끔 경박한 인상을 주기도 하지만 그녀의 잔잔하고 깊은 눈빛은 표면과는 상반되는 그 무언가를 발산했다. 그녀는 항상 우리와 일정한 거리를 두려 시도했고, 우리가 하는 일에 방해가 되지 않으려 노력했다. 그런데도 그녀는 우리의 삶에 가장 가깝고 깊숙한 곳에 존재하는 여인이다.

"프레드릭과 카린이 어제 기분 좋게 잘 지내다 갔을 거라고 생각해요?"

린다가 나를 쳐다보며 물었다.

"어… 응. 그렇게 믿어. 나쁘지 않았다고 생각해."

저 멀리서 기차 소리가 들렸다.

"프레드릭이 몇 번이나 나를 함순이라고 부른 것만 제외한다면 말이야."

"농담으로 그랬어요. 당신도 알잖아요!"

"응, 나도 알아."

"프레드릭과 카린 둘 다 당신을 좋아해요."

"글쎄, 거기까지는 모르겠어. 난 그들과 함께 있을 때면 거의 아무 말도 하지 않는 편이니까."

"그건 사실이에요. 하지만 당신은 그들의 이야기에 진심으로 귀를 기울이기 때문에 아무 말을 하지 않아도 당신의 존재를 느낄 수 있어요."

"그래?"

나는 가끔 린다의 친구들과 만나는 자리에서 아무 말도 하지 않고 나서는 편도 아니라 죄책감을 느낄 때가 있다. 그들에게 관심이 없어서가 아니다. 그들과 함께 시간을 보내는 일은 내게 의무처럼 느껴질 뿐이다. 하지만 린다에겐 그게 바로 삶이었다. 나는 그런 린다의 삶을 나눌 수가 없어 그 자리를 지키고만 있을 뿐이다. 린다는 단한 번도 그런 내게 불평을 하지 않았지만, 나는 린다의 속마음이 겉모습과는 다르다는 것을 잘 알고 있다.

기차 소리가 더욱 가까워졌다. 딩 딩 딩 딩. 건널목에서 기차가 온다는 것을 알리는 종소리가 들렸다. 나무들이 세찬 바람을 머금은 듯 거세게 흔들리기 시작했다. 다음 순간, 기차가 숲을 빠져나왔다. 기차는 하얀 눈바람을 날리며 강가에서 100여 미터쯤 떨어진 철로 위에서 달렸다. 화물칸에 실린 형형색색의 컨테이너가 회색빛을 머금은 하얀 눈 위를 달려 반대편 숲속으로 사라졌다.

"저 모습을 바니아가 봤어야 했는데!"

바니아는 아무것도 모르고 자고 있었다. 두건으로 꽁꽁 감싼 후에 모자를 푹 덮어쓴 아이의 얼굴은 다시 귀마개가 달린 빨간 폴리에스테르 모자 속에 숨겨져 있었다. 목도리, 양모 스웨터와 양모 바지, 그 위에 겹쳐 입은 두껍고 빨간 우주복.

"프레드릭은 내가 아팠을 때 신경을 많이 써줬어요. 병원에 있을 때 가끔 나를 방문하기도 했죠. 의사의 허락을 받고 같이 극장에 간 적도 있어요. 자주 있는 일은 아니었지만 내겐 아주 큰 도움이 되었죠. 가끔 병원을 빠져나갈 수 있다는 사실만으로도 난 기분이 좋아졌으니까요. 프레드릭은 그런 식으로 내게 도움을 주었어요."

"당신 친구들은 모두 그렇지 않았어?"

"맞아요. 각자의 방법으로 나를 도와주었어요. 그러고 보니⋯ 난 아프기 전엔 항상 그 반대의 삶을 살았던 것 같아요. 도움을 받기보다는 도움을 주는 사람, 항상 상대방을 이해하려고 노력하는 사람, 대가를 바라지 않고 무언가를 주려 했던 사람이었어요. 내 오빠와 아버지, 가끔 어머니에게도 그랬어요. 그런데 갑자기 모든 게 변했어요. 아프기 시작하면서부터는 항상 다른 사람에게서 무언가를 받는 사람이 되어버린 거죠. 그랬어야만 했어요. 이상한 건⋯ 내가 나 자신의 의지대로 행동할 수 있어 완벽한 자유를 느꼈던 순간은 바로 내가 조증을 경험했을 때뿐이었어요. 그 자유는 내가 감당할 수 없을 정도로 컸기 때문에 아프기까지 했죠. 물론 좋은 점도 있었어요. 마침내 자유를 경험할 수 있다는 느낌이 들었으니까요. 하지만 오래가진 않았어요. 그런 식의 삶은 오래갈 수 없는 법이잖아요."

"맞아."

"지금 무슨 생각하세요?"

"솔직히 말하면 두 가지 생각에 잠겨 있었어. 그 하나는 당신과는 상관없는 거야. 바로 나 자신에 대한 것이지. 당신이 받아들일 수밖에 없었다던 다른 사람의 도움을 떠올리면서 나 자신에 대해 생각해봤어. 만약 내가 당신이었다면 난 다른 사람들에게서 아무것도 받지 않으려 했을 거야. 누가 나를 보는 것도 싫어했을 것 같아. 더군다나 누가 나를 도와주려 손을 내밀었다면 난 그 손을 피하거나 밀쳐버렸을 것 같아. 그건 당신이 상상할 수 없을 정도로 내 속에 깊이 뿌리를 내리고 있어. 누군가에게서 뭘 받는다는 건 생각지도 못할 일이야. 앞으로도 그런 일은 없을 것 같아. 다른 하나는 당신이 조증과 울증을 왔다 갔다 했을 때, 조증에 시달리는 당신은 어떤 모습이었을까

하는 생각이었지. 당신은 그 시기에 완벽한 자유를 느꼈다고 했어. 그때 당신은 무슨 일을 했지?"

"당신이 다른 사람을 받아들이지 않는다면, 어떻게 당신에게 다가갈 수 있죠?"

"내가 다른 사람을 받아들이지 않는데, 그들이 내게 다가올 수 있다는 게 가능하다고 생각해?"

"있을 수 없는 일이에요."

"맞아. 그건 그렇고 내 질문에 대한 답이나 해줘."

왼쪽에 있는 마을 공터가 눈에 들어왔다. 잔디밭 위에 놓여 있는 긴 테이블 주변으로 벤치가 몇 개 둘러싸고 있었다. 1년 중 가장 낮이 긴 날, 온 마을 사람이 모여 건초와 나뭇잎으로 장식한 기다란 작대기 주위를 빙글빙글 돌며 춤을 추고, 케이크를 먹고 커피를 마시면서 퀴즈 놀이를 하는 장소였다. 파티는 퀴즈에서 1등을 한 사람에게 상품을 주는 것으로 끝나곤 했다.

나는 그해 여름, 난생처음으로 스웨덴의 하지 파티에 참석했다. 노르웨이에서처럼 한가운데 쌓아올린 장작과 건초 더미에 불을 붙일 것이라고 기대했지만, 아무리 기다려도 불을 붙이는 사람은 없었다. 노르웨이 전통에 익숙한 나는 불꽃이 타오르지 않는 하지 저녁은 생각조차 할 수 없었다. 린다는 그런 말을 하는 나를 보며 큰 소리로 웃음을 터뜨렸다. 아니에요, 불을 피우는 일은 없어요. 아이들은 장대 주변을 돌면서 춤을 추고 노래를 부른 다음에 콜라나 주스를 마시죠. 스웨덴 전국 곳곳에서 볼 수 있는 모습이에요.

기다란 장대는 여전히 제자리를 지키고 있었고, 장대를 장식하고 있는 나뭇잎들은 바짝 말라 누렇게 변해 있었다. 하얀 눈송이들은 미처 땅으로 떨어져 내리지 못하고 나뭇잎 사이로 고개를 내밀고 있었다.

"느낌으론 뭐든지 다 할 수 있을 것 같았지만 정작 행동으로 옮긴 일은 거의 없어요. 조증에 있을 때는 세상의 그 어떤 일도 가능할 것 같다는 생각이 들어요. 방해가 되는 것도 없어요. 미국 대통령이 될 수도 있다는 생각을 했던 적이 있어요. 어머니에게도 그 말을 했죠. 문제는 내가 정말 그 당시에 그렇게 믿고 있었다는 거예요. 집 밖에 나가면 사회적 제약 같은 건 생각지도 않았어요. 오히려 내 힘으로 어떤 변화를 일으키고 새로운 일을 만들어낼 수 있는 곳을 찾아 나섰죠. 다른 사람의 눈은 전혀 의식하지 않고 온전한 내 모습으로, 내 마음대로 무언가를 할 수 있다는 생각이 들었기 때문이에요. 나는 전적으로 충동에 따라 행동했고, 자괴감이 들거나 자기비판적 생각은 조금도 하지 않았어요. 모든 것이 가능하다는 생각만 했어요. 문제는 정말 모든 것이 가능했다는 것이에요. 이해할 수 있나요? 정말 모든 것이 가능했다고요. 나는 안절부절못했어요. 끝이 보이지 않았거든요. 하지만 난 언젠가는 끝이 날 것이라는 것을 잘 알고 있었죠. 그것도 아주 고통스럽게. 그 끝은 움직임이라고는 전혀 찾아볼 수 없는 심연이었지요. 지옥 중의 지옥이라고나 할까."

"아주 고통스러울 것 같아."

"맞아요. 하지만 조증을 경험하고 있을 당시엔 나 자신이 아주 강인하다고 느꼈던 게 사실이에요. 매사에 자신감을 갖고 살 수 있었어요. 그 기분도 당시엔 진실하게 느껴졌어요. 온 세상이 내 안에 자리하고 있다는 느낌도 들었어요. 내가 무슨 말을 하는지 당신은 이해할 수 있나요?"

"아냐, 잘 모르겠어. 솔직히 난 그런 상태를 단 한 번도 경험해보지 못했기 때문에 이해하기가 어려워. 하지만 알 것 같기는 해. 딱 한 번 경험해본 것 같아. 밤낮으로 혼자 앉아 글을 썼을 때지. 그러니까 당신 경우와는 좀 다를 것 같기는 해."

"난 그렇게 생각하지 않아요. 그 당시, 당신은 조증을 경험하고 있었던 게 틀림없어요. 당신은 식사도 거르고 잠도 자지 않았잖아요. 더구나 너무너무 기뻐서 뭘 어떻게 해야 할지도 몰랐어요. 하지만 당신은 한계에 이르기 전에 자기 통제를 할 수 있었던 것 같아요. 당신의 내면 깊은 곳에 자신에 대한 자신감이 있었기 때문일 거예요. 그건 아주 중요해요. 자신에 대한 자신감은 많은 경우, 조증이나 울증의 한계에 이르지 않도록 자기 자신을 조절할 수 있는 본능적 보호장치로 작용하죠. 이런 본능 장치도 없이 오랜 기간 조울증에 노출되면 그 결과는 끔찍하게 다가와요. 어쩔 수 없는 일이에요. 이 세상 모든 일엔 공짜가 없고 항상 필연적 결과가 따르기 마련이니까요."

우리는 강변을 따라 숲속으로 향했다. 세찬 바람이 눈을 쓸어낸 강물 위에는 얇은 얼음이 덮고 있었다. 어두침침한 하늘을 거울처럼 반사해내고 있는 곳도 있었고, 얼어붙은 진흙탕처럼 진한 녹색과 회색을 머금은 울퉁불퉁한 곳도 있었다. 기차가 지나가고 신호음도 사라지니 숲속에 정적이 찾아들었다. 그 뒤로 간간이 들리는 소리라곤, 바람에 흔들리는 잔가지들이 서로 맞부딪쳐 내는 소리와 유모차 바퀴가 굴러가는 소리 그리고 우리의 발소리뿐이었다.

"병원에 입원해 있을 때 들었던 말 중에 지금까지도 기억하고 있는 게 있어요. 내겐 아주 중요한 말이었어요. 따지고 보면 아주 간단하기 그지없는 말이었죠. 내가 조증에 있을 때라 해도 사실은 내가 슬퍼하고 있다는 것을 기억해야 한다고 했어요. 깊고 어두운 심연 중에 있다는 걸 잊지 말아야 한다고 했어요. 생각해볼 만한 말이에요. 언제 어디서나 내가 누구인지 잊지 않고 나 자신을 통제할 수 있는 능력을 잃지 않아야 한다는 말이겠죠? 난 나 자신을 통제할 수 있는 능력이 없었어요. 바로 그 때문에 그 지경에 이르렀던 거예요. 어쩌면 난 나만의 진실된 삶을 살아본 적이 없는지도 몰라요. 내면을 잊어버린 채 외면만을 보고 살아왔다는 생각이 들었어요. 물론 그렇게 사는 것도 어느 선까지는 상관없다고 생각해요. 하지만 난 그 선을 넘어 더 깊숙이 들어갔죠. 결국은 더 견뎌내지 못했던 거예요. 완전히 멈추어버렸던 거죠."

린다가 나를 바라보았다.

"당시엔 참 경솔했던 것 같아요. 마치 내 안에 있던 자유분방함이랄까, 그런 것이 고개를 쳐드는 것만 같았다고요."

"그랬던 것 같아. 내가 당신을 처음 봤을 때는 지금과는 분위기가 완전히 달랐어. 자유분방함… 그 말도 맞는 것 같아. 자유로움의 한계에 이른 것 같은 아슬아슬함도 느낄 수 있었지. 하지만 지금은 전혀 그렇지 않아."

"당시엔 막 한계점을 넘어서려 했던 것 같아요. 바로 그 주에 내가 조증의 한계점에 이르렀던 것도 사실이고요. 그때 당신과 연애를 하지 않았던 걸 지금 얼마나 다행으로 생각하는지 알아요? 그때 당신과 연애를 시작했다면 오늘 같은 날은 오지도 않았을 거예요."

"그럴지도 모르지. 난 당신이 얼마나 로맨틱한 사람이라는 걸 알고 나서 조금 놀랐어. 당신은 주변의 사람들과 항상 친밀함을 유지하려 했어. 당신한테는 그게 얼마나 중요한지도 한참 후에야 알게 되었지."

우리는 한동안 침묵을 지키며 걸었다.

"당신은 내가 아직까지도 그 당시의 모습을 지니고 있길 바라나요?"

"아니야."

내가 미소를 지으니 린다도 미소를 지었다. 숲속은 바람 소리 외에는 아무 소리도 들을 수 없을 만큼 고요했다. 기분이 좋아졌다. 영혼의 자유를 느껴본 지도 오래되었다는 생각이 들었다. 흰색은 가벼운 색깔이긴 하지만 숲을 덮고 있는 흰 눈은 전혀 가벼운 느낌을 주지 않았다. 땅에 쌓인 흰 눈은 하늘의 빛을 미묘하게 반사해내며 반짝였다. 거무스름한 나무등치와 짙은 갈색의 나뭇가지들은 수도 없이 서로 다른 방식으로 엉켜 있었다. 산등성이도 거무스름했고, 바윗돌과 거대한 떡갈나무 아래 그림자가 자리 잡고 있는 곳도 거무스름했다.

정적은 희고 부드러운 곳, 무자비하게 입을 벌리고 있는 듯한 거뭇거뭇한 곳에도 찾아들었다. 움직이는 것은 찾아볼 수 없었다. 문득, 우리를 둘러싸고 있는 것 중에는 생명을 지니지 않은 것들이 너무나도 많다는 생각이 스쳤다. 이 세상에 실제로 생명을 지니고 있는 것들은 얼마 되지 않는다. 얼마 되지도 않는 세상의 한 부분이 우리에게 미치는 영향은 말로 다할 수 없을 정도다. 아, 나는 그림을 그리고 싶었다. 그림에 재능이 있어서 내 생각을 그림으로 표현할 수 있다면 얼마나 좋을까. 스탕달은 예술의 가장 가치 있는 형태가 음악이라고 했다. 모든 예술의 형태는 음악으로 귀결된다고 했던가. 그것은 매우 이상적인 개념이다. 모든 예술은 다른 무언가를 표현할 뿐이지만, 그 자체로써 독특하게 예술의 형태를 지니고 있는 것은 음악뿐이다.

나는 형체가 있는 구체적인 현실에 더욱 가까이 다가가고 싶다. 내겐 항상 시각적 요소가 먼저 찾아온다. 글을 쓰거나 책을 읽을 때

241

도 마찬가지다. 내가 관심이 있는 것은 글자 뒤에 숨어 있는 세상이다. 지금처럼 밖에 나가 걸을 때는 주변의 경치 속에서 아무 감흥도 느낄 수가 없다. 눈은 눈이고, 나무는 나무일 뿐. 하지만 눈이나 나무를 그린 그림을 보면 의미를 느낄 수 있다. 모네는 흰 눈이 발하는 빛을 천재적으로 표현한 화가다. 노르웨이 화가 중 가장 테크닉이 뛰어나다고 평가받는 테울로브*도 마찬가지다. 그들의 그림을 보면 전율을 느낄 정도다.

그림과 접했을 때 순간적으로 느끼는 강렬함은 시간이 흐를수록 더욱 깊어진다. 그림 속 낡아 스러질 것 같은 강가의 작은 창고나 휴양지의 작은 방파제는 마치 실제로 내 눈앞에 있는 것 같은 착각을 불러일으킨다. 바로 그 순간 우리는 언젠가 죽어 없어질 존재라는 것도 잊어버린다. 반면, 쌓인 눈을 보면 이 순간 내가 서 있는 세상이 아닌 다른 차원의 세상을 보는 것만 같다. 흰 눈이 주는 느낌과 흰 눈이 발산하는 빛은 그 자리에서 선명히 보고 감지할 수 있는 것과는 거리가 멀다.

한겨울의 숲을 덮고 있는 흰 눈을 보았을 때 가장 먼저 느끼는 것은 생명의 부재, 공허감이다. 긴장감이나 강렬함을 찾아볼 수 없는 중립성도 느낄 수 있다. 그 순간의 느낌은 시간이 흘러도 변하지 않는다. 프리드리히**는 이것을 알고 있었다. 그는 자연을 성찰하는 눈으로, 자연에 자신의 주관적 감정을 담아 표현했다. 표현의 문제는 여기서 생겨난다. 그 어떤 눈도 순수하지 않고, 그 어떤 눈빛도 전적으로 공허하다고는 할 수 없다. 그 어떤 것이 내포한 진실된 의미는

* 20세기 초 노르웨이의 인상파 화가. 주로 자연 풍경을 화폭에 담았다.
** 19세기 초 독일 낭만주의 화가.

거의 대부분 겉으로 순전하게 드러나지 않는다.

우리는 바로 여기서 예술의 의미에 대해 질문을 하지 않을 수 없다. 숲을 거닐며 이런 생각을 했다고 치자. 내가 숲에서 얻은 의미는 따지고 보면 내가 만들어낸 것이 아니었던가. 숲의 의미는 내 속에 있던 것이다. 숲에서 의미를 찾는다고 했을 때, 그 의미는 눈으로 한 번 봐서 얻어낼 수 있는 것이 아니라 숲과 관련된 우리의 행위를 거쳐 얻어낼 수 있는 것이다. 예를 들어 나무는 베어야 하고, 집은 지어 올려야 하고, 모닥불은 피워야 하고, 짐승은 사냥을 해야 한다. 이런 행위들은 내가 만족을 얻기 위해 하는 것이 아니라 이들 행위에 의존하지 않고는 내 삶을 영위할 수 없기 때문이다. 여기까지 생각했을 때 눈앞에 보이는 숲은 의미를 지니게 된다. 너무나 큰 의미를 지니고 있어 더는 보기 싫을 정도로.

모퉁이를 돌자 20미터쯤 앞에 후드가 달린 붉은색 방한 외투를 입은 남자가 걷고 있었다. 양손에 각각 스키폴을 들고 걸음을 옮기는 그는 아르네였다.

"안녕하세요! 산책 중이신가 봐요."

몇 미터 앞까지 다가온 그가 우리에게 말을 건넸다.

"안녕하세요, 아르네 씨. 참 오랜만이에요."

린다가 인사를 했다.

그는 우리 옆에 서서 유모차를 흘끗 바라보았다. 최근의 일로 그다지 상심한 것 같진 않아 보였다.

"아이가 많이 컸군요. 지금 몇 살인가요?"

"보름 전에 한 살이 되었어요."

"그래요? 시간이 참 빨리도 가네요."

그가 나와 눈을 마주치며 말했다. 마비된 그의 한쪽 눈동자는 젖어 있었다. 그는 최근 몇 년 동안 온갖 병이란 병은 모두 얻었다. 뇌종양을 얻어 수술을 해서 종양을 제거했더니, 병 중에 복용했던 모르핀에 중독이 되어 해독 센터에서 몇 달을 보낸 적이 있다. 게다가 건강을 되찾자마자 뇌일혈로 고생을 하더니, 얼마 전에는 폐렴에 걸려 죽다 살아났다는 말을 들었다.

그는 볼 때마다 더 늙어 보였지만 움직임은 여전히 재발랐고, 몸이 약해진 것 같지도 않았다. 삶에 대한 그의 의지와 생기는 2년 전이나 지금이나 변함이 없었다. 그러니 그가 지금까지 버틸 수 있었던 것은 바로 삶에 대한 의지와 욕망 때문이리라. 다른 사람이 그와 같은 일을 겪었다면 아마 지금은 땅 밑 2미터쯤 되는 곳에 누워 있을 것이 틀림없다는 생각이 스쳤다.

"비다르에게 들었는데 자네 책이 곧 스웨덴어로 번역되어 나올 거라고 하더군."

"네, 맞습니다."

"언제 나오나? 책이 나오면 꼭 읽어보겠네."

"가을쯤에 나온다고 하더군요."

"기다렸다 꼭 사서 읽어볼게."

도대체 그는 몇 살쯤 되었을까? 60대 초반? 나는 그의 나이를 짐작할 수가 없었다. 그에게선 노인들에게서 볼 수 있는 전형적인 분위기를 찾아볼 수 없었다. 정상적인 한쪽 눈은 젊은이의 생기가 돌았고, 얼굴은 비록 주름으로 쭈글쭈글하고 여기저기 핏줄이 툭툭 튀어나와 있긴 했지만 항상 밝고 생기 찬 젊음을 발산하긴 마찬가지였다. 또한 그를 스쳐갔던 병 때문에 말투는 어눌하고 느릿느릿하긴 했지만 그의 목소리에는 힘과 열정이 담겨 있었다. 그가 발산하는 젊고 생기 있는 분위기는 나이 들어 시들시들해진 신체에 반항이라도 하듯 어딘지 모르게 고집스럽게 느껴지기도 했다.

그는 고아원에서 어린 시절을 보냈지만, 그곳에서 함께 자란 친구들과는 다른 길을 걸었다. 적어도 그의 말을 곧이곧대로 믿는다면, 그는 꽤 실력 있는 축구팀에서 축구를 하기도 했고, '엑스프레센'이라는 신문사에서 수년 동안 기자로 일하기도 했다. 그뿐만 아니라 그는 지금까지 꽤 많은 책을 출간한 작가이기도 하다.

그의 아내는 남편이 무슨 말을 할 때마다, 대부분의 결혼한 여자들이 그러하듯 짐짓 생색을 내며 그를 어린아이처럼 취급했다. 간호사로 일한 그녀는 남편이 병을 얻고, 딸이 쌍둥이를 출산하자 그렇지 않아도 힘들다고 생각하던 병원 일을 그만두고 집에서 손자 보는 일로 시간을 보냈다.

"만나서 반가웠어. 린다, 칼 오베."

"네, 또 뵙겠습니다."

그는 손을 이마로 가져가 경례를 하듯 작별인사를 건넨 후, 걸음을 옮길 때마다 스키폴을 힘차게 들어올리며 길 건너편으로 자취를 감췄다.

경직된 채 젖어 있는 그의 한쪽 눈동자는 대화하는 중에도 정면만 향하고 있었다. 나는 그의 눈이 마치 신화에 나오는 괴물의 눈 같다고 생각했다. 그와 헤어져 집으로 돌아온 후에도 나는 그의 눈동자가 만들어낸 기묘한 느낌에서 하루 종일 빠져나오지 못했다.

"그다지 상심한 것 같진 않은걸."

그가 모퉁이를 돌아 사라지고 나자 나는 린다에게 말을 건넸다.

"정말 그러네요. 하지만 사람의 겉만 보고 속내를 알아차리긴 쉽지 않아요."

245

저 멀리서 기적 소리가 들렸다. 이번에는 아까와는 반대 방향에서 기차가 오고 있었다. 바니아를 보니 잠에서 금방 깼는지 눈을 껌벅이고 있었다. 나는 바니아가 앉을 수 있도록 유모차의 등받이를 올리고, 기차를 향해 유모차를 돌려세웠다. 기차가 우리 앞을 지나가자 아이는 손으로 기차를 가리키며 소리를 질렀다. 기차가 지나가면서 만들어낸 바람이 눈을 실어 내 얼굴을 때렸다.

1킬로미터쯤 더 가니 언덕 위에 있는 작은 목장을 끝으로 길이 끊어졌다. 맞은편에는 작은 시냇물이 흐르고 있었다. 여름이면 말들이 풀을 뜯는 그곳에는 하얀 눈이 얇은 담요처럼 땅을 감싸고 있었다. 동쪽을 향한 왼편에는 집이 몇 채 다닥다닥 붙어 있었고, 그 뒤에는 작은 오솔길이 있었다. 그 오솔길을 따라가면 올로프 팔메*의 동생이 소유하고 있다는 커다랗고 아름다운 저택을 볼 수 있다. 지난여름, 린다와 나는 저녁에 자전거를 타고 가다 길을 잘못 들어 그 집 정원 앞까지 간 적이 있다. 양옆으로 각각 커다란 강과 그네스타 시내가 한눈에 보이는 그곳에서 어떻게든 사람들의 눈에 띄지 않고 조용히 빠져나오려던 나는, 흰색 주 건물과 붉은색 부속 건물 사이에서 초록색 잔디 위 하얀 정원용 테이블에 앉아 흰색 정장을 입고 식사하던 이들을 보았다.

나는 바니아를 안아 올려 팔로 감싸 안고 온 길을 되돌아 집으로 향했다.

30분쯤 지나 집 앞 언덕에 이르니 집 안쪽에서 큰 소리가 들려왔다. 나는 부엌 창으로 잉그리와 비다르가 서로 마주 보며 소리를 지

---

• 스웨덴의 사회민주당 정치인으로 총리를 지냈다.

르는 것을 보았다. 짐작건대 우리는 그들이 예상했던 것보다 좀 일찍 돌아온 게 틀림없었다. 나는 대문 앞 계단에서 일부러 소리를 쿵쿵 내며 장화에 묻은 눈을 털었다. 그러자 안쪽에서 들리던 목소리가 사라졌다. 린다는 바니아를 안고 집 안으로 들어갔고, 나는 비다르가 지난봄과 여름 내내 지어 올린 차고 안으로 유모차를 끌고 가 세워놓았다. 집에 되돌아오니, 비다르가 밖에 나가려던 참인지 작업복을 입고 현관에 서 있었다.

"이제 왔어?"

그가 미소를 띠며 물었다.

"오래 걷다 온 모양이야?"

"아니에요. 숲속의 오솔길을 좀 걷다 왔어요. 바람이 너무 세게 불어서 오래 있을 수가 없더군요."

"맞아, 왜 이렇게 바람이 심하게 부는지…"

그는 긴 갈색 장화에 발을 집어넣으며 말했다.

"잠시 밖에 나가서 뭘 좀 고쳐놓으려고."

그는 내 앞을 지나쳐 연장을 보관해둔 창고를 향해 느릿느릿 걸어갔다. 부엌은 내가 서 있는 곳에서 팔을 뻗으면 닿을 만한 거리에 있었다. 잉그리는 바니아를 유아용 식탁 의자에 앉혀놓고 감자를 깎고 있었다. 나는 모자와 장갑을 현관 선반에 올려놓고 장화를 벗었다. 잉그리는 바니아 앞에 물이 담긴 플라스틱 종지와 계량스푼을 놓아두었다. 나는 그것만 있으면 바니아가 아주 오랫동안 잘 놀 수 있을 것이라고 생각했다. 나는 코트를 벗어 옷걸이에 걸고 다른 겨울옷들 사이에 쑥 밀어 넣은 다음 그들 앞을 지나쳤다.

잉그리는 기분이 안 좋아 보였지만, 부엌일을 하는 손놀림은 침착하기 그지없었고 바니아를 향해 이야기하는 목소리는 부드럽고 친

247

절했다.

"오늘 저녁은 뭘 먹을 예정인가요?"

"양고기와 웨지 감자튀김 그리고 와인 소스."

"아, 정말 맛있겠어요! 양고기는 제가 제일 좋아하는 음식이거든요."

"나도 알고 있어."

안경 너머로 나를 바라보는 잉그리의 눈동자는 미소를 머금고 있었다.

바니아는 계량스푼을 물이 담긴 종지 속에 철썩 담갔다.

"할머니 말 잘 들어, 바니아!"

나는 바니아의 머리를 쓰다듬어주고는 잉그리를 바라보았다.

"린다는 쉬러 들어갔나요?"

잉그리가 고개를 끄덕였다. 그 순간, 부엌에서 4미터밖에 떨어지지 않은 침실에서 린다의 목소리가 들렸다.

"나 여기 있어요!"

나는 침실로 들어갔다. 침대 두 개가 90도 각도로 배치된 그 방은 발 디딜 틈도 없이 비좁았다. 그녀는 침대 위에서 이불을 턱까지 끌어올려 덮고 누워 있었다. 커튼은 활짝 열려 있었지만, 방 안은 어두침침했다. 거무스름하고 거친 나무벽이 방으로 들어오는 빛을 모두 빨아들여 삼켜버린 것만 같았다.

"어휴… 추워 죽겠어요. 당신도 이불 속으로 들어올래요?"

나는 고개를 저었다.

"책을 읽을 생각이야. 당신은 피곤하면 쉬어."

나는 침대 가장자리에 앉아 린다의 머리를 쓰다듬어주었다. 침실 한쪽 벽에는 비다르의 아들딸과 손자 손녀들의 사진이 걸려 있었고,

다른 쪽 벽에는 책이 가득 꽂힌 책장이 있었다. 창틀에는 비다르의 막내딸 사진과 시계가 놓여 있었다. 나는 다른 사람들의 침실에 들어서면 내가 보고 싶지 않은 것들이 눈에 띄기 때문에 왠지 불쾌해진다. 하지만 비다르와 잉그리의 침실은 달랐다.

"사랑해요."

린다가 속삭였다.

나는 허리를 굽혀 린다에게 키스했다.

"푹 자."

나는 거실로 나가 집에서 가져온 책을 꺼냈다. 도스토옙스키를 읽고 싶진 않았다. 지금 그의 세계 속으로 들어가면 힘이 쭉 빠질 것 같아서였다. 그 대신 나는 오래전부터 읽고 싶었던 랭보의 전기를 꺼내 들고 창문 아래 평상에 누웠다. 그의 전기에서 내가 특히 읽고 싶었던 부분은 아프리카와 관련된 것과 그가 살았던 그 시기에 대한 이야기였다. 그가 쓴 시도 랭보 자신의 독특함을 잘 반영해준다는 사실 외엔 그다지 관심이 가지 않았다.

부엌에선 잉그리가 식사 준비를 하며 바니아와 이야기를 하는 소리가 들렸다. 잉그리는 지루하게까지 여겨지는 일상의 모든 일에 생기를 불어넣어 동화적으로 재창조한 다음 아이와 함께 나눈다. 바니아와 함께 있을 때면 자신의 일을 뒷전으로 미루고, 아이의 경험을 우선으로 했다. 그렇다고 해서 그녀가 그녀 자신을 희생한다는 느낌은 전혀 들지 않았다. 아이와 함께 있을 때 그녀가 보이는 밝고 기쁜 모습은 깊고 솔직한 구석이 있었다.

내 어머니와 잉그리처럼 서로 다른 여자를 찾기도 힘들다는 생각이 스쳤다. 어머니도 자식을 위해 자신의 일을 뒷전으로 미루긴 하지만, 바니아와의 친밀감과 그들이 함께하는 일은 잉그리의 경우와 너무나 다르다. 바니아와 함께 있을 때 잉그리가 보이는 솔직하고 애정 어린 모습은 내 어머니에게서 찾아볼 수 없다.

언젠가 어머니는 바니아와 함께 동네 놀이터에 간 적이 있다. 언뜻 어머니의 눈빛이 공허해 지루하냐고 물어보았더니 그렇다고 했다. 어머니는 항상 그랬다. 우리가 어렸을 때도.

잉그리는 원하기만 하면 모든 아이의 관심을 집중할 수 있다. 그녀와 아이들 사이에는 얼굴을 마주하자마자 직접적인 친밀감이 생성된다. 그녀가 발산하는 강렬한 분위기는 가는 곳마다 긍정적이고 생기 가득한 에너지로 채워 넣었다. 반면, 내 어머니는 몇 시간 동안이나 같은 방 안에 앉아 있어도 어머니의 존재를 눈치채지 못하는 사람이 있을 정도다. 잉그리는 과거 스웨덴에서 가장 명망 있는 연극 무대에 섰던 배우이고, 활동적이고 생기 있는 삶을 살았다. 내 어머니는 항상 조용히 사유하고, 책을 읽고 글을 쓰며 명상적인 삶을 살았다. 잉그리는 요리하는 일을 사랑했지만, 내 어머니는 필요하기 때문에 음식을 만들었다.

침실 창 너머로 푸른 작업복을 입고 미끄러지지 않도록 조심조심 걷는 비다르의 구부정한 등이 눈에 들어왔다. 잠시 후, 차고로 향하는 그의 모습이 거실 창에 담겼다. 부엌에 있는 바니아는 서랍장을 의지해 서 있었고, 잉그리는 김이 모락모락 나는 삶은 감자가 든 냄비를 불에서 들어올렸다. 나는 현관으로 가 외투를 입고 모자와 장갑을 낀 다음, 밖에 나가 건물 벽에 바짝 붙여놓은 벤치 위에 앉아 담배를 피웠다. 비다르가 한 손에 양동이를 들고 차고에서 나왔다.

"담배 다 피우면 나를 좀 도와주겠나? 10분 후쯤?"

"네, 그러겠습니다."

비다르는 고개를 끄덕인 후 담 모퉁이를 돌아 사라졌다. 나는 다시 저 먼 곳을 향해 눈길을 돌렸다. 하늘은 광택 없는 빛을 발산했다. 어둠은 땅 위에 골고루 내려앉는 법이 없다. 숲 언저리의 나무들에서 볼 수 있는 것처럼, 어둠은 이미 내려앉은 곳에서 더욱 게걸스럽게 남아 있는 어둠을 빨아들이려 아우성치는 것 같다. 희미한 2월의 빛은 조금도 저항하는 기미 없이 어둠 속으로 사라졌다. 마지막으로 한 차례 뿜어내는 불꽃 같은 석양도 찾아볼 수 없다. 2월은 서서히, 눈에 띄지 않게 죽어가는 생명처럼 어둠과 밤 앞에 낮을 내준다.

갑자기 행복하다는 느낌이 온몸에 번졌다.

벌판을 덮고 있는 저녁 빛, 차가운 공기, 나무 사이로 찾아든 정적. 어둠이 기다리고 있었다. 2월의 오후가 내 속으로 스며들어, 그간 내가 경험했던 다른 수많은 2월의 오후와 그 기억들을 일깨워내기 시작했다. 아니, 내 속에서 일깨워져 고개를 든 것은 기억의 여운이었다. 기억 그 자체는 이미 오래전에 죽어버리지 않았던가. 해마다 비슷한 시기에 볼 수 있는 비슷한 빛, 그것은 내 기억 속에도 자리 잡고 있다.

내 몸을 스쳤던 행복감은 어느새 강렬한 슬픔으로 변했다. 나는 눈 위에 담배를 비벼 끄고 지붕 홈통 아래 있는 양동이 쪽으로 꽁초를 던졌다. 집에 가기 전에 건물 주변에 버린 꽁초를 모두 주워야겠다는 생각을 하며 나는 차고로 향했다. 비다르는 지하의 음식 저장고 앞에 서서 냉동고 뚜껑에 붙은 나사를 돌리고 있었다.

"냉동고를 지하실로 옮겨 가야 해. 눈 때문에 미끄러워서 쉽지 않겠지만 조심해서 천천히 옮기면 돼."

나는 고개를 끄덕였다. 까마귀 소리가 들렸다. 소리 나는 쪽으로 고개를 돌리니 까마귀 한 마리가 맞은편에 있는 나무를 뚫어지게 바라보며 울고 있었다. 궁금해진 나는 나무 쪽으로 시선을 돌렸지만 아무것도 보이지 않았다.

땅에 쌓인 눈은 집 밖에서 일어난 그날 하루의 일을 적나라하게 보여준다. 발자국은 오솔길은 물론, 마당 안에 자리 잡은 건물 사이로 이어져 있다. 발자국이 닿지 않은 곳은 새하얗게 남아 있다.

비다르는 세 번째 나사를 조이기 시작했다. 그의 손가락은 부드럽고 섬세하게 움직였다. 그는 고장 난 물건들을 모두 직접 수선한다. 크기가 작으면 작을수록 그의 손놀림은 더욱 민첩해지고 그의 얼굴엔 만족하는 빛이 떠오른다. 나는 무언가를 조립하거나 수선할 때 한 손으로 덥석 쥐지 않고 이리저리 오물쪼물 돌려봐야 하는 작은 물건이 눈앞에 있으면 인내심을 잃어버린다. 특히 직접 조립해야 하는 이케아 가구들의 나사를 돌리고 있다 보면 화가 머리끝까지 치밀어 오르곤 한다.

나사를 돌리는 비다르의 입가가 살짝 위로 추어올려졌다. 비뚤비뚤한 이빨에는 침이 묻어 번들번들했다. 가느다란 눈과 턱수염으로 더욱 강조된 삼각형의 얼굴은 여우를 생각나게 했다.

그가 들고 나온 자주색 양동이는 모래가 가득 담겨 회색 담벼락 앞에 놓여 있었다.

"모래를 뿌릴 생각이신가요?"

"응. 자네가 해주겠나?"

"네."

나는 양동이를 들고 집 앞 진입로를 따라 걸으며 눈 쌓인 길 위에 모래를 뿌렸다. 녹색 방풍 재킷을 입은 잉그리가 나와 종종걸음으로 지하 음식 저장고를 향해 갔다. 이처럼 큰 의미를 지니지 않은 움직임 속에서도 잉그리는 그녀만의 독특하고 강렬한 분위기를 자아낸다. 문득, 린다가 이제 일어났을 것이라는 생각이 스쳤다. 잉그리가 바니아를 혼자 두고 밖에 나올 리는 없으니 말이다.

오솔길 아래 사과나무에는 아직도 사과알이 두 개쯤 매달려 있었다. 사과의 껍질은 쭈글쭈글했고 거뭇한 점이 촘촘하게 박혀 있었다. 무채색의 숲을 배경으로 벌거벗은 나무에 외롭게 달려 있는 사과알은 비록 껍질의 광택이 사라져버리긴 했지만 그 존재를 강렬하게 드러내기에 충분했다. 하지만 붉은 페인트칠을 한 창고를 배경으로 사과나무를 바라보니 사과 열매를 찾아보기가 쉽지 않았다.

잉그리가 1.5리터짜리 생수 두 병과 맥주캔 세 개를 들고 창고에서 나왔다. 그녀는 자물쇠의 고리를 채우기 위해 잠시 그것들을 눈 위에 내려놓았다. 황금색 고리는 하얀 눈을 배경으로 햇살처럼 반짝였다. 자물쇠를 채운 그녀는 종종걸음으로 집 안으로 들어갔다. 나는 온 길을 되돌아가며 양동이에 남아 있는 모래를 모두 뿌렸다.

양동이를 바닥에 내려놓는 순간, 전날 카페에서 만났던 남자가 누구를 닮았는지 생각났다. 그가 연상시켰던 사람은 바로 타리에이 베소스˙였다. 널찍한 턱, 부드러운 눈빛, 반쯤 벗겨진 머리 등 쌍둥이를 보는 것만 같았다. 다른 점이 있다면 피부 색깔뿐이었다. 어제 본 남자는 분홍색이 도는 아기 피부를 연상시켰다. 마치 베소스가 부활해서 새로운 피부를 덮어쓰고 거리로 나온 것만 같다는 생각이 스쳤다.

"이제 다 됐어."

비다르가 스크루 드라이버를 작업대 위에 내려놓으며 말했다.

"이제 들어보자고. 내가 밑부분을 들어올릴 테니, 자네는 반대편에서 들어올려. 오케이?"

---

˙ 20세기 노르웨이 최고의 시인이자 소설가로 일컬어진다.

"네."

내가 먼저 냉동고를 들어올리자 맞은편 비다르 쪽으로 무게가 옮겨졌다. 끙끙거리며 힘을 쓰는 그를 보니 오히려 내가 더 무거운 쪽을 맡았으면 좋았겠다는 생각이 스쳤다. 솔직히 냉동고는 그다지 무겁다고 할 수는 없었다. 우리는 보폭을 좁혀 조심조심 오르막길을 내려간 다음 옆걸음으로 완만한 내리막길을 내려갔다. 창고에 이른 우리는 냉동고를 바닥에 내려놓고 조금씩 벽 쪽으로 밀어붙였다.

"도와줘서 고맙네. 미뤄둔 일을 하니 기분이 좋군."

평소에는 그를 도와 이런 일을 해줄 사람이 없기에, 그는 항상 우리가 올 때까지 기다렸다가 도움을 청했다.

"별말씀을요."

그가 전기 콘센트를 연결하자 냉동고가 윙 하는 소리를 내며 작동하기 시작했다. 지하 창고에는 이런 냉동고가 두 개 더 있을 뿐 아니라, 커다란 냉동 박스도 두 개나 있었다. 냉동고와 냉동 박스는 음식으로 가득 차 있었다. 사슴 고기, 송아지 고기, 양고기. 민물꼬치 고기, 민물농어, 연어. 갖가지 채소와 열매와 직접 만든 저녁거리들.

그들이 음식과 돈을 관리하는 방식은 내겐 먼 나라의 일처럼만 느껴진다. 잉그리는 세일을 하면 항상 대량으로 음식을 사왔다. 단 1크로네도 허비하는 법이 없었다. 그녀는 항상 적은 비용으로 최상의 결과를 낼 수 있는 방식을 택했다. 예를 들어, 슈퍼마켓에서 팔다 남은 과일들을 공짜로 얻어 보관해두었다가 잼이나 케이크 등 그녀만의 방식으로 새로운 음식을 만드는 데 이용했다.

가끔 그녀는 음식 재료를 구입한 비용과 자신이 요리를 만든 후의 음식값을 비교해보이며, 재료값이 싸면 쌀수록 더 좋다고 말했다. 그렇긴 하지만, 그녀는 구두쇠와는 거리가 멀었다. 자신의 경제 사정이 어떻든 간에 우리를 위해선 아낌없이 퍼주는 그녀의 사람 됨됨이는 어쩌면 가정주부이자 어머니로서의 자긍심 때문인지도 모른다. 이는 잉그리가 가정과를 졸업하고, 배우 생활에서 은퇴한 후에 다시 이전의 삶으로 되돌아갔다는 사실로도 짐작할 수 있다.

잉그리는 우리가 방문할 때마다, 나직이 윙윙거리는 냉동고와 냉동 박스, 온갖 채소와 과일, 잼과 헤르메틱 박스로 가득한 지하 창고에 저장해둔 음식을 내왔다. 모두 그녀가 직접 만들어둔 것들이다. 대부분은 한두 세대 이전부터 스웨덴 사람들이 먹기 시작했던 일상적인 음식이었지만, 가끔은 스웨덴 농촌 사람들의 입맛에 맞게 변형한 이탈리아, 프랑스, 아시아 음식들도 볼 수 있었다.

바니아가 유아 세례를 받을 때, 잉그리는 손님들에게 음식을 대접하겠다고 나섰다. 세례식은 내 어머니가 사는 윌스테르의 한 교회에서 거행될 예정이었다. 잉그리는 노르웨이의 슈퍼마켓 사정에 대해 잘 모르고 있었고, 게다가 사돈의 낯선 부엌에서 음식을 요리해야 한다는 점이 마음에 걸려 결국 집에서 음식을 모두 만들어 가져가겠다고 제안했다. 나는 조그만 모임을 위해 몇백 킬로미터나 음식을 들고 가겠다는 그녀의 제안이 너무나 이상하다고 생각했다. 하지만 그녀는 그게 가장 쉬운 방법이라며 고집을 부렸다. 결국 작년 5월 말, 잉그리와 비다르는 냉동 박스 세 개와 슈트케이스 하나를 들고 노르웨이 푀르데 외곽에 있는 브링엘란소센 공항에 내렸다.

파티는 두 번 연달아 있을 예정이었다. 금요일에는 내 어머니의 환갑잔치가 있고, 일요일에는 바니아의 유아 세례식이 잡혀 있었다. 린다와 나는 며칠 먼저 도착했다. 어머니는 파티를 위해 거실을 개조했는데, 미처 정리를 하지 못해서 우리가 도착하니 어머니의 집은 마치 건축 자재 공장처럼 보였다. 린다는 그 광경을 보고 실망해 불같이 화를 냈다. 그녀는 시어머니의 거실을 제대로 정리해줄 사람은 나밖에 없다고 생각했고, 그 일을 하는 데는 최소 사흘은 걸릴 것이라 믿었다. 나는 린다가 불같이 화를 내고 있는 건 알았지만 왜 화를 내는지는 도저히 이해할 수가 없었다. 바니아를 데리고 계곡 위쪽으로 산책을 할 때, 린다는 내 어머니 욕을 하며 마구 화를 냈다. 이런 일이 일어날지 미리 알았다면 바니아의 유아 세례식을 스톡홀름에서 치렀을 것이라고도 했다.

"어머니는 너그럽지도 않고, 집에 찾아오는 손님들을 극진하게 대접할 마음도 없는 사람이에요. 아주 차갑고 냉정한 데다 무뚝뚝하기까지 해요."

햇살이 가득하게 우거진 숲속에서 린다가 소리쳤다.

"그건 사실이에요. 당신은 내가 우리 어머니를 객관적으로 보지 못한다고 말하죠. 게다가 아무리 모녀지간이라 해도 공짜는 없다고 말한 적도 있었어요. 우리 어머니가 내게 잘 대해주는 건, 어머니 마음대로 나를 통제하기 위해서라고 했나요? 맞아요. 어쩌면 당신 말이 맞을지도 몰라요. 하지만 당신도 마찬가지예요. 당신도 당신 어머니를 객관적으로 보지 못하고 있어요."

나는 당황스럽고 정신이 혼란해서 배가 살살 아프기까지 했다. 말다툼을 할 때 그녀가 보이는 비이성적이고 광기 어린 태도를 접할 때마다 나는 항상 그랬다.

우리는 바니아가 누워 자고 있는 유모차를 밀며 거의 뛰다시피 걸었다.

"세례식을 받을 사람은 바로 우리 딸이야. 우리가 낳은 딸이라고. 우리 딸의 세례식 파티가 열리는 집이니까 우리가 좀 정리해주고 치워주는 게 그렇게 못마땅해? 내 어머넌 직업을 가지고 있어. 매일 밤에 나가서 일을 한단 말이야. 당신 어머니와는 다르다고. 바로 그 때문에 제시간에 맞추어 정리를 할 수가 없었던 거야. 우리 일 때문에 어머니의 시간을 모두 써버릴 수는 없는 법이잖아. 어머니에게도 어머니만의 삶이 있어."

"당신은 눈뜬장님이나 마찬가지예요."

린다가 소리쳤다.

"우리가 여기 올 때마다 당신은 일을 해야만 했어요. 당신 어머니는 당신을 이용하고 있는 거라고요. 그 때문에 우린 우리만의 시간을 보낼 수가 없었어요. 단 한 번도!"

"하지만 우린 항상 우리만의 시간을 보내고 있잖아. 우리 둘만의 시간? 빌어먹을! 우리가 가지고 있는 건 우리 둘만의 시간밖에 없다고 해도 과언이 아냐!"

"당신 어머니는 우리에게 숨 쉴 공간을 주지 않아요."

"젠장, 지금 무슨 소릴 하고 있는 거야? 숨 쉴 공간이라니? 우리에게 그런 공간과 여유를 주는 사람이 있다면 바로 내 어머니야. 우리에게 공간과 여유를 주지 않는 사람은 바로 당신 어머니라고! 당신 어머니는 단 1센티미터의 공간과 여유도 주지 않아. 바니아가 태어났을 때, 기억나? 당신은 아이가 태어난 처음 며칠 동안은 아무도 들이지 말고 우리끼리만 아이를 돌보며 함께 배워나가자고 했어."

린다는 아무 말도 하지 않고 화난 눈동자로 앞만 뚫어지게 쏘아보았다.

"내 어머닌 우리 집에 오고 싶어 하셨어. 윙베 형도 마찬가지야. 하지만 난 당신 뜻을 존중해서 어머니와 형에게 전화를 걸었어. 처음 2주 동안은 방문을 사절한다고 말했어. 그런데 무슨 일이 일어났는지 당신도 알지? 그때 누가 우리 집 초인종을 눌렀는지 기억해?

257

다른 사람도 아닌 바로 당신 어머니였어. 당신이 초청했던 거야. 그러고는 내게 뭐라고 말했지? '뭘 그것 가지고 그래요? 내 어머니일 뿐인데!' 맞아, 바로 그거야. 빌어먹을! 어머니일 뿐이라는 그 한마디가 모든 것을 설명해줘. 당신은 장모님을 객관적으로 볼 수 없는 사람이야. 장모님이 와서 도와주는 걸 아주 당연하게 생각하는 사람이라고. 그래, 당신 어머니는 올 수 있고, 내 어머니는 올 수 없다는 게 말이나 된다고 생각해?"

"하지만 당신 어머니는 바니아를 보러 단 한 번도 오지 않았어요. 아이가 태어나고 몇 달이 지나고 나서야 오셨죠."

"그건 바로 내가 당신 때문에 오지 말라고 했기 때문이야!"

"칼 오베. 당신 어머니는 사랑이 부족한 사람이에요. 진정으로 자식과 손녀딸을 사랑한다면 오지 말라고 해도 왔어야죠."

"맙소사!"

침묵이 흘렀다.

"예를 들어 어제만 해도 그래요. 당신 어머니는 우리가 잠자리에 들 때까지 우리랑 꼭 붙어 있었다고요."

"그래서?"

"내 어머니였다면 그렇게 하지 않았을 거예요."

"그렇겠지. 당신 어머니는 저녁 8시면 잠자리에 드는 사람이니까. 우리가 가면 항상 일찍 잠자리에 드셨어. 그건 사실이야. 하지만 그건 당신 어머니의 습관이잖아? 나는 아주 어렸을 때부터 독립할 때까지 내 어머니를 도와주었어. 집에 페인트칠을 하고 잔디를 깎고 청소를 했지. 당신은 지금 그것도 잘못된 일이라고 말하고 싶은 거야? 정말 누군가를 도와주는 일조차도 잘못된 일이라고 말하고 싶은 거냐고! 말해봐! 이번 경우엔 우리가 어머니를 도와주는 게 아니

258

라 우리 스스로 해야 할 일을 하는 거라고! 우리 딸의 세례식과 관계된 일이야. 이제 알겠어?"

"당신은 뭔가 크게 오해를 하고 있어요. 우리가 여기까지 온 건 당신이 일을 하고 나 혼자 바니아를 보기 위해서가 아니라고요. 그런데 결국 어떻게 되었나요? 당신도 눈이 있으면 한 번 보세요. 당신 어머니는 당신이 생각하는 만큼 순진한 사람이 아니에요. 이번 일도 미리 계획해놓은 게 틀림없어요."

오, 젠장! 우리는 침묵 속에서 걸었다. 오, 젠장. 빌어먹을. 도대체 어떻게 하다 이런 상황에 발을 들여놓게 되었을까.

맑고 푸른 하늘엔 태양이 이글거리고 있었다. 강 양쪽에는 깎아지른 듯한 산이 솟아 있었고, 폭포수는 거품을 내뿜으며 윌스테르 호수로 떨어지고 있었다. 아직까지도 눈이 쌓여 있는 요스테달 빙하 꼭대기에서 흘러내린 물은 마주 보고 서 있는 산 아래쪽에 모여 주변의 풍경을 거울처럼 비추어내고 있었다. 공기는 상큼하고 시원했으며, 산중에 자리한 목초지에는 목에 방울을 맨 양들이 풀을 뜯고 있었다. 여기저기 하얀 눈이 쌓여 있는 산꼭대기는 하늘의 푸른빛을 머금고 있었다. 눈앞의 풍경은 고통스러울 정도로 아름다웠다. 그 아름다운 풍경 속에서 우리는 세상모르고 자고 있는 바니아를 데리고 산책하면서, 어머니의 거실을 개조하고 청소하는, 단 며칠밖에 걸리지 않을 일을 두고 말다툼을 했다.

린다의 비이성적인 태도는 끝을 찾아볼 수가 없었다. 도대체 생각이라는 것을 하는지조차도 궁금해졌다. 아, 내가 너무 심했던 걸까. 정말 린다의 머릿속에는 어떤 생각이 들어 있는 걸까.

나는 그녀가 무슨 생각을 하고 있는지 알 것 같기도 했다. 내가 작업실에서 글을 쓰는 낮시간에 린다는 집에 홀로 남아 바니아를 돌보

앉다. 외로움을 느꼈던 게 틀림없다. 그러던 차에 아이의 세례식을 핑계 삼아 2주 동안 노르웨이에서 휴가를 보내게 되었으니 큰 기대를 했을 것이다. 나의 경우 작업실에 혼자 앉아 글 쓰는 일만 제외하면 그 어떤 일도 기대하며 기다리지 않는다. 특히 무려 6년 동안이나 글이 나오지 않아 절망에 빠져 있다가 마침내 무언가 그럴듯한 글을 쓸 수 있게 된 지금은 더욱 그렇다.

글 쓰는 일을 멈추고 싶지 않았다. 무언가 더 쓸 수 있을 것만 같았다. 내 머릿속을 채우고 있는 생각들, 내가 동경하고 바란 것은 오직 글 쓰는 일뿐 린다와 함께 바니아의 세례식을 치르러 윌스테르로 여행하는 일은 안중에도 없었다. 솔직히 일이 닥치면 해내야 할 뿐이라는 마음뿐이었다. 결과가 좋으면 좋은 것이고, 결과가 나쁘면 나쁜 것이라는 생각뿐 덤덤하기 그지없었다.

솔직히 결과가 좋고 나쁘고는 내게 아무런 의미도 없었다. 그렇게 따지자면 린다와의 말다툼도 그런 식으로 덤덤하게 받아들여야 할 것이다. 하지만 나는 그럴 수 없었다. 감정의 동요가 너무나 컸기 때문에 도저히 덤덤하게 받아들일 수가 없었던 것이다.

금요일이 왔다. 나는 전날 밤새 어머니에게 바치는 헌사를 썼다. 그 때문에 나는 환갑잔치가 열릴 노르피오르의 로엔이라는 곳에 있는 오래된 대저택으로 가기 위해 차를 타고 눈이 어질어질할 정도의 피오르와 그 양옆에 솟아오른 산맥들과 언덕 위의 목장을 지날 때, 너무나 피곤해 금방이라도 잠에 빠질 것만 같았다. 그 대저택은 간호사협회에서 어머니의 환갑잔치를 위해 특별히 대여해준 장소였다.

그곳에 도착한 린다와 나는 다른 손님들이 브락스달 빙하 관광을 하는 동안 빈방에 남아 바니아와 함께 모자란 잠을 잤다. 건물을 둘러싸고 있는 자연은 너무나 아름다워 숨이 멎을 지경이었다. 푸른색을 지닌 모든 것, 녹색을 지닌 모든 것, 흰색을 지닌 모든 것, 깊고 장중하고 확 트인 이 모든 것. 이전에는 자연 풍경 앞에서 이런 느낌이 든 적이 없었다. 풍경은 풍경일 뿐이었다. 이전에는 자연 풍경이 내게 일상적으로만 다가왔다. 어느 한 곳에서 다른 한 곳으로 가기 위해 거쳐야 하는 장소에 지나지 않았다.

건물 앞에서 강물이 흐르는 소리가 들렸다. 멀지 않은 곳에선 트랙터의 엔진 소리도 들려왔다. 높아졌다 사라지는 소리들. 가끔은 건물 앞에서 사람들의 목소리가 들려오기도 했다. 린다는 바니아를 가슴에 꼭 껴안고 자고 있었다. 그녀는 우리가 말다툼했던 것을 벌써 잊어버렸다. 말다툼을 하고 나면 린다는 곧 다 털어버리고 언제 그랬냐는 듯 잊어버리지만, 나는 몇 주 동안이나 꽁하게 지낼 뿐 아니라 몇 년이 흐른 뒤에도 잊지 않고 혼자 속상해하기도 한다.

이상하게도 나는 린다와 말다툼을 할 때만 그렇다. 내 어머니나 형 또는 내 친구들이 불쾌한 말을 하면 나는 그냥 넘겨버린다. 그들이 한 말은 마치 한 귀로 들어왔다가 다른 귀로 쑥 나가버리는 것만 같다. 그래도 나는 개의치 않는다. 어렸을 땐 욱하는 성질이 있었지만, 성인이 된 후엔 감정의 기복이 없는 생활을 하려고 꽤 큰 노력을 기울였고 어느 정도 성공한 것도 사실이다. 그 때문에 나는 감정적으로 상당히 조용하고 평온한 삶을 살아왔다고도 할 수 있다.

과거에 진지한 연애를 세 번 하는 동안 갈등이 생기면 내 감정에 상처를 남기지 않으려 풍자와 비꼼, 침묵으로 반응하기도 했다. 그런데 린다와 함께 살고 나서부터는 다시 그 옛날로 되돌아간 것만 같다. 극한의 기쁨과 극한의 울분, 끝이 보이지 않을 정도의 깊은 절망과 혼돈을 수시로 왔다 갔다 했으니까.

261

가끔 내 삶은 너무나 강렬하고 결정적인 순간들로 이어져 있어 도 저히 살아낼 것 같지 않다는 생각이 스치기도 했다. 내게 평온함을 가져다주는 것은 눈앞의 현실과는 다른 장소, 다른 시간, 다른 사람 들을 만날 수 있는 곳, 나는 그 누구도 아니며 그 어떤 사람도 내가 될 수 있는 곳을 경험할 수 있는 책밖에 없었다.

내가 어렸을 때의 이야기다. 그때는 선택의 여지가 없던 시기이기 도 했다. 이제 서른다섯 살에 접어든 나는 감정과 영혼을 교란시키 는 그 어떤 조그만 일도 경험하고 싶지 않다. 하지만 그 완벽한 평온 함을 정말 얻을 수 있을까.

그럴 것 같진 않다.

나는 정원의 바윗돌 위에 앉아 전날 밤에 써둔 헌사를 다시 읽어 보면서 담배를 피웠다. 사람들 앞에 서서 헌사를 읽는 일만은 피하 고 싶었지만 다른 방도가 없었다. 윙베 형과 나는 각각의 헌사를 준 비해 어머니에게 바치기로 했다. 나는 떨리고 걱정이 되어 어쩔 줄 몰랐다. 가끔 낭독회를 하거나 토론회에 참석하거나 무대 위에서 인 터뷰를 할 때 나는 너무나 긴장이 되어 걷지도 못할 뿐 아니라 때로 는 몸을 가누지 못할 때도 있다. 아니, 긴장감이라는 것은 그 상황에 서의 나를 제대로 표현할 수 있는 단어가 아니다. 긴장감은 신경 시 스템을 스쳐 지나가는 가벼운 불안감과 감정의 떨림을 의미한다. 나 는 이 긴장감보다 더한 그 무엇에 사로잡혀 고통스럽기까지 하다. 하지만 그것도 시간이 흐르면 지나가는 일일 뿐.

천천히 자리에서 일어나 길에 내려가니 마을 전체가 한눈에 들어 왔다. 양옆에 마주한 산등성이 아래 자리한 풍성한 목초지, 키를 재 기라도 하듯 무성하게 자란 강변의 낙엽수들. 언덕 아래쪽 평평한 곳에는 몇 안 되는 상점들과 가정집 건물들이 서 있었다. 마을 안쪽까지 깊숙이 뻗어 들어온 잔잔한 피오르의 청록색 물줄기, 깎아지른 듯 높이 솟아오른 양옆의 산들, 산등성이에는 손바닥만큼 자그마한 목초지가 비스듬히 얼굴을 내밀고 있었다. 산꼭대기 평평한 곳에는 하얀 담벼락과 붉은 지붕의 농가들, 누런 풀들과 녹색의 풀들이 섞인 텃밭들이 곧 바다 건너 사라질 햇빛을 아쉬운 듯 수줍게 반사해내고 있었다. 농가를 사방으로 에워싸고 있는 산들은 짙푸른 빛을 머금고 있었고, 여기저기 그늘진 곳은 거의 검은색에 가까웠다. 눈 쌓인 하얀 꼭대기 위에는 청명한 푸른 하늘이 곧 얼굴을 내밀 첫 별을 위해 활짝 열려 있었다. 보일 듯 보이지 않다가 서서히 빛을 얻어가는 초저녁의 별들은 해가 지면 기다렸다는 듯 세상의 어둠을 밝히려 빛을 발했다.

　우리는 진정 이 세상을 이해할 수 있는가. 우리는 눈앞의 세상이 전부라고 생각하기 쉽다. 해변에 앉아 수평선을 바라보고, 차를 타고 여기저기 돌아다니고, 아는 이들에게 서로 전화를 해서 대화를 나누거나 찾아보기도 하고, 음식을 먹고 마시며 텔레비전 화면 속의 얼굴과 의미와 운명으로 우리를 채운다. 해를 거듭하면서 이 기묘하고 반(半)인공적인 공생 활동을 하다 보면, 우리는 눈앞의 세상이 전부라는 착각 속에 빠지기 쉽다. 하지만 어느 날 자연 앞에서 눈을 떠 보면, 우리가 자연을 알지도 못하고 지배할 수도 없다는 생각에 무기력함마저 느끼게 된다. 지금까지 전부라고 생각하면서 살아온 눈앞의 세상이 사실은 얼마나 작고 보잘것없는지를 깨닫게 되는 것이다. 우리가 접하는 텔레비전의 드라마는 근사하고 멋지며, 명화는 웅장하고 장엄할 뿐 아니라 가끔은 계시적이기까지 하다. 하지만 노예들이여, 정신을 차리고 눈을 떠라. 거기에 우리가 직접 참여하고 나눌 수 있는 부분이 있다고 생각하는가.

아무것도 없다.

머리 위의 별은 빛을 발하고, 태양은 이글거리며 타들어가고, 풀과 땅은 자란다. 그렇다. 땅은 생명을 집어삼키고 모든 자취를 없애 버린다. 사지와 눈, 날갯죽지와 손톱, 뿌리와 꼬리, 가죽과 털, 나무껍질과 창자를 폭포수처럼 내뱉으면서 새로운 생명을 끊임없이 창조해내고, 다시 그 생명을 집어삼켜 버린다. 우리가 제대로 이해하지 못했던 일, 아니 우리가 알고 싶지 않았던 일은 우리가 닿을 수 없는 외부 세상에서 진행되고, 우리는 이 일과는 아무 상관이 없다. 우리는 그저 자라고 죽어 없어지는 존재로, 바다의 파도처럼 눈먼 존재일 뿐이다.

골짜기 아래쪽에서 차 넉 대가 올라왔다. 어머니의 환갑잔치에 참석한 손님들, 그러니까 어머니의 형제들, 그들의 배우자와 자식들이 탄 차였다. 거기에는 물론 잉그리와 비다르도 끼어 있었다. 집으로 향하는 완만한 경삿길을 오르던 나는, 환하게 들뜬 얼굴로 차에서 내리는 그들을 보았다. 빙하 관광에 만족한 것이 틀림없었다. 그들이 각자의 침실에 짐을 푼 다음, 우리는 함께 모여 사슴고기 요리와 와인을 마실 예정이었다. 식사를 마치고 나서 헌사를 낭독하고 커피와 코냑을 마시면서 마음 맞는 사람끼리 무리 지어 대화를 나누며 저녁 시간을 보내기로 했다.

식사를 마친 다음 윙베 형이 자리에서 가장 먼저 일어났다. 형은 우리가 함께 준비한 선물을 어머니께 전달하고 직접 준비한 헌사를 낭독했다. 나는 너무나 긴장해서 형이 무슨 말을 하는지 하나도 귀에 들리지 않았다. 형은 어머니가 항상 당신 자신이 사진작가로서 재능이 있다고 믿었지만, 그 믿음은 근거 없는 것이었다고 했다. 어머니에겐 카메라가 없기 때문이었다. 그래서 우리가 환갑 선물로

SLR 카메라를 준비했다고 덧붙였다.

　내 차례가 되었다. 음식이 코로 들어가는지 입으로 들어가는지도 모를 정도로 긴장해 있던 나는 겨우 자리에서 일어날 수 있었다. 그곳에 모인 사람들은 모두 낯익은 얼굴이었지만, 그들의 눈이 동시에 내게로 꽂히니 견딜 수 없었다. 설사 그들의 눈빛이 크나큰 호의를 담고 있다 해도 말이다. 하지만 헌사를 낭독하지 않을 수는 없었다. 나는 단 한 번도 어머니가 내게 큰 의미가 있다고 말한 적이 없다. 어머니를 사랑한다거나 좋아한다는 말도 입 밖에 낸 적이 없다. 막상 그런 말을 하려니 너무나 민망하고 부끄러워 구토를 할 것만 같았다. 물론 어머니에게 그런 말을 꼭 해야 할 필요는 없었다. 하지만 어머니의 환갑잔치에서 나는 당신의 아들인 이상 무언가 한마디는 해야 했다.

　자리에서 일어났다. 모두 내게 눈길을 돌렸다. 대부분은 미소를 머금고 있었다. 나는 종이를 들고 있는 손이 떨리지 않도록 전심을 다해 집중했다.

　"사랑하는 어머니."

　나는 어머니를 돌아보았다. 어머니는 계속하라는 듯 미소 띤 얼굴로 나를 바라보고 있었다.

　"이 자리를 빌려 어머니께 감사하다는 말씀부터 올리겠습니다. 어머니는 항상 제게 그 누구와도 비교할 수 없을 정도로 훌륭한 분이셨습니다. 제가 어머니를 훌륭한 분이라 말씀드리는 것은 물론 제가 겪은 경험에 한정된 것일 뿐이지만, 솔직히 경험하지 않고서 그런 말을 입에 올리는 것은 불가능하다고 생각합니다. 물론, 경험을 바탕으로 한다 해도 어머니께서 제게 베풀어주신 그 모든 것을 한마디로 표현하는 건 여간 어려운 일이 아닙니다. 더욱이 어머니의 홀

룽한 점은 눈으로 볼 수 있는 것이 아니라서 더욱 표현하기가 어렵습니다."

나는 침을 꿀꺽 삼키며 물이 담긴 컵을 내려다보았다. 물을 마실까 말까 망설이다가 결국은 마시지 않기로 결심하고 고개를 드니, 나를 뚫어지게 쳐다보고 있는 사람들의 얼굴이 눈에 들어왔다.

"이런 제 마음을 잘 나타내고 있는 영화 중에 프랑크 카프라가 1946년에 제작한 「잇츠 어 원더풀 라이프」라는 영화가 있습니다. 미국의 작은 도시에 사는 한 선한 사람의 이야기를 다룬 것입니다. 삶의 위기에 빠진 주인공이 모든 것을 포기하려고 마음먹는 장면으로 시작하는 이 영화에서, 우리는 느닷없이 나타난 천사를 볼 수 있습니다. 천사는 주인공에게 그가 없는 세상이 어떤지 보여줍니다. 그제야 주인공은 자기가 어떤 사람인지 깨닫게 됩니다. 하지만 어머니! 어머니는 천사의 도움을 받지 않더라도 어머니가 우리에게 얼마나 중요한지 잘 알고 계시리라 믿습니다. 여기서 천사의 도움을 받아야 할 사람은 어머니가 아니라 바로 우리라고 생각합니다.

사람들은 어머니 앞에서 스스로의 모습을 있는 그대로 당당히 드러내고 유지하는 데 큰 어려움을 느끼지 않습니다. 어떻게 보면 참으로 당연한 말 같기도 하지만, 실제로 다른 사람을 있는 그대로 존중하고 그 사람이 자신의 독특한 모습을 유지할 수 있도록 말없이 응원하는 일은 쉽지 않습니다. 어머니는 바로 그런 사람입니다. 자기 자신을 높이는 사람들은 금방 눈에 띄기 마련입니다. 다른 사람에게 엄격한 사람들도 금방 볼 수 있습니다. 어머니는 단 한 번도 남들 앞에서 자신을 내세우는 법이 없었습니다. 다른 사람들을 엄격하게 대하는 법도 없었습니다. 어머니는 다른 사람을 있는 그대로 존중해주었고, 그것을 바탕으로 해서 인간관계를 엮어 나갔습니다. 여

266

기 계신 모든 분도 그런 제 어머니의 모습을 경험하셨으리라 믿습니다."

저마다 나직이 한마디씩 하느라 탁자 주위에서는 웅성거리는 소리가 들렸다.

"제가 열여섯, 열일곱 살 때의 삶은 지금도 잊지 못합니다. 저는 어머니와 단둘이서 트베이트에 살았고, 저는 당시 나름대로 꽤 힘든 삶을 살고 있다고 생각했습니다. 하지만 어머니는 그런 저를 항상 믿고 존중해주었습니다. 어머니는 제가 저만의 삶과 저만의 경험을 할 수 있도록 지켜봐주었습니다. 당시에는 그런 어머니의 참모습을 보지 못했습니다. 저 자신의 모습도 못 보았던 것은 물론입니다. 하지만 지금은 다릅니다. 조금 늦은 감이 없지 않지만, 이 자리를 빌려 어머니께 감사의 말씀을 올리고 싶습니다."

어머니와 눈이 마주치자 목소리가 떨리기 시작했다. 나는 얼른 물을 한 모금 꿀꺽 삼키고 미소를 지어보려고 했지만 마음처럼 잘 되지 않았다. 내게 쏟아지는 동정과 연민이 섞인 사람들의 시선을 느끼기 시작하니 뭘 어떻게 해야 할지 몰라 안절부절못했다. 그도 그럴 것이, 나는 헌사를 낭독하려 했을 뿐, 사람들에게 센티멘털한 내 모습을 보이려 그곳에 서지 않았기 때문이다.

"네, 이제 어머니는 환갑이 되셨습니다. 은퇴를 눈앞에 두고 있는 나이에 대학에 다시 들어가서 전공 논문을 쓰신 것만 보더라도, 어머니가 어떤 분인지 잘 알 수 있습니다. 어머니는 생기와 활력, 지적 호기심으로 가득한 분입니다. 그뿐만 아니라 한 번 마음먹은 일은 끝까지 포기하지 않습니다. 이 점은 어머니와 어머니의 삶이 어떠하다는 것을 잘 보여주면서 어머니가 다른 사람들에게 어떤 의미가 있는 분인지 잘 설명해줍니다.

모든 일에는 시간이 필요합니다. 제가 일곱 살 때 초등학교에 처음으로 등교하던 날이 떠오릅니다. 그 당시엔 어머니를 원망했던 마음이 없지 않았습니다. 첫날이라 어머니가 저를 학교까지 태워주셨지요. 그런데 길을 잘못 들어 낯선 빌라 지역에 들어가 버렸습니다. 단정하게 머리를 빗은 저는 하늘색 양복을 입고 가방을 메고 있었습니다. 어머니는 저를 차에 태우고 트로뫼이야를 헤맸습니다. 다른 아이들은 벌써 운동장에 모여 교장 선생님의 환영사를 듣고 있던 시각이었습니다. 마침내 길을 찾아 학교로 갔더니 벌써 입학식은 끝난 후였습니다. 비슷한 이야기를 하자면 끝도 없을 겁니다. 차를 타고 오슬로로 갔을 때도 마찬가지였습니다. 대문을 나서 몇 킬로미터도 채 지나지 않아 어머니는 길을 잘못 드셨습니다. 그런 줄도 모르고 어머니는 계속 차를 몰다가 해가 지고 나서 어느 낯선 농가 앞에 이르러서야 길을 잘못 들었다는 것을 깨닫기도 했습니다.

다 생략하고 가장 최근에 있었던 일만 하나 더 말씀드릴까요? 불과 일주일 전의 일입니다. 어머니는 조촐하게 미리 생일 파티를 하시겠다면서 동료들을 집으로 초대했습니다. 커피를 마시자며 동료들을 초대했는데, 막상 손님들이 오고 나서 보니 집에 커피가 떨어졌다는 것을 알았습니다. 동료들은 할 수 없이 차만 마시고 돌아갔습니다. 저는 가끔 어머니의 바로 이런 성격 때문에 제가 어머니와 단둘이 친밀하게 대화를 나눌 수 있었던 것이 아닐까 생각해봅니다. 아마 그렇게 느끼는 사람은 저뿐만이 아닐 것 같다는 생각도 듭니다."

나는 다시 바보처럼 어머니와 눈을 마주쳤다. 어머니는 미소를 짓고 있었지만 눈은 한껏 젖어 있었다. 앗, 어머니가 자리에서 일어나 포옹을 하려 내게 다가오고 있었다. 이럴 수가. 이러면 안 되는데.

손님들은 박수를 쳤고 나는 민망함과 자기 혐오감을 느끼면서 자리에 되돌아와 앉았다. 감정이 북받쳐 통제력을 잠시 잃었던 것은 오히려 분위기를 고조시키는 역할을 할 수 있어 나쁘진 않았지만, 다른 사람들 앞에서 약한 모습을 보였다는 사실은 참을 수가 없었다.

어머니의 큰언니 셸레우가 일어나 헌사를 했다. 삶의 황혼에 대해 이야기하는 그녀에게 장난기 섞인 야유가 간간이 터져 나왔지만, 헌사 내용은 참으로 따스하고 아름다웠다.

그녀가 헌사를 읽는 도중, 린다가 내 곁에 다가와 팔을 쓰다듬었다. 잘 되었나요? 그녀의 나직한 물음에 나는 고개만 끄덕였다. 바니아는 아직 자고 있어? 린다는 고개를 끄덕이며 미소를 지었다.

셸레우가 자리에 앉자 다음 차례의 손님이 일어나 헌사를 낭독했다. 시간이 흐르자 탁자 주변에 둘러앉아 있던 사람들은 모두 빠짐없이 한마디씩 했고, 남은 사람은 비다르와 잉그리뿐이었다. 하지만 그들은 내 어머니와 가까운 사람이 아니니 헌사를 낭독할 이유는 없었다. 다행히도 그들은 분위기를 즐기는 것 같았다. 특히 비다르는 더 그랬다. 집에서 가끔 보았던 노년의 경직됨은 전혀 볼 수 없었다. 그는 밝고 환한 표정으로 그곳에 모인 사람들과 빠짐없이 한마디씩 이야기를 나누었다. 사람들은 잔잔하고 재미있으며, 생각할 거리를 던져주는 그의 이야기에 모두 귀를 기울였다. 반면 잉그리는 어떤 기분인지 가늠하기가 쉽지 않았다. 겉으로 보기엔 즐거운 듯했다. 큰 소리로 웃음을 터뜨리는가 하면 조금 과장된 듯한 몸짓과 말투로 분위기를 휘어잡긴 했지만, 보이지 않는 장벽이라도 만난 듯 평소와는 달리 거기서 멈추어버리고 말았다.

그녀는 모두 함께하는 분위기에 자연스럽게 젖어들지 못했다. 모두 낯선 사람들뿐이라 그랬는지도 모르고, 지나치게 들떠 있었기 때문인지도 모른다. 아니, 어쩌면 그곳의 분위기는 그녀가 익숙해 있던 삶과 너무나 달랐기 때문일 수도 있다. 나는 나이 많은 사람이 새롭고 낯선 분위기에 적응하지 못해 어색해하는 모습을 자주 보아왔다. 그들은 변화를 좋아하지 않는다. 변화와 맞닥뜨리면 그들은 경직된 채 뒷걸음질을 친다. 하지만 잉그리에게선 그런 모습을 볼 수 없다. 오히려 그 반대다. 하긴 잉그리는 노인이라 말할 수도 없다. 적어도 우리 시대의 기준으로 보면 그렇다.

다음 날 우리는 바니아의 세례식을 준비하기 위해 어머니 집으로 돌아왔다. 그때까지도 잉그리의 태도엔 변함이 없었지만 첫날과 비교했을 때 들뜨고 과장된 기분이 좀 가라앉은 것 같기도 했다. 잉그리는 음식 때문에 안절부절못했다. 세례식 전날, 가능한 한 최대한의 준비를 마쳐두려고 했지만 시간은 그녀를 기다려주지 않았다. 결국 그녀는 조그만 일마저도 걱정을 하기 시작했다. 대문이 잠겨 미리 집에 들어가지 못한다면 손님이 들이닥칠 때를 맞추어 음식을 내놓기가 어렵다는 생각을 했고, 부엌에서 혼자 음식을 장만할 때 필요한 주방기구를 찾지 못하면 어떡하느냐며 불안해하기도 했다.

목사는 젊은 여자였다. 우리는 성수가 담겨 있는 세례대 옆에 함께 섰다. 목사는 린다가 안고 있는 바니아의 이마를 성수로 적셨다. 세례식이 끝나자마자 잉그리는 음식을 준비하기 위해 황급히 교회를 나섰고, 우리는 계속 교회에 남아 있었다.

성체 성사가 시작되었다. 욘 올라브와 그의 가족은 제단 앞으로 나아가서 무릎을 꿇었다. 나도 무슨 이유에선지 자리에서 일어나 그들의 뒤를 따랐다. 제단 앞에서 무릎을 꿇고 제병을 혀 위에 올려놓은 후 포도주를 마시고 축복을 받았다. 몸을 일으켜 자리로 되돌아오던 나는 어머니와 샤르탄 삼촌, 욍베 형과 게이르의 놀란 눈빛을 받아내야만 했다.

도대체 왜 갑자기 성체 성사를 받을 생각을 한 것일까.

내가 갑자기 교인이라도 되었단 말인가.

무신론자로, 물질주의자로 청년기를 보낸 내가 생각해볼 여지도 없이 단 1초 만에 자리에서 일어나 교회 제단 앞으로 다가가 무릎을 꿇다니. 그건 전적으로 충동에 이끌려 했던 일이다. 그런데 가족과 친지들의 어이없다는 눈빛을 받고 보니 어떻게 나 자신을 합리화해야 할지 알 수가 없었다. 그렇다고 내가 1초 만에 교인이 되었다고 말할 수도 없는 노릇이었다. 나는 민망해서 시선을 내리깔 수밖에 없었다.

많은 일이 있었다.

아버지가 돌아가셨을 때, 나는 목사와 대화를 나누었다. 내 입에서는 변명 같은 말들이 폭포수처럼 흘러내렸고, 목사는 내 말을 들어주고 나를 위로해주기 위해 그 자리에 있었다. 장례식은 내게 너무나 구체적이고 실질적으로 다가왔다. 나는 아버지가 말기에 파괴적이고 비참하고 초라하기까지 했던 삶을 끝내고 장례식을 통해 새로운 삶을 얻었다고 믿었다.

그 생각에서 나는 얼마나 큰 위안을 얻었던가!

최근 몇 년 동안 나는 서서히 준비를 해왔다. 글을 쓰면서 나는 신성함에 대해 이해하고 싶어 하는 나 자신을 발견했다. 소설 속에서는 신성함이 풍자나 해학의 옷을 입고 표현된 경우가 많았다. 하지만 나는 그 속에서 심각함과 진실함과 야생적이기까지 한 강렬함을 느꼈다. 그것은 내가 단 한 번도 가까이 가보지 못했고, 가까이 다가가려 생각지도 않았던 세계로 나를 인도했다.

결국 예수 그리스도를 보는 내 눈은 차차 변하기 시작했다. 예수 그리스도는 내게 몸과 피, 생명과 죽음의 의미로 다가왔다. 인간은 살과 피에 얽매여 있는 존재며, 끝없이 되풀이되는 삶과 죽음을 통해 세상을 채워왔다. 이 간단하고도 중요한 사실은 바로 성서에 기록되어 있다. 신성함에 가까이 다가가고자 노력했던 시인들과 예술가들에게서도 찾아볼 수 있다. 트라클,* 횔덜린, 릴케. 구약성서 중 당시 제사 의식과 율법을 자세하게 묘사한 레위기를 읽거나, 구약의 역사는 먼지처럼 사라진 과거요 역사라고 말하는 신약성서를 읽어도 마찬가지다. 이들이 가리키는 것은 항상 단 하나뿐이었다.

나는 이런 생각을 하는 데 꽤 많은 시간을 소비했다.

굳이 신경 쓸 일이 없는 일이긴 하지만, 목사가 바니아의 유아 세례를 부정적인 눈으로 보았다는 것도 사실이다. 왜냐하면 린다와 나는 정식으로 결혼을 하지 않은 상태였고, 더욱이 나는 이혼까지 한 사람이니까. 목사가 우리의 믿음과 신앙에 대해 더 깊이 파고들었을 때, 나는 '네, 저는 크리스천입니다. 저는 예수가 신의 외아들이라는 것을 믿습니다'라는 말을 할 수가 없었다. 그런 말을 한다는 것은 내겐 생각지도 못할 일이었다. 그 대신 나는 아버지의 장례식, 삶과 죽음, 종교적 의식 등에 대해 밑도 끝도 없이 주절주절 늘어놓았다. 바니아의 세례식을 앞두고 목사와 면담을 마치고 나오니 내가 얼마나 가식적인 사람인가 하는 생각이 스쳐 기분이 좋지 않았다. 마치 내 딸에게 거짓된 조건 아래서 세례를 받으라고 등을 떠민 것 같은 느낌이었다.

바로 그 일들 때문에 나는 성체 성사를 받으려 무의식적으로 자리

* 오스트리아의 시인.

272

에서 벌떡 일어났던 게 아닐까. 하지만 성체 성사를 받고 나니 내가 더 가식적인 인간이 되어버린 것만 같았다. 크리스천도 아니면서 내 딸에게 교회식으로 세례를 주고, 종교인도 아니면서 성체 성사를 받았던 것이다!

신성함.

몸과 피.

모든 것은 변함과 동시에 변하지 않는다.

제단 앞에 무릎을 꿇은 욘 올라브의 모습. 그는 완전하고 선한 인간이다. 내가 제단 앞에 무릎을 꿇었던 것은 그런 그의 모습 때문인지도 모른다. 나 또한 항상 완전하고 선한 인간이 되고 싶었으니까.

세례식을 마치고 나서, 우리는 교회 앞에 서서 사진을 찍었다. 부모와 세례자, 대모와 대부. 바니아의 세례복은 증조할머니가 윌스테르에서 유아 세례를 받을 때 입었던 옷이다. 할머니의 형제들도 그곳을 찾았다. 그중에는 린다가 특히 좋아했던 알비드와 아른핀도 있었다. 어머니의 형제와 그들의 아들딸, 손자 손녀들. 아버지의 형제 중에선 한 명만 참석했다. 그뿐만 아니라 그곳에는 스톡홀름에서 온 린다의 친구들과 게이르, 크리스티나 그리고 비다르와 잉그리도 있었다.

잉그리가 언덕 위에서 헐레벌떡 뛰어 내려오고 있었다. 대문이 잠겨 있으면 어떡하느냐고 불안해했던 그녀의 걱정이 현실로 찾아왔다. 매번 뭔가를 잘 잊어버리는 어머니는 이번에도 미처 잉그리를 생각지 못하고 대문을 잠가버렸던 것이다. 잉그리는 열쇠를 받아 다시 집으로 돌아갔다. 30분 후, 모두 집에 도착했는데 잉그리는 적당한 접시를 찾지 못해 허둥거리고 있었다. 그런데도 파티는 무난하게

치를 수 있었다. 푸른 산을 담고 거울처럼 주위 풍경을 비추어내는 피오르의 물을 보면서 우리는 정원에 앉아 잉그리가 만든 음식을 먹었다.

손님들이 차례차례 바니아를 돌아가며 안아주었기 때문에 우리는 아이를 보기 위해 크게 신경 쓸 필요가 없었다. 그 때문에 딱히 할 일을 찾지 못한 잉그리는 침실로 들어가 버렸다. 오후 대여섯 시쯤 손님들이 하나둘 집으로 돌아가기 시작해도 잉그리가 나오지 않자 나는 슬슬 걱정이 되었다. 린다는 그녀를 찾으러 방으로 들어갔다. 잉그리는 누워서 자고 있었고, 아무리 깨워도 일어나지 않았다. 린다는 잉그리의 잠버릇에 대해 전에도 내게 이야기해준 적이 있다. 잉그리는 한 번 깊은 잠에 빠지면 아무리 깨워도 일어날 기미를 보이지 않는 데다, 설사 깨웠다 해도 처음 5~10분간은 마치 딴 세상에 있는 사람처럼 너무나 멍해서 무슨 말을 해도 알아듣지 못한다고 했다.

린다는 잉그리가 가끔 수면제를 복용하는 것이 아닌가 의심했다. 린다와 함께 정원으로 나오는 잉그리는 힘없이 비틀거렸다. 금방이라도 넘어질 것 같았다. 그녀의 커다란 웃음소리는 분위기와 전혀 맞지 않았다. 가끔은 웃을 일이 아닌데도 큰 웃음을 터뜨리기도 했다.

그런 잉그리의 모습을 보고 있으려니 걱정이 되기 시작했다. 무언가 잘못되었다는 생각이 들었다. 주변에서 무슨 일이 벌어지는지 전혀 이해하지 못하면서도 그녀는 들뜬 표정으로 큰 웃음을 뱉어냈다. 그녀의 젖은 눈과 발갛게 상기된 얼굴을 보니 더욱 걱정이 되었다.

그날 밤 모두 잠자리에 든 후, 린다와 나는 잉그리에 대해 이야기를 나누었다. 분명 잉그리는 생소한 환경에서 받은 스트레스를 풀기 위해 수면제를 복용했던 것이 틀림없었다. 그녀가 음식을 대접한 사람만 해도 25명이나 되었으니 그럴 만도 했다. 게다가 낯선 곳에서 낯선 사람들과 하루 종일 함께하려니 그 또한 만만치 않았을 것이다.

다음 날 그녀는 전날과는 완전히 딴 사람으로 변해 있었다. 들뜬 태도와 안절부절못하는 움직임은 사라지고 없었다. 비다르도 조용한 평소의 모습을 되찾았다.

비다르는 허리에 손을 얹고 제자리를 잡은 냉동고를 바라보았다. 가까이 다가오던 기차 소리가 벌판 한쪽 끝에서 사라지는 듯하더니, 몇 초 후 반대편에서 기적 소리가 들려왔다. 그 순간 린다가 종종걸음으로 대문을 열고 나와 소리쳤다.

"식사하러 오세요!"

다음 날 아침 일찍 비다르는 우리를 기차역까지 데려다주었다. 기차가 떠나기 직전에 역에 도착한 탓에 나는 미처 기차표를 살 여유가 없었다. 잉그리는 스톡홀름에서 사흘간 바니아를 돌봐주기 위해 우리와 함께 기차를 탔다. 잉그리는 월 정기권을 가지고 있었고, 린다의 교통카드에는 스톡홀름까지만 갈 수 있는 돈이 남아 있었다. 나는 그때까지도 미처 읽지 못한 신문들을 꺼냈다. 잉그리는 바니아를 봐주었고, 린다는 창밖을 내다보았다. 쇠데르텔리에에서 기차를 갈아타고도 역을 서너 개 지난 후에야 검표원이 다가왔다. 잉그리는 정기권을 보여주었고, 린다는 교통카드를 꺼냈다. 나는 지갑을 열어 현금을 꺼냈다. 검표원이 내게로 돌아서자 잉그리가 뜬금없이 끼어들었다.

"그 사람은 하닝게에서부터 탔어요."

뮈?

잉그리가 왜 갑자기 끼어들어 거짓말을 하는 걸까?

도대체 무슨 생각으로 그러는 걸까?

나는 검표원과 눈이 마주쳤다.

"스톡홀름행 표를 주십시오… 하닝게에서부터… 얼마죠?"

나는 그네스타에서 기차를 탔다고 차마 말할 수 없었다. 사실대로 솔직히 말하면 그 자리에서 잉그리의 체면은 어떻게 될까. 나는 항상 어디를 가든 정확하게 내 몫은 내가 지불했다. 그건 나의 철칙이 었다. 가게에서 잔돈을 더 받았을 경우에도 나는 항상 그 돈을 돌려 준다. 그러니 기차 요금을 조금 덜 지불하거나 몰래 공짜로 타고 간 다는 것은 생각할 수도 없는 일이었다.

검표원은 기차표와 잔돈을 건네주었다. 고맙다고 말하자 그는 출 근하려고 모여 있는 사람들 쪽으로 사라졌다.

화가 나서 견딜 수가 없었지만 나는 아무 말도 하지 않고 신문을 읽었다. 스톡홀름 중앙역에 도착한 후 기차에서 내렸다. 나는 잉그 리에게 그녀의 슈트케이스를 작업실에 미리 가져다두겠다고 제안 했다. 그녀는 어차피 저녁에 작업실에 갈 테니 무거운 슈트케이스를 들고 왔다 갔다 할 필요가 없을 것 같아서였다. 그녀는 내 제안에 크 게 기뻐했다. 나는 역에서 그들에게 작별 인사를 건넨 후, 광장을 가 로질러 LO* 빌딩 앞을 지나친 후, 한 손으로는 슈트케이스를 끌고 다른 한 손으로는 노트북 가방을 들고서 달라가탄을 따라 걷기 시작 했다. 몇 분 후, 나는 잠긴 작업실 문을 열고 들어섰다.

그곳은 이미 갖가지 기억들로 가득 차 있었다. 『세상의 모든 일에

---

* Landsorganisasjon의 약자로 전국 노조 연맹의 역할을 한다.

는 저마다의 시간이 있다』를 쓸 무렵의 기억들이 나를 덮쳤다. 아, 그때는 얼마나 행복했던가.

글을 쓸 때 잉그리의 슈트케이스를 보고 싶은 마음은 없었다. 그래서 나는 싱크대 밑을 정리해서 슈트케이스를 넣어둘 수 있을 만큼의 빈 공간을 만들고, 소변을 보러 화장실에 갔다.

화장실에서 가장 먼저 눈에 띈 것은 잉그리의 샴푸와 발삼이었다. 쓰레기통 가장 밑에 보이는 건 또 뭐지? 그건 잉그리가 사용했던 면봉과 이쑤시개였다.

빌어먹을! 나는 큰 소리로 욕을 하며 빈 샴푸와 발삼 용기를 부엌 쓰레기통 속으로 집어 던졌다. 젠장, 너무한 거 아냐? 나는 화장실의 크리넥스를 홱 뽑아서 그것으로 배수구에 뭉쳐 있는 머리카락 한 줌을 집어 올렸다. 염병할! 그건 잉그리의 머리카락이었다. 내 작업실에, 나만의 공간에, 이 세상에서 나 홀로 있을 수 있는 유일한 장소에조차 잉그리는 여기저기 자신의 흔적을 남겨두었던 것이다. 침범을 당한 듯한 느낌이 들었다. 화를 참지 못한 나는 건져 올린 머리카락을 비닐봉지에 힘껏 내리쳐 던져넣은 다음, 비닐봉지를 꾸깃꾸깃 뭉쳐 부엌 싱크대 밑에 있는 쓰레기통에 집어 던졌다.

젠장!

책상 앞에 앉아 컴퓨터를 켰다. 화면이 켜지기를 기다리며, 가시관을 쓴 예수를 닮은 바닥의 무늬를 바라보았다. 내 시선은 소파 뒤의 벽에 걸려 있는 발케의 그림을 거쳐 책상 앞에 걸려 있는 토마스의 사진 두 장으로 옮겨갔다. 등 뒤의 벽에는 1700년대 제작된 고래 해부도와 사진처럼 정밀한 풍뎅이 스케치가 걸려 있었다.

거기선 글을 쓸 수 없을 것 같았다. 더 정확히 말하면, 거기선 새로운 글이 나오지 않을 것 같았다.

277

하긴 그 주엔 따로 해야 할 일이 없지 않았다. 토요일 오전, 하고많은 장소 중에서 하필이면 베룸에서 있을 강의 준비를 해야만 했으니까. 내겐 사흘의 여유가 있었다. 나의 작가적 삶에 대해 이야기한다는 것은 너무나 무의미한 일이었다. 하지만 나는 이미 오래전에 그 강의를 맡겠다고 승낙을 한 터였다. 강의 제안은 노르딕 평의회 문학상에 노미네이트 된 바로 그날 들어왔다. 주최 측에선 노르딕 평의회 문학상에 노미네이트 된 작가들은 모두 그곳에서 자신의 작가적 삶에 대해 강의하는 것이 전통으로 이어져 내려온다고 했다. 그러니 내겐 거절할 명분이 사라진 셈이었다.

뭔가를 쓰긴 써야 했다.

친애하는 여러분, 나는 당신들이 뭐라 하든 전혀 관심이 없습니다. 내가 썼던 책도 관심이 없습니다. 내가 상을 타든 말든, 그게 뭐가 그리 중요합니까. 내가 원하는 것은 오로지 속이 후련할 정도로 글을 쓰는 것뿐입니다. 그런데 나는 지금 여기서 뭘 하고 있습니까? 당신들이 예의상 해주는 칭찬에 입을 헤벌리며 기분 좋은 척하고 있습니다. 맞습니다. 나도 사람인 이상 남들의 칭찬이 듣기 싫진 않습니다. 나도 알고 보면 약점이 많은 사람입니다. 하지만 지금부터는 그런 멍청한 짓을 완전히 멈추고 싶습니다. 이런 내 결심을 간단명료하게 보여드리는 의미에서 나는 오늘 신문을 한 장 가지고 왔습니다. 이제 이걸 연단 앞에 펼쳐놓고 여러분 앞에 앉아 똥을 누겠습니다. 오늘 이 일을 하기 위해 지난 며칠 동안 똥을 참았으니 그리 어려운 일은 아닐 것으로 생각합니다. 네, 바로 이렇게. 오. 여기 있군요. 이제 궁둥이만 닦으면 됩니다. 자, 끝났습니다. 이제 다음 차례인 스테인 메렌 씨에게 마이크를 넘기겠습니다. 감사합니다.

나는 쓴 글을 지우고 부엌으로 가서 물을 끓였다. 커피잔에 인스턴트커피를 한 숟가락 넣은 다음 뜨거운 물을 부었다. 외투를 입고 밖에 나가 벤치에 앉아서 맞은편에 있는 병원 건물, 지나가는 사람들과 차를 바라보면서 담배를 연달아 세 개비 피웠다. 하늘은 무자비한 회색이었고, 공기는 차갑고 원시적이었다. 갓길에 남아 있는 눈은 매연으로 거무스름하게 변해 있었다.

휴대폰을 꺼내 게이르와 주고받던 메시지 놀이를 다시 시작했다.

게이르, 게이르, 네가 죽었구나.
고추조차도 서지 못할 정도로 완전히 죽어버렸구나.
걱정할 일은 아니야.
다시 자라날 거야. 네게서.
세상 남자들을 모두 만족시킬 여자가.

작업실로 들어간 나는 노트북을 앞에 두고 앉았다. 일을 하고 싶은 마음은 없었다. 토요일까지는 닷새나 남아 있다는 사실 때문에 마음이 급해지도 않았다. 일을 해야 할 동기를 찾을 수가 없었다. 도대체 무슨 말을 해야 할까? 주절주절, 세상 밖으로, 주절주절, 세상의 모든 일에는 저마다의 시간이 있다, 주절주절, 기쁘고 감사합니다.

외투에 들어 있는 휴대폰에서 소리가 났다. 게이르에게서 온 문자였다.

사망 시각을 거의 정확히 맞추었군. 오늘 아침이었어. 뉴스거리가 될 줄은 몰랐는데. 네게는 포르노 잡지를 물려줄게. 난 이제 필요

없으니까. 난생처음으로 빳빳해진 느낌이야. 감동적인 비문이었어. 하지만 너라면 더 잘 쓸 수 있다고 생각했는데…

그럼, 이건 어때?
나는 다시 게이르에게 문자를 보냈다.

여기 게이르가 잠들어 있습니다.
사브에서 바퀴가 빠져나갈 때 차 안에 앉아 있었던 탓입니다.
두 눈은 감았지만 심장은 여전히 뛰고 있었습니다.
그 누구도 알지 못했습니다. 그의 심장이 뛰고 있다는 것을.
관이 땅속에 묻히고 공기가 사라졌을 때
우리의 영웅 게이르는 마침내 숨을 거둘 수 있었습니다.

그다지 재밌다고 할 수는 없었지만 시간을 보내기에는 적격이었다. 어쩌면 게이르는 대학 사무실에 앉아 혼자 키득거리고 있을지도 모른다. 나는 근처 슈퍼마켓에서 간식거리를 사서 배를 채우고 소파에 누워 낮잠을 잤다. 한 시간쯤 후에 눈을 뜬 나는 『카라마조프 가의 형제들』 1, 2부를 연달아 읽었다. 책장을 덮으니 석양빛이 창틈으로 새어 들어왔다. 문득 어린 시절로 되돌아간 것 같은 기분이 들었다. 몇 시간 동안 꼼짝도 하지 않고 누워 책을 읽고 나면 머릿속이 차가워지는 것 같았는데, 지금도 그랬다. 특히나 주변의 분위기가 딱딱하고 불쾌할 경우엔 한기 속에서 차가운 잠을 잔 것 같은 느낌도 들었다. 나는 얼른 뜨거운 물을 틀어 손을 덥힌 후, 노트북을 끄고 가방에 넣었다. 그러고는 목도리를 두르고 모자를 눌러쓰고 외투를 입고 신발을 신고 대문을 잠그고 장갑을 끼고 거리로 나섰다. 펠리카넨에서 게이르와 만나기로 한 시간까지는 30분 정도의 여유가 있었다.

인도 위의 누런 황토색 눈은, 마치 섬세하게 잘 갈아놓은 밀기울처럼 느껴졌다. 로드만스가탄을 지나 지하철역 앞에서 스베아베겐으로 향하는 횡단보도를 건너니 시각은 6시 30분이었다. 지나가는 사람을 거의 볼 수 없을 정도로 텅 비어 있는 거리는 건물 창에서 새어 나오는 불빛과 가로등 불빛이 채우고 있었다. 눈과 아스팔트, 계단과 울타리, 주차된 자동차와 자전거, 담벼락과 처마의 홈통, 팻말과 가로등 기둥 위에도 불빛이 스며들었다. 문득 내가 아닌 다른 사람이 되어보는 것도 좋겠다는 생각이 스쳤다. 내겐 나만의 것, 나라는 사람을 정의할 수 있는 특별한 점이 하나도 없으니 다른 사람으로 살아보는 것도 어렵진 않을 것이라는 생각이 들었다.

드로트닝가탄을 지나니, 검은색 옷을 껴입은 사람들이 풍뎅이처럼 무리를 지어 옵저바토리에룬덴 옆의 계단을 내려가는 모습이 보였다. 나는 '저온 체질'이라는 이상한 간판을 단 중국 음식점을 지나 지하철역으로 향하는 계단을 내려갔다. 플랫폼에는 3, 40여 명의 사람이 지하철을 기다리고 있었다. 그들이 들고 있는 가방으로 미루어 보아 대부분 퇴근길의 사람들 같았다. 나는 옆 사람과 멀찍이 거리를 두고 양다리 사이에 노트북 가방을 내려둔 후, 한쪽 어깨를 벽에 기댄 채 윙베 형에게 전화를 했다.

"여보세요?"

"형, 나야, 칼 오베."

"응, 알아."

"전화했지?"

"응, 지난 토요일에."

"바로 전화를 하려 했는데 갑자기 이런저런 일이 생기는 바람에

늦어졌어. 다음 날엔 손님들이 와서 저녁을 함께 먹었고. 그러다 보
니 전화한다는 걸 깜박했어."

"괜찮아. 특별히 할 말이 있어서 전화했던 건 아니야."

"주문한 부엌 가구는 왔어?"

"응, 오늘 왔어. 지금 내 옆에 있어. 그건 그렇고 차를 샀어."

"정말?"

"응, 차가 있어야겠다는 생각이 들었어. 시트로엥 XM인데 그리
구형은 아니야. 장의차로 사용된 적은 있지만…"

"지금 농담하는 거야?"

"아니."

"장의차를 타고 다닐 생각이야?"

"아니야, 장의차로 쓰다가 개조한 차야. 지금은 관을 넣을 자리도
없어. 보통 승용차랑 똑같아."

"그래도 그렇지. 그 차 안에 시신이 있었다는 생각을 하면… 휴,
형도 참. 최근에 내가 들어본 이야기 중에 가장 끔찍한 이야기야."

윙베 형은 코웃음을 쳤다.

"넌 매사에 너무 민감해서 탈이야. 보통 승용차랑 똑같다고 했잖
아. 게다가 지금 내 형편으로는 새 차를 사기도 힘들고 해서…"

"응, 알았어. 알았다고."

침묵이 흘렀다.

"어떻게 지내?"

내가 먼저 침묵을 깼다.

"특별한 일은 없어. 넌?"

"나도 그래. 어젠 장모님 댁에 다녀왔어."

"그렇군."

282

"응."

"바니아는 잘 있니? 지금쯤이면 걸음마도 시작했겠다."

"한두 발짝 겨우 떼는 정도야. 솔직히 걸음마라 하기엔 좀 그렇고, 발을 질질 끌면서 넘어지기 위해 앞으로 나아가는 것 같아."

형이 웃음을 터뜨렸다.

"토리에와 윌바는 어때? 다들 잘 지내지?"

"응, 잘 지내고 있어. 토리에가 네게 편지를 보냈다고 하던데 받았어? 학교에서 편지를 써서 부쳤대."

"아니, 아직 못 받았어."

"편지에 뭘 썼는지는 안 가르쳐주려고 하더라. 네가 편지 받아보면 알겠지, 뭐."

"응."

터널 끝에서 불빛이 반짝이는가 싶더니 가벼운 바람 한 줄기가 플랫폼을 스쳤다. 사람들이 플랫폼 가장자리로 움직이기 시작했다.

"지하철이 들어오고 있어. 조만간 다시 전화할게."

지하철은 속력을 줄이며 들어와 내 앞에서 멈추었다. 나는 노트북 가방을 들고 문 가까이 가기 위해 몇 발짝 앞으로 다가갔다.

"응, 그러자. 잘 있어."

"형도 잘 있어."

지하철 문이 열리고 사람들이 쏟아져 나왔다. 귀에서 휴대폰을 내리는 순간, 등 뒤쪽에서 누군가의 팔꿈치가 내 휴대폰을 스쳤다. 휴대폰은 앞쪽으로 휙 날아가 지하철 문 앞으로 떨어져 내렸다. 솔직히 휴대폰이 정확히 어디에 떨어졌는지는 확신할 수가 없었다. 낯선이의 팔꿈치가 내 휴대폰에 닿는 순간, 나는 반사적으로 뒤를 돌아보았기 때문이다.

도대체 어디에 떨어졌을까.

바닥에 떨어졌다면 부딪치는 소리가 났을 텐데 그런 소리는 들리지 않았다. 그렇다면 바닥에 떨어지면서 누군가의 발등에 떨어진 걸까? 나는 허리를 굽혀 바닥을 살펴보았다. 휴대폰은 그 어디에서도 찾을 수 없었다. 누가 발로 차버린 건 아닐까? 아니, 그런 일이 있었다면 나도 눈치를 챘을 것이다. 허리를 펴고 사방을 둘러보았다. 어쩌면 누군가의 핸드백 속으로 들어가버린 건 아닐까? 방금 지하철에서 내린 한 여인이 열린 핸드백을 팔에 걸고 걸어가고 있었다. 저 여자의 핸드백 속에 떨어졌을까? 설마!

아니… 혹시…?

나는 그녀의 뒤를 따라갔다. 조심스레 그녀의 어깨를 툭 치고 핸드백을 보여 달라고 말해볼까? 방금 휴대폰을 잃어버렸는데 혹시 그 핸드백 속으로 들어간 건 아닌가 싶어서요. 정말 그렇게 말할 수 있을까?

나는 아무 말도 꺼내지 못했다.

곧 지하철 문이 닫힌다는 안내 방송이 흘러나왔다. 10분 후에 오는 다음 지하철을 타면 약속 시간에 늦을 것이 분명했다. 어차피 내 휴대폰은 구형 중에서도 구형이었으니 크게 신경이 쓰이진 않았다. 나는 문이 반쯤 닫힌 지하철 속으로 서둘러 뛰어들었다. 고스 룩 옷차림을 한 20대 여인 옆에 자리를 잡고 앉은 나는 여전히 어리둥절해 마음을 진정시킬 수가 없었다. 지하철이 출발하자 창밖에는 역을 밝힌 불빛과 터널 속의 어둠이 자리바꿈을 했다.


15분 후, 스칸스툴 역에서 내린 나는 근처 ATM에서 현금을 조금 찾은 다음, 길을 건너 펠리카넨으로 향했다. 그곳은 전통적인 맥주

홀이었다. 벽을 따라 긴 테이블과 벤치들이 줄지어 있었고, 홀 가운데에도 테이블과 의자들이 빽빽하게 들어차 있었다. 흑백의 체스무늬 바닥, 갈색 패널벽, 벽과 천장을 덮은 그림들. 홀 여기저기에서 볼 수 있는 커다란 기둥, 한쪽 벽을 거의 덮고 있는 기다란 바. 검은색 유니폼에 하얀 앞치마를 두르고 서빙을 하는 대부분의 사람은 꽤 나이가 들어 보였다.

홀에서는 음악 소리를 들을 수 없었지만, 사람들의 말소리와 웃음소리, 나이프와 포크가 접시와 부딪치는 소리, 탁자 위를 빽빽하게 채우고 있는 맥주잔들을 움직이는 소리로 귀가 먹먹할 정도였다. 그곳에 오래 앉아 있으면 적응이 되어 시끄럽다는 것을 느끼지 못하지만, 밖에 있다가 들어오면 문을 여는 순간 귀가 먹먹해지는 것을 느낄 수 있었다. 그곳을 찾는 손님 중엔 60년대부터 단골로 와서 술을 마신 듯한 알코올 중독자도 있고, 혼자 와서 식사를 하는 노년의 신사도 있다. 하지만 이곳도 쇠데르의 다른 곳과 마찬가지로 중산 문화계층의 남녀가 점점 늘어나고 있는 추세다. 이들은 나이가 많지도 않고 적지도 않으며, 아름답지도 않고 추하지도 않다. 술을 마셔도 취할 때까지 마시는 사람은 찾아볼 수 없다. 신문 기자, 대학의 박사과정 학생, 강사, 인문계 학생, 출판사 직원, 라디오나 텔레비전 방송국에서 일하는 사람, 배우나 작가가 대부분이지만, 유명한 사람은 한 명도 보이지 않는다.

홀 안에 들어선 나는 잠시 걸음을 멈추었다. 목도리를 풀고 외투의 단추를 풀면서 홀 안에 앉아 있는 사람들을 쓱 훑어보았다. 안경 유리알, 벗겨진 머리, 하얀 이빨들이 반짝였다. 모두 갈색 테이블 위에 자기 몫의 맥주잔을 올려둔 채 앉아 있었다. 게이르는 보이지 않았다.

나는 테이블보로 덮어놓은 빈 테이블 앞으로 가서 벽을 등지고 앉았다. 5초 후, 웨이트리스가 다가오더니 인조 가죽 표지로 된 두꺼운 메뉴 책자를 내밀었다.

"일행을 기다리고 있는 중이에요. 주문은 일행이 오면 함께하겠습니다. 그동안 스타로프라멘* 한 잔 주시겠습니까?"

"네."

웨이트리스는 60대 여인으로 통통한 얼굴에 붉은 기가 감도는 갈색 머리카락이었다.

"흑맥주로 드릴까요, 일반 맥주로 드릴까요?"

"일반 맥주로 주세요."

기분이 좋아졌다. 전통적이고 깔끔한 맥주홀에 앉아 있으니 여러 가지 생각이 떠올랐다. 수백 년 전에 맥주홀을 찾았던 사람들은 어땠을까 하는 궁금증이 일어났다. 수백 년 전의 시대를 떠올렸건만 이상하게도 박물관을 떠올리는 것처럼 고리타분한 느낌은 들지 않았다. 그 맥주홀은 1930년대부터 사람들이 모여 맥주를 마시던 장소였다.

스톡홀름의 장점을 들면, 과거 서로 다른 여러 시대의 건물이 지금도 여전히 사용되고 있다는 것이다. 예를 들어 17세기에 지어진 반 데르 누트스카 성은 벨만**이 난생처음으로 정신을 잃을 만큼 술에 취했던 그 당시에 이미 100년의 역사를 지니고 있던 레스토랑이었다. 나는 이곳에서 가끔 점심을 먹기도 한다. 이곳을 처음 찾은 날은 공교롭게도 스웨덴의 외무부 장관이었던 안나 린드가 암살당한

---

* 체키아산 맥주로 스웨덴에서는 고급 맥주로 분류된다.
** 스웨덴의 시인이자 작곡가.

다음 날이라 온 시가지의 분위기가 침울했고 매우 조심스러웠다. 감믈라 스탄에 자리 잡고 있는 덴 윌데네 프레덴 레스토랑은 18세기에 지어졌으며, 19세기에 지어 올린 텐스토펫 & 베른스 살롱은 스트린드베리의 작품 『붉은 방』의 배경이 되기도 했다. 스톡홀름 시내 전경을 볼 수 있는 카타리나히센*이 설치된 유겐트바렌 곤돌렌도 1920년대부터 변하지 않는 모습을 유지하고 있다. 그곳에 앉아 있으면 풍선기기를 탄 것 같은 기분이 들기도 하고, 대서양에 떠 있는 증기선에 앉아 있는 것 같은 기분이 들기도 한다.

웨이트리스가 커다란 쟁반에 맥주잔을 한가득 담아와서 그중의 하나를 내 테이블 위에 내려놓으며 미소를 지었다. 그녀는 내가 미처 고맙다는 말을 하기도 전에 시끌벅적한 테이블 사이로 사라졌다. 보아하니 그녀에게 농담을 건네는 손님도 적잖은 것 같았다.

나는 맥주잔을 입으로 가져갔다. 입술에 닿는 맥주 거품을 느끼며, 온몸이 싸해질 정도로 차갑고 비릿한 액체를 목구멍으로 넘겼다. 맥주에 전혀 준비되지 않은 내 몸은 그 싸한 맛에 소름이 돋았다.

아!

우리 인간들은 곳곳에 퍼져 있는 도회적 삶과 기계와의 이상적 공생 속에서 앞날을 향해 어기적어기적 나아가고 있다. 그러다 보면 가장 간단한 것들은 지나치기 일쑤다. 예를 들어 맥주가 그렇다. 찬란한 황금색의 풍부하고도 거친 맛을 지닌 이 액체는 들판의 보리와 강가의 홉 또는 밀과 비트를 사용해 만든 것으로, 달콤하고도 짙으며 흙냄새 나는 씁쓸한 맛을 자아낸다. 이 재료들은 인류가 햇빛이 스며드는 창가 나무 테이블 위에 엎어두고서 항상 먹고 마셔온 음식

---

• 스톡홀름의 슬루센 지역과 고지대인 쇠데르말름을 잇는 일종의 리프트 카.

이기도 하다. 제복을 입고, 굽 높은 신발을 신고, 17세기의 생각들로 가득 찬 머리 위로 북슬북슬한 가발을 푹 눌러쓴 사람들은 이 17세기의 고풍스러운 성안에서, 우리처럼 맥주와 와인을 마시고, 빵과 고기를 먹고, 대소변을 보았을 것이다.

18세기, 19세기, 20세기도 마찬가지다. 시대에 따라 인간은 끊임없이 변해왔다. 세상과 자연도 마찬가지다. 갖가지 아이디어와 개념, 온갖 종교적 관념이 나타났다 사라졌으며, 필요한 것과 필요하지 않은 것들이 앞을 다투어 발명되었고, 과학은 신비의 세계 속으로 끊임없이 머리를 집어넣었으며, 이름 모를 기계들은 그 수를 더해가며 새로운 영역으로 그 기능을 확장해갔고, 동시에 과거의 생활 방식은 서서히 사라졌다. 하지만 맥주만큼은 그 어느 누구도 잊어버리거나 바꿔보려 하지 않았다. 맥아와 홉 그리고 물. 들판과 강과 시냇물. 기본적으로 이것이 전부다.

4만 년 전 아프리카에서 하늘에 떠오르는 태양을 처음으로 본 호모 사피엔스인지 뭔지 하는 존재에서부터 시작된 인류는 따지고 보면 지금까지도 변한 게 없다. 신체도 그대로이고 욕망도 그 옛날과 비교해 달라진 것이 없다. 그런데도 우리는 그 옛날의 모습은 지금과는 전혀 다르다고 믿고 있다. 단지 짐작만 하는 게 아니라 확고하게 믿고 있는 것이다.

우리는 카페나 어두컴컴한 클럽에 앉아 술을 마시고 춤을 추기도 한다. 우리가 추는 춤이란 분명 2만 5,000년 전 지중해의 어느 바닷가에서 모닥불을 피워놓고 춤을 추던 그들의 춤보다 더 어색하고 어쭙잖은 것임이 틀림없다.

주변에 치료약이 없어 병으로 세상을 떠나는 사람들을 보면서도 우리가 스스로를 현대적 인간이라 생각하는 이유는 무엇인가? 뇌종

양 앞에서 과연 스스로 현대적인 사람이라 당당하게 외칠 수 있는 사람은 얼마나 될까? 모든 인간은 언젠가 죽어 땅에 묻혀 썩어 없어질 것이라는 것을 알고 있으면서 우리가 현대적인 인간이라 말하는 이유는 무엇인가?

나는 맥주잔을 들어올려 길고 깊게 한 모금을 목구멍으로 넘겼다. 아, 나는 얼마나 맥주를 사랑하는가. 잔을 반도 비우기 전에 내 생각은 사방팔방으로 뻗어 나가고 있었다. 그곳에 앉아 맥주를 원 없이 마실 수만 있다면 좋겠다는 생각이 스쳤다. 정말 그렇게 할 수 있을까?

아니, 그렇게는 할 수 없었다.

테이블 앞에 앉아 맥주를 마시던 몇 분 동안에도 홀 안에 들어오는 사람들의 행렬은 끊이지 않았다. 대부분은 나와 비슷한 모습을 보였다. 그들은 홀에 들어와 잠시 걸음을 멈추고 외투를 만지작거리면서 그곳에 앉아 있는 사람들을 훑어보았다.

방금 들어온 무리의 맨 뒤에서 낯익은 얼굴을 발견했다. 토마스였다.

손을 흔들자 그가 내게 다가왔다.

"토마스! 잘 지냈어요?"

"이게 누구야, 칼 오베 아냐?"

그는 손을 내밀며 악수를 청했다.

"참 오랜만이군."

"그러네요. 어떻게 지내세요?"

"잘 지내고 있어. 자넨?"

"저도 잘 지내고 있어요."

"여기서 친구들을 만나기로 했어. 저 안쪽에 다들 앉아 있군. 원한다면 우리와 합석하지?"

"아니에요. 게이르를 기다리고 있는 중이라서요."

"아, 그러고 보니 게이르가 자넬 만날 거라고 얘기했던 게 기억나는 것 같기도 해. 어제 게이르와 만났거든. 나중에 이쪽에 들러 인사해도 된다면 그렇게 할게."

"물론이죠. 얼마든지."

토마스는 게이르의 지인 가운데 내가 가장 좋아하는 사람이다. 사진작가인 그는 50대 초반으로 레닌과 쌍둥이처럼 닮았다. 턱수염부터 시작해 몽골족을 닮은 눈까지. 그는 사진집을 세 권 출간했다. 첫 번째 책은 연안 경비대원을 주제로 한 작품집이었고, 두 번째 책은 권투선수들을 사진으로 찍어 출간한 것이었다. 그는 이 두 번째 작품집을 만들면서 게이르와 알고 지내기 시작했다. 그의 세 번째 책은 동물과 정물, 풍경과 인간을 주제로 모두 어둠 속에서 안식을 찾는 듯한 분위기의 작품이었다. 특히 사진 속의 주체가 자아내는 공허한 분위기는 너무나 인상적이었다. 토마스는 항상 호의적이었고 상대방에게 무언가를 기대하거나 요구하지도 않았다. 그 때문에 그와 대화를 나누다 보면 잃어버릴 것이 없다는 생각에서 자연스러움을 유지할 수 있다.

그는 자신의 존재를 드러내는 데 큰 노력을 기울이지 않으면서도 자신감이 상당히 강했다. 그와 대화를 나누는 것이 어렵지 않게 느껴지는 것은 바로 그 때문일지도 모른다. 그는 항상 상대방이 잘 되기를 진심으로 바란다는 느낌을 주었다. 반면, 그는 일에서만큼은 자기 자신에게 매우 엄격했고 요구하는 것도 많았다. 그는 완벽을 지향하는 사람으로, 그가 찍은 사진에서는 즉흥적인 느낌보다 신중하고 계획적인 느낌을 더욱 강하게 엿볼 수 있다.

그의 작품 중에서 내가 가장 좋아하는 것은 즉흥성과 계획성이 적절하게 조합된 작품이다. 계획적 즉흥성이 엿보이는 작품, 찰나에 얼어붙은 우연적 상황을 표현한 작품이라고나 할까. 그가 찍은 권투 선수들은 신체적 균형과 포즈 등에서 그리스 조각을 연상하게 한다. 물론 어둠과 폭력적 분위기를 자아내는 사진도 있다.

나는 지난겨울, 윙베 형의 마흔 살 생일 선물을 마련하기 위해 그에게서 사진 두 장을 구입했다. 토마스의 작업실에 앉아 세 번째 작품집에 실린 사진들을 들추어보던 나는 꽤 오랜 시간을 두고 고심한 끝에 사진을 두 장 골랐다. 윙베 형은 선물이 그다지 마음에 들지 않는 것 같았다. 그래서 나는 형에게 사진을 직접 고르라고 하며, 그 사진 두 장은 내가 가졌다. 그 사진은 지금 내 작업실에 걸려 있다. 그 사진들은 밝고 환하긴 하지만 암울하고 불길한 느낌을 준다. 바로 죽음이 빛을 발하고 있기 때문이다. 그 때문에 나는 그 사진들을 거실에 걸어두기 싫어하는 윙베 형을 이해할 수 있었다. 비록 형이 꺼림칙하게 생각했던 바람에 조금 자존심이 상하긴 했지만 말이다. 아니, 솔직히 말하자면 조금이 아니라 꽤 자존심이 상했다.

윙베 형이 마침내 마음에 드는 사진을 골랐을 때, 나는 그 사진들을 찾으려 감믈라 스탄의 한 지하에 있는 토마스의 작업실을 찾았다. 16세기풍의 거대한 돌벽이 인상적인 그 건물의 문을 두드리니 토마스와 작업실을 함께 쓰는 60대 남자가 부스스한 모습으로 나를 맞아주었다. 그는 토마스가 잠시 자리를 비웠다며 들어와서 기다리라고 했다. 그는 바로 톰 웨이츠의 음반 「레인 독스」의 커버 사진을 찍은 안더스 페테르센이었다. 그는 카페 레미츠라는 제목으로 흑백 사진 작품집을 출간했던 70년대부터 이미 잘 알려진 사진작가였다. 생명력이 가득한 그의 작품은 가공하지 않은 듯 원시적이며 공격적

291

이고 대담할 뿐 아니라 혼란스럽기도 하다.

그는 내게 커피를 마시겠느냐고 물었다. 그의 제안을 정중히 거절하자, 그는 나직이 콧노래를 부르면서 인화지를 뒤적이기 시작했다. 나는 그의 일에 방해가 되고 싶지 않아 사진이 걸려 있는 게시판을 보며 한동안 서 있었다. 그에게서 등을 돌리고 있었는데도, 나는 그의 카리스마를 느낄 수 있었다.

작업실 안에 사람이 더 많았다면 그의 존재감이 그리 크게 다가오지 않았을지도 모른다. 하지만 작업실 안에는 우리밖에 없었기에, 나는 그의 작은 움직임까지도 모두 느끼고 알 수 있었다. 그에게선 순수함이 느껴지기도 했다. 그것은 삶을 경험하지 못한 어린아이의 순수함이 아니라 너무나 많은 것을 경험했지만 전혀 거기에 영향을 받지 않은 듯한 오롯함이었다. 마치 수많은 경험이 그를 스쳐 지나갔지만 그 경험들은 그의 손가락 하나도 건드리지 않은 것 같은 느낌이라고나 할까. 물론 그렇지는 않을 것이다. 하지만 나는 그와 눈을 마주치거나, 그가 작업하는 모습을 볼 때마다 그런 느낌이 들었다.

몇 분 후, 토마스가 작업실에 들어섰다. 나를 발견한 그는 반가운 듯 환한 미소를 지었다. 그는 만나는 사람마다 모두 반갑게 대한다. 그가 커피를 가져왔고, 우리는 계단 옆 소파에 앉았다. 그가 사진을 꺼내 마지막으로 찬찬히 한 번 더 살펴본 후 각각 비닐 폴더에 넣고, 그것을 하얀 봉투에 넣어 내게 건넸다. 나는 돈을 넣은 봉투를 테이블 위에 올려두었다. 아주 조심스럽게 슬쩍 그의 앞으로 밀어둔 바람에 그가 봉투를 보았는지 확신할 수가 없었다. 나는 개인 자격으로 작품과 현금을 교환할 때면 항상 어색해 어쩔 줄 모른다. 개인과 개인 사이의 자연스러운 균형이 깨질 것 같다는 느낌도 들고, 심지어는 이유 없이 통제력을 잃어버린 것 같아 무엇을 어떻게 해야 할지 감을 잡을 수 없을 때도 있다.

나는 사진을 가방에 넣고 토마스와 이런저런 일상적인 이야기를 나누었다. 우리가 함께 아는 사람 중에는 게이르 외에 마리에도 있었다. 마리에는 토마스의 아내이자 시인이며, 수년 전 비스쿱스 아르뇌에서 린다를 지도하기도 한 사람이다. 지금은 린다의 친구인 코라의 멘토로 일한다고 들었다. 그녀는 훌륭한 시인으로 상당히 클래식한 시를 썼다. 그녀의 작품에서는 언어적 기교뿐 아니라 잘 어우러진 진실과 아름다움을 찾아볼 수 있다. 수년 전에는 욘 포세의 작품을 스웨덴어로 번역했고, 최근에는 스테이나르 옵스타의 시를 번역하고 있다고 했다.

나는 그녀와 두 번밖에 만나지 못했지만, 아주 좋은 인상을 받았다. 그녀는 풍부한 감성을 지니고 있었고, 독특한 분위기를 풍겼다. 깊은 영혼의 소유자라는 것을 본능적으로 느낄 수 있는 사람이었다. 흔히 영혼에 대해 이렇다 저렇다 말을 할 때면 섬세하고 예민한 감수성과 혼동하는 경우가 많다. 그녀의 경우엔 예민하기보다는, 오히려 상대방과 적절한 거리를 유지하면서도 진실한 친밀감을 느끼게 해주는 너그러움과 평온함을 발견할 수 있다. 하지만 그녀와 얼굴을 마주하게 되면 그녀의 분위기 등 내적인 요소보다는 동공이 살짝 처진 듯한 기괴한 오른쪽 눈 때문에 깜짝 놀라 마음을 진정하기가 쉽지 않다. 어떤 사람들에게는 이것이 첫인상의 여운으로 오래 남기도 한다.

토마스는 언제 한 번 린다와 나를 저녁 식사에 초대하겠다고 말했다. 나는 고맙다고 말하면서 가방을 움켜쥐고 일어났다. 그도 따라 일어나서 내게 작별 인사 대신 악수를 청했다. 테이블 위에 돈을 넣

293

은 봉투를 그가 보지 못했을 게 틀림없다는 생각에, 나는 넌지시 작품을 구입한 대가를 봉투에 넣어두었다고 말하며 턱으로 테이블 위를 가리켰다. 그는 고개를 끄덕이며 감사하다고 말했다. 문득, 그에게서 감사하다는 말을 듣기 위해 억지로 등을 떠민 것 같다는 느낌이 들었다. 작업실에서 나와 계단을 올라가 감플라 스탄의 겨울 거리를 걸을 때도 나는 부끄럽고 민망해 어쩔 줄 몰랐다.

거의 두 달 전의 일이다. 나는 토마스가 아직도 린다와 나를 저녁 식사에 초대하지 않았다는 사실엔 거의 마음을 쓰지 않았다. 토마스에 대한 이야기를 할 때면 항상 등장하는 주제가 바로 그의 나쁜 기억력과 건망증이다. 물론 내 기억력도 좋은 편은 아니다. 그 때문에 그를 원망할 생각은 조금도 없었다.

홀 안쪽에 지인들과 함께 앉아 있는 그를 보면서, 나는 그가 옷을 잘 차려입은 호리호리한 레닌 같다고 생각했다. 가방에서 노란 티데만스 타바코 봉지를 꺼내 담배를 하나 돌돌 말았다. 무슨 이유에선지 손끝에 땀이 배어 손가락에 붙은 타바코가 떨어지지 않았다. 맥주를 길게 한 모금 들이키고 담배에 불을 붙였다. 창 너머로 게이르가 보였다.

그는 문에 들어서자마자 나를 보았지만, 마치 누군가를 찾는 듯 홀 안을 두리번거리는 것을 잊지 않았다. 도망칠 구멍을 찾지 못한 여우 같다는 생각이 스쳤다.

"왜 전화를 안 받았어?"

그는 나와 눈을 마주치는 둥 마는 둥 하며 건성으로 손을 내밀었다. 나는 자리에서 일어나 그의 손을 잡아 흔들고 나서 다시 앉았다.

"7시에 만나기로 했던 거 아냐? 지금은 7시 30분이야."

"내가 전화로 무슨 말을 하려 했다고 생각하니? 전철에서 내릴 때

플랫폼과 간격이 넓으니 조심하라는 따위의 말을 할 줄 알았어?"

그는 목도리와 모자를 벗어 내 옆자리에 던져두고, 외투를 의자 등받이에 건 다음 자리에 앉았다.

"전철역에서 휴대폰을 잃어버렸어."

"잃어버렸다고?"

"응. 누가 팔로 툭 치는 바람에 휴대폰이 떨어졌는데 찾을 수가 없었어. 아마 옆에 있던 사람의 가방 속에 떨어진 게 아닌가 싶어. 왜냐하면 휴대폰이 땅에 떨어지는 소리가 들리지 않았거든. 게다가 내 옆을 지나가던 여자의 핸드백이 열려 있더라고."

"너도 참 대단해. 이상한 일은 혼자 다 겪는 것 같아. 내 짐작이 맞는다면, 넌 그 여자한테 휴대폰을 돌려달라고 입도 뻥긋 못 했을 거야."

"어휴, 그런 말을 어떻게 해? 마침 바로 그 순간에 전철이 도착하는 바람에 그럴 시간도 없었어. 그 여자 핸드백 속에 내 휴대폰이 들어 있는지 확실히 알지도 못하면서 무턱대고 그 여자에게 다가가 핸드백을 보여 달라고 말할 수는 없잖아."

"주문했어?"

나는 고개를 저었다. 그는 메뉴를 손에 들고 웨이터를 찾아 두리번거렸다.

"저 기둥 옆에 서 있는 웨이트리스 보이지? 저 여자가 우리 테이블 담당이야. 그런데 뭘 먹을 거니?"

"내가 뭘 먹었으면 좋겠니?"

"베이컨과 양파 소스?"

"좋아."

게이르와 만날 때면 항상 처음 몇 분 동안은 꽤 먼 거리감을 느낀다. 그는 마치 눈앞에 내가 보이지 않는 듯 행동할 뿐만 아니라 가끔은 아예 의도적으로 나와 거리감을 두려 한다. 눈을 마주치지도 않고, 내 말을 귀 기울여 듣지도 않는다. 내가 말할 때면 아예 다른 곳을 바라보며 무시하는 듯한 태도를 보이기도 한다.

그렇다. 가끔 그는 상대방을 경멸하고 조소할 때가 있으며, 무례하고 건방질 때도 있다. 그의 태도에 기분이 나빠지면 나는 아무 말도 하지 않고 침묵의 시위를 한다. 그럴 때면 그는 내 태도에 꼬투리를 잡기 일쑤다. "오늘 기분이 왜 그래? 무슨 일이라도 있었어?" "저녁 내내 초점 없는 눈으로 멍하게 앞만 바라볼 작정이야?"라고 쏘아붙이기도 하고, "오늘은 완전 파티 분위기군, 칼 오베!"라고 놀려대기도 한다. 그것은 이른바 게이르가 행하는 영혼의 결투인 셈이다. 하지만 결투는 오래가지 않는다. 30분이나 1시간 또는 5분 정도 시간이 흐르면 그는 원래의 게이르로 되돌아온다. 그가 처한 상황을 그제야 이해했다는 듯 대화 속으로 미끄러지듯 들어와서 관심과 배려를 보이고, 호의로 가득한 말을 하고 너털웃음을 터뜨리기도 한다. 그러면 차갑고 딱딱했던 분위기가 어느새 따스하고 기분 좋은 분위기로 변해버린다.

그의 목소리와 눈빛도 마찬가지다. 그런데 우리가 전화로 대화를 나눌 때면 그의 자기 보호적 반응은 전혀 찾아볼 수 없다. 그는 전화를 받는 순간부터 기분 좋은 목소리로 이야기를 시작한다. 그는 누구보다도 나를 잘 알고 있다. 나 또한 누구보다도 그를 잘 알고 있다고 자부하지만 확신할 수는 없다.

그와 나의 다른 점은 세월이 흐르면서 점점 좁혀들긴 했지만, 완전히 없어지진 않았다. 우리의 다른 점은 의견이나 태도에서 볼 수 있는 것이 아니라, 상대방의 영향이 미칠 수 없는 깊은 곳에 자리하고 있기 때문에 그렇다. 내가 『이 세상 모든 것에는 저마다의 시간이 있다』 원고를 마무리했을 때, 게이르는 내게 축하한다며 선물을 가져왔다. 그것은 미국 해병대가 사용하는 나이프였다. 사람을 죽일 때 사용하는 무기. 오, 게이르와 나의 차이점은 바로 그 선물 하나에서 극명하게 드러났다. 그는 장난삼아 선물을 한 것이 아니었다. 그의 눈에는 그 칼이 이 세상 그 무엇보다도 더 가치 있고 아름답게 보였기 때문에 선물이랍시고 내게 가져왔던 것이다. 나는 게이르의 마음 씀씀이에는 기뻐하고 고마워했지만, 칼이라니! 날카로운 칼날, 반짝이는 재질. 거기에서 피가 흘러내려야 제 몫을 하는 물건이라고 생각하니 등골이 서늘할 지경이었다.

나는 그 칼을 상자 속에 넣어 작업실 책장에 꽂아놓은 책 뒤에 보이지 않게 잘 숨겨놓았다. 그는 내가 그의 선물을 낯설어 한다는 것을 알아차렸는지, 몇 달 후 책이 출간되었을 때는 또 다른 선물을 가져왔다. 그건 1700년대에 출간된 브리태니커 백과사전을 그대로 모방한 복제품이었다. 나는 그 책을 뒤져보면서 지금은 너무나 흔한 물건들과 현상이 하나도 기록되어 있지 않다는 사실에 매력을 느꼈다. 그도 그럴 것이 그 시대에는 찾을 수 없는 것이었으니까. 난 게이르에게서 받은 두 번째 선물이 더 마음에 들었다.

게이르가 종이 몇 장이 들어 있는 비닐 폴더를 내게 내밀었다.

"석 장밖에 안 돼. 한 번 읽어보고 의견을 말해줘."

나는 고개를 끄덕이고 담배를 비벼 끈 후 폴더에서 종이를 꺼내 읽기 시작했다. 일전에 그의 원고를 보고는 도입부를 채울 에세이 형식의 글을 써보라고 제안한 적이 있다. 그가 가져온 것은 바로 그 도입부였다. 보아하니 게이르는 극한적 위기 상태에 대한 칼 야스퍼스의 개념을 바탕에 두고 글을 쓴 것 같았다. 정점으로 치닫는 강렬

한 일상, 언제 죽음을 맞이할지 모르는 상황을 반어적인 분위기로
묘사한 에세이였다.

"아주 좋아."

"정말?"

"응. 장담해."

"그렇다면 안심이군."

그는 원고와 비닐 폴더를 옆자리에 놓아둔 가방 속에 집어넣으며
말을 이었다.

"나중에 분량이 더 많아지면 또 부탁할게."

"얼마든지."

그는 의자를 테이블에 바싹 당겨 앉으며 팔꿈치를 테이블 위에 올
리고 양손을 깍지꼈다. 나는 담배에 불을 붙였다.

"그건 그렇고, 네가 말했던 그 기자한테서 오늘 전화를 받았어."

"누구? 아, 아프텐포스텐 기자?"

기자는 나를 인터뷰하며 친구 몇 명을 소개해달라고 했다. 친구들
에게서 내 이야기를 들어보고 싶다는 의도였다. 나는 토레와 게이르
의 전화번호를 그에게 주었다. 토레는 이런저런 이야기 가릴 것 없
이 폭포수처럼 말을 쏟아내는 사람이기에 나에 대한 온갖 이야기를
다 할 수 있을 것 같아 기자에게 소개해주었고, 게이르는 현재의 내
상황에 대해 그 누구보다 더 잘 알고 있었기에 전화번호를 주었던
것이다.

"그래서 뭐라고 했어?"

"아무 말도 안 했어."

"아무 말도 안 했다고? 왜?"

"글쎄, 내가 무슨 말을 할 수 있다고 생각하니? 너에 대한 이야기

를 사실 그대로 털어놓으면 기자가 이해를 못 하거나 왜곡된 기사를 쓸 게 분명한데 어떻게 입을 뗄 수 있겠어? 가능한 한 말을 아낄 수밖에 없었지."

"요점이 뭐야?"

"그걸 내가 어떻게 알아? 내 전화번호를 기자에게 준 사람은 넌데…"

"그러니까 네가 한 말의 요점이 뭐냐고. 무슨 말이든 생각나는 대로 해도 된다고 했잖아. 신문에 어떤 기사가 나든 난 개의치 않아."

게이르가 나를 빤히 바라보았다.

"그게 정말이야? 에이, 설마… 어쨌든, 너에 대해 말한 게 하나는 있어. 어쩌면 그게 가장 중요한 이야기인지도 모르지."

"그게 뭐란 말이야?"

"네 도덕심이 높다고 했어. 그랬더니 그 머저리 같은 기자가 뭐라고 했는지 알아? 모든 사람이 다 그렇지 않나요? 그러더라고. 기자랍시고 그런 멍청한 말을 하다니. 진실은 반대야. 모든 사람의 도덕심이 높은 건 아니지. 솔직히 도덕심이 높은 사람은 눈을 씻고도 찾아볼 수 없어."

"어쩌면 기자는 도덕심이라는 말을 너와 다른 뜻으로 받아들였는지도 몰라. 그런 것 같은데?"

"그럴지도 모르지. 하지만 기자가 원하는 건 가십거리였어. 그러니까 네가 술에 취해 어떤 일을 했는지… 그런 사사로운 이야기들을 내게 해달라는 거였지."

"그래, 그럴 거야. 내일 아침 신문을 보면 알게 되겠지. 설마 가판대 타블로이드처럼 기사를 낼까… 그래도 아프텐포스텐인데…"

게이르는 고개를 절레절레 젓더니 웨이트리스를 향해 손을 번쩍 들어올렸다.

"베이컨과 양파 소스 일인분과 스타로프라멘 한 잔 주세요."

"저는 미트볼 일인분과 같은 걸로 한 잔 더 부탁합니다."

나는 앞에 있는 맥주잔을 들어 보이며 말했다.

"신사님들, 잠시만 기다려주세요. 곧 대령하겠습니다."

웨이트리스는 장난기 섞인 말을 건네면서 주문을 받아 적은 작은 수첩을 가슴께의 주머니에 집어넣고 주방으로 걸어갔다.

"그런데 도덕심이 높다는 건 도대체 무슨 뜻으로 한 말이니?"

"넌 도덕심이 깊은 사람이야. 그러니까 너의 윤리의식은 본능적인 것이나 마찬가지로 존재의 깊숙한 곳에 자리 잡고 있기 때문에 변할 수가 없는 것이기도 해. 예를 들어, 너는 비도덕적인 상황을 목격하거나 직접 경험할 때 아주 구체적으로, 신체를 사용해가면서까지 반응하잖아. 네가 그 상황의 주체가 되었을 때는 수치심 때문에 견뎌내질 못해. 네가 느끼는 부끄러움과 수치심은 개념적이지도 않고 추상적이지도 않아. 구체적이고 물리적이지. 너는 그 구체적이고 물리적인 수치심을 피해갈 수 없는 사람이야. 너는 배우도 아니고 도덕군자도 아니야.

너도 알다시피 난 빅토리아 시대적 개념에 꽤 큰 애정을 품고 있어. 빅토리아 시대를 한마디로 설명하자면 눈에 보이는 것과 보이지 않는 것 사이에는 뚜렷한 차이가 있다는 것이야. 무대 앞에서 명백하게 눈으로 볼 수 있는 것과 무대 뒤에 숨겨져 있어 관중들이 볼 수 없는 것이 명확하게 구분된 연극이라고나 할까. 난 그런 삶을 산다고 해서 우리가 더 행복해지진 않을 거라고 생각해. 하지만 그런 삶이 더 풍부하게 여겨지는 건 사실이야.

너를 보면 프로테스탄트적 윤리를 바탕으로 사는 종교인 같다는 생각이 들 때가 있어. 겉과 속이 일체가 된 삶을 사는 사람 말이야. 그래서 넌 언제 어디서나 바로 너의 모습으로 살 수 있는 거야. 너는 이중생활이라곤 생각도 못 하는 사람이지. 비록 네가 이중적 삶을 살기를 원한다 해도 현실적으로 실현할 수는 없어. 못하는 거지. 네속에는 삶과 도덕심이 일체가 되어 깊숙이 자리 잡고 있어. 윤리적으로 완전무장을 한 사람이라는 말이야. 대부분의 사람은 페르귄트•의 삶을 살고 있어. 가끔은 속임수도 쓰면서 말이야, 그렇지? 하지만 너는 그렇지 않아. 너는 매사에 심각하고 양심적이야. 예를 들어 네가 감수하는 작품을 읽을 때 단 한 줄이라도 빠뜨리고 읽은 적이 있니? 처음부터 끝까지 단 한 장이라도 건성으로 넘겨본 적이 있어?"

"아니."

"그것 봐. 그게 바로 너야. 너는 속임수를 쓰는 일이 없어. 아니, 어떻게 속임수를 써야 할지도 모르는 사람이야. 너는 머리부터 발끝까지 진정한 도덕군자야. 행복의 회계사라는 말 들어본 적 있니? 다른 사람들은 목숨과도 바꾸고 싶어 하는 성공을 경험한 후에도 너는 장부 확인 리스트에 체크하는 정도로밖에 여기지 않아. 너는 바라는 게 없어. 거의 대부분의 경우가 그렇긴 하지만, 네가 겉과 속이 일치하는 모습을 보일 때면 나보다 훨씬 통제력이 강해. 넌 내가 모든 것을 병적일 정도로 시스템화해서 정리해둔다는 걸 잘 알고 있지? 그런 나보다 네가 더하단 말이야. 물론 너도 통제력을 잃어버릴 때가 없지 않아. 하지만 너는 그런 상황에 더 깊이 고개를 들이밀지 않아. 옛날 같으면 또 모르겠지만 말이야. 네가 통제력을 잃지 않고 네 자신의 모습을 온전히 간수할 때면 네 도덕심은 무자비할 정도로 깊고

• 입센의 작품 「페르귄트」의 주인공으로 여기서는 안이하고 나태한 사람을 상징한다.

완벽해.

물론 네게도 욕망이 있고 욕심이 있겠지. 어쩌면 나를 비롯한 대부분의 사람보다 훨씬 더 큰 욕망을 가지고 있을지도 몰라. 그런데도 넌 그 욕망을 완벽하게 통제해낸단 말이지. 만약 네가 나였다면 이중적인 삶을 살았을 거야. 하지만 너는 그렇게 할 수 없어. 아예 못하는 거지. 너는 단순한 삶을 살 운명을 지니고 태어난 사람 같아. 하하하. 너는 페르귄트와는 거리가 멀어. 난 이게 바로 네 존재의 핵심이라고 생각해. 너의 이상은 오직 순수함, 순수함밖에 없어. 순수함은 뭐지? 나는 순수함과는 정반대편에 서 있는 사람이야. 버지니아에 대해 쓴 보들레르의 글을 너도 기억하지? 사람들이 순수함의 정수를 표현한 그림을 왜곡하고 비웃기 시작하자 그녀는 무슨 일이 일어나고 있는지는 알겠는데 그게 뭔지 이해를 할 수 없었어. 전혀 몰랐단 말이야.

카라바조의 그림도 마찬가지야. 사람들에게 돌아가며 속임을 당하는 한 순진한 청년을 그린 「도박사」. 그 순진한 청년이 바로 너야. 순수하다고 말해도 되겠지. 네 경우엔 지난 시간 속에서 이 같은 순수함을 볼 수 있어. 『세상 밖으로』에서 네가 쓴 그 열세 살짜리 소녀 이야기와 70년대를 동경하는 미칠 듯한 향수… 린다에게서도 너와 비슷한 순수함이 보여. 보바리 부인과 카스파어 하우저*의 중간쯤 되는 어느 지점에 있는 사람이라고 하면 될까?"

"응…"

"솔직히 하우저는 근거 없는 이야기니까 없는 걸로 하자. 너의 전

---

• 19세기 초반 독일에서 발견된 고아로 출생과 정체가 미스터리로 남아 있다. 당시 바덴 대공의 의붓자식이라는 소문도 돌았던 그는 비참하게 살다 20대 초반에 숨을 거두었는데, 그의 묘에는 '누군가에게 살해된 누군가가 여기 누워 있다'라고 적힌 비석이 세워져 있다.

부인, 토니에는 사진으로만 봤을 뿐이야. 린다와는 조금도 닮지 않았지만, 나는 그녀에게서도 순수함을 느낄 수가 있었어. 실제로 그녀가 순수한지는 모르겠지만 사진으로 봤을 땐 굉장히 순수하게 보였어. 넌 순수함 빼면 시체잖아. 난 깨끗하고 순수한 것들에 대해선 전혀 관심이 없어. 그런데 네게선 순수함을 느낄 수 있어. 너는 도덕심이 깊고 극도로 순수한 사람이야. 순수한 게 뭐냐고? 세상의 손이 닿지 않은 것, 파괴되지 않은 것, 너무나 외진 곳에 있어서 떨어지는 돌멩이를 맞고 잔물결조차도 만들어낸 적이 없는 시냇물… 물론 네게 욕망이나 욕심이 없다는 말은 아니야. 너도 사람인 이상 욕망과 욕심이 있겠지. 하지만 너의 특징은 순수함을 여전히 간직하고 있다는 거야. 네가 감당할 수 없을 정도로 아름다움을 추구하는 이유도 바로 그 때문이라고 생각해. 네가 천사에 대한 소설을 쓴 건 우연이 아냐. 천사보다 더 깨끗하고 순수한 건 없으니까."

"하지만 내 책에선 천사가 실체적이고 물리적인 존재로 등장하는걸."

"그렇긴 해도 천사의 상징성이 순수함이라는 건 너도 부인할 수 없을 거야. 맞아, 넌 천사의 추락도 물리적으로 표현했어. 죄를 짓고 나락으로 떨어지는 추락이 아니라, 인간 세상으로 떨어지는 물리적이고 구체적인 추락에 대해 썼잖아."

"추상적으로 본다면 네 말도 틀리진 않아. 열세 살짜리 소녀는 순수함을 상징하고, 그 소녀에게 일어났던 일은 물리적 추락으로 해석한다는 말이지?"

"그렇게 말할 수도 있겠지."

"알았어. 그러니까 소녀는 성경험을 하고, 천사는 인간이 된다는 것에서 어떤 연관성을 찾아볼 수 있다는 말인데… 문제는 그 일이 무의식 속에서 진행된다는 거야. 내면의 깊은 곳에서. 그렇게 따지자면 올바른 해석이라고 할 수는 없어. 어쩌면 내가 추구하는 건 바로 그런 것일지도 몰라. 하지만 난 내가 뭘 추구하는지 모르는걸. 책이 나온 후에 뒤표지를 읽었더니 그 책은 수치심에 대한 책이라고 적혀 있더군. 그때까지만 해도 나는 내가 수치심에 대한 글을 썼는지도 모르고 있었어! 그리고 열세 살짜리 소녀와 순수함을 연관 지어 생각했던 건 책이 나오고 나서도 한참 후의 일이야."

"어쨌든 너무나 명백하잖아? 의심의 여지가 없을 정도로."

"맞아. 하지만 나는 모르고 있었어. 적어도 책을 쓸 당시엔 전혀 그런 것에 대해 생각지도 않았거든. 그건 그렇고, 네가 잊어버린 게 하나 있어. 순수함은 멍청함과 다를 게 없다는 거야. 넌 지금까지 내가 순수하다고 말했지만 사실은 내가 멍청하다는 뜻 아니었어? 아무것도 모르는 멍청한…"

"아냐, 절대로 그렇지 않아. 순수함과 맑음이 멍청함을 상징한다는 건 어떤 면에서 틀리진 않아. 적어도 지금 우리가 사는 이 시대에선 그래. 우리가 사는 이 문화 속에선 경험을 많이 한 사람일수록 생존 경쟁에서 이길 확률도 높지. 뭔가 크게 잘못되었다고 생각하지 않니? 모두 모더니즘이 어떤 방향으로 움직이고 있는지 잘 알고 있어. 사람들은 이 흐름 속에서 한 형태를 파괴하는 동시에 또 다른 형태를 창조하기를 끊임없이 반복해. 앞으로도 이런 흐름은 계속되겠지. 그렇다면 경험 많은 사람이 우세해지고 결국은 주도권을 잡게 될 거야. 현대 사회에서는 흐름을 거부하고 받아들이지 않는 것이 바로 순수함과 독립적인 행위라고 정의할 수 있어. 반면 흐름을 받아들이는 것은 너무나 쉬운 일이지. 이 시대의 흐름을 거부하는 순수한 사람이 바로 너야. 거의 성인에 가까운 존재라고."

나는 미소를 지었다. 웨이트리스가 맥주잔을 테이블 위에 내려놓았다.

"위하여!"

"위하여!"

맥주를 한 모금 삼키고 입술에 묻은 거품을 손등으로 닦았다. 잔을 테이블 위에 내려놓으며 잔 속에 담긴 황금색 액체를 보니 기분이 좋아졌다. 나는 게이르에게 시선을 돌렸다.

"성인?"

"응. 너의 신념과 생각과 행위를 쭉 지켜보니 가톨릭 성인과 비슷하다는 느낌이 들었어."

"너무 과장하는 거 아냐?"

"아냐, 절대 그렇지 않아. 내가 볼 때, 네가 사는 방식은 상당히 파괴적이야."

"예를 들면?"

"가능성과 창조라는 면에서 말이지. 내가 말하는 창조는 문학이 아니라 너의 삶에 대한 거야. 내 눈에는 네 삶이 극단적 금욕주의자의 삶과 다를 게 없어. 결코 일반적이라곤 할 수 없어. 매우 비정상적이야. 나는 평생 너 같은 사람을 만나본 적이 없어. 너 같은 사람에 대한 이야기를 들어본 적도 없고… 아, 물론 성인이나 성직자에 대해선 들어본 적이 있지만 말이야."

"관둬."

"먼저 시작한 건 너야. 솔직히 너를 이해하기 위한 개념적 도구는 아무것도 없어. 내가 말하는 너의 도덕심이라는 건 사회적 도덕심처럼 외부적으로 가시화된 것이 아니라 내면적인 거야. 종교적인 거지. 물론 여기서 말하는 종교에는 신이 주체가 된 종교가 아니야. 신

305

을 믿지도 않는 사람이 전혀 불경스럽지 않게 성체 성사를 받을 수 있는 사람은 너밖에 없어."

"그건 네가 아는 사람 중엔 그렇게 했던 사람이 없기 때문이 아닐까?"

"아냐, 내가 아는 사람 중에도 있어. 하지만 그들에게선 순수함을 찾아볼 수 없었지. 솔직히 나도 성인식을 할 때 신을 믿지도 않으면서 성체 성사를 받았어. 물론 나는 돈 때문에 그랬지. 난 성인식을 마치고 나서 바로 국교에서 탈퇴했어. 내가 그때 선물로 받았던 돈으로 뭘 샀는지 알아? 칼을 샀어. 그런데 우리가 무슨 이야기를 하다가 내 이야기를 하게 됐지?"

"내 이야기…"

"맞아, 그랬지. 너와 사뮈엘 베케트에겐 공통점이 있어. 글이 아니라 둘 다 성인 같다는 점에서 말이야. 치오란*이 쓴 글 중에 이런 게 있어. '베케트에 비하면 나는 매춘부에 불과하다.' 하하하! 사실 나도 그렇게 생각해. 하하하! 그런데 치오란도 성정이 곧기로 유명한 사람이었다는 사실을 간과하면 안 돼. 나는 네 삶이 참으로 헛되고 무익하다고 생각해. 하긴 난 이 세상 사람들의 삶이 모두 그렇다고 생각하지만 말이야. 그런데 네 삶은 다른 사람들의 삶보다 훨씬 더 헛되고 가치 없는 삶이야. 너의 도덕심은, 이 세상의 머저리들이 흔히 말하는, 세금을 꼬박꼬박 내는 그런 종류의 도덕심이 아닌 존재적 윤리의식 같은 거야. 한마디로 존재와 관련된 것이지. 바로 그 때문에 우리가 서로 너무나 다른 데도 매일 이렇게 대화를 나눌 수 있어. 연민과 교감 때문일 거야. 나는 네 삶에 연민을 느껴. 내가 네 삶

---

* 루마니아의 철학가이자 작가. 루마니아어와 프랑스어로 작품 활동을 했다.

을 바꿀 수도 없는 법이고, 그렇다고 네가 뭘 어떻게 할 수도 없어. 난 그런 네가 불쌍해. 하지만 난 눈앞에서 비극적인 네 삶을 그냥 바라보는 수밖에 없어. 너도 알다시피 비극은 크나큰 가능성을 지닌 훌륭한 사람이 좌절과 절망의 구렁텅이로 추락하는 거야. 희극은 그 반대라고 할 수 있지. 네 삶은 결코 희극이라고 할 수는 없어."

"왜 하필이면 비극이니?"

"비극에선 즐거움과 기쁨을 찾아볼 수 없기 때문이야. 네 삶에서도 마찬가지야. 너는 엄청난 재능과 능력을 갖추고 있어. 그 재능과 능력으로 예술을 창조해내지. 하지만 거기서 끝이야. 넌 그런 점에서 미다스 같아. 미다스 왕은 손을 대는 물건마다 금으로 바뀌게 했지만, 아무런 기쁨도 얻지 못했어. 그의 주변은 물론이고 그가 가는 곳마다 번쩍번쩍하는 황금으로 가득했지. 다른 사람들은 평생을 노력해서 황금 한 덩이를 손에 넣으면 그걸 팔아 삶을 즐기는 데 써. 원하는 것을 손에 넣기도 하고, 음악을 듣고, 춤을 추는 등 만족감을 얻거나 욕심을 채우고, 가끔은 돈으로 여자를 사기도 하지. 자신의 존재를 한두 시간 잊어버리기 위해 여자에게 달려가는 사람도 있어.

사실 따지고 보면 본능적 욕망이라는 건 순수한 거야. 그런데도 욕망과 순수함을 동일한 선상에 놓고 볼 수는 없어. 최고의 가치를 지니고 있는 순수한 존재마저도 네 성기가 들락날락하고 나면 최고의 가치를 상실해버리게 된다는 말이야. 너는 미다스의 왕좌에 앉아 있는 사람이야. 너는 마음만 먹으면 모든 것을 손에 넣을 수 있어. 이 세상에 그렇게 할 수 있는 사람이 도대체 몇이나 있다고 생각하니? 거의 없어. 그런 자리를 사양할 수 있는 사람이 몇이나 될 거라고 생각하니? 더 찾아보기 힘들 거야. 딱 한 명! 내가 알기엔 딱 한 명 있어. 이게 비극이 아니고 뭐란 말이니? 그건 그렇고, 만약 내가 이런

307

말을 모두 기자에게 했다면, 기자가 기사를 제대로 쓸 수 있을 거라고 생각해?"

"아니."

"바로 그거야! 물론 그에게도 자신만의 기자적 잣대가 있을 거야. 그 잣대를 사용해 마치 빗으로 빗어내리듯 사람들을 샅샅이 살펴보겠지. 하지만 그런 방법으로는 네가 어떤 사람인지 제대로 알아낼 수 없어."

"나뿐만 아니라 다른 사람들도 마찬가지일 거야."

"글쎄, 그럴 수도 있고 아닐 수도 있어. 너는 비뚤어진 자화상을 바탕으로 다른 사람들처럼 살고 싶다고 생각하잖아."

"그럴지도 몰라. 어쨌든 내가 지금 말할 수 있는 단 한 가지 사실은, 지금까지 나에 대해 그렇게 말한 사람은 너밖에 없다는 거야. 윙베 형이나 어머니, 친척들이나 친구들은 네가 지금 무슨 말을 하고 있는지 전혀 이해를 못 할 거야."

"설사 그렇다 해도 진실이 어디 가는 건 아니잖아?"

"그렇겠지. 그건 그렇고, 언젠가 누군가가 너에 대해 이렇게 말한 게 생각나. 너는 네가 아는 사람들을 모두 아주 중요한 사람이라도 되는 것처럼 치켜세운다고 하더군. 그건 바로 너 자신이 중요한 사람처럼 대접받고 싶기 때문이라고 했어."

"그건 사실이야. 저마다의 삶은 어떻게 보느냐에 따라 중요할 수도 있고 그렇지 않을 수도 있어. 나는 내 삶에 있어서만큼은 영웅이야. 내 삶의 영웅이라고. 유명한 사람들, 영향력이 큰 사람들, 이름만 대면 누구나 아는 이런 사람들은 혼자서 유명해진 게 아냐. 누군가가 주변에서 그들을 유명하게 만들어줬기 때문이지. 누군가가 그들에 대한 글을 쓰고, 영화를 만들고, 이야기를 해서 알리고, 분석을 하고, 추앙을 했기 때문에 가능한 일이야. 그런 면에서 보면 누구나 타인의 눈으로 봤을 땐 훌륭하게 보이는 법이지. 하지만 그건 일종의 연출이야. 그렇다면 나의 연출 행위가 다른 사람의 연출 행위보다 진실하지 못하다는 법은 없잖아? 아니, 오히려 그 반대야. 왜냐하면 내가 치켜세우는 사람들은 나와 얼굴을 마주 보고 있는 사람들, 내가 손을 뻗으면 닿을 수 있는 곳에 있는 사람들이거든. 난, 뜬구름 잡듯 잘 알지도 못하는 사람들을 치켜세우고 추앙하진 않아. 어쨌든 난 아직 지하에 머물러 있는 사람이고 넌 이카로스야."

웨이트리스가 주문한 음식을 테이블에 내려놓았다. 게이르의 접시에는 베이컨 한 조각이 바다같이 널찍한 하얀 양파 소스 위에 불쑥 솟아 있었고, 내 접시에는 연두색 완두콩 스튜와 빨간 월귤잼 옆에 있는 갈색 미트볼이 크림 소스 속에 잠겨 있었다. 감자는 따로 나왔다.

"감사합니다."

나는 웨이트리스를 쳐다보며 맥주를 주문했다.

"같은 것으로 한 잔 더 주시겠습니까?"

"스타로 한 잔."

웨이트리스는 내 주문을 받아 적으며 게이르에게 시선을 돌렸다. 게이르는 냅킨을 무릎 위에 올려놓으며 고개를 저었다.

"조금 더 있다가 주문할게요."

나는 맥주잔을 비우고 감자알 세 개를 내 접시에 옮겨 담았다.

"칭찬은 아니니까 오해하진 마."

게이르가 말했다.

"뭐…?"

"네가 성인이라고 했던 말. 현대 사회에서 성인이 되고 싶은 사람은 아무도 없어. 성인의 삶이 어떤 거라고 생각하니? 고통과 희생, 죽음으로 점철되는 삶이잖아. 정신적 삶을 위해 육체적 삶을 포기할 수 있는 사람이 얼마나 있다고 생각하니? 현대 인간들이 말하는 기도라는 건 어떤 거지? 맞아, 현대 사회에 살고 있는 인간들에겐 딱 한 종류의 기도밖에 없어. 바로 원하는 걸 이루어 달라는 기도야. 원하는 게 없다면 기도를 하지 않는 게 바로 이 시대 사람들이라고."

"난 원하는 게 많아."

"알아, 알아. 하지만 넌 원하는 걸 손에 넣어도 기뻐하지 않잖아. 행복한 삶에 대해선 관심도 보이지 않는 건 타인을 향한 도발적 행위나 마찬가지야. 다시 말하지만 이것도 칭찬은 아니니까 오해하지 마. 오히려 그 반대라니까. 난 행복한 삶을 살고 있어. 내가 가치를 두고 있는 건 오직 그것밖에 없어."

"너와 대화를 나누는 건 악마에게 심리 치료를 받는 것이나 마찬가지라는 생각이 들어."

나는 감자가 든 접시를 그의 앞으로 밀어주며 말했다.

"결국 패자로 남는 건 항상 악마잖아?"

"글쎄, 정말 그럴까? 아직 마지막이라곤 할 수 없으니 기다려보는 건 어때?"

"네 말이 맞아. 하지만 악마가 승자가 될 수 있을 것 같진 않아. 적어도 내가 보기엔 그래."

"우리 중엔 신이 더 이상 존재하지도 않는데 그렇게 생각해?"

"우리 중이라고? 그렇지. 과거엔 우리 중에서 신을 볼 수 없었어. 그때는 신이 우리 머리 위에 있었지. 지금은 신이 국제화되어버렸고 우리가 신을 정복해버렸어."

우리는 음식을 먹느라 잠시 침묵을 지켰다.

"그건 그렇고, 오늘 하루는 어땠어?"

"하루가 어떻게 지나갔는지도 모르겠어. 주말에 있을 강의를 위해 원고를 쓰려고 마음먹었는데 한 글자도 쓸 수가 없었어. 결국 소파 위에서 뒹굴뒹굴하면서 지금까지 책만 읽다가 왔어."

"그다지 멍청한 짓으론 보이지 않는데?"

"책을 읽었다는 그 사실만 보면 멍청한 짓이라 할 수 없지. 하지만 하루 종일 불쾌해서 어쩔 줄 몰랐다고. 어차피 네겐 설명해도 이해를 못 할 게 뻔하지만…"

"도대체 뭐 때문에 불쾌했다는 말이야?"

게이르는 맥주잔을 테이블 위에 내려놓으며 물었다.

"내가 불쾌했던 이유를 구체적으로 말하자면, 내가 내 책 자랑을 해야만 한다는 거야. 내 책이 의미로 가득 차 있다는 척하지 않으면 강연을 하는 것도 불가능해. 자화자찬을 한다는 건 역겹기 짝이 없는 일이야. 연단에 서서 내가 내 책 자랑을 해야 한다는 사실, 나의 자화자찬을 누군가가 들으러 올 것이라는 사실… 솔직히 거기 오는 사람들은 내 책에 관심이 있기 때문에 오는 거잖아. 도대체 왜? 강연이 끝나면 그들은 내게 와서 책이 환상적이라든가 강연이 아주 좋았다든가 모두 한마디씩 할 텐데, 난 그들과 눈도 마주치지 않을 게 뻔해. 그들을 보고 싶은 마음이 없거든. 그 지옥 같은 자리를 박차고 나가고 싶은 마음뿐일 거야. 난 감옥에 갇힌 거나 마찬가지야. 이해할 수 있겠니? 칭찬을 듣는 것보다 더 어색하고 불쾌한 일은 없어. 젠장! 게오르그 요한네센[*]은 칭찬 기술에 대해 언급한 적이 있어. 칭찬 중에는 진실로 가치 있는 칭찬이 있다고 했는데, 난 전혀 그렇게 생

[*] 노르웨이 작가이자 수사학 교수.

311

각하지 않거든. 칭찬의 말이 달콤하면 달콤할수록 난 더 불쾌해져. 사람들이 그런 식으로 나를 대하기 시작하면 화가 나려고 해. 너도 알다시피, 아니, 쳇, 넌 아무것도 모르지? 너는 지하실에 머물러 있다고 했잖아. 너는 칭찬이라는 사다리를 타고 지상으로 올라오고 싶어 하는 사람이라는 걸 깜박했어. 하하하!"

"하하하!"

"내가 진정으로 가치 있다고 여기는 건 나를 잘 아는 사람들이 해주는 칭찬이야. 예를 들어, 네가 칭찬을 하면 내겐 가치 있는 말로 다가와. 의미를 담고 있기 때문이지. 린다의 칭찬도 마찬가지야. 토레, 에스펜, 투레 에릭의 칭찬도 내겐 큰 의미가 있어. 그런데 나를 모르는 사람이 해주는 칭찬을 듣고 있으면 불쾌해져. 그런 상황 속에선 내가 통제력을 잃어버리기 마련이거든. 나도 왜 그런지 모르겠어. 행운과 성공… 이런 것들을 이야기할 때마다 난 기분이 나빠져."

"그간 네가 말한 것 중에서 특히 두 가지 사항에 대해 관심을 두고 생각해봤어."

게이르가 접시 위에 나이프와 포크를 내려놓으며 말을 이었다.

"언젠가 네가 하리 마르틴손*이 자살했다는 이야기를 했던 거 기억하니? 너는 마르틴손이 노벨문학상을 받은 뒤 할복자살한 이유를 이해할 수 있을 것 같다고 했어."

"뻔하잖아. 노벨문학상을 타는 것보다 작가에게 더 수치스러운 일은 없어. 게다가 그의 수상을 둘러싸고 세계적인 비난이 끊임없이 고개를 들었던 것도 사실이야. 그는 스웨덴 사람이고, 아카데미** 멤

---

• 스웨덴의 소설가이자 시인. 1974년에 노벨문학상을 수상했다.
•• 스웨덴 아카데미는 노벨문학상 선정 위원회를 겸하고 있다.

버이기도 했어. 전혀 자격이 없었는데도 일종의 나누어먹기 식으로 그에게 상이 돌아갔던 거야. 그는 이런 비난을 견딜 수 없었던 거지. 그 정도의 비난을 견뎌내려면 웬만한 강심장이 아니고선 불가능할 거야. 평소 자기 자신에 대해 콤플렉스가 많았던 그는 더 견디기 힘들었겠지. 그가 자살한 이유가 이 때문이 아니라면 또 뭐가 있을까?"

"흠…"

"그건 그렇고, 두 가지라 했지? 다른 하나는 뭐니?"

"아!『반달리즘』에 나오는 야스트라우●에 대한 이야기. 기억 나니?"

나는 고개를 저었다.

"이제부터 비밀은 모두 너한테 털어놓으면 되겠군. 발설 가능성이 거의 없으니 말이야. 도대체 네가 기억하고 있는 게 뭐가 있니? 네 뇌는 마치 치즈가 들어 있지 않은 스위스 치즈 같아.『반달리즘』은 네가 읽어본 책 중에 가장 기분 나쁜 책이었다고 말하지 않았어? 책에서 의미하는 좌절은 좌절이 아니라고 했던 말 기억하니? 주인 공은 가지고 있던 것들을 자발적으로 놓아버리고 미끄러져 내려갔어. 단지 술을 마시기 위해서. 절망으로의 추락과 술은 주인공이 선택할 수 있었던 실질적인 대안의 하나였을 뿐이야. 아주 좋은 대안의 하나였지. 그는 가지고 있던 것들을 내려놓기 위해 술을 마셨던 것이나 마찬가지야."

"아, 이제 기억나. 술에 취한다는 게 얼마나 기분 좋은 일인지에 관한 이야기. 술에 취하면 위험한 일도 위험스럽게 여겨지지 않아.

●『반달리즘』은 덴마크 작가 톰 크리스텐센이 쓴 소설로, 문학비평가인 올레 야스트라우(Ole Jastrau)에 대한 이야기다. 1977년 영화화되었다.

가지고 있던 것들을 내려놓기 위해 술을 선택한다는 건 생각해보지 않았는데… 그러고 보니 굉장히 드라마틱하게 느껴지는군. 운명처럼 느껴지기도 해. 너무나 일상적이고 당연한 일이 그토록 기분 좋은 일이 될 수도 있다는 걸 생각하면 놀랍기까지 해. 하지만 술에 취해 심연에 빠진다 해도 기복이 없진 않아. 상승하는 것도 있지. 예를 들어 다음 날의 숙취라든가…"

"하하하!"

"너는 가지고 있던 것들을 자발적으로 내려놓지 못할 것 같아. 그렇지?"

나는 게이르에게 물어보았다.

"맞아. 너는?"

"나도 그래."

"하하하! 하지만 내가 아는 사람들은 거의 모두 그래. 스테판은 정원에 앉아 시도 때도 없이 술을 마시지. 술을 마시고 돼지고기 바비큐를 하고 트랙터를 타고 다녀. 지난여름에 집에 갔더니 오드 군나르가 물컵에 위스키를 부어 내게 권하더군. 컵에 넘칠 정도로 위스키를 부어놓고선 오랜만에 나를 보니 반가워서 그랬다고 했어. 하지만 난 위스키에 입도 대지 않았어. 토니도 마찬가지야. 그런데 토니는 마약 중독자니까 제외하고…"

안쪽 테이블 앞에서 내게 등을 보이고 앉아 있던 여자가 자리에서 일어났다. 출입문 쪽 화장실로 걸어가는 그녀를 보니 일다였다. 나는 얼른 그녀의 시선을 피해 고개를 숙였다. 그녀가 싫어서가 아니라 그날만큼은 그녀와 마주치고 싶지 않아서였다. 그녀는 꽤 오랫동안 린다와 가장 절친한 친구로 지냈다. 둘이 함께 산 적도 있었다. 린다와 연애를 할 시기, 우리는 셋이 자주 만났다. 당시 베르티고 출판사에서 발행된 사드 후작*에 대한 책 표지에 일다의 사진이 실린 것으로 보아, 그녀는 베르티고 출판사와 관계된 일을 했던 것 같다. 하지만 그녀가 정확히 무슨 일을 했는지는 알 수가 없었다.

일다는 일주일에 며칠은 헤덴그렌스 서점에서 일을 하기도 했다. 얼마 전에는 그녀가 친구와 함께 문학에 관계된 회사를 차렸다는 소식을 들었다. 그녀는 예측이 불가능할 정도로 종잡을 수 없고 기복이 심한 사람이었다. 부정적인 면에서 그렇다는 것이 아니라 생의 활기가 넘치다 보니, 주변인들은 그녀가 앞으로 무슨 일을 할지 무슨 말을 할지 예측하기가 어렵다는 것이다. 린다의 성격에서도 그런 면을 엿볼 수 있다. 그 때문에 두 여자는 죽이 잘 맞았다. 그들이 처음 만난 날의 이야기는 바로 두 사람의 충동적이고 특별한 성격을 잘 보여준다.

시내에서 길을 걷던 린다는 지나가던 일다를 우연히 보았다. 굉장히 독특한 사람이라고 생각한 린다는 한 번도 만난 적이 없는 생면부지의 일다를 소리쳐 부르면서 그녀에게 달려갔다. 그리고 두 사람은 친구가 되었다. 일다는 널찍한 엉덩이와 커다란 젖가슴, 짙은 색 머리카락과 라틴계를 연상시키는 얼굴 등 언뜻 50년대의 여인으로 보이는 외모를 지녔고 꽤 오랫동안 스톡홀름에서 유명한 작가로 이름을 날렸다. 반면, 이러한 외적인 면과는 달리 그녀는 자주 소녀 같은 심성을 보였고 철부지 같은 행동을 하기도 했다. 매우 섬세한 심성을 지닌 코라는 일다가 무섭다고 자주 말했다. 일다는 문학도인 케틸과 함께 살고 있었다. 케틸은 헤르만 방**에 대한 박사 논문을

---

* '사디즘'으로 알려진 프랑스의 작가이자 사상가.
** 덴마크 작가.

썼다가 거부당한 후, 교수들이 절대 거부할 수 없는 주제로 다시 논문을 썼다. 바로 홀로코스트에 관련된 문학을 주제로 한 것이었다. 당연히 그는 학위를 딸 수 있었다.

나는 얼마 전에 어느 파티장에서 그를 만난 적이 있다. 그는 내게 다가와 덴마크에서 열렸던 세미나에서 베르겐의 한 학교에 다녔다는 노르웨이인을 만났다고 말했다. 이름이 뭐라 하던가요? 요르달이라고 했어요. 프레벤 아닌가요? 아, 맞아요. 프레벤 요르달. 나는 요르달이 내 친구라고 말하면서 바간트 출판사에서 함께 편집일을 하기도 했다고 이야기해주었다. 유머도 풍부하고 능력도 출중해 내가 참으로 좋아하는 사람이라고 덧붙이자, 케틸은 갑자기 침묵하며 시선을 돌렸다. 마치 나와 대화를 나누기 싫다는 듯 술잔에만 집중하는 그를 보니, 문득 내가 요르달의 칭찬을 자자하게 했던 것에 반해 요르달은 나에 대해 그리 좋은 말을 하지 않았을 게 분명하다는 생각이 번개처럼 스쳤다. 그러고 보니 요르달은 『바간트』 정기 간행물에는 물론 『모르겐블라데』에까지 내 책에 대한 혹평을 실은 적이 있다. 분명, 케틸과 요르달은 덴마크에서 내 책에 대한 이야기를 나누었을 게 틀림없었다. 물론 이건 내 짐작에 불과했지만 전혀 근거가 없다고는 할 수 없었다. 나는 왜 요르달의 이름을 듣는 순간 그가 내 책에 퍼부었던 혹평을 떠올리지 못했을까.

거기까지는 그렇다 해도 내가 이해할 수 없는 것은 또 있었다. 요르달과 나는 베르겐 시절의 기억을 공유하고 있다. 그의 혹평은 나의 스톡홀름 시절에 속한다. 즉, 그의 기억은 과거에 속한 것이고 그의 혹평은 내 책에 대한 것일 뿐 내 삶에 대한 것은 아니다. 그런데도 케틸이 그런 태도를 보이는 것은 도무지 이해할 수가 없었다. 고통스러웠다. 마치 날카로운 칼에 심장이 찔린 것만 같았다. 심장이 아니라 등을 찔린 느낌이었다. 왜냐하면 나는 요르달을 잘 알고 있었으니까. 내 책이 완벽하진 않아 가끔은 혹평을 피할 수 없다는 것도 잘 알고 있었기에 나는 요르달을 비난하고 싶지 않았다. 하지만 내 책에 대한 혹평이 오랫동안 사람들의 기억에 남아 있으면 어떡하나 하는 두려움이 고개를 드는 건 나도 어쩔 수 없었다.

일다와 대화를 나누고 싶지 않았던 것은 바로 그 기억 때문일까. 그녀와 관련된 사람들을 떠올리면 머리 위에 그림자가 드리워지는 듯한 느낌이 들어 피하고 싶은 건 아닐까. 내가 그녀와 마주하고 이야기를 나누기 싫었던 이유는 바로 끝없는 그녀의 수다를 감당해낼 재간이 없었기 때문이다. 그녀는 입만 열면 자기 자신에 대한 이야기를 늘어놓았다. 출판사와 서점에 대한 일. 그뿐만 아니라 갖가지 낯선 이벤트들과 파티 등등… 그게 무엇이든 간에 나는 그녀의 이야기를 듣고 싶지 않았다.

"지난번에 만났을 때 참 기분 좋은 시간을 보낼 수 있었어. 고마워."

게이르가 뜬금없이 말문을 열었다.

"지난번이라니? 언제 이야기를 하는 거야? 우리 집에서 저녁을 먹었을 때?"

"응, 왜?"

"5주 전에 있었던 이야기를 지금 꺼내면서 고맙다고 하는 거니?"

"아, 어제저녁에 크리스티나와 바로 그 이야기를 했기 때문에 오래전 일처럼 느껴지지 않았던 것 같아. 그때 함께 있었던 사람들을 언제 한 번 우리 집에 초대하고 싶어서 말이야."

"좋은 생각이야. 그건 그렇고 토마스도 여기 있어. 너도 봤니? 저 안쪽에 앉아 있어."

"그래? 토마스와 이야기해봤어?"

"응, 조금. 인사만 나눈 정도야. 좀 있다가 우리에게 와보겠다고 했어."

"요즘 네 책을 읽고 있다고 하더군. 네게도 그 이야기를 했는지 모르겠다."

나는 고개를 저었다.

"천사에 대한 에세이 부분이 특히 마음에 든다면서 좀 더 길었으면 좋겠다고 하더라. 그런데 네게 아무 말도 안 했다니. 정말 토마스답군. 아마 그 책을 네가 썼다는 사실조차도 까맣게 잊고 있는 게 분명해. 하하하! 토마스처럼 기억력이 없고 건망증이 심한 사람도 없어."

"아마 머릿속에 다른 생각이 많아서 그럴 거야. 나도 그래. 이제 겨우 서른다섯 살밖에 안 되었는데 벌써 치매가 온 것 같아. 투레 에릭이 스웨덴에 왔을 때의 이야기를 네게도 해준 적이 있지? 우리는 낮부터 시작해서 밤늦게까지 술을 마셨어. 분위기에 휩쓸린 우리는 각자의 가족사를 모두 털어놓았지. 그는 어렸을 때의 이야기, 아버지와 어머니, 형제들에 대한 이야기뿐만 아니라 조상들에 대한 이야기까지 했어. 너도 알다시피 에릭은 말솜씨가 여간 좋은 게 아냐. 그가 말하는 걸 듣고 있으면 누구든 그 이야기에 빠져들지 않을 수 없을 정도니까. 게다가 그의 이야기는 상당히 흥미로웠어. 나는 그의 이야기를 아주 집중해서 들었어. 이야기를 들으면서도 '아, 이 이야긴 정말 환상적이야'라고 생각했을 정도였어. 그런데 바로 다음 날, 나는 에릭이 했던 이야기를 모두 잊어버렸어. 내용은 모두 어디론가 사라져버리고 테두리만 남아 있는 듯한 느낌이 들더군. 그가 어렸을 때의 이야기와 부모님에 대한 이야기를 했다는 것, 내가 참으로 집중해서 관심 있게 들었다는 것은 기억할 수 있었어. 하지만 그 내용은 하나도 기억을 해낼 수가 없었다고! 완전히 사라져버렸어!"

"넌 그때 취해 있었잖아."

"술과는 상관없는 일이야. 아주 오래전, 토니에와는 이런 일도 있었어. 토니에는 어렸을 때 가슴 저리도록 슬픈 경험을 했다고 했어. 그런데 그게 뭔지는 말하려 하지 않았어. 그때만 해도 우린 그렇게 가까운 사이가 아니었거든. 그 이야기는 토니에가 평생 비밀로 간직했던 이야기이기도 했어. 그로부터 2년이 지난 후, 마침내 그 이야기를 자세히 듣게 되었지. 그때는 술도 마시지 않았어. 그녀의 이야기에 진지하게 귀를 기울이고 거기에 대해 서로의 의견을 장시간 주고받기도 했어. 그런데 얼마 지나지 않아 토니에가 무슨 이야기를 했는지 완전히 잊어버린 거야. 몇 달이 지나고 나니 그런 이야기를 주고받았다는 것조차 기억이 나지 않더군. 지금도 마찬가지야. 그때 토니에가 무슨 이야기를 했는지⋯ 그러니 내 상황이 어떻겠어. 토니에는 평생 잊지 못할 비밀스럽고 아픈 이야기를 큰 맘 먹고 내게 털어놓았는데, 불행히도 난 그 이야기를 완전히 잊어버렸으니 말이야. 만약 내가 기억나지 않는다고 이실직고했다면 아마 토니에는 당장 그 자리에서 나와 헤어지자고 했을 거야. 그래서 나는 매번 그 이야기가 수면에 떠오를 때마다 기억하고 있는 척 거짓 시늉을 해야만했어. 실제론 아무것도 기억하지 못하면서 말이야.

그뿐만이 아니야. 언젠가 한 번은 담 출판사의 프레드릭에게 산문이나 단편 소설을 위주로 한 책을 하나 내보자고 제의한 적이 있었지. 얼마 후, 그가 이메일을 보내 내 제안을 검토해보겠다고 했는데, 난 도대체 그가 무슨 말을 하는지 전혀 이해를 못 했단 말이야. 도저히 내가 무슨 말을 했는지 기억해낼 수가 없었다고. 가끔 나를 찾아와 눈을 반짝이며 열정적으로 책 이야기를 하는 작가들이 있어. 난 그들의 이야기를 귀 기울여 듣고, 그들과 마찬가지로 열정적으로 대화를 나누지. 30분에서 길게는 1시간 정도 계속 이야기를 나누어도 며칠 지나면 기억나는 게 하나도 없어.

나는 아직도 어머니가 어떤 주제로 논문을 썼는지 모르고 있어. 시간이 어느 정도 흐르면 다시 물어볼 수도 없어. 그러면 당사자는 얼마나 기분이 나쁘겠니. 무시당했다는 느낌도 들 테고. 그래서 나는 다 아는 척, 다 기억하고 있는 척 고개를 끄덕이며 미소만 지을 뿐이야. 속으로는 도대체 이 사람들이 무슨 이야기를 하고 있나 궁금해 죽을 지경이면서.

어쨌든 이것도 내 삶의 한 부분이야. 혹, 내가 다른 사람들에게 관심이 없어 기억을 못 한다는 말은 하지 마. 난 정말 다른 사람들의 이야기를 귀 기울여 듣고, 진심으로 그들과 함께한다고. 적어도 대화를 나눌 때는 그래. 그런데도 시간이 지나면 다 잊어버려. 어디로 사라져버리는지… 윙베 형은 나와 정반대야. 기억 못 하는 게 없을 정도야. 린다도 기억력이 좋아. 내 경우엔 나쁜 기억력을 보완한다고 해야 하나… 난 있었던 일을 기억 못 하는 대신, 없었던 일은 또 생생하게 잘 떠올려. 마치 실제로 있었던 일처럼. 문제는 그 일이 실제로 일어난 것이라고 나 자신이 믿는다는 거야. 비스콥스 아르뇌에서 헨리크 호블란*을 만났던 이야기를 해준 적이 있지? 기억나?"

"기억하고말고!"

"알고 보니 호블란의 고향집이 에릭의 고향집과 가까운 곳에 있더군. 두 집 사람들이 서로 잘 아는 사이였어. 이런저런 이야기를 나

---

* 노르웨이 작가 겸 저널리스트.

누다가 에릭의 아버지 이야기가 나왔어. 나는 그분이 돌아가셨다고 말했지. 오, 그게 정말인가요? 호블란이 그 소식은 듣지 못했다며 정색을 하고 되물었어. 나는 그가 고향을 떠나온 지 꽤 오래되어서 최근 소식은 못 들었나 보다 했지. 어쨌든 호블란은 매우 놀라는 눈치였고, 사실을 확인해보지도 않고 내 말을 곧이곧대로 믿었어. 그런데 내가 왜 에릭의 아버지가 세상을 떠나셨다는 말을 했을까. 그로부터 얼마 후에 에릭을 만났는데, 그가 자기 아버지 이야기를 하는 거야. 너무나 자연스럽게. 슬픔의 빛이라곤 전혀 없었어. 이야기를 듣다 보니 에릭의 아버지가 살아 계신다는 걸 알게 됐어. 도대체 왜 나는 그의 아버지가 돌아가셨다고 철석같이 믿었던 걸까. 게다가 그 말을 호블란에게까지 해버렸어. 도대체 왜 그랬을까. 도저히 이해할 수 없었어.

그다음부터는 에릭을 만날 때마다 불안해서 안절부절못했어. 만약 호블란과 그가 우연히 만났는데 호블란이 조의를 표한다는 말을 했다고 생각해봐. 에릭은 영문을 알 수 없어 어리둥절했을 게 틀림없어. 지금 이 사람이 무슨 이야기를 하는 건가? 아버님이 갑자기 돌아가셨다는 소식을 들었어요. 뭐라고? 도대체 어디서 그런 뜬금없는 소리를 들었나? 저… 크나우스고르가 그러던데요. 그건 그렇고 아버님이 살아 계신 건가요? 하지만 크나우스고르가 제게 했던 말은… 이런 대화가 오고 갔을 게 분명하단 말이야. 그렇다면 그들은 내가 무슨 까닭으로 그런 말을 했는지 의심했을 테고… 휴, 도대체 내가 왜 그런 말을 했을까.

문제는 나도 에릭의 아버지가 돌아가셨다고 믿고 있었던 거라고. 그런 말을 내게 해준 사람은 아무도 없었고, 그 당시만 해도 지인들의 아버지는 모두 살아 계셨으니, 내가 이 사람 저 사람 이야기를 혼동했을 리도 없었어. 그건 순전히 내가 창조해낸 상상의 세계에 불과했지. 난 정말 그게 사실이라고 믿고 있었고… 그 비슷한 일이 여러 차례 있었어. 내가 거짓말쟁이가 아니라… 정말 내가 없던 일을 실제로 일어난 일이라 믿고 있었던 경우가 한두 번이 아니야. 세상에! 있을 수 없는 일이야!"

"그렇다면 내가 같은 이야기만 되풀이해서 늘어놓는 게 너한테는 이점으로 작용할 수도 있겠군. 내게선 상상해서 지어낼 이야깃거리를 얻을 수 없을 테니 말이지."

"정말 그렇다고 확신하니? 그건 그렇고, 네 아버지 말이야… 잘 계시니? 아버님과 마지막으로 통화한 건 언제니?"

"하하!"

"결점이자 약점이야. 마치 눈이 나빠 사물을 잘 못 보는 것처럼. 저기 서 있는 건 사람인가 아니면 작은 나무인가? 어이쿠, 잘못 보고 부딪쳐버렸군. 이건 테이블이네! 아하, 여긴 레스토랑이었군! 그렇다면 벽을 따라 걷는 수밖에 없어. 어이쿠, 뭔가에 또 부딪쳤어. 이번엔 딱딱하지 않은걸? 사람인가? 아이고, 미안합니다. 앗, 저를 아시나요? 오, 이게 누구야, 크누트 아릴! 맙소사! 미처 못 알아봐서 미안해… 결점이 있으면 이런 상황에 맞닥뜨릴 수도 있다는 말이야. 결점이 없는 사람은 없어. 사람들은 내면의 결점, 개인적이고 비밀스러운 구멍을 보이지 않게 메꾸기 위해 많은 노력을 하지. 이 세상엔 내면의 병을 가지고 있는 사람으로 가득해. 이런 사람들은 매일 서로 부딪치지. 외면이 아름다운 사람이나 추한 사람이나, 정상적인 사람이나 그렇지 않은 사람이나 우리는 그들의 얼굴만 보며 살고 있어. 그들의 영혼이나 내면이나 심리적인 면은 간과하고, 의식적으로 그들의 얼굴과 인상만 보면서 살지. 생각과 의식과 기억, 이해력이

나 인지력의 결점은 보지 않아."

"맞아. 그게 바로 이 세상이야. 하하하! 바로 그런 세상에서 우리가 살고 있다고. 주변을 둘러보고 눈을 떠봐! 여기만 해도 이해력이나 인지력에 결점이 있는 사람이 얼마나 많을까. 왜 우리가 그토록 겉으로 보이는 형식과 형태에 집착하는지 알아? 대화하는 방식, 말하는 방식, 강의하는 방식, 서빙하는 방식, 먹는 방식, 마시는 방식, 걷는 방식, 앉는 방식, 심지어는 섹스하는 방식 등 우리는 눈으로 볼 수 있는 형질과 방법에 의존하며 살아가고 있어. 사람들이 정상적이라는 말을 듣기 위해 왜 그토록 고군분투하는지 아니? 상호관계가 맺어질 때 서로에게서 확신을 얻을 수 있는 유일한 지점이 바로 정상적인 형태와 정상적인 방식이 존재하는 지점이기 때문이야. 아르네 네스*가 말하기를, 그는 평범한 보통 사람들을 만날 때 그들처럼 평범하게 보이기 위해 갖은 노력을 다한다고 했어. 그런데 그가 말하는 이 평범한 보통 사람들은 네스를 만날 때 조금이라도 특별하게 보이려고 무진 애를 쓴다는 거야. 그런데도 네스와 이들은 진정으로 서로 맞닿을 수 있는 지점을 찾을 수 없어. 양극 지점 사이를 연결해 줄 수 있는 다리가 존재하지 않는다는 말이지. 물론 공식적인 자리에서 외양상으로는 양쪽 부류 인간들이 만나고 접촉하는 게 가능할지 몰라도, 내면적이고 진정한 만남은 불가능하다는 거야."

"우리가 낙하산을 타고 지구 어디에 뛰어내린다 해도 먹을 것과 잘 곳을 얻을 수 있다고 말한 사람도 네스 아니었어?"

"맞아. 인간의 본성은 선하다는 말을 그렇게 표현한 거지. 난 바로 그걸 주제로 해서 논문을 쓴 적도 있어."

---

* 노르웨이의 철학자로 '심층생태주의'라는 용어를 사용했고 그 개념을 정립했다.

"아, 그게 네가 쓴 논문이었어? 세상 참 좁군."

"적어도 우리가 사는 세상은 그리 넓지 않아."

게이르가 미소를 지으며 말을 이었다.

"어쨌든 그의 말엔 틀림이 없어. 내 경험에 비추어보더라도 그래. 이 세상에는 어디서 누구를 만나더라도 최소한의 보편적인 인간성을 느낄 수 있어. 바그다드에서도 그랬어."

게이르의 등 뒤에서, 하이힐을 신고 꽃무늬 원피스를 입은 일다가 미소를 건넸다.

"오, 칼 오베! 오랜만이군요. 잘 지냈어요?"

"안녕하세요, 일다! 네, 그럭저럭 잘 지내요. 당신은?"

"저도 잘 지내고 있어요. 일이 많아서 아주 바쁘게 지내고 있죠. 린다와 딸아이는 어때요? 만난 지 꽤 오래되었어요. 잘 지내고 있나요?"

"그럼요. 린다는 학업 때문에 바쁘게 지내고 있고, 저는 바니아를 유모차에 태우고 여기저기 다니면서 시간을 보내요."

"어때요?"

나는 어깨를 으쓱 추어올렸다.

"그럭저럭."

"참 궁금했어요. 아이가 태어나면 생활이 어떻게 변할까… 힘들 것 같다는 생각도 해봤죠. 솔직히, 산더미처럼 부른 배도 그렇지만, 젖이 불어서 가슴이 터질 것처럼 부풀어 오른다는 생각을 하면 마구 불안해져요. 하지만 린다는 오히려 좋아할 것 같아요, 그렇죠?"

"네."

"그렇군요. 짐작대로였어요. 안부 전해주세요. 언제 한 번 전화할게요."

"그러세요. 케틸에게도 안부 전해주세요."

그녀는 한 손을 올려 살짝 흔든 다음 자신의 테이블로 돌아갔다.

"일다는 불과 몇 주 전에 운전면허를 땄어. 내가 그 이야기를 해주었나? 처음으로 혼자 운전하던 날, 일다 앞에 커다란 트럭이 달리고 있었지. 일다는, 앞쪽에 길이 좁아지면서 차선이 하나로 줄어드는데도 추월을 시작했어. 그런데 이미 길은 좁아져버렸고, 일다의 차는 도로 옆 보호벽과 트럭 사이에 끼어 몇백 미터나 질질 끌려갔어. 결국 차는 만신창이가 되어버렸지. 그런데 일다는 한 군데도 다치지 않았어."

"한눈에 봐도 그렇게 쉽게 죽을 여자 같진 않아."

웨이트리스가 와서 테이블을 치워주었다. 우리는 맥주 두 잔을 더 시켰고, 테이블 위에는 침묵이 내려앉았다. 나는 담배에 불을 붙이고 재떨이 속에 작은 산을 이루고 있는 잿더미를 불붙은 담배 끝으로 살짝 밀었다.

"오늘은 내가 낼게. 미리 말해두는 거야."

"오케이."

게이르는 선선히 승낙했다.

만약 내가 돈을 내겠다고 미리 말하지 않으면 그가 나설 게 분명했다. 그는 한 번 입 밖에 말을 내뱉으면 절대 말을 바꾸는 법이 없었다. 한 번은 게이르와 크리스티나 그리고 린다와 나, 이렇게 넷이 함께 비르게르 얄스가탄 모퉁이에 있는 타이 음식점에서 식사를 한 적이 있다. 그날 게이르는 자기가 돈을 내겠다고 했고, 나는 그의 제안을 거부하면서 적어도 더치페이를 해야 한다고 고집부렸다. 오늘은 내가 낸다니까. 점원이 그의 현금카드를 받아들였을 때, 나는 지갑에서 음식값의 반을 주섬주섬 꺼내 테이블 위에 올려놓았다. 게이르는 돈을 집어들 생각조차 하지 않았다. 아니, 아예 돈을 못 본 것처럼 행동했다. 커피가 나왔고, 우리는 커피잔을 비웠다. 10분 후, 그곳을 떠나려 모두 자리에서 일어났을 때도 그는 돈에 손을 대지 않았다. 게이르, 돈을 가져가. 나누어서 내자고. 자, 어서 집어넣어. 아냐, 내가 낸다고 했잖아. 그 돈은 네 것이니 얼른 지갑에 도로 넣어.

나는 어쩔 수 없이 돈을 집어 내 지갑에 쑤셔 넣었다. 만약 그렇게 하지 않았다면 그 돈은 우리가 떠난 후에도 테이블 위를 지키고 있을 게 뻔했으니 말이다. 게이르는 그것 봐, 내가 뭐라고 했어?라고 말하는 듯 의미심장한 미소를 머금었다. 나는 그때 돈을 다시 집어 들은 것을 후회했다. 게이르 앞에서 체면을 구기는 것보다 더 수치스러운 일은 없었으니까.

감수성이 풍부하고 세심한 크리스티나는 게이르의 행동에 민망해하는 빛이 역력했다. 나는 게이르와 대놓고 경쟁하는 일은 단 한 번도 하지 않았다. 그를 이길 방법이 없다는 것을 잘 알고 있었기 때문이다. 예를 들어, 어린애들이 놀 때 자주 하듯 게이르와 함께 상대방의 눈을 뚫어지게 바라보면서 누가 눈을 깜박이지 않고 오래 견디는지 내기를 한다면, 그는 이기기 위해서 일주일 내내 눈을 부릅뜨고 있을 사람이었다. 나도 물론 마음만 먹으면 그렇게 할 수 있다. 하지만 언젠가는 이런 내기가 소모적이고 의미 없는 일이라는 것을 깨닫고 이겨도 그만, 져도 그만이라는 생각에 눈을 감아버릴 것이다. 그게 바로 나였다. 그런데 게이르는 이런 생각을 할 수가 없는 사람이었다.

"그건 그렇고, 넌 오늘 하루 뭘 하며 지냈니?"

"극한 상황에 대한 글을 썼어. 1700년대 스톡홀름의 사회 정세를 아주 구체적으로 기록했지. 사망률과 평균 수명, 생계를 위해 당시 스웨덴 사람들이 했던 일을 노르웨이인들과 비교하기도 했어. 점심시간엔 세실리아가 찾아왔어. 잠시 이야기를 하자고 하더군. 우린 함께 점심을 먹었어. 그녀는 어제저녁에 함께 사는 남자와 그의 친구들과 함께 시내에서 술을 마셨다고 하더군. 그런데 그 친구 중의 한 명과 저녁 내내 시시덕거리며 시간을 보냈대. 그 때문에 동거하는 남자가 집에 돌아와서 엄청 화를 냈다고 했어.”

“둘이 동거한 지는 얼마나 오래됐어?”

“6년.”

“남자와 헤어질 생각을 했던 건 아닐까?”

“그건 아냐. 오히려 그 반대야. 남자랑 아이를 갖고 싶다고 하던걸.”

“그런데 왜 그 남자의 친구와 시시덕거렸대?”

게이르가 어이없다는 표정으로 나를 바라보았다.

“뻔하잖아. 둘 다 손에 넣고 싶었겠지.”

“그래서 넌 뭐라고 말해주었어? 그녀가 너를 찾아간 건 조언을 얻기 위해서였던 것 같은데…”

“난 딱 잡아떼라고 말했어. 처음부터 끝까지 완강히 부인하라고 했지. 그건 관심이 있어 시시덕거렸던 게 절대 아니다, 단지 호의를 보였던 것뿐이다, 당신이 오해를 했다. 이렇게 말이야. 그리고 다음부터는 절대 그런 멍청한 짓을 하지 말라고 말해주었어. 정 다른 남자와 연애질을 하고 싶다면 조용히 때를 기다렸다가 현명하게 하라고 했어. 내가 그렇게 말해준 이유는 그녀가 한 짓이 예뻐서가 아니라 너무나 경망스럽고 생각 없이 행동했기 때문이야. 그녀는 함께 사는 남자에게 고통을 안겨주었어. 그건 불필요한 일이었다고 말해주었지.”

"그녀는 네가 그런 말을 할 줄 알고 너를 찾아갔던 거로군. 그렇지 않다면야 왜 하필이면 너를 찾아갔겠니."

"나도 네 생각과 같아. 만약 그녀가 너를 찾아갔다면, 모든 것을 인정하고 무릎 꿇고 빌며 용서를 구하라는 말을 듣고 싶어서겠지."

"응. 또는 함께 사는 남자에게 더 고통을 주기 전에 헤어지라고 했을 거야."

"문제는 네가 정말 그런 말을 진심으로 한다는 거지."

"당연하지. 토니에와 함께 살기 시작한 이듬해에 바람을 피운 적이 있어. 토니에에겐 물론 아무 말도 안 했어. 휴, 난 그해 내내 지옥에서 사는 것만 같았어. 눈앞이 캄캄하더군. 매일 밤 잠을 이루지 못할 정도로 말이야. 그 생각이 머리에서 떠나지 않았어. 전화벨 소리만 들어도 깜짝 놀라서 심장이 무릎까지 내려올 정도였다니까. 텔레비전에서 불륜이라는 단어만 들려도 머리 꼭대기에서 발끝까지 발갛게 달아오르는 것만 같았어. 열이 화끈화끈 나는 것 같기도 했어. 비디오를 빌릴 때면 가능한 한 불륜과는 상관없는 영화를 골랐지. 시간이 흐르면 언젠가는 토니에도 내가 이상하게 반응한다는 걸 눈치채리라 믿었기 때문이야. 그렇게 살다 보니 사는 게 사는 것 같지 않았어. 옳고 바른 것을 주장할 자격을 잃어버린 것만 같았지. 내 행위와 말은 거짓과 그런 척하는 시늉에 불과했어. 악몽 같은 나날이었지."

"지금은 어때? 지금이라면 사실대로 털어놓을 수 있을 것 같니?"

"응."

"고틀란드에서 있었던 일은 뭐였니?"

"그건 불륜과는 상관없는 일이야."

"하지만 그 때문에 괴로워하고 있잖아?"

"맞아."

"세실리아도 불륜을 저지른 건 아냐. 일어나지 않은 일, 앞으로 일어날지도 모르는 일을 동거자에게 말해야 한다는 의무는 없잖아?"

"그거랑 달라. 중요한 건 의도야. 처음부터 어떤 의도를 가지고 한 행위라면 그에 따르는 결과도 책임져야 해."

"고틀란드에서의 네 의도는 뭐였니?"

"난 술에 취해 있었어. 말짱했다면 생각지도 못했을 일을 술김에 한 셈이지."

"생각은 해봤을 거 아냐?"

"글쎄, 그랬을지도 몰라. 하지만 생각과 행위 사이에는 커다란 괴리가 있다는 것도 인정해야 해."

"너도 알다시피 토니는 가톨릭 신자야. 토니가 다니는 성당의 신부님이 뭐라고 했는지 알아? 죄는 죄가 있을 만한 곳에 가서 머무른다고 했어. 술을 마시게 되면 어떤 생각과 어떤 강박감이 너를 짓누르게 될지 잘 알고 있으면서도 술을 마신다는 것은 바로 그 속으로 자기 자신을 밀어 넣는 일이나 다름없어."

"나도 알아. 하지만 난 그때 정말 괜찮을 줄로만 알았어. 술을 마시기 전까지만 해도 말이야."

"하하하!"

"정말이라니까. 진심이야."

"하지만 칼 오베! 네가 했던 일은 정말 아무것도 아냐. 하찮은 일에 불과하다고. 모두 이해할 거야. 모두! 그건 그렇고, 고틀란드에서 정말 무슨 짓을 한 거니? 대문을 두드렸던 거?"

"응. 30분 동안. 그것도 한밤중에."

"그런데 안에 들어가지 못했던 거지?"

"맞아. 문을 열어준 여자는 내게 물을 한 바가지 퍼붓고는 다시 문을 쾅 닫았어."

"하하하! 그래서 내가 갔을 때 백지장처럼 핏기 없는 얼굴로 서서 오들오들 떨고 있었던 거로구나. 난 네가 사람이라도 죽인 줄 알았어."

"느낌은 그랬어."

"그러니까 실제론 아무 일도 없었다는 말이니?"

"응. 하지만 난 나 자신을 용서할 수가 없었어. 아마 죽을 때까지도 날 용서할 수 없을 것 같아. 그런 일을 다 적어놓으라고 한다면 끝이 없을 거야. 너 자신을 배반하지 마라. 언뜻 굉장히 쉬운 일처럼 여겨지지만 실제론 그렇지 않아. 물론, 어떤 사람들에겐 매우 쉬운 일일 수도 있을 거야. 많진 않지만, 나도 항상 옳은 일만 하는 사람들, 자신에 대해 전혀 부끄러움을 느낄 필요가 없는 사람들을 몇 명 알고 있어. 항상 올바르고 정의로우며 선하게 사는 사람들 말이야. 세상엔 나쁜 짓, 수치스러운 짓을 하지 않고 사는 사람도 많아. 대개의 경우엔 아무 일도 하지 않기 때문에 나쁜 짓을 할 기회조차 얻지 못해. 그들이 사는 삶의 테두리는 너무나 작고 비좁아서 삶을 파괴할 만한 요소들을 찾을 수조차 없어. 하지만 내가 말하는 올바르고 선한 사람은 이런 사람들이 아니라 존재 깊숙한 곳에서부터 정의와 선함을 느낄 수 있는 사람들이야. 매사에 최선의 선택과 최선의 행위를 하는 사람들. 자기보다 상대방을 먼저 생각하지만 스스로 자신을 배신하지도 않는 사람들.

너도 그런 사람들을 만나본 적이 있을 거야. 겉과 속이 한결같이 정의롭고 선한 사람들 말이야. 그런 사람들은 지금 내가 무슨 말을 하고 있는지 이해를 못 할 거야. 그들의 생각과 행동에는 계산적인 면을 전혀 찾아볼 수 없거든. 아예 이런 생각을 하지도 않지. 앞뒤를 잰다는 건 있을 수도 없어. 친구들과 가족들을 사랑하고 배려하면서 좋은 아빠로 살고. 물론 여성적이지 않은 방식으로 말이야. 또 항상 올바르고 선한 일을 하면서 주변인들이 잘 되기만을 바라고 좋은 일만 하는 사람들. 겉과 속이 일치하는 순진하고 완전한 사람들, 예를 들어 내 친척 중에 욘 올라브 같은 사람 말이야. 너도 알지, 욘 올라브?"

"응, 나도 만나본 적이 있어."

"그는 평생 이상적인 삶을 살아왔어. 자신을 위해 무언가를 이루려 하기보다는 항상 자신을 원하는 곳에 달려가서 도움을 주었지. 그에게선 조금도 부정적인 면을 볼 수가 없어. 한스도 마찬가지야. 그의 도덕성과 진실성은… 맞아, 바로 이게 내가 찾던 단어야. 도덕성과 진실성. 진실하고 도덕적인 사람은 항상 옳은 일을 하게 되어 있어. 반면 나는 너무나 부도덕하고 가식적인 사람이야. 무슨 일을 하려면 항상 다른 무언가가 내 속에서 고개를 쳐들어. 병적이라고는 할 수 없지만… 무언가 저급하고 야비한 듯, 상대방의 환심을 사려고 알랑거린다거나 비굴한 면이 모습을 드러낸단 말이야. 타인을 배려해야 하는 상황, 예를 들어 모든 이가 배려가 필요하다고 믿는 상황에선 나도 바르고 선한 사람인 양 주저앉고 손을 내밀어줘. 그건 바로 내가 타인보다 나 자신을 먼저 생각하기 때문이야. 눈에 보이는 건 나밖에 없어. 물론 나도 타인을 배려하고 선한 행위를 할 때가 없지 않아. 하지만 그때는 내가 미리 그렇게 하리라 마음을 먹었기 때문이야. 미리 계산을 했기 때문에 가능한 일이라고. 진실성과 도덕성, 순전한 이타 정신은 내 피 속에서 찾아볼 수가 없어. 내 본성은 그런 것들과는 거리가 먼 것 같아."

331

"그렇다면, 나는 네 내면의 시스템 속에서 어디쯤 자리하고 있니?"

"너?"

"응, 나."

"오, 넌 차갑고 냉소적인 견유(犬儒)학자가 아니었니? 너는 자존 심과 긍지를 잃지 않는 당당한 사람이잖아. 내가 아는 사람 중에서 너처럼 당당한 사람도 없어. 넌 굴욕적이고 수치스러운 일을 하느 니 차라리 거리에서 배를 곯을 사람이야. 넌 친구들을 크나큰 신뢰 로 대하지. 난 그런 너를 맹목적으로 신뢰하고 있어. 넌 겉과 속이 일 치하는 사람이고, 정당한 이유가 있다면 가끔 타인 앞에서 무례하고 건방지게 행동할 때도 있어. 네가 그들을 싫어한다거나, 그들이 네 게 뭘 잘못했을 때도 그렇고, 그렇게 함으로써 네가 원하는 무언가 를 이루거나 얻어낼 수 있을 때도 그래. 맞지?"

"틀린 말은 아냐. 하지만 난 내가 좋아하는 사람들은 항상 진심으 로 배려해준다고! 나를 한마디로 묘사하려면 무례하고 건방지다기 보다는 차라리 비양심적이라는 말이 더 어울릴 것 같은데? 별것 아 닌 것 같지만 꽤 큰 차이가 있다고."

"알았어. 비양심적이라고 해두자. 그 예를 하나 들어볼게. 너는 이 라크에서 이른바 살아 있는 방패라고 불리는 이들과 함께 생활했고, 그들과 함께 터키까지 갔어. 바그다드에선 그들과 생사를 같이했고, 그중 몇몇과는 친구가 되기도 했어. 하지만 진실은 네가 그들과 백 퍼센트 마음을 나누진 않았다는 거야. 그들은 그런 네 의도를 전혀 몰랐을 거고."

"그들도 짐작은 했을 거야."

게이르가 미소를 지었다.

"그러다 미국 해병대가 들어오자, 너는 이른바 네 친구들에게서 등을 돌리고 뒤도 돌아보지 않은 채 그들의 적인 미군 쪽으로 가버렸어. 너는 그들을 배신한 거야. 다른 말로는 그 상황을 설명하기가 쉽지 않아, 그렇지? 하지만 넌 너 자신을 배신하진 않았어. 내가 생각하는 너는 바로 그런 사람이야. 독립적이고 자유로운 삶을 살지만 그러기 위해 대가를 크게 치러야 하는 사람. 네 주변엔 항상 사람들로 바글바글해. 나는 그런 상황을 견뎌내지 못해. 내가 느끼는 사회적 압박감은, 작업실 의자에서 일어나 거리로 나오는 순간 나를 짓누르기 시작해. 나는 나의 손과 발에 묶여서 내 맘대로 움직이지 못하는 사람이야. 하하하! 그건 사실이야. 그 저변에는, 너도 이미 알아차렸겠지만, 성인군자 같은 도덕심이나 선한 의도는 찾아볼 수 없어. 내 속에는 비굴함과 비겁함밖에 없어. 난, 타인과의 연결고리를 모두 벗어던져 버리고 그들이 원하는 것이 아니라 내가 원하는 일을 하고 싶을 뿐이야. 너처럼."

"그렇군."

"내가 그렇게 할 수 있을 것 같아?"

"아니."

"너는 자유롭게 사는 사람이고, 나는 구속된 삶을 사는 사람이야. 아주 간단해."

"아니, 그렇게 간단한 건 아니야."

게이르가 말을 이었다.

"네가 사회적으로 정신적 압박감을 느낀다는 건 이해할 수 있을 것 같지만 동시에 꽤 이상하게 들리기도 해. 마치 네가 사람이라곤 전혀 안 만나는 것 같잖아, 하하하! 하지만 네가 무슨 말을 하는지는 이해해. 문제는 네가 모든 사람을 동시에 배려하려 노력한다는 거야. 너희 집에 모여 식사를 함께할 때면 네가 얼마나 스트레스를 받고 있는지 다 보여. 그런데 사회 속에서 자유로울 수 있는 방법은 여러 가지가 있을 수 있어. 물론 구속될 수 있는 방법에도 여러 가지가 있지. 넌 네가 원하는 것을 모두 손에 넣었다는 것을 잊으면 안 돼. 복수를 하고 싶은 사람들에게도 이미 복수를 해버렸어. 너는 이미 사회 속에서 네 자리를 얻은 셈이라고.

사람들은 네가 무슨 일을 하기만을 기다리면서 지켜보고 있어. 네가 나타나면 당장 머리 위로 야자수 잎이라도 흔들어줄 기세로 말이야. 너는 네가 쓰고 싶은 글을 쓰기만 하면 되고, 마음만 먹으면 바로 며칠 후에 원하는 신문이나 잡지에 그 글을 실을 수도 있어. 사람들은 너를 여기저기로 초대하기 위해 전화를 하고, 신문사에서는 온갖 것에 대해 네 의견을 묻기 위해 전화를 하지. 네 책은 독일과 영국으로 날개 돋친 듯 팔려나가고 있어. 거기에 얼마나 큰 자유가 숨어 있는지 알기나 해? 설마 네 삶에 활짝 열린 문을 못 보고 있는 건 아니겠지?

너는 눈앞의 현실에서 손을 떼고 끝없이 추락해 진정한 자유를 맛보고 싶다고 했어. 만약 내가 현실에서 손을 떼어버린다면 나는 추락할 수가 없어. 왜냐하면 난 이미 바닥에 서 있으니까 더 내려갈 곳이 없거든. 아무도 내 글이나 내 생각에 관심을 보이지 않아. 나를 초대해주는 곳도 없어. 그 때문에 나는 스스로 그곳에 끼어들어가기 위해 노력해야만 해! 사람들이 모인 장소에 발을 들여놓으면, 난 내 존재를 알리기 위해 스스로 무언가를 해야만 하지. 그렇게 하지 않으면 난 투명인간의 신세로 전락하게 돼. 난, 너와는 달리 세상에 내세울 이름이 없어. 유명한 사람이 아니기 때문에 난 무슨 일을 할 때마다 바닥에서부터 시작해야 해. 나는 동굴 속의 컴컴한 바닥에 앉아 확성기를 입에 대고 소리치지만, 아무도 내 말에 귀를 기울이지 않아.

너도 알다시피, 내가 하는 말에는 항상 이중적 의미가 담겨 있어. 외면에 나타나는 것은 내면을 향한 비판에 불과해. 그러다 보면 어느새 주변인들은 나를 두고 고집 세고 다루기 어려운 사람이라는 정의를 내려버리기 마련이야. 아, 저 사람은 자신의 비참함을 이기지 못해 매사에 남들의 흠을 잡고 쓸데없는 비판을 하는구나, 이렇게 생각해버린단 말이야. 나도 마흔을 앞두고 있는데 아직까지도 내가 원하는 걸 이루지 못했어. 넌 내 글이 독특하고 환상적이라고 했지? 글쎄, 그럴지도 몰라. 하지만 도움이 되는 건 아무것도 없어.

너는 이미 네가 원하는 것을 모두 가지고 있기 때문에 거부할 수도 있고, 손을 대지 않고 놔두기도 해. 하지만 난 그렇게 할 수 없어. 난 어떻게 해서든 머리를 들이밀어야 해. 이미 이 일에 20년이라는 시간을 소비했어. 내가 지금 쓰고 있는 책을 완성하려면 적어도 3년은 더 걸려야 할 거야. 주변 사람들은 이미 희망을 잃어버리기 시작했지. 믿음도 관심도 서서히 사라지고 있는 중이야. 바로 그 때문에 나는 더 기를 쓰고 미친 사람처럼 부여잡고 있는 거야. 내가 하는 말은 모두 반발에 부딪치기 마련이야. 박사 논문을 쓴 후에도 그랬어. 그때만 해도 난 학자적 삶을 맛보지 못한 애송이였는데 벽에 부딪쳐 버렸던 거야. 지금은 죽은 목숨이나 다름없어.

시간이 흐르면 흐를수록, 더 좋은 책을 써야 한다는 강박증이 심해지는 걸 느낄 수 있어. 글이 좋다, 꽤 그럴듯하다, 감동적이다, 이런 말로는 성이 차지 않아. 왜냐하면 그동안 내가 투자한 시간이 너무나 많고, 내 나이는 적지 않기 때문이지. 그 때문에 내 책은 최고라야만 하는 거야. 그런 관점에서 따지면 나는 자유롭다고 할 수 없어.

시대적 비유를 들자면 빅토리아 시대의 이상형을 들 수 있어. 물론, 그 시대의 이상형은 따지고 보면 전혀 이상적이지 않아. 오히려 실용적이라는 말이 더 어울릴 거야. 이중적 삶이라는 것이지. 그 속에는 슬픔과 비애도 찾아볼 수 있어. 그런 것들이 없으면 삶은 완전할 수 없으니까. 그 속에는 우리 모두가 꿈꾸는 완전무결한 사랑 또는 그 사랑의 대상도 찾아볼 수 있어. 냉철함과 계산적인 모습이 사라지면 완전무결하게 일체된 삶이 모습을 드러내지.

그건 낭만주의야. 이중적 삶은 문제를 해결하기 위한 아주 적절한 방법이긴 하지만, 답을 가져다주진 않아. 단지 실질적이고 임시적이며 실용적일 뿐, 결코 완벽하고 이상적이라 할 수는 없어. 너와 나의 가장 중요한 차이점은, 네가 생각하는 것처럼 나는 자유롭고 너는 자유롭지 않다는 게 아니라, 내 삶은 유쾌하고 네 삶은 그렇지 않다는 거야."

"내 삶이 그토록 불유쾌하진 않은 것 같은데…"

"바로 그거야! 불유쾌하다! 그런 단어는 바로 너만 쓸 수 있는 거라고! 다른 사람들 같으면 그냥 불쾌하다고 했을 거야. 이것 하나만 봐도 네가 어떤 사람인지 알 수 있어."

"불유쾌하다는 말도 틀린 말은 아니잖아.『헤임스크링글라』*에서도 본 적이 있어. 100여 년 전에 출간된 책이야. 그건 그렇고 이제 대화의 주제를 바꿔보는 건 어때?"

"네가 2년 전에 그런 말을 했다면 난 충분히 이해했을 거야."

"오케이. 그럼 계속하자. 토니에와 그 일이 있고 나서 난 외딴 섬

---

• '세계의 운행'이라는 뜻으로, 초기 노르웨이 왕들에 대한 전설과 역사를 다룬 책이다. 아이슬란드의 시인이자 역사가인 스노리 스툴루손이 1225년경 고대 노르드어로 집필한 책.

에서 두 달간 혼자 지냈어. 그 섬에는 이전에도 머무른 적이 있었기 때문에 전화 한 통화만 하면 묵을 곳을 찾을 수 있었지. 바다 한가운 데 있는 외딴 섬, 한적한 집. 그 섬에 살고 있는 사람은 세 명밖에 없었어. 겨울이라 모든 것은 얼어 있었고, 움직임이라곤 전혀 느낄 수 없었어. 내가 그 섬을 돌며 생각했던 건 올바르고 선한 사람이 되어야겠다는 거야. 앞으로는 모든 말과 행위를 정의와 도덕성에 바탕을 두고 해야겠다고 결심했지. 지금까지 해온 것처럼 비굴한 모습을 보이고 수치심에 사로잡히는 일은 절대 하지 말아야겠다고 마음먹었어.

나는 새롭게 태어나기로 결심하고선 우선 등을 똑바로 펴고 걷는 일부터 시작했어. 사람들의 눈을 똑바로 보며 내가 주장하는 바를 명확하고 자신 있게 말해야겠다는 생각도 했지. 어쩐 일인지 나는 그간 점점 움츠러들었던 것 같았어. 마치 이 세상에서 내가 차지하는 공간을 더욱 줄여보기라도 하듯 말이야. 그래서 나는 등을 곧게 펴고 걷기 시작했지. 그리고 3천 장이나 되는 헤우게의 『일기』를 모두 읽었어. 그러자 마음의 평화가 찾아오더군."

"왜? 헤우게가 너보다 더 비참하게 보였던 거니?"

"몰라. 아마 그랬을 거야. 하지만 요점은 그게 아니잖아. 그는 지금까지의 모습에서 벗어나 더 나은 사람이 되기 위해 평생을 고군분투했던 사람이야. 그 내면의 싸움은 엄청난 것이었지. 그가 바깥세상과는 담을 쌓고, 세상의 끝에 자리한 조그만 나라의 한 조그만 피오르 앞 동네에서, 손바닥만 한 시골집 안에 틀어박혀 평생 책을 읽고 글을 썼던 사람이라는 것을 생각한다면 그 고통은 더욱 컸으리라 생각해."

"그렇다면 가끔 그가 완전히 통제력을 잃고 미친 사람처럼 행동했다는 것도 이상한 일은 아니군."

"그의 『일기』를 읽다 보면 그런 행위조차도 안도의 숨을 쉬며 받아들일 수 있게 돼. 현실을 놓아버린다는 것은 그에게도 가끔 기쁨으로 다가왔던 것 같아. 스스로를 통제하려 했던 강렬한 내면의 싸움에서 잠시 숨을 돌리는 것처럼 느껴졌어."

"내면의 싸움이라… 그건 신과 믿음의 문제일 수도 있겠군. 자기 자신을 보고 있는 눈, 그 눈앞에서 무릎을 꿇지 않으면 안 되는 상황. 그게 신이 아니라면 내 속에 있는 또 다른 자아 또는 수치심이라고도 할 수 있을 것 같아. 바로 그 때문에 신은 어떤 사람들에겐 더욱 현실적으로 강렬하게 다가갈 수 있는 거야."

"그러니까 세속적인 욕망 앞에서 무릎을 꿇어버리고 싶은 욕구는 악마가 개입했다는 소리지?"

"맞아."

"난 그런 욕구는 단 한 번도 느껴본 적이 없어. 술을 마실 때만 제외하고선 말이야. 내가 원하는 것은 오로지 여행을 하고, 보고 느끼고, 책을 읽고 글을 쓰는 일밖에 없어. 완벽하게 자유로워지고 싶은 욕구. 그 섬에 머무를 때 그런 내 욕구를 채울 수 있는 기회는 있었어. 왜냐하면 그때 나는 이미 토니에와 실질적으로 결별한 상태였거든. 그러니까 어디든 내가 원하는 곳으로 갈 수 있었어. 도쿄, 부에노스아이레스, 뮌헨. 그런데도 나는 그 섬으로 갔던 거야. 사람이라곤 그림자도 찾아볼 수 없는 외딴 섬으로. 난 나 자신을 이해할 수 없었어. 내가 누군지도 알 수 없었어. 당시, 내 머릿속에 있던 생각은 오로지 올바르고 선한 사람이 되어야겠다는 것뿐이었어. 나는 텔레비전도 보지 않았고, 신문도 읽지 않았어. 내가 먹었던 음식은 딱딱하고 납작한 빵과 수프밖에 없었어. 가끔 몇 명 되지 않는 동네 사람들

338

과 어울려 파티라는 걸 할 때도 생선튀김과 양배추로 만든 음식을 먹는 게 전부였지. 아, 오렌지도 있었구나. 난 팔굽혀펴기를 매일 했어. 생각해보면 정말 우스워. 삶의 문제를 해결하기 위해 팔굽혀펴기를 하다니!"

"그건 순수하고 정결한 거야. 금욕주의 같은 거지. 텔레비전과 신문도 멀리하고 소식(小食)을 하고… 그런데 커피는 마셨니?"

"커피는 마셨어. 어쨌든 네 말이 맞아. 그건 순수함이었어. 파시즘을 떠올리게 하는 삶…"

"헤우게는 히틀러를 영웅이라고 말한 적이 있어."

"맞아. 그 말을 했을 때, 헤우게는 그리 나이가 많지 않았어. 난 그런 헤우게를 이해할 수 있어. 내면을 차지하고 있는 온갖 하찮은 것이 속에서 썩어 문드러지기 전에 내다버리고 싶은 욕구, 화를 돋우고 불행을 불러오는 무가치한 것들을 모두 밖으로 쏟아내 비워버린 후에 무언가 순수하고 거대한 것을 창조해 그 속에 스스로를 묻어버리고 싶은 욕구를 느꼈던 건 아닐까. 하나의 민족, 하나의 피, 하나의 땅. 지금이야 그런 개념이 비난받을 만하지만, 당시 히틀러의 의도에는 그런 배경이 있었을지도 몰라. 난 그걸 이해하는 데는 아무런 문제가 없어. 내가 만약 그 시대에 태어나 살았다면 어땠을까. 사회적 압박감에 시달리고 타인의 시선에 좌우되는 내가 만약 40년대에 살았다면 무슨 짓을 했을지 모르는 일이야."

"하하하! 진정해. 지금도 보통 사람들과 다른데 그 당시라 해서 뭐 크게 달랐을까."

"그런데 스톡홀름으로 옮겨오고 린다와 사랑에 빠진 다음부터는 모든 것이 변했어. 마치 이 세상의 모든 하찮은 일에는 아예 신경을 쓰지 않는 대범하고 자신감 있는 사람처럼 변해버린 것만 같았어.

모든 것이 좋게만 보였고, 문제될 일도 없었어. 그걸 어떻게 설명하면 될까… 마치 내면의 힘과 의지가 너무나 컸기 때문에 외면의 문제는 모두 무시할 수 있을 것만 같은 느낌이었지. 이 세상이 밝고 환하게만 여겨졌어. 심지어는 횔덜린도 읽을 수 있었다고! 환상적인 시기였어. 그때만큼 즐겁고 만족스러운 삶을 살았던 시기는 없었던 것 같아. 행복해 죽을 것만 같았거든."

"나도 기억해. 바스투가탄에 있던 집에서 혼자 기뻐 어쩔 줄 모르던 네 모습이 아직도 눈에 선한걸. 네 주변까지도 밝고 환하게 변했을 정도니까. 넌 마누 차오*를 수도 없이 반복해서 들었어. 네게 말을 걸 수도 없을 정도로 넌 너만의 세계에 푹 빠져 헤어 나오지 못했지. 침대 위에 부처처럼 앉아서 미소만 짓고 있었으니까."

"요점은 시각과 관점의 차이라는 거야. 이 시각으로 보면 세상이 즐거워 보이고, 저 시각으로 보면 세상에 가득한 슬픔과 비애만 보일 뿐이지. 그때는 텔레비전과 신문이 쏟아내는 쓰레기 같은 이야기들에 조금도 관심이 없었어. 나 자신에 대해 수치심도 전혀 느끼지 못했어. 난 이 세상 모든 사람과 모든 일에 관대했고 너그러웠어. 다른 사람에게 비굴하게 고개를 숙일 일도 없었지. 다음 해 가을, 네가 좌절하고 절망했을 때 내가 했던 이야기가 바로 그거야. 모든 것은 보는 시각에 따라 달라진다고. 네가 사는 세상이 변한 게 아니라, 세상을 보는 네 시각이 변한 거라고. 하지만 너는 내 말에 귀를 기울이지 않았고, 얼마 후에 이라크로 가버렸어."

"좌절과 절망의 구렁텅이에서 헤어나지 못하고 있을 때 가장 듣기 싫은 말이 바로 기뻐 어쩔 줄 모르는 머저리가 해주는 조언이야.

---

• 스페인계 프랑스 음악인.

어쨌든 난 이라크에서 돌아왔을 때 절망에서 벗어날 수 있었어."

"응. 지금은 그때와는 반대되는 상황이야. 삶이 얼마나 비참한지 내가 오히려 불평을 늘어놓고 있으니까."

"자연의 섭리야. 그건 그렇고 팔굽혀펴기는 시작한 거니?"

"응."

그는 내 대답에 미소를 지었다. 내 입가에도 미소가 떠올랐다.

"그것 말고 내가 할 수 있는 일이 뭐가 있겠니?"


한 시간쯤 후, 우리는 펠리카넨에서 나와 슬루센으로 향하는 지하철을 탔다. 게이르는 슬루센에서 레드 노선으로 바꿔 탈 예정이었다. 그는 내 어깨에 손을 얹고 진심 어린 표정으로 잘 지내라고 말하면서, 린다와 바니아에게 안부를 전했다.

그가 떠난 후, 나는 의자에 털썩 주저앉았다. 그 자리에 밤새 앉아 있고 싶은 생각밖에 없었다. 세 정거장을 지나서 나는 회토르게 역에서 내렸다.

전철 안은 거의 텅 비어 있었다. 기타를 등에 짊어진 한 청년이 문 앞에서 손잡이를 잡고 서 있었다. 그의 모자 밖으로 살짝 빠져나온 검은색 곱슬머리가 보였다. 안쪽 자리에는 열여섯 살쯤 되어 보이는 소녀 둘이 앉아 서로에게 휴대폰 문자를 보여주며 키득거리고 있었고, 그들과 통로를 사이에 둔 의자에는 검은색 코트를 입고 갈색 목도리를 두른, 70년대풍의 회색 사각모를 쓴 노신사가 앉아 있었다. 그의 맞은편에는 남아메리카 출신인 듯한 통통한 여인이 두꺼운 파카 점퍼와 싸구려 청바지를 입고, 발목 끝부분에 인조 양모를 두른 스웨이드 가죽 장화를 신고 앉아 있었다.

나는 휴대폰을 잃어버렸다는 것을 까맣게 잊고 있다가 전철을 타기 직전 게이르가 일깨워주는 바람에 다시 떠올릴 수 있었다. 그는 자신의 휴대폰을 내게 건네주며 내 번호로 전화를 해보라고 했다. 아무도 전화를 받지 않았다. 게이르는 30분 후, 자기가 문자를 보내 우리 집 전화번호를 가르쳐주겠다고 제안했다. 30분 후면 내가 집에 도착할 시간이었다.

어쩌면 그녀는 만남을 목표로 내가 수작을 부린다고 생각할지도 모른다. 내가 그녀와 통화를 시도하기 위해 자신의 핸드백 속에 일부러 휴대폰을 넣어두었다고 생각하면 어떻게 할까.

중앙역에 이르자 사람들이 물밀듯 전철 안으로 들어왔다. 대부분은 청소년이었다. 시끌벅적하게 함께 무리 지어 서 있는 아이도 있었고, 귀에 이어폰을 꽂고 홀로 서 있는 아이도 있었다. 어떤 아이들은 트레이닝 가방을 다리 사이에 내려놓고 서 있기도 했다.

린다와 아이가 집에서 자고 있을 것이라는 생각이 스쳤다.

갑자기 스친 생각에 온몸이 간질간질해졌다.

나의 삶. 바로 이것이 나의 삶이라는 생각.

심호흡을 하고 힘차게 고개를 치켜들었다.

맞은편에서 오고 있던 전철이 옆 철로를 지나칠 때, 그 안에 앉아 저마다의 일에 몰두하고 있는 사람들을 몇 초 동안 볼 수 있었다. 마치 수족관 안에 앉아 있는 사람들을 보는 것만 같았다. 캄캄한 터널 안으로 들어온 전철 유리창에 반사된 내 얼굴을 보았다.

텅 빈 얼굴.

전철이 속력을 줄일 때쯤, 나는 자리에서 일어나 문 앞으로 다가갔다. 플랫폼을 벗어나 툰넬가탄으로 향하는 에스컬레이터를 탔다. 매표소 유리 칸막이 뒤에는 30대의 뚱뚱한 금발 여인이 앉아 있었다. 그녀는, 어느 날 갑자기 린다가 알은체하며 내게 비스쿱스 아르뇌에 함께 다닌 적이 있었다고 말하기 전까지만 해도 내겐 낯선 여인에 지나지 않았다. 눈이 마주치자 그녀는 시선을 떨구었다. 나는 개의치 않았다. 허벅지 높이에 있는 기계 속으로 표를 밀어 넣은 후, 나는 계단을 뛰어올라갔다.

집에 가는 길에 말름실나즈가탄으로 향하는 긴 계단을 오를 때면, 그 길이 바로 팔메 국무총리의 암살범이 도망쳤던 길과 같다는 생각을 매번 떠올린다. 암살 사건이 일어났던 그날은 아직도 내 기억 속에 선명하게 남아 있다. 그날 내가 했던 일, 내가 했던 생각들… 그날은 토요일이었다. 어머니는 아팠고, 나는 얀 비다르와 함께 버스를 타고 시내로 갔다. 내가 열일곱 살이 되던 그해, 팔메 암살 사건이 일어나지 않았다면 그날도 다른 날과 마찬가지로 내 기억 속에서 사라졌을 것이다. 시, 분, 초. 대화들, 생각들 그리고 여러 가지 일. 모두 망각의 한편에 자리 잡았을 것이지만, 팔메 암살 사건으로 그날 경험했던 세세한 일들이 아직까지 내 기억에 남아 있다는 건 어찌 보면 참 이상하기도 하다.

KGB 바의 유리창 너머로, 장발의 남자가 술을 마시는 모습이 눈에 들어왔다. 그를 제외하면 텅 비어 있었다. 어쩌면 손님들은 KGB 지하에 모여 있는지도 모른다.

반짝반짝 윤이 나는 검은색 택시 두 대가 시내를 향해 달렸다. 눈발이 휘날리며 내 얼굴을 때렸다. 길을 건넌 나는 종종걸음으로 아파트 출입구까지 갔다. 다행히도 복도와 계단에서 마주친 사람은 없었다. 집 안은 조용했다.

나는 외투를 벗고 조용히 거실로 들어가 침실 문을 열어보았다. 어두컴컴한 침대 위에서 린다가 눈을 부스스 뜨고 두 팔을 내게로 뻗었다.

"이제 왔어요? 좋은 시간 보냈나요?"

"응."

나는 허리를 굽혀 린다에게 입을 맞추었다.

"당신은?"

"음… 당신이 그리워 죽을 뻔했어요. 여기 누울래요?"

"뭘 좀 먹고 올게. 오케이?"

유아 침대에선 바니아가 엉덩이를 번쩍 치켜들고 엎드려 자고 있었다. 나는 아이 옆을 지나며 미소를 지었다. 부엌에서 물을 한 컵 마신 후, 냉장고 문을 열고 뭘 먹을까 잠시 망설이다가 버터와 햄을 꺼냈다. 냉장고 옆 찬장에서 빵을 꺼내고 찬장 문을 닫는 순간, 우연히 술병을 나란히 보관해둔 제일 위쪽 선반에 눈이 갔다. 어딘가 이상했다. 가만히 보니 성탄절에 반이나 남아 있던 아쿠아비트 병은 칼바도스 병과 자리가 바뀌어 있었다. 안쪽에 있던 그라파는 가장자리에 있는 예네베르 병 옆으로 이동해 있었다. 그것뿐이었다면, 지난 토요일 선반 청소를 하며 내가 자리를 바꾸어둔 게 틀림없다며 그냥 지나쳤을 것이다. 하지만 술병의 술도 많이 사라진 것 같았다. 일주일 전에도 같은 경험을 했다. 왠지 술이 줄어든 것 같은 느낌이 들었지만, 손님들이 왔을 때 내가 기억하는 양보다 더 많이 마셨을 거라며 개의치 않고 넘어갔다. 그런데 오늘은 술이 줄어들었을 뿐 아니라 술병의 자리도 바뀌어 있는 게 아닌가.

나는 술병을 꺼내 이리 보고 저리 보면서 도대체 무슨 일일까 곰곰이 생각해보았다. 더욱이 그라파는 거의 꽉 차 있었던 것으로 기억하는데… 내 기억이 잘못되었을까. 그라파는 몇 주 전에 저녁 식사를 한 다음 세 개의 작은 잔에 나누어 마셨던 기억밖에 없었다. 그런데 지금은 술이 상표가 붙어 있는 곳까지 확 줄어들어 있었다. 아쿠아비트도 마찬가지였다. 바닥만 겨우 가릴 정도로 남아 있던 때가 없었는데⋯ 또 코냑은 어떤가. 그것 또한 훨씬 많았던 것으로 기억하고 있는데, 도대체 뭐가 잘못되었을까.

그 술들은 지난번 집에 다녀오면서 공항에서 구입했거나 선물로 받은 것이었다. 우리는 손님이 올 때가 아니면 집에서 독주를 마시지 않는다.

린다가 마셨을까?

혼자 집에 있을 때 술을 마신 건 아닐까?

내게는 비밀로 하고?

설마! 설마 그럴 리가! 린다는 임신했을 때부터 술은 한 방울도 입에 대지 않았다. 아이를 낳은 후에도 수유를 하기 때문에 술을 피해왔다.

그렇다면 린다가 내게 거짓말을 했던 걸까.

린다?

맙소사! 정말 내가 지금까지 눈뜬장님으로 살아온 걸까.

나는 술병들을 제자리에 놓고 위치를 잘 기억해두었다. 그리고 술의 양도 대충 기억해두려 하나하나 찬찬히 봐두었다. 나는 찬장 문을 닫고 식탁에 앉아 빵을 먹기 시작했다.

아마 내가 뭔가 잘못 기억하고 있었던 게 틀림없다는 생각이 스쳤다. 내가 기억하고 있는 것보다 지난번에 술을 훨씬 많이 마셨을 게 분명했다. 술을 마실 때면 술이 얼마나 남아 있는지 봐가면서 마시진 않는다. 술병의 위치가 바뀐 것은 지난 토요일 내가 찬장 안을 청소하면서 술병을 옮겼던 게 틀림없다. 하긴 내 기억력은 그리 좋은 편이 아니니까. 시클롭스키가 그랬던가? 톨스토이는 방금 거실의 먼지를 닦았는지 안 닦았는지 기억할 수 없다는 말을 일기장에 썼다고 한다. 만약 그가 거실의 먼지를 닦았다면 그는 그 일을 하는 동안 어떤 느낌으로 시간을 채웠을까.

오, 형식과 디테일의 대가여, 당신은 내 삶의 어디쯤에서 찾아볼 수 있습니까?

자리에서 일어나 식탁을 치우려는 찰나, 거실에서 전화벨이 울렸다. 불현듯 숨이 막힐 것처럼 묵직한 덩어리가 목구멍으로 치솟았다. 아, 게이르가 내 휴대폰으로 문자를 보냈다고 했지. 그렇다면 신경 쓰지 않아도 될 전화가 분명했다.

나는 서둘러 거실로 가서 전화를 받았다.

"네, 여보세요, 칼 오베입니다."

몇 초 동안 침묵이 흐른 후, 낯선 남자의 목소리가 들려왔다.

"당신이 휴대폰을 잃어버렸습니까?"

외국어 억양이 심하게 느껴지는 스웨덴어. 말투는 호전적이라고 할 수는 없지만 그렇다고 호의적으로 느껴지지도 않았다.

"네, 맞습니다. 제 휴대폰을 발견하신 분입니까?"

"당신 휴대폰이 제 약혼녀의 핸드백에 들어 있었습니다. 실례지만 어떻게 그런 일이 발생했는지 설명해주시겠습니까?"

침실 문이 열리며 린다가 나왔다. 걱정스러운 얼굴로 나를 쳐다보는 그녀에게 나는 아무 일도 아니라는 뜻으로 손을 흔들어 보이면서 미소를 지어보였다.

"로드만스가탄에 있는 전철역에서 휴대폰을 손에 쥐고 있었는데, 누군가가 툭 치는 바람에 휴대폰을 놓쳐버렸습니다. 누가 나를 쳤나 싶어 반사적으로 뒤를 돌아보느라 휴대폰이 어디로 떨어졌는지 미처 확인하지 못했고요. 그런데 휴대폰이 바닥에 부딪치는 소리를 듣지 못했기 때문에 누군가의 가방 속으로 떨어졌을 거라고 짐작했습니다. 마침 제 곁을 지나는 여자분의 핸드백이 열려 있더군요. 그래서 그 속에 떨어졌다고 생각했습니다."

"그렇다면 왜 그녀에게 아무 말도 하지 않았습니까? 왜 그녀가 당신에게 연락해오기를 기다린 거죠?"

"마침 그 순간에 전철이 도착해서 여유가 없었습니다. 게다가 제 휴대폰이 그녀의 핸드백 속에 떨어졌다고 확신할 수도 없는 상황이었고요. 또 차마 낯선 여인에게 다가가서 핸드백을 보여 달라고 말할 수는 없었습니다."

"노르웨이인입니까?"

"네."

"오케이. 당신 말을 믿고 휴대폰을 돌려드리겠습니다. 어디 사십니까?"

"'시티' 한가운데 살고 있습니다. 레예링스가탄."

"바네르가탄이 어디 있는지 아십니까?"

"아뇨."

"외스테르말름, 스트란가탄에서 한 블록 떨어진 곳에 있습니다. 카를라플란 옆에 있지요. 거기 오시면 ICA 슈퍼마켓이 보일 겁니다. 내일 열두 시에 슈퍼마켓 앞으로 오십시오. 저는 슈퍼마켓 앞에서 당신을 기다리겠습니다. 만약 제가 거기 없으면 슈퍼마켓 점원에게 물어보십시오. 아시겠습니까?"

"네, 감사합니다."

"다음엔 조심하십시오."

그가 전화를 끊었다. 소파에 앉아 담요를 덮고 있던 린다가 궁금한 표정으로 나를 바라보았다.

"도대체 무슨 일이에요? 이렇게 늦은 시간에 누가 전화를 한 거죠?"

자초지종을 전해들은 린다는 웃음을 터뜨렸다. 그녀는 내가 휴대폰을 잃어버린 경위도 우습지만, 낯선 여자에게 수작을 건다고 오해받기에 딱 좋은 상황 같아 더 우습다고 했다.

린다 옆에 앉자 그녀가 내 품속으로 파고들었다.

"오늘 유아원에 전화해서 바니아를 대기자 리스트에 올려놓았어요."

"그랬어? 잘 됐군!"

"만감이 교차했어요. 바니아가 아직 너무 어린 것 같아서… 처음엔 반나절만 보내는 게 어떨까요?"

"좋은 생각이야."

"오, 바니아…"

나는 린다를 바라보았다. 방금 잠에서 깬 듯한 얼굴, 가느다란 눈, 부드러운 얼굴선. 린다가 숨어서 비밀스럽게 술을 마시진 않을 것이라는 확신이 들었다. 바니아를 향해 애처로울 정도로 모성애를 지니고 있는 린다가 과연 어머니라는 신분을 망각하고 술을 마실 수 있을까.

그럴 리가 없었다. 그런 생각을 했던 나 자신이 부끄러워지기 시작했다.

"부엌 찬장에 알 수 없는 일이 생겼어. 선반에 올려둔 술병을 볼 때마다 술이 조금씩 줄어드는 것 같아. 당신도 알고 있어?"

린다가 미소를 지었다.

"아뇨. 하지만 당신이 모르는 일은 그보다 더 많은걸요?"

"그럴 거야."

나는 그녀의 이마에 내 이마를 가져갔다. 그녀의 두 눈이 내 눈 속으로 들어와 나를 채웠다. 그 짧은 순간 내가 본 것은 그녀의 삶이었다.

"당신이 그리워 견딜 수가 없었어요."

"난 항상 여기 있는데? 그것도 모자란단 말이야?"

"음…"

그녀는 내 손을 잡고 나를 소파 위에 눕혔다.

다음 날 아침, 나는 평소와 마찬가지로 새벽 4시 30분에 일어나 7시까지 번역 감수를 했다. 린다와 바니아가 잠에서 깬 후 함께 아침 식사를 하는 동안 나는 아무 말도 하지 않았다. 8시가 되자 잉그리가 바니아를 데리러 왔다. 린다는 학교에 갔고, 나는 30분쯤 인터넷으로 신문을 읽고 나서 미루어둔 이메일 답장을 썼다. 샤워를 하고 옷을 입고 밖에 나가니 푸른 하늘에 나직이 뜬 해가 시내를 비추어 내리고 있었다. 여전히 춥긴 했지만 살짝 봄기운을 머금은 햇살은 그림자 짙은 거리를 감싸고 있었다.

나는 스투레플란을 향해 걷기 시작했다. 봄기운을 느낀 것은 나뿐만이 아닌 것 같았다. 어제까지만 해도 목을 움츠리고 구부정하게 걷던 사람들이 오늘은 고개를 치켜들고 궁금함과 호기심 어린 시선으로 여기저기 둘러보며 걷고 있었다. 밝고 활짝 열린 이 거리가 어제 내가 걸었던 그 폐쇄적이고 어두침침한 거리와 정말 같은 거리란 말인가. 구름 사이로 고개를 내밀었던 어제의 희미한 겨울 햇빛은 거리의 색을 빨아들여 거리를 무채색으로 뒤덮었지만, 봄기운을 머금은 오늘의 밝고 따스한 햇볕은 저마다의 색깔을 더욱 강렬하게 드러내는 데 도움을 주는 것 같았다.

주변을 둘러보니 거리는 갖가지 색으로 폭발할 듯 생기를 머금고 있었다. 그것은 여름의 따스하고 생명력 가득한 힘찬 색이 아니라 겨울의 차갑고 인공적인 색이었다. 붉은 담벼락과 노란 담벼락, 짙은 녹색 자동차, 푸른 간판, 오렌지색 외투, 보라색 스카프, 회색 아스팔트, 이끼색의 금속, 반짝반짝하는 크롬. 햇빛이 비치는 건물 앞쪽엔 빛을 반사하는 유리창, 매끈매끈한 담벼락과 처마가 보였고, 그림자가 드리운 건물 반대편엔 어두침침한 유리창, 거무스름한 담벼락, 색 바랜 배수로가 자리하고 있었다. 비르게르 얄스가탄의 가장자리에 쌓여 있는 눈 더미에도 햇빛이 비치는 곳은 반짝반짝 빛을 발하고 있었고, 그림자가 드리운 곳은 회색빛을 띠고 있었다.

스투레플란을 지나 헤덴그렌스 서점 앞에 이르니, 직원으로 보이는 젊은 청년이 막 서점 문을 여는 참이었다. 나는 지하층으로 내려가서 책을 고른 후 자리에 앉아 대충 훑어보기 시작했다. 에즈라 파운드의 전기와 1550~1900년 중국의 과학서, 카메론의 세계경제 역사, 유럽인들이 찾아들기 전 아메리카 대륙에 살았던 원주민에 대한 600쪽짜리 책을 샀다. 에즈라 파운드의 전기를 산 이유는 돈에 대한 그의 이론을 깨닫게 되면 내게도 도움이 될지 모른다는 생각에서였다. 그 외에도 스타로빈스키가 쓴 루소에 대한 책, 게르하르트 리히터에 대한 『그림에 대한 의심과 믿음』도 함께 샀다.

나는 에즈라 파운드에 대해선 아는 게 하나도 없었다. 특히 경제, 과학, 중국, 심지어는 루소에 대해서도 까막눈이었다. 내가 그런 것들에 관심이 있는지도 모르고 있었지만, 곧 소설을 써야 할 것이니 무엇이라도 읽고 배운 후에 어떤 식으로든 시작을 해야만 했다. 아메리카 원주민에 대한 이야기는 꽤 오랫동안 생각해온 소설의 주제였다.

몇 달 전, 나는 카누를 탄 원주민 그림을 보았다. 물 위에 떠 있는 카누 뱃머리에 서 있는 아메리카 원주민은 날개를 펼친 새를 떠올리게 하는 옷을 입고 있었다. 그 그림을 보는 순간, 아메리카 원주민에 대해 내가 가지고 있던 온갖 생각이 하나하나 머리를 들기 시작했다. 책에서 읽었던 내용, 만화책이나 영화에서 보았던 장면이 현실 속으로 들어온 듯한 느낌도 들었다. 그들이 실제로 존재했었다니! 토템 기둥과 창, 활과 화살로 무장한 채로 그 광대한 대륙에서 유럽인들의 존재도 모르고 그들만의 외로운 삶을 살았던 아메리카 원주민들의 세계가 현실이 되어 나를 덮치는 것만 같았다.

매혹적이기 그지없었다. 인간 새와 야생의 자연을 그린 그림은 야성적인 낭만주의를 현실로 보여주고 있었다. 나는 그때까지만 해도 낭만주의적 그림이라 하면 현실을 감싸 안아 들인다고만 생각했었는데, 그 그림은 내 생각과는 반대였다. 놀랍고 감동적이었다. 다른 말로는 표현할 길이 없었다. 놀랍다는 말 외에는…

나는 언젠가는 그것에 대한 글을 쓰리라 결심했다. 그 그림에 대한 것이 아니라 그 그림이 감싸 안고 있는 것에 대해서 말이다. 하지만 나를 망설이게 하는 생각도 동시에 고개를 들었다. 아메리카 원주민이 실제로 존재했다는 것은 누구나 아는 사실이지만, 그들은 오랜 역사를 이어가지 못했다. 그들과 그들의 문화는 사라진 지 오래다. 그런데 왜 나는 그들에 대한 이야기를 쓰려 하는 것일까.

그들은 이미 사라진 존재들, 다시는 되돌아오지 않을 존재들이다. 그들의 이야기를 바탕으로 새로운 세상을 창조하는 것은 오직 문학으로만 가능하다. 지어낸 이야기는 가치를 찾아볼 수 없다.

이런 생각을 하고 있으려니, 다시 나를 망설이게 하는 반사적 생각이 고개를 치켜들었다. 그렇다면 지어낸 이야기만을 쓴 단테, 세르반테스, 멜빌 같은 작가들은 어떤가. 그들의 책은 인류를 바꾸어놓았다고 해도 과언이 아니다. 지어낸 이야기를 쓰는 것이 뭐가 잘 못되었단 말인가. 진실은 현실 속에서만 찾아볼 수 있는 것은 아니다. 아, 그건 틀린 말은 아니지만 내게는 도움이 되지 않았다.

픽션을 쓴다는 생각, 등장인물을 만들어내고 그들을 둘러싼 이야기를 지어낸다는 것은 생각만 해도 구토가 날 것 같았다. 왜 그런지는 나도 모른다. 그렇다면 아메리카 원주민에 대한 이야기는 옆으로 제쳐두는 게 나을 것 같았다. 어쩌면 아주 오랜 시간이 흐르고 나선 생각이 바뀔지도 모르는 일이니까.

책값을 지불한 후, 나는 플랏탄으로 가서 필름과 음반을 파는 가게 문을 열고 들어섰다. 거기서 DVD 석 장, CD 다섯 장을 사고 아카데미 서점에 들러 아틀란티스 출판사에서 발행한 스베덴보리*에 대한 책과 잡지 두서너 권도 함께 구입했다. 나는 그것들을 읽지 않을 거라는 것을 잘 알고 있다. 하지만 책을 사는 그 순간만큼은 행복하다.

나는 집으로 가서 부엌 조리대 앞에 선 채로 빵을 몇 조각 먹었다. 다시 밖으로 나간 나는 외스테르말름을 거쳐 바네르가탄에 있는 ICA 슈퍼마켓으로 향했다. 그곳에 도착하니 정확히 12시였다.

아무도 보이지 않았다. 나는 담배에 불을 붙이고 기다려보았다. 지나가는 행인들에게 눈길을 던져보았지만, 가게 앞에서 발길을 멈추거나 내게 다가오는 사람은 아무도 없었다. 15분쯤 지나 나는 슈퍼마켓 안에 들어가 점원에게 오늘 휴대폰을 맡긴 사람이 있었느냐고 물어보았다. 네, 여기 있어요. 어떤 휴대폰인지 설명해주시면 확인하고 드리겠습니다.

---

* 스웨덴의 신학자이자 천문학자.

그녀의 말대로 하고 나니, 그녀는 계산대 옆에 있는 서랍을 열고 휴대폰을 꺼내 내게 건네주었다.

"감사합니다. 그런데 누가 휴대폰을 맡겼는지 혹시 아십니까?"

"네… 아니, 이름은 몰라요. 꽤 젊은 분인데 저기 보이는 이스라엘 대사관에 근무하는 분이시죠."

"이스라엘 대사관이라고요?"

"네."

"그렇군요. 감사합니다. 안녕히 계세요."

"안녕히 가세요."

나는 걸음을 옮기며 미소를 짓지 않을 수 없었다. 이스라엘 대사관이라니! 그가 의심했던 것도 당연히 이해가 되었다. 그는 내 휴대폰을 안팎으로 철저하게 조사했을 것이 틀림없었다. 모든 문자 메시지와 전화번호 등등… 하하하!

나는 전원을 켜고 게이르에게 전화를 했다.

"여보세요?"

"어제저녁에 휴대폰을 가지고 있다면서 누가 전화를 했었어. 굉장히 의심하더군. 한참 설명을 한 후에 오늘 돌려받았어. 슈퍼마켓 점원에게 내 휴대폰을 맡겨두었더군. 난 점원에게 그 사람이 누군지 아느냐고 물어보았어. 그랬더니 점원이 뭐라 그랬는지 알아?"

"물론 난 모르지."

"이스라엘 대사관에서 근무하는 사람이래."

"지금 농담하는 거야?"

"아냐, 정말이야. 전철역에서 휴대폰을 떨어뜨렸을 때, 휴대폰은 그냥 바닥에 떨어진 게 아니라 누군가의 핸드백 속으로 들어갔던 거야. 공교롭게도 그 핸드백은 하고많은 사람 중에서도 이스라엘 대사관 직원의 약혼녀가 들고 있던 핸드백이었어. 이런 이상한 일이 있을 수 있다고 생각하니?"

"약혼녀라는 건 분명히 거짓말일 거야. 핸드백 주인도 이스라엘 대사관에 근무하는 직원이 분명해. 퇴근하고 집에 와서 보니 핸드백 속에 낯선 휴대폰이 있으니까 당장 대사관에 연락해서 조사를 했을 거야. 도대체 누가 휴대폰을 가방 속에 넣어두었을까. 혹시 휴대폰을 가장한 폭발물은 아닐까? 도청용 마이크는 아닐까? 이런 생각을 했던 게 틀림없어."

"그리고 휴대폰이 노르웨이 사람과 연관이 있다는 걸 알고는 또 이런저런 조사를 했을 거야. 릴레함메르 사건°에 대해 앙갚음을 하려는 건 아닐까?"

"정말 믿을 수가 없어. 네겐 왜 이렇게 이상한 일만 일어나는 거니? 러시아 매춘부부터 이스라엘 첩보원까지. 그러고 보니 너희 집에서 파티를 했을 때 자기가 먹은 음식 무게를 빠짐없이 계산했던 작가도 기억나. 그 여자 이름이 뭐였지?"

"마리아. 그녀도 러시아계야."

"그뿐만 아니라 그 여자는 음식을 먹고 나선 어딘가로 전화를 해서 그날 뭘 먹었는지 낱낱이 보고를 하기도 했어. 하하하!"

"그게 이번 일과 무슨 상관이야?"

"나도 몰라. 너와 관련된 이상한 일들? 린다의 친구 중엔 마약 중독자를 짝사랑했던 사람도 있었잖아. 더 이상한 건 그의 여동생이

---

° 1973년, 이스라엘 정보기관 모사드에서 뮌헨 학살 주범이었던 살라메를 사살하려다 노르웨이 릴레함메르에서 실수로 다른 사람을 사살했다. 그 후 공항으로 도주하다 노르웨이 경찰에 체포되어 재판까지 받게 된 사건으로 모사드는 이 사건 이후 활동을 장기간 중지하기도 했다.

린다가 결혼하기 전에 린다 집에서 살기도 했어. 기억나? 게다가 네가 처음 얻었던 집은 린다가 사는 아파트와 같은 건물에 있었어. 네 노트북도 마찬가지야. 밤새 열린 창가에서 비를 맞고, 철로에서 떨어지기도 했는데 아무 이상 없었잖아. 그리고 이번엔 잃어버린 휴대폰이 이스라엘 대사관 직원의 핸드백 속에서 나왔고.”

“네가 그렇게 하나하나 열거하니 이상하면서도 우스워. 하지만 내 삶에 대한 진실은 이런 것과는 거리가 멀다는 것, 너도 잘 알잖아.”

“오, 관둬. 가끔은 모르는 척 넘어가는 것도 좋지 않겠어?”

“알았어. 그런데 뭘 하고 있었니?”

“뭘 하고 있었던 것 같아?”

“무대 뒤편에서 굿을 하고 있었던 건 아닐 테고… 글을 쓰고 있었니?”

“그랬을 거야. 너는?”

“린다와 점심을 먹으러 가는 중이야. 또 연락할게.”

“응, 알았어.”

나는 휴대폰을 주머니에 집어넣고 발걸음에 속도를 더했다. 카를라플란에 자리한 메마른 분수대 앞을 지나 펠퇴베르스텐과 발할라베겐을 거쳐 약속 장소인 필름휴세에 도착했다. 길가에 쌓인 눈이 햇살을 받아 반짝반짝 빛을 발하고 있었다.


점심을 먹은 후, 나는 전철을 타고 오덴플란 역에서 내려 작업실까지 걸어갔다. 혼자 조용히 있고 싶은 마음뿐이었다. 잉그리는 집 열쇠를 가지고 있으니 지금쯤 바니아와 함께 집에 있을 것 같았다. 낯선 사람들의 낯선 눈길로 가득한 카페엔 들어가기 싫었다. 책상 앞에 앉은 나는 강연 원고를 써보려 했지만 단 한 줄도 쓸 수가 없었다. 체념한 나는 소파에 드러누워 있다가 잠에 빠져버렸다. 눈을 뜨니 창밖은 어느새 컴컴해져 있었다. 시계를 보니 오후 4시 10분이었다. 아프텐포스텐 기자와 약속한 시간은 6시였다. 서두르지 않으면 바니아와 린다의 얼굴도 못 본 채 하루를 마감해야 할 것 같아 얼른 옷을 입고 작업실을 나섰다.

"나 왔어."

나는 대문을 열며 소리쳤다. 바니아가 현관으로 엉금엉금 기어 나왔다. 아이를 번쩍 안아 올려 공중으로 던졌다 받아 내리니 아이가 자지러지게 웃었다. 부엌에 가니 린다가 냄비 속을 주걱으로 휘휘 젓고 있었다.

"시케르츠그뤼타.* 특별히 생각나는 게 없어서 오늘은 이걸 먹기로 했어요."

"좋아. 바니아와 잘 지냈어?"

"그럭저럭… 오전에 어머니가 바니아를 데리고 유니바켄에 다녀왔어요. 방금 작업실로 가셨는데 혹시 길에서 마주쳤나요?"

"아니."

나는 바니아를 데리고 침대로 가서 휙 던졌다가 데굴데굴 굴리며 놀아주었다. 아이는 발갛게 상기된 얼굴에 땀까지 흘리며 깔깔 웃음을 터뜨렸다. 아이를 다시 부엌으로 데리고 간 나는 유아용 식탁 의자에 앉혀놓고 거실에 가서 이메일을 확인했다. 메일을 다 읽은 나는 컴퓨터를 끄고 창가에 서서 길 건너편 건물을 내려다보았다. 컴퓨터 화면의 불빛이 창으로 새어 나오고 있었다. 언젠가 나는 그 집

---

• 인도풍의 요리로 여러 가지를 함께 넣어 죽처럼 먹는 요리.

에 있던 남자가 컴퓨터 화면을 앞에 두고 자위하는 장면을 목격한 적이 있다. 그는 자기를 보는 사람이 아무도 없다고 믿었을지 모르지만, 우리 집에선 그의 집이 훤히 다 보였다. 그는 방 안에 혼자 있었지만, 그 집 안에 혼자 있었던 건 아니었다. 그 남자의 방과 벽을 사이에 둔 부엌에는 남녀 한 쌍이 앉아 있었으니까. 문득, 비밀스러운 일과 공공연한 일이 너무나 가까이 자리 잡고 공존할 수 있다는 사실이 이상하게 여겨졌다.

그날은 빈방만 눈에 들어왔다. 컴퓨터 화면의 불빛, 거실 한쪽 구석에 있는 의자 위로 비추어 내리는 램프 불빛 그리고 작은 탁자 위에 펼쳐져 있는 책 한 권이 전부였다.

"식사하러 와요!"

부엌에서 린다의 목소리가 들렸다. 부엌으로 가서 시계를 보니 4시 45분이었다.

"기자들은 언제 오나요?"

린다는 시간을 확인하는 내 시선을 놓치지 않았다.

"6시. 집엔 오래 있지 않을 거야. 당신은 나올 필요 없어. 어, 물론 원한다면 인사를 해도 좋고. 하지만 원하지 않는다면 그럴 필요는 없다는 말이었어."

"여기 있을게요. 보이지 않는 곳에. 그런데 긴장되나요? 떨려요?"

"아니, 하지만 인터뷰를 하고 싶은 마음은 없어. 당신도 잘 알잖아."

"너무 마음에 두지 마세요. 그냥 가벼운 마음으로 대화한다고 생각하면 될 거예요. 당신이 하고 싶은 말만 하면 돼요. 당신 자신에게 너무 무거운 짐을 주진 마세요. 가볍게! 알았죠?"

"마이굴 악셀손과 만나 대화를 나눈 적이 있었어. 예테보리와 트베데스트란에서 낭독회를 했던 작가 말이야. 그녀는 인터뷰를 앞두고 긴장하는 내게 마치 어머니처럼 이야기를 해주더군. 그녀는 자기에 대한 글이 실리면 그날 신문은 절대 안 읽는다고 했어. 텔레비전이나 라디오 인터뷰가 방송되어도 마찬가지래. 내게도 인터뷰 기사나 방송은 일회용처럼 한 번 쓰고 버리는 것으로 생각하면 마음이 편안해질 거라고 하더군. 긴장이 될 때마다 지금 이 순간에만 신경을 쓰라는 그녀의 말을 떠올렸더니 그때부터는 이상하게도 편안하게 사람들을 대할 수 있게 되었어. 하지만 욕심이라는 것도 있잖아. 인터뷰를 하면서 나를 잘 포장해내고 싶은 욕심 말이야. 하긴 완전한 머저리가 되느냐 그냥 평범한 머저리가 되느냐, 그 차이밖에 없긴 하지만…"

"난 당신이 그런 일들을 마음 편하게 해낼 수만 있다면 더 바랄 게 없겠어요. 따지고 보면 그럴 필요도 없는데… 인터뷰를 할 때마다 당신 기가 쏙 빠지는 것 같아 옆에서 보는 것만으로도 마음이 아파요."

"나도 알아. 이제부터 인터뷰는 모두 거절할 생각이야. 들어오는 족족."

"당신처럼 착하고 아름다운 사람도 없는데… 당신도 자신에 대해 그렇게 느낄 수 있으면 좋겠어요."

"내 기본적인 느낌은 그것과는 정반대야. 이미 온몸에 번져버려서 나도 어떻게 손을 쓸 수가 없어. 그런데 나더러 테라피를 받아보라는 말만은 하지 마, 알았지?"

"난 아무 말도 안 했어요!"

"솔직히 당신도 나와 비슷한 구석이 있어. 다른 점이 있다면, 당신의 자존감은 긍정적일 때도 있다는 거야."

"바니아는 우릴 닮지 않았으면 좋겠어요."

린다가 바니아를 바라보면서 말했다. 아이는 우리를 향해 미소를 지었다. 바니아의 주변에는 식탁 위, 의자 밑, 바닥을 가리지 않고 밥알이 어지럽게 흩어져 있었다. 입가엔 소스가 묻어 벌게져 있었고, 얼굴에도 밥알이 붙어 있었다.

"글쎄… 바니아도 그렇게 될 확률이 아주 높아. 선천적으로 타고 났거나 자라면서 우리를 보고 배우게 되겠지. 그런 건 숨길 수 있는 게 아니거든. 하지만 바니아가 그 때문에 불행한 삶을 살게 될 거라고 미리 걱정할 필요는 없어. 꼭 그렇게 되지도 않고."

"정말 그랬으면 좋겠어요."

린다의 눈이 젖어오기 시작했다.

"잘 먹었어."

나는 자리에서 일어나며 말을 이었다.

"설거지는 내가 할게. 기자들이 오기 전에 마칠 수 있을 거야."

나는 바니아를 향해 몸을 돌렸다.

"우리 바니아, 그동안 얼마나 자랐지?"

아이는 자랑스럽게 양팔을 머리 위로 번쩍 뻗어 올렸다.

"아이고, 이만큼이나 자랐어? 자, 아빠랑 욕실에 가자. 얼굴을 깨끗하게 씻어야지."

나는 바니아를 안고 욕실로 가서 아이의 얼굴과 손을 깨끗하게 씻겨주었다. 거울 앞에 서서 아이의 얼굴에 내 얼굴을 가져가니 아이가 소리 내어 웃었다.

침실에 가서 바니아의 기저귀를 갈아준 다음 아이를 바닥에 내려놓은 나는 식탁을 치우기 시작했다. 식기 세척기의 스위치를 켠 다음 찬장 문을 열어 술병을 확인했다.

아니나 다를까 달라진 점이 눈에 띄었다. 상표가 붙어 있는 선까지 병을 채우고 있던 그라파가 확 줄어 있었다. 코냑 병도 자리가 바뀌었다. 확실치는 않지만 코냑도 줄어든 것 같았다.

젠장! 도대체 무슨 일이 벌어지고 있는 걸까.

린다가 범인이라곤 생각조차 하기 싫었다. 적어도 어젯밤 그녀와 대화를 나눈 후엔 그녀가 술을 마시지 않았다는 확신이 들었는데…

하지만 집 안에 린다 말고 다른 사람은 없지 않은가.

우리 집엔 파출부도 오지 않는데…

맙소사! 그렇다면… 오, 빌어먹을!

잉그리!

그녀는 오늘 우리 집에 있었다. 어제도 우리 집에 있었다. 그렇다면 잉그리가 틀림없었다.

잉그리는 바니아를 돌보는 중에 술을 마셨던 걸까? 정말 손녀딸이 다리 사이를 엉금엉금 기어 다니고 있을 때도 여기 앉아 술을 마셨을까?

그렇다면 그녀는 알코올 중독자다. 바니아는 그녀에게 전부였다. 바니아를 위험에 빠뜨릴 일은 절대 하지 않을 그녀가 바니아를 앞에 두고 술을 마셨다면 알코올 중독이 틀림없었다.

오, 신이시여! 저희에게 자비를 베푸소서.

침실 쪽에서 린다의 발소리가 들렸다. 나는 얼른 찬장 문을 닫고 행주로 식탁을 닦기 시작했다. 시계를 보니 5시 50분이었다.

"기자들이 오기 전에 담배 한 대 피우고 올게. 그래도 되겠지? 아직 시간이 조금 있으니까…"

"그러세요. 내려가는 길에 쓰레기도 비우고 오세요."

대문을 열려는 순간, 밖에서 누가 초인종을 눌렀다. 대문을 여니

턱수염을 기른 젊은 남자가 어깨에 가방을 메고 서서 내게 미소를
지었다. 그의 뒤에는 조금 더 나이가 들어 보이는 남자가 커다란 카
메라 가방을 어깨에 메고, 한 손에는 카메라를 들고 서 있었다.

"안녕하세요."

앞에 서 있던 젊은 남자가 내게 손을 내밀었다.

"셰틸 외스틀리라고 합니다."

"칼 오베 크나우스고르."

"만나서 반갑습니다."

나는 사진기자에게 악수를 청한 다음 안으로 들어오라고 했다.

"커피 드시겠습니까?"

"네, 감사합니다."

나는 부엌에 가서 미리 끓여 보온병에 담아둔 커피와 잔 세 개를
가지고 거실로 나왔다. 그들은 선 채로 거실을 둘러보고 있는 중이
었다.

"책이 정말 많군요!"

"대부분은 읽지 않은 책이에요. 읽은 책들은 내용을 기억할 수
없고…"

그는 생각했던 것보다 훨씬 나이가 어렸다. 턱수염을 기르긴 했지
만 나이는 스물예닐곱밖에 안 되는 것 같았다. 커다란 이빨, 생기 가
득한 눈빛, 밝고 쾌활한 성격의 소유자처럼 보였다. 낯선 타입의 사
람은 아니었다. 나는 노르웨이에 살 때 그런 타입의 사람을 많이 만
나보았다. 어른이 된 후에야 그런 사람들을 줄줄이 만난 것으로 미
루어 보아 사회적 계급이나 지역 또는 세대와 관련이 있는 것 같았
다. 어쩌면 이 세 요소가 한꺼번에 영향을 미쳤을지도 모른다. 동쪽
지방에 사는 중산층, 학계에 종사하는 부모, 바른 가정교육, 긍정적

인 자아관, 높은 지능, 사회적 능력. 이런 사람들의 첫인상을 보면 지금까지 어려움을 모르고 자랐다는 것을 단번에 느낄 수 있다. 사진기자는 스웨덴 사람이기 때문에 겉으로 드러나는 분위기만으로 그가 어떤 사람인지 짐작하기가 쉽지 않았다.

"사실은 모든 인터뷰를 거절하려고 마음먹었어요. 하지만 출판사에서 입에 침이 마르도록 당신 칭찬을 하기에 마지막으로 한 번만 더 인터뷰를 하겠다고 마음을 고쳐먹게 되었죠."

조금의 칭찬이 해가 될 리는 없을 것 같아 한 말이었다.

"어깨가 무거워지는걸요."

나는 그들에게 커피를 따라주었다.

"여기서 사진 몇 장을 찍어도 될까요?"

나는 잠시 망설였다. 그러자 사진기자는 집 안 배경은 싣지 않고 나만 클로즈업해서 찍겠다며 나를 안심시켰다.

처음에 기자가 우리 집에서 인터뷰를 하자고 했을 때 나는 거절했다. 하지만 그들이 약속 장소를 정하기 위해 전화를 했을 때, 나는 우리 집으로 오라고 해버렸다. 일단 우리 집에 와서 인터뷰를 할 수 있는 다른 장소로 옮기는 게 어떻겠느냐고 제안했더니, 기자는 매우 기뻐했다.

"오케이, 여기?"

나는 커피잔을 손에 들고 책장 앞에서 포즈를 취했다. 그는 나를 빙빙 돌아가며 사진을 찍었다.

제장.

"손을 조금만 올려보시겠습니까?"

"연출한 냄새가 너무 많이 나는 것 같지 않나요?"

"알았습니다. 그냥 계셔도 돼요."

바니아가 엉금엉금 기어오다가 문께에 앉아 우리를 쳐다보았다.

"바니아! 왜 거기 앉아 있니? 무섭게 생긴 아저씨들이 있어서 그 래? 괜찮아, 아빠가 여기 있잖아."

나는 아이를 안아 올렸다. 그 순간, 린다가 들어왔다. 그녀는 기자 들에게 가볍게 인사를 건넨 다음 바니아를 데리고 부엌으로 갔다.

내가 보여주고 싶지 않았던 것은 모두 드러났다. 언젠가는 나였고 내 것이었던 것들이 경직된 모습으로, 사람들의 눈이 편히 쉬는 곳 으로 찾아갔다. 나는 이제 그런 일이 일어나기를 원치 않았다. 빌어 먹을! 그런데도 나는 지금 머저리처럼 마음에도 없는 미소를 띠면서 꼭두각시처럼 서 있다.

"몇 장 더 찍어도 될까요?"

나는 다시 포즈를 취했다.

"어떤 사진기자는 제 사진을 찍을 때면 마치 나무등치를 찍는 것 같다고 했어요."

"아주 실력 없는 사진기자였나 보죠, 뭐."

"아니… 그게 아니라… 하하. 당신도 내가 무슨 말을 하는지 이해 하죠?"

그는 카메라를 얼굴에서 내리고 미소를 건넨 다음 다시 사진을 찍 기 시작했다.

"펠리카넨에 가서 인터뷰를 했으면 좋겠다고 생각했어요."

나는 기자에게 말했다.

"제가 자주 가는 곳이거든요. 음악을 틀어놓지 않아서 인터뷰하 는 데 지장이 없을 거예요."

"좋아요. 거기로 갑시다."

"집 앞에서 사진 몇 장 더 찍었으면 좋겠습니다만… 그러면 더는 귀찮게 해드리지 않을게요."

기자의 휴대폰이 울렸다. 그는 화면에 뜬 번호를 확인했다.

"잠시 실례하겠습니다. 꼭 받아야 하는 전화라서…"

그는 통화 시간을 최대 2분을 넘기지 않았다. 눈길과 차, 기차와 별장에 대한 이야기였다. 전화를 끊은 그와 눈이 마주쳤다.

"이번 주말에 친구들과 별장 여행을 하려고 계획을 세웠어요. 기차역에서 별장까지 차를 태워줄 분이 전화를 한 거예요. 그곳에 갈 때마다 저희를 도와주시는 분이죠."

"그렇군요."

나는 어렸을 때 단 한 번도 친구들과 함께 별장 여행을 가보지 못했다. 고등학교와 대학교에 다닐 때도 마찬가지였다. 그건 내게 과거의 아픈 상처로 남아 있다 해도 과언이 아니다. 하긴 내겐 친구도 많이 없었다. 친구가 몇 명 있긴 했지만 한 명 한 명, 따로따로 알고 지내던 친구가 전부였기에 우르르 모여 여행을 갈 일이 없었던 것이다. 지금은 그런 일에 마음을 쓰기에는 너무 늦어버린 감이 없지 않다. 그렇긴 하지만 여전히 상처로 느껴지는 것은 무슨 까닭일까.

그는 휴대폰을 주머니에 집어넣고 탁자 위에 커피잔을 내려놓았다. 사진기자는 카메라를 가방에 넣었다.

"그럼, 이제 나가볼까요?"

현관이 너무나 좁아 함께 서서 외투를 입는 게 불편하게 느껴졌다. 우리는 서로 몸을 부딪치지 않으려 조심하며 침묵 속에서 옷을 입었다. 나는 부엌에 있는 린다를 향해 큰 소리로 나가보겠다고 말하고는 계단을 내려갔다.

밖으로 나온 나는 담배에 불을 붙였다. 살을 에는 듯 추웠다. 사진기자는 나를 맞은편 건물 앞으로 데려갔고, 나는 그곳 계단 앞에서 다시 몇 분 동안 포즈를 취했다. 손등으로 담배를 슬며시 가리니, 사진기자는 나만 괜찮다면 담배 피우는 모습도 찍어보고 싶다고 말했다. 나는 그가 자연스러운 내 모습을 원한다고 생각했다. 나는 담배를 피워물고 그의 말에 따라 계단 위에서 이런저런 포즈를 취했다. 지나가던 사람들이 호기심 어린 눈으로 우리를 쳐다보았다. 우리는 다시 터널 입구로 자리를 옮겨 5분쯤 더 사진을 찍었다. 그가 만족한 표정을 지었다. 사진기자를 보내고 나서 나와 신문기자는 길 건너편 역에서 전철을 탔다. 플랫폼으로 내려가자마자 전철이 들어왔다. 자리에 앉은 우리는 창 옆자리에 서로 마주 보고 앉았다.

"저는 전철을 탈 때마다 노르웨이 컵이 떠올라요. 노르웨이 컵에 출전하기 위해 축구팀 동료들과 함께 전철을 탔던 기억이죠. 그때 제 코를 찔렀던 전철역 특유의 냄새는 아직도 선명하게 남아 있어요. 작은 시골 마을 출신 소년이 도시의 전철을 타는 건 참으로 기억에 남을 만한 일이었으니까요. 노르웨이 컵 하면 펩시콜라도 기억나요. 우리 동네엔 펩시를 팔지 않았거든요."

"오랫동안 축구를 하셨나요?"

"열여덟 살이 될 때까지 축구를 했어요. 하지만 실력은 없었어요. 항상 하위팀에서 전전했죠."

"당신이 하는 일은 모두 그런 식인가요? 거실에 꽂힌 책 중에 읽은 책은 거의 없다고 했어요. 그리고 당신이 했던 과거의 인터뷰 자료를 보니, 자기 자신이 하는 일에 상당히 불만이 큰 것 같은 느낌을 받았어요. 너무 자기비판을 심하게 하시는 건 아닌가요?"

"글쎄요, 그런 생각은 안 해봤어요. 그건 어떤 일에 초점을 맞추느냐에 따라 달라질 수 있는 게 아니었던가요?"

전철이 중앙역 터널을 빠져나오자 그가 창밖을 기웃거렸다.

"이번에 상을 탈 것 같습니까?"

"노르딕 평의회 문학상 말인가요?"

"네."

"아뇨."

"누가 탈 것 같나요?"

"모니카 파게르홀름."

"꽤 확신하시는 것 같군요."

"아주 잘 쓴 소설이에요. 여성 작가인 데다 핀란드에서 노르딕 상을 가져간 지 꽤 오래되었으니 올해는 그녀가 상을 탈 거예요."

침묵이 흘렀다. 인터뷰 직전과 직후엔 인터뷰를 하는지 안 하는지 확실한 경계선을 구분할 수가 없다. 기자는 아마도 이 모호한 경계선상의 지점에서 무언가를 내게서 얻어내려고 시도할 것이 분명하다는 생각이 스쳤다. 하지만 우리는 아직 그 지점에 이르지 않았다. 인터뷰를 하며 질문하는 사람과 대답하는 사람의 역할이 명료하게 정해지지 않았던 것이다. 서로 교감할 수 있는 지점도 찾을 수 없었다. 그런데도 우리는 어떤 식으로든 이야기를 나누어야만 했다.

문득 잉그리가 떠올랐다. 아직은 아무에게도 말하면 안 된다는 생각이 뒤를 이었다. 심지어는 린다에게도! 모든 정황을 확실히 알기 전에는 섣불리 입을 뗄 일이 아니었다. 나는 술병에 표시를 해두어야겠다고 마음먹었다. 오늘 저녁에 표시를 해두고 내일 아침에 확인을 해보면 술이 줄어들었는지 알 수 있을 것이다. 그렇게 해서 확인이 되면 그때 가서 해결 방법을 찾아볼 생각이었다.

스칸스툴에 도착한 우리는 거의 아무 말도 나누지 않고 걸었다. 거리에는 서서히 어둠이 내리기 시작했다. 펠리카넨에 들어선 우리는 가장 안쪽에 있는 테이블에 앉았다. 나는 약 1시간 30분 동안 나와 나의 작품에 대해 입이 아프도록 떠들고 나서 자리에서 일어났다. 그는 다음 날 노르웨이행 비행기를 탈 예정이었기에 시간이 있다며 그곳에 남아 있었다.

인터뷰를 하고 나면 항상 머리가 텅 빈 듯한 느낌이 들었다. 마치 물 빠진 도랑 같기도 했다. 나 자신을 배신한 것 같은 느낌도 들었다. 내가 쓴 단 두 권의 책이 마치 세기를 대표하는 중요한 작품이라도 되듯 떠벌리는 것은 물론이고, 나 자신이 아주 독특하고 흥미로운 사람이라도 되듯 말해야만 하기 때문이다. 그것이 인터뷰의 요점이었다.

내가 말하는 것은 모두 중요한 것이며, 중요하지 않은 것은 입 밖으로 나오지 않아야 했다. 내 어린 시절에 대해 이야기를 할 때도, 모든 아이가 경험할 수 있는 매우 평범한 일들도 바로 나에 대한 이야기이기 때문에 중요하게 변해버렸다. 그건 내가 이른바 훌륭한 책을 두 권이나 출간한 훌륭한 작가이기 때문이다. 나는 이러한 인터뷰의 정석을 그대로 따랐을 뿐 아니라, 심지어는 정말 내가 원해서 인터뷰를 하는 것처럼 즐겁게 말을 이어나갔다. 마치 동물원의 앵무새처럼 말이다.

그러는 와중에도 현실은 그렇지 않다는 생각이 무겁게 나를 짓누르고 있었다. 솔직히 노르웨이에서 의미 있고 훌륭한 소설은 얼마나 자주 출간되는가. 10년에 한 번 또는 20년에 한 번 나올까 말까다. 가장 최근에 나온 소설은 샤르탄 플뢰스타의 『화염과 불꽃』으로 1980년에 출간되었다. 지금으로부터 무려 25년 전의 일이다. 그 전에는 1957년에 출간된 베소스의 『새』를 들 수 있다. 다시 25년 전의 일이다. 그사이에 출간된 노르웨이 소설은 얼마나 될까? 모르긴 몰라도 수천 권은 될 것이다. 그중에는 꽤 좋은 작품도 있고, 그저 그런 작품도 있다. 하지만 대부분은 금방 잊힐 작품들이다. 그다지 놀랄 일도 아니다. 모두가 다 알고 있는 평범한 사실일 뿐이다.

문제는 이들 작가에게 쏟아지는 알맹이 없는 온갖 칭찬과 찬사다. 그저 그런 작가들이 덥석 받아쥐지 않고는 배기지 못하는 달콤한 사탕 같은 것. 여기에 길들여진 작가들은 잘못된 자아상을 가지게 되고, 결국은 신문과 텔레비전에서 자신이 최고인 양 떠들게 되는 것이다.

나도 그중의 하나다.

이것을 잘 알고 있으면서 나는 기자들에게 이끌려 한두 번도 아니고 매번 인터뷰를 하며 영혼 없는 말을 내뱉는다. 오, 수치심과 부끄러움에 나는 머리를 쥐어뜯고 싶을 뿐이다. 지난 수년 동안 나는 뭘 배우고 깨달았던가.

네가 뭐라도 되는 듯 착각하지 마라.

빌어먹을, 정말이지 네가 뭐라도 되는 듯 착각하지 말고 살라.

넌 아무것도 아닌 그저 그런 작가에 지나지 않으니까. 넌 혼자 잘난 줄 아는 평균 이하의 보잘것없고 하찮은 코딱지 같은 존재에 불과하다.

네가 중요한 사람이라도 되는 듯 착각하지 마라. 너는 아무짝에도 쓸 데가 없는 무가치한 존재, 하찮은 똥덩어리에 불과하다.

그러니 머리를 처박고 죽어라 글만 써라. 글을 쓰면 적어도 무언가를 만들어낼 수는 있으니 말이다. 입 닥치고 머리를 숙이고 일을 하라. 그리고 너는 아무 가치도 없는 하찮은 존재라는 것을 기억하라.

내가 깨달은 것은 바로 이것이다.

나의 경험이 집약된 한 줄의 교훈.

내가 생각해낸 수많은 것 중에서 변치 않는 진실을 지닌 것은 이 것밖에 없다. 하지만 나는 내가 얼마나 타인의 시선과 관심을 즐기 는지 잘 알고 있다. 어렸을 때부터 지금까지 항상 그랬다. 일곱 살 때 부터 나는 사람들이 나에 대해 무슨 말을 하는지에 꽤 무게를 두었 다. 신문에서 내가 하는 일이나 내가 누군지에 관심을 보이면, 나는 그들이 나를 좋아한다고 믿고서 기뻐 어쩔 줄 모른다. 그런데 여기 에도 단점은 있다. 신문이나 텔레비전에서 알려진 나를 두고 이러쿵 저러쿵 말하는 대다수의 사람은 내가 직접 알지도 못하고 만나볼 수 도 없다. 그 때문에 그들이 무슨 말을 하는지 내가 속속들이 알기는 불가능하다. 그 때문에 나는 매번 인터뷰를 한 후, 내가 하지 않았던 말이나 내 의도와는 상관없이 전혀 다른 의미의 말이 실리게 되면 그것을 바꾸어보려 갖은 애를 쓴다. 그렇게 애를 써도 내 마음대로 되지 않을 때면 내 자아상은 수치심에 화끈 달아올라 타버릴 것만 같다. 그런데도 나는 매번 인터뷰 요청이 들어올 때마다 기자와 얼 굴을 맞대는 일을 반복한다. 칭찬과 찬사는, 머저리로 보일까봐 두 려워하는 마음과 존재적 이상을 유지하려는 조심스러움을 짓누르 고 달콤하게 나를 유혹하기 때문이다.

그런 인터뷰는 세상에 책을 알릴 수 있는 아주 중요한 수단이기도 하다. 『세상의 모든 일에는 저마다의 시간이 있다』가 출간되었을 때, 나는 담당 편집자인 게이르 귤릭센에게 앞으로는 인터뷰를 모두 사 양하겠다고 말했다. 하지만 그와 대화를 나눈 후, 나는 인터뷰를 하 겠다고 마음을 고쳐먹게 되었다. 그가 내게 미치는 영향은 이처럼 눈에 띌 정도다. 다시 인터뷰에 응하는 것이 비록 출판사 때문이라 고 말해보지만 도움이 되진 않았다. 나는 글을 쓰는 작가이지 세일 즈맨이나 매춘부가 아니기 때문이다.

시간이 흐르면서 이 모든 깨달음과 교훈과 온갖 감정이 한데 엉켜 내 머릿속을 쑥대밭으로 만들어놓았다. 나는 인터뷰 기사를 보면서 기자가 나를 머저리처럼 만들어놓았다고 자주 불평한다. 하지만 그 건 따지고 보면 결국 내 잘못이다. 남 탓할 일이 아니다. 왜냐하면 다른 작가들, 예를 들어 샤르탄 플뢰스타의 경우엔 단 한 번도 머저리 처럼 보이는 기사가 나온 적이 없다. 그는 고결하고 정직한 사람이다. 주변에서 어떤 일이 일어나든지 그는 변함없이 자신만의 모습을 유지하고 있다. 어쨌든 그는 매우 특별한 사람임이 틀림없다.

그는 자신에 대한 이야기를 자기 스스로 하는 법이 없다. 그런데 방금 내가 했던 일은 무엇인가? 나 자신에 대한 이야기만을 늘어놓지 않았던가? 오직 나 자신에 대한 이야기만을.

매표소 창구 안에 표를 들이밀자, 매표원이 도장을 쿵 내려찍고 무표정한 눈빛으로 내게 표를 돌려주었다. 나는 에스컬레이터를 타고 지하층으로 내려갔다. 플랫폼에 서니 7분 후에 전철이 도착한다는 메시지가 전광판에 나타났다. 나는 벤치에 앉았다.

작년 늦가을,『세상 밖으로』가 출간되었을 때, TV2 뉴스 시간에 인터뷰를 한 적이 있다. 그들은 집까지 와서 나를 데려갔다. 우리는 함께 차를 타고 페리 선착장으로 갔다. 그곳으로 가는 도중 뉘고르 공원 끝에 있는 하이테크 건물 앞에 이르자, 앞좌석에 타고 있던 기자가 갑자기 몸을 돌리며 내게 질문을 던졌다.

"당신은 어떤 사람입니까?"

"무슨 말씀인지요?"

"그러니까 에릭 포스네스 한센은 현명한 구세대 작가, 문화계의 보수주의자, 문학계의 신동 등등의 이름으로 알려져 있고, 로이 야 콥센은 노동자 출신의 작가, 비그디스 요르트는 자유분방하고 음탕

370

한 여류작가로 알려져 있지 않습니까? 이제 감이 잡히시는지요? 당신은 어떤 사람이라고 하면 좋을까요? 저는 당신에 대해 아는 것이 하나도 없습니다."

나는 어깨를 으쓱 추어올렸다. 창 너머에는 하얀 눈이 햇살을 반사시키고 있었다.

"저도 모르겠습니다. 그냥 평범한 사내?"

"그러지 말고 한번 잘 생각해보십시오. 당신도 제게 뭘 주는 게 있어야 기사가 나가지 않겠습니까? 당신은 어떤 일을 했습니까?"

"글쎄요, 여기저기서 일도 해봤고, 공부도 했고… 아시다시피 평범한…"

그는 다시 몸을 돌려 앞만 바라보았다. 그날 오후, 문제는 저절로 해결되었다. 인터뷰를 마칠 무렵, 그는 내가 어떤 사람인지 가장 잘 보여준다고도 할 수 있는 부분, 즉 침묵을 지켰던 부분과 주저하며 말을 멈추었던 부분을 모두 편집해서 잘라내며 이렇게 말했다.

"입센은 홀로 설 수 있는 사람이 가장 강인한 사람이라고 말했는데, 그의 말이 옳진 않은 것 같아요."

그 말을 듣는 순간 나는 양손을 추어올리며 숨을 크게 들이쉬었다.

어쩌다 내가 그런 말을 하게 되었을까?

정말 내가 그렇게 생각하고 있었던 걸까?

그렇다. 하지만 그건 내가 아니라 내 어머니의 생각이었다. 나는 내 어머니의 생각을 내 입으로 뱉어낸 것이었다. 어머니는 인간관계에 큰 관심을 보였고, 인간의 가치는 인간관계 속에서 찾아볼 수 있다고 했다. 내가 어머니의 생각을 말한 것은 내가 그것을 믿는다는 뜻이 아닌가. 하지만 그건 내가 직접 경험한 것이 아니라 이 세상 모든 이가 직관적으로 알고 있는 사실에 불과할 뿐이다.

입센의 말은 틀림이 없다. 내 주변의 모든 것이 그의 말을 증명해 주고 있다. 인간관계란 것은 인간 각자의 개성을 없애기 위해 존재하는 것이다. 자유를 구속하고, 앞으로 나아가려는 사람을 제자리에 돌려놓는 역할을 한다. 어머니는 나와 자유의 개념에 대해 토론을 할 때마다 화를 냈다. 내가 생각하는 자유의 의미를 말할 때면, 어머니는 코웃음을 치며 그건 너무나 미국적인 사고방식이며 내용이라곤 전혀 찾아볼 수 없는 껍데기뿐인 개념이라고 되받아쳤다. 하지만 어머니의 생각은 우리가 살고 있는 현시대의 체제적 존재를 만들어낸 바탕일 뿐, 진정한 의미의 자유라고는 할 수 없었다. 의외성이 배제된 사회, 유치원에서부터 대학을 거쳐 사회생활을 시작할 때까지 지나야 하는 터널 같은 사회, 이미 선택해놓은 체제를 따라가는 것이 자유라고 믿는 사회가 바로 어머니가 생각하는 자유로운 사회였다.

반면 현실은 어떤가. 우리는 학교에 입학하는 첫날부터 모래알을 걸러내는 체 속에서 살아야 한다. 학업을 마치면 어떤 이들은 실용적인 직업 전선으로 가고 어떤 이들은 이론을 탐구하는 학업의 세계로 간다. 거기서 다시 어떤 이들은 꼭대기까지 올라가고, 어떤 이들은 밑바닥으로 내려간다.

아이러니하게도 우리가 그 오랜 세월 동안 배운 것은 인간은 모두 평등하다는 것이다. 우리는 세상에 얼마든지 기대를 할 수 있다는 생각과 그 생각을 바탕으로 우리는 항상 세상에 무언가를 요구해왔다. 그러다가 생각한 대로 잘 안 되면 우리 자신을 되돌아보기보다는 세상과 주변인들에게 책임을 물었다. 쓰나미가 몰려왔을 때 즉각적인 도움을 받지 못하면 정부를 향해 불같이 항의를 하기도 한다.

우리 인간이 그토록 초라하고도 암담한 존재였던가. 자신의 능력에 걸맞은 일자리를 얻지 못했다 해서 삶이 비참하다고 한탄하기도한다. 바로 이 때문에 좌절과 추락은 오직 약한 자들의 전유물이라생각하기 쉽다. 돈은 어떻게든 벌 수 있다. 내가 이야기하는 것은 순수한 존재적 관점의 문제다. 삶이 위협당할 때 두 눈을 똑바로 치켜뜨고 위험과 마주할 수 있는 인간은 찾아보기 힘들다. 좌절과 추락은 또 다른 가능성을 의미한다는 것은 옛말이 되고 말았다.

이러한 관념은 문화계에서도 찾아볼 수 있다. 중간 정도에 지나지않는 평범한 작가들이 이러한 관념에 편승해 사람들의 머리를 배부르고 따스하게 채워준다. 이들의 책은 날개 돋친 듯 팔리기 마련이다. 그 대표적인 작가가 라스 소비 크리스텐센이다. 이들 작가는 자기가 마치 베르길리우스라도 되듯 소파에 비스듬히 앉아 이것도 저것도 아닌 평범한 책을 쓰고, 자신의 본질을 제대로 꿰뚫어보지도못한 채 마치 문학계의 거장이나 언어의 마술사라도 되듯 기자들에게 떠벌린다.

자신이 한 일이 평범하기 그지없는 데도 가만히 앉아 박수와 찬사를 받을 수 있다고 생각하는가?

내게는 한 번의 기회가 있었다. 무가치하고 보잘것없는 것들이 이른바 작품이라는 이름을 달고 가격표를 단 채 시장에 내던져지는 이이름뿐인 문화계, 온갖 아첨과 치렛말이 난무하는 이 공허하고 무의미한 미디어의 세계와 나를 단절할 수 있는 기회가 없지 않았다.

나는 홀로 앉아 정말 심각하게 책을 읽고 싶었다. 동시대의 문학이 아닌 동서고금을 통틀어 가장 가치 있다고 여겨지는 작품들을 읽고, 마치 내 생명을 건 일이라 생각하고 옆도 뒤도 돌아보지 않은 채오직 글만 쓰고 싶었다. 그렇게 해서 좋은 작품이 나올 수만 있다면,

나는 앞으로 20년이라는 시간도 기꺼이 투자하고 싶다는 생각을 했다.

하지만 난 그 기회를 잡지 못했다. 내게는 나에게 필요한 가족이 있었고, 친구들도 있었다. 나는 '아니요'라고 말해야 하는 상황에서 '네'라고 말하고, 혹여 다른 사람이 나를 좋아하지 않으면 어떻게 하나 안절부절못하며, 타인에게 상처를 주거나 갈등이 빚어질까봐 항상 조마조마해한다. 이러한 성격상의 약점 때문에 나는 항상 원칙과 꿈, 기회와 진실 등 내가 진실로 원하는 것들에서 등을 돌려야만 했다.

나는 매춘부다. 매춘부라는 말 외에는 나를 설명할 다른 길이 없다.

30분 후 집에 도착하니 거실에서 낯선 목소리가 들려왔다. 고개를 들이밀고 보니 미카엘라와 린다가 무릎에 담요를 덮고 소파에 앉아 차를 마시고 있었다. 탁자 위에는 양초 세 개가 불을 밝히고 있었고, 서로 다른 세 종류의 치즈를 담은 커다란 접시와 갖가지 비스킷을 담은 광주리가 그 옆에 놓여 있었다.

"칼 오베! 인터뷰는 어땠어요?"

린다가 물었다.

둘은 미소 띤 얼굴로 나를 바라보았다.

"그럭저럭…"

나는 어깨를 으쓱 추어올리며 말을 이었다.

"특별한 건 없었어."

"차와 치즈를 내왔어요. 우리랑 함께 먹을래요?"

"아냐, 됐어."

나는 목도리를 풀어 외투와 함께 옷걸이에 걸고, 신발 끈을 풀어 신발을 벗은 후 나직한 신발장 위에 올려놓았다. 현관 바닥은 모래와 자갈로 뒤덮여 회색으로 변해 있었다. 나는 예의상 그들과 잠시 앉아 있는 게 좋겠다고 생각하면서 거실로 들어갔다.

미카엘라는 문화부 장관인 레이프 파그로츠키와 만났던 이야기를 해주었다. 몸집이 자그마한 그는 거대한 소파에 앉아 무릎 위에 올려놓은 커다란 방석을 꽉 움켜쥐고 있었고 말을 하면서 심지어는 이빨로 방석을 잘근잘근 씹기까지 했다고 했다. 그런데도 미카엘라는 그를 존경하지 않을 수 없었다고 말했다. 그는 영민한 두뇌의 소유자였고 일처리 능력도 뛰어났다.

나는 미카엘라가 정확히 무슨 일을 하는지 알지 못했다. 그녀와는 이런 식으로 두 번 정도 잠깐 만난 것이 전부였다. 어떻든 간에 그녀가 매우 능력 있는 사람임은 확실한 것 같았다. 서른도 되지 않은 나이에 이곳저곳의 고위 간부 직책을 맡고 있으니 말이다. 내가 만난 대부분의 여인이 그러하듯, 미카엘라도 아버지와 사이가 좋았다. 그녀의 아버지는 문학과 관련된 일을 하고 있었고, 어머니는 내가 들은 바로는 예테보리에서 혼자 살고 있다고 했다. 그녀는 성격이 꽤 까다로운 어머니와 사이가 그리 좋지 않은 것 같았다. 미카엘라는 애인을 자주 바꾸었다. 그녀가 연애했던 남자들은 모두 서로 다르지만 한 가지 공통점이 있었다. 모두 그녀에게 슬슬 기듯 꼼짝도 못 했다는 사실이다.

나는 미카엘라와 3년 전 처음 만났다. 그로부터 지금까지 그녀가 했던 말 중에 특히 기억나는 게 하나 있다. 우리는 폴크오페라 회관의 바에 앉아 있었고, 그녀는 내게 꿈 이야기를 해주었다. 꿈속에서 마치 도널드 덕처럼 허리 아랫부분부터는 벌거벗은 채로 파티장에 간 그녀는 마음이 편치 않았다고 했다. 그런데 꿈속에서는 그 편치 않은 마음조차도 매혹적으로 느껴졌다고 했다. 그래서 그녀는 테이블 위에 올라가 엉덩이를 허공으로 번쩍 쳐들고 엎드렸다고 했다. 그녀는 그 꿈이 무엇을 의미하는지 궁금하다고 말했다.

글쎄… 그 꿈이 도대체 어떤 의미를 지니고 있는 걸까?

나는 미카엘라가 꿈 이야기를 거짓으로 지어냈다고 생각했다. 물론, 꿈속에서 테이블을 둘러싸고 있던 사람들이 어떤 사람들인지는 내가 알 바 아니지만, 그런 꿈 이야기를 처음 보는 사람 앞에서 선뜻 입 밖에 낼 수 있다는 것은 그녀가 어떤 사람인지 말해준다고도 할 수 있다. 이처럼 그녀의 순진함은 예상치 못한 순간에 불쑥 고개를 들기도 하지만, 대부분의 경우 그녀는 매우 교양 있고 예의 바르게 행동했다. 바로 그 때문에 나는 그녀를 볼 때마다 연민을 느끼기도 하고 놀라기도 한다.

어쨌든 미카엘라는 린다를 매우 좋아하고 따랐다. 힘든 일이 생기면 자주 린다를 찾아와 조언을 구하기도 했다. 그녀도 나와 마찬가지로 린다의 정확한 직관력과 기호를 잘 알고 있는 것이 분명했다. 가끔 매우 이기적이고 자기중심적으로 행동할 때도 있었지만, 나는 그녀의 행위가 결코 이상하다거나 용서할 수 없을 정도는 아니라고 생각했다. 더욱이 권력 다툼의 장에서 내부자의 관점으로 해주는 이야기는 항상 흥미진진했다. 적어도 권력과는 너무나 먼 삶을 살고 있는 내겐 그랬다.

상황을 바꾸어 미카엘라의 관점에서 보면, 미카엘라는 평소 가까이 지내는 예민한 여자친구와 그녀의 무뚝뚝한 남편을 방문한 것이다. 이 작은 가족을 생기와 기쁨으로 채워주기 위해 그녀가 할 수 있는 일이라곤 어떤 일이든 솔선수범하는 수밖에 없었다.

미카엘라는 바니아의 대모였고, 바니아의 세례식에도 참석했다.

내 어머니는 미카엘라에게 너무나 좋은 인상을 받아서 아직까지도 가끔 그녀의 안부를 묻곤 한다. 그도 그럴 것이 미카엘라는 세례식 파티가 끝날 즈음 시키지도 않았는데 팔을 걷어붙이고 설거지를 하는 등 많은 도움을 주었다. 린다는 우리 집에 왔을 때 단 한 번도 앞장서서 집안일을 도와준 적이 없는 데다 어머니와는 항상 감정적으로 부딪치기 일쑤였기에, 어머니가 미카엘라를 특별히 좋아하는 것은 결코 이상한 일이 아니다. 우리가 한 가족으로 지낼 수 있도록 어떤 식으로든 도움을 주는 이들은 우리에게 선의와 호의를 지니고 있는 사람들이다. 그러니 이들에게서 개인적인 거부감을 느꼈다 해도 우리는 참고 용서해야 하지 않는가.

어떤 이들은 이런 관계적 역할을 이해하지 못한다. 불행히도 그것은 그 사람들만의 특별한 성격 때문이고, 이처럼 특별한 성격을 지닌 이들은 자기가 무엇을 이해 못 하고 있는지조차 깨닫지 못한다. 린다는 타인에게 봉사하려는 마음이 없다. 항상 누군가에게 봉사를 받으려 할 뿐이다. 바로 그 때문에 린다는 타인에게서 봉사를 받지 못하는 것이다. 반면, 미카엘라는 항상 타인을 배려하고 봉사를 해준다. 그 때문에 미카엘라는 타인에게서 봉사를 받게 되는 것이다. 너무나 간단한 법칙이다.

어머니가 린다와 미카엘라를 서로 다른 감정으로 대한다는 것을 깨달았을 때 나는 가슴이 찢어지는 것 같았다. 린다는 미카엘라와는 성격이 너무 다를 뿐만 아니라 가끔 돌발적으로 행동하기도 한다. 갑작스러운 심경의 변화, 예상치 못한 말과 행동, 거대한 저항의 벽… 상황을 무난하게 넘기고 저항의 벽을 만나지 않기 위해 노력하는 것은 예술의 진정성, 지혜의 진실성과는 상반되는 것이며, 결국은 벽을 만나기 마련이다.

여기서 우리는 선택의 문제에 직면하게 된다. 우리는 현실적 삶 속에 자리한 행위를 선택해야 하는가 아니면 예술이 속한 세계임과 동시에 현실적 삶 너머에 자리한 담장 밖의 세계, 즉 사(死)의 공간에 자리한 행위를 선택해야 하는가.

"생각해보니 함께 차를 마시는 것도 좋을 것 같아서 말이야…"

"허브찬데… 당신은 허브차를 마시지 않잖아요? 부엌에 물이 남 아 있어요. 아직 물이 식지 않았다면 다른 차를 만들어 마셔요."

"알았어."

나는 부엌에 가서 물을 끓이며, 찬장 속의 모든 술병에 술이 얼마만큼 남아 있는지 연필로 보일 듯 말 듯 표시를 해두었다.

문득 내가 말썽쟁이 10대 딸을 감시하는 아버지 같다는 생각이 들었다. 내 행위가 그다지 떳떳하지는 않았다. 하지만 그것 외에 내가 할 수 있는 일은 없었다. 내 아이를 돌봐주는 사람, 나와 린다를 빼면 내 아이와 가장 가깝다고 할 수 있는 사람이 아이를 보면서 술을 마신다는 것을 용납할 수가 없었다.

티백을 찻잔에 넣고 끓는 물을 부었다. 날렌 건물을 내려다보니 주방 바닥을 물청소하는 직원들과 김을 모락모락 뿜어내는 거대한 식기 세척기가 보였다. 거실에서 들려오는 소리를 들으니 미카엘라가 집으로 돌아가기 위해 자리에서 일어난 것 같았다.

나는 현관으로 가서 그녀에게 작별 인사를 건넸다. 컴퓨터 앞에 앉아 인터넷을 열고 메일을 확인했다. 새로운 메일은 없었다. 나는 인터넷 신문을 읽다가 구글에서 내 이름을 검색해보았다. 검색 결과는 2만 9,000개를 조금 넘었다. 숫자는 마치 일종의 색인 지수처럼 늘어났다 줄어들었다 했다. 나는 페이지를 넘기면서 제목만 대충 훑어보았다. 인터뷰와 비평문은 제외하고 주로 블로그를 살펴보았다.

그중 한 블로거는 내 책이 똥 닦는 휴지로 사용하기에도 아깝다고
했다. 한 작은 출판사의 홈페이지를 열어보니 올레 로베르트 순데
의 사진 밑에 작은 글씨로 적힌 내 이름이 보였다. 그는 크나우스고
르의 최근 책이 얼마나 형편없는지 듣고 싶은 모든 사람에게 이야기
를 해주겠다고 했다. 계속 훑어가다 보니 어떤 연유에선지 차고 벽
을 두고 친척 간에 법정 다툼을 벌인 사건을 기록한 문서에 내 이름
이 링크되어 있었다.

"지금 뭐 해요?"

린다가 등 뒤에 서서 물었다.

"구글에서 내 이름을 검색해보고 있었어. 빌어먹을, 판도라 상자
같아. 정말 온갖 이야기가 다 있군."

"그런 건 들여다보지도 말아요. 얼른 컴퓨터를 끄고 이리로 와
봐요."

"알았어. 몇 가지만 더 확인해보고 갈게."


다음 날 아침 8시쯤 잉그리가 바니아를 데리러 오고 나서 나는 작
업실로 향했다. 오후 3시까지 강연 원고를 쓰고 3시 30분에 집으로
갔다. 린다는 욕조에 앉아 있었다. 크리스티나와 저녁 약속을 했기
때문에 곧 나가야 한다고 했다. 나는 부엌으로 가서 찬장 속의 술병
을 확인해보았다. 술이 줄어든 병이 두 개나 있었다.

나는 린다에게 가서 변기 위에 앉았다.

"왔어요?"

린다가 미소를 지으며 말을 이었다.

"오늘 욕조 거품 비누를 샀어요."

욕조 안은 거품으로 가득했다. 린다가 자세를 고쳐 앉으려고 팔을

들어올리자 팔 아래로 거품이 따라 올라왔다.

"그렇군. 그런데 할 말이 있어."

"무슨…?"

"장모님 말이야. 찬장 속에 있는 술이 자꾸만 없어지는 것 같다고 며칠 전에 말했던 거 기억나?"

린다는 고개를 끄덕였다.

"어제 술병에 눈에 띄지 않게 살짝 표시를 해두었어. 혹시나 정말 술이 줄어들었다면 알 수 있도록 말이야. 조금 전에 확인해봤더니 아니나 다를까 술이 줄어들어 있더군. 술을 마신 사람이 당신이 아니라면 장모님일 거라고 생각해."

"어머니가요?"

"응. 장모님이 바니아를 돌봐주면서 술을 마시나봐. 한 주 내내. 하루 이틀 그랬던 게 아닌 것 같아."

"정말 확신해요?"

"음… 확신해."

"어떻게 하죠?"

"장모님께 우리가 다 알고 있다고 말을 해. 그런 일은 용납이 안 된다고 말이야."

"그래요."

린다가 침묵에 빠졌다.

"장모님은 언제 돌아오실 예정이지?"

린다가 나를 바라보았다.

"다섯 시경에요."

"당신은 어쨌으면 좋겠어?"

"어머니께 말해야죠. 단도직입적으로 최후통첩을 해야 할 것 같아요. 다시 한 번만 같은 일이 반복된다면 어머니께 바니아를 맡길 수 없다고…"

"응."

"모르긴 몰라도 수년 동안 계속되었던 일일 수도 있어요. 그러고 보니 지난 몇 년 동안 어머닌 마치 딴사람 같았어요. 자기 자신만의 세상에서 헤어 나오지 못하는 사람처럼… 가끔은 소통이 불가능하다고 생각한 적도 있어요."

나는 몸을 일으켰다.

"꼭 그렇다고 확신할 수만은 없어. 어쩌면 비다르와 문제가 있었는지도 모르잖아. 시골에서 옴짝달싹 못 하고 그 긴 시간을 살아왔으니… 아마 장모님은 스스로 불행한 삶을 살고 있다고 체념했던 건 아닐까."

"아무리 그래도 그렇지. 불행하다고 나이 60이 넘어서 중독이 될 정도로 술을 마시다니… 난 어머니가 아주 오래전부터 술을 마셔왔다고 짐작해요. 그래서 습관이 되어버린 거라고요."

"30분만 있으면 오시겠군. 좀 더 기다렸다가 나중에 시간을 봐서 말할까, 아니면 오늘 바로 말해버리고 해결책을 찾을까? 어떻게 생각해?"

"기다린다고 도움이 되진 않을 거예요. 그런데 어떻게 말을 꺼내죠? 난 혼자서 할 수 없을 것 같아요. 만약 내가 말을 꺼내면 어머닌 딱 잡아뗄 거예요. 오히려 내게 문제가 있다고 화살을 돌릴지도 몰라요. 같이 말을 꺼내면 어떨까요?"

"가족회의를 하는 것처럼?"

린다는 어깨를 으쓱 추어올리더니 거품 가득한 수면 위로 팔을 축 늘어뜨렸다.

"음… 글쎄… 잘 모르겠어요."

"그러면 일이 더 복잡해지지 않을까. 2대 1의 상황이 되어버리니까 마치 우리가 장모님을 몰아세우는 것처럼 보일지도 몰라. 내가 총대를 멜게. 밖에 나가서 장모님과 얘기를 하도록 하지."

"당신이 원한다면."

"원한다고? 이런 일은 내가 제일 하기 싫은 일 중의 하나야! 젠장, 잉그리는 당신 어머니잖아. 내가 원하는 건 품위와 예절, 평화뿐이라고!"

"알았어요. 고마워요."

"그런데 장모님께 당신도 알고 있다고 얘기해도 되지? 당신도 나와 의견을 같이한다고 말이야."

"네. 올 것이 왔다는 생각이 드니 오히려 마음이 편해져요. 예상치 못했던 일이나 마음에 두고 있던 걱정스러운 일이 실제로 일어나고 나면 항상 마음이 편해져요. 어릴 때 경험 때문인가 봐요. 이 고비를 넘기면 다시 정상적인 삶으로 되돌아갈 수 있겠구나 하는 생각이 들어서겠죠. 저는 이런 일에 익숙해요. 하지만 화가 나는 건 참을 수가 없어요. 하필이면 어머니 도움이 절실히 필요할 때… 아이들은 우리 말고 믿고 의지할 사람이 없어요. 어머니밖엔… 그런데 어머니까지 이런 식으로 등을 돌린다고 생각하니 견딜 수가 없어요."

"아이들? 내가 모르는 게 있는 것 같은데?"

린다는 미소를 지으며 고개를 저었다.

"아니에요. 그냥 느낌일 뿐이에요."

나는 욕실 문을 닫고 나가 거실 창가에 섰다. 욕조물 빠지는 소리가 들렸다. 창밖에는 길 건너 맞은편 카페 앞에 자리한 커다란 야외용 촛불이 바람에 흔들리고 있었고, 거리에는 마치 마스크를 쓴 듯

백지장처럼 하얀 얼굴을 한 사람들이 그림자처럼 걷고 있었다. 위층 남자가 기타를 치기 시작했다. 린다는 빨간 수건을 터번처럼 머리에 둘둘 감고 나와 열린 옷장 문 뒤편으로 사라졌다. 나는 컴퓨터를 켜고 이메일을 확인했다. 토레에게서 한 통, 기나 비니예에게서 한 통이 와 있었다. 비니예에게 답장을 쓰기 시작했지만 몇 줄 쓰다가 지워버렸다. 부엌으로 가서 커피머신을 켜고 찬물을 마셨다. 린다는 거울 앞에 서서 화장을 했다.

"크리스티나는 언제 온다고 했어?"

"여섯 시에요. 우리끼리 있을 때 미리 준비해두려고요. 그건 그렇고 오늘 하루는 어땠어요? 일은 좀 했나요?"

"조금. 나머지는 내일 저녁과 금요일에 하면 돼."

"토요일에 출발할 건가요?"

린다는 턱을 치켜들고 마스카라를 바르기 시작했다.

"응."

복도에서 승강기 움직이는 소리가 났다. 이 건물에 사는 사람은 몇 명 되지 않기에 승강기를 이용하는 사람은 잉그리와 바니아라고 생각했다. 곧 승강기 문이 열리는 소리와 함께 유모차 바퀴 소리가 들렸다.

잉그리가 대문을 열고 들어서자마자 집 안에는 어수선한 분위기와 생동감이 함께 번졌다.

"오는 길에 바니아가 잠들었어. 피곤한가봐. 오늘 이리저리 많이 다녔거든. 유니바켄에도 갔었어. 거기서 1년 정기 회원권을 구입했는데 나머지는 너희가 가져. 이것만 있으면 1년 내내 공짜로 입장할 수 있대."

잉그리는 손에 들고 있는 여러 개의 봉투를 내려놓은 후, 지갑을 열어 노란 카드 한 장을 꺼내 린다에게 건네주었다.

"그리고 바니아 주려고 오버롤도 샀어. 전에 있던 거랑 똑같은데, 사이즈만 더 커. 괜찮지?"

나는 눈을 마주쳐 오는 그녀에게 고개를 끄덕여주었다.

"벙어리장갑도 같이 샀어."

잉그리는 봉투 속에서 빨간 벙어리장갑 한 짝을 꺼내 보여주었다.

"여기 이 집게로 옷소매에 연결해두면 잃어버리지 않고 좋아. 아주 큼직하고 따스해 보여서 샀어."

잉그리는 린다를 바라보며 말을 이었다.

"나갈 참이었어? 아, 맞다. 오늘 저녁에 크리스티나를 만나기로 했지?"

잉그리가 내게 고개를 돌렸다.

"그러면 자넨 게이르와 만나도 되잖아? 아니, 아니… 내가 끼어들 일이 아니지. 난 이제 그만 가볼게."

잉그리는 유모차에 누워 모자를 눈까지 내려쓴 채 잠에 빠져 있는 바니아를 돌아보았다.

"한 시간 정도 더 잘 것 같아. 오늘 오전엔 한숨도 안 잤거든. 유모차를 안으로 들여갈까?"

"제가 할게요. 그런데 그네스타로 바로 가실 생각이세요?"

잉그리가 의아하다는 눈초리로 나를 바라보았다.

"아니…? 바르브로랑 극장에 가기로 했는데. 자네 작업실을 하루 더 빌려 쓸 생각을 하고 있었어. 나는… 아, 저기 … 린다에게도 이미 말을 하긴 했는데… 그러면 안 될까?"

"아이고, 물론이죠. 작업실엔 얼마든지 오래 계셔도 됩니다. 다름이 아니라 장모님께 드릴 말씀이 있어서요."

잉그리는 안경 너머로 눈을 휘둥그레 뜨고 불안한 표정을 지으며 나를 바라보았다.

"밖에 나가 좀 걸으면서 얘기를 하는 건 어떨까요?"

"어, 그래… 그러지 뭐."

"그럼 지금 바로 나가시죠. 오래 걸리진 않을 테니까요."

나는 겹문을 연결한 고리를 풀고 유모차를 대문 안으로 들여왔다. 그동안 잉그리는 부엌에 가서 찬물을 한 컵 들이켰다. 외투를 입으려고 현관에 서 있으니, 몇 미터 떨어진 곳에서 잉그리가 생각에 잠겨 서 있었다. 린다는 거실로 들어가 자취를 감추었다.

"자네들 이혼할 생각은 아니지?"

대문을 닫자마자 잉그리가 걱정스러운 목소리로 물었다.

"내게 할 얘기가… 설마 그 이야기는 아니겠지…?"

잉그리의 얼굴은 하얗게 질려 있었다.

"아니에요. 그런 건 아니에요. 그런 일은 없을 겁니다. 제가 말씀드리고 싶은 건 전혀 다른 이야기예요."

"아, 그럼 됐어. 이제 마음이 좀 놓이는군."

우리는 뒷마당을 거쳐 다빗바가레스가타로 나간 다음 말름실나즈가탄을 향해 걸었다. 나는 아무 말도 하지 않았다. 어떻게 말문을 열어야 할지, 무슨 말을 해야 할지 고민이 되기 시작했다. 잉그리도 침묵을 지키며 궁금한 눈초리와 재촉하는 눈초리를 번갈아가며 내게 던졌다.

"어떻게 말씀을 드려야 할지 잘 모르겠습니다만…"

나는 요한네스 성당을 향해 길을 건너가며 입을 떼었다.

침묵.

"사실은… 네, 단도직입적으로 말씀을 드리는 것도 좋겠다는 생각에서요… 저는 장모님이 바니아를 돌봐주시면서 술을 드신다는 걸 알고 있습니다. 있을 수 없는 일이에요. 그런 일은…"

잉그리는 진지한 표정으로 내 말에 귀를 기울였다.

"장모님 삶에 간섭할 생각은 추호도 없습니다. 장모님께서 하고 싶은 일은 무엇이든 하셔도 좋습니다. 하지만 바니아를 돌보실 때만큼은 술을 드시지 않았으면 좋겠어요. 아이와 함께 있을 때는 절제를 하셔야 합니다. 이해하시겠어요?"

"지금 무슨 말을 하고 있는 거야?"

잉그리가 영문을 모르겠다는 듯 말을 이었다.

"자네가 무슨 말을 하는지 전혀 모르겠어. 난 바니아를 볼 때만큼은 술을 한 방울도 입에 대지 않았어. 단 한 번도! 술을 마셔야겠다는 생각조차 하지 않았다고. 도대체 무슨 근거로 지금 내게 그런 말을 하는 거지?"

하늘이 무너지는 것 같았다. 나는 어떤 일에 자의든 타의든 생각했던 것보다 훨씬 더 깊이 발을 들여놓았을 때, 나 자신은 물론 주변의 모습을 훨씬 선명하게 볼 수 있다. 교회탑의 녹색 슬레이트 지붕, 교회 정원에 자리한 벌거벗어 거무칙칙한 나무들, 맞은편에서 오고 있는 반짝이는 자동차들. 구부정한 모습으로 걷고 있는 나, 생기 있는 걸음걸이로 내 곁을 따라오는 잉그리. 영문을 모르겠다는 그녀의 눈빛 속에 보일 듯 말 듯 담겨 있는 비난의 눈초리.

"집에 있는 술병의 술이 점점 줄어드는 것을 발견했어요. 처음엔 제가 잘못 보았을 거라고 생각하고 그냥 넘겼지만 자꾸만 그런 일이 계속되기에 술병에 표시를 해두었답니다. 집에 돌아와서 확인해보니 아니나 다를까 술이 줄어들어 있었어요. 저는 술을 마시지 않았습니다. 집에 있는 사람은 린다와 장모님뿐이죠. 그런데 저는 린다가 술을 마시지 않았다는 것을 잘 알고 있습니다. 그렇다면 장모님뿐이잖아요. 그 외에 다른 결론을 내리긴 힘들었습니다."

"그렇군. 어쨌든 나는 아냐. 칼 오베, 그런 일이 일어나서 참 안 됐지만, 나는 자네 집에 있는 술을 단 한 방울도 마시지 않았어."

"장모님, 제 말씀 좀 들어보십시오. 당신은 제 장모님이십니다. 저도 장모님께 이런 말씀을 드리고 싶진 않습니다. 저는 장모님께서 행복하고 즐겁게 지내시기만을 바라는 사람입니다. 하지만 제가 뻔히 알고 있는 사실을 아니라고 부정할 수는 없지 않습니까?"

"그렇지만 그게 나라고 확신할 수 있나? 어쨌든 난 아냐."

배가 살살 아파지기 시작했다. 이 무슨 지옥 같은 상황이람.

"장모님, 한 번 생각을 해보세요. 장모님께서 무슨 말씀을 하시든 책임은 우리가 져야 하는 것입니다. 장모님은 바니아에게 이 세상 그 누구보다도 좋은 할머니예요. 장모님께서 바니아를 위하는 마음은 저도 잘 알고 있습니다. 그 때문에 저는 장모님을 깊이 존경하고 있고요. 앞으로도 계속 이렇게 살 수 있기를 바랄 뿐이에요. 장모님도 아시다시피 저희에겐 가까운 친지나 친구가 거의 없습니다. 장모님께서 이번 일을 부인하신다면, 장모님을 향한 저희의 신뢰도 무너져버릴 겁니다. 이해하시겠어요? 바니아를 찾는 장모님의 발길을 막겠다는 뜻은 아닙니다. 장모님은 언제 어디서나 원하신다면 항상 바니아를 보실 수 있어요. 장모님께서 이번 일을 계속 부인하신다면 앞으로는 장모님과 바니아가 단둘이 있도록 허락할 수가 없습니다. 제가 무슨 말을 하는지 이해하시겠습니까?"

"이해해. 아주 슬픈 일이야. 하지만 앞으로는 자네 말처럼 되겠군. 왜냐하면 내가 하지 않은 일을 두고 했다고 거짓말을 할 수는 없으니까. 비록 거짓으로라도 인정하고 싶은 마음은 굴뚝같지만, 난 그렇게까진 못해."

"알았습니다. 더 대화를 나누어봤자 결론을 내리긴 힘들겠군요. 시간을 두고 찬찬히 의논해보는 것이 좋을 것 같습니다."

"그렇게 하지. 하지만 상황이 변하진 않을 거야."

"네, 알겠습니다."

우리는 프랑스 외국어 학교 앞의 계단을 지나 되벨른스가탄을 따라서 요한네스플란으로 올라갔다. 거기서 말름실나즈가탄, 다빗바가레스가타를 거쳐 집으로 되돌아오는 동안 우리는 아무 말도 하지 않았다. 나는 긴 보폭으로 구부정하게 걸었고, 잉그리는 내 옆에서 종종걸음을 쳤다.

맙소사. 기어코 이런 일이 생겨버렸다. 그녀는 나의 장모님이었고, 내게는 장모님의 행실을 고쳐주거나 장모님을 벌할 만한 자격이 없다. 하지만 이 일만큼은 달랐다. 그래서 용기를 내어 말을 했지만 기분이 좋진 않았다. 무의미하게 느껴졌다. 더욱이 그녀가 모든 것을 거부하고 딱 잡아떼니 더욱 무의미하게 여겨졌다.

나는 자물쇠에 열쇠를 꽂고 장모님을 위해 차단봉을 올려주었다. 그녀는 미소를 지으며 걸음을 옮겼다.

어떻게 저토록 차분하고 당당할 수 있을까?

그렇다면 술을 마신 사람은 잉그리가 아니라 린다일까?

오, 맙소사!

내가 정말 잘못 짚은 것일까?

설마.

글쎄…

하얀 유니폼을 입은 미용사가 계단 앞에서 담배를 피우고 있었다. 그녀에게 가볍게 목례를 건네자 그녀는 미소를 지었다. 잉그리는 건

388

물 출입문 앞에서 걸음을 멈추었다. 나는 그녀를 위해 잠긴 문을 열어주었다.

"그럼 난 이만 가보겠네."

잉그리가 계단을 오르며 말을 이었다.

"자네가 제안했던 대로, 나중에 기회가 되면 다시 이야기를 나눠보자고. 시간이 좀 지나면 정말 무슨 일이 있었는지 자네가 알게 될지도 모르니까."

잉그리는 핸드백과 봉투 두 개를 집어 들고 평소와 다름없이 미소를 지으며 내게 작별 인사를 건넸다. 하지만 포옹은 하지 않았다.

잉그리가 나가고 나서 린다가 모습을 드러냈다.

"어떻게 됐어요? 어머니가 뭐라고 하던가요?"

"장모님은 바니아와 단둘이 있을 때는 술을 단 한 방울도 마시지 않았다고 딱 잡아떼던걸. 오늘도 술을 마시지 않았대. 찬장 속에 보관해둔 술이 왜 조금씩 없어지는지 장모님은 이해할 수가 없다고 하셨어."

"만약 정말 알코올 중독자라면, 자기가 술을 마셨다는 걸 끝까지 부인할 거예요. 그건 누구나 다 아는 사실이에요."

"그럴지도 모르지. 그건 그렇고, 이제 어떻게 하면 될까? 장모님은 처음부터 끝까지 딱 잡아떼셨어. 난 장모님이 술을 마셨다 했고, 장모님은 한 방울도 안 마셨다 했어. 우린 몇 차례나 같은 이야기만 되풀이했지. 그렇다고 내가 증명을 해보일 수도 없는 일이잖아. 우리 집 부엌에 감시 카메라가 있는 것도 아니니까."

"우리만 확실하게 알고 있다면, 어머니가 무슨 말을 하든지 상관없어요. 어머니가 우리를 상대로 게임을 하고 싶다면 그렇게 하도록 놔두세요. 결국 그 결과는 어머니가 책임지게 될 테니까."

"결과?"

"음… 바니아와 단둘이 만나지 못하는 거죠."

삶이 다시 시궁창 속으로 빠지기란 얼마나 쉬운가. 나를 들뜨게 했던 낯선 곳의 생기와 새로움은 얼마나 빨리 미적지근하게 변해 버렸던가. 3년 전, 베르겐에서 살 때만 해도 나는 스톡홀름에 대해서 전혀 몰랐고, 아는 사람도 없었다. 스톡홀름이라는 낯선 곳에 와서 낯선 사람들 사이에서 생활하다 보니, 내 삶은 나도 모르는 사이에 서서히 그들의 삶과 엮이기 시작했고 결국은 떼려야 뗄 수 없는 것으로 변하고 말았다. 만약 스톡홀름이 아니라 런던으로 갔다 해도 사람만 다를 뿐 같은 일이 일어났을 것이다. 삶이란 너무나 우연한 것이면서 운명적인 것이다.

잉그리는 다음 날 린다에게 전화를 해서 모든 것을 털어놓고 인정했다. 그녀는 자신의 행동이 그다지 심각하다고 생각하지 않지만, 우리가 심각하다고 생각한다면 필요한 모든 방법을 동원해서 그 누구에게도 해가 되지 않도록 노력하겠다고 말했다. 이미 상담 치료도 시작했으며, 곰곰이 생각해보니 그간 자기 자신에게 너무나 큰 기대를 하고 있었기에 느꼈던 정신적 압박감이 큰 것 같다면서 앞으로는 자기 자신을 위해 더 많은 시간을 할애하겠다고도 했다.

린다는 통화를 마친 후 체념상태에 빠졌다. 어머니가 너무나 낙관적이고 열성적이라 어머니의 진심 어린 속마음에 다가가기가 불가능하다고 말했다. 마치 현실에 발을 딛지 못한 채 걱정 없는 미래의 삶만 염두에 두고 있는 사람 같다고도 했다.

"도대체 대화다운 대화를 나눌 수가 없었어요. 어머니가 진심으로 무슨 생각을 하고 있는지는 알 길이 없고 겉으로만 빙빙 도는 것 같았다고요. 사는 게 얼마나 아름답고 환상적인지 늘어놓는데 진심은 하나도 담겨 있는 것 같지 않았어요. 어머니는 당신이 어머니에게 직접 말을 꺼내기가 힘들었을 텐데 당신은 예절 바르게 처신을 잘했다고 입에 침이 마르도록 칭찬을 하더군요. 나도 매사에 완벽한 딸이라면서 대놓고 칭찬을 하는 거예요. 어머니 눈엔 이 세상의 모든 것이 아름답게만 보이는 것 같았어요. 내가 그 말을 가식적이라 느낀 이유는, 당신이 어머니에게 바니아와 함께 있을 때는 술을 마시지 말라고 당부한 바로 그다음 날 이런 말을 꺼냈기 때문이에요. 칼 오빠, 난 어머니가 걱정돼서 죽겠어요. 어머닌 무언가에 고통을 받고 아파하지만 어머니 자신은 그걸 전혀 모르고 있어요. 내 말이 무슨 뜻인지 이해가 되나요? 어머니는 가슴속에 있는 말을 솔직하게 꺼내질 못해요. 인생의 황혼기에 접어들었으니 이젠 좀 내려놓고 사셔도 될 텐데… 혼자서 견딜 수가 없으니까 술에 의지해서 가슴을 짓누르는 모든 것을 잊어버리고 싶어 하는 건 아닐까요? 어머니를 돕기 위해 내가 할 수 있는 일은 없어요. 어머니의 삶에 문제가 있다는 걸 인정하지도 않는데 어떻게 도움을 줄 수가 있겠어요?”

“하지만 당신은 딸이잖아. 어머니로서는 딸의 도움을 받고 싶지 않을 거야. 잘못이 있다 해도 잘못을 인정하기 어려울 테고. 장모님은 한평생 남을 돕기 위해 살아왔다 해도 과언이 아니야. 당신과 당신 오빠. 남편과 이웃들… 그런데 이제 와서 당신이 도와준다고 나선다면 뭔가 잘못된 것 같은 느낌이 들 거야. 그렇지 않겠어?”

“당신 말이 맞는 것 같군요. 하지만 난 어머니와 진실한 대화를 나누고 싶다고요. 알아요?”

“알아.”

391

그로부터 닷새 후, 아프텐포스텐 기자가 이메일로 보내온 기사를 읽어보았다. 기분이 착잡했다. 절망적이었다. 하지만 그건 전적으로 내 탓이었다. 나는 기자에게 긴 이메일을 썼다. 오해의 여지가 없도록 인터뷰 당시 내가 했던 말을 더 진지하고 자세하게 부언했지만 막상 이메일을 보내고 나니 오히려 하지 않은 것만 못하다는 생각이 들었다. 이메일을 보내자마자 기자에게서 전화가 왔다. 그는 내가 보낸 이메일을 인터넷 기사에 그대로 첨부하는 게 어떻겠느냐고 제안했다. 나는 그게 목적이 아니라면서 그의 제안을 거부했다. 결국 내가 할 수 있는 일은 하나밖에 없었다. 기사가 나오는 날 신문을 사지 않고, 내가 얼마나 머저리처럼 보이는지 더는 생각지 않는 것이었다. 그렇다. 나는 내가 바보 머저리라는 것을 인정한다.

기자는 기사에 넣을 어린 시절의 사진을 보내달라고 했다. 내가 가지고 있는 사진은 적당한 게 없어서 어머니에게 전화해 사진을 몇 장 보내달라고 했다. 그런데 기자가 정해준 그날까지도 어머니가 우편으로 보낸 사진이 도착하지 않았기에, 나는 부랴부랴 욍베 형에게 전화해서 형이 가지고 있는 사진 몇 장을 급히 스캔한 다음 이메일로 보내달라고 부탁했다.

어머니가 보낸 사진은 그로부터 일주일 후에 도착했다. 어머니는 두꺼운 도화지에 정성 들여 사진을 붙이고, 사진 밑에는 직접 설명까지 써놓았다. 어머니가 나를 얼마나 자랑스러워하는지 잘 알 것 같았지만, 나는 여전히 내가 바보 같다는 생각을 떨칠 수가 없었다. 사람의 그림자라곤 보이지 않는 깊은 숲속으로 도망쳐버리고 싶었다. 사회적 예절이라곤 생각지 않아도 되는 곳에 앉아 모닥불을 피워놓고 불꽃만 뚫어지게 바라보고 싶었다. 도대체 누가 인간이 필요하다 하는가?

'니코틴에 찌든 누런 손끝과 누런 이빨을 지닌 남부 지방의 젊은 청년.'

기자가 쓴 한 문장은 내 가슴에 못이 되어 박혔다.

억울해할 일은 아니었다. 나도 언젠가 얀 셰르스타의 인터뷰 기사를 쓰며 '턱이 없는 남자'라고 제목을 붙이지 않았던가. 그때는 당사자에게 얼마나 모욕이 되는 말인지 전혀 이해하지 못했다.

하하하!

젠장, 빌어먹을. 신경 쓸 가치도 없는 일이었다. 지금부터라도 인터뷰 제안이 들어오면 모두 거절하면 된다. 바니아와 집에 있을 날도 몇 달 남지 않았으니까 그때까지만 참고 견디면 된다. 그리고 4월이 오면 다시 글을 쓰면 된다. 내게 기쁨과 생기와 빛을 줄 수 있는 글을 열심히, 체계적으로 쓰기만 하면 된다. 내 것을 소중히 다루고 간직하되, 나와 상관없는 것들은 모두 잊어버리면 된다.

침실에서 자고 있던 바니아가 깼다. 나는 아이를 안아 올려 가슴에 꼭 껴안고 아이가 울음을 그칠 때까지 방 안을 걸었다. 아이가 울음을 그치자, 나는 전자레인지에 데운 감자를 으깨어 버터와 섞었다. 냉장고를 살펴보니 먹다 남은 피시핑거가 두 개 보여서 그것도 전자레인지에 데워 바니아 앞에 놓아두었다. 식탁에서 음식을 먹고 있는 아이를 볼 수 있는 거실에 앉아 컴퓨터를 켰다. 귀로는 바니아의 소리를 들으면서 이메일을 확인하고 답장을 썼다.

"접시를 다 비웠네, 잘했어 바니아!"

나는 부엌으로 들어가며 바니아에게 소리쳤다. 바니아는 만족스러운 미소를 지으면서 플라스틱 물병을 바닥으로 던졌다. 바니아를 안아 올리자 아이는 내 턱수염을 잡아당기고 내 입속에 손가락을 쑥 집어넣었다. 나는 웃음을 터뜨리며 아이를 공중에 몇 번 휙 던졌다가 받아 안았다. 욕실에 들어가 아이를 바닥에 눕히고 기저귀를 갈아주었다. 더러운 기저귀를 싱크대 아래 있는 쓰레기통에 집어넣고 돌아오니, 아이가 몸을 일으켜 비틀거리면서 걷기 시작했다. 나는 내게 다가오고 있는 아이의 발걸음을 소리 내어 세었다.

"하나! 둘! 셋! 넷! 다섯! 여섯! 신기록이야!"

바니아도 무언가 특별한 일이 생겼다는 것을 짐작한 듯 즐거워 어쩔 줄 몰랐다. 어쩌면 두 발로 걸을 수 있다는 낯설고 특별한 느낌이 아이의 가슴을 채웠는지도 모른다.

나는 바니아에게 옷을 입히고 지하 자전거 보관소에 있는 유모차를 가져왔다. 해는 구름 뒤에 있어 볼 수 없었지만 거리는 봄기운으로 완연했고 아스팔트는 바짝 말라 있었다. 나는 린다에게 우리 딸이 첫걸음을 뗐다고 문자 메시지를 보냈다. 린다는 '환상적이에요! 12시 30분에 집에 도착해요. 사랑해요'라는 문자를 내게 보냈다.

나는 스투레플란 전철역 옆에 있는 슈퍼마켓에 가서 전기구이 통닭과 양배추, 토마토, 오이, 검은 올리브, 붉은 양파, 갓 구운 바게트를 사가지고, 집에 돌아오는 길엔 헤덴그렌스 서점에 들러 나치 독일에 대한 책 한 권, 『자본론』 1권과 2권, 한 번도 읽지 못한 조지 오웰의 『1984』와 그의 에세이집, 에케르발이 쓴 셀린에 대한 책, 돈 디릴로의 최근 소설을 샀다.

나는 서점을 나오자마자 디릴로의 소설책을 산 것을 후회했다. 한때는 디릴로의 팬이었고, 『더 네임즈』와 『화이트 노이즈』는 특히 좋아하는 책이었지만, 『언더월드』 같은 경우엔 반도 채 읽지 않아 내팽개쳐버렸고, 그다음에 출간된 책은 아예 몇 장 넘겨보지도 않았다. 디릴로는 내리막길로 치닫고 있다는 생각이 문득 들었다. 책을 환불

해버릴까 하는 마음과 함께 차라리 에스테르하지가 자신의 아버지 이야기를 쓴 『천상의 하모니』를 구입할 걸 하는 생각도 스쳤다. 하지만 스웨덴어로 소설을 읽기는 싫었다. 스웨덴어는 내 모국어와 너무나 비슷하기 때문에 자칫 내 모국어 감각을 파괴할 수도 있다.

나는 가능한 한 노르웨이어로 쓰인 책을 읽으려 노력한다. 하긴 모국어로 쓰인 책도 많이 읽어보진 않았다.

시계를 보니 시간이 거의 없었다. 린다가 집에 오기 전에 점심을 만들어두려면 서둘러야 했다. 바니아는 서점 구경이 지루했는지 짜증을 내기 시작했다.

부엌에 서서 치킨 샐러드를 만들고, 빵을 썰고, 상을 차렸다. 바니아는 바닥에 앉아 나무 블록으로 쌓아올린 탑을 나무망치로 쾅쾅 내려치고 있었다. 탑에서 나무 블록이 하나씩 떨어지는 것을 보며 아이는 웃음을 터뜨리며 좋아했다.

5분쯤 지나니 아래층 러시아 여자가 배수관을 쿵쿵 두드렸다. 나는 그 소리를 증오한다. 그 소리가 나기까지를 기다리는 시간도 증오한다. 하지만 러시아 여자를 몰아붙일 수만은 없었다. 나무망치 소리를 계속 들으면 그 누구라도 확 돌아버릴 테니까. 나는 바니아에게서 장난감을 빼앗고, 아이를 의자 위에 앉힌 다음 받침대를 목에 걸어주었다. 빵에 버터를 발라 아이에게 건네주려는 찰나, 린다가 대문을 열고 들어섰다.

"나 왔어요."

린다는 내게 다가와 포옹을 했다.

"왔어? 오늘은 유난히 기분이 좋은 것 같은데?"

"오늘 아침에 약국에 다녀왔어요."

린다가 눈을 반짝이며 나를 바라보았다.

"그래?"

"임신 진단기를 샀어요."

"그러니까 당신이 하고 싶은 말은…?"

"칼 오베, 우리에게 둘째가 생길 것 같아요!"

"그게 정말이야?"

내 눈에선 눈물이 흘렀다.

고개를 끄덕이는 린다의 눈도 젖어오기 시작했다.

"오, 너무 기뻐서 말이 안 나와."

"나도 그랬어요. 테라피를 받으러 가서 그 이야기만 했어요. 하루 종일 다른 생각은 아무것도 할 수가 없었어요. 마치 하늘을 훨훨 날 아다니는 것 같은 기분이에요."

"그 이야기를 테라피스트에게 먼저 했단 말이야?"

"네…?"

"도대체 무슨 생각으로? 아이가 당신 거야? 내겐 한마디도 하 지 않고 다른 사람에게 먼저 알리다니. 당신, 이상하다고 생각하지 않아?"

"오, 칼 오베. 미안해요. 그 생각은 전혀 못 하고… 너무 기뻐서 주 체할 수가 없을 정도였거든요. 지금 생각하니 내 행동이 얼마나 잘 못된 것인지 알겠어요. 미안해요. 그런 일로 우리가 다투지 않았으 면 좋겠어요."

나는 그녀를 바라보았다.

"알았어. 마음 쓸 일도 아냐. 그냥 말이 그렇다는 거지…"

그날 밤, 나는 린다가 흐느끼는 소리에 잠을 깼다. 그녀만이 낼 수 있는, 가슴이 찢어질 정도로 아픈 울음소리였다. 나는 그녀의 목을 쓰다듬어주었다.

"린다, 무슨 일이야? 왜 울어?"

그녀의 어깨가 들썩였다.

"도대체 무슨 일이냐니까?"

린다가 내게로 얼굴을 돌렸다.

"정말 생각이 짧았어요. 그 순간에 다른 생각은 아무것도 못 했어요."

"뭐가? 지금 도대체 무슨 이야기를 하고 있는 거야?"

"오늘 오전에… 단순한 호기심 때문에 약국에 가서 임신 진단기를 샀어요. 가만히 앉아서 기다릴 수가 없었거든요. 결과를 확인하고 나니 테라피스트에게 갈 시간이 된 거예요. 약속을 취소하고 바로 집에 올 수도 있었는데, 그 생각은 떠오르질 않더군요. 가야만 된다고 생각했던 거예요."

린다는 다시 소리 내어 흐느끼기 시작했다.

"테라피스트에게 가는 대신 집에 와서 당신에게 가장 먼저 좋은 소식을 알렸어야 했는데… 정말 테라피스트에겐 가지 않아도 되었는데…"

나는 그녀의 등과 머리를 쓰다듬어주었다.

"린다, 그 일은 잊어버려. 마음에 둘 일이 아냐. 정말 상관없는 일이라고! 당신 말을 들을 때 화가 좀 났던 건 사실이야. 하지만 그건 당신도 이해할 수 있을 거라고 생각해. 지금 중요한 건 우리에게 둘째가 생긴다는 거야. 그렇지?"

린다는 젖은 눈으로 나를 바라보며 미소를 지었다.

"진심이에요?"

나는 그녀에게 입을 맞추었다.

그녀의 입술에서 짠맛이 났다.

*

그로부터 2년이 지난 어느 11월 저녁, 나는 바니아 친구의 생일 파티에서 돌아와 어두컴컴한 베란다에 앉아 있었다. 린다의 배 속에 자리를 잡았던 둘째 아이는 세상에 태어나 한 살이 되었다. 우리는 둘째 아이에게 헤이디라는 이름을 지어주었다. 헤이디의 성격은 밝고 명랑했으며, 언니인 바니아에 비해 강한 면을 보일 때도 있었고 바니아처럼 예민하고 섬세한 면을 보일 때도 있었다. 헤이디의 유아세례식 때, 목사가 아이의 머리를 성수로 적시려 하자 바니아는 목이 터질 듯 "안 돼! 안 돼!"라고 외쳤다. 그 모습에 나는 웃음을 참기가 힘들었다. 바니아는 마치 작은 뱀파이어나 악마처럼 성수를 보며 부정적으로 반응했기 때문이다.

헤이디가 9개월이 되었을 때, 우리는 말뫼로 이사를 했다. 거의 충동적으로 결정한 일이었다. 린다와 나는 말뫼에 가본 적도 없고, 아는 사람도 없었다. 우리가 말뫼에 가서 집을 둘러보고 이사를 결정하기까지는 5시간밖에 걸리지 않았다. 그곳의 집을 보는 순간, 여기가 바로 우리가 살 곳이라는 생각을 했다. 시내 중심의 아파트 꼭대기에 있는 130제곱미터의 널찍한 집. 높은 곳에 있는 집이기 때문에 아침과 저녁에도 빛이 잘 들어와 좋았다. 우리에겐 적격이었다.

스톡홀름에서 지내는 생활은 시간이 흐를수록 점점 빛을 잃은 듯 어두워져간다는 느낌을 지울 수가 없었다. 급기야 우리는 스톡홀름을 벗어나야만 한다는 생각을 하게 되었다. 되돌릴 수 없을 정도로 관계가 악화된 러시아 여자에게서도 벗어나고만 싶었다. 그녀는 끊

임없이 건물 주인에게 신고를 했고, 결국은 아파트 전체주민회의에
우리를 불러내기도 했다. 러시아 여자는 회의에서 얻어낸 것이 없었
다. 물론, 건물 주인과 주민들도 러시아 여자보다는 우리를 더 신뢰
하는 듯했지만 그들이 할 수 있는 일은 없었다. 우리는 문제를 직접
해결할 수밖에 없었다.

　그날도 러시아 여자가 콧김을 푹푹 내뿜으며 우리 집으로 올라왔
다. 바니아와 헤이디를 안고서 그녀에게 당장 꺼지라고 소리를 치
자, 그녀는 자기 집에 건장한 남자가 있다며 당장 그를 올려보내 나
를 개 패듯 패서 본때를 보여주겠다고 악을 썼다. 나는 곧바로 경찰
에 전화해 협박을 당했다고 신고해버렸다. 거기까지 가리라곤 생각
도 못 했지만, 어쨌든 나는 경찰에 신고를 하고 말았다. 경찰에선 사
회복지센터에 연락을 했다. 며칠 후, 복지사 두 명이 그녀의 집을 방
문해 감찰을 했다. 그녀로서는 그보다 더 수치스러운 일은 없었을
것이다. 오, 자신의 집에 들이닥친 복지사들을 보면서 어쩔 줄 몰라
하는 그녀의 모습을 상상하는 것만으로도 나는 행복해 죽을 지경이
었다. 하지만 이웃과의 관계는 더 좋아지지 않았다. 더욱이 차가 다
니지 않는 곳이라곤 공원밖에 없는 대도시에서 두 아이를 키워야 한
다는 사실도 마음에 들지 않았다. 신선한 공기를 마시기 위해 마치
개를 데리고 산책하듯 매일 아이들을 데리고 공원을 거닐어야 한다
고 생각하니 숨이 막힐 것만 같았다.

　결론은 하나뿐이었다. 이사를 가되 남은 문제는 언제, 어디로 가
느냐 하는 것이었다. 린다는 노르웨이에 가서 살고 싶어 했으나 나
는 그럴 마음이 없었다. 남은 곳은 스웨덴의 도시 두 곳밖에 없었다.
예테보리와 말뫼. 린다는 예테보리에 대해 좋지 않은 기억이 있었
다. 예테보리에서 문학 구성과 이론에 대해 공부를 시작한 린다는

몇 주 지나지 않아 심각한 우울증에 시달리기 시작했고 끝내 학업을 중도에 그만두어야 했다. 그 때문에 우리는 말뫼를 선택했다.

말뫼는 탁 트인 도시였다. 하늘은 높았고 바다는 가까웠다. 시내에서 몇 분만 가면 해변을 볼 수 있었고, 코펜하겐까지는 40분밖에 걸리지 않았다. 도시의 분위기는 느긋하고 여유로웠으며, 휴양지 같은 느낌을 주었다. 엄격하게 통제된 듯한 커리어 중심의 스톡홀름과는 전혀 다른 분위기였다.

말뫼에서 보낸 처음 몇 달은 환상적이었다. 우리는 매일 해변으로 가서 헤엄을 쳤고, 아이들이 잠들면 베란다에서 저녁을 먹었다. 삶은 낙관적으로 변했고, 우리는 지난 2년 동안 한 번도 느껴보지 못한 친밀함을 서로에게서 느낄 수 있었다.

하지만 어둠은 말뫼에도 스며들기 시작했다. 감지하지 못할 정도로 서서히 찾아든 어둠은 어느새 우리의 삶을 조금씩 갉아먹기 시작했고, 낯선 도시의 삶 속에서 발견했던 생기와 낙관적인 마음은 사라져버렸다. 손에 잡힐 듯했던 새로운 세상이 사라져버리자, 그곳에는 익숙한 절망이 찾아들었다.

그날 저녁처럼.

린다와 바니아는 식탁에 앉아 음식을 먹고 있었고, 미열에 시달리던 헤이디는 침실에서 자고 있었으며, 나는 산더미처럼 쌓인 설거지거리 앞에서 숨이 막힐 것 같아 어쩔 줄 몰랐다. 방 안의 서랍장과 옷장은 마치 누군가가 체계적으로 도적질을 한 듯 모두 열려 있었고 바닥에는 어질러진 옷가지들로 발 디딜 틈이 없었다. 거실은 현관에서부터 묻어 들어온 흙과 먼지로 시커멓게 변해 있었고 욕실에는 지저분한 빨랫감이 산더미처럼 쌓여 있었다. 게다가 내가 쓰고 있던 이른바 '소설'은 전혀 진전이 없었다. 2년이라는 세월을 손가락 사이로 흘려보낸 것이나 마찬가지였다. 삶은 집 안에 갇혀 답답하게 변하기 시작했고, 우리의 말다툼은 날이 갈수록 점점 커져 손댈 수가 없을 정도였다. 기쁨은 사라졌다.

나는 점점 더 옹졸한 남자가 되어갔고, 조그만 일에도 머리끝까지 치밀어 오르는 화를 누를 수가 없어 어쩔 줄 모르는 남자가 되어버렸다. 삶을 되돌아보고 정리할 때가 되면 누가 언제 청소를 하고 설거지를 하는 것은 그다지 중요하지 않다. 린다의 기분에도 높낮이가 커지기 시작했다. 우울할 때면 그녀는 온종일 소파나 침대에 누워 시간을 보냈다. 결혼 초기에는 그런 그녀의 모습을 보면 가슴이 아련해지고 그녀가 불쌍하게만 느껴졌다. 하지만 지금은 린다가 누워 있는 모습을 보면 내가 하루 종일 집안일을 하는 동안 그녀는 손 하나 까딱하지 않고 게으름을 피운다는 생각이 들어 화가 났다. 물론 나는 얼마든지 집안일을 할 수 있다. 하지만 조건 없이 할 생각은 추호도 없다. 나는 집안일을 함으로써 린다 앞에서 짜증을 내고 말을 비꼬아 그녀를 비난하고 화를 낼 수 있는 자격을 얻었다.

기쁨이라곤 찾아볼 수 없는 이 쓸쓸한 삶은 어느새 내가 통제할 수 없는 것이 되어 린다와 함께하는 삶의 중심까지 침범해버렸다. 린다는 우리가 한 가족으로서 기쁘고 즐겁게 살기만을 바랄 뿐이라고 말했다. 기쁘고 행복한 가족. 그것이 바로 그녀가 원하는 것이었고, 그것이 바로 그녀가 꿈꾸어온 것이다. 반면, 내가 원하고 꿈꾸는 것은 내가 하는 집안일의 반만이라도 그녀가 해주는 것이었다. 하지만 린다는 자기도 나만큼 집안일을 많이 한다고 주장했다.

우리의 말다툼은 여기서부터 시작되었다. 다른 사람도 아닌 바로 나와 린다의 삶에 찾아든 불평과 울분, 절망과 슬픔은 우리를 갉아먹기 시작했다.

집안일 때문에 화를 내고 삶을 허비하는 것이 가능하단 말인가? 그게 정말 가능한 일이었던가?

나는 누구에게도 방해받지 않는 혼자만의 시간을 갖고 싶을 뿐이다. 헤이디 때문에 어차피 집에 머무르는 린다가 바니아도 함께 본다면, 나는 글을 쓸 수 있는 시간을 얻을 수 있다. 하지만 린다는 그렇게 할 수 없다고 잘라 말했다. 아니, 어쩌면 린다는 그러길 원하지만 아이 둘을 보는 일이 힘에 부쳐 감당해낼 수 없는지도 모른다. 우리의 갈등과 말다툼은 바로 여기서 시작되었다. 만약 린다 때문에, 린다의 요구 때문에 내가 글을 쓰지 못하게 된다면 나는 린다를 떠날 수도 있다. 간단한 일이다. 린다도 그런 내 마음을 잘 알고 있다. 그녀는 자신의 요구를 내세우며 나의 인내심이 어디까지인지 시험해보고 있다.

나는 린다의 그런 얕은 속셈에 넘어갈 사람이 아니다. 솔직히 린다는 나의 한계 근처에까지 도달했다. 내가 린다에게 복수할 수 있는 방법은 단 한 가지. 그녀의 요구를 모두 들어주는 것이다. 아이들을 돌보고, 청소를 하고, 빨래를 하고, 장을 보고, 식사를 준비하고, 돈을 버는 일 등을 모두 혼자 함으로써 그녀가 구체적으로 불평할 거리를 주지 않으면서 그녀가 내게서 원하는 단 하나, 즉 사랑도 그녀에게 주지 않는다는 것이 나의 전략이었다. 그것이 바로 내가 복수하는 방법이었다.

린다는 나의 차가운 태도를 보며 더욱 혼란스러워하기 시작했다. 결국 그녀는 울분과 절망과 동경을 누르지 못해 내게 화를 내고 소리를 질러댔다. 도대체 뭐가 문제야? 내가 해야 할 일을 제대로 하지 않은 게 뭐가 있냐고? 당신은 피곤하다고 했잖아. 내일도 아이들은 내가 보면 돼. 당신이 낮잠을 자면서 쉬는 동안, 나는 바니아를 유아원에 데려다주고, 헤이디와 산책하고 돌아오면 되잖아. 오후엔 바니아를 데려오고 집에서 아이들을 보면 돼. 그런데 뭐가 불만이야? 당신은 피곤하다고 했으니 쉬어.

린다는 내 말에 꼬투리를 잡지 못하게 되자 물건을 집어 던지고 부수었다. 유리잔, 접시부터 손에 들고 있는 건 모두 벽으로 날아갔다. 나를 위해 그녀가 했어야만 하는 일은 내게 글을 쓸 수 있는 시간을 주는 것이다. 하지만 린다는 그것만큼은 할 수 없는 것 같았다. 그녀가 문제라고 생각하는 것은 누가 집안일을 더 많이 하고 더 적게 하는 것이 아니라, 우리 사이에 사랑이라곤 찾아볼 수 없다는 것이었다.

내게서 사랑을 얻어내지 못하자 그녀는 내게 증오와 절망과 울분을 쏟아내기 시작했다. 오, 나는 그녀의 요구를 모두 들어줌으로써 그녀를 덫에 가두어둔 것이나 마찬가지였다. 그런 그녀를 보면서 나는 속이 시원해 환희를 부르고 싶을 정도였다. 린다는 한바탕 소리를 지르고 물건을 부수고 나면 밤에 혼자 일어나 훌쩍훌쩍 울면서 화해를 요구했다. 그녀의 요구를 거절하면 나는 더 큰 복수를 할 수 있었지만, 그렇게까지 하고 싶진 않았다.

그렇게 산다는 것은 얼마나 비참한 일인가. 내가 원하는 삶은 그런 것이 아니었다. 화해를 하고, 머리끝까지 솟구쳐 오른 울분이 가라앉고 나면 내 삶은 다시 갈가리 찢어졌다. 우리는 이 과정을 수도 없이 되풀이했다. 마치 자연의 법칙처럼.

나는 담뱃불을 끄고 미적지근한 콜라를 한 모금 마신 다음 자리에서 일어나 베란다 난간에 몸을 기대고 하늘을 쳐다보았다. 시내 외곽을 덮고 있는 하늘에 반짝이는 한 점의 빛이 눈에 들어왔다. 별이라고 하기엔 너무나 낮았고, 비행기라고 하기엔 너무나 움직임이 없었다.

도대체 저게 뭘까?

나는 그 반짝이는 점을 몇 분 동안이나 바라보았다. 반짝이던 점이 갑자기 왼쪽으로 기우는 것을 보면서 나는 그것이 비행기라고 짐작했다. 움직이지 않는다고 생각했던 것은 비행기가 내가 있는 쪽을 향해 날아오고 있었기 때문이다.

누군가가 유리창을 두드렸다. 몸을 돌리니 바니아가 미소를 지으면서 손을 흔들고 있었다. 나는 얼른 베란다 문을 열었다.

"자러 가려고?"

바니아가 고개를 끄덕였다.

"아빠한테 잘 자라는 인사 하려고."

나는 허리를 굽혀 아이의 볼에 입을 맞추었다.

"응, 바니아도 잘 자."

"아빠도 잘 자요."

바니아는 긴 하루였는데도 아직도 기운이 남아도는지 힘차게 침실로 뛰어갔다.

이젠 빌어먹을 설거지를 해야 할 차례다.

접시에 남은 음식을 쓰레기통에 버리고, 유리잔에 남아 있는 우유와 물을 싱크대에 쏟아붓고, 싱크대 안에 남아 있는 사과 껍질과 당근 껍질, 플라스틱 상자와 티백을 모두 모아 쓰레기통에 버렸다. 그릇을 물에 대충 헹구어 조리대 위에 올려둔 다음, 싱크대를 뜨거운 물로 채우고 세제를 풀어넣었다. 그러고는 이마를 찬장에 기대고 유리잔, 커피잔, 접시들을 하나하나 씻고 헹구어 건조대에 올려두었다. 건조대가 다 차자 나는 자리를 더 만들기 위해 이미 씻었던 접시의 물기를 닦아 찬장 안에 넣었다. 설거지를 마치고 나서 나는 바닥을

404

닦기 시작했다. 특히 헤이디가 앉아 있던 곳은 수세미로 문질러야만 했다.

청소를 마친 나는 쓰레기봉투 입구를 묶어 들고 지하로 가는 승강기를 탔다. 분리수거대로 가는 미로 같은 길은 후덥지근했고, 바닥은 치우지 않은 오랜 쓰레기들 때문에 미끌미끌했다. 천장에는 끊어진 배관이 축 늘어져 있었고, 구멍 난 벽에는 여기저기 부서진 절연재들이 머리를 내밀고 있었다. 그런데도 그곳으로 향하는 문에는 '환경실'이라는 팻말이 걸려 있었다. 전형적인 스웨덴식 완곡어법이었던가. 그곳에 쓰레기봉투를 던져 넣을 때면 매번 잉그리가 떠오른다.

지난번 우리 집을 방문했을 때 쓰레기를 비우러 내려간 잉그리는 그곳에서 조그만 캔버스를 수십 개나 발견하고 그것들을 양팔에 가득 안고 집으로 가져왔다. 앞으로 몇 년 동안은 아이들이 그림을 그릴 수 있을 것이라고 한 그녀를 떠올리며, 나는 뚜껑을 쾅 내려 닫고 집으로 올라왔다.

대문을 열고 들어서니 아이들 침실에 있던 린다가 발소리를 죽이며 거실로 나오는 중이었다.

"잠들었어?"

린다는 고개를 끄덕였다.

"집 안이 말끔해졌네요."

린다는 부엌 입구에 서서 말을 이었다.

"와인 한잔 할래요? 지난번에 어머님이 가져온 게 아직 남아 있어요."

나는 일언지하에 거절하고 싶었다. 와인이라니! 하지만 쓰레기를 버리러 나갔다 온 그 짧은 외출 덕분인지 린다에게 단단히 꼬여 있던 내 마음은 어느새 풀어져버렸다. 나는 결국 고개를 끄덕이고 말았다.

"나쁘진 않을 것 같군."

그로부터 2주 후, 헤이디와 바니아가 소파 위에서 껑충껑충 뛰며 소리를 꽥꽥 지르는 동안, 우리는 생애 세 번째로 임신 진단기에 나타난 푸른 줄을 보게 되었다. 하얀 막대기에 가로지른 푸른 줄 하나에 우리는 기뻐 어쩔 줄 몰랐다. 욘은 자신의 출생을 우리에게 그런 식으로 예고했다.

욘은 이듬해 늦여름이 되자 세상에 태어났다. 우리는 아이가 세상에 나오는 순간부터 아이가 참을성이 많고 순하며, 아무리 힘든 일이 닥쳐도 웃음을 잃지 않는 성격이 밝은 아이라는 것을 알 수 있었다. 헤이디는 갓난아이를 포옹하거나 볼을 쓰다듬어주는 척하며 손톱으로 할퀴었다. 욘은 자주 누군가에게 끌려 가시덤불 속에 들어갔다 나온 아이 같았다.

나는 몇 년 전만 해도 유모차를 끌고 시내를 돌아다니는 일을 그 무엇보다 싫어했지만, 욘이 태어난 후부터는 유모차 정도는 아무것도 아닌 일이 되어버렸다. 나는 유모차에 아이 셋을 한꺼번에 태우고 아무렇지도 않게 시내를 돌아다녔다. 가끔은 한 손에 비닐봉투를 두세 개 함께 들고 유모차를 밀 때도 있었다. 이마에 굵게 패인 주름은 양 볼로 흘러내려왔고, 언젠가 내 것이기도 했던 야생적인 눈은 휑하니 비어버린 눈동자를 담고 있었다. 이젠 아이들을 돌보는 일은 여성적인 일이라 생각할 여유도 없었다. 길에 주저앉아 단 한 발짝도 걷지 않으려 고집을 피우는 아이들을 달래거나, 좀 더 평화로운 오전이나 오후 시간을 만들기 위해 아이들에게 무언가 할 일을 찾아주기 위해선 무엇이든 할 수 있게 된 것이다.

한번은 맞은편에서 걷고 있던 일본인 관광객 한 무리가 나를 손가락으로 가리켰다.

"저길 좀 보세요. 저게 바로 스칸디나비아 남자의 표본이에요. 집에 가서 손자 손녀들에게 당신들이 본 것을 얘기해주세요!"

나는 누가 뭐래도 내 아이들이 자랑스럽기 그지없다. 바니아는 길들지 않은 자연스러움과 용감함의 소유자다. 도대체 어디서 그런 에너지가 솟아나오는지 모를 정도로 숲과 놀이터에선 나무에 기어오르고, 수영장에선 헤엄을 치고, 탁 트인 벌판에선 숨을 헐떡여가며 달렸다. 유아원에 보냈을 때 처음 몇 달 동안은 내성적이고 소심하다는 말을 들었지만 어느새 그런 모습은 사라져버렸다. 두 번째 학부모 면담 시간에는 유아원 교사에게서 처음과는 정반대라는 말만 들어야 했다. 무리에서 멀리 떨어져 혼자 숨어 있고, 어른들과 접촉을 피하려 하고 놀이에도 참여하지 않는다고 걱정하는 교사는 단 한 명도 없었다. 오히려 무리를 장악하는 바니아를 빗대어 그들은 아이가 항상 일등을 하려 한다고 조심스럽게 표현했다. 유아원 원장은 이런 말도 했다.

"딱 까놓고 말해서, 바니아가 다른 아이를 따돌리는 일도 종종 있습니다. 여기서 굳이 좋은 점을 찾으려 한다면, 다른 아이들을 따돌리기 위해선 상황을 해석하는 머리가 있어야 하고 그 상황을 이용할 수 있을 정도로 영리해야 한다는 거죠. 그렇게 본다면 바니아는 결코 멍청한 아이라곤 할 수 없습니다. 하지만 친구들을 따돌리는 행동은 우리가 용납할 수 없는 아주 심각한 일입니다. 바니아가 아이들을 놀릴 때 자주 나-나-나-나-나아-나 라고 노래를 하는데 아이가 그 노래를 어디서 배웠는지 아시는지요? 혹시 텔레비전을 보고 배운 건 아닐까 싶습니다만… 아신다면 저희에게도 그 프로그램이 뭔지 가르쳐주셨으면 합니다. 아이의 심리 상태와 동기를 알기 위해선 저희도 직접 봐야 할 것 같아서요."

나는 첫 번째 학부모 면담에서 그들이 언어발달 장애 운운하며 교정을 받아보라고 권했을 때부터 그들이 무슨 말을 하든 개의치 않기로 마음먹었기에 이번에도 그들의 말에 크게 신경 쓰지 않았다. 아이는 이제 겨우 네 살일 뿐이고, 교사가 말하는 아이의 행위는 또 몇 달만 지나면 바뀌기 마련이니까. 바니아와는 달리 헤이디에게선 야생적이고 용감한 면은 찾아볼 수 없다. 신체 활동이나 움직임도 바니아와는 전혀 다른 종류의 것이었다. 바니아는 상상력이 풍부한 아이였고, 만화영화의 주인공이 마치 실제로 존재하는 듯 말하고 행동할 때가 많았다. 바니아는 어떤 일을 하다가 마음대로 잘 안 되면 화부터 냈고, 도움을 주려 하면 고마워하면서 받아들였다.

반면 헤이디는 무엇이든 혼자 힘으로 해결해야만 했다. 아무리 시간이 걸려도 절대 도움을 받지 않고 혼자서 해결하려 했다. 결국 그 일을 해내게 되면 더없이 기뻐했다. 그때 환희에 넘치는 아이의 표정이란! 헤이디는 놀이터에 있는 커다란 나무에 바니아보다 먼저 꼭대기까지 올라갔다. 첫 번째로 시도했을 때는 제일 위쪽에 있는 가지에 손이 닿을 정도에 불과했지만, 두 번째로 시도했을 때는 자신 있게 꼭대기까지 발을 올렸던 것이다.

나는 벤치에 앉아 신문을 읽다가 헤이디의 고함을 들었다. 헤이디는 6미터나 되는 높다란 나무 꼭대기에 앉아 기쁨에 넘친 표정으로 나를 소리쳐 부르고 있었다. 나와 눈이 마주치자 헤이디는 땅으로 떨어져 내릴 듯한 시늉을 해보였다. 나는 얼른 나무 위로 기어 올라가 헤이디를 붙들었다. 웃지 않을 수가 없었다. 거기서 뭘 하려고 했니? 정말 저 밑으로 떨어져 내릴 생각을 한 거니?

헤이디는 걸을 때 한두 번 깡충 앙감질을 하기도 한다. 나는 아이의 그 불필요한 뜀뛰기가 행복감에서 나온 것이라 생각했다. 우리 가족 중에서 진정으로 행복한 사람, 진정으로 행복해질 수 있는 바탕이 있는 사람이 있다면 그건 바로 헤이디라고 생각한다. 헤이디는 야단을 맞는 일 외에는 모두 참고 견딜 수 있는 아이다. 야단을 맞을 때면 헤이디의 입술은 살짝 떨리고 금세 눈물이 왈칵 쏟아져 나온다. 헤이디가 한 번 눈물을 흘리면 다른 사람들의 위로를 받아들이기까지 적어도 한 시간은 기다려야 한다.

헤이디는 바니아와 노는 것을 제일 좋아하고 말 타는 것도 좋아한다. 여름에 들른 놀이동산에서 노새를 타던 헤이디의 얼굴은 자랑스러움으로 반짝반짝 빛이 날 정도였다. 바니아는 그런 헤이디의 모습을 보고도 마음을 바꿔먹지 않았다. 바니아는 이미 말이나 노새 등에는 다시 올라타지 않겠다고 결심한 후였다. 노새를 한 번 타보라고 권하니, 바니아는 대답 대신 코를 찡긋하며 안경을 고쳐 쓰고선 갑자기 욘의 발밑에서 뒹굴뒹굴하며 소리를 질렀다. 그 소리에 지나가던 사람들이 모두 바니아를 쳐다볼 정도였다. 하지만 욘은 누나의 갑작스러운 관심과 행동에 신이 났는지 누나에게 고함을 되질렀다. 그 덕분에 지나가던 사람들도 미소를 띨 수 있었다.

서쪽 하늘의 해가 소나무 위에 비스듬히 걸렸다. 하늘은 어렸을 때 내가 사랑했던 기억 속의 하늘과 마찬가지로 짙은 푸른색을 띠고 있었다. 꽉 막혀 있던 가슴이 갑자기 뻥 뚫리는 듯한 느낌이 들었다. 곧 목구멍으로 무언가 울컥 치솟아 올랐다. 하지만 나는 아무것도 할 수 없었다. 과거는 어디에도 써먹을 수 없는 것이니까.

린다는 노새 등에서 헤이디를 안아 내렸다. 헤이디는 노새와 매표원에게 손을 흔들며 작별 인사를 건넸다.

"이제 집에 가는 일만 남았군."

차는 거대한 자갈밭에 홀로 덩그러니 주차되어 있었다. 나는 갓길 바윗돌 위에 앉아 헤이디를 무릎에 눕히고 기저귀를 갈아주었다. 린다가 헤이디와 바니아를 뒷좌석에 앉히고 안전띠를 매는 동안, 나는 잠이 쏟아지는지 연신 감기는 눈을 억지로 뜨고 있는 욘을 앞좌석에 앉히고 안전띠를 채웠다.

우리가 대여한 차는 붉은색 대형 폴크스바겐이었다. 운전면허를 딴 후 직접 차를 몰아본 것은 그때가 네 번째였다. 그 때문에 운전을 하는 그 자체가 내겐 큰 기쁨이었다. 시동을 걸고, 기어를 작동하고, 페달을 밟고, 후진을 하고, 운전대를 돌리는 일. 이 모든 것이 재미있기만 했다.

나는 내가 직접 차를 몬다는 생각조차 하지 않고 살았던 사람이다. 내 자화상 속에선 자동차와 관계된 것을 하나도 찾아볼 수 없었기 때문에 집으로 돌아가는 고속도로에서 시속 150킬로미터로 달리고 있는 내 모습이 신기하게만 여겨졌다. 깜빡이를 넣고 추월을 하고 다시 깜빡이를 넣는 이 단조로운 행위조차도 재미있기만 했다. 차창 옆으로는 숲과 완만한 언덕, 널찍한 밀밭, 나직한 농가 건물들을 차례차례 지나쳤고 서쪽으로는 푸른 바다가 보였다.

"저길 좀 봐!"

언덕 꼭대기에 이른 나는 전형적인 스웨덴 남부 지방의 자연 풍경을 바라보며 감탄했다.

"참 아름답지 않아?"

누런 보리밭, 녹색의 너도밤나무 숲, 검푸른 바다. 눈앞의 풍경은

지는 태양 아래서 저마다의 색깔을 강렬하게 내뿜고 있었다.

아무런 반응도 없었다.

욘이 자고 있다는 것은 이미 알고 있었다. 뒷좌석도 모두 잠에 빠진 걸까.

나는 고개를 살짝 돌려 어깨 너머 뒷좌석을 확인해보았다.

뒷좌석에는 여자 셋이 입을 벌린 채 자고 있었다.

행복감이 물밀듯 나를 덮쳤다.

1초, 2초, 3초. 행복감은 정확히 3초 동안 지속되었다. 그 뒤를 따르는 것은 행복이 항상 그림자처럼 달고 다니는 어둠이었다.

나는 운전대를 손으로 두드리며 노래를 따라불렀다. 콜드플레이의 최신 음반. 평소엔 일부러 골라 들을 값어치도 없는 것이라 생각했지만 차 안에서 듣기에는 적격이었다.

그 순간과 똑같은 느낌이 들었던 적이 과거에도 한 번 있었다. 사랑에 빠졌던 열여섯 살 그해, 훈련장이 있는 뉘쾨핑으로 가기 위해 동틀 무렵 차를 타고 덴마크의 어느 거리를 지나쳤던 날, 운전기사와 앞좌석에 앉아 있던 나만 제외하고 모두 잠에 빠져 있었다. 운전기사는 그해 봄에 나온 다이어 스트레이츠의 「브라더스 인 암스」 음반과 스팅의 「더 드림 오브 더 블루 터틀스」, 토크 토크의 「잇츠 마이 라이프」를 틀었다. 그 음악들은 그 시기 내 삶을 쥐어흔들었던 환상적인 일들을 이야기하는 사운드트랙이라 해도 과언이 아니었다. 평평한 지평선 위로 막 떠오르는 태양, 고요하고 정적인 창밖의 풍경과 차 안에서 잠에 빠진 사람들을 보면서 느꼈던 형언할 수 없는 행복감이 25년이 지난 뒤에 나를 다시 찾아온 것만 같았다. 25년 전에 느꼈던 그 행복감 뒤에는 어두운 그림자 대신 순수하고 깨끗하며 온전하고 진실한 그 무언가가 뒤따랐다. 그때는 삶이 내 앞에 펼쳐져 있었다. 어떤 일이든 일어날 수 있는 가능성이 있는 삶. 무슨 일이든 가능할 것만 같았던 삶. 지금은 그런 느낌이라곤 찾아볼 수 없다. 그동안 많은 일이 있었고, 그 일들은 앞으로 일어날 수 있는 일들의 전조에 불과하다.

가능성이 줄어들었을 뿐만 아니라, 어떤 일을 경험할 때 나를 찾아드는 느낌과 감정들도 그때 비하면 훨씬 약해졌다. 그렇다, 삶의 생기와 열정이 점점 식어가고 있는 것이다. 게다가 나는 이제 삶의 반, 아니 반 이상을 지나쳐오지 않았는가. 욘이 지금의 내 나이가 된다면 나는 여든이 된다. 여든이라면 한 발은 이미 관 속에 들이밀고 있다 해도 틀린 말은 아니다. 어쩌면 나는 그때쯤 이미 사지를 흙 속에 묻고 있을지도 모른다. 10년 후면 지천명, 20년 후면 이순. 그러니 행복에 어두운 그림자가 뒤따른다는 말은 당연하지 않은가?

깜빡이를 넣고 트럭을 추월했다. 운전 경험이 적어 거센 바람에 차체가 흔들리기만 해도 나는 불안해진다. 하지만 두렵진 않다. 운전을 하면서 두려움을 느낀 적은 운전 실기시험을 쳤을 때밖에 없다. 나는 지난겨울 이른 아침에 운전 실기시험을 쳤다. 창밖은 캄캄했다. 나는 그때까지만 해도 날이 캄캄할 때 운전을 해본 적이 없었다. 게다가 비가 억수같이 내리고 있었다. 감독관은 너무나 엄격하고 심술궂게까지 보이는 사람이었다. 나는 실기시험에 대비해 안전사항에 대해서만큼은 자신 있게 외워놓았다. 그런데 감독관은 내게 안전사항에 대한 조항은 건너뛰자고 제안하며 창에 낀 서리나 제거해보라고 했다. 나는 서리를 제거하기 위해 떨리는 손으로 온갖 장치를 모두 건드려보았다. 마침내 작동 스위치를 눌렀지만 이미 2분이나 지난 후였다. 문제는 그때까지도 시동 거는 것을 잊어버리고 있었다는 것이다. 감독관은 당황해하는 나를 보며 "운전은 할 수 있는 거죠?"라고 한마디 내뱉고 나서 체념한 표정으로 직접 시동을 걸었다.

시작이 그렇다 보니 긴장이 되어 두 다리마저도 사시나무 떨듯 떨리기 시작했고, 섬세함과 자연스러움은 내게서 찾아볼 수가 없을 정도였다. 차는 미끄러져 가기보다는 껑충껑충 뛰며 찻길로 향했다. 캄캄한 거리엔 출근길의 차들로 가득했고, 비는 폭포수처럼 내리고 있었다. 100여 미터쯤 차를 몰자, 감독관은 내게 직업이 뭐냐고 물었다. 글을 쓰는 작가라고 했더니 그는 눈을 반짝이며 큰 관심을 보이면서 자기는 화가라고 말했다. 전시회도 몇 번 했다고 덧붙인 그는 내게 뭘 쓰고 있느냐고 되물었다. 나는 그즈음 『세상의 모든 일에는 저마다의 시간이 있다』를 쓰고 있었다.

책에 대한 이야기를 하려는 순간, 그가 갑자기 지명을 외쳤다. 우리 앞에는 복잡한 교차로가 나타났다. 나는 그가 말하는 지명이 적힌 팻말을 보지 못했다. 그는 내 책이 스웨덴어로도 출간이 되었느냐고 다시 물었다. 나는 고개를 끄덕였다. 저기! 마침내 지명이 적힌 팻말이 눈에 띄었다. 문제는 그곳으로 가기 위해선 차선을 바꾸어야 했는데 이미 때가 늦었다는 감이 없지 않았다. 나는 얼른 속력을 내서 차선을 바꾸었다. 그 순간 감독관은 브레이크를 조종했고 그 바람에 차가 갑자기 멈추어버렸다.

"빨간불이잖아요! 못 봤어요? 맙소사!"

나는 그곳에 신호등이 있는지도 몰랐다.

"그렇다면 시험에서 떨어진 겁니까?"

"그렇다고 봐야겠죠? 이런 상황에서는 어쩔 수 없습니다. 어차피 이렇게 된 거 운전을 좀 더 해보고 내리셔도 돼요."

"아니요. 바로 돌아가겠습니다."

실기시험은 3분밖에 걸리지 않았다. 오전 9시 30분에 집에 돌아오니 린다가 궁금하다는 눈빛으로 나를 바라보았다.

"떨어졌어."

"오… 도대체 무슨 일이 있었기에…?"

"빨간불에 차를 몰았어."

"정말?"

"정말이지 그럼 내가 지금 거짓말을 한다고 생각해? 이렇게 아침 일찍 일어나 운전면허 실기시험을 보리라곤 생각도 못 했던 데다 빨간불에 차를 몰았으니… 하지만 걱정할 일은 아니야. 다음에 또 보면 되지, 뭐. 설마 두 번 연속으로 같은 실수를 하기야 하겠어?"

말 그대로 걱정할 일은 아니었다. 우리에겐 차도 없었으니 운전면허를 1월에 따든 3월에 따든 상관없었다. 게다가 난 이미 운전면허를 따기 위해 엄청난 돈을 퍼부었던지라 한두 번 더 시험을 본다 해도 크게 달라질 일은 없었다. 한 가지 문제가 있다면 그달 말에 잡아놓은 여행 계획이었다. 나는 노르웨이 쇠르란데에 있는 쉥네라는 곳에서 열리는 문학 프로그램에 이미 참석하겠다고 대답했고, 온 가족이 함께 차를 타고 그곳으로 갈 생각이었다. 쉥네에서 행사를 마친 후엔 트베데스트란 외곽에 있는 산되이아의 펜션에 들러 며칠 묵을 생각도 했다.

나는 몇 년 전부터 우리 가족이 살기엔 아주 적합한 곳이라 생각해 산되이야를 눈여겨보고 있었다. 차가 많이 다니지 않는 한적한 그곳에는 주민이 200여 명밖에 되지 않았다. 유아원도 있었고, 3학년까지 운영하는 초등학교도 있었다. 자연 풍경은 내가 동경해온 어린 시절의 고향 풍경과 너무나 비슷했다. 하지만 그곳은 내가 살았던 트로뫼이야도 아니고 아렌달도 아니며 크리스티안산도 아니었다. 그렇다고 내가 어렸을 때 살았던 그곳으로 다시 되돌아가 살고 싶다는 말은 아니다. 내가 그리워하는 것은 단지 그곳의 자연 풍경일 뿐. 가끔 나는 과거의 장소로 되돌아가고 싶어 하는 이 그리움과 동경이 생물학적인 것이 아닐까 생각해본다. 마치 수십 킬로미터나 떨어진 곳에서도 자기 집을 되찾아가는 고양이의 본능 같은 것이 우리 인간의 본능 속에도 자리하고 있는 건 아닐까.

가끔 인터넷에서 산되이아를 찾아볼 때면 그곳의 자연 풍경에 빨려 들어가는 듯한 느낌이 든다. 그 느낌은 너무나 강해서 그곳에 살게 될 경우 경험하게 될 외로움은 생각지도 않는다. 린다는 산되이아에서 사는 걸 그리 탐탁지 않게 생각했지만, 그렇다고 완전히 반대하지도 않았다. 바다가 보이는 숲속에서 사는 건 도시 한가운데의 아파트 7층 꼭대기에 사는 것보다는 나을 테니 말이다.

우리는 한동안 산되이아로 이사할 가능성을 열어두었고, 결국은 그곳에 직접 가서 알아보자는 결론을 내렸다. 그런데 내가 운전면허를 따지 못했으니, 나는 쎙께까지 혼자 가야만 했다. 즉, 가족 모두 그곳으로 가서 알아볼 기회가 사라져버린 것이다. 문학 프로그램에 참여하는 의미도 함께 사라져버렸다. 도대체 거기서 또 무슨 말을 주절대다 와야 할지…

그날 저녁, 인터넷으로 비행기표를 예약하고 있는데 게이르에게서 전화가 왔다. 우리는 그날 오전에 통화를 했다. 하지만 게이르는 그즈음 몇 주 동안이나 우울해하고 있었기에 다시 전화를 해도 이상하지 않았다.

나는 안락의자에 앉아 탁자 위에 발을 올리고 전화를 받았다. 게이르는 자신이 쓰고 있는 몽고메리 클리프트의 전기에 대해 이야기를 하기 시작했다. 그가 말하는 클리프트는 삶을 최대한으로 이용하는 사람이었지만, 내가 아는 클리프트는 '더 클래시'가 부른 '런던 콜링'의 가사 중 "몽고메리 클리프트, 오 내 사랑!"이라는 한 줄밖에 없었다. 알고 보니 게이르도 바로 '런던 콜링'을 듣고 클리프트를 처음 접했다. 게이르는 이라크에서 뱅크스와 함께 수도설비소에서 산 적이 있다. 뱅크스는 밴드 멤버들과 절친한 사이였던 영국 사내로, 그들과 함께 공연을 다니기도 했고, 심지어는 밴드 멤버들이 그를 위해 곡을 만들어주기도 했다.

뱅크스는 클리프트가 그들의 삶에 매우 큰 영향을 미쳤다고 말했다. 바로 그 때문에 게이르는 클리프트의 삶을 더 자세히 알아보려 마음먹었다는 것이다. 물론 게이르가 그의 영화 「미스피츠」를 좋아했다는 이유도 있었다. 나는 최근 읽기 시작한 토마스 만의 『부덴브로크 가의 사람들』에 대해 이야기를 했다. 완벽한 문장과 구성에 빠져든 나는 이전과는 달리 한 장, 한 장을 아껴가며 읽었다. 토마스 만은 시대적 배경이 다른데도 소설 속의 상황을 자기 시대에 맞게 완벽하게 재구성하는 데 성공한 작가다.

현실을 모방한 작품이 현실보다 더 실제적일 수 있을까. 그것은 이미 베르길리우스가 고군분투하며 답을 찾아내려 한 고전적 질문이다. 모방을 바탕으로 한 소설이나 희곡 등의 작품에서 그 스타일이나 구성이 한 특정한 시기나 문화에 얼마나 가까워질 수 있는가. 한 시대의 상황이나 문화는 이미 모방이 시작되는 순간부터 변형되거나 파괴될 운명에 놓여 있진 않은가. 토마스 만의 경우엔 변형이나 파괴와는 거리가 멀다. 오히려 유동적이고 양면적이라 해야 정확할 것이다. 그의 글에서는 모든 불확실성과 아이러니가 양면성을 띠고 나타난다.

우리는 슈테판 츠바이크의 『어제의 세계』에 대해서도 이야기를 나누었다. 우리는 그의 책에서 젊음과 아름다움이 아닌 연륜과 권위가 매력적이고 가치 있는 것으로 여겨졌던 세기말, 조금이라도 더 나이가 들어 보이고자 수염을 기르고 회중시계를 소지하고 시가를 피웠던 청년들의 모습을 접할 수 있다는 데 동의했고, 제1차 세계대전이 그 시대 사람들의 삶을 갈가리 찢어놓았던 것은 물론이며, 전쟁 전과 후의 세대를 확연히 갈라놓았다는 데도 의견을 모았다.

게이르는 다시 클리프트의 열정적인 삶과 그의 포괄적인 생기론(生氣論)에 대해 이야기를 시작했다. 게이르는 지난 몇 년간 읽었던 전기문의 주인공들은 모두 삶에 활기와 생명력을 지니고 있다는 것이 공통점이라고 말했다. 그들은 이론이 아닌 실제적으로 삶의 가능성을 최대한 맛보고 이루기 위해 노력했던 사람들이다. 잭 런던, 앙드레 말로, 노르달 그리그, 어니스트 헤밍웨이, 헌터 톰슨, 블라디미르 마야콥스키.

"난 사르트르가 왜 암페타민*을 복용했는지 이해할 수 있어."

게이르가 말을 이었다.

"모든 일을 더 빨리, 더 집중적으로, 열정을 다해 할 수 있으니까 말이야. 그렇잖아? 그중에서도 가장 일관성을 보인 사람은 바로 미시마 유키오라고 생각해. 난 각각 다른 전기문을 읽다가도 결국엔 미시마 유키오를 떠올려. 그는 45세 때 자살했어. 살아 있을 땐 항상 소신과 일관성이 있었지. 미시마 유키오와 정반대의 삶을 살았던 사람은 에른스트 윙거라고 할 수 있어. 그는 100세에 가까운 나이에도 매일 코냑을 마시고 시가를 피웠지만 날카로운 지력을 잃지 않았어.

---

* 피로와 식욕을 낮추고 기민성을 증가시키는 페네틸아민 계열의 각성제.

결국 모든 것은 힘이야. 내가 관심이 있는 건 힘뿐이라고. 힘, 용기, 의지력이지. 지성? 아냐, 그건 원하기만 하면 얼마든지 얻을 수 있는 거야. 중요하지도 않고 그다지 관심을 보일 만한 가치도 없어. 인류의 역사에서 7, 80년대를 살았다는 건 농담에 불과해. 장난 같은 시대였지. 우리는 아무것도 한 게 없어. 우리가 한 일은 백치들의 장난 같은 일뿐이었어. 나는 내가 잃어버린 것들에 대해서 심각하게 써볼 생각이야. 넌 내가 뭘 했는지 잘 알고 있잖아. 내 삶은 너무나 미미하고 가치가 없어. 나의 적들도 너무나 작고 우스꽝스러운 존재일 뿐이지. 그런 것들에 힘을 쓴다는 건 쓸데없는 일이야. 하지만 그것 외에 또 달리 할 일은 찾아볼 수 없어. 내가 침대 위에 홀로 앉아 허공에 대고 팔을 휘두르며 칼싸움을 하고 있는 건 바로 그 때문이야."

"생명력이라… 이 세상에는 네가 말하는 생명력과는 또 다른 생명력도 있어. 바로 흙과 관련된 생명력이지. 노르웨이의 20년대."

"아, 그런 건 관심 없어. 내가 말하는 생명력 속엔 나치주의의 흔적이라곤 찾아볼 수 없어. 뭐, 그렇다고 해도 나와는 상관없는 일이지만. 내가 말하는 건 보수적 고등 문명에 대한 것이라고."

"노르웨이적 생명력 속에서도 나치주의는 존재하지 않아. 나치즘을 사회 속으로 끌어들여 추상적인 개념으로 발전시킨 이들은 바로 중산층이야. 노르웨이적 생명력은 흙과 핏줄을 향한 동경에 바탕을 두고 있어. 함순이 복잡한 인성을 가진 사람처럼 보이는 까닭은, 그에게서 뿌리를 찾아볼 수 없기 때문이야. 그런 점에서 본다면 함순은 꽤 현대적인 사람이었지. 미국적인 관점에서 본다면 그렇다는 말이야. 그런데 함순은 미국을 혐오했거든. 미국은 물론이고 대중과 뿌리를 찾아볼 수 없는 인간에 대해서도 경멸하기를 주저하지 않았어. 결국 함순이 경멸했던 사람은 바로 자기 자신이었어. 그 아이러니는 토마스 만의 아이러니보다 훨씬 본질적이고 중요하다고 할 수 있어. 왜냐하면 그건 구성이나 스타일 같은 외적 요소가 아니라 존재의 바탕 같은 본질적 핵심에 관련된 것이니까."

"난 작가가 아니라 농사꾼이기 때문에 그런 말은 못 알아들어."

게이르가 말을 이었다.

"하하하! 그건 그렇고, 흙은 네가 가져가도 좋아. 난 오직 사회적 요소에만 관심이 있거든. 흙 따위는 관심 없어. 네가 루크레티우스를 읽고 할렐루야를 외친들, 네가 1960년대의 숲에 대해 이야기를 한들 난 신경도 쓰지 않아. 내 머릿속에 있는 건 오직 인간 그 자체뿐이니까."

"키퍼*의 그림을 본 적 있니? 눈 쌓인 숲속에 보이는 것이라곤 수많은 나무와 군데군데 붉은 점이 전부인 그림 말이야. 거기에 몇몇 독일 시인의 이름이 흰색으로 쓰여 있지. 횔덜린, 릴케, 피히테, 클라이스트 등등. 그건 전쟁 후에 그려진 가장 뛰어난 그림 중의 하나야. 어쩌면 세기를 통틀어 가장 훌륭한 그림이라 해도 과언이 아닐 거야. 뭘 그린 그림이냐고? 숲! 그렇다면 그 그림이 의미하는 건 뭐냐고 묻고 싶겠지? 맞아, 그건 아우슈비츠야! 둘 사이에 무슨 연관성이 있냐고? 그건 둘을 억지로 갖다 붙이는 우리의 생각이 아니라 문화 깊숙한 곳에 자리한 근본적인 거야. 그런 것들은 인간의 생각으로 표현될 수 없는 것이지."

"「쇼아」**는 봤어?"

* 독일의 화가이자 조각가.
** 히브리어와 프랑스어로 '홀로코스트'를 가리키는 말. '쇼아'는 클로드 란즈만이 감독한 다큐멘터리 영화의 제목이기도 하다.

"아니, 아직."

"숲, 숲, 숲. 그리고 얼굴들. 숲과 가스 그리고 얼굴들."

"「바루스」라는 제목의 그림을 본 적이 있니? 게르마니아 전쟁에서 패배하고 나서 고뇌에 찬 로마 장군을 그린 그림이라고 기억해. 그 그림과 같은 장면을 묘사한 글은 70년대의 글에서부터 타키투스까지 광범위해. 여기서 샤마*의『풍경과 기억』을 떠올릴 수 있어. 난 그 책을 읽어보았거든. 나무에 목을 맨 오딘이 떠올라. 정말 그 책에 그런 장면이 있었나? 글쎄, 기억이 잘 나지 않는걸. 어쨌든 숲과 관계된 건 틀림없는 사실이야."

"네가 무슨 말을 하는지 알 것 같아."

"루크레티우스를 읽으면 세상의 장엄함을 느낄 수 있어. 세상의 장엄함이란 바로 바로크적 사상인데, 그건 바로 바로크 시대가 생명을 다하면서 함께 사라져버렸지. 그는 사물과 사물의 실체적 면을 이야기했어. 짐승과 나무와 물고기. 세상의 구체적인 움직임이 사라져버렸다고 네가 비통해한다면, 난 세상 그 자체가 사라져버렸기 때문에 비통해할 것 같아. 세상의 구체적이고 실체적인 면 말이야. 우리에게 남아 있는 것이라곤 세상의 그러한 면을 묘사한 이미지밖에 없어. 우린 바로 그런 이미지에 과거의 세상을 연관 지을 뿐이야. 그건 그렇고 아포칼립스는 어때? 남아메리카에선 숲이 사라지고 있고, 극지방에선 빙하가 녹아내리면서 수면이 점점 상승하고 있지. 네가 심각성을 되살리기 위해 글을 쓴다면, 나는 세상을 되돌리기 위해 글을 쓰고 있어. 맞아, 우리가 그리는 세상은 눈앞의 세계가 아닌 다른 세상이지. 현실적이고 사회적 의미를 담은 세상이 아니라

---

• 영국 역사가.

420

바로크적 세상, 신비의 방, 호기심의 상자에 빗대어 말할 수 있는 세상 말이야. 그런 세상은 바로 키퍼의 「나무」에서 찾아볼 수 있어. 그건 예술이야. 다른 그 무엇도 아닌 예술이라고!"

"이미지?"

"맞아, 이미지."

노크 소리가 들렸다.

"잠시 후에 내가 전화할게."

나는 전화를 끊고 문을 향해 소리쳤다.

"어, 무슨 일이야?"

린다가 문을 열었다.

"전화하고 있었어요? 목욕을 하려고 해요. 아이들이 깨면 좀 봐달라는 말을 하러 왔어요. 헤드폰만 끼고 있지 말라고…"

"알았어. 목욕을 다 하면 자러 갈 거야?"

린다는 고개를 끄덕였다.

"나도."

"알았어요."

린다는 미소를 지으며 문을 닫았다. 나는 게이르에게 전화를 걸었다.

"나야. 어디까지 이야기했더라?"

나는 한숨을 푹 내쉬었다.

"나도 모르겠어."

"그건 그렇고, 오늘 저녁엔 뭘 했어?"

"블루스 음악을 들었어. 인터넷으로 주문한 음반 열 장을 소포로 받았거든. 아니, 열세 장이었던가. 아니, 열네 장… 열다섯 장."

"미쳤군."

421

"아냐… 그건 아니고… 어머니가 오늘 돌아가셨어."

"지금 무슨 말을 하고 있는 거야?"

"오늘 어머니가 돌아가셨다고. 이제 불안감이 사라진 듯한 기분이야. 긍정적인 점을 찾으려 생각하다 보니 그런 기분이 들더군. 그런데 아버진 아주 슬퍼하셔. 오드 스테이나르도 마찬가지고. 며칠 후에 집에 갈 생각이야. 일주일 후에 장례식이 있을 예정이거든. 너도 그때쯤 쇠를란데에 가 있을 거지?"

"음, 열흘 후에. 방금 비행기표를 예약해놨어."

"그렇다면 거기서 만날 수도 있겠군. 난 장례식을 치르고 나서 며칠 더 머물 예정이니까."

잠시 침묵이 흘렀다.

"그런데 왜 전화하자마자 바로 그 이야기를 하지 않았니? 넌 어머니가 돌아가셨다는 이야기를 30분이나 지나서야 했어. 그렇게 질질 끈 이유가 뭐니?"

"글쎄, 일부러 그런 건 아냐. 단지 어머니가 돌아가셨다는 생각에서 좀 벗어나고 싶었을 뿐이야. 너랑 이야기하면 가능하거든. 특별한 이유는 없어. 솔직히 그런 이야기만 해야 할 필요도 없잖아. 도움이 될 일도 아니고. 블루스 음악을 들었던 것도 그런 이유였어. 피할 수 있는 공간이 필요했던 것 같아. 어머니의 임종에 크게 비통해하는 건 아니지만 내게도 느낌이 있고 감정이 있으니까…"

"그렇겠지."


나는 전화를 끊고 난장판으로 변해버린 부엌에 서서 사과를 베어 물었다. 조리대가 있던 곳에는 기다란 판자가 벌거벗은 벽을 향해 세워져 있었고, 먼지로 뒤덮인 바닥에는 갖가지 연장과 전선들,

곧 설치할 물건들이 비닐에 쌓인 채 여기저기 놓여 있었다. 부엌을 개조하고 손보기까지는 보름 정도의 시간이 걸렸다. 우리는 식기 세척기를 설치하려 했을 뿐인데, 조리대 아랫부분이 너무나 좁아 식기 세척기를 넣기가 불가능했다. 전문가를 불렀더니 아예 부엌을 개조하는 게 더 쉬울 것이라고 말해서, 그의 말에 따르기로 했다. 비용은 집주인이 부담하기로 했다.

침실에서 나는 소리에 고개를 돌렸다.

아이들 방에서 난 소리인가?

나는 바니아와 헤이디의 방을 들여다보았다. 둘 다 세상모르고 자고 있었다. 헤이디는 2층 침대 위칸에 누워 베개에 발을 대고 이불 위에 웅크려 자고 있었고, 아래칸에 누워 있는 바니아는 이불 위에서 두 팔과 두 다리를 쫙 뻗은 채 작은 엑스자를 만들어 자고 있었다. 바니아가 고개를 양옆으로 흔들며 중얼거렸다.

"엄마 소 음매…"

바니아는 눈을 떴다.

"깼어? 바니아?"

아무 대답도 들리지 않았다.

바니아는 잠꼬대를 한 것 같았다.

가끔 바니아는 자다가 벌떡 일어나 소리 내어 흐느낄 때가 있다. 그럴 때면 혼자만의 세상에 갇혀 소리를 지르며 슬퍼하는 아이를 달래기는 불가능했다. 아이를 안아 올려 가슴에 꼭 껴안아도 바니아는 발버둥을 치며 거부했다. 잠꼬대를 하는 지금도 아이와 접촉하는 건 불가능했다. 아이는 잠을 자고 있지 않지만 그렇다고 깨어 있지도 않았다. 일종의 중간 상태에 있는 아이를 보고 있으면 가슴이 아팠다. 다음 날 아침이 되면 아이는 어젯밤 일은 전혀 기억을 못 하는 듯 밝기만 했다. 나는 아이가 전날 밤의 일을 어렴풋이나마 기억하고 있는지 또는 기억나지 않는 꿈처럼 전혀 기억을 못 하는지 궁금했다.

아이가 '엄마 소 음매…'라고 잠꼬대한 일을 떠올리니 기분이 좋아졌다. 다음 날 아이에게 그 이야기를 해줘야겠다는 생각에 절로 미소가 흘렀다.

문을 닫고 욕실에 들어가니, 욕조 가장자리에 놓인 작은 양초 불빛이 창틈으로 새어 들어오는 바람 한 줄기에 흔들리고 있었다. 습기가 차서 후덥지근했다. 린다는 머리를 반쯤 물속에 집어넣고 눈을 감은 채 욕조 안에 누워 있다가, 내가 들어가니 몸을 일으켰다.

"당신만의 동굴 같아."

"아름답지 않아요? 당신도 들어올래요?"

나는 고개를 저었다.

"그럴 줄 알았어. 그런데 누구랑 통화했어요?"

"게이르. 어머니가 돌아가셨대."

"오, 세상에… 많이 슬퍼하던가요?"

"아냐, 그렇진 않은 것 같아."

린다는 다시 몸을 일으켜 욕조 벽에 몸을 기댔다.

"이제 우리 나이도 만만찮다는 생각이 들어. 미카엘라의 아버지는 몇 달 전에 돌아가셨고, 장모님도 심장 마비를 일으킨 적이 있고, 게이르의 어머니는 오늘 돌아가셨어."

"그런 말은 하지 마세요."

린다가 말을 이었다.

"어머닌 앞으로도 오래오래 사실 거예요. 당신 어머니도 마찬가지고요."

"그럴지도 모르지. 60대만 잘 넘기면 장수하실 거야. 일반적으로 그렇다는 말을 들었어. 어쨌든 이제 얼마 있지 않으면 우리가 가장 나이 많은 사람이 될 거야."

"칼 오베! 당신은 아직 마흔도 안 되었어요! 나는 이제 겨우 서른다섯밖에 안 되었고요!"

"언젠가 옙페랑 대화를 나눈 적이 있었지. 옙페의 부모님은 모두 세상을 떠나셨어. 나는 내 삶의 증인이 사라진다는 사실을 견딜 수 없다고 말했어. 그는 내 말을 이해하지 못했지. 솔직히 나도 내 말을 정확히 이해하지 못했던 게 사실이야. 내가 의미했던 건 지금 이 순간의 내 삶을 증명할 수 있는 증인이 아니라, 아이들의 삶을 증명할 수 있는 증인이었어. 난 장모님이 아이들의 현재뿐만이 아니라 아이들의 과거와 어린 시절, 자라는 과정을 모두 봐주길 원해. 장모님이 진정으로 아이들을 이해하고 알 수 있기를 바라는 거지. 내 말, 이해할 수 있지?"

"그럼요. 하지만 난 지금 그런 대화는 나누고 싶지 않아요."

"언젠가 당신이 방에 들어와서 헤이디를 못 봤냐고 내게 물은 적이 있었어. 기억나? 난 당신과 함께 헤이디를 찾으러 거실로 갔지. 그때 베릿이 우리 집에 있었던가. 맞아, 그녀가 베란다 문을 열어놓았었지. 열린 베란다 문을 보는 순간, 난 순간적으로 겁에 질렸어. 마치 온몸의 피가 거꾸로 흐르는 것만 같았다고. 정신을 잃을 것만 같았어. 불안감, 공황감, 두려움… 그때 나를 엄습했던 느낌을 한마디로 표현하긴 힘들어. 너무나 순간적이었고 너무나 강렬했으니까. 난 헤이디가 혼자 베란다로 기어나갔다고 생각했어. 헤이디를 잃어버렸다는 생각이 뒤를 이으니 다리가 후들후들 떨려 그 자리에 서 있을 수도 없었어. 그 당시의 몇 초는 내 인생에서 가장 최악의 순간이었어. 그처럼 강렬한 두려움과 불안감을 느꼈던 때는 단 한 번도 없었거든. 이상하게도 그 전에는 아이들을 떠올려도 그런 느낌이 든 적이 없었어. 무슨 이유에선지, 난 우리 아이들이 영원히 우리 곁에 있을 것이라고만 생각했거든. 마치 불사신처럼 말이야. 어쨌든… 당신 말이 맞아. 굳이 지금 이런 이야기를 할 필요는 없을 것 같군."

"고마워요."

린다가 미소를 지었다. 화장기 없는 얼굴에 머리를 뒤로 빗어 넘긴 그녀는 나이보다 훨씬 젊어 보였다.

"당신… 그렇게 하고 있으니까 서른다섯처럼 보이지 않아. 꼭 스물다섯 같아."

"그래요?"

나는 고개를 끄덕였다.

"하긴 며칠 전에 주류 독점 체인에 갔더니 신분증을 보여 달라고 하더군요. 칭찬으로 여기고 웃어넘겼죠. 길을 갈 때도 마찬가지예요. 특히 종교 단체에서 나온 사람들은 나만 보면 불러 세워요. 다른 사람들과 함께 갈 때는 그냥 보내주다가도 나를 발견하면 곧바로 뒤쫓아 온다고요. 아마도 내 분위기가 다른 사람들과는 달라서 그런 것 같아요. 아, 저기 구원이 필요한 사람이 있구나. 그들이 이런 생각을 하는 건 아닐까요?"

나는 어깨를 으쓱 추어올렸다.

"순진해보여서겠지."

"쳇! 그건 더 심한 말이에요!"

린다는 손가락으로 코를 쥐어 잡고 물속으로 잠수했다. 다시 물 위로 모습을 드러낸 그녀는 머리카락을 세차게 흔들고 나서 나를 향해 미소를 던졌다.

"왜죠? 왜 그런 눈으로 나를 보는 거예요?"

"방금 했던 거… 예를 들면 말이야, 어렸을 때 많이 했던 짓이지?"

"뭘요?"

"물속으로 잠수하는 거 말이야."

욕실과 벽 하나를 사이에 둔 침실에서 욘의 울음소리가 들렸다.

"가서 등 좀 쓰다듬어주세요. 난 1분 후에 갈게요."

나는 고개를 끄덕이고 침실로 들어갔다. 욘은 천장을 바라보고 누워 사지를 버둥거리면서 울고 있었다. 나는 아이를 엎드려 눕힌 후 등을 쓰다듬어주었다. 욘은 우리가 등을 쓰다듬어주면 아주 만족해하면서 금세 울음을 그치곤 했다. 물론, 아이가 매우 화를 내고 소리를 지르면서 울 때는 그것만으로 부족했지만 말이다.

나는 내가 알고 있는 다섯 곡의 자장가를 모두 불러주었다. 침실로 들어온 린다는 욘을 우리 침대로 데려가 함께 누웠다. 나는 거실로 가서 외투를 입고 목도리를 두르고 모자를 쓰고 신발을 신은 다음 베란다로 나가 구석에 있는 의자에 앉아서 커피를 따르고 담배에 불을 붙였다. 동풍이 불고 있었다. 구름 한 점 없는 짙은 푸른색 하늘엔 별들이 반짝이고 있었다. 여기저기 비행기의 불빛도 보였다.

스무 살이 되던 해였다. 그해 여름 어느 날, 어머니에게서 전화를 받았다. 배에 종양이 생겨서 다음 날 병원에 바로 입원해 수술을 받을 예정이라고 했다. 악성인지 양성인지는 수술을 받아봐야 알 수 있다고 했다. 어머니는 배에 생긴 종양 때문에 몇 주 동안 엎드려 눕지도 못했다고 덧붙였다. 어머니의 목소리에는 힘이 하나도 없었다. 나는 그때, 크리스티안산 외곽, 쉼에 살고 있는 힐데와 함께 있었다. 고등학교 동기인 그녀와 함께 수영을 하러 바닷가에 갈 생각으로 집 앞에 주차된 차 옆에 서서 그녀를 기다리고 있었는데, 힐데가 베란다에서 나를 소리쳐 불렀다. 칼 오베, 네 어머니 전화야. 나는 순간적으로 심각한 상황이라는 것을 감지했지만 특별한 느낌은 없었다. 전화를 끊고, 밖에 나가 힐데의 차에 앉은 후, 어머니가 수술을 해야 하기 때문에 내일 당장 푀르데로 가야 한다고 말했다. 마치 내가 참석해야만 하는 행사에 가는 것처럼 덤덤하게 말하던 나는, 이 행사에서 내가 맡은 역할은 병든 어머니를 돌보기 위해 비행기를 타고 집으로 가는 아들의 역할이라고 생각했다. 곧 장례식을 떠올렸고, 내게 다가와 애도를 표하는 친지들을 떠올렸으며, 어머니에게서 물려받을 유산도 떠올렸다. 마침내 무언가 의미 있는 글을 쓸 수 있겠다는 생각도 스쳤다.

이런저런 생각들이 내 머릿속을 휘젓는 동안, 그 밑바닥에는 또다른 생각도 자리를 잡기 시작했다. 아냐, 이건 아주 심각한 상황이라고. 어머니가 세상을 떠날지도 모르는 상황이잖아. 네게 너무나도 큰 의미를 지니고 있는 어머니가 세상을 떠나길 바라는 건 아니겠지, 칼 오베? 어머니가 수술을 받기 때문에 집에 가야 한다는 말을 하니, 문득 내가 아주 중요한 사람처럼 여겨졌다. 분명, 힐데의 눈에도 그렇게 보였으리라.

힐데는 다음 날 나를 공항까지 태워주었다. 나는 브링엘란소센 공항에서 내려 공항버스를 타고 푀르데 시내로 갔고, 거기서 다시 시내버스를 타고 병원으로 갔다. 병원에 도착한 나는 어머니에게서 집 열쇠를 받아들고 집으로 향했다. 어머니는 그 집에 이사한 지 며칠밖에 되지 않았다. 그래서 거실에는 미처 풀지 않은 이삿짐으로 발 디딜 틈이 없었다. 어머니는 퇴원하고 나면 당신이 직접 이삿짐을 정리할 테니 신경 쓰지 말라고 했다. 나는 어머니가 퇴원을 한다는 것은 어디까지나 가정적 상황이라고 생각했다.

버스를 타고 푸르른 녹색 숲을 거쳐 어머니 집에 도착한 나는 그 날 저녁과 밤을 혼자 보내고, 다음 날 병원으로 갔다. 수술을 받은 어머니는 마취기가 사라지지 않았는지 힘없이 누워 있었다. 수술은 성공적으로 끝났다고 했다.

그날 저녁, 한쪽에는 높은 산, 다른 한쪽에는 강이 흐르는 집으로 다시 돌아온 나는 어머니의 이삿짐을 정리하기 시작했다. 부엌에 들어갈 짐을 정리하고 나니 어둠이 찾아들었고, 길을 달리는 자동차 수도 줄어들었다. 반면 강물이 흐르는 소리는 더욱 커졌고, 벽과 이삿짐 사이를 왔다 갔다 하는 내 그림자는 짙어지기 시작했다.

도대체 나는 누구인가? 한 외로운 인간. 당시, 나는 외로운 인간으로 살아갈 수 있는 방법을 터득한 지 얼마 되지 않았다. 그 방법이란 외로움의 의미를 최소한으로 줄이는 것이었지만, 그렇다고 해서 외로움을 완전히 없애버릴 수는 없었다. 그 때문에 나는 일손을 멈출 때마다 문득문득 나를 덮쳐오는 외로움을 이겨내기 위해 외투를 입고 잔디밭을 거닐기도 했고, 여름밤 속에서 짙은 잿빛을 띠고 흐르는 강가의 오솔길을 걷기도 했다. 강가에 서서 하얀 떡갈나무 둥치와 수면을 바라보고 있으면 내 외로움이 그들의 모습과 비슷하기에 위로를 받을 수 있다고 생각했던 걸까. 어쨌든 나는 그 당시 밤이면 물가를 찾아 내 외로움을 달래곤 했다. 바다, 강, 시냇물. 그 크기와 깊이는 상관없었다. 오, 나는 얼마나 나만의 존재감으로 나를 채웠던가. 나는 너무나 거대하면서도 너무나 보잘것없이 미미한 존재였다.

친구도 없이 완벽하게 혼자였던 나는 당시 여자에 대한 생각으로 내 머리를 채웠다. 물론, 애인이 있다 해서 무엇을 어떻게 해야 하는지도 모르던 때였다. 여자의 몸을 알기 전이니까. 여자와의 성관계.

아, 그것은 내게 하나의 이론에 불과했다. 하지만 난 그런 단어는 입 밖에도 내지 못했다. 욕정을 자극하는 것들을 입에 올릴 때면 항상 음부, 가슴 등등의 완곡한 단어를 사용했을 뿐이다.

나는 자살에 대한 생각으로 시간을 보낸 적도 있다. 아주 어렸을 때부터 해온 일이다. 나는 그런 생각을 했다는 자체만으로 나 자신을 부끄럽게 여겼다. 있을 수 없는 일이라는 생각도 해보았다. 그 이유는 내가 자살을 하면 복수를 해야 할 사람들에게 떳떳한 복수를 할 수도 없거니와, 그들에게 좋은 일만 해준다는 생각이 들어서였다.

담배를 다 피운 나는 이삿짐 박스로 가득한 빈집으로 들어갔다. 새벽 3시경, 이삿짐을 모두 풀어 정리할 수 있었다. 하지만 나는 거기서 멈추지 않고 현관에 쌓여 있는 그림들을 전부 거실로 옮겨왔다. 순간, 새 한 마리가 내 얼굴을 향해 날아오는 게 아닌가. 오, 젠장! 나는 거짓말 하나 보태지 않고 1미터쯤 뒤로 펄쩍 뛰어 피했다. 자세히 보니 그건 새가 아니라 박쥐였다. 박쥐는 미친 듯 거실 안을 날아다니기 시작했다. 나는 무서워 죽을 지경이었다. 거실에서 뛰쳐나간 나는 2층 침실에 들어가 문을 닫고 몇 시간 동안이나 꼼짝도 하지 않고 누워 있었다.

6시쯤 잠에 빠진 나는 다음 날 오후 3시에 일어났다. 옷을 갈아입고 병원에 갔더니 어머니는 여전히 강한 진통제 때문에 정신이 맑지 않아 보였다. 하지만 상태는 전날보다 훨씬 호전된 듯했다. 우리는 테라스에 함께 앉아 대화를 나누었다. 나는 어머니에게 봄에 있었던 슬픈 이야기를 해주었고, 어머니는 휠체어에 앉아 내 이야기를 들어주었다. 방금 수술을 마친 어머니에게 그런 이야기를 해서 걱정을 끼쳐드린 게 잘못되었다는 생각은 그로부터 몇 년이 지나고 나서야 떠올릴 수 있었다.

집에 다시 돌아오니, 박쥐는 벽에 매달려 꼼짝도 하지 않고 있었다. 나는 청소할 때 쓰는 양동이를 가져와 박쥐를 덮쳤다. 양동이 안에서 퍼덕퍼덕 날갯짓을 하는 박쥐 소리를 들으니 구토를 할 것만 같았다. 나는 조심스레 벽을 따라 양동이를 바닥까지 끌어내렸다. 다행히 박쥐를 잡기는 했지만 그 뒤엔 어떻게 해야 할지 아무 생각이 없었다.

나는 전날처럼 거실 문을 닫고 2층 침실로 올라가, 스탕달의 『적과 흑』을 읽다가 잠에 빠졌다. 다음 날 아침, 정원에서 벽돌을 찾아 거실로 가져온 나는, 박쥐를 덮어놓은 양동이를 조심스레 들어올렸다. 박쥐는 꼼짝도 하지 않았다. 잠시 주저하던 나는 벽돌을 들고 있는 힘을 다해 박쥐를 눌러 짓이겼다. 박쥐는 벽돌 아래서 몸부림을 쳤지만 나는 두 눈을 감고 박쥐가 움직이지 않을 때까지 벽돌을 누르는 두 손에서 힘을 빼지 않았다. 단단한 것으로 뭉클한 것을 짓누를 때의 그 역겨운 느낌은 그로부터 며칠, 아니 몇 주 동안이나 나를 떠나지 않았다. 나는 빗자루를 가져와 죽은 박쥐를 쓰레받기에 쓸어 담아 집 밖 도랑에 버렸다. 박쥐가 있던 그 자리를 세제로 빡빡 문질러 닦고 나서 나는 버스를 타고 병원에 갔다.

어머니는 다음 날 퇴원해 집으로 돌아왔고, 나는 보름 동안 어머니의 착한 아들로 살았다. 야성적인 푸른 숲과 그 위에 펼쳐진 회색빛 하늘을 바라보며, 나는 가구를 들여왔고 빈 박스를 버렸다. 어느덧 대학의 새 학기가 시작되었기에 나는 버스를 타고 베르겐으로 향했다.

20대의 나는 지금의 내 속에 얼마나 남아 있는가.

도시의 하늘에서 빛을 발하는 별을 바라보며, 나는 지금의 내게선

20대의 내 모습을 거의 찾아볼 수 없다고 결론을 내렸다. 물론 그때나 지금이나 내가 나라는 느낌은 달라지지 않았다. 아침이 되면 눈을 뜨고, 저녁이 되면 눈을 감는 나는 그때나 지금이나 다름이 없다. 하지만 20대에 공황 상태에 이를 정도로 내 가슴을 떨리게 했던 그 무엇은 지금 내 속에서 찾아볼 수 없다. 타인을 향했던 형언할 수 없을 정도의 집중력도 사라지고 없다. 내가 내 자신에게 심어주었던 과대망상증도 줄어들었다. 그다지 많이 줄어들었다고는 할 수 없지만, 어쨌든 줄어든 건 사실이다.

내가 스무 살 때는, 10년 전의 세월 속에 자리한 열 살 때의 내 모습을 떠올렸다. 20대에는 어린 시절이 멀지 않게 느껴지기 마련이다. 나는 바로 그 기억과 느낌을 바탕으로 20대의 세상을 받아들이고 이해했다. 하지만 지금은 그렇지 않다.

몸을 일으켜 침실로 들어가 보았다. 어둠이 깃든 침대에서 린다와 욘이 딱 붙어서 자고 있었다. 욘은 마치 자그마한 공처럼 보였다. 나는 침대에 누워 그들을 바라보다 잠이 들었다.


그로부터 열흘이 지난 날 오전, 나는 크리스티안산 외곽의 셰빅 공항에 내렸다. 13세부터 18세까지 그곳에서 불과 10킬로미터밖에 떨어지지 않은 곳에서 살았기에, 그곳의 풍경은 온갖 기억으로 가득 차 있었다. 그런데 이상하게도 이번엔 내 기억을 자극시키는 것을 아무것도 찾을 수 없었다. 어쩌면 바로 2년 전에 그곳을 찾았기 때문일 수도 있고, 지금 살고 있는 곳이 그곳과는 너무 멀리 떨어져 있기에 그럴지도 모른다. 나는 공항 계단을 내려갔다. 왼쪽에는 톱달스피오르의 물이 2월의 햇살을 받아 반짝이고 있었고, 오른쪽에는 언젠가 얀 비다르와 함께 연말 파티에 가기 위해 눈 쌓인 길을 걸었던

뤼엔슬레타가 보였다.

입국장에 들어간 나는 수화물을 찾은 다음 공항 내 상점에 들러 커피 한 잔을 사들고 건물 밖으로 나갔다. 담배에 불을 붙이고 줄지어 서 있는 공항버스와 택시를 향해 걸음을 옮기는 사람들을 바라보았다. 그들의 남부지방 사투리를 들으니 감회가 새로웠다. 우리는 특정 지방의 사투리를 사용하면서 그 지방의 지리적 또는 문화적 소속감을 느낄 수 있다. 어렸을 때 내가 생각했던 노르웨이 남부 지방의 사투리라는 것은 자만심을 상징하는 것이었다. 물론 그건 나만의 생각일 뿐이다. 그건 지금도 마찬가지다. 옆을 지나치는 사람들의 남부 지방 사투리를 들으니 그 생각은 더욱 강하게 나를 스쳤다. 그건 내가 단 한 번도 이들 무리에 끼지 못했기 때문일 것이다.

한 인간의 삶을 이해하는 것은 간단하다. 그 삶을 결정하는 중요한 요소 몇 가지만 이해하면 되니까. 내 경우에는 내 삶을 결정했던 요소가 두 가지 정도 있다. 그 하나는 내 아버지고, 다른 하나는 내가 어디에도 소속되지 않은 방랑자라는 것이다.

간단하지 않은가.

나는 휴대폰의 전원을 켜고 시간을 확인했다. 10시를 조금 넘은 시간이었다. 그날 있을 첫 프로그램은 오후 1시, 새로 생긴 아그데르 대학에서 있을 예정이었다. 다음 프로그램은 시내에서 20킬로미터쯤 떨어진 쇵네에서 저녁 8시에 있을 예정이었다.

나는 이번엔 원고 없이 프로그램을 진행하기로 마음먹었다. 이전에는 단 한 번도 해본 적이 없는 일이었다. 그 때문에 나는 10분 간격으로 내 몸을 덮치는 긴장감과 불안감에 시달려야만 했다. 다리도 후들후들 떨렸다. 커피잔을 들고 있는 손도 달달 떨리는 것 같았다. 나는 손을 내려다보면서 절대 그렇지 않다고 확인을 하고 나서, 담뱃재로 시커멓게 더러워진 쓰레기통 위의 철제 빗장에 담배를 비벼 끈 후 쓰레기통 속으로 꽁초를 던져넣었다.

자동 회전문을 통과해 다시 공항 안으로 들어간 나는 일간지 몇 가지를 사서 바의 높다란 의자에 앉았다. 10년 전, 나는 바로 그 장소를 내 소설의 한 배경으로 사용한 적이 있다. 『세상 밖으로』의 마지막 부분에서 주인공 헨리크 방켈이 미리암을 다시 만나기 위해 공항에 들어섰을 때의 그 장면. 나는 볼다에서 피오르를 운항하는 페리와 선착장, 반대편 산등성이를 내리쬐는 햇볕을 바라보면서 어두컴컴한 방 안에 앉아 언젠가 내가 돌아다녔던 크리스티안산의 모습을 떠올리며 밤새 글을 썼다. 그 옛날, 누가 내게 무슨 말을 했는지, 내 주변에서 무슨 일이 있었는지는 전혀 기억이 안 나지만, 이상하게도 그곳의 경관과 풍경은 시간이 지나도 선명하게 내 기억 속에 남아 있다. 내가 들어섰던 방의 모습, 내가 거닐었던 곳의 풍경. 눈을 감으면 내가 자랐던 집 안의 구석구석까지도 정확하게 떠올릴 수 있을 뿐 아니라 이웃집의 모습과 동네 풍경도 정확하게 묘사할 수 있다.

그곳을 중심으로 적어도 1~2킬로미터의 동네 모습도 마찬가지다. 학교와 수영장, 육상 경기장과 주유소, 상점과 친척들의 집… 내가 읽었던 책도 그렇다. 책의 내용은 몇 주만 지나면 잊어버리지만, 책 속에 묘사된 장소와 자연 풍경은 몇 년이 지나도 내 머릿속에 남아 있다. 어쩌면 평생을 가도 잊어버리지 않을지 모른다.

『다그블라데』『아프텐포스텐』『페드레란즈벤넨』을 차례차례 읽고 나서 지나가는 사람들을 바라보았다. 사실, 나는 그 시간에 강의 준비를 해야 했다. 그때까지 내가 준비해둔 것은 바로 전날 예전에 쓴 글들을 몇 편 읽고 강의 시간에 소개할 몇 부분을 발췌해 프린트

해둔 것뿐이었다. 비행기 안에서는 강의 시간에 할 말을 열 문장 정도로 요약해 적어놓았을 뿐이다. 그 이상은 더 할 수가 없었다.

솔직히 말을 한다는 것보다 더 쉬운 일은 없다. 게다가 내 말을 귀기울여 듣고 가슴에 새겨두는 사람이 있다면 그보다 더 감사한 일도 없다. 내가 해야 할 말은 내가 쓴 두 권의 책에 대한 것이다. 그것만큼은 할 수 있었다. 그래서 나는 책을 쓰기까지의 과정, 즉 이야기가 모양새를 갖추게 되기까지 걸렸던 몇 년 동안의 이야기를 할 작정이었다.

로런스 더럴*은 소설을 쓴다는 목표를 정했으면 누워 잠을 자는 시간에도 잊지 않고 그 목표를 향해 전진해야 한다고 말했다. 그의 말에는 틀림이 없다. 우리는 우리 자신의 삶뿐만 아니라 같은 문화권에 살고 있는 모든 사람의 삶에도 다가갈 수 있다. 그렇게 함으로써 우리는 스스로의 기억뿐만이 아니라 같은 문화권의 빌어먹을 기억 속으로도 들어갈 수 있는 것이다. 나는 바로 당신이고, 당신은 바로 우리 모두이며, 우리는 같은 곳에서 왔고, 같은 곳으로 갈 것이며, 그 과정에서 우리는 같은 라디오 방송을 듣고, 같은 텔레비전 프로그램을 보고, 같은 신문을 읽고, 같은 서식지에 존재하는 모든 인간의 얼굴과 미소를 접하기 때문이다. 비록 당신이 세상의 중심에서 수백 킬로미터나 떨어진 작은 도시의 작은 집에 앉아 사람이라곤 단 한 명도 볼 수 없는 상황에 처해 있다 하더라도, 그들의 지옥 같은 삶은 당신의 지옥 같은 삶이 될 수 있고, 그들의 하늘은 당신의 하늘이 될 수 있다는 말이다. 세상은 바람이 들어간 풍선과도 같다. 그 풍선에 흠집을 내면 그 속에 있던 세상은 열린 틈으로 쏟아져 나오기 마

---

* 영국의 시인이며 소설가.

련이 아니었던가.

뭐, 대충 그렇다는 말이다.

언어는 우리 모두가 공통으로 소유한 것이다. 우리는 언어 속에서 성장하고, 언어라는 매체를 사용해 자신을 표현한다. 그 때문에 우리와 우리가 표현하려는 것이 아무리 독특하다 해도 우리는 궁극적으로 문학 속에서 타인을 배제할 수 없다. 그런데 우리를 서로 가까이 엮어주는 것은 그 반대의 것이다. 언어는 아무에게도 속하지 않으며, 그 어느 누구도 특별한 존재로 만들어주지 않는다. 언어의 형식은 한 개인이 깨뜨릴 수는 없는 것이기에, 만약 어느 한 개인이 그 형식을 깨뜨렸을 때는 뒤따르는 무리가 있어야 의미를 지니고 새로운 형식으로 발전할 수 있다. 형식이란 것은 내게서 거리를 둔 곳에 또 다른 나를 배치하는 행위다. 그 거리는 바로 타인에게 가까이 다가갈 수 있는 조건이 되기도 한다.

나는 헤우게에 대한 에피소드로 강의를 시작할 생각이었다. 그는 항상 혼자만의 세계 속에서 징징 짜며 외롭게 살던 늙은이인데도 동시대 그 어느 누구보다도 문화와 문명의 중심에 더 가까이 다가가 있던 사람이었다. 그가 했던 이야기는 무엇인가? 그가 갔던 장소는 어떤 곳이었던가?

나는 의자에서 미끄러지듯 내려와 커피 리필을 하고, 린다에게 전화를 하기 위해 50크로네짜리 지폐를 동전으로 바꾸었다. 내 휴대폰은 외국에서 사용할 수가 없었다.

나는 핵심어를 적어둔 종이를 들여다보며 잘 될 거라고 나 자신을 위로했다. 이미 오래전에 나를 지배했던 생각들을 적어둔 것이었지만, 그건 중요하지 않았다. 중요한 건 내가 무슨 말이라도 해야 한다는 것이었다.

지난 몇 년간, 문학에 대한 내 믿음은 점점 약해지기 시작했다. 책을 읽고 나면, 그건 항상 누군가가 지어낸 이야기에 불과하다는 생각이 들었다. 어쩌면 우리는 픽션이라는 장르에 속박되어버린 건 아닐까. 지난 몇 년 동안 픽션은 인플레이션처럼 불어났다. 어디로 눈을 돌리든 픽션밖에 눈에 띄지 않았으니 말이다. 수백만 권의 포켓북, 하드커버 북, DVD 영화와 텔레비전 시리즈물. 이 모든 것은 현실을 모방해 지어낸 세상과 그 속에 있는 가상의 인간들이 사는 모습을 보여주고 있다. 신문 기사, 텔레비전 뉴스, 라디오 뉴스도 형태가 같았다. 다큐멘터리 프로그램 형태도 마찬가지다. 물론 다큐멘터리 속에서 잘 짜인 이야기를 찾을 수 있지만, 그 이야기도 따지고 보면 누군가가 우리에게 해주는 이야기에 지나지 않고, 그것이 사실인지 아닌지는 중요하지 않게 변해버렸다.

이것은 재앙이다. 나는 픽션의 핵심이 진실이냐 거짓이냐를 떠나, 수도 없이 범람하는 온갖 종류의 픽션과 현실 사이의 거리가 거의 같을 정도로 일정하다는 사실 때문에 온몸이 고통스럽기까지 하다. 이 사실을 떠올릴 때마다 나는 무기력해지고, 의식 속에서 부서져 산산조각이 나버리는 나 자신을 보는 것만 같아 고통스럽다.

우리가 사는 이 세상은 픽션 속에서 일률적으로 재창조되고 있다. 우리가 독특하고 특별하다고 여기는 것들은 이미 사라져버린 지 오래다. 지금은 아주 다른 모습의 세상 속에서 살 수도 있었다고 생각하는 것 자체가 혼란을 불러일으키는 시대다. 나는 그런 유의 픽션을 쓰고 싶지 않다. 글을 써보려 마음을 다잡고 앉아도 이건 내가 지어낸 것에 불과하다는 생각이 한 문장 간격으로 나를 덮쳐 괴롭힌다. 그렇게 쓴 글은 아무런 가치도 찾아볼 수 없다.

지어낸 것은 가치가 없다. 심지어는 다큐멘터리적 글도 무의미하다. 내게 가치와 의미가 있는 것은 일기와 수필밖에 없다. 지어낸 이야기가 아닌 문학, 무언가를 억지로 이야기하려 하지도 않고 오직 한 사람의 목소리와 인성, 삶과 얼굴과 눈빛을 그대로 담아내는 문학 말이다.

타인의 눈빛을 마주볼 수 없다면 그것을 감히 예술이라 이름 붙일 수 있는가? 우리를 내려다보는 눈빛도 아니요, 우리를 우러러보는 눈빛도 아닌, 우리와 눈높이가 같은 타인의 눈빛 말이다. 예술은 집단적으로 경험할 수 있는 것이 아니다. 예술은 독자적으로 존재하는 것이며, 우리는 작품 속의 눈빛을 홀로 만나야 한다.

그렇게 흐르던 내 생각은 벽에 부딪치고 말았다. 만약 픽션이 무가치한 것이라면 이 세상도 무가치한 것이 아닌가. 왜냐하면 우리는 픽션을 통해 세상을 바라보니 말이다.

물론 이러한 관점도 얼마든지 상대화할 수 있다. 지금까지의 내 생각은 모두 세상의 실질적 상태가 아닌 나의 심적 상태와 관련된 것이라 말할 수 있는 것이다. 에스펜과 토레는 그들이 작가로 데뷔하기 전부터 알아온 오랜 친구들이다. 그들에게 내 생각을 말한다면 그들은 분명 저마다 자기의 관점을 바탕으로 코웃음을 칠 게 분명하다.

에스펜은 매우 비판적이기도 하지만 열정과 호기심이 있으며, 세상의 모든 일에 관심을 보이기를 멈추지 않는다. 에스펜이 글을 쓸 때는 세상의 모든 외적 요소에 열정을 보인다. 정치, 스포츠, 음악, 철학, 종교역사, 의학, 생물학, 미술, 현대와 과거의 역사, 전쟁 등의 주제뿐만 아니라 자신의 딸들과 휴가 여행과 그가 직접 보고 경험했던 온갖 일. 그는 자신만의 독특함과 밝음과 가벼움으로 세상의 모든 것에 대해 글을 쓰고 이해하려 시도한다. 밝고 가벼운 그의 태도는 그의 시선이 외면에 머물러 있기 때문이다. 내성적이고 자기반성적인 시선은 비평과 비판이 꽃을 피울 수 있는 외면의 모든 요소를 파괴할 수도 있다. 에스펜이 바라고 갈망하는 세상, 그가 스스로 한 부분이 되려고 하는 세상은 바로 이러한 외적 요소로 이루어진 세상이다.

내가 그를 처음 알게 되었을 때, 에스펜은 매우 내성적이고 수줍음이 많은 사람이었다. 세상과는 문을 닫은 채 살고 있던 그는 불행하게까지 보이기도 했다. 나는 그가 지나온 삶의 긴 여정을 모두 보았다. 그는 적지 않은 세월을 끊임없이 노력해 자신을 짓누르던 모든 것을 이겨냈다. 이제 제자리를 찾은 듯한 그는 매우 행복해 보인다. 그는 여전히 세상의 많은 부분을 비평하고 비판하지만, 그렇다고 세상을 경멸하진 않는다.

토레의 밝음과 가벼움은 에스펜의 그것과는 거리가 멀다. 토레는 동시대를 사랑하고 그 속에서 무언가를 얻어내려고 한다. 그는 팝뮤직을 좋아하고, 한 주 동안 세상을 떠들썩하게 했다가 다음 주가 되면 또 다른 노래로 자리바꿈을 하는 히트송 세계의 해부학적 요소에 관심이 있다. 가능한 한 많이 팔고, 가능한 한 미디어에 많이 노출되고, 소비자와 소통하기 위해 투어를 해야 하는 대중음악의 윤리에 빠진 토레는 바로 이러한 것들을 자신의 문학 세계에 접목했다. 물론 이러한 그의 태도는 문학 비평가들이 악평을 하도록 유발했지만 그는 개의치 않고 끝까지 자신이 원하는 바를 소신 있게 밀고 나갔다. 그가 싫어하는 것이 있다면 그것은 바로 모더니즘이다. 왜냐하면 모더니즘은 소통과 접근이 불가능하며, 특별히 의미를 두고 주장하는 바도 없으면서 필요 이상으로 자기중심적이기 때문이다. 어쨌든 그의 생각을 바꾸기는 쉽지 않을 듯하다. 한때 스파이스 걸즈에 빠지기도 했고, 미국 시트콤 「프렌즈」를 찬양하는 에세이까지 썼던 사람이니까. 나는 그가 모더니즘 시대 직전에 활약했던 발자크, 플로베르, 졸라, 디킨스풍의 소설을 쓰는 것을 매우 긍정적으로 생각한다. 하지만 형식이 모든 것을 지배한다는 그의 생각에는 동의하지 않는다.

하긴, 그가 내 소설에 대해 침을 튀겨가며 비판하는 단 하나의 요소가 바로 형식이기도 하다. 그는 내가 추구하는 형식이 너무나 약하다고 말하기를 주저하지 않는다. 나는 물론 에스펜이 추구하는 방향도 긍정적이라 생각한다. 지적이고 탈선적이지만 매우 광범위한 그의 글은 어딘지 모르게 바로크적 분위기를 풍기기도 한다. 하지만 나는 낭만주의를 조롱하고 이성주의만 찬양하는 그의 접근 방식을 그다지 좋아하지 않는다.

어쨌든, 에스펜과 토레는 전심을 다해 세상 속으로 파고든다. 물론 그것이 나쁘다는 말은 아니다. 나는 오히려 그들의 태도를 긍정적으로 바라보고 있으며, 나 또한 그들처럼 나만의 방식으로 세상에 파고들어야 한다고 생각할 때가 없지 않다. 예를 들어 니체의 니힐리즘 태도에 순응하는 것이다. 왜냐하면 내겐 그것 외에는 파고들게 없으니까. 내가 할 수 있는 것은 그것밖에 없는데, 그것을 거부할 수 있는가.

휴대폰을 꺼냈다. 배경 화면에 저장해둔 헤이디와 바니아의 사진이 나타났다. 환한 미소를 띤 헤이디는 화면에 얼굴을 바짝 붙이고 있었고, 바니아는 헤이디의 뒤편에 서서 조심스럽게 미소를 짓고 있었다.

시계를 보니 10시 45분이었다.

자리에서 일어나 공중전화 부스에 들어가 40크로네를 넣고 린다의 휴대폰으로 전화를 걸었다.

"오늘 아침엔 어땠어?"

"어휴, 말도 말아요. 아수라장이나 다름없었어요. 내 맘대로 되는 일이라곤 하나도 없었다고요. 헤이디는 손톱으로 욘을 할퀴었고, 바니아와 헤이디는 서로 밀치고 당기며 다투었어요. 게다가 바니아는 길에 드러누워 소리를 지르기까지 했다고요."

"아이고! 많이 힘들었겠군."

"유아원에 도착하니 바니아가 뭐라고 한 줄 알아요? '엄마와 아빠는 항상 화만 내. 맨날 화만 낸다고!'라고 말하지 뭐예요. 그 말을 들으니 얼마나 슬프고 가슴이 아픈지… 눈물이 확 쏟아질 정도로 슬펐어요."

"이해해. 하지만 함께 노력하면 얼마든지 해결할 수 있는 일이야, 린다. 해결할 수 있어. 해결해야만 하는 일이고. 계속 이렇게 살 수는 없어. 나도 노력할게. 나도 잘못한 게 많아."

"네, 함께 고쳐나가야 해요. 당신이 집에 돌아오면 다시 이야기하기로 해요. 난 아이들이 행복하기만 바랄 뿐이에요. 내가 원하는 건 그것밖에 없는데도 그 일조차 제대로 못 해내고 있다고 생각하니 가슴이 아파요. 난 엄마가 될 자격도 없나 봐요. 내가 낳은 아이들과 함께 있는 것도 벅차니…"

"그런 말 하지 마. 당신은 아주 좋은 엄마야. 문제는 그게 아니잖아. 어쨌든 차차 함께 노력하면서 고쳐나가도록 하자고. 기운 내."

"알았어요. 그건 그렇고, 잘 도착했나요?"

"응. 지금 크리스티안산에 있어. 곧 강의를 하러 가야 하는데 긴장되고 떨려 죽겠어. 내가 세상에서 제일 싫어하는 일이야. 이보다 더 싫은 건 없는 것 같아. 그런데도 난 뭐 때문에 이런 일을 계속하고 있는지 모르겠어."

"하지만 매번 잘했잖아요."

"그건 약간의 양념을 가미한 진실이긴 하지만… 맞아, 당신 말이 맞아. 가끔은 그랬지. 어쨌든 내가 뭘 불평할 수 있는 상황은 아니야. 잘 될 거야. 오늘 저녁에 다시 전화할게. 당신도 전화할 일이 있으면 언제든지 전화해. 난 여기서 전화를 걸 수는 없지만, 오는 전화는 받을 수 있으니까."

"오케이."

"지금 뭐 해?"

"욘과 함께 필담스 공원에 가고 있는 중이에요. 욘은 지금 자고 있어요. 경치가 참 좋아요. 따지고 보면 내가 불평할 일이 하나도 없는데 아침에 있었던 일 때문에 자꾸만 신경이 쓰여요."

"시간이 흐르면 잊어버릴 거야. 오후엔 좋은 시간 보내. 이제 가봐야겠어. 잘 있어."

"그래요, 행운을 빌어요."

전화를 끊은 나는 가방을 들고 담배를 피우려고 건물 밖으로 나갔다.

젠장! 젠장! 오, 빌어먹을!

나는 벽에 몸을 기대고 건너편에 자리한 숲과 푸르고 누런 나뭇잎들 사이로 보이는 회색 산등성이를 바라보았다.

아이들 이야기를 들으니 마음이 아팠다. 나는 집에 있을 때면 거의 대부분 화를 내고 짜증을 냈다. 아무것도 아닌 일로 헤이디에게 소리를 지르는 일도 빈번했다. 그리고 바니아… 오, 바니아… 바니아가 경기를 일으켜 소리를 지르고 버둥거리며 몸부림을 칠 때, 나는 무엇을 했던가. 아이에게 도움을 주기는커녕 오히려 통제력을 잃어버리고 아이에게 소리를 되지르며 아이를 침대 위에 내동댕이치기까지 하지 않았던가. 아이가 조용해지면 난 후회를 하면서 아이에게 참을성 많고, 친절하고, 착하고, 호의적인 아빠가 되겠다고 얼마나 다짐을 했던가. 좋은 사람, 좋은 아빠. 내가 원하는 건 오직 그것밖에 없는데.

나는 정말 아이들에게 좋은 아빠였던가.

빌어먹을! 오, 빌어먹을!

나는 담배꽁초를 휙 던져버리고 가방을 들고 걸었다. 강의를 할 대학이 어디 있는지 몰랐다. 내가 그곳에 살 때는 대학이 없었으니까. 택시를 탔다. 뒷좌석에 나를 태운 택시는 미끄러지듯 공항을 나서 강변도로를 달리기 시작했다. 예전에 내가 다녔던 학교를 봐도 아무런 감흥이 일지 않았다. 언덕을 지나치고 하므레산덴, 캠핑장, 해변, 학교 친구들이 모여 살던 주택가, 숲을 지나쳐 티메네스 교차로를 벗어난 택시는 E18도로를 따라 크리스티안산으로 향했다.


터널의 반대편, 내가 다닌 고등학교와 그리 멀지 않은 곳에 있는 대학 건물은 주변 건물들과는 동떨어져 마치 외딴 섬처럼 숲 한가운데 자리 잡고 있었다. 거대하고 보기 좋은 새 건물들. 내가 그곳을 떠난 이후 노르웨이의 국민소득이 높아졌다는 것은 의심할 여지가 없어 보였다. 사람들의 옷차림은 물론 그들이 모는 차도 값비싸고 고급스럽기 그지없었으며, 여기저기 눈을 돌리는 곳마다 새 건물들이 올라가고 있었다.

긴 수염에 안경을 낀 전형적인 학자의 모습을 한 남자가 입구에서 나를 맞았다. 그는 나를 강의실로 안내한 후 사라졌다. 나는 구내식당을 찾아가 바게트를 하나 사먹었고, 건물 밖으로 나가 커피를

443

마시면서 담배를 피웠다. 여기저기 보이는 학생들은 마치 고등학생들처럼 어려 보였다. 문득 그들 사이에 앉아 있는 중년 남자의 모습이 떠올랐다. 그게 바로 나였다. 휑하니 뚫린 눈으로 가방을 들고 앉아 있는 남자. 마흔. 곧 마흔이 되는 남자. 언젠가 한스의 친구였던 올리가 마흔 살이라고 말했을 때 너무나 놀라 의자에서 떨어질 뻔했던 기억이 스쳤다. 그가 마흔 살이라고는 단 한 번도 생각해본 적이 없었는데, 그가 마흔이 되었다고 하니 갑자기 그가 이전과는 다르게 보이기 시작했다. 도대체 저토록 나이 많은 남자가 우리 사이에 섞여 뭘 하고 있는 거지?

이제 내가 그 나이가 된 것이다.

"칼 오베?"

나는 소리 나는 쪽으로 고개를 돌렸다. 노라 시모넬이 미소를 지으며 나를 바라보고 있었다.

"어, 시모넬! 여긴 웬일이야? 여기서 일해?"

"웅. 네가 여기 온다는 소식을 들었어. 여기 오면 너를 만날 수 있을 것 같아서 와봤지. 오랜만이야."

나는 몸을 일으켜 그녀와 포옹했다.

"여기 앉아."

"좋아 보이는걸! 어떻게 지내니?"

나는 최대한 간단하게 내 삶을 요약해서 이야기해주었다. 세 아이, 스톡홀름에서 4년, 말뫼에서 2년. 나는 베르겐 대학 졸업 파티 때 그녀를 처음 만났다. 이후, 나는 볼다로 이사를 했고, 그녀도 볼다로 옮겨와 강의를 하며 내 첫 번째 소설을 읽고 여러 가지 도움말을 주었다. 그 후, 그녀는 오슬로로 가서 모르겐블라데에서 기자로 일했고 틈틈이 서점에서 아르바이트를 하면서 시집을 출간했다. 이곳, 아그데르 대학에서 강의를 한 지는 얼마 되지 않았다고 했다. 나는 크리스티안산에서 살 때를 떠올리면 마치 악몽 같았다고 말했다. 그녀는 20년 사이에 그곳도 많이 변했다고 했다. 하긴, 그곳에서 고등학교에 다니는 것과 그곳 대학에 교수로 재직하는 건 완전히 다른 일이다.

그녀는 잘 지내고 있다고 말했다. 무척이나 행복해 보였다. 그녀는 당분간 글 쓰는 일은 하지 않을 것이라고 했지만 완전히 포기하진 않았다고 말했다. 앞날은 어찌 될지 모르는 일이니까. 그녀의 동료가 우리 곁으로 다가왔다. 미국 여자였다. 우리는 그녀의 고향과 새로운 정착지 간의 다른 점에 대해 이야기를 나누면서 강의실로 함께 갔다.

10분 후, 나는 연단에 올라서야만 했다. 배가 살살 아프기 시작했다. 아니, 배뿐만 아니라 온몸이 아파오기 시작했다. 그때까지만 해도 생각 속에서만 달달 떨리던 내 손은 이제 정말 눈에 띄게 떨리고 있었다. 나는 연단 위 의자에 앉아 책을 뒤적거리면서 출입문 쪽을 바라보았다. 청중석에는 두 사람밖에 보이지 않았다. 그 외에는 나와 나를 마중 나온 안경 낀 교수가 전부였다. 다시 과거의 일이 되풀이될까봐 슬슬 걱정이 되기 시작했다.

작가로 데뷔하고 난 뒤 몇 주 지나 사람들 앞에 나섰던 곳도 바로 크리스티안산이었다. 그때는 청중석에 네 명이 앉아 있었다. 그중의 한 명은 반갑게도 학창 시절에 역사를 배웠던 선생님이었다. 로센볼 씨. 나는 프로그램을 마친 후 선생님에게 다가가 인사를 건넸다. 교장으로 진급했다는 선생님은 나를 알아보지 못했다. 선생님이 그곳을 찾은 이유는 그날 저녁 소개된 세 명의 데뷔 작가 중 비야르테 브레이테이그를 보기 위해서였다고 했다.

금의환향했다는 기분에 들떠 있던 나는 실망하지 않을 수 없었다.

"자, 이제 시작할까요?"

프로그램 사회를 맡은 안경 낀 교수가 말했다.

나는 청중석을 둘러보았다. 일곱 명이 앉아 있었다.

한 시간 후, 시모넬은 내게 다가와 감동적이었다고 칭찬을 해주었다. 나는 미소를 지으며 호의적인 말에 감사한다고 예의 바르게 답했다. 속으로는 그 상황이 거북하고 나 자신이 혐오스러워 죽을 지경이었다. 얼른 그곳을 빠져나가고 싶은 마음뿐이었다. 다행히도 게이르는 약속 시간보다 20분이나 일찍 그곳을 찾아왔다. 계단을 내려가니 로비에 서 있는 게이르가 보였다. 그렇게 서 있는 그의 모습을 본 지가 1년도 넘었다는 생각이 머리를 스쳤다.

"더 빠질 머리가 없을 거라고 생각했는데, 잘못 짚었군."

나는 게이르를 향해 손을 내밀며 말했다.

"네 이빨은 더 누레졌군. 길을 지나면 개들이 떼를 지어 네 뒤를 따라갈 것 같아. 아마 네가 집 잃은 개들의 우두머리라고 생각할 거야. 하하하. 그건 그렇고, 어땠어?"

"일곱 명뿐이었어."

"하하하!"

"상관없어. 그럭저럭 잘 진행했던 것 같아. 이제 가볼까? 차는 밖에 세워두었어?"

"응."

게이르는 전날 어머니의 장례식을 치른 사람치곤 꽤 기분이 안정되어 보였다.

"지난번에 여기 왔을 때는 청소년 군대 체험 훈련을 하기 위해서

446

였어.”

건물 밖으로 빠져나온 게이르가 말을 이었다.

“이 근처 어디쯤에서 군복과 장비를 받았지. 그때는 이런 건물이 하나도 없었어.”

그는 자동차의 원격 버튼을 눌렀다. 20여 미터 앞에 서 있는 붉은 색 사브의 깜빡이등에서 불이 반짝였다. 뒷좌석에는 유아용 자동차 시트가 있었다. 게이르의 아들이 사용하는 것이었다. 니욜은 헤이디보다 하루 늦게 태어났고, 나는 니욜의 대부가 되었다.

“네가 운전할래?”

게이르가 미소를 지으며 물었다.

나는 적당한 대답을 찾지 못해 미소만 되돌려준 후, 차문을 열고 좌석을 뒤로 조금 제친 후 안전띠를 매고 그를 바라보았다.

“그냥 그렇게 서 있을 거야?”

“어디로 갈 생각이니?”

“시내? 거기 말고 또 적당한 데가 있니?”

게이르는 시동을 걸고 후진을 한 후 찻길로 들어섰다.

“왜 그렇게 기운이 없어? 무슨 일이 있었던 거야?”

“아냐, 강의는 그럭저럭 잘 진행했어. 조그만 일로 너를 귀찮게 할 생각은 없어.”

“괜찮아. 도대체 무슨 일이니?”

“너도 알다시피… 성가신 문제 중에는 작은 것도 있고 큰 것도 있잖아.”

“어제 어머니를 묻었다는 건 네가 말하는 문제에 해당하지 않는 거니까 내 걱정은 하지 마. 이미 일어난 일은 일어난 일이고… 자, 어서 말해봐. 도대체 뭐야?”

우리는 짤막한 터널을 지나 콩스고르 언덕으로 향했다. 날카로운 겨울 햇볕이 내리쬐고 있는 언덕 위쪽은 너무나도 아름다웠다.

"오전에 린다와 통화를 했어. 아침에 혼자서 굉장히 힘들었나 봐. 너도 알다시피… 바니아가 경기를 일으키며 말썽을 부렸고, 애들 셋이서 서로 다투는 등 아주 혼란스러웠던 것 같아. 게다가 바니아는 우리가 매일 화를 내고 짜증을 낸다고 말했다는군. 바니아 말은 틀림이 없어. 집을 떠나 있으니 그동안 내가 어떻게 행동했는지 다 보이더군. 마음 같아선 지금 당장 집으로 돌아가서 아이들과 화해도 하고 그간 잘못했던 일들을 모두 정리하고 싶어."

"아, 그 뻔하고 일상적인 일들…"

"맞아."

E18도로에 들어서자 게이르는 차를 세우고 차창을 열어 회색 기계 속으로 통행세 조로 동전 몇 개를 던져 넣었다. 오데르네스 교회를 지나가며 아버지가 장례식을 치렀던 예배당과 내가 3년이나 다닌 크리스티안산 고등학교를 보았다.

"이곳은 내게 아주 깊은 의미가 있는 곳이야. 할아버지와 할머니가 저기 묻혔고, 아버지는…"

"네 아버지는 저기 어디쯤 보이는 창고에 계시는 거 아냐?"

"맞아. 오, 아직도 거기 계시다니… 헤헤헤."

"원래 가장 가까운 사람들이 더 무심한 거라고. 헤헤헤!"

"하하하! 정말이지 얼른 해결해야겠어. 아버지를 얼른 흙 속에 묻어드려야 하는데… 더 미룰 일이 아냐."

"10년 정도 창고에 있다 해도 다른 사람에게 해가 될 일은 없잖아."

게이르가 말했다.

"해를 끼친 사람이 있긴 있어. 물론, 그들은 화장을 당하지는 않았지."

"하하하!"

침묵이 흘렀다. 우리는 주유소를 지나 터널 속으로 들어갔다.

"어제 장례식은 어땠어?"

나는 게이르에게 물어보았다.

"나쁘지 않았어. 교회가 꽉 찰 정도로 사람들이 아주 많이 왔더군. 몇 년 동안 못 보았던 친척들과 친지들도 어제 많이 봤어. 그중에는 내가 어렸을 때 보고 지금까지 단 한 번도 보지 못한 사람도 많아. 장례식은 엄숙하면서도 아름다웠어. 아버지와 오드 스테이나르는 흐느껴 울었고…"

"너는?"

그는 나를 슬쩍 돌아보았다.

"난 안 울었어. 아버지와 스테이나르는 서로 부둥켜안고 앉아 있었고, 난 그들과 좀 떨어진 곳에 혼자 앉아 있었어."

"기분이 이상하지 않았니?"

"이상하긴! 그럴 이유라도 있어? 내겐 내 느낌이 있는 거고, 그들에겐 그들만의 느낌이 있는 거니까."

"여기서 왼쪽으로 돌려."

"왼쪽? 저기?"

"응."

우리는 교차로에서 페르트닝스가텐을 향해 차를 몰았다.

"곧 오른쪽에 주차장이 보일 거야. 거기서 차를 세우면 돼."

"알았어."

"네 아버지는 어떻게 생각하실 것 같니?"

나는 다시 게이르에게 물어보았다.

"내가 슬픈 기색을 보이지 않는 것에 대해서 말이니?"

"응."

"아버진 개의치 않아. 게이르는 원래 저런 아이라고 생각하시겠지. 아버진 항상 나를 있는 그대로 존중하고 받아들여주셨어. 아버지가 나를 데리러 파티장에 왔던 이야기를 해준 적이 있니? 난 그때 열여섯 살이었어. 술을 많이 마셔서 도저히 차 안에 앉아 있을 수가 없었지. 아버지는 차를 세웠고, 나는 속에 있는 걸 다 토해냈어. 아버지는 아무 말도 없이 다시 차를 몰았고, 그 후에도 그날 일은 단 한마디도 꺼내지 않았어. 나를 전적으로 신뢰하신다는 뜻이야. 내가 어머니 장례식에서 눈물을 보이지 않았다거나, 아버지를 부축해 드리지 않았다고 해도 아버진 전혀 개의치 않으셔. 사람들은 모두 다르니까. 아버진 서로의 다른 점을 충분히 존중해줄 수 있는 분이야."

"아주 좋은 분 같구나."

게이르가 내게로 다시 눈을 슬쩍 돌렸다.

"맞아. 아주 좋은 분이야. 아주 좋은 아버지지. 하지만 아버지와 나는 너무나도 다른 세계에 살고 있어. 그런데 네가 말한 주차장이 여기야? 아니, 저긴가?"

"응, 저기."

우리는 지하 주차장에 차를 세우고 시내를 함께 걸었다. 블루스 음반을 찾아 나선 게이르를 위해 먼저 레코드 가게를 찾은 우리는 곧 대형 서점 두 곳을 찾아본 후 배를 채우기 위해 도서관 옆에 있는 페페스 피자점에 자리를 잡고 앉았다. 게이르는 지난 몇 주 동안 있었던 일들에 전혀 동요되지 않은 듯했다. 그와 함께 피자를 먹는 동안, 나는 정말 게이르가 동요되지 않았는지, 아니면 그가 속내를 숨기고 의연한 척하는지 궁금했다.

내가 처음 스톡홀름에 갔을 때, 게이르는 단편 소설을 쓰고 있었다. 그 소설을 읽어본 나는 사건과 사건 사이의 간격이 너무나 크기 때문에 거리감을 좁혀보라고 제안했던 기억이 난다. 그의 글을 읽으면 물속에 가라앉은 거대한 선박을 끌어올리는 듯한 느낌이 든다고도 했다. 그가 글 속에서 묘사한 사건과 상황들은 바로 그의 의식이라고도 할 수 있는 가라앉은 선박 속에 자리 잡고 있었던 것이다.

그는 더 이상 그때 일에 연연하지 않았다. 그가 중요하지 않다고 여겼던 까닭은 그가 쓴 단편 소설이 아무런 의미가 없기 때문이 아니라 이미 지나간 일이기 때문이라고 말했다.

어떻게 그런 일이 가능할까? 가슴속에 묻어두고 표현하지 않은 것일까, 아니면 이성적으로 아예 제거해버렸던 것일까? 아니면 정말 그의 말대로 예스터데이 뉴스에 불과하기 때문일까? 그가 가족들에게 보이는 거리감까지도 과거의 모든 일에서 한 발짝 떨어져 관조하는 그의 태도 때문일까?

게이르의 말로는 그의 가족들의 일상은 시내 외곽에 있는 쇼핑센터에 가는 일, 일요일 오후 가끔 외식을 하는 일을 제외하면 너무나 평범하다고 했다. 대화의 주제도 대부분 음식이나 날씨에 대한 것뿐이기에 그는 가끔 지루해 견딜 수가 없어 안절부절못한다고 했다. 그가 하는 일은 가족들의 관심과 일상과는 너무나 거리가 멀어 교감을 나눌 수가 없다고도 했다. 가족들과 관심사를 나누고 교감을 하려면 더욱 자주 얼굴을 맞대고 만나야 하지만, 그는 그렇게는 하기 싫다고 했다.

그러면서도 그는 가족들이 보여주는 따스함과 호의, 포옹과 다독임이 얼마나 정겨운 것인지 자주 입 밖에 내곤 했다. 물론, 그런 말을 할 때는 그가 가족들 틈에서 지루함을 견디지 못해 안절부절못할 때나 내 기분에 상처를 내고 싶을 때였다. 왜냐하면 내 가족은 그의 가족에게선 찾아볼 수 없는 지적 호기심을 지니고 있었고, 폭넓은 대화를 나누는 것도 가능했기 때문이다. 그는 이런 것들을 중산층의 가치라면서 그 속에서는 따스함과 친밀감이라곤 찾아볼 수 없다고 주장했다. 그의 말에 따르면 따스함과 친밀감이라는 것은 그의 가족, 즉 노동자층에서만 볼 수 있는 것이라 했다. 하지만 이 친밀감과 따스함은 학자 계급층에서 거의 경멸하다시피 단순하다고 치부해버리는 것이 아니었던가.

게이르는 중산층과 중산층의 가치를 경멸했으나, 노동자 계급의 가정에서 태어나 대학에서 강의를 하는 커리어를 합친다면 그 또한 중산층에 속해 있다 해도 틀린 말은 아니다. 그 때문에 그를 보면 마치 거미줄에 걸려 꼼짝달싹 못 하는 파리 같다는 생각이 들 때도 있다.

그는 나와 다시 만나 매우 기뻐하는 듯했다. 어머니의 죽음에 안도하는 것 같기도 했다. 자기 자신이 아니라 어머니를 염두에 둔 안도감 말이다. 언젠가 그는 어머니의 불안감에 대해 이야기해준 적이 있다. 자기는 개의치 않는다고 말했지만… 글쎄, 그의 속내는 다르다는 기분이 들었던 건 무엇 때문일까. 그렇다, 인간이 주어진 삶에서 벗어나는 건 얼마나 힘든 일인가. 우리는 주어진 삶을 살아낼 뿐이다.

우리는 크리스티안산에 대해 이야기를 나누었다. 그에게 크리스티안산은 하나의 도시에 불과했지만, 내겐 봇물 터지듯 치솟아 오르는 과거의 느낌과 감정을 떼어놓고선 이야기할 수 없는 도시였다. 그것은 도시를 향한 증오였고, 어린 시절 내게로 향한 기대감을 채우지 못했다는 일종의 자괴감이었다.

게이르는 어린 시절을 보냈던 장소는 그 자체만으로도 기억 속에서 독특한 색깔을 지닌다고 했다. 나는 그의 말에 동의하지 않았다. 내가 보는 아렌달과 크리스티안산 사이에는 너무나 큰 차이점이 있었고, 두 도시 간의 심리적 차이점도 크다. 도시들도 저마다의 특색과 심성과 영혼을 지니고 있다. 그걸 한마디로 무어라 정의할 수 있을까. 어느 한 도시에 발을 딛는 순간, 우리는 그 도시에 사는 사람들에게 영향을 미치는 도시 자체의 성격을 느낄 수 있다.

크리스티안산은 상업 도시로 상업성과 관련된 영혼이 깃들어 있다. 베르겐도 마찬가지다. 하지만 베르겐에서는 크리스티안산과 비교해 위트와 자기 역설적인 면도 함께 엿볼 수 있다. 사람들은 베르겐이 세상의 중심이라 여기는 동시에, 이 세상에는 베르겐만 존재하는 것이 아니라는 것을 잘 알고 있다는 말이다.

"그건 그렇고 지난여름에 『새로운 땅』을 다시 읽어보았어. 너도 읽었지?"

나는 게이르에게 물어보았다.

"응, 아주 오래전에."

"함순은 그 책에서 상업인, 기업가들을 찬양하고 있더군. 자기 자신을 젊고 역동적이며 세상의 미래이자 거대한 영웅으로 지칭하고 있었어. 반면, 문화인들은 조롱의 대상이었지. 작가와 화가들은 그에게 아무것도 아니었어. 하지만 기업가들은 두 팔 벌려 찬양하기를 주저하지 않았지. 그 책을 읽으면서 저절로 웃음이 나왔어. 함순이 얼마나 비비 꼬인 사람인지 알 것 같았어."

"음… 그의 전기를 보면 어린 가사도우미에게 수작을 부리는 함순의 모습도 볼 수 있어. 주인집 여자는 마치 의붓어머니처럼 못 본 척했지. 따지고 보면, 함순은 당시 가장 낮은 사회 계급 출신이었잖아. 사람들이 간과하고 있는 건 바로 그 점이야. 함순은 노동자 계급 출신의 작가라고. 밑바닥 중에서도 가장 가난한 밑바닥 출신이었기에 심지어는 가사도우미를 겁탈하는 것도 신분 상승의 기회로 작용했지. 그 점을 모른다면 함순을 이해하기 어려워."

"함순은 결코 뒤돌아보는 법이 없었어. 부모조차도 그에겐 의미 없는 존재였지. 내가 무슨 말을 하는지 이해하지? 그가 부모를 묘사한 장면을 읽으면 마치 북쪽 노를란의 한 낡은 집 거실 벽에 붙박이 장처럼 걸려 있는 회색 늙은이가 연상돼. 함순은 작가로 성공한 다음에도 자신의 뿌리에 대해 결코 입을 열지 않았어. 마치 함순의 삶은 그의 부모와는 전혀 관계가 없는 것처럼 말이야. 하지만 그게 정말 가능한 일이었을까?"

"가능할 수도 있는 일이잖아?"

"응… 그럴 수도 있겠지. 하지만 내가 말하는 요점은 그게 아냐. 너도 이해하지? 함순의 책을 읽으면 그의 어린 시절을 묘사한 부분은 전혀 찾아볼 수 없어.『순환의 종말』을 제외하고선 말이야. 그의 책에 나오는 등장인물들도 부모와 관련해 묘사된 사람은 한 명도 없어. 모두 뿌리도 없이 어디에선가 갑자기 툭 튀어나온 사람들 같아. 왜 그럴까? 어쩌면 함순은 과거가 무의미하다고 생각했던 건 아닐까? 아니, 어쩌면 그는 과거와 인간의 뿌리가 지니는 의미를 일부러 배제했을지도 몰라. 그런 점에서 보면 그의 책에 나오는 등장인물들은 대중적 성격을 지니고 있어. 개인 고유의 특성이나 뿌리를 찾아볼 수 없는 인물들이지. 그들의 성격과 인간성은 현재라는 시간을 바탕으로 결정될 뿐이야."

나는 피자 한 조각을 집어 들고 녹아 떨어져 내리는 치즈 한 오라기를 끊어낸 후 한 입 베어 물었다.

"소스에 찍어 먹어봐. 굉장히 맛있어!"

게이르가 권했다.

"소스는 너나 찍어 먹어."

"그건 그렇고, 다음 프로그램은 언제 시작하니?"

"7시 30분. 7시까지는 거기 도착해야 돼."

"아직 시간이 많이 남아 있군. 그동안 시내 구경이나 할까? 네가 어렸을 때 살았던 동네를 둘러보는 건 어때? 나도 크리스티안산에 아는 곳이 몇 군데 있어. 외삼촌이 룬드에 산 적이 있거든. 난 거길 한 번 가보고 싶어."

"나가서 커피 한잔 마시고 돌아보자. 오케이?"

"내가 여기 살 때 이 근처에 있던 커피숍에 자주 들렀던 기억이 나. 아직도 있는지 모르겠다."

우리는 피자값을 계산하고 나가서 칼레도니엔 호텔 쪽으로 향했다. 나는 게이르에게 그곳에서 화재가 났을 때의 이야기를 해주었다. 접근금지선 밖에 서서 검게 타버린 건물을 보던 기억이 새록새록 떠올랐다. 우리는 부둣가에 차곡차곡 세워져 있는 컨테이너를 따라 시외버스 정류장 쪽으로 올라간 다음 마르켄스 거리를 지나 갤러리처럼 생긴 독특한 카페 앞에서 걸음을 멈추었다. 날은 차가웠지만 나는 담배를 피우기 위해 카페 앞 야외 의자에 자리를 잡고 앉았다. 커피를 마신 우리는 주차장으로 가서 차를 타고, 아버지와 어머니가 이혼했던 그해 겨울, 내가 혼자 살았던 엘베가텐의 집으로 향했다. 그 집은 새 주인이 완전히 개조를 해놓았다. 우리는 아버지가 숨을 거두었던 할머니의 집으로 향했다. 마리나 앞에서 방향을 바꾼 다음 작은 오솔길 앞에 서서 그 집을 올려다보니, 흰색 페인트칠을 한 담벽락과 잘 정리된 정원이 눈에 들어왔다.

"저기야?"

게이르가 말을 이었다.

"저렇게 예쁜 집인 줄 꿈에도 생각 못 했어. 값도 꽤 나가는 것 같군. 내 짐작과는 전혀 다른 집이야."

"맞아, 바로 저 집이야. 하지만 지금은 아무런 느낌도 없어. 단지 한 채의 집이라는 생각뿐. 이젠 내게 아무런 의미도 없는 장소야. 지금 보니 알겠어."


그로부터 두 시간 후, 우리는 저녁 프로그램이 진행될 민중고등학교로 향했다. 학교는 쎵네 외곽의 숲 한가운데 자리 잡고 있었다. 캄캄한 밤하늘엔 구름이 한 점도 없어 별들이 쏟아져 내릴 것만 같았다. 근처의 강이 흐르는 소리, 바람에 흔들리는 나뭇잎 소리가 귀를 스쳤다. 차문을 쾅 닫으니 그 메아리가 건물 벽 사이를 타고 흘렀다. 곧 정적이 우리를 감싸 안았다.

"여기가 맞아?"

게이르가 주변을 둘러보며 말했다.

"숲속 한가운데? 도대체 누가 금요일 저녁에 네 강의를 들으려고 여기까지 올까?"

"내 말이 그 말이야. 하지만 여기가 맞아. 그런데 이렇게 아름다운 곳일 줄은 꿈에도 생각 못 했는데…"

"맞아, 굉장히 분위기 있고 좋은걸."

우리의 발소리는 얼어붙은 자갈길 위에서 타닥타닥 소리를 냈다. 하얀 페인트칠을 한 커다란 목조 건물은 언뜻 봐도 100년은 된 것 같았다. 그곳에서 새어 나오는 불빛은 볼 수 없었다. 20미터쯤 떨어진 옆 건물에서는 세 개의 창문으로 불빛이 흘러나오고 있었다. 창 너머로 바이올린과 피아노를 연주하는 두 사람이 보였다. 건물 오른쪽에는 외양간을 닮은 거대한 건물이 어둠 속에 자리를 잡고 있었다. 바로 그곳이 내가 강의할 건물이었다.

우리는 몇 분 동안 그곳을 거닐다가 불 꺼진 창 안을 들여다보았다. 커다란 거실 같은 도서관이 보였다. 입구를 찾아 걷다 보니 작은 시냇물 위의 돌다리에 다다랐다. 밤을 실은 거무스름한 시냇물 뒤에는 숲이 검은색의 벽처럼 자리 잡고 있었다.

"커피 한 잔 마시면 딱 좋겠는데…"

게이르가 말을 이었다.

"저기 저 안에 있는 사람들에게 열쇠를 가지고 있는지 물어볼까?"

"아냐, 그러지 마. 시간이 되면 주최 측 사람들이 나타날 거야."

"추워서 그래. 몸을 녹일 수 있는 공간이 필요하다고. 너도 그렇지?"

"응."

불 켜진 건물 안으로 들어서니 실내는 두 젊은이가 만들어내는 음악 소리로 가득했다. 그들은 언뜻 열여섯, 열일곱 살쯤 된 것 같았다. 매우 아름답고 표정이 부드러운 여자와 여드름이 듬성듬성 난 남자는 우리가 들어서니 그다지 좋아하는 것 같지 않았다.

"혹시 저 건물 열쇠를 가지고 있나요? 여기 이분이 오늘 저기서 강의를 할 예정이거든요. 약속 시간보다 좀 일찍 와서 그래요."

여자는 고개를 저으며, 옆방에서 잠시 기다리라고 말했다. 거기엔 커피머신도 있으니 몸을 녹일 수 있을 거라고 덧붙이는 바람에, 우리는 못 이기는 척 옆방으로 향했다.

"마치 캠핑을 온 기분이야."

게이르가 말을 이었다.

"건물 안은 환하고, 건물 밖은 캄캄하고 쌀쌀한 데다 숲까지 볼 수 있으니 말이야. 여기 있으면 내가 뭘 하는지 아무도 모를 것 같아. 일종의 해방감마저 느낄 수 있어. 그건 어둠 때문인지도 몰라. 분위기가 그렇게 만드는 것 같아."

"네 말을 이해할 수 있을 것 같아. 하지만 난 지금 긴장되고 떨려서 아무 생각도 나지 않아. 온몸이 막 쑤시기까지 하는걸."

"여기서? 여기서 말 몇 마디 하는 것 때문에? 걱정하지 마! 다 잘될 거야."

나는 두 손을 올려보았다.

"보여?"

내 두 손은 마치 중풍에 걸린 늙은이의 손처럼 달달 떨고 있었다.

30분 후, 우리는 강의가 진행될 장소에 들어갈 수 있었다. 여기서도 나를 맞은 사람은 턱수염을 기르고 안경을 낀 50대 남자였다.

"경치가 참 좋은 곳이죠? 마음에 드십니까?"

나는 고개를 끄덕였다. 외양간처럼 보이는 건물 안으로 들어가니 최선의 음향을 고려한 거대한 원형 극장이 자리 잡고 있었다. 청중석은 언뜻 봐도 200여 명 정도는 거뜬히 앉을 수 있을 정도로 널찍했고, 사방 벽에는 예술 작품이 빽빽하게 걸려 있었다. 나는 다시 노르웨이가 돈이 많은 나라라는 생각을 떠올렸다.

나는 연단 위 의자에 앉아 가방을 내려놓고 핵심어를 써놓은 종이와 책을 꺼냈다. 주최 측 사람들과 인사를 나누었고, 강의가 끝나면 책을 팔 목적으로 그곳을 찾은 서점 주인과도 인사를 나누었다. 아직 시간이 좀 남아 있다는 것을 깨달은 나는, 건물 밖 어둠 속으로 들어가 강 옆에 서서 담배 두 개비를 연달아 피웠다. 그러고는 강의가 시작되기 전까지 두 손으로 머리를 감싸 쥐고서 무려 15분 동안이나 화장실 변기 위에 앉아 있었다.

강의실로 들어가니 청중석엔 제법 많은 사람이 앉아 있었다. 언뜻 봐도 4, 50명은 되는 듯했다. 프로그램 시작과 함께 브라스밴드가 바로크 음악을 연주했다. 금요일 저녁, 숲속 한가운데서 30분 동안의 공연이 끝나자 내 차례가 돌아왔다.

나는 모인 사람들의 눈길을 한몸에 받으면서 물 한 모금으로 마른 목을 축였다. 종이를 뒤적이면서 주저하며 말문을 여니 목소리가 떨리기 시작했다. 하지만 어느새 분위기에 젖어버렸는지 곧 놀랍게도 자연스럽게 말을 할 수 있었다. 청중들은 귀를 기울여 내가 하는 말을 들었고, 그들의 관심은 내게 일제히 쏟아졌다. 이상하게도 내 몸에선 긴장이 풀리기 시작했고, 나는 간간이 유머도 섞어가며 말을 이어갔다. 웃어야 할 곳에서 웃어주는 청중들을 보니 행복감이 밀려와 나를 감쌌다. 내게 호의를 보일 뿐 아니라 내가 하는 말에 관심을 두고 귀를 기울여주는 청중들 앞에 서면 마음이 들뜨고 의기양양해지기 마련이다.

강의를 마치고 책에 사인을 해주기 위해 자리에 앉으니, 사람들이 내게 다가와 대화를 시도하기 시작했다. 그들은 내가 한 말이 그들의 삶과 얼마나 가까이 자리하고 있는지 저마다의 경험과 느낌을 들어가며 감동 어린 목소리로 내게 늘어놓았다.

프로그램을 마치고 게이르와 함께 차로 돌아간 나는 그제야 안도의 숨을 내쉴 수 있었다. 쓰러지듯 의자에 풀썩 주저앉은 나는 아무 말도 않고 어둠 속에 펼쳐진 자연 풍경만을 뚫어지게 바라보았다.

"아주 잘했어."

게이르가 말했다.

"아주 잘했어. 난 도대체 네가 뭐 때문에 불평하는지 모르겠단 말이야. 그 정도면 전국 방방곡곡을 돌며 강연만 해도 돈을 벌 수 있을 것 같은데."

"오늘은 그럭저럭 마칠 수 있었어. 난 청중들이 원하는 것을 주고, 그들이 듣고 싶은 말을 했으니까. 거기 모인 사람들과 시시덕거리며 수작을 부린 듯한 느낌이야."

"내 앞에 앉아 있던 여자는 분위기로 봐서 학교 교사 같았어. 네가 미성년자 성추행에 대해 이야기를 시작하니까 그 여자가 갑자기 뻣뻣하게 변하기 시작하더군. 다행히도 네가 그 순간에 적절한 단어를 뱉어냈지. 어린아이는 어린아이처럼 다루어주어야 한다고 했던가. 그러자 그 여자도 고개를 끄덕였어. 아마 그 개념만큼은 이해하는 것 같았어. 그 뒤로는 자연스럽게 네 말을 경청했던 것 같아. 만약 네가 그 순간에 그 말을 하지 않고 더 깊이 들어갔다면 강의가 끝나자마자 사람들은 등을 휙 돌리고 그곳을 빠져나갔을 거야. 솔직히 그건 아주 위험한 주제였어. 따지고 본다면 소아성애 병자를 주제로 올린 것이나 마찬가지였으니까."

그는 웃음을 터뜨렸고, 나는 눈을 지그시 감았다.

"숲 한가운데서 브라스밴드의 바로크 음악을 들은 것도 아주 색다른 경험이었어. 예상치도 못했던 일이야. 하하하! 어쨌거나 오늘 저녁은 아주 좋았어, 칼 오베. 정말 그랬다고! 마법에 걸린 기분이라고나 할까. 어둠과 별빛과 숲을 스치는 바람 소리."

"응…"

우리는 크리스티안산을 벗어나 바롯브로아와 동물원 그리고 뇌

르홀름, 릴레산, 그림스타를 차례차례 지나쳤다. 이런저런 이야기를 나누다 보니 우리는 어느새 아렌달에 도착해 있었다. 튀홀멘 근처를 거닐다가 맥주 한 병을 마시고 나니 까닭 없이 통제력을 잃은 듯한 느낌이 들었다. 이곳에 있다는 것, 눈에 익은 건물들 사이에 서 있다는 것, 바다 건너 트로뫼이야의 경치를 볼 수 있다는 것, 기억으로 가득한 이곳에 발을 딛고 있다는 것을 떠올리니 기분이 좋기도 하고 이상하기도 했다. 지금까지는 스톡홀름에서의 삶과 연관을 지어 생각했던 게이르가 나와 함께 그곳에 있다는 사실도 이상하게 여겨졌다.

밤 12시쯤, 우리는 히쇠이야를 향해 차를 몰았다. 게이르는 내겐 아무런 감흥도 주지 않는 장소들을 손가락으로 가리켰다. 그가 어린 시절 자주 시간을 보냈던 섬 가장자리의 부둣가와 그가 자란 동네의 주택가였다. 곧 집에 도착한 그는 차고 앞에서 차를 세웠고, 나는 트렁크에 넣어둔 가방과 강의를 마치고 받은 꽃다발을 주섬주섬 집어 들었다. 그의 뒤를 따라 들어간 집은 내가 살았던 집과 비슷한 시기에 비슷한 구조로 지어진 집이었다.

현관 앞에 있는 방은 꽃과 화환으로 발 디딜 틈이 없었다.

"장례식을 치른 집이라는 게 한눈에 보이지? 네가 받은 꽃도 시들지 않게 여기 꽃병에 꽂아놔."

나는 게이르가 시키는 대로 했다. 그는 내가 묵을 방으로 안내했다. 그 방은 게이르의 동생인 스테이나르가 쓰던 방이었지만 나를 위해 비워놓았다. 우리는 부엌에 서서 빵 몇 조각으로 배를 채웠고, 나는 거실을 기웃거렸다. 게이르는 자신의 부모님이 우리 부모님보다 한 세대 이전의 삶을 사는 사람들이라고 말한 적이 있었다. 집 안을 둘러보니 게이르의 말을 이해할 수 있을 것 같았다. 카펫과 벽지,

461

식탁보 등에서 50년대 내륙지방의 분위기가 묻어나왔다. 가구와 벽에 걸린 그림들도 마찬가지였다. 70년대에 지어진 집에서 50년대의 분위기를 엿본다고 생각하니 기분이 이상했다. 벽과 창틀에는 가족 사진이 수도 없이 걸려 있었다.

나는 언젠가 장례식을 막 치른 집에 가본 적이 있다. 그 집은 어수선하고 혼란스럽기 그지없었는데, 게이르의 부모님 집은 장례식을 치른 집과는 전혀 상관없는 곳처럼 느껴졌다.

나는 잔디밭에 서서 담배를 피우고 나서 게이르에게 잘 자라는 인사를 건넸다. 침대에 누우니 눈을 감기 싫다는 생각이 들었다. 잠에 빠지고 싶지 않았다. 눈을 감으면 생각하기도 싫은 과거가 나를 덮칠 것만 같아서였다. 하지만 밤새 뜬눈으로 지새울 수는 없는 일이었기에 생각을 돌려보려 갖은 애를 쓰며 눈을 감았다. 그로부터 채 몇 분도 지나지 않아 나는 잠에 빠졌던 것 같다.

다음 날 아침, 2층에서 들려오는 소리에 7시쯤 눈을 떴다. 잠에서 깬 니욜과 크리스티나의 소리였다. 나는 샤워를 하고 옷을 갈아입은 다음 2층으로 올라갔다. 70대로 보이는 부드러운 표정의 노신사가 부엌에서 나와 친절한 눈빛으로 나를 바라보면서 인사를 건넸다. 게이르의 아버지였다. 우리는 내가 어린 시절을 보냈던 그 당시의 이야기를 하며 아침을 시작했다. 그는 매우 친절하고 호의적이었지만, 린다의 아버지처럼 세상을 향해 활짝 마음을 열어놓은 듯한 순수함은 볼 수 없었다. 그의 얼굴에서는 견실함이 보였다. 그 견실함은 엄격하고 고집스러운 분위기와는 거리가 먼 일관성에 가까운 것이었다.

몇 분 지나자 게이르의 동생인 스테이나르가 거실로 나왔다. 우리는 악수를 하면서 인사를 나누었고, 소파에 앉아 이런저런 가벼운 이야기를 나누었다. 그 또한 호의적이고 부드러운 성격의 소유자였다. 아버지와 다른 점이 있다면 어딘지 모르게 내성적이고 수줍어하는 면을 엿볼 수 있다는 것이었다. 적어도 게이르와는 정반대의 성격인 것 같았다.

게이르의 아버지는 거실 탁자 위에 아침상을 차렸다. 나는 그들의 아내이자 어머니가 어제 세상을 떠났다는 사실을 머릿속에서 지울 수가 없었다. 그 자리는 내가 있을 자리가 아니라는 생각이 들었지만 그들은 이런 내 생각과는 달리 열린 마음으로 친절하게 나를 맞아주었다. 게이르의 친구는 그들의 친구나 다름없었으며, 그들의 집은 누구에게나 열려 있는 집 같았다. 그런데도 나는 대문을 나서자마자 안도의 숨을 쉬었다.

오후에 비행기를 타기 전, 우리는 차를 타고 그곳을 좀 더 돌아보기로 마음먹었다. 오랫동안 가보지 못한 트로뫼이야와 내가 어린 시절을 보냈던 튀바켄을 한 번 둘러보고 나서 공항으로 갈 생각이었지만, 게이르의 아버지는 공항에 가기 전에 꼭 집에 들렀다 가라고 신신당부했다. 토요일이라 선착장에 가서 신선한 새우를 사놓을 테니 말뫼에 가기 전에 노르웨이 남부 지방의 새우 맛을 보라는 것이었다. 말뫼에는 신선한 새우를 사먹을 기회가 없을 것이라는 게 그의 주장이었다.

그 정도의 부탁은 얼마든지 들어줄 수 있다고 생각했다.

우리는 차를 타고 먼저 트로뫼이야로 향했다. 게이르는 지나치는 곳마다 그곳에 얽힌 기억들을 들려주었다. 한 인간의 삶이 모두 스며들어 있는 공간 같았다. 그는 가족 이야기를 꺼냈다. 어머니는 어떤 사람이었는지, 아버지와 동생은 어떤 사람이었는지에 대해서.

"여기서 너를 만난 건 굉장히 흥미로운 일이었어."

나는 게이르를 향해 말을 이었다.

"이젠 너를 더 잘 알 수 있을 것 같아. 네 아버지와 네 동생도 마찬가지고. 네가 가족들과의 교감점을 찾을 수 없다고 말했던 것도 이해할 수 있게 되었어. 네 성격과 네 호기심, 너의 열정… 그런데 친절과 호의가 넘쳐나는 네 아버지와 네 동생을 보니 정말 닮지 않았다는 생각이 들었어. 넌 그들과 피를 나눈 가족이 아니라 마치 딴 세상 사람 같았어. 그렇다면 넌 네 어머니를 닮은 거야?"

"응, 맞아. 난 어머니를 이해할 수 있어. 또 다른 이유를 들자면, 내가 오랫동안 가족들과 떨어져 살았다는 것도 생각해볼 수 있을 거야. 그건 그렇고, 네가 우리 어머니를 만나지 못한 것이 아쉬움으로 남는구나."

"그래…"

"우리 가족 3세대를 가장 건실하게 연결하고 있는 건 바로 두상이야. 니욜과 나 그리고 아버지의 뒷머리는 빼다 박은 듯 똑같거든."

나는 고개를 끄덕였다. 우리는 트로뫼이아로 오르는 작은 언덕길을 올랐다. 산이 있던 자리에는 널찍한 도로가 들어섰고, 공장 건물처럼 생긴 흉측한 건물들도 여기저기 보였다.

언덕 아래로는 예르스타홀멘과 우베실렌도 볼 수 있었다. 길 오른쪽에 자리한 호바르가 살던 집, 겨울이면 눈을 쌓아올려 스키점프대를 만들었던 숲 어귀, 버스 정류장 그리고 여름이면 헤엄을 치기 위해 뛰어내렸던 선착장도 눈에 들어왔다.

"저 길로 들어가."

"저기? 왼쪽에 있는 저 샛길? 맙소사! 저기 저 집이 네가 살았던 집이니?"

야생 체리나무가 서 있는 쇠렌 씨의 오래된 집 정원 너머로 주택가가 보였다. 노로센 교차로.

오, 저렇게 보잘것없는 곳에 내가 살았다니.

"바로 저기야. 직진하면 보이는 곳."

"저기? 저 빨간 집?"

"응, 내가 살 때는 갈색 집이었어."

게이르가 차를 세웠다.

그 집은 너무나 작고 보잘것없는 데다 흉측하기까지 했다.

"볼 것도 없군. 다시 차를 타고 나가자. 저 언덕길 위로."

하얀 파카 점퍼를 입은 여인이 유모차를 밀면서 언덕길을 내려오고 있었다. 그 외에는 어딜 둘러봐도 사람이 사는 동네 같지 않았다.

올센 씨의 집.

산.

우리는 그것을 산이라고 불렀지만, 지금 보니 작은 둔덕에 불과했다. 그 뒤에는 시브가 살던 집과 스베레가 살던 집이 있었다.

사람이라곤 그림자도 보이지 않았다. 아니, 자세히 보니 조그만 아이들이 무리를 지어 놀고 있었다.

"갑자기 왜 조용해졌어? 감정이 북받치기라도 한 거야?"

"감정이 북받치다니… 아냐, 있던 감정도 모두 사라져버린 것 같아. 너무나 보잘것없잖아. 남아 있는 것이라곤 아무것도 없어. 언젠가는 세상의 전부처럼 느껴지던 곳이었는데."

"음…"

게이르는 미소를 지으며 말했다.

"직진할까?"

"저 길로 둘러갈 생각 아니었어? 트로뫼이야 교회도 봐야지. 참 예쁜 교회야. 13세기에 지어진 건물이지. 교회 뒤편의 묘지에 가면 17세기 비석도 볼 수 있어. 해골바가지와 모래시계, 뱀도 볼 수 있을걸… 하하. 어쨌든 난 그곳에 있는 비문을 하나 빌려 쓴 적도 있어. 내 소설 속에 말이야."

수도 없이 지나쳤던 어린 시절의 장소들을 너무나 무덤덤하게 차창 밖으로 스쳐 지나갔다. 변한 것은 없었다. 그것들을 보는 내 눈이 변했을 뿐. 바윗돌, 크고 작은 만, 물 위에 떠 있는 낡은 부동 선창, 낡은 집들, 물속으로 흘러들어가듯 자리 잡고 있는 작은 언덕들. 그게 전부였다.

우리는 차에서 내려 교회 안으로 들어간 다음 바다 쪽을 바라보았다. 바다에 가까워질수록 세찬 바닷바람을 이겨내지 못해 벌거벗은 형상을 하고 있는 소나무들을 바라봐도 아무런 감흥이 일어나지 않았다.

"이제 가볼까?"

바다로 향하는 길옆에는 어느 해 여름 아르바이트를 했던 농장이 자리하고 있었다. 제헌절 축제가 열리던 5·17 즈음이면 이미 바닷물 속에 뛰어들어 헤엄을 칠 수 있을 정도로 무더웠던 기억이 났다. 학교 선생님이 살던 집. 그분의 이름이 뭐였더라. 헬가 토르게르센? 지금쯤 환갑을 훌쩍 넘겼으리라. 페르빅, 주유소, 그 맞은편에는 이사를 하기 전 마지막으로 아이들과 파티를 했던 집도 보였다. 여자 아이들이 유난히 법석을 떨었던 그 파티는 아직도 내 기억에 뚜렷이 남아 있다. 그리고 언제 지어 올렸는지도 기억나는 슈퍼마켓.

무덤덤하기만 했다. 하지만 줄지어 서 있는 집에는 아직도 사람들이 살고 있을 것이다. 그들에겐 여기가 세상의 전부일 것이다. 태어나고 죽고, 사랑을 하고 말다툼을 하고, 먹고 싸고, 마시고 트림을 하고, 책을 읽고 잠을 자고, 텔레비전을 켜고 꿈을 꾸고, 청소를 하고 사과를 먹으며 지붕 너머를 바라보는 사람들. 그들에게도 높이 뻗은 소나무 사이를 스치는 가을바람이 불어왔으리라.

너무나 보잘것없고 흉측하기까지 했지만, 그때는 내게 전부였던 세상.

그로부터 한 시간 후, 우리는 거실 탁자에 앉아 게이르의 아버지가 사온 새우를 허겁지겁 먹었다. 게이르의 아버지는 새우에 손도 대지 않았다. 그분은 오직 내가 그곳을 떠나기 전 노르웨이 남부 지방의 정취를 다시 한 번 느껴보라 권하는 일에만 열심이었다. 우리는 악수를 하며 작별 인사를 나누었다. 게이르는 공항으로 가는 길에 내가 살던 트베이트의 집을 보기 위해 일부러 비르켈란 쪽으로 둘러갔다.

게이르는 집 아래쪽에 차를 세우고 큰 소리로 웃음을 터뜨렸다.

"저기 살았어? 숲 한가운데? 이건 완전 무인도나 마찬가지잖아! 사람들이라곤 그림자도 볼 수 없어. 너무나 황폐한… 트윈 피크 분위기인걸! 「페르닐레와 미스터 넬손」* 생각이 나. 너도 기억하지? 내가 어렸을 땐 그걸 보고 무서워 죽을 뻔했어."

게이르는 내가 손가락으로 가리키는 곳을 보며 웃음을 멈추지 않았다. 결국 나도 따라 웃고 말았다. 이젠 그의 눈으로 그곳을 볼 수 있었으니까. 쓰러질 듯 낡아 황폐해진 집. 마당에 널려 있는 폐차들, 집 앞에 주차되어 있는 트럭들. 너무나 가난하고 비천하게만 보였다. 나는 내가 살던 집이 얼마나 예쁘고 아늑했는지 설명해주려 했

---

* NRK에서 1970년대에 방송했던 어린이 인형극.

지만 차마 입을 뗄 수가 없었다. 문득, 내가 그리워하는 건 아무것도 없다는 생각이 스쳤다. 모든 것은 그대로였다. 하지만…

"여기서 산다는 건 형벌을 받는 느낌일 거야."

나는 게이르의 말에 아무 대꾸도 하지 않았다. 조금 짜증이 나는 것 같기도 했다. 그의 말을 반박하고 싶은 마음이 들었지만 결국 아무 말도 하지 않았다. 내가 말하고 싶었던 것은 내적인 경험이었다. 주변의 모든 것이 의미를 지니고 내 가슴에 불을 지폈던 그 시절의 기억들. 하지만 외적인 것은 남아 있는 게 없었다.

우리는 주차장에서 악수로 작별 인사를 대신했다. 그는 곧 운전석에 앉았고, 나는 공항의 출국장을 향해 발길을 옮겼다. 비행기는 오슬로를 거쳐 덴마크의 빌룬으로 향할 예정이었고, 나는 빌룬에서 비행기를 갈아타고 카스트룹 공항까지 가야만 했다. 집에 도착하니 밤 10시였다. 린다는 진심 어린 포옹으로 나를 맞아주었다. 첫날을 제외하면 아이들과 큰 문제 없이 잘 지냈다고 말했다. 하지만 우리가 처한 악순환을 끊기 위해선 무슨 일이든 해야 한다고 덧붙였다. 나는 린다의 말에 동의했다. 계속 그런 식으로 살 수는 없었다. 우리의 발목을 잡고 있는 순환 고리에서 빠져나와야만 했다. 11시 30분, 나는 침실로 가서 컴퓨터를 켜고 글을 쓰기 시작했다.


창문은 내 얼굴을 흐릿하게 반사해내고 있다. 반짝이는 눈동자는 어둑한 빛을 머금고 있으나, 눈 아래 얼굴의 왼쪽 부분은 거의 그림자에 가려 있다. 이마를 깊게 파고들어간 두 개의 굵직한 주름 그리고 양 볼을 따라 입가까지 내려간 또 다른 두 개의 주름. 그 주름들은 어둠으로 가득 차 있다. 진지하게 쏘아보는 듯한 두 눈동자, 아래로 처져버린 입술 가장자리. 이 얼굴이 우울하게 보이지 않는다고 누가 말할 수 있는가.

그 얼굴에 들어차 있는 건 도대체 무엇인가.

다음 날 나는 여기에 이어 글을 쓰기 시작했다. 내 삶에 최대한 가까이 다가가 글을 쓰고 싶었기에, 옆방에서 자고 있는 린다와 욘, 유아원에 가 있는 바니아와 헤이디, 창밖의 풍경 그리고 내가 듣고 있는 음악에 대해서도 썼다. 다음 날엔 회원제 공동 별장으로 가서 글을 썼다. 얼굴에 대한 이야기, 사회 체제 속에서 찾아볼 수 있는 일정한 법칙에 대한 이야기, 모래성과 구름, 경제 체제와 차들의 흐름 등에 대해 모더니즘적 시각을 차용해 글을 풀어나갔다. 가끔 밖에 나가 담배를 피우며 하늘을 나는 새를 쳐다보기도 했다. 2월이라 그런지 끝이 보이지 않을 정도로 드넓은 밭에는 사람들이라곤 그림자도 찾아볼 수 없었다. 줄지어 서 있는 작고 예쁜 인형의 집 같은 별장만이 눈에 들어올 뿐이었다.

저녁이 되자 어디서인지 까마귀 한 무리가 날아들었다. 언뜻 봐도 수백 마리는 될 것 같았다. 까마귀들은 떼 지어 날갯짓을 하며 먹구름처럼 몰려들었다 사라졌다. 밤이 되자 맞은편 별장의 열어놓은 문틈으로 흘러나오는 불빛을 제외하면 아무것도 눈에 보이지 않을 정도로 캄캄해졌다. 꼼짝도 하지 않고 앉아 있으려니 어디선지 고슴도치 한 마리가 내게서 50센티미터쯤 떨어진 곳까지 다가왔다.

"오, 여긴 웬일이니?"

나는 나직이 혼잣말처럼 고슴도치에게 말을 걸어보았다. 그리고 고슴도치가 울타리 쪽으로 갈 때까지 그 자리에 조용히 앉아 있었다. 다음 날엔 어머니와 나를 떠난 아버지에 대해 글을 썼다. 한 문장, 한 문장을 증오했지만 이를 악물고 끝까지 써보리라 마음먹었다. 오랫동안 하고 싶었던 이야기를 이번에는 포기하지 않고 써볼 작정이었다.

나는 집으로 돌아온 후에도 계속 글을 이어 썼다. 무슨 이유에선지 그때까지 버리지 않고 보관해둔 열여덟 살 때의 일기도 끄집어냈다. 노트 겉장에는 '도랑에 쏟아부은 맥주'라는 제목이 적혀 있었다. 학창 시절, 연말 파티를 할 때의 이야기였다. 나는 그것도 내 글에 포함하리라 마음먹었다. 원하는 글을 쓰기 위해선 적당한 선에서 망가지는 것도 감수해야 한다는 생각이 없지 않았다.

몇 주 동안은 그렇게 지냈다. 나는 매일 아침 글을 썼고, 아이들을 유아원에 데려다주고 데려왔다. 오후에는 아이들과 공원으로 산책하러 갔고, 집에 오면 저녁 식사를 준비하고 아이들에게 책을 읽어주면서 아이들을 재웠다. 밤이 되면 소설이나 번역서의 자문 등 여기저기서 의뢰해오는 조그만 일을 해냈다. 일요일이 되면 자전거를 타고 림하믄스펠테로 가서 두 시간 동안 축구를 했다. 그것은 나의 유일한 취미였다. 그 외의 내 생활은 아이들 아니면 일뿐이었다.

림하믄스펠테는 시내 외곽의 바닷가에 있는 거대한 잔디구장이다. 그곳에서는 60년대 말부터 여기저기서 모인 축구광들이 모여함께 공을 차곤 했는데, 그중 가장 어린 사람은 16, 7세 정도밖에 되지 않았고, 가장 나이가 많은 사람은 여든을 코앞에 둔 카이라는 남자였다. 그는 나이가 많은데도 여전히 사이드라인에 서서 축구공을 발끝에 올려놓고 경기장 안으로 차넣을 수 있었으며, 가끔은 골을 넣기도 했다. 그들을 제외하면 대부분 3, 40대의 나이였고, 그 배경도 가지가지였다. 하지만 그들의 공통 관심사는 단 하나, 축구를 하는 것이었다.

2월의 마지막 일요일에는 린다가 아이들을 데리고 경기장에 찾아왔다. 바니아와 헤이디는 관중석에 서서 소리를 지르며 나를 응원해주었다. 나는 계속 축구를 했고, 린다는 아이들을 데리고 근처에 있는 놀이터로 갔다. 잔디는 얼어붙어 딱딱하기 그지없었다. 한 시간 정도 공을 찼는데 상대편 선수가 태클을 거는 바람에 나는 균형을 잃고 어깨를 딱딱한 잔디 위에 찧었다. 순간적으로 무언가 잘못되었다는 생각이 스쳤다. 그 자리에 꼼짝 않고 누워 있으니 공을 차던 사람들이 내게로 모여들었다. 나는 통증 때문에 구토를 할 것만 같았다. 천천히 몸을 일으켜 골문 뒤에 가서 쭈그리고 앉아 있었다. 사람들은 단순한 부상이 아니라 생각하고 게임을 중단했다. 그 시각은 11시 30분이었다.

작가이자 여전히 스웨덴 리그에서 활약하는 공격수인 50대의 프레드릭이 나를 병원까지 데려다주었고, 유아원 학부모 모임에서 알게 된 키가 2미터가 넘는 덴마크인 마틴은 린다와 아이들에게 가서 내가 부상을 당했다고 전해주었다.

병원 응급실은 차례를 기다리는 사람들로 발 디딜 틈이 없었다. 나는 대기표를 끊어 들고 기다렸다. 조금만 팔을 움직여도 어깨가 끊어질 듯 아팠다. 하지만 내 차례가 오기까지의 30분쯤은 기다릴 수 있을 정도였다. 창구 앞에 앉아 있는 간호사에게 상황을 설명하자, 그녀는 간단한 진료를 해보겠다면서 내 팔을 천천히 움직였다. 나는 아픔을 참지 못해 큰 소리로 비명을 질렀다. 아! 아! 그곳에 모여 있던 사람들이 일제히 나를 바라보았다. 그들의 눈엔 긴 머리를 파인애플처럼 위로 묶어 올리고 아르헨티나 국가대표팀 옷을 입고 축구화를 신은 40대 남자가 통증을 이기지 못해 비명을 지르는 모습이 보였으리라.

"진료실 안으로 들어가세요. 좀 더 살펴봐야겠습니다."

471

나는 간호사를 따라 옆방으로 들어갔다. 그녀는 내게 잠시 기다리라고 말하고는 자취를 감췄다. 몇 분 후, 다른 간호사가 들어오더니 조금 전과 똑같이 내 팔을 잡고 천천히 움직였다. 나는 다시 고통스러운 비명을 질렀다.

"소리를 질러서 미안해요. 하지만 참을 수가 없군요."

"괜찮아요."

그녀는 조심스레 내 셔츠를 벗기려 했다.

"옷을 벗으셔야겠는데… 그럴 수 있겠어요?"

그녀는 천천히 내 팔을 들어올렸다. 나는 다시 비명을 질렀다. 간호사는 잠시 기다렸다가 다시 내 팔을 들어올리더니 포기한 듯 두 발짝 뒤로 물러서서 나를 바라보았다. 나는 몸집만 커다란 아이가 된 기분이었다.

"안 되겠어요. 가위로 잘라내는 수밖에…"

이번엔 내가 그녀를 바라볼 차례였다. 내 아르헨티나 축구복을 가위로 자른다고?

그녀는 가위를 가져와 소매를 잘라내고 나를 침대에 눕힌 다음 팔에 주사기를 찔렀다. 모르핀이라고 했다. 주사를 맞아도 통증이 사라진 것 같진 않았다. 그녀는 내가 누워 있는 침대를 밀어 50미터 정도 미로 같은 병원 복도를 돌아 방사선과로 향했다. 나는 그곳에서 X-레이 검사를 받기 위해 혼자 기다렸다. 빠진 어깨를 제자리에 돌려놓으려면 엄청 아플 것이라는 생각이 들어 걱정이 되기 시작했다. 잠시 후 X-레이 사진을 살펴보던 의사는 어깨가 빠진 게 아니라 뼈가 부러졌다고 결론을 내렸다. 원상태로 돌아가기까지는 두 달 정도가 걸릴 것이라 했다. 간호사는 진통제 몇 알과 며칠간의 처방전을 준 다음 내 어깨에 8자형으로 붕대를 단단히 감아주었다. 나는 붕대를 감은 어깨 위에 훈련복을 걸치고 집으로 돌아왔다.

대문을 열자 바니아와 헤이디가 들뜬 표정으로 내게 달려왔다. 아빠가 병원에 다녀왔다는 사실이 아이들에게는 동화처럼 여겨졌던 것이다. 나는 욘을 안고 나온 린다에게 어깨뼈가 부러져 붕대를 감아야 했다며, 앞으로 두 달 동안은 무엇을 들어올리거나 옮기는 등 팔을 전혀 움직이지 못할 것이라고 말했다.

"맙소사! 그게 정말이에요? 두 달 동안이나?"

"응, 석 달이 걸릴 수도 있대."

"앞으론 축구의 축자도 꺼내지 마세요! 그것만큼은 지금 이 자리에서 확실히 해두자고요."

"어? 이젠 그런 것까지 당신이 결정하는 거야?"

"당신이 다치면 그 결과를 고스란히 받아들이는 건 나니까 하는 말이죠. 두 달 동안 어떻게 혼자서 애들을 본단 말이에요?"

"걱정하지 마. 어깨뼈가 부러져 아픈 것뿐이니까. 하지만 내가 원해서 다친 건 아니잖아."

나는 거실로 가서 소파에 앉았다. 조그만 움직임 하나도 미리 잘 생각하지 않으면 온몸이 찢기는 듯한 아픔이 덮쳤다. 아, 오! 오! 바니아와 헤이디는 눈을 휘둥그레 뜨고 천천히 조심스레 소파에 앉는 나를 바라보았다.

나는 쿠션을 등 뒤에 놓으며 아이들에게 미소를 지어주었다. 헤이디는 마치 진찰이라도 하듯 한 손을 내 가슴에 올려놓았다.

"붕대 감은 팔을 보고 싶어요."

바니아가 말했다.

"조금 있다가. 너무 아파서 옷을 벗는 것조차도 힘들어."

"식사하러 와요!"

린다가 부엌에서 외쳤다.

욘은 유아용 의자에 앉아 나이프와 포크로 식탁을 내리치고 있었다. 바니아와 헤이디는 천천히 의자에 앉는 나를 뚫어지게 바라보았다.

"휴, 마틴은 당신의 어깨뼈가 부러진 것도 모르고 있었어요. 당신이 응급실로 갔다는 이야기만 해주더라고요. 마틴이 우리를 집까지 태워주었는데 막상 집에 와서 대문을 열려니 열쇠가 부러졌지 뭐예요. 세상에! 난 마틴 집에서 오늘 밤을 보내야 되겠다고 생각했죠. 혹시나 싶어 핸드백을 열어보니 불행 중 다행으로 베릿의 열쇠가 있더라고요. 우여곡절 끝에 집에 들어오니 당신은 뼈가 부러져 응급실까지 갔다 왔고…"

린다가 나를 빤히 바라보며 말을 이었다.

"너무너무 피곤하단 말이에요."

"미안해. 하지만 난 처음 며칠만 움직이기 힘들 것 같아. 차차 나아지겠지. 게다가 다른 쪽 팔은 성하니까 괜찮아."

그날 오후, 나는 쿠션을 등에 대고 소파에 누워 텔레비전으로 이탈리아 축구 경기를 보았다. 아이들과 함께했던 지난 4년간, 나는 그 비슷한 일을 단 한 번밖에 해보지 못했다. 그때는 너무나 아파 손가락 하나도 까딱 못 했기에, 하루 종일 소파에 누워 영화 「제이슨 본」을 10분쯤 보다가 잠에 빠졌다, 다시 눈을 뜨고 10분쯤 영화를 보다가 잠에 빠지기를 반복했고 가끔 구토를 하기도 했다. 온몸이 쑤시고 아파 참을 수 없을 정도였지만, 난 소파에 누워 있는 동안 매분 매초를 즐겼다. 대낮에 소파에 누워 영화를 볼 수 있다니! 아프다는 핑계로 집안일을 할 필요도 없었다. 빨래를 할 필요도 없었고, 바닥을 청소해야 할 필요도 없었고, 설거지를 할 필요도 없었으며 아이들을 보살피지 않아도 되었다.

소파에 누워 있으니 그때와 비슷한 느낌이 들었다. 집안일을 하고 싶어도 할 수 없는 처지였고, 조금만 움직여도 너무나 아파 저절로 비명이 나올 지경이었지만 가만히 누워 있을 수 있다는 기쁨은 아픔과는 비교도 되지 않을 정도로 컸다.

바니아와 헤이디는 내 주위를 빙글빙글 돌다가 가끔 내게로 다가와 조심스레 어깨를 쓰다듬어주기도 했다. 아이들은 방에 가서 놀다가도 가끔 생각이 난 듯 내게 와서 어깨를 쓰다듬어주었다. 아이들에겐 꼼짝달싹도 못 하는 아빠의 모습이 너무나 생소했으리라.

나는 축구 경기를 다 본 후, 샤워를 할 생각으로 욕실에 갔다. 우리 집 샤워실엔 샤워기를 걸어놓을 곳이 없었기에 항상 샤워기를 한 손에 들고 샤워를 해야만 했다. 그런데 한 손을 움직이지 못하게 된 이상 샤워를 한다는 것도 불가능하게 여겨졌다. 나는 욕조에 물을 채우기 시작했다. 바니아와 헤이디가 욕실에 따라 들어왔다.

"아빠, 도와줄까요? 도움이 필요하면 말하세요."

바니아가 말했다.

"응, 그래 주겠니? 거기 수건이 보이지? 둘이 하나씩 가져와봐. 이렇게 물에 적시고 비누를 문지르면 돼."

바니아는 내가 시키는 대로 했고, 헤이디는 바니아가 하는 대로 따라 했다. 두 아이는 비누를 묻힌 작은 수건을 들고 욕조 가장자리에 서서 몸을 굽히고 내 등을 문질러주었다. 헤이디는 깔깔 웃음을 터뜨렸고, 바니아는 심각한 얼굴로 내게 비누칠을 했다. 두 팔과 목과 가슴을 씻자, 헤이디는 재미가 없어졌는지 거실로 뛰어가버렸고, 바니아는 걱정스러운 얼굴로 잠시 서 있었다.

"괜찮아?"

나는 미소를 지었다. 그건 내가 아이에게 자주 하는 말이었으니까.

"응, 아주 괜찮아. 우리 바니아가 없었다면 큰일 날 뻔했어. 고마워, 바니아!"

바니아는 환한 미소를 지으며 거실로 뛰어갔다.

나는 물이 식을 때까지 욕조에 누워 있었다. 텔레비전으로 축구 경기를 보고 욕조에 누워 목욕까지 하다니! 결혼 후 처음 맞이하는 최고의 일요일이었다.

바니아는 몇 번 더 욕조에 누워 있는 나를 찾아왔다. 아마 붕대 감은 모습이 보고 싶었던 것 같았다. 평소 스웨덴어를 쓰는 바니아에겐 여전히 스톡홀름 억양이 남아 있다. 하지만 오전 또는 오후 내내 아이와 함께 있거나, 아이가 내게 특별한 친밀감을 느낄 때면 나의 노르웨이 사투리를 따라 하기도 했다. 예를 들어, 스웨덴어의 '미그'('나'를 가리키는 말) 대신 '메'(역시 '나'를 가리키는 노르웨이 말로 '메이'의 사투리)라고 할 때도 있었고, '안아줘!'라고 할 때도 내가 쓰는 노르웨이 사투리를 사용했다. 그럴 때면 나는 웃음을 참지 못했다.

"가서 엄마 좀 불러올래?"

바니아는 고개를 끄덕이며 욕실을 뛰쳐나갔다. 조심스레 욕조에서 나와 몸을 닦고 있으니 린다가 들어왔다.

"붕대 좀 감아주면 좋겠는데…"

"그것쯤이야!"

나는 린다에게 붕대 감는 법을 가르쳐준 후 힘껏 단단하게 감으라고 말했다.

"더 잡아당겨!"

"그러면 아프지 않아요?"

"괜찮아. 힘껏 단단하게 감아둬야 나중에 팔을 움직여도 덜 아프거든."

"오케이. 정 그렇다면야…"

린다는 붕대를 힘껏 잡아당겼다.

"아아!"

"아파요?"

"아냐, 괜찮아."

나는 린다를 향해 돌아섰다.

"당신에게 짜증을 내서 미안해요. 사과할게요. 하지만 앞으로 몇 달 동안 혼자서 애들을 보살피고 집안일을 해야 할 것을 생각하니 눈앞이 캄캄해졌다고요."

"설마 그렇기까지야 하겠어. 며칠 지나면 아이들을 유아원에 데려갔다가 데려오는 일은 할 수 있을 것 같아."

"당신이 아파서 아무것도 못 하는 건 충분히 이해하지만… 난 너무너무 피곤하단 말이에요."

"알아, 나도 알아. 하지만 너무 걱정하지 마. 다 잘 될 테니까."

금요일이 되자 린다는 피곤해서 못 살겠다며 드러누워 버렸다. 그래서 나는 딸아이들을 데리러 욘과 함께 유아원에 갔다. 유아원으로 가는 길에 큰 어려움은 겪지 않았다. 오른쪽 손으로 욘이 탄 유모차를 몰고 조심스레 걷기만 하면 되었으니까. 하지만 집으로 돌아오는 길은 결코 순탄치 않았다. 오른손으로는 욘의 유모차를 밀고, 다친 왼손으로는 바니아와 헤이디가 함께 탄 더블 유모차를 밀어야만 했다. 걸음을 옮길 때마다 통증이 온몸을 타고 흘렀다. 나는 마음과는 달리 으…아… 하는 신음을 내질렀다. 지나가던 행인의 눈에는 얼마나 이상하게 보였을까.

그 주에 나를 덮쳤던 느낌도 이상하기 그지없었다. 물건을 들어올리지도 못하고 옮기지도 못했으며, 심지어는 자리에 앉고 일어나는 일조차 힘겨워하다 보니 신체적 한계를 넘어서 정신적 무기력감까지 찾아왔다. 갑자기 힘을 잃어버린 것 같았고, 이전에는 너무나 당연하게 여겼던 모든 움직임을 더욱 절감하게 되었던 것이다. 나는 조용히 앉아 있기만 하는 수동적인 인간으로 변해버렸다. 주변을 향한 나의 통제력이 사라져버린 것 같은 느낌도 들었다. 아니, 내가 항상 주변의 상황을 통제하고 영향을 미쳤던 사람이었던가? 그 힘과 통제력은 내게 있었다 해도 항상 사용해야만 했던 것은 아니었다. 그저 그러한 힘과 통제력을 내게서 찾아볼 수 있다는 생각만으로도 나의 움직임과 행위는 생기를 지닐 수 있었다. 하지만 이젠 그러한 것은 모두 사라져버렸고 나는 무기력한 인간으로 변해버렸다.

너무나 당연하게 여겼던 것들은 사라지고 나서야 그 중요함을 깨달을 수 있는 법이다. 더욱 이상한 것은 그 무기력감이 내 글쓰기에도 영향을 미쳤다는 사실이다. 내 뜻대로 글을 전개할 수 있다는 자신감은 어깨뼈가 부러지고 나서 온데간데없이 사라져버리고 말았다. 어느새 나는 글에 종속된 존재가 되었고, 글에 얽매어 힘을 쓰지 못하게 되어버렸다. 그런데도 나는 하루에 다섯 장을 쓰겠다는 목표를 달성하기 위해 매일 반항하듯 꾸역꾸역 글을 썼다. 단어 하나하나, 문장 하나하나를 혐오하고 증오했지만 살다 보면 구토를 하듯 싫은 일도 해야 할 때가 있는 법.

나는 이를 악물고 글을 썼다. 1년. 1년이면 이 글을 마무리하고 새로운 글을 쓸 수 있으리라는 희망으로 엉덩이를 붙이고 앉아 글을 썼다. 그렇게 하다 보니 쪽수가 점점 늘어났고, 이야기는 길어졌다. 그러던 어느 날 지난 20년 동안 까맣게 잊고 있던 메모를 찾아냈다.

그것은 열여섯 살의 어느 여름날 저녁, 아버지의 친구들과 동료들이 함께 모여 파티를 했던 날의 일기였다. 내가 느꼈던 기쁨과 아버지의 눈물, 서로 다른 온갖 감정이 한데 뒤섞였던 날을 떠올리며 나는 글을 썼다. 그 부분을 마무리하자 남은 것은 아버지의 죽음과 관련된 일뿐이었다. 그 문을 열고 들어서기는 너무나 힘들었고, 문을 열고 들어간 후에도 그곳에 오래 있기가 힘들었다. 하지만 나는 하루에 다섯 장이라는 목표만 생각하면서 글을 썼다. 다섯 장을 쓰고 나면 컴퓨터를 끄고 쓰레기를 비우고 아이들을 데리러 유아원으로 향했다. 가슴을 쥐어짜는 듯한 답답함과 무기력함은 밝은 미소를 띠고 내게로 뛰어오는 아이들을 보는 순간 사라졌다.

바니아와 헤이디는 누가 더 크게 아빠를 소리쳐 부르는지, 누가 더 아빠와 힘차게 포옹을 하는지를 두고 서로 경쟁을 하는 것 같았다. 욘은 그런 누이들을 보고 미소를 지으며 함께 소리를 질렀다. 욘에게는 두 누나가 이 세상에서 그 누구보다 더 크고 훌륭한 존재였으니까. 바니아와 헤이디는 욘의 삶에 생기와 활력을 불어넣었고, 욘은 누나들의 모든 행동을 주저 없이 온 마음으로 받아들였다. 가끔은 흉내를 내기도 했다. 질투심이 많은 헤이디는 여전히 우리 눈을 피해 욘을 때리거나 꼬집기도 했지만, 욘은 헤이디를 두려워하지 않았다. 욘은 기억을 못 하는 것일까. 아니, 어쩌면 누나들이 너무나 크고 훌륭하게 보이기 때문에 그 무슨 짓을 해도 개의치 않는 건 아닐까.

3월 어느 날, 글을 쓰고 있으려니 전화벨이 울렸다. 발신자 미상의 번호였지만 노르웨이 번호가 아니라 스웨덴 번호였기에 나는 전화를 받았다. 전화를 건 사람은 어머니의 동료였다. 그들은 세미나 참

석차 예테보리에 와 있다고 했다. 문제는 어머니가 가게에 잠깐 다녀오는 길에 쓰러져 병원에 실려 갔다는 것이었다. 나는 얼른 병원에 전화를 했다. 의사는 어머니에게 심부전증이라는 진단을 내렸고 이미 수술을 마쳤으며 위험한 시기는 지났다고 말했다.

그날 저녁, 어머니가 내게 전화를 했다. 어머니의 목소리는 힘이 없었고 근심기마저 깃들어 있었다. 어머니는 너무나 아파서 차라리 죽는 편이 낫겠다는 생각도 했다고 말했다. 길에 쓰러졌지만 의식을 잃지는 않았기에 어머니의 머릿속에는 오만 가지 생각이 스쳐갔다고 했다. 이젠 죽는구나라는 생각을 하니 지난 삶이 참으로 아름답게 느껴졌다는 어머니의 말을 들으니 온몸에 소름이 끼치는 것 같았다.

어머니는 눈을 감을 순간이 머지않았다고 생각하니 특히 어린 시절의 기억이 선명하게 떠올랐다고 했다. 어머니는 참으로 자유롭고 행복한 어린 시절을 보냈다고 회상했다. 그 이후 며칠 동안, 어머니는 자주 옛날이야기를 꺼냈다. 나는 어머니의 이야기에 내 어린 시절을 떠올리며 혼란스러워했다.

나는 죽음이 눈앞에 다가와도 어린 시절이 아름답고 행복했다는 생각은 못 할 것 같았다. 아니, 그 반대의 생각이 내 마지막 순간을 장식할 게 틀림없었다. 그 어느 것 하나도 제대로 못 했던 나, 세상을 제대로 보지도 못하고 올바른 경험도 해보지 못한 채 세상을 떠나야 한다는 생각에 비통해하며 살고 싶다는 생각으로 몸부림칠 것이 분명했다.

그런데 비행기나 차를 타고 갈 때는 혹여 갑작스러운 사고가 나서 불시에 목숨을 잃는다는 생각을 해도 왜 무덤덤할까. 사는 것이나 죽는 것이나 마찬가지라는 생각이 드는 건 무슨 이유에서일까. 관심이 없어서일까. 무관심과 게으름은 인류의 일곱 가지 죄악 중의 하나다. 따지고 보면 칠거지악 중에서 가장 큰 죄라 해도 과언이 아니다. 왜냐하면 그것은 삶을 직접적으로 파괴시키는 것이니까.

그해 늦은 봄, 나는 아버지의 이야기를 거의 마무리했다. 크리스티안산에서의 그 혐오스러운 며칠에 대해 글을 쓰고 나니, 어머니가 예테보리에서의 두 번째 세미나를 마치고 집에 가는 길에 우리 집에 잠시 들렀다. 어머니가 같은 도시에서 길에 쓰러진 지 두 달이 지났다. 만약 어머니가 노르웨이 집에서 쓰러졌다면 생존 확률은 거의 없었을 것이라는 생각이 스쳤다. 어머니는 혼자 살고 있었고, 아무리 힘들어도 여간해선 주변에 도움을 요청하지 않기 때문이다. 설령 도움을 요청했다 해도 병원까지는 무려 40분이나 걸리는 곳이니⋯ 아, 생각만 해도 아찔했다.

예테보리에선 지나가는 행인의 눈에 당장 띌 수 있었고, 바로 병원으로 옮겨 수술을 받을 수 있었다. 심부전증은 갑자기 생긴 병이 아니었다. 어머니는 이미 오래전부터 심장 부근에 통증을 느껴왔지만 스트레스 때문이라고 그냥 넘겨버렸다고 했다. 예테보리에선 통증이 더욱 심했지만 집에 가서 의사를 찾아봐야겠다고 생각했다고 한다. 그러다 갑자기 길에서 쓰러져버린 것이다.

어느 날 아침, 린다는 아이들을 유아원에 데려다주고 욘과 함께 산책하러 나갔다. 내가 글을 쓰는 동안 어머니는 거실에서 뜨개질을 했다. 얼마쯤 시간이 지나서, 어머니를 살펴보러 거실로 나가니 어머니는 뜬금없이 아버지 이야기를 하기 시작했다. 어머니는 항상 왜 아버지와 그토록 오래 함께 살았는지, 왜 우리를 데리고 일찌감치 아버지를 떠나지 않았는지 어머니 자신도 궁금해했다고 말했다. 용

481

기를 낼 수 없었기 때문일까.

그런데 몇 주 전, 어머니는 친구와 대화를 나누다가 갑자기 한때는 아버지를 사랑했다는 말을 입 밖에 내었다며 내게 말해주었다. 어머니도 그 순간 자신의 귀를 믿을 수가 없을 정도였다고 했다. 말을 마친 어머니가 나를 빤히 바라보았다.

"칼 오베, 나는 네 아버지를 사랑했어."

어머니에게서 단 한 번도 들어본 적이 없는 말이었다. 그 비슷한 말도 들어본 적이 없었다. 그런데 왜 갑자기 이제 와서? 솔직히 나는 '사랑'이라는 단어를 어머니의 입에서 들어본 적이 없었다.

혼란스러웠다.

도대체 무슨 일이 벌어지고 있는 걸까. 도대체 무슨 일이? 내 주변의 무언가가 변하고 있는 것이 틀림없었다. 그 변화는 내 속에서 일어나는 것일까. 지금까지 내가 보지 못했던 것들을 갑자기 볼 수 있게 된 것은 아닐까? 아니, 나 자신이 변하고 있는 건 아닐까? 문득, 아버지와 어머니 그리고 윙베 형에 대한 글을 쓰는 중이었기에 그들이 갑자기 내게 더욱 가까이 다가온 것일지도 모른다는 생각이 들었다.

어머니는 그날 오전 내내 아버지와 처음 만났던 때의 이야기를 해주었다. 어머니는 열일곱 살이 되던 해에 크리스티안산의 한 호텔에서 여름 방학을 맞아 아르바이트를 하고 있었다. 어느 날 커다란 공원에서 열린 호텔 행사에서 서빙을 하던 어머니는 나무그늘 아래서 친구의 친구와 아버지의 친구를 함께 만났다.

"난 그때 네 아버지 이름을 자세히 듣지 못했어. 그래서 아주 오랫동안 네 아버지 이름이 크누센이라고 생각했었지. 솔직히 처음 만났을 때는 네 아버지보다 네 아버지 친구가 더 마음에 들었단다. 하지만 결국 네 아버지와… 참 행복한 기억이야. 공원 내의 햇볕과 잔디, 그림자를 드리운 나뭇가지들, 거기 있던 모든 사람… 너도 알다시피 그때 우린 참 젊었지… 맞아, 그건 동화였어. 동화의 시작, 그게 바로 그때의 내 느낌이었단다."

# 생각의 조각들을 풀어낸 생활철학자

• 옮긴이의 말

칼 오베 크나우스고르의 『나의 투쟁』을 읽다 보면, 마치 숨을 쉬듯 너무나 당연한 일이라 평소 그냥 지나쳐 갔던 일들을 다시 떠올리게 된다. 일상 속에 숨겨져 있는 조그마하고 자잘한 느낌들이 바람소리처럼 또는 파도소리처럼 귓전을 스칠 때, 크나우스고르의 글은 나의 글이 되고 나의 경험이 되어버린다.

『나의 투쟁』 제2권과 제3권은 작가 크나우스고르의 연애와 결혼 초기의 이야기다. 키가 훤칠하고 너무나 내성적인 이 남자의 연애와 결혼 이야기가 뭐 그리 특별하다고 전 세계의 독자들이 열광하는지 이해할 수 없는 사람들도 적지 않을 것이다. 나도 그랬다. 그런데 한 장 한 장 읽어나가면서, 그의 글을 우리말로 옮기는 과정에서 그의 이야기는 어느새 내 이야기가 되었다. 불현듯 내게도 저럴 때가 있었다면서 나 자신을 발견하게 되었다.

크나우스고르는 겉으로는 현대 스칸디나비아 사회가 지향하는 가정적인 남자가 되어보고자 안간힘을 쓰지만 속으로는 지난날의 가부장 제도에서 벗어나지 못해 자괴감을 느끼는 남자다. 그러나 이 남자도 아이를 낳은 후 조금씩 바뀌기 시작한다. 사람이 바뀌려면 그 가슴속은 천 번 만 번 썩어 문드러져야 가능하다는 말도 있듯, 그가 아내와 자식을 향한 사랑을 바탕으로 조금씩 변해가는 이야기 속에서 우리는 그의 갈등과 고뇌를 면면히 들여다볼 수 있다.

그의 글을 읽고 번역하면서, 나는 린다와 크나우스고르 사이에 어정쩡하게 양다리를 걸친 사람이 되고 말았다. 두 사람 모두 이해하기도 했고 두 사람 모두에게 짜증이 나기도 했다. 린다에게서 내 모습을 엿볼 수도 있었고, 크나우스고르에게서 내 모습을 엿볼 수도 있었다. 북반구에 사는 이들 부부도 따지고 보면 우리와 전혀 다르지 않다는 생각이 든다.

번역하면서 내가 가장 놀란 것은 크나우스고르의 사색이다. 조그만 사물이나 무심코 스치고 지나갈 법한 자잘한 일상적 행위에서도 마치 시간이 멈춘 듯, 그는 그만의 깊은 사색으로 이야기를 풀어나가는 탁월한 재능을 지니고 있다. 맥주 한 잔을 앞에 두고 인간의 역사를 고찰해낸다. 철학이 따로 있는 게 아니다. 이게 바로 철학이 아닌가. 그에겐 소설가라기보다는 오히려 생활철학자라는 명함이 더 어울릴지도 모른다. 깊이 사색하는 사람은 많다. 그러나 그 생각의 조각들을 하나하나 말이나 글로 풀어낼 수 있는 사람은 그리 많지 않을 것이다.

내가 또 한 번 놀란 것은 크나우스고르의 솔직함이다. 그는, 흔히 문학 작가라고 하면 책도 많이 읽고 아는 것도 많을 것이라는 선입견을 보기 좋게 뭉개버렸다. 순수문학을 하는 사람이니 루소의 철학론까지는 몰라도 조지 오웰의 『1984』 정도는 읽었을 것이라는 내 짐작은 책을 읽는 동안 어김없이 빗나가버렸다. 심지어는 현대 스칸디나비아 사람답지 않게 은근히 남성 우월주의를 갈망하는 크나우스고르가 그의 아내에게서 뺨을 맞았다면 어떻게든 그 일을 숨기려 애썼을 텐데, 그는 전 세계의 독자들 앞에 대놓고 이를 공개해버린다. 그는 스스로 마음에 드는 글을 쓰기 위해 자기 자신을 갈가리 찢었을 뿐 아니라 가장 낮은 곳으로 자신을 던져 넣기까지 했다.

아, 그는 지어낸 이야기는 진정한 이야기가 될 수 없다고 말했다. 그래서 그는 자신이 경험한 그 모든 일을 파고 들어가 그 순간을, 그 날을, 그 느낌을 이야기로 만들어내려 시도한다. 그의 이야기를 전 세계 모든 독자의 '내 이야기'로 만들어주는 데 성공했다. 그는 언어를 매체로 하는 문학을 통해 서사물을 만들어내고, 그 속에서 자신을 보여주는 동시에 우리의 모습을 반영해냈다.

『나의 투쟁』 제2권과 제3권을 읽으면 그의 연애와 결혼, 육아와 가정, 부부간의 사랑과 갈등이 때로는 너무나 투명하게, 때로는 너무나 날카롭게 우리의 마음을 적셔오는 것을 느낄 수 있을 것이다. 그의 경험에서 내 경험을 비추어볼 수 있는 독자들, 그의 사색에서 내 사색의 조각을 발견할 수 있는 독자들이 더 많아지리라는 즐거운 예상을 해본다.

2016년 가을
노르웨이에서 손화수

## 칼 오베 크나우스고르 Karl Ove Knausgård

매일 글을 쓰고, 담배를 피운다. 세상 밖으로 뛰쳐나가고 싶은 욕구를
가끔 느낀다. 이 욕구를 누그러뜨리기 위해 글을 쓴다. 글을 씀으로써
세상 밖으로 향하는 문을 열고, 글을 씀으로써 좌절한다. 1968년 노르웨이
오슬로에서 태어나, 베르겐 대학에서 문학과 예술을 전공했다.
1998년 첫 소설 『세상 밖으로』로 노르웨이 문예비평가상을 받았다.
2004년 두 번째 소설 『어떤 일이든 때가 있다』도 비평가들에게
호평을 받았다. 세 번째 소설 『나의 투쟁』 이후 그의 삶은 완전히 변했다.
그의 자화상 같은 소설은 2009년부터 2011년까지 총 6권, 3,622쪽으로
출간되어 노르웨이에서 기이한 성공을 거두었다. 총인구 500만 명의
노르웨이에서 50만 부 이상이 팔렸다. 모든 것이 이례적이었다.
'크나우스고르 현상'이 일어났다. 그의 모든 것을 담은 이 소설을 전 세계가
읽고 이야기했다. 2009년 노르웨이 최고 문학상 브라게상을 받은 뒤
『나의 투쟁』은 독일, 영국, 프랑스, 그리스 등 유럽 전역과 미국, 캐나다,
브라질 등 아메리카 대륙은 물론 중국, 일본 등 아시아에서도
속속 번역되었다. 각종 문학상을 휩쓸었고 그의 새로운 글쓰기에 대한
찬사가 잇따랐다. 2015년 월 스트리트 저널 매거진은 크나우스고르를
'문학 이노베이터'로 선정했다.


## 손화수 孫和秀

한국외국어대학교에서 영어를, 오스트리아 잘츠부르크 모차르테움 대학에서
피아노를 공부했다. 1998년 노르웨이로 이주한 후 크빈헤라드 코뮤네
예술학교에서 피아노를 가르쳤다. 2002년부터 노르웨이 문학을 번역하기
시작했다. 2012년에는 노르웨이 번역인 협회 회원(MNO)이 되었고
같은 해 노르웨이 국제문학협회(NORLA)에서 수여하는 번역가상을 받았다.
『피렌체의 연인』『루시퍼의 복음』『노스트라다무스의 암호』『파리인간』 등을
번역했다. 스테인셰르 코뮤네 예술학교에서 가르치고 있으며, 철 따라
찾아오는 노르웨이의 백야와 극야를 벗 삼아 책을 읽고 번역을 하고 있다.

# 나의
# 투쟁 3

**지은이** 칼 오베 크나우스고르
**옮긴이** 손화수
**펴낸이** 김언호

**펴낸곳** (주)도서출판 한길사
**등록** 1976년 12월 24일 제74호
**주소** 10881 경기도 파주시 광인사길 37
**홈페이지** www.hangilsa.co.kr
**전자우편** hangilsa@hangilsa.co.kr
**전화** 031-955-2000~3 **팩스** 031-955-2005

**부사장** 박관순 **총괄이사** 김서영 **관리이사** 곽명호
**영업이사** 이경호 **경영담당이사** 김관영
**편집** 백은숙 김광연 안민재 노유연 신종우 원보름
**마케팅** 윤민영 양아람 **관리** 이중환 문주상 이희문 김선희 원선아
**디자인** 창포 **CTP 출력및인쇄** 현문인쇄 **제본** 자현제책사

제1판 제1쇄 2016년 9월 30일
제1판 제2쇄 2016년 10월 15일

값 14,500원
ISBN 978-89-356-6980-6 04850
ISBN 978-89-356-7011-6 (세트)

• 잘못 만들어진 책은 구입하신 서점에서 바꿔드립니다.
• 이 도서의 국립중앙도서관 출판시도서목록(CIP)은 e-CIP홈페이지(http://www.nl.go.kr/ecip)와
  국가자료공동목록시스템(http://www.nl.go.kr/kolisnet)에서 이용하실 수 있습니다.
  (CIP제어번호: CIP2016021049)
• 이 책은 노르웨이 국제문학협회(NORLA)의 지원을 받아 출간했습니다. **N** NORLA